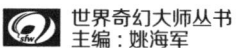

世界奇幻大师丛书
主编：姚海军

沿紫而生

K.J.帕克

短篇小说集 II

[英] K.J.帕克 著

梁爽 等 译

四川科学技术出版社

Born in the Purple: K. J. Parker Short Stories Collection　Ⅱ

Copyright © 2021 by K. J. Parker

This edition arranged with Sichuan Science Fiction World Magazine Co., Ltd.

All Rights Reserved

图书在版编目（CIP）数据

浴紫而生：K.J.帕克短篇小说集Ⅱ／［英］K.J.帕克 著；梁爽 等翻译．
－－ 成都：四川科学技术出版社，2021.8
（世界奇幻大师丛书／姚海军 主编）

ISBN 978-7-5727-0214-3

Ⅰ．①浴… Ⅱ．① K… ②梁… Ⅲ．①幻想小说－小说集－英国－现代 Ⅳ．① I561.45

中国版本图书馆 CIP 数据核字（2021）第 154553 号

图进字：21-2020-237

世界奇幻大师丛书

浴紫而生：K.J. 帕克短篇小说集 Ⅱ

出 品 人	程佳月
丛书主编	姚海军
著　者	［英］K.J. 帕克
译　者	梁 爽 等
责任编辑	宋 齐　姚海军
特邀编辑	钟睿一
封面绘画	郭 建
封面设计	李 鑫
版面设计	李 鑫
责任出版	欧晓春

出版发行　四川科学技术出版社
　　　　　四川省成都市槐树街 2 号 出版大厦　邮政编码：610031

成品尺寸	160mm×228mm
印　张	27.5
字　数	430 千
插　页	2
印　刷	成都市金雅迪彩色印刷有限公司
版　次	2021 年 09 月成都第一版
印　次	2021 年 09 月成都第一次印刷
定　价	74.00 元

ISBN 978-7-5727-0214-3

浴紫而生

K.J.帕克短篇小说集Ⅱ

目录

001	◆	浴紫而生	叶　林　译
075	◆	看得见风景的房间	许　言　译
109	◆	鸣唱的小代价	陈日锋　译
149	◆	我的美丽人生	李逸鹏　译
215	◆	胜于刀剑	张怡丹　译
291	◆	规则	梁　爽　译
319	◆	栖息之所	九　雪　译
339	◆	瓶中恶魔	小　白　译
353	◆	最后的证人	文　颖　译

浴紫而生

对于疼痛，我很反感。我既不喜欢让人受苦，更不愿意让自己受苦。医生和哲学家之流总是说人必须要有痛感，要不然我们怎么知道身体哪里出了问题？我说，去他娘的。既然他们那么喜欢痛苦，把我的那份拿去好了。

因此，在划伤那个老头的时候，我是相当不情愿的。我把茶碗砸向桌腿，用中指和无名指夹着其中最大的一块碎片，尖锐的边缘朝下，然后我坐在位置上猛地转过身去，对着他的右脸上上下下反复划了几刀——鲜血四溅。我这样做算是大发善心的。如果我用拳头揍他，以他的年纪，很可能马上就呜呼哀哉了。

等他无力反抗了以后，我迅速判断了一下局势。唯一的一扇门就是我进来的那扇。仅有的窗户是纸糊的，只上了层油使之透光。我只好破窗而出。就在此时，我记起这窗户离地有一层楼高。哎哟，真倒霉。

我不敢自称是老江湖，但出来混的时间也不算短了。光凭气味或者用舌尖浅浅地尝一点，我就可以分辨出至少二十七种最普遍的蒙汗药。下在我茶碗里的蒙汗药足以放倒一头牛了。

1

我狼狈不堪地落在地上，差点没折了腿或是崴了脚踝。刚站直身子，就已经听到喧哗声以及制式军靴踏地的嗒嗒声。在为自己的没脑子后怕的同时，我又有点沾沾自喜。不出我所料，楼下果然埋伏着一群士兵，只等着我被蒙汗药放倒的信号一出，就冲进来逮捕我。从楼上跳下来的时候，我的膝盖和脚踝受了点伤。但我至少想办法以惊人的速度逃出来了。熟能生巧嘛，在生活中这是放之四海而皆准的道理。

如果你是那种非要知道别人名字的俗人，就叫我埃斯克里万吧。在我的一堆曾用名当中，这是我最喜欢的名字。我喜欢它，是因为这是我自己取的名字。有多少人能自己取名字？我知道外面多得是讨厌自己名字的人。（他们的父母在给他们取名的时候，要么一时糊涂，要么怨气冲天。他们多半心里嘀咕着，拜托，难道我看起来像马尔卡吗？）我给自己取名是因为我希望能成为书写自己人生篇章的作者，或者至少是和命运之神以及无敌骄阳共同协作。我不敢打包票，但如果真是如此的话，我多半属于擅长性格描写的那一类作者，却对布局谋划不怎么精通。

取这名字的另一个好处是，不管走到哪儿，大家都自然而然地把我当外国人。这点很有用，当然也是事实。

总有人对我撒谎，这让人既伤心又讨厌。就说茶馆里的那个老头吧：他告诉我，他跟我见面是想从我手里买五十码①织锦绸缎。他听说我最近刚弄到一批货。事实上，他只想骗我到茶馆，好把我药倒，交给锅盔头宪兵，换取那少得可怜的一点儿赏钱。他的外表温和无辜，看起来就像家庭牧师或是你的亲祖父似的。越是这样的人，往往越是顶着一张骗死人不偿命的脸，令人不禁感慨世风日下。

如果你被锅盔头盯上了，就别惦记着你那点儿家当了，赶紧跑吧。因此，我毫不犹豫地舍弃花了老大力气，辛辛苦苦弄回来的那卷美丽的丝绸。为了

---

① 码，英美制长度单位。1 码等于 3 英尺，合 0.9144 米。

弄到它,我顶着微弱的天光匍匐前进,掌心还被一枚生了锈的钉子划破了。逃往边境线的时候,我身上只留了两样东西,一是背上背着的衣物,二是一些零零碎碎的小硬币,用帆布碎片包着,塞在靴子的尖头处。刚才摔下来时弄伤的膝盖还很痛,因此我很庆幸自己不用跑太远——我喜欢边境线,总是尽量待在离它不远的地方。说起来,边境线只是一纸人为的协议,是地图上的一条线,却是不可或缺的。法律和道德不也正是如此吗?

我的父母浪费了大把的钱财,为我提供了昂贵的精英教育,地理也包含其中。因此我对佩尔米亚和斯科利亚边境两边每一个城镇以及重要村庄的名字和地点了如指掌,包括距离、人口、主要产业以及当地节庆日等。在斯克里亚境内,离我最近的城镇当属奥塞尔的长治镇。镇上有我的悬赏公告,不过数额小到不值一提。那里有我的朋友,还有些欠了我钱的人。

从这里到长治镇,我得越过红河,沿着曲折的山间小路向上,翻过猪脊岭,小心翼翼地穿过远在群山那头的泥泞沼泽地,在荒山野岭间艰难地跋涉近五十英里[①],而且既没有吃的,靴子也不合脚。换个情境,这简直是一段可歌可泣的英勇旅程。可对我来说,是一场灾难。我花了整整五天时间,终于狼狈不堪地抵达长治镇。因为担心见到我的人(我使尽浑身解数,把撞见路人的概率最小化)误会我不是良民,我不得不躲在荒野尽头一间废弃的牧羊人小屋里,直到半夜宵禁以后,才一瘸一拐地进入小镇。真是事事不顺。

教我经济学理论的老师告诉我,专业化能增加效益。杂七杂八,什么都做的是乡巴佬。那些大型的商业城市——思科纳、梅尊廷、佩里美狄亚以及维萨尼共和国,全都实行专业化发展。思科纳人大都是银行家。在各地广泛使用的陶瓷用品中,有百分之八十五的产量来自梅尊廷。佩里美狄亚人是全世界的铸铁匠。而如果要造船,你就得去维萨尼。

所以我专精于纺织品,更确切地说,是丝绸,偶尔也扩大到锦缎、天鹅绒

---

① 英里,英美制长度单位。1 英里等于 5 280 英尺,合 1.609 31 公里。

以及上好的蕾丝。其他的产品不值得我费神。不过，三年前倒是有一回流行那种沉甸甸的佩尔米亚精纺毛纱。这种毛纱产自高地，以原始的纺织机手工织就。我当时装了一车的毛纱，从裂指关满载而归，小赚了一笔。有人问到我的职业时，我说老实话的概率不高。但是在难得说实话的时候，有百分之九十的概率我会告诉你，我是个丝绸大盗。这行业门槛很高，据我统计，在文明世界里从事这一行的只有二十人左右。以技术和交易量为指标来衡量的话，我算在前五名以内。对于这一点，我很骄傲。我白手起家，优越的出身和教育背景给我的事业带来的更多的是阻碍，而不是助力。入行以来，没有人教我，没有人帮我，纯属自学成才。如果我是一名雕塑家或是笛子演奏家，人们多半会为我的成就啧啧称奇；同样地，如果我是一名士兵，我的战术技能、对细节的关注力以及一往无前的勇气会得到莫大的赞誉。天知道，你需要多大的勇气，才能跌跌撞撞地摸索进一间全然陌生的暗室。只要弄出一点儿动静，凶猛的猎狗和全副武装的保安就会像闪电一样扑过来。我有耐心、有想象力、足智多谋、适应能力强、身体健康、强壮而敏捷，机灵且颇具耐力。这些全都是英雄的特质。再加上我和业内人士交易时总是很诚实，又不轻易动刀动枪伤害别人，性情坚忍不拔，工作勤勤恳恳、格外努力。我不喝酒、不赌博，也从不拈花惹草。看到了吧，我是多么优秀的人啊，所有你想为你儿子培养的那些优点，在我身上都可以找到。

以我目前的身体状况，只有一个地方可去。

"哦，"她说，"是你啊。"她的第一反应是关门，然后又犹豫了，"你要干什么？"

"要点儿吃的。"我老老实实地回答，"让我进去吧，求你了。"

"上次你惹的事还不够吗？"她将起袖子，手腕上有一圈粉嫩的伤疤。多年的训练让我得以克制震惊的情绪，我强作镇定，但被她一眼看穿了。"走吧，埃斯克里。"她说，"我已经给得够多了。"

"我有钱。"

她停了下来,"骗子。"

"哎呀,我会有的。明天这个时候准能到手。求你了,斯黛莎。我在路上走了整整五天了。"

她的毛病就是心肠太软。她年近四十,年轻的时候也是个大美人,现在很瘦,头上已经有了丝丝缕缕的白发,像鸟粪似的点缀其间。她是个顶级的绣工,为不少大人物服务。虽然赚得挺多,但因为我这样的人她始终发不了财。"就一晚。"她说,"你睡在地窖里。如果被发现了,就说你是从进煤口偷溜进来的。"

我已经记不清睡在丝绸床单以及鹅绒床垫上是什么感觉了。毕竟那时候我还小。在那个年纪,你觉得拥有那些都是理所当然的。我记得当我还是个小男孩的时候,晚上经常睡不着觉。但现在睡在斯黛莎的地窖里,躺在一堆半腐烂的装炭用的麻袋上,我却一点儿毛病也没有,一闭眼就睡着了,直到阳光透过因木头收缩而形成的地板缝照下来,像拂过脸上的轻吻一样把我唤醒。我想,睡眠好不好,取决于你有多累,以及你有多庆幸自己能有个容身之地。

面包是热的,这说明斯黛拉半夜就起来烤面包了。茶壶里的茶量正正好,茶水呈现像健康尿液一样的淡褐色。"手头很忙?"我问她。

她脸上带着既恼怒又无可奈何的神情。"别问我,"她说,"你问这个就是想知道谁家有丝绸而已。如果你把丝绸偷了,我就没有东西可绣,本来可以到手的工钱就没了。"她止住话头,啜了一口茶。唯一的一张椅子被我占了,她发挥绣工的能耐,双腿交盘,坐在地上。"戈迪安兄弟刚买入六匹,顶级的雪纺绸。他们不是我的主顾。"

"他们在每扇窗户上都装了挡板。"我回道,"还有那只该死的狗。"

她莞尔一笑,"它真凶猛,不是吗?"

"别笑,这可不是什么笑话。我破产了,得找点儿活干。"

她叹了口气。"波西娜进了九匹丝绸,准备给欧东廷皇后裁宫廷礼服用的。"她说完又迅速补了一句，"别全偷走了。我受雇用六天时间绣两只袖子。我需要这点儿工钱交房租。"

我摇摇头，"谢了，不过这家还是算了吧。"

"你开什么玩笑？你不就是干这行的？这可值不少钱哪。"

"我不偷皇后的东西。"我说，"太不忠了。"

虽然没大声说出来，但她的脸上就写着："你骗鬼啊！"

"埃斯克里——"

"肯定还有别家。贝尔萨地呢？"

"我不知道。"她耸耸肩，脸上又明明白白地露出那种"我跟你一点关系也没有"的神情。"可能吧，"她补充了一句，"他们家总是很忙。为什么波西娜家不行？她们家的后门你用一根别帽针就可以打开。"

我皱起了眉头。"顶级的艾斯克提丝绸，还染着皇室专用的蓝，谁都知道打哪儿来的，我压根儿没法脱手。简直是浪费时间。我不想干一票就跑，只想老老实实地花一晚上工夫来重整旗鼓。"我站起来说，"我去试试贝尔萨地家。他们家的防御不怎么样，压根儿不会留意到我进去过。"

贝尔萨地的仓库在陶区的边缘，仓库的阁楼里堆满了一捆捆的布料，全都是毛料和亚麻，没啥好料子。正当我打算改变计划，空手而归时，我注意到一个搁在角落里的木盒子。砖头大小的盒子开口处盖着一个完整的封印。我心里顿时乐开了花。

那是梅尊廷印染行会的印章。行会在这类小盒子上盖章的唯一理由，是里面装的东西价值连城。我原来想用"与黄金等值"来形容的，但我估计还是说低了。要是有人知道哪儿能捡这个便宜，千万别到处声张，告诉我就成了。我把盒子塞进背包，仓促地离开了阁楼。（这其实是一种很不妥当的行为。长治镇的夜班警卫跟狗一样，只注意移动的物体。因此，除非出现了特别紧急的状况，不要慌张，最要紧的是，不要跑动。）我匆匆忙忙地赶回斯黛莎的住处，从进煤口溜进她家里。她出门接活去了，还粗心大意地把门给锁了。我到处翻箱倒柜，找到了一盏灯和她的火绒箱。然后我回到地窖仔细研究起这件老天赐给我的礼物。

正如我所期待的那样，盒子里满满地装着许多小小的晒干了的死虫子。别小看这些虫子，能让奇迹出现的，是顶级的提炼技术。在遥远的南方，丛林密布的山巅上生存着一类特殊品种的虫子。它们是实打实的害虫，能啃穿你家的门框和木椽，在不知不觉中毁掉你的整栋房子。它们吃你的椅子、桌子、盛饭的碗、舀饭的勺子，等你发现的时候已经太晚了，损失已经造成了。那片密林里到处都是这种令人厌恶的、破坏力极强的东西。但是，如果你收集这种虫子，先把它们熏死，然后把它们放在太阳底下仔仔细细地晒干，最后在研钵里捣碎，就会得到一种纯正的永久性的紫色染料——比覆盆子强一百万倍，甚至比维萨尼的牡蛎壳还要好。梅尊廷人垄断了这种染料。没有行会颁发的执照就出口这玩意儿可是死罪。而行会一年只放出五磅①的量——而且是在全世界范围内。我偷的那个小盒子装了正好一磅。我中大奖了。

我饶有兴趣地端详着开口处的封印，那是十二年前盖的。我简直无语了。唯一的解释是，贝尔萨地家族获得这盒稀世珍宝之后，就将它束之高阁，然后彻底忘了这回事。（这个家族一向以行为古怪闻名，不过，这也太过头了。）我真不明白。有时候你刚觉得自己什么古怪的事没见过，马上就有更稀奇的事儿出来。

你相信命中注定这回事儿吗？我不敢肯定。还记得在学校里学过萨洛尼努斯的仙棋手吗？对于十二岁的男孩，那是个令人难忘的比喻。后来，等你长大了，有足够的智慧看穿逻辑上的漏洞时，你又选择不去揭穿真相了。只要想到你感受到的痛苦其实是某个棋手为了实行某种不可言说的布局，用食指和中指夹住你的头，将你拿起来跨越棋盘所导致的，你就会觉得很不舒服。正如

---

① 磅，英美制质量或重量单位。1磅等于16盎司，合0.4536千克。

我之前提到的,我自己相当不喜欢疼痛。因此我没理由要支持"我其实是被人操纵的棋子"这种说法。我犯的错是我自己造成的,不是因为别的什么人下错了一步棋。再说,就算真有什么操纵人生的棋手,他的对手又是谁?

但是,有时候你会忍不住心生疑虑。试着把发生在我身上的一系列有因有果的事件串起来,这一系列事件让像我这样不算什么好人的小偷得以凭借天时地利,把一磅梅尊廷紫色染料弄到手。如果那老头没有背叛我;如果不是那段长长的旅途让我疲惫不堪,不得不借住在斯黛莎那里;如果那帮锅盔头没有四处追捕我。认真地回想一下,想象其他所有的棋子——国王、王后、车啊马啊都被调动起来,排出精妙的战阵,同时还留有余地,让身为无名小卒的我得以突围,深入敌后。你让我如何相信这些事情都是巧合?但如果不是巧合,就更令人不寒而栗了。

在开始通盘打算之前,我的第一反应是,赶紧把这批货脱手,换一大笔钱,然后把钱藏在一个安全的地方。

仔细考虑后,我有了别的想法。假如巴尔萨帝家族并没有忘记这盒被他们束之高阁的宝物;假如他们已经发现宝物被窃,正怒火中烧地打算把它找回来。很可能除了他们自己的人以外,并没有什么外人知道宝物就藏在阁楼上——把它偷到手简直太容易了,如果以前有人知道它在那儿,应该老早就不见了——因此,他们很容易猜到偷走宝物的一定是名投机分子。我想之前我就提到过,我是名专家,而且在我那不大的交际圈里相当有名。如果巴尔萨帝家族真的花大力气去打探关于丝绸大盗的消息的话,很快就能打听到我的名字,或是我那小交际圈里的任何一个人的名字。尽快离开长治,躲得越远越好,再想办法把赃物倒手是上上之策。别忘了,那木盒又轻又小,很容易隐藏和随身携带。要是换了与它等值的货物,估计得用一排的牛车外加一整团的卫兵护送才能上路。

如果我的预测是准确的(如果不是,我就完了),我最好离所有我认识的人都远一点，也最好别跟以前经常涉足的老地方沾边。我身上没有钱，脚上没有靴子，这些都是阻碍我远行的因素。幸运的是，斯黛莎有在屋子里别人找不到的地方藏点儿零钱的习惯。我东翻西找，找到了二点三零安吉的现金。在市场小摊头花了二十斯图弗买了双靴子，万事俱备，我可以出发了。

从位于铜门的市场往北，我一路直奔北城门而去。在钥匙孔胡同，我不得不用背紧贴着墙，躲闪一列经过的锅盔头。他们脚步匆匆，从我身边擦肩而过。我数了数人头，一共四十六个。钥匙孔胡同是从城门楼到斯黛莎所在的曲里拐弯的胡同区的最快的捷径。我没有不顾一切埋头赶路，反而在前门的茶馆停住了脚。不是偷懒，从那里的窗户看出去，我可以看到城门塔楼的后门。就算不是专业人士，我都可以观察到那里有不少动静：锅盔头在附近转来转去，军官和信使进进出出。城门绝对被监控了。猜猜他们要抓谁？

我打了个寒战，喝了口茶。记得古老传说里那从龙窟里偷金杯的人吗？他还以为龙不会发现呢。结果巨龙苏醒，焚毁了田野里的每个村庄。（注意，这全都是那小偷的错，故事里总有一位英雄挺身而出解救危难。）我有个不祥的预感，好像我就是那小贼，而巨龙就在我头顶某个地方盘旋。我很对不起斯黛拉，她现在肯定惹上了不小的麻烦。这就是和狐朋狗友结交的下场。一看到烧红的烙铁，她肯定立马就把我供出来。我原谅她的背叛，宰相肚里能撑船嘛。

我是个随机应变的人。在半路上与追捕我的锅盔头擦肩而过的经历让我意识到，如果我不幸被捕，绝不能让他们在我身上搜到那个小木盒。问题是，在长治镇只有一个地方可以让我藏东西，而且绝对安全。但我真的不想去——

他在家。通常都是别人不辞辛苦，上门来拜访他，所以他总是在家。

我敲门进去。他从棋盘上抬起头来，眨了眨眼。

"我的天哪，"他说，"你还活着？"

"这得看问的人是谁。"

"走吧。我们不需要你这种人上门。"

阿诺伊森是我交往最久的老朋友。换句话说,他是我还保持联系的人当中认识时间最长的。他时不时地派个杀手来杀我。

"阿里,"我说,"帮我个小忙。"

他的书桌上有一个小铜铃,看起来古色古香,玲珑可爱。只要他摇响铜铃,一群猛男就会冲进来把我带走毁尸灭迹。他的手伸向铜铃,但没有碰到它。

阿诺伊森比我大了将近二十岁,开始发福了,但还是个危险人物。他的头发泛灰,开始变得稀稀拉拉的——他可怜兮兮地把头发梳到开始变秃的那一块头皮上。他戴着一副梅尊廷眼镜,帮助他阅读。这副眼镜值上千块,是用真金白银买回来的。他有太太和两个女儿,从事繁殖赛马的工作。当年如果不是他出手相救,我早就死了。

"滚蛋吧,"他说,"我早看穿你和你所谓的小忙了。你还欠我钱呢——"

"你会收回我欠的钱的。"我急促地说。他发出一种尖锐的吠叫声,像一条被激怒的狗。"我很快就能弄到一大笔钱。我会报答你的,我发誓。"

"我的老天哟。"他像胃痛似的闭上眼。"不行,"他说,"不管怎样,我都不掺和。知道你是什么吗?你就是个神憎鬼厌的人。我当初就该见死不救。"

我跟他初次见面时,是在密林深处。不记得是什么森林了,但我逃到那里的时候,已经半死不活了。当时我肋骨断了两根,也记不清在路上走了几天。我饥肠辘辘,到最后连一步都挪不动了。那年我才十六岁,背靠着一棵树慢慢滑坐到地上,等待死亡的降临。

阿诺伊森发现了我。我记得一睁开眼睛,就看到他宽阔的红脸膛儿。他正皱着眉头看着我,好像我是一笔平不了的账。接着我就被抱起来,放进一辆车里。我昏了过去。等醒来的时候,我正躺在帐篷里的一张折叠床上,肋骨和脚都被包扎好了——之前我的脚看起来就像生牛排一样。一张小桌子上摆着一盏油灯，桌边是阿里，他坐在一张折凳上。"你睡了我的床。"他说。

我忙不迭地道歉。"说吧，发生了什么事？"他问道。

我没说实话。只说在去某个小镇（随口说了一个最近的镇）劳动市场的路上被歹徒抢劫了。他们抢走了我仅剩的几个准备支付食宿的铜币，连我的外套都不放过。我知道他不相信我这套说辞。"太倒霉了。"他说，"不过，没关系。你搭我们的车去镇上，在车上你可以休养身体。"

我向他道谢，他耸了耸肩。我问他："你是干什么的？"

他笑着对我说："我是个奴隶贩子。"

当然，他是在开玩笑。那时候，阿里是处理赃赃的中间人。后来他的业务扩展到其他各种行业。他带我到镇上，让我住在他和手下住的同一间旅馆，给我吃喝，付钱给我看病，还给我买了衣服和一双质量上乘的军靴。我当时真的以为他是奴隶贩子，但我不管。我能活下来，已经感激涕零了。在那片森林里，我忽然很吃惊地意识到，我想活下去。他离开的那天早晨，在帮我付了多住几个星期的旅馆费以后，说："哪天你到了佩尔米亚，就来找我吧。"就这样，我在他的帮助下入了行。

最终，我说服了他。

他藏东西的特殊密室非常隐蔽，至少在一年中的六个月时间内不会被人发现。其余时间就不能保证了。这正合适我。只需要一个星期，顶多两个星期，我就可以在某个偏远的农村地区，通过六层的中间人把货脱手。这样，货的来源就不可能追溯到我身上。我打算离开长治，穿越半个文明世界到萨尚帝国去，或许，甚至可以到特弗山去。反正是到某个我从未涉足，从未犯事的地方，改邪归正，从头来过。真正意义上的浴紫重生①。

"这是什么？"我给他看那盒子的时候，他问道。

---

①浴紫重生（Born in the Purple）文中因为皇室继承人总是在皇宫的紫殿出生，因此有"出生显赫"的意思。这里是双关语，指借由紫色染料带来的财富开始新生活。

我早有准备。"信件。"我说道。

"信件。"

我点点头。"是聪明人的话，"我补充道，"就不会想要探个究竟。我自己就没看。我觉得看了不利于身体健康。"

他对我露出了厌恶的表情。"我的天哪，埃斯克里，"他说，"我知道你净干蠢事，但间谍活动——"

我摇摇头说："你知道的，我对政治从来不感兴趣。"

"我肯定是昏了头了。"

我用从某个包装盒内衬撕下来的一小块亚麻布包着那个盒子，还在上面盖了章。在文具市场，那印章直接就从某个人的口袋掉到了我手里（我也没办法，我运气就是这么好）。这些措施，外加之前我那几句故弄玄虚的警告，比挂着十把锁的铁匣子还要安全有效。只要盖在亚麻布上的印章完好无损，他就能充分证明他没有打开盒子，也没有偷窥里面的内容。我选择用亚麻布包在盒子外面，是因为将印章盖在羊皮纸或者是普通的纸张上，很容易被内行人动手脚，把破损的印章替换掉。亚麻布就不同了，印蜡会渗透到布的纹路里，相当保险。

我不喜欢露天过夜。睡在大街上不但会使你脖子僵硬，还容易着凉，有时候会引起发烧。而且，不管多累都睡不踏实，你得提防着那些流浪汉从你脚上把靴子扒走。当然，好处是不引人注目，连锅盔头都不会留意到你。这就是所谓的逆反心理。他们多半认为，我刚偷到一磅的梅尊廷紫色染料，肯定会躲藏在黑暗而隐蔽的地方，绝不可能明目张胆地摊着手脚躺在输水拱桥下面。

事实上，黑暗而隐蔽的地方可不是好的藏身之处。城市里，寸土寸金——每一个马厩、每一个仓库以及每一个炭棚都被利用起来。就算有荒废的建筑也早就被拆掉重建了。如果躲在长治镇上任何一个建筑物里，一定会有人留意你。相反，躺在大街上，你不过是另类的垃圾而已。

我充分利用接下来的几天时间，顺手赚了几个小钱。像我这样的手艺人不得不去做像偷些煤斗啊，从晾衣绳上扯几件衣服啊这样的小事，实在是很大材小用。但只要你肯屈就，肯施展你的才华，弄到几个安吉简直是轻而易举的事。尤其在没有人悬赏追捕你的时候。我花钱买了几件新衣服——当然不是那种全新的新衣服，只是布料好，保养好的衣服而已，还买了一双鞋子。是鞋子，不是靴子。能跟我交易紫色染料的那些人可不会随便跟不三不四的人打交道。外表很重要，你得看起来像那个圈子的人。

当然，言谈举止也很重要。这点，高贵的出生和优越的成长环境给了我天然的优势。这么多年以来，我已经学会掩藏自己那无懈可击的标准帝国口音。我不想故意模仿一个假口音，因为要保持假口音，你就得一直保持特别好的演技。我只是把尖锐的元音发得圆润一点，再时不时假装有点儿口齿不清就成了。大多数时候，我只需要压低嗓子，安静地说话。反而是跟高端赃物的交易人打交道很容易，我根本不用装，只要做我自己就可以。

如果你被这些自由交易以及随意跨越边境的故事搞糊涂了（换句话说，就是你认为我在吹牛），我得提醒你，这些都发生在很多年前，在新欧东廷帝国崛起之前。那时候的文明世界和现在大不相同。只要你付得起旅费，天下之大你可以随便去；而且，你还可以带任何货物上路，只要你付得起运输费以及保护费——避免货物被一路上数不胜数的窃贼偷走。记住，当时的欧东廷经过十三年内战，最终才选出一位被共同认可的皇帝登上皇位（他没有对手，其他所有的皇室成员都死光了）。新皇致力于统一两岛，组建舰队，恢复秩序。那时候佩尔米亚和斯科利亚名义上还是自由联邦的成员；维萨尼难得地不管闲事；梅尊廷又一次陷入内斗；在遥远的山那头，阿兰姆·查塔特和罗辛霍勒特正打得难分难解，分身乏术。历史学家常常把这段时光描述成人类历史上的黑暗时期——经济滑坡、国际贸易中断、所有的主要势力内部都爆发了金融危机，政治动荡，民心不稳。这些或许都是事实。但当时身处其中的我并没有觉得日子有什么不同。当然,在我常混的那些地区,国家间的重大事件并没有造成太深远的影响——下城区本来就很烂,日子再坏也坏不到哪儿去,除非暴发瘟疫。我那行经手的多是有钱人用的奢侈品,总是有充分的市场需求和大量的金钱交易。丝绸以及精美织锦的终端用户和平民百姓的艰难日子通常搭不上关系。这是我观察到的一个普遍的社会现象。生活在阶级顶端和底层的两个阶层有很多的共同点,他们和中产阶级的差距反而更大。我猜是因为这两个阶层的人行事全都毫无顾忌,不计后果。我们这些底层的人犯了事就躲到锅盔头不敢去的地方,顶层的那帮人只要贿赂法官就可以脱身。我们一穷二白,没什么可损失的;他们身家丰厚,再怎么糟蹋也穷不了。

我暗暗做了自己能力范围内最充分的调查以后,决定和斯蒂诺兄弟交易。他们擅长处理有内容的盒子。明面上,他们和罪犯一点儿也搭不上边。他们在白道上人脉很广——兄弟中有一个是大使,一个是红衣主教,最小的那个是海军少将。(按照家里的标准,他算是最没出息的。不过,他才二十六岁。)和我见面的是佐伊西斯·斯蒂诺。没错,就是他,有名的剧作家。和他打交道的都是些演员、音乐家、诗人以及波西米亚浪人之类的人物。他常年混茶馆酒楼,去的那些区域都是他家其他兄弟从不涉足的。不过,鉴于他的职业,这些行为都很正常。他的知名度很高,至少一见面就能认出来。而且他行事也是出了名的谨慎。

我们的会面一开始就进行得非常顺利,很快就制订了一个巧妙而复杂的行动计划。通过各种外交邮袋、军事情报机构以及教士特权,我的小木盒将消失在长治镇的某条后巷,再出现在位于波克波希克的梅尊廷大使馆内。整个过程悄无声息,不会涉及任何一个人。

"为什么卖给梅尊廷?"我问道。

他微微一笑,"他们会是出价最高的。他们对垄断权过于执着,宁可付出高于市场价六倍的代价,也不让任何未经许可的货物漏出他们的手指缝。"

六倍——把你所能想象的所有金钱再乘以六。"很好。"我故作镇定,前额不断冒着冷汗,"你是专家你做主。"我停下来平复呼吸,"显然,你需要亲自看一眼,验验货——"

他略带歉意地笑了。"恐怕这是个好主意。"他说,"你多快能把货拿来?"

我喝了口茶,借此机会好好想了一下。斯蒂诺兄弟以公平交易闻名,除非你非要作死,否则他们也不会借着验货的机会杀人劫货。"相当快。"我说,"您看,您是个大忙人,不用浪费时间在这种烦琐的小事上。我会请一名称职的专家做个鉴定,然后把他的鉴定书送到您手里。"

他抿起了嘴唇,"事实上,我最近手头没什么大事,有大把时间。你带样品,我带专家。没理由让你一个人跑腿。"

我回答说,他的考虑真是太周到了,我很乐意提供少量的样品做检验。他提出反对意见。更省事的方法是,我直接把整个盒子带来,他负责带鉴定专家以及由骑士权益会开出的汇票。我们一次性完成交易,剩下的时间自由支配,可以一起吃顿饭或是看场歌剧。真是好主意,我对他说,既然这样,为什么不开场前二十分钟,大家约在新剧院的中庭见面?他先是皱起眉头,然后同意了,这样对他也很方便,买票的事他会搞定。其实,明天晚上市里的完美男人剧团将上演《迦太顿和优多迦》,由莫彻尼格饰演死亡天使,他本来就打算出席,所以这么安排算是一举两得。

我真是太机灵了。新剧院的中庭空间很广,人流量大,而且还有不少隐蔽的角落,在你准备做什么之前可以先躲在角落里观察一番。不仅如此,这里还是佐伊西斯的老巢。在这里,他的知名度很高,而且备受尊敬,因此他可能不希望闹出什么大动静或是引起别人的关注。骑士权益会的汇票跟黄金一样好使,甚至更方便,你可以把它折成小方块,藏在靴子里脚指头处。如果我不留下来看歌剧——真是遗憾,看过莫彻尼格饰演的死亡天使绝对是将来值得向孙子辈显摆的事——我可以搭乘金角城外的夜船,第二天一觉醒来就到了思科纳。我这次真的能发一笔横财吗？是的,斯蒂诺兄弟为了从这笔交易中大捞一笔,一定会竭尽全力,同时也会保证每个环节顺利进行。木盒里装的是货真价实的梅尊廷紫色染料,我毕生的经验和盒子开口处的封印都可以作保。像斯蒂诺兄弟这样睿智的利己主义者是非常棒的同盟。而且,如果你马上要让某人发一大笔财,那你基本可以相信他。

我离开奇迹广场,朝山上走去,接着穿过学院花园折向山下,在"信念骤体验"酒馆左转后(我是打算停下来喝杯酒的,但是我没钱),横穿过铜匠区——没错,我知道这么走是绕了一大圈路,但我只想说明我是多么谨慎。我在阿诺伊森家外面停住,敲响了角门。他家的门房在那扇小小的滑动门内朝我露出了极其难看的愁苦脸色,真是莫名其妙。最后他还是给我开了门。我穿过阿里家那曲径环绕的迷人花园,来到主会客厅。不用说,阿里在家。他坐在书桌边,在黑白方格间挪动着棋子。

"我需要我的盒子。"我说。

他叹了口气,站起来离开房间,顺手关上了门。我进来的时候,那门是开着的。我踱来踱去,偷看他因为不小心而没收好的各式各样的文件和信件,可惜没看到啥对我有用的。等了一会儿,我坐下来,倒了半杯他收藏的上好白兰地,喝完后把杯子擦干净放回原来的地方。我正打算开动脑筋,从逻辑的最初原则上分析一下阿里会把无花果干藏在哪里时,门忽地被撞开,两名锅盔头冲了进来。

如果只是他们两个,我或许还会想办法大闹一场。但在他们身后,我看到还有三名锅盔头,而阿里家的客厅只有一扇门以及一扇很小的窗户。"你们搞错了吧。"他们把我双手反剪在背后,像推独轮车一样推搡着我出来时,我有点儿心不在焉地辩解道。我本来就不擅长撒谎,但试总归是要试一下的。

一辆门窗紧闭的轻便马车停在外面。他们让我挤在两名锅盔头中间,我对面坐着另外三名,然后我们就上路了。我刚才一直在琢磨到底发生了什么,现在才晃过神来。显然，有人告发了我。但这完全不合常理。如果是佐伊西斯·斯蒂诺出卖了我，他只会让他自己和他的兄弟丢掉即将到手的一大笔可观的金钱。也不可能是阿诺伊森，这点很肯定。我相信他。他不会打开那个盒子，除非他根本不相信我捏造的关于危险信件的故事。有一点很肯定，我在阿诺伊森家被逮捕，说明他和这件事有关系。我只能假设他打开了那个该死的盒子，同时又发现有人发布了一笔大得让人瞠目结舌的悬赏来追捕我。我暂时原谅了他。我欠了他一条命，现在他要来收回欠他的那条命。我想大概是为了钱吧——这么多年我们之间一直意见不合，如果他对我怀恨在心，多半会直接对着我的喉咙割一刀，而不是把我交给锅盔头们。好吧，我不能责怪人家想光明正大地赚点儿外快。我忽然感到心里一松，天上掉馅饼这种事落在我身上果然是违背自然的，连老天都看不过眼。如今天道回归正轨，真是皆大欢喜。如果连我这样的人都能发财致富，天理何在？

　　他们把我的眼睛蒙上以后才把我带出马车，这倒有点儿出人意料——论对长治哨所的熟悉程度，在这里工作的人有一半都不如我。不知怎么地，这让我有点儿担心，开始重新评估我面临的麻烦有多大。事实上，在我长长的职业生涯里，我或许让自己成了一个令人厌恶的人，但我从来没有真正地招惹过权贵阶层。我从商人或店家那里偷过东西，也和身为罪犯的同行干过架，没准儿还干掉过几个（这点不是很确定）——犯了这些事，下场自然是脖子上套一根绳子，前提是他们能把你关到上绞刑架的那天。像我这样相对来说没那么重要的，档次比较低的小鱼小虾，一般不会给配备最大安全级别的保安或警卫。哨所的资金有限，没法保证每间牢房的门和窗户都能保养到位。像我这样的垃圾一般是直接扔到那种破败的牢房里，由雇佣兵或是临时工看守。因此，我通常能在形势恶化之前就想到办法逃出去，而一旦我越过一两条边境线，再继续追捕我就有点儿得不偿失了。但是现在，我被当成了重犯，安保措施也相应地提高了，配的警卫都是年富力强、干劲十足的。活该，我想，谁让我对不该觊觎的东西打起了主意呢？

因此我发起愁来。为了给自己打气,我更倾向于相信是斯蒂诺兄弟出卖了我,而他们还没找到那个盒子。不幸的是,这个假设不大成立。如果斯蒂诺兄弟有时间调查我和我的同伙,有没有可能最后得出结论,我会躲在阿诺伊森家呢?有可能——毕竟他们是神通广大的斯蒂诺兄弟。但这个可能性不大。唉,真倒霉。

在我被带出马车,穿过庭院这段短短的时间内,我脑子里冒出了无数想法。我一害怕,脑子就转得特别快。我听见门在身后被关上的声音,一只手推着我的肩膀将我引到椅子旁坐下。然后蒙眼布被取了下来。

在我对面有两个人。一个是大块头壮汉,头发已经花白,脸看起来却显年轻,长着大鼻子和一双和善的蓝眼睛,两只大手掌交握在一起,搁在膝头。另一个年轻得多,秃头,宽肩膀,脸上长着雀斑。他们没有穿哨所的制服,本身的服装也很昂贵。奇怪,这些细节足以让人心里一沉,充满了恐惧。

我心事重重,却不知怎么地,居然抢在他们之前,脱口而出,问道:"你们是什么人?"他们没理我。年轻的那位用一支银色钢笔在一张干净整洁的新羊皮纸上做着笔记。他用的是一套旅行书写用具,还包括防漏的墨水瓶。我想夺过钢笔做武器,却又放弃了这个计划,我们之间距离太远。在任何一种暴力冲突中,距离就等于时间。

"中士,"白发的那位朝我身后喊道,"给我拿一把刮胡刀、剪子,还有一盆水。"

新花招。除了有几次他们拿烧红的烙铁以及钳子等刑具威胁过我(这已经是我的底线了),我还没有真正被酷刑折磨过,所以我不是什么专家。我实在想不出一个训练有素的人拿刮胡刀、剪子,还有一盆水能怎么折磨我。"别这样,"我说,"真的,没必要。我告诉你们东西在哪儿。"

他好像没听到我说话。"你说得对,"他对秃头说,"我本来不敢相信这是真的。"他转头直愣愣地看着我,"你多大了?"

"三十五。"

他的一边眉毛挑了起来，"你是哪里人？大声点儿，别含含糊糊的。"

"欧东廷。"我说，"最早来自那里。"

秃头写了几笔，然后看着我。"北岛还是南岛？"白头发问道。

"南岛。"

一名锅盔头端着一个铜盆，带着一把刮胡刀，两个剪子进来了。"放下吧。"白头发说完，转向我继续问道，"你从哪里学的口音？"

我很害怕，但还是保持了一点儿自控能力。"随便模仿的。"我回答道。

他皱起了眉头，"为什么？"

"有用啊。"我设法圆谎，"我那一行需要嘛。"

"你是个小偷。"

"对啊，但是能冒充上层人士还是有帮助的。"

他思考了一会儿，点点头。他看起来没有威胁，甚至称不上不友好，与其说他是刑讯人员，不如说他更像是一名医生。"为什么留胡子和长发？"

我耸耸肩。

"又不时髦，"他说，"留胡子还更引人注意。为什么要做这种引人注目的事？"

"等我剃了胡须，看起来就会判若两人。"

他的眼神仿佛在说，这是什么破理由，只有你这种傻瓜才没意识到。"有没有针对你的巨额悬赏？"

这个问题太奇怪了，身为看守，他们肯定应该知道。"没有。"我说。他笑了。

"好吧，这是个傻问题。这样，我问另外一个。你的名字叫什么？"

我不觉得自己犹豫了很久才回答他的问题，但很明显他是这么认为的。"我需要列一张长长的名单，"他说，"才能把你在各地用过的别名都写上。让我看看你的手。"

"这，有点儿困难。"

19

他皱起了眉头，"中士，解开他的绳子。"老天，真是太好了。我活动着手指，让血液重新流动起来。"好啦，我们来看看。"我伸出手。他探过身子，把我的手掌翻上来——真像医生。"不错，"他说，"身上有伤疤吗？"

"伤疤？"

"你知道什么是伤疤吧？"

"有一些。"我说。

"但没有暴露在外面的。"秃头说，他的声音比我想象的要低沉，"先不管这个。"我意识到秃头才是两人当中级别比较高的那位，这让我很惊讶。"站起来。"他说。

我站了起来，很快背后有两名锅盔头靠近我。白发点点头，那中士便拿进来一种木匠用的以寸为刻度的量尺。他把量尺竖起来，手掌平放在我的头顶上。"相当接近，"秃头说，"好，让他坐下，给他刮刮胡子。"

他说这话时，我还以为自己听错了。但他们确实只是给我刮了刮胡子。不是中士，是一个穿着平民服饰的人。他肯定是名理发师，因为他刮得又快又好，一点儿刮痕也没留下。等他用毛巾把我的脸擦干以后，白发忽然叫道，"天哪！"

就在那时，我忽然意识到这一切都和紫色染料无关。

我招了吧。

我承认，我长得很像欧东廷皇帝——我是指上一任皇帝。他登基那天就是我人生噩梦的开始。没错，只有千分之一的子民有机会见到他，但每次钱币易手的时候他栩栩如生的形象就在眼前。可怕的是，我的侧面像和他简直一模一样。对于因为职业原因不希望被认出来的人来说，这简直是个大麻烦。因此我留了长发和胡子。这也是我不回欧东廷的原因之一（很多原因之一）。就算在佩尔米亚，这也是个令人头疼的事，欧东廷泰勒是当地少数几种硬通货之一。

"你们是谁？"我再次问道。

白发看了秃头一眼，后者点点头。"我现在要让卫兵退下。"白发说，"但是，请记住你的房间是在走廊的尽头，没有窗户，门是上了锁的钢门。"

"明白。"我说。

锅盔头鱼贯而出。门在他们身后关上了，我听到钥匙转动的声音。白发站起来，拉了拉门，确定是锁住的。然后他坐了下来，微笑地看着我。

"我们要请你帮个忙。"他说。

我不回欧东廷主要是因为我的表妹。

当时我十六岁，她才十四，我无可救药地爱上了她。她并没有回报以同样的感情，这点我不怪她。她聪明又美丽，是家族的女继承人。我们这一支——唉，原来也算名门望族，但一两代以前因为试图在皮拉斯建立一个殖民地而损失了大量的资金。这次灾难性事件以后，我祖父和父亲投入他们所有的精力和资源来挽救家族的财富，结果是，到我出生时，我们的日子不过是比一般农夫稍微强一点而已，当然，我们不用劳作。尽管如此，我们毕竟还是贵族，也就是说，我们保有尊贵的地位，并且仍然收到出席社交活动的邀请。就是在一次社交活动中——如果我没记错的话，是为某位大使举办的招待会——我第一次见到她。之后，我的脑子一片空白。

我不确定我赞同爱情这回事。我看不出对另一个人的迷恋和对酒精或罂粟提取物上瘾有什么区别，都是以快活开始，以身心俱疲结尾。而且众所周知，就算是一个皆大欢喜的故事，最终也只会走向满是眼泪和求而不得的痛苦的悲剧结局，除非有人能提炼出长生不老药。我已经尽量避开感情上的麻烦了，但正如积年的酒鬼所说，一口误终身。

你一定已经留意到，我有一个很妙的特点，就是几乎从不试图为我那些不可宽恕的行为辩解，甚至我也不求谅解。但我希望你能理解我的动机。区别不大，但有区别总比没有好。

　　我们省的执政官将在区级县境内举办一场盛大的化装舞会。我闹着不去，因为我知道她会出席。当时我已经到了基本上不能和她待在同一个房间的地步（与此同时，我又一刻不停地思念着她）。我向父亲指出，正是产羊羔的时节，总得有人待在家里监督工人，处理突发事件，而我很愿意做出这么大的牺牲。我还提醒他，我的礼服已经破旧不堪了，不想在正式场合贻笑大方。我甚至还告诉他，我感冒得很厉害，牙也疼，还扭了脚踝。我摆事实讲道理，指出在这种场合我哥哥就完全可以代表年轻一辈的男性，而且如果我留在家里，我们能省下两晚的旅馆住宿费，尤其现在是家里正缺钱的时候。他耐心地听完以后告诉我，产羊羔的理由是完全正当的，因此我哥哥会留在家里，我可以穿他那身很上得了台面的新礼服。再说，如果我真的病得那么厉害，那我留在农场里也帮不上忙，在舒舒服服暖暖和和的沙发上休息一天，反而对我更好。我说，我不想去。他说，办不到。

　　当然，他的决定是正确的。通过之前的几次经验，我们家里人早就发现，在正式场合最好套紧我哥哥脖子上的缰绳，别让他放肆而为。那时候，我还没看到这一点。我哥哥听说他必须留在家里当然很恼火。如同往常一样，他把这事怪在我头上。在我动身前的那个晚上，我们俩吵了一架，最后我不得不狠狠地敲了他一瓶子，让他回心转意。

　　旅途上的事我记不太清了。坐在颠簸的马车里，每天都差不多。多年奔波在路上，我也受够了。我只记得我的姐姐叽叽呱呱一刻不停地谈论着裙边和发型，我的父亲在阅读斯特西克鲁斯关于第五次社会战争的书，而我妈妈则凝视着窗外。将近傍晚的时候我们到达了目的地。旅馆很高档，正如我之前指出的，简直是对金钱的巨大浪费。十六岁时，你总是管不住自己刻薄的嘴。我睡在一间像教堂那么大的卧室里，床垫硌人，枕头硬得像石头。

　　第二天一整天照例是礼节性的拜访。如果你对贵族阶级的义务不甚了解的话，让我告诉你，它意味着你得穿着勒脚的鞋子不停地在路上走着，逐一拜访我们那数不胜数的富表亲。每到一家，我们总是被引到一间巨大的装饰得过于累赘的会客厅。在那里，我们不停地换着脚站着，等主人下来。然后是半个小时毫无意义，令人尴尬的寒暄，话题谨慎严格地保持中立。喝完一碗绿茶（一天下来我的膀胱都快炸了）后就体面地告辞，奔下一家而去。到了中午我就开始庆幸我们这一支败光了所有的钱。不然终此一生，我将日复一日地过这样的日子。

你不得不佩服这班无所事事的有钱人的韧性。他们跟老靴子一般皮实。太阳落山的时候，我只想爬回旅馆，把脚泡在热水中。但我不得不穿戴整齐，冒着大雨，蹒跚着穿过城区，赶赴一场八小时的舞会。

小时候，叔叔（他是名英勇的战士）告诉我，跳舞和械斗简直就是一回事。它们都讲究步法，要深入了解你的对手，预测下一步的动向，判断距离，最重要的是，控制呼吸。他说得一点儿也没错。现在，想象一个人持续战斗了八个小时，偶尔停下来喝点儿饮料，再找下一个对手——记住，舞会上所有的饮料都是酒类，不仅解不了渴，还让人有点儿脱水。这样的人可以称得上是传奇人物般的英雄了吧。但看似羸弱的贵族青年却轻而易举地做到了，夜复一夜，还有力气和热情跟姑娘们调情。当然，我是有点儿夸大其词。跳舞对上身力量的要求不大，也没有械斗时那种紧张的精神压力（除非你和我一样）。话虽如此……我很快发现，整天在野外放羊的经历让我对这种斯斯文文的社交毫无准备。三个小时以后我再也坚持不住了。四处张望，确定我父亲没有注意到我以后，我躲在一根柱子后面，坐在地板上开始脱鞋。

就在这时，她找到了我。

我用"找到"这个词，是因为她说"你在这里！"时的语调让我感觉她刚才正在找我。很悲哀的是，我深信她喜欢我。其实这也不是不可能的事。在那段日子里，如果我努力表现的话，还是一个很逗趣的人。我有一个声名狼藉的哥哥，越发衬得我有趣，再说，我很安全，不会有任何出乎意料的感情纠葛。

一名五万英亩土地的女继承人和我这样的无名小卒在一起毫无危险。我就像无害的宦官一样，她和我在一起可以完全放松，做回真我。有一次，她告诉我，能和一个男孩做朋友真好，就像安插了个间谍在敌营里似的。

"你在这里。"她对我说。我记得当时乐队正在演奏奥索尼乌斯的一首欢快而现代的曲子，她不得不大吼大叫，才能让我听到。"你躲在这里干什么？为什么不去跳舞？"

"我脚疼。"我说。

她大笑起来。"多半是喘不上气吧，"她说，"快来，我们进去吧！"

我摇摇头。我真的不想单独和她待在一起。身着丝绸长裙的她看起来像女神一样永葆青春，又与时间一般古老。她笑着抓住我的胳膊，拉着我站起来。她的力气一向很大。有一次我看到她把行李箱举起来放到马车顶上。这动作让我来做，还有点儿困难——说实话，我就是在此时坠入爱河的。你知道那些古老传说里的女神，看起来娇小玲珑，却能不费吹灰之力地将城池夷平，还能在战场的千军万马之间把英雄们拎起来，放在山顶。而英雄只是凡人之躯。

我们进了屋。大会客厅空无一人，只有一壶无人看管的红酒和几个玻璃杯子。她让我帮她倒杯酒。"你不喝酒吗？"她问我。

"我今晚喝得够多了。"我告诉他，"在家我从不喝酒。"

她觉得这事很有意思。我以前就注意到烈酒对她完全没有影响——好像是吧？她一口干了杯中酒，又给自己倒了一杯。"父亲不赞同让年轻姑娘们喝酒。"她告诉我。"为他的健康干杯。"她补充了一句，然后大大地灌了两口。

她告诉我她今晚一定要不醉不归，因为她的父亲已经将她许配给尼基佛鲁斯家的长子，婚期就定在明年春天。为了让我好过点儿，她又告诉我，她并不介意，因为对方的宅邸也算过得去。（她指的是乡下的庄园。城里的房子跟兔子笼似的，但是不要紧，社交季节你根本就没有着家的时候。）而且尼可人还不错，如果你不介意他有点儿笨头笨脑的话。从各方面考量，她都很确定他不算麻烦，再说，你和丈夫在一起的机会也不多。最主要的是，她终于可以离开家，离开她那个可恶可恨的妹妹，更别提她终于可以花自己手里的那点儿钱了，"爹地"总是为难她，根本就不理解服装的潮流——

我不是在给自己那无可宽恕的举动找借口，只是请你理解。祈求宽恕，只会罪上加罪。我得老老实实地坦白，我的初衷是，假使人人都知道她不是个处女，那她绝对没机会嫁给尼基佛鲁斯家任何一个小子。换句话说，我的动机不是欲望，而是蓄意破坏。我发现，蓄意破坏往往也是爱的表现形式之一。

当然，从一开始，这就是毫无希望的孤注一掷之举。我才十六岁，完全没有经验。我根本不知道强奸女人是怎么回事，但不知怎么地，我似乎以为船到桥头自然直。结果证明，我错了。我费尽力气也不过是撕开了她那昂贵的丝裙，以后大概补不好了，然后她揍了我一顿。

我完全懵了，我以为她会尖叫。但她没有，她先用手肘撞向我的腹部神经丛，我疼得弓起了身子，然后她又两次用脚狠狠地踹我的肋骨。我说过，她力气很大，我当时觉得自己快死了。

然后她开始尖叫起来。

不是因为恐惧而尖叫，是出于愤怒，她简直怒不可遏。上帝啊，那尖叫声大的。

我想就在那时，在我浑身又痛又透不过气的时候，我的头脑忽然冷静下来，开始意识到自己陷入了多大的麻烦。强奸，是足以把一名贵族送上绞刑架的重罪之一。整个贵族阶层都不会宽容这个罪行，因为它威胁着血脉的纯正性，破坏了将我们脆弱的社会结构紧密联合在一起的包办婚姻制度。就算我是富有的领主而对方只是农夫之女，也无济于事。换句话说，我死定了。我多半会被当场定罪，甚至不会有机会找律师，除非我能迅速逃离这里。

人们常说，教一个小男孩游泳的最佳方式就是直接把他扔进湖里。同样的原则也可以应用在学习高贵的逃生术上。如果你第一次就能成功逃脱，还是在光着脚, 肋骨断了两根的情况下, 以后不管情况有多危急, 你都不会觉得难。好在我脑子里还有着附近地形的微弱印象, 天很黑, 我毫无阻碍地从房子里跑到了灌木丛边。在灌木丛的掩护下, 我逃到了大街上。尽管狼狈, 我觉得作为第一次出逃, 我已经做得不错了。而且就算以后经过多年的演练, 我也不见得做得比第一次更好。

不久以后, 我在异国他乡得知我的家族将我彻底除名了。我猜, 在彻头彻尾的全面搜查也没能找出我的一丝踪迹以后, 我就基本被认定已经死了。在所有的家族文献中, 我的名字会被划掉, 会被涂抹掉, 会被凿掉。在众人眼中, 我从未出生。

顺便说一句, 我表妹最终没有嫁给尼基佛鲁斯家的孩子。所有的准备工作都做好了, 最后关头她有了更好的选择。

"就这样。"白发男人说道。

我在脑子里盘算着。我已经确定我要用的武器, 桌上的茶碗。白发男人将成为我的人质, 他身材粗壮, 更适合作为人盾。我将不得不想办法搞定另外一个 (一脚踢在他脑袋上应该可以搞定他)。我要保持安静, 因为任何大的撞击声、喊叫声或是尖叫声都有可能引起警卫的注意, 在我挟持白发男人叫他们开门时会引起一定程度的怀疑。一旦我到了走廊里, 有人质挡在我前面, 我至少有机可乘, 尽管赢面不算特别大。归根结底是距离的问题。我离白发男人大概有, 嗯, 九尺远。我能不能在最短时间 (距离就是时间) 内扑到他身上, 把他撞倒, 搞定另外一个, 敲碎茶碗, 用一个碎片抵在他喉咙上? 如果距离是六尺的话, 我不会犹豫。九尺, 机会不大。

"你在听吗?"白发男人说。

"我不需要听。"如果我能有充分的理由装作因为情绪激动而暴跳如雷的话, 我就能把九尺的距离缩短成六尺, 还能省下从椅子上跳起来的那点儿时间。"我知道你们想干什么。"

"你知道？"

"是的。"不行，我必须要显得更愤怒一点儿，"你们想拿我当皇帝的替身。你们要弄死他，所以需要找一个——"

"哎呀，我的老天啊，不，完全不是这么一回事。"

"别对我说谎。"太棒了，完美的借口，此时不跳更待何时。我朝他们的方向伸出一只脚，"这是个阴谋——"

秃头看着我。他转过去点了点头。白发男人利索地从椅子上站起来，上前一步，一拳打在我腹部。我仰面朝天倒在地上，花了好一会儿才想起来怎么呼吸。白发男人俯下身，揪着我的耳朵把我的头转向一边。"伤疤没什么影响。"他说完放开了我。

"你要知道，"秃头的嗓音里带着一丝疲倦，"我们不是傻瓜。我们知道你惯于逃跑，技术高超。现在，坐回你自己的椅子上，听听我们有什么要说的。"

"首先，"白发男人说，"牢牢记住我们是忠于皇帝陛下的。不幸的是，皇帝陛下——身体不适。这一次，尤其严重。可能需要休息好几周的时间他才能重新开始履行他的职责。正如你刚才猜到的，我们需要找一个能代替他出现在公开场合的替身。我们听说在斯科利亚有个小偷长得很像他，因此派出代表来进行公开谈判。"

我抬起头。"是你，"我说，"在茶馆——"

他笑了。"我已经预料到开始接触的时候会有麻烦。"他说，"一看到穿制服的人，你的本能反应就是逃跑。我现在意识到一开始就采取强迫手段是我的失误。但是这事很急。时间真的不多。尤其是我们浪费了好几天时间追着你过边境，查出你躲在这个养兔场。尽管如此，"他说，"我们还是逮到你了。你什么也不用带，我们会提供所有的装备。我们明天一早，把你收拾整齐一点以后就出发。"

我深吸了一口气。"这事我干不了。"我说，"不可能。"

秃头叹了口气。"一点也不难。"他说，"不需要你演戏，你只要端坐着闭上嘴。皇家礼仪——"

"这事我干不了。"我重复道。

白发扬起了一边眉毛。秃头怒视着我。白发说："当然啦，我们会付你钱，一大笔钱，足够——"

"你不明白。"我尽量使自己听起来没那么绝望，但没控制好，"只要我踏入欧东廷境内，我就死定了。我干了些——嗯，坏事。"

"噢，别担心。"秃头说，"我们会帮你弄到皇室特赦。"他微微一笑，"如果你愿意，你甚至可以亲自盖上章。你作为国家元首颁布的第一条法令。"

"我们最不希望看到的，"白发插口道，"就是你出了什么事或是陷入什么麻烦。那麻烦就大了。当然，这事儿完了以后，你必须离开欧东廷，永远不要回来，至少不要带着这张脸回来。因此，合情合理地说，在老家针对你的任何犯罪记录都跟你没关系。"

我尽量使自己镇定下来，深吸一口气，屏住呼吸，再慢慢地呼出，"你们哪根筋搭错了认为我竟然有资格冒充皇帝？"

白发笑了。"我们会把你需要知道的一切都教你。"他语气轻松地说，"其实，你的口音很不错，音调和音质都与皇帝相同。以一名小偷来说，你的说话口音简直好得出乎意料。"

"是丝绸大盗。"我说，"我们是这一行的上流人士。但是，我可学不会那么多，这得花一辈子时间吧。"

白发看了我一眼，目光里隐隐有种"你快把我惹毛了"的意思。"你别管，那是我们操心的事。"他说，"别找麻烦。我以为，到了这个地步，像你这样的人，应该早就意识到这事由不得你了吧。如果你不帮忙，那么你对我们就没有用处。我们也不能放你走。尽管相信你的人少之又少，但我们既然可以不费吹灰之力干掉你，为什么还要冒这点儿风险？"他笑了笑。"行了，"他说，"打起精神来考虑一下。这可是难得的机遇。这份活儿技术上相对简单，只需要你有一点儿胆量。你干的就是闯空门这一行，肯定是不缺胆量的。完事以后，你不仅可以拥有清白的身份，口袋里还能落一笔钱。"

我向他露出了一个悲哀的笑容，说道："浴紫，重生①。"

他先是皱起眉头，然后恍然大悟，大笑起来。"太妙了！"他说，"对嘛，这么想就对了，为什么不呢？当然啦，跟你这种人说什么国家需要你啊，现在国家到了历史上的危急时刻啦，这些话没什么用处。这些都是实话，也正在发生，但你肯定不在乎。你只在乎自己不用进监狱还能赚一大笔钱。机会如此难得，你就别发牢骚了，想想自己有多幸运吧。"

我默默数了五下。然后笑了起来。"你说得对极了，"我说，"我没考虑得这么周全。抱歉，我之前有点儿犯傻。"

白发耸耸肩。"没关系，"他说，"这个提议确实有点儿惊人，难怪你得花点儿时间才能缓过神来。"他看了看秃头，后者点点头。"我是奥西斯上校，隶属皇家禁卫军。这位是特派专员李奥达斯伯爵。"他停顿了一下，补了一句，"你还没有告诉我们你的名字吧，你的真名。"

"我叫埃斯克里万，很高兴认识你们。"

白发微笑着伸出手，我握住他的手，用力将他朝我这边拉过来。我的判断是正确的。他趔趄着朝我跌过来，正对着我的左拳，他自身的体重加大了我那一拳的效果。他闷哼一声，开始向地上倒去。我把他推向秃头。秃头正试图躲闪，他从椅子上跳起来，一路倒退到墙边。我抓住椅背把椅子举起来，先假装用椅子脚戳他的脸，然后迅速放低戳向他的左脚膝盖。他痛得顾不上我，我趁机一把抓住茶碗砸向桌子。我手上留下一块顶部尖锐的狭长瓷片。我把瓷片夹在中指和无名指之间，尖头朝外。然后我一个腾步，从他的左边绕到背后，左肘扣住他的喉部，右手的瓷片抵在他耳朵下方。"镇定一点，"我说，"现在，用正常的语气叫他们开门。"

俗话说，再好的运气也总有用光的时候。如果这是真的，我肯定在之后的一个小时内就把自己所有的运气都消耗得差不多了。之后发生的事简直样样

① 如前，双关语。

都顺——事实上，就是因为太顺了，我不禁开始犯嘀咕。警卫们纷纷退后，一声不吭地开了通向中庭的门，我忍不住疑惑起来。我弃了白发，身手敏捷地越过墙头，落在墙外（没摔断腿也没扭了脚踝），跑了二百码左右，融入小巷间那绝妙的黑暗。这时，我灵机一动，我真傻，真的，居然一直没看出来。

关于皇帝啊替身啊之类的那一通话全是假的，掩人耳目的说辞，演的一场好戏。同理而推，我那么容易就从那里脱身是因为他们故意让我走的。真相应该是，他们根本不知道我把盒子藏在哪里——这么说，阿诺伊森没有出卖我，那就是斯蒂诺兄弟，我心头一暖。他们故意放我逃跑，就是预料到我一出去就会直奔藏盒子的地方，然后拿上盒子迅速离开小镇。这是我以前的套路。来吧，看我的。

我习惯了被人跟踪，一旦身后空空，我反而会觉得有点儿孤单。而那时候，我可一点儿也没觉得孤单。现在我开始怀念孤单的感觉了。

白天剩下的时间以及整个晚上我都在四处溜达，不时地来点儿攀啊爬啊，还附赠了一场气味难闻的游泳。到太阳升起的时候，我筋疲力尽，浑身脏兮兮的，但我可以很自信地说我已经把跟踪的人甩掉了。我穿行在一条条大街小巷、拱廊街道之间，搭着一辆夜间的运粪车混出了城，然后沿着高架渠的挡墙一路走回来，接着钻进老旧废弃的帝国时期的下水道，在里面来来回回地蹚水，先走了大约有两倍于城市纵向长度的距离——再回头，从东向西交叉穿行。我在哨所屋顶接雨水的水桶里洗去了身上最脏的污泥，然后拖着脚步爬上山，来到新图书馆后门外的棚租区，一路把自己晾干。为了祈福，我花了一个小时在城墙上走了一圈，下来后去了刚开档的屠夫市场。我在玉米市场摩肩接踵的人群里推搡穿行，然后溜进"真理与诚信"一楼那些被废弃了的房间。我坐在角落里睡着了，丝丝缕缕的蜘蛛网垂挂在肩头，好像披着皇室的貂毛披肩似的。

等我醒来，从百叶窗向外张望时，太阳即将落山。时间刚刚好。我肯定已经甩掉跟踪的人，不然他们早就逮到我了。我胸口涌上一股强烈的职业自豪感。我做到了。我赢了。无论以哪种标准衡量，这都是一次脱逃术的杰出示范。我真心地遗憾不能就此写篇论文发表在学术期刊上。

安全起见，我待到半夜才悄悄溜出来，偷了一根面包和几根干香肠，一边上路一边吃。这才只是开始，后面的路还很长。我不得不一圈一圈地绕着走，缩小范围，直到自己到达某个离鹰桥只有一箭之地的木料场。在那里，我蜷缩在一排空酒桶后面，强迫自己一动不动地等了整整两个小时。没人进出，我没听到一点儿动静。我站起来，等脚上一阵阵针扎般的刺痛缓解以后，穿过整个场地，径直走向对面一排木屋中的一个。

当然，屋子里一片漆黑，不过我知道在哪儿可以摸到灯和火绒匣。只要把门关上，里面的灯光就不会透到屋外。我举起灯，四处张望，看到了我正在找的东西：混在成千上万的木材中的一截木料。这是一截特殊的木料。我把它藏在墙面上裂开的一个小口子中。大约在一百年前，一块石头脱落下来，形成了这个裂口。我深一脚浅一脚地从木料堆上踩过去（你一踩上去它们就动），拿到我的目标物，坐了下来。我拿出偷面包时顺手拿的薄刃刀，用刀尖在木头表面又戳又捅，直到我发现了一条缝隙。这条缝隙，光靠眼睛是看不出来的，你只能凭感觉。刀尖只卡了一点儿在缝隙里，我小心翼翼地将刀刃插进去，直到裂缝打开，两半空心的木壳分开来。盒子像母鸡下蛋一样从木头里蹦出来，落在我脚上。

我似乎听到了天使的歌唱。

不过现在我没有时间，只能忽视它，我拿起盒子，塞进衬衫里面，狼狈地向门口走去。我用力一拉，门没有开。

糟糕，我想。

为了确定我的猜想，我跪下来，将刀刃插进门和门框之间。在和门搭齐平的地方，我发现了障碍物是什么。那是装在门外的一个门闩，我被关在里面了。

　　我停下来思考了一会儿。上次来藏盒子的时候，门上没有闩。再说，那里本来就有一个防止门被风吹开的搭扣，为什么需要在门外加装一个门闩呢？

　　不等我有时间去验证我的猜想（不过，我的确花了点儿时间疯狂地寻找逃离木屋的出路——或许是屋顶的破瓦片，或许是裂掉的地板，没辙），门闩嘎地响了，门被撞开，我向外看去，灯光里满是锅盔头。我没有数，但肯定有不下五十名。

　　也许我应该感到荣幸吧，但我真不觉得。

　　"我们当然知道你把染料盒藏在哪里。"白发对我说道。我们坐在门窗紧闭的马车内，我一只手和他的手腕铐在一起，另一只手和秃头铐在一起。"你的朋友阿诺伊森把什么都告诉我们了。因此我们知道你一旦设法从我们手里逃走，一定会直奔那个地方。"

　　盒子还塞在我的衬衫里。他们好像对此毫无兴趣。"好吧，"我说，"你们要我干什么？"

　　"我说过了。"白发举起一只手想挠挠耳朵，却发现连我的手也跟着举起来了。他只好放下这只手，用另一只手挠。"我们告诉你的都是实话，绝无虚言。我们需要你和我们一起回欧东廷。"他顿住话头，看着我说，"如果你愿意，你就留着那个盒子。我们不需要。"

　　我脑子"嗡"的一响，差点儿以为自己中风了。"你们什么？"

　　"我们又不是小偷。"他说，言外之意是——不像你，"我们的看法是，这是你的盒子，你就拿着。与其让你整天惦记着你的藏宝，不如让你感到舒服点儿，这样你就能全力以赴完成之后的任务。"

　　他似乎全然不记得，上次见面时，我狠狠地给了他一拳，差点儿把他打残了的事。不得不提醒的是，他刚才本来有机会报复回来的。我转向秃头，问道："膝盖怎么样啦？"

　　"很痛。"秃头回道，"不过，我不记仇。"

老天啊。"听着,"我直直地看着前方,说,"我很抱歉,但我真的不能回欧东廷。"

"你当然可以。"

"我不可以。"

我不得不再次坦白。

我记得我告诉过你们关于我的表妹以及我干的坏事。我也提到,她为了攀高枝,抛弃了尼基佛鲁斯家的小子。也许我忘了说明一件事,她嫁的人现在已经是欧东廷皇帝了。

我把这事告诉他们了——当然是砍去细枝末节的主线版本,事情要挑重要的讲嘛——他们瞠目结舌,身子都僵住了。过了一会儿,秃头说:"没事儿。"

"什么?你们没听清楚吗?"

白发说:"皇帝和皇后已经互不理睬很长一段时间了。即使在正式的场合,他们也很少能碰得上面。当然啦,她对我们的事一清二楚。我们获得了她的准许。"

"重点是,"秃头插进来道,"你不需要跟她见面。公众习惯了他们不在同一场合出现。这不是问题。"

在波澜起伏的一生中,我有着花样繁杂的被拘禁的经历:我曾被人锁在牢房里,被人绑起来过,也曾被人用链条拴在墙上,还曾被人用链条跟警卫捆绑在一起。这是第一次我感觉到手腕上传来钢铁的触感,让我忍不住想尖叫。"这不是重点。"我说,"我不能回去。我甚至不能和她待在同一个屋檐下。对她干了那种事,我还——"

他们还在等我说完,我却说不下去了。秃头说:"我说过了,这不是问题。你不需要和她见面。"

"说是这么说,你们又不能保证这一点。"

他耸耸肩。"我还不能保证,在到达码头之前,我们这辆马车不会被闪电击中呢。"他说,"但我可以保证这个概率很小。好了,别哼哼唧唧了。"

我可以感觉到心里的焦虑越来越强烈。"我不干,"我说,"你杀了我吧,反正我干不了。"

"别傻了,"秃头柔声说道,"我们不会杀你的。我们还用得上你呢。你一根寒毛也掉不了,这点我可以保证。"话音刚落,他皱起了眉头。"说到这个,"他说,"别动。"

接着他冲白发点点头。后者侧过身来,用一把袖珍折刀在我的左下巴处划了一道深可见骨的伤痕。我惊呆了。"不好意思,"他补充了一句,"皇帝身上有道疤痕,就在那里。我们本来想用化妆油彩画一道的,但真的疤痕看起来比较可信。请千万别动那个伤口。让它自然愈合,不然我还得给你来一下。"

我能感觉到血滴滴答答地从脖子边淌下来。"我会自杀的。"

"不,"白发严肃地说,"你不会。你的房间里不会有任何尖锐的物体,餐具是木制的,不是陶瓷品,你会睡在没有床单的垫子上。你周围不分昼夜每一分钟都有人守卫。如果你想把自己饿死,我们会强行喂你。我很抱歉,但你没有选择的权利。"然后,他忽然笑了。"你会是全世界最安全的人,"他说,"这不挺好的吗?"

但我不能回去。就算这帮拘禁我的人不能理解我,我也得想办法。这就意味着,我必须要超越自我,想出一个真正出乎所有人意料的聪明的点子。

我首先想到,置身于一艘船上意味着无数的机遇,然后我想起来自己不会游泳。然而这点儿障碍无法阻挡我的决心。一旦我到了水里,说不定自然而然就学会了——不然我就得淹死,这倒把问题给解决了。然而,悲催的事实是,当水没过你头顶的时候,你既没有马上学会游泳,又没有立刻沉入水底。有那么一段很尴尬的时间,你在水上扑腾着,不停地挣扎,大声呼救。这段时间虽然很短,却足够让人跟着你跳进水里,用绳子绑住你,拖回船上。

打那以后,我就把精力和注意力都集中在救生艇上。但是,救生艇周围有人全天候守卫着，我身边也有人一刻不停地看着。而且，他们在我的手腕和脚踝处都拴上了厚重的铁链，使我行路艰难，每走一步都会发出哐当哐当的声音，好像身在铸铁厂似的。我不喜欢这样。手铐勒得我皮肤生疼，我试图用几块破布把它包起来，却总是松掉。而且钢铁和皮肤上的水泡摩擦起来简直疼得要命。我指出，如果他们不小心的话，有可能会给我留下永久的伤疤。于是，他们大发慈悲地把羊毛粘在手铐上作为缓冲，这是我在这场特殊战役里唯一的胜利。

我还尝试着贿赂看守。我告诉他们，我有个盒子，里面装的东西价值连城，如果你们帮我坐上救生艇逃跑的话，这里的东西都归你们。他们回答我，他们早就被警告过，我可能会试图收买他们。他们还告诉我，盒子里的东西一钱不值，而且下船的时候反正全体都要搜身的。帮我逃跑是死罪。这番话算是拒绝了我。

我忽然想到，背负沉重的链条能让我像石头般迅速下沉。但我没看准时机，他们抓住我把我拽回来的时候，我一只脚还挂在栏杆外。

我开始绝食。他们撬开我的嘴巴，用一根棍子顶住我的舌头，把粥灌进我肚子里。我很快就放弃了。

在我没有被羞辱或折磨的时候，我通常在上礼仪礼节课。基本上就是秃头在滔滔不绝地教育我，而我别过头哼着小调，想要把他的声音盖过去。没用。不管我心里多么不情愿，他说的那些话还是灌进了我的耳朵里——我不用"听进去"这个词，是因为整个过程我都很被动。不巧的是，我的记忆力超常——过耳不忘。再说，这些课程里很大一部分内容是我逃离家乡以前就知道的。我甚至还在他出错的时候，纠正过他一两次，让他大喜过望。那之后，我就闭紧嘴巴，一声不吭，随便他叨叨。我意识到，尽管他自称伯爵，也不过是一种名义上的头衔。就是你乖就奖励你一个头衔的那种。回想起来（我已经多年没有这么做了），我当年的头衔也不输于他，甚至更厉害——什么什么子爵啊，还有一听就忘的某地的世袭王子啊之类的。说真的，如果我父亲去世（距离上一次想到他的时间更加久远）的话，我多半就是什么公爵了。等等，不对，他们已经把我除名了，我被从所有的书面记录里删去，好像从来没出生过一样。

这让我很伤心。我不喜欢疼痛，但我控制不住。

"你知道吗，"值班的卫兵对我说——他说的时候正坐在我头上，"你真是越来越能找麻烦了。"就在刚才，我用铁链勒住他的脖子想要让他窒息。"哦，阁下。"他补充了一句。

"滚开。"我回答道，但估计他听不见。

"不管怎么说，"他继续下去，"你很快就要和泥腿子们①打交道了。明天这个时候，我们就到卡瑞亚了。"

我的心脏好像被他攥在手里，狠狠地挤压着，"你怎么知道？"

那条该死的军用围脖救了他一命，就是那种围在脖子上防止胸甲的上沿伤到喉咙的玩意儿。下次动手的时候我得记住这一点。"海鸥啊。"他回答道，好像这问题很白痴一样，"小子，我可真是等不及送你走了。大人。"

"你打算一整天都坐在这里吗？"

头上沉甸甸的感觉一下子减轻了。接着我被猛地揪起来，双手反剪，面朝外站着。"我要把你捆在桅杆上，"他说，"就像给牛上笼头一样。"

不是他估算的时间不准，就是海鸥聚集的地方比平时离海岸更近。太阳快要落山的时候，我们看到了四姐妹峰。我想我比瞭望员更早一点儿看到云山雾海之上那四个闪闪发光的白色尖峰。我以为是我的想象，但定睛一看，就是它们，不会错。

我到家了。

对故乡的眷念，对故国的眷念，是另一种类型的爱——是累赘，是负担，

---

① 指陆军士兵。

是绑住手脚的锁链，使你无法逃脱，让你加速沉沦。事实上，我相信有时候一个人对故乡的眷念甚至会超过对人的思念。直到如今，闭上眼睛我就能看见伴我长大的那所房子里的每个房间，远在家庭牧场边缘的那片森林，还有那条穿过一片金雀花丛通向山顶的小路。有段时间，只要一闻到打蜡家具的味道，我就泪流满面。很荒唐吧，但这都是真的。

他们把我跟两名海军陆战队士兵打包锁在一起押下船，用毯子盖住我的头，直接把我们押进一辆门窗紧闭的马车。这样，在穿过博克欧辛的路上，我就没法四处张望。也许这样更好。十五年了，这里肯定有变化。如果他们重建了步行街，或者拆掉了"英勇的士兵"雕像，我可能没法接受。至少闻上去，博克的味道没有变。马车里一片漆黑，两个大兵没有看到我流下的眼泪。

马车平缓地向前行驶，和我小时候坐在车里一路颠簸的体验完全不同，看来他们终于把从博克直通赞吉安的路好好整修了一番。我跟那两名海军陆战队士兵提了两三次请求，告诉他们我急着要尿尿，能不能停一下？他们当然不信。结果我尿了一摊在马车地板上。因此，当我告诉他们，不好意思我需要上大号，而且我再也忍不住的时候，他们很不情愿地同意了。他们敲了敲挡板，示意车夫停下来。

我知道今夜是满月，但我无法确定是晴天还是阴天。不过，有时候人总得冒险。结果，我的运气不好，今晚月光明亮。我和我的两个影子走到离马车大约有十码远的地方。我坐在石楠丛中，花了点儿时间让自己的头脑冷静一会儿，因为以前我的情况从来没有恶劣到需要闹出大动静的地步。两名士兵分别坐在我两边。我脑子里的计划相当复杂——幸好我有足够长的时间去完善——而且我不确定自己是不是足够强壮。尽管如此，你总得试试才知道。

我很仔细地研究过手上的镣铐，我的优势是我的镣铐包着衬垫，他们的没有。我深吸一口气，然后使出全身的力气猛拉左边的锁链，同时也全力拽动右边的锁链。

事实证明，这是个相当不错的计划。在我的左边，镣铐的尖锐边缘勒进那名士兵的虎口。坚硬锐利的边缘将他的虎口割出一道很深的伤口，给他造成的疼痛和震惊足以让我抢先几秒行动。右边的那位，被我拽得失去平衡，踉跄着跌倒在我身前。我知道他放刀的位置，在右臀的裤袋里，我不用看就能把刀弄到手。等我把刀拔出鞘的时候，他正挣扎着要来掐我的脖子。我毫不理会，他反正掐不到要害。我再次狠拉左边的锁链——他发出一声惨叫，说明伤得不轻——接着把刀沿右边那名士兵胸甲的下部边缘插了进去。我感觉到他对我的纠缠停止了，正好让我可以全力对付左边的士兵。他完全不知道我手里有刀。轻而易举地搞定。

当然，困难的部分在于要摸黑把两只手切下来，还得赶在车夫和他的同伙意识到大事不妙之前。幸好我越紧张动作越麻溜。我以前从来没有切过别人的手。聪明人懂得按照分解兔子的方式来完成任务。

我听到车夫的喊声——怎么回事，你们还好吗？比原计划多花了点儿时间，但我觉得可以补回来。我噌地站起来，拎起裤子，拔腿就跑。说"跑"也不准确，两脚之间的锁链使脚步迈不开，只能像个蹦蹦跳跳的孩子一样小碎步往前。

是车夫腾身一跃把我扑倒的。我转身挣扎着要用刀刺他，但全都被他那该死的胸甲挡了下来。接着他狠狠地给了我一拳，我失去了知觉。

冷血地杀害了两个人，我并不觉得骄傲。我唯一能为自己辩护的理由是在船上我曾试图自杀——也就是说，我宁愿牺牲自己也不愿意伤害他人——但他们不让我自杀。因此，或许可以说他们是自己找死。当然，换个角度来讲，他们又不是决策的人，因此我的辩解可以被推翻。同时我们也不要忘了，我最终没能逃出去，这是我本该预见到的结局，这样说来他们的死毫无意义。我很抱歉。

我在一间通风良好的舒适房间里醒来。房间四面白墙，屋顶绘着壁画。

我判断这应该是一幅矫饰主义风格的作品，以纯真可爱的独角兽寓意着美德的胜利。我的四肢被结结实实地绑定在床上。我闻到了玫瑰精油的香气。

我开始动脑筋，思考各种战术上的可能性，但很快就放弃了，因为没有可能。接着，门开了。我的秃头朋友（或许从现在开始最好称他为李奥达斯伯爵）走了进来。门在他背后关上，我听到了两次上门闩的声音。他拿起一张细长腿的小椅子，坐在我床边。

"你这该死的小丑。"他说。

我叹了口气。"我告诉过你，"我说，"我不能回来。要是你们不听，我就管不着了。"

他就像对着一笔平不了的账目一样皱眉看着我。"真不知道该拿你怎么办，"他说，"我们威胁不了你，因为你已经试图自杀五次了——"

"六次。"

"真的？"他点点头，"证明我说对了。也不能打到你听话为止，因为我们不能让你身上留疤。"说到这里，他想起了什么，用大拇指把我的下巴扭向一边，察看着伤疤。我猜他很满意这效果。"我们倒是可以给你下药，但服了药你会口齿不清，还会流口水。这点真皇帝就可以做到。"他顿了一下，低头看看他的指甲，再抬头看着我，"在长治镇的时候，你说你爱着皇后，这就是你不肯合作的理由，对吗？"

我闭上眼睛，"滚！"

"好吧，"他笑着对我说，"看来是真的。显然，你有顾虑，因此不想待在这里完成任务。这顾虑大到你宁可自杀也不肯接这份既轻松、报酬又丰厚的活儿。只有爱情才能让人做出如此纯粹而不理性的举动。"他耸耸肩，"我们就假设是爱情。这么说来，如果不是因为她，你应该会配合我们的行动。"

"去死吧。"

"没错，这样的话，事情就简单多了。我们只好除掉皇后，干掉她。"他补充说，"问题就解决了，是吧？"

我瞪着他看了很长时间。

"我说真的，"他说，"你没意识到现在的局势有多危急。我们刚经历了几十年的内战，牺牲了成千上万的国人，终于等来一位能挽救国家于危难之中的皇帝。如果他死了，或者人们认为他已经病入膏肓，无力治理国家，帝国将分崩离析，再次陷入旷日持久的内战。如果阻止这一切的代价是干掉皇后，我们会毫不犹豫地动手。你明白吗？"

我永远不会忘记他的眼睛。他有女孩般长长的睫毛，瞳孔是蓝色的，眼神柔和。但我知道他会动手的。

"好吧，"我说，"我输了。但是，永远不要——"

他笑了，笑容如阳光般灿烂。"妙极了，"他说，"我就知道，只要能了解你的内心，我们迟早能找到对付你的好办法。"他转了一圈，解开了我脚上的束缚。"记住，"他说，"拿出你最好的表现，不然我们就杀了她。明白吗？"

五百年前，皇帝尤西里斯六世写了一本书。这本叫《欧东廷皇家典仪》的书有九百章，是他一生心血的凝结。

理想的做法是，浴紫而生的皇位继承人——皇太子从六岁开始用心学习这部典籍。这样，他有足够长的时间，将知识分解，一点一点地慢慢消化吸收，不至于一股脑儿灌到脑子里，那肯定会把这可怜的孩子逼疯的。但这并不是一个理想的世界。在过去的七十年间，共有五十九位皇帝。其中五十二位横死，只有三个皇帝在位超过一年。因此很有必要将对这部典籍的全面学习和理解在一定程度上分派给宫廷大臣之类的人物，以减轻无敌骄阳之子的负担。但皇帝本人也没有轻松多少。他最少限度必须将三百七十二章精华内容融会贯通，不然整个帝国无法运转。

幸运的是，记得我之前提过，我的记性很好。我学习的最有效方式是大声地跟读。因此，李奥达斯伯爵将每一章都念出来，我跟着复述五遍。每天结束的时候，他会测试前一天学习的内容，我们俩都对我能记住那么多的内容感到很惊喜。除了背诵典籍，我还得进行仪态训练，练习端坐着让裁缝和鞋匠量体裁衣、了解当前国家大事的概要等。我还要观览皇帝应该认识的每个人的肖像，试图记住他们的履历、他们妻子孩子的名字以及各种或敏感或危险的话题。我居然还学到了我自己的履历，惊讶地发现这么多年来我居然做了不少可怕的事。

李奥达斯伯爵告诉我的全是真的。现任皇帝之所以能登上皇位，是因为皇室其他的成员全都死光了，在两个主要派别掀起的九年野蛮战争中被屠戮一空。在最后一场决定性的战役中，仅剩的最后两名对手也死了，他们手下的两支残兵败将别无选择，只能将皇位拱手让给皇室第三个分支的家主。这支皇室血脉全然不问政治，保持低调，最终得以幸存。这支的家主理所当然地登上了皇位，不料却在一个月后薨了，据说是死于一场高烧。顺位继承的是他的儿子。他精力充沛、颇具天赋，正是整个帝国翘首企盼的领袖类型。他让两派敌对的势力硬碰硬，互相撞得个头破血流才出手调和，最终统一了两派；他将反对派杀的杀，流放的流放；他实行了一系列虽然野蛮却颇有创见的改革，将衰败的经济重新整合，赢得了人民的爱戴。他完成这一切只用了两年时间。之后的十年，他什么也不做，整日花天酒地。但他手下的行政部门很快就学会巧妙地将这一切掩盖起来。他们不得不如此，只要有一点儿皇帝失德的风声泄露出去，街头很快就会发生暴动。

"恐怕局势比我们想象的还要严峻。"在一整天筋疲力尽的学习结束后，李奥达斯告诉我。当时我们正在享用肥得流油的羊肉大餐——我总得让自己的胃适应一下皇室饮食，要是在国宴上吐出来就不好了。"我们不在的时候，陛下的健康状况持续恶化，我们需要你的时间可能比预期的长。"

至于皇后，他告诉我，正在北方的萨尼布鲁。对外的说法是，她去那里开一家新的神殿及修道院。萨尼布鲁是一座山城，像鸟巢一样盘踞在山的巅峰，除了一条狭窄的蜿蜒小道以外，没有别的路可以进出。它距离此地有二百里远。"多谢。"我说。他笑了，告诉我别客气。

在典籍中, 已逝的皇帝陛下对皇室礼服做了精确详尽的描述, 我就不啰嗦了。如果你一定要知道, 不妨自己去查书。要不然, 你就得接受以下不怎么令人满意的概述。

先着一件克莱米斯袍①, 然后穿一件迪维逊, 最外面包着拉罗斯巾。拉罗斯巾就是那种装饰繁复的围巾, 像南方森林里的那种能把人绞死的蟒蛇似的, 在你身上紧紧地绕上六层。头上戴着硕大笨重的庞蒂提拉三重冕, 皇冠上满是一串串用链子串起来的钻石和珍珠, 垂在耳边, 一动就发出叮叮当当震耳欲聋的声音。皇冠比骑兵军官的头盔还要重, 而且你必须坐得笔直, 不然它的重量会压得你脖子抽筋。左手执拉布兰杖②——一根纯金打造的金光闪闪的巨大叉子, 长两尺, 重六磅。我考虑拿它当武器, 但是我发现很难保持平衡。要是你拿它当棍棒使用的话, 你只会扭了自己的手腕。执杖的时候要将它笔直地树立起来保持平衡, 否则不到五分钟, 你的整条胳膊都会麻掉。右手拿着一颗重得要死的王权宝珠。那球大得让你的手指无法舒服地抓着它, 而且沉重无比, 八磅重的纯金直接把你的手钉死在宝座的扶手上。如果你不小心把这该死的玩意儿弄掉了, 噢, 那你只能祈求上帝的保佑了。哦, 别忘了那双齐膝高的, 镶满红宝石的紫色(猜猜那是拿什么染出来的)御靴。鞋底有四寸高, 纯金打造。穿着这种靴子, 还要求你走路优雅轻盈, 基本要做到足不沾地。

还得再提两点。一是不合身。整套冠服是三百二十年前为卡里尼库斯三世量身定做的。我推测, 他是个又瘦又小, 却有一双大脚的人。自那以后, 这套礼服再也没有被改动过。对皇袍做任何的改动都是一种亵渎。

清洗皇袍更是被视为大不敬, 因此这套礼服味道很重。我收回, 更确切地说是臭不可闻。积年的烟味、腐臭的油味、汗味和尿味(因为一旦典礼开始, 皇帝无论如何只能保持一动不动), 他们第一次给我套上礼服的时候, 我被熏

① 文中借用了古希腊的一种外袍款式, 像披肩一样, 包围左右肩膀, 在右肩膀处固定。
② 拉布兰(Labarum)是指有凯乐符号的军旗, 该符号由基督的希腊语首两个字母组成(ΧΡΙΣΤΟΣ), 即 χ 和 ρ, 由罗马皇帝君士坦丁一世首次使用。

得差点儿呛死。如果不仔细看，你可能看不到礼服上的血渍（有十七位皇帝被杀害的时候正穿着这套礼服），但皇冠上有一块凹痕，是李奥久斯二世被一脚踢死时留下的。凹进去的地方正好硌在我的左太阳穴上，让我头疼欲裂。

话说回来，一旦你穿习惯了也没那么糟糕。当然你得找到平衡点，而且保持绝对的静止。有一种坐姿能让整套冠服的重量由宝座的椅背和扶手承担，而不是你自己的背和手。而且如果你坐的位置精确的话，你几乎可以一直这么坐下去。唯一的缺点是，你看不清前面，因为皇冠的下沿直接卡在你的眉毛上，你前方的视野全都被冕旒挡住，就是那种像帘子般悬垂下来的小零碎。不过，这也不算什么。在正式的宫廷典礼上，不言而喻，你看到的都是一成不变的景观。听力也受到影响，除非每个人都愿意朝你大吼大叫，否则你几乎很难听得见。但道理都一样，在正式典礼上，听力比视野更多余。

（哦，我有没有说过穿着这套礼服很热？在夏天，你几乎要融化了。本来冬天会好一点儿，如果不是谒见室那世界闻名的地热系统让整个房间在冬天比夏天还要暖和的话。宫廷诗人常常提到皇帝那熠熠生辉的脸庞，那不是诗意的想象，是满脸的汗。）

"你要经常穿着这套礼服，直到看起来很自然为止。"李奥达斯一遍又一遍地叮嘱我，"不行，你现在看起来就像有整个屋顶压在你身上似的。拜托，保持背部平直，下巴抬起来。"

我恨死他了。除了在位的皇帝以外，谁也不能穿这套礼服，否则立即处死——克里格勒斯处死了他的独子，只因为他试穿了一下靴子——因此，只有皇帝才知道穿这套礼服的真实感觉。相信我，言语无法描述。

这套皇室礼服有一个大大的好处，几乎可以抵消所有的缺点了。在它的束缚下，逃跑这件事你想都不要想。锁链绑不住我，但这一身束缚却能让我甩掉脑子里所有的如意算盘。幸好如此。要不是因为全身束缚让逃跑成为不可能的任务，我就算对后果一清二楚（在我首次隆重地驾临谒见室之前，李奥达斯好心地在我耳边悄声提醒我），也控制不住自己想要逃之夭夭的天性。

它还有效地消除了要命的紧张感。从门口走向王位的过程中，我根本没想到有一千二百双眼睛正盯着我。我全神贯注，保持直线前进，一边注意不要把那该死的王权宝珠掉到地上，一边还要不停地把腿抬起再放下，其间既不能绊倒也不能像哑剧里的巨人一样拖着沉重的脚步。好不容易走到王位坐下，我几乎喜极而泣，只想一动不动地坐到天荒地老，唯恐失去平衡。

（顺便说一句，皇帝的宝座就是个噱头。众所周知，在皇帝的御臀触及宝座的那一瞬间，宝座会奇迹般平稳而悄无声息地向上升起。有些人知道奇迹的背后是一件液压工程的杰作，由六百码长的管子和位于北钟楼上的水箱组合而成。但只有皇帝陛下自己才知道——因为胆敢坐上宝座的其他人都会被处死——当你升到最高处，在众人头顶以上十二尺的高度时，你正处于屋顶下方由蜡烛和油灯燃烧产生的烟雾汇聚而成的一池雾霾中。你置身其中，呼吸的全都是缭绕的烟雾。皇帝不咳嗽，也不打喷嚏，他只能沐浴在无以言表的辉煌里，竭力忍耐。）

"你瞧，"李奥达斯一边从我湿淋淋的脑袋上除下皇冠交给一名侍从，一边说道，"不算太糟糕，不是吗？"

幸运的是，我还说不出话来。另一名侍从正在用力把我的靴子拔下来。他很强壮，必须如此，我差点以为我的脚会先被扯掉。

"好了，"李奥达斯继续说道，"在下一次觐见之前，你有一个小时。你希望先把礼服脱掉，还是就这么穿着？"

我那时候还不知道，真正的皇帝通常利用那宝贵的一小时审阅军事急件、来自辖区的报告以及情报档案等，在此基础上他必须做出与五亿人的存亡息息相关的决策。而我呢，我只能发出无助的呻吟，要求喝点水。

"最好不喝，"李奥达斯说，"水喝进去就得出来，如果你知道我指的是什么。皇帝陛下可不能在正式应答时尿裤子。你最好等到傍晚，那时你有两个小时的休息时间。"

这份工干了一个星期以后，我才意识到，这个看似愚蠢疯狂的计划实施起来还挺容易的。坐在十二尺的高处，穿着一身的行头——上一周有将近十万人见过我，但他们实际上看到的是什么？也不是说随便找个人就行，我向你保证，因为皇帝在登上宝座以及离开宝座的时候，在他行进路线两尺的范围内要经过至少五十名朝臣，这些朝臣全都是熟悉皇帝陛下的老臣。但是，他只要做到面无表情，两眼直视前方就可以，而且在公共场合，一整个工作日算下来也不过说了大概二十个词。其实不然。李奥达斯跟我透露道，第一个星期基本上处于试运行阶段。他们只让我在必要的场合露脸，全都是官面上的人，还传出消息说我最近得了一场高山热，现在身体还不太舒服。他告诉我，下一周，他们将不得不把一些不那么正式的会议列入日程——咨议会、听证会、立法委员会的例会以及早朝（早晨你一睁开眼，就有六十七名最高级别的国务大臣围成一圈，坐在你床头）等。别担心，他补充道，具体该说什么话他们事先会告诉我，不会出现意料之外的问题。我只需要打扮得光鲜亮丽，保持状态，不要忘词就行了。我做得到的，对吧？

我不知道为什么要问。就在我第一次单独接见维萨尼大使之前，侍从们正在拉直我的头发，给我上事关重大的最后一层指甲油，李奥达斯已经把我们在原棉交易方面的政策重复了九遍了，我突然问道："你说过，她是知情人，是吧？我是指，皇后。"

他看着我。

"你向我保证过，"我说，"她知道我们的事，而且也批准了。"

他抿起了嘴唇。"部分是事实。"他说。

我有一种不祥的预感，就像你刚把偷来的东西塞进包里，门外就响起了脚步声。"什么意思——？"

"我们刚想出这个点子的时候，确实告诉过她。她是我们咨询意见的第一个人。不过，她否决了。"有人敲了两次联通两个房间的门。"时间到了，"他说，

"你该上场了。记住我告诉你的关于限制性关税的事。"

如果不是整个过程我一直心不在焉的话，我不知道自己是否能顺利完成第一次单独觐见的任务。我持怀疑态度。结果是，完事以后李奥达斯说我干得好。我看起来无精打采，心烦意乱，态度几乎接近于粗鲁；有时候又突如其来地答上几句，好像刚才人在千里之外似的。李奥达斯说，有那么一阵子，我还真的以为坐在那里的是他，而不是你。

"你撒谎。"我对他说，"你说她批准的。"

"什么？哦，那个啊，"他不耐烦地看了我一眼，"我们已经把她拘在崇山峻岭之间。我们跟她说洪水把路全冲断了。再说，你有什么资格指责别人撒谎，这不是你一辈子都在做的事吗？"

如果我手里拿着王权宝珠，我一定会狠狠地砸在他脑袋上，"这么说，她随时有可能从北方回来，然后她会见到我，那——"

他古怪地看了我一眼，"她见到的只是她的丈夫，那又怎么样？我觉得你对他们的婚姻完全不了解。他们基本上算是陌生人。有整整十八个月时间，她连看都没看过他一眼，更别提回来了，这是不可能发生的事。相信我，她连与自己的丈夫同处一个省内都不肯。"

恰在此时，两名来自萨尚帝国的火族僧人出现在赞吉安。他们坚守在宫门外不肯离开，要求觐见皇帝陛下。这本来不是什么大事。每天有近百名上访者都在做相同的事，卫兵们挥挥手就把他们全弄走了。然而，火族僧人就不同了。鉴于皇室一贯以来的卫兵招募政策是，只招已被证实具有军事体验的外国人，皇宫的卫兵有一半来自火族。如果让他们对僧人动手，多半会引起哗变。值勤的军官百般无奈，只能迁就他们。他礼貌地把僧人请进城门楼，问他们需要什么帮助。

僧人问，你是皇帝吗？

他解释说，他是皇帝指定的代表，有什么话和他说就等于和皇帝说。经过一番隐晦的讨论后，其中一名僧人打开随身携带的布包，拿出一段腐朽的木头。

这段木头有男人的大腿那么粗，表皮松脆，上面满是窟窿。值勤官让他们别把城门楼的地板弄得一团糟时，脑子里忽然出现了一个不同寻常的疯狂念头。他问僧人，等等，这段木头里有没有可能藏着那种甲虫？

以下的故事随之浮出水面。萨尚的历代皇帝——天帝的化身，火焰的守护者，一贯以来都对紫色情有独钟。一千年前，是萨尚人第一个从牡蛎壳里提取出那种次一等的紫色染料。等到梅尊廷染料面市以后，他们马上发现这种染料比起牡蛎壳的提取物要好很多，简直天差地别。他们对梅尊廷人在产品和原料方面的垄断大为不满，要知道梅尊廷的商队可是他们那些拥有大型舰队的特许海盗们最喜欢掠夺的对象。不出所料，梅尊廷人拒绝将染料直接销往萨尚帝国。在西面，他们有充足的市场需求，而且他们厌憎萨尚这个海盗的国度。为了获得梅尊廷紫色染料，萨尚人不得不和中间商打交道，不但价格贵得离谱，获得的数量也不过是九牛一毛。

因此，皇帝奥托四世组建了一支由四十艘船组成的舰队，派遣他们去寻找一条绕过黑海岬和锯齿滩，直达遥远的染料产地的海上通道。第一支舰队无一返航。因此他又派遣了第二支四十艘船的舰队，接着是第三支。第三支舰队里有三十九艘没能回来，只有第四十艘船终于丢盔弃甲地回来了。船身密密麻麻地布满铜皮和锡皮补丁，断了两根桅杆，损失了近十分之九的船员。船长解释说，找到产甲虫的国家将甲虫弄到手并不难，但是把甲虫带回来却几乎不可能。这些虫子咬穿了装它们的容器逃了出来，把船都吃了。

奥托放弃了进口染料的打算，他把船分解成木料储存在一个石库里。几个星期以后，仓库里除了木屑以及饥饿的甲虫以外，什么也不剩。他只好把甲虫收集起来，小心翼翼地送往马大珊，一个位于南部海域的丛林密布的岛屿。到了如今，马大珊已经成为不毛之地，一棵树也没有了。他们建了大型的平底船，载满木材，直接送去岛上。有谁胆敢把虫子带回来就是杀头的死罪。这些染料被装在蜡油封口的瓶子里，由经过特殊训练的游泳健将从岛屿带回大陆。

这几名僧人被派驻到马大珊的火神殿。他们在那里生活了一段时间，直到有一天半夜他们住的营房塌了，于是他们觉得受够了。根据他们自己的描述，他们等到天黑才游回大陆，一路上将一截断梁举在头顶。他们所求的（他们自称）不过是在北岛北边的旷野中找一块荒芜的土地——如果有选择，就选一座山——建立一个社区，在皇帝按照他们的建筑规格为他们所建的神殿里安静平和地供奉他们的神。作为回报，皇帝陛下可以得到这截断梁，和里面的甲虫。

幸运的是，值勤官本身是南方人，来自散落在贝洛伊萨湾沿岸的小王国中的某一个。他从来没有去过产甲虫的国家，但他听过相关的传说……他采取的第一个行动，就是让他的手下在屋顶几个巨大的铅制蓄水池中挑了一个，切开一个口子，把那截受侵蚀的断梁包在麻布袋里放了进去，然后再把开口封好。他快速而机智的反应很可能拯救了整个欧东廷。木制建筑在这里是很常见的。回想佩迪卡斯四世在位期间发生的大火灾，再把房屋被侵蚀的速度放慢一点儿（只不过用人龙接力，水桶灭火的方式可灭不了这些甲虫），就可以想象这些甲虫可能带来的灾害。

然后他把僧人关进牢房，坐下来写了一份措辞有力的备忘录。碰巧他的上级军官出身商人家庭，对梅尊廷紫色染料很了解。他倒是什么也没写，直接从位置上站起来去找驻地司令。后者去找了市长，市长又去找了副议长，副议长立马召集了紧急会议。

紧急会议由皇帝主持。

"我可没料到会发生这种事，"当我们从宫殿沿着长长的私人过道一路赶往议事厅时，李奥达斯对我说道，"召开紧急会议这种事非常罕见，只有出现突发状况的时候才会如此。我不认为——"

我的脚很疼，之前穿那双恐怖的靴子穿得太久了。幸运的是，紧急会议出现的时候，那本圣书已经写完了。因此，皇帝要穿什么、怎么坐，或者在皇帝进入议事厅前得在他脚下洒多少磅的玫瑰花瓣等，都没有规定。倒是有一些为计划好的正式会议准备的现成礼仪，但我们决定都不采用。

"另一件事。"我忽然停住脚步。李奥达斯往前走了几步，停了下来，又走回我身边。

"什么事？"他问。

"皇帝陛下，"我回道，"他知道吗？"

"知道什么？"

"我们演的这出该死的闹剧啊。他知道吗？说啊？"

李奥达斯犹豫了。这是我第一次看到他被问住。"知道。"他说，接着他又开口，"不过——"

"不过什么？"

李奥达斯叹了口气。我知道他认为现在讨论这个不合时宜。"前一阵子，我们向他提出了这个主意。我们问，要是他病得厉害，我们去弄个替身顶替他怎么样？他很喜欢这个主意，把它当笑话听。"

"前一阵子，"我重复道，"多久？"

李奥达斯耸耸肩，"两年？"

我深吸一口气，再缓缓吐出，"他知道此时此刻正有人冒充他吗？说啊，他知道吗？"

"不知道。没机会提起。"李奥达斯迅速地补充道，"医生没料到他的病情这么快就恶化了。在他第一次发病后的几天，我们听说了你的事，这纯粹是运气。我下令，不惜一切代价也要找到你。是你自己把事情复杂化的。逃得飞快还东躲西藏，我们浪费了几周时间才找到你。等我们带你回来时，皇帝陛下已经病得不轻，没法听取任何汇报了。"

我感觉膝盖一软，"他不会死吧？"

"哎呀，我的老天爷，不会。他会好起来的。只需要多休息一段时间，就这样。好了，拜托你别再浪费时间了，议员们等着呢。"

"让他们等。"我对他说，"你以为我是谁，小职员吗？"

我把手放在门把上的时候，李奥达斯还在我耳边低声说："皇帝陛下不是个斯文人，而且他不怎么看得上他那班忠实的顾问们。但他对金钱非常感兴趣，谁让我们总是缺钱呢。"然后他勉强对我露出一个绝望的笑容，"自然点儿。"我很想揍他一拳。可惜不能，我只能拉开门把走进去。

正如我前面说的，做贼，需要充分的勇气，还需要对他的同胞保持一种高高在上的蔑视，至少是那些他想要偷窃的对象——那些非富即贵或有权有势的人。你得让自己有那种"凭什么你什么都有，我却一贫如洗"的态度。他们凭什么不劳而获？我和他们一样都是人，都是无敌骄阳的子孙，我也有权过上体面的生活。因此，你不光偷他们的东西，还要把他们的房子翻得乱七八糟，还可以自行取用他们的白兰地酒。给他们点儿颜色看看，你对自己说，让大革命爆发吧。如果不这么想，你根本没胆子偷他们的东西。

你可以说我有勇气，说我秉持自然公正的原则，甚至可以说我胆识过人。反正，如果我不是贼，我还真没胆子走进议事厅，端坐在桌子的上首，开始发号施令。同时，我很幸运地有我的父亲作榜样。我问自己，他会怎么做，然后就知道自己该怎么做了。

"好了，"我对议员们说，"快点儿坐下开始吧。"

一个糟老头站起来，开始讲述事情的经过，但我已经从李奥达斯那里听过了。"这些我已经知道了。"我厉声说道，他坐了下来，"提起这事，给值勤官一个嘉奖。那些甲虫危害很大，我要一连的卫兵看守那个蓄水箱。"

除了坐在我左边的老头子在奋笔疾书以外，其他人一动也不敢动。那种目瞪口呆般的安静不是出于震惊，不是那种察觉到皇帝陛下举止怪异而做出的反应。我提醒自己，皇帝陛下将欧东廷从内战的深渊中拖出来，走向和平与繁荣，靠的就是强硬的个性。议员们如此战战兢兢不过是因为他们一如既往地怕我。"行了，"我说，"现在，说说下一步，我们该怎么应对？"

我环顾四周，周围的人全都避开了我的眼神。"说吧，"我说，"我要听听你们有什么点子。"

另一个糟老头——我看过他的画像，知道他是供应大臣，但记不得他的名字了——站起来说，萨尚处理这种甲虫的方式值得借鉴。我们必须在甲虫造成的威胁与它能带来的经济效益之间取平衡点。因此，找一个岛屿，最好是近海岸但又完全隔绝的——

"好了，这些话都省省吧，"我说，"给我推荐五个合适的岛屿。如果你们说不上来，我来替你们说。先从普拉提岛说起。谁能详细地说说普拉提岛的状况。"

"陛下恕罪，普拉提是下下之选。岛上有几百个居民，很难防止偷渡上岛的人（因为岛的一面全是悬崖，悬崖下方分布着一连串的小海湾）而且岛上没有淡水水源。"又有人推荐阿克瑞斯岛，问题是，从阿克瑞斯无法游到大陆海岸，你会淹死的。好吧，诺伊岛怎么样？有淡水，而且——

"等等，"我说，"这见鬼的诺伊岛在哪里？"

房间里顿时鸦雀无声。有那么一阵子，我以为自己出了大丑。很快我意识到，除了提名的那个糟老头以外，居然没有人听说过这个岛的名字。就连提名人自己也不知道这个岛究竟在哪儿。和什么委员会扯上关系确实会把人的智商降低至少三分之一，这是我学到的第一条有用的经验。

"我们查一下，"我说，"来人，拿地图来。"

（第二条经验：懂得适时地耐住性子。）

我们发现，诺伊岛居然是个不错的选择。这是一个新月形的狭长岩岛，距北岛东北海岸有一里，位置偏远，海滩平坦，而且没有凛冽的海风。它位于大陆之间的海峡，常年风平浪静，水深不足以让海船进入（是我提出了海盗攻击的问题，我很骄傲）。岛上缺乏表层土壤，但那又如何？再说，岛上已经有现成的建筑了，是一座废弃已久的修道院遗址。

"很好，"我说，"问题解决了。把那见鬼的铅箱子用船运去诺伊岛，越快越好。在此之前胆敢开箱的，处以断手之刑。在修道院遗址上重建出可供五百名驻军入住的营房——别对我愁眉苦脸的，财政大臣阁下，这些常规军，我们反正都要出钱养的，不如让他们出点儿力。还有，要建石谷仓和木料棚，我要所有的建筑材料不是石头就是砖头。三个月内我要看到染料的样品，然后我们再考虑怎么赚钱。"我顿了一下，"还有什么事吗？"

在回去的路上我差点儿吐在走廊里，但我忍住了。等我们平安回到宫殿里的时候，李奥达斯问我："你确定以前没见过皇帝陛下吗？"

"我熟悉那一类型的人。"我说，"我没搞砸吧？"

他没回答，古怪地看了我很久。"这下，计划得调整一下。"他说。

"哦，老天爷，"我问道，"你什么意思？"

他眼中闪闪发光。"我们会成功的，"他说，"我真的认为这次我们能逃过一劫。"

我真是自作自受。这是早在我被母亲抱在膝头，她让我折被单的时候我就该学到的教训。如果有人强迫你做你不喜欢做的事，别拒绝，把事情搞砸就行了。很明显，我做得太好了。

"我们原本估计着，可以教会你所有的宫廷礼仪，"李奥达斯继续说，"我们寄希望于你能大致学会他的习惯、怪癖以及口头禅之类的。但我们没料到你居然连思维方式都和他一样。"

我耸耸肩，"我是个小偷。"

"别扯了。真的，你完全可以当个演员。"他站起来，倒了一杯酒。他的手抖得太厉害了，以至于酒泼了一半出来，"我从内战时就跟着他，算是他身边最亲近的人了，但是——我不知道，你的某些举动跟他一模一样。我之前居然没有觉察。"他转身看着我，"你知道吗？你让我想起了七年前的他，在他开始沉迷酒色，昏天黑地之前。那时他心里有一股不自觉的冲劲。最近几年，他几乎是在扮演自己,你明白我的意思吧。在某些方面,你比他还要像他。你不知道我心里——"

他的话让我很不自在。"随你怎么说,"我说,"但这不是重点。我是说,刚才的会议是突发状况,我们都没意见。但我可不想再掺和进类似的场合了。剩下的应该全是场面活。等事情一完,我就可以脱身了吧。"

他看了我一眼,目光深远令我永生难忘。"我要坦白一件事,"他说,"皇帝陛下两天前去世了。"

我十二岁那年病得很厉害。家里人从赞吉安给我请了个大夫。他让我喝下用一个小棕瓶装的油腻腻的玩意儿。喝了就能止痛,他说。他骗人。这玩意儿并没有减轻一丝痛苦。但我已经疼得不在乎了。就好像疼痛隔着桌子坐在我对面,我可以直接转身背对着它。你疼你的,我对它说,我完全不受影响。

又有一次,在交易中因为意见不合我被割了一刀。可能那刀不干净,不管怎么说,我挣扎着爬到一个地方躲起来,很快就发起了高烧。我全身疼痛难忍,觉得自己快要死了。不过——那又怎么样,没关系,我只要安安静静地坐一会儿,看它能拿我怎么办。后来,我清醒了。之后还有某一次,我全身又酸痛又僵硬,像一条病弱的狗,但我知道我一定会好起来的。

从这些经历中,我总结出对付疼痛的办法。那就是千万不要试图去避免疼痛,那样行不通。反正迟早哪里都会痛。想要避免疼痛,就好像要甩开你自己的影子一样是不可能的。让它开始发作,让它自己结束,最坏不过是死,那又有什么可怕的?

我重重地打了他一拳,连指关节都蹭破了皮。他从椅子上翻倒在地,一动不动地躺在那里。糟糕,我想,我把他打死了。在目前这种局面下,这可真是明智之举啊。

老毛病不好改啊,我已经开始盘算怎样才能在不惊动人的前提下穿过庭院到城门楼去。这时，他呻吟着坐了起来。然后他看着我。

"放心吧，"我说，"我没打算再打你。"

刚才那一拳把他的嘴唇打破了。他不太习惯那种感觉，用手指探上去，好像要研究一下嘴唇为什么忽然肿了起来。"起来，"我说，"坐下，我们谈谈。"

我们谈了一整夜，直到我头痛欲裂，眼皮都睁不开为止。我不知道无敌骄阳在漫漫长夜里创造天地的时候是什么感想。我们和他一样，做的都是雄心万丈、影响深远，同时也是自讨苦吃的事。但无论如何，我们做到了。我们根据当前的局势重新制订了最适合我们的计划，一个新的开始，一次重生。

我们决定，必须铲除咨政院。真可惜，他们全都是好人哪，他们中有些人相当聪明，大部分是忠臣。可惜他们追随皇帝时间太久，位高权重，很难将他们降职或是架空，因此必须干掉他们。作为幌子，我们将不得不宣布发现了一起隐藏很深的针对皇帝陛下的阴谋——只有采取快速、果断的行动才能铲除毒瘤，拯救帝国。这种说法应该会得到人民的拥护。

幸运的是，有足够多更加年轻的好人来顶替他们。我把这事交给李奥达斯来处理，因为我对这些人一点儿也不了解。多亏了圣书的荒谬思想，在欧东廷皇朝只有位于金字塔最顶端的那些人（换句话说，就是咨政院）才有资格接近皇帝，了解他。皇帝将政事通过行政管理系统层层分派，其他的人只是系统的一分子。宫里的仆人和侍从将经历一次彻底的清洗，但至少我们不用杀了他们。我们给他们每人发放了一大笔赠金以及一封证明书。

"皇后怎么办？"我问道。

他耸耸肩，"我倒想杀了她，你又不肯。"

"你说得对。"

"这样的话，"他挠挠头，"你就别操心了。她永远不会回宫的。她根本就不想回宫。她有自己的小朝廷以及大笔的财产，别管她，让她就那么过下去。"他顿了一下，说道，"我真不明白，你怎么可能爱着一个多年未见的人，而且正是因为她，你失去了一切，连你的家族都把你除名了？"

"你说得对。"我说,"你压根儿就不了解我。"

他没理我,继续说道:"要是你不顾一切想要和她在一起的话,我倒能理解。但你又不想。你不让我除掉她,但只要一想到要和她见面,你就吓得失魂落魄的。要我说,这种爱情可够滑稽的。"

"我才没有。"

"离婚呢。"我问道。他完全不赞成这个主意。皇后很受欢迎。而且她的家族关系也需要得到安抚,不然战后才愈合的伤口又要被切开。我必须记住(他对我说),理论上,皇后也是政府的执政官,不仅仅是皇帝的妻子,这就是为什么金币的正面是他们并排坐的画像。他本来还要解释这背后的立宪史,但我截断了他的话头。"不过,别担心,"他让我放心,"这对我们有利。她有自己的朝廷和大臣,完全能自给自足。而且她很明确地宣称不想和你——哦,他有什么瓜葛。说实话,她不会给我们添什么大麻烦的。"

染料工厂在两个月又两周零一天的时候建好了。显然,当我的前任给出一个期限,他期待的是提前完工,不然就有麻烦了。实际上,我对他越了解,越尊重他。从本质上来说,这个帝国是由两个人来统治的——醉酒的皇帝和清醒的皇帝。他们很少有意见一致的时候,但由于两个人都有把事情搞定的能耐,同时他们感兴趣的事情又截然不同,因此他们的意见分歧不重要。

"是真的吗,"有一次我问李奥达斯,"是他杀害了自己的父亲吗?"

他皱着眉头看我。"没有证据。"他说。

"是真的吗?"

"我放了三粒盐龙首在老爷子的酒里。"李奥达斯回道,"他不会感到任何痛苦,只是睡着了再也醒不过来而已。这是出于好意。"

这身皇室礼服我永远也穿不习惯,但我忍下来了。我发现,没完没了的仪式看似浪费时间,却是我真正可以用来思考的时段——要考虑的事情多着呢。

皇帝得学会在第一次看资料的时候就把他需要的所有信息记在脑子里，这样他就不需要写在纸上的事实与数据了。当他穿着那身白痴服装坐在那里的时候，他的脑子就真正开始工作了。他沉思着，反省着，在脑海里把对立的意见翻来覆去地考量着。他孤独而远离喧嚣，如同一位端坐在沙漠里的一根柱子顶端的哲学家。我们的体制有诸多优点，其中之一就是允许一个人在合适的时间，根据汇总的信息，不受干扰地独立做出决策，而不是受一群吵吵嚷嚷、自我服务的政客所迫。当一个人在有助于成熟且严肃思考的环境下，不受干扰地行事，就是像我这样的傻瓜都能做出明智的决定。我发现，当议员只对我一人负责，并且又怕我怕得要死的时候，他们就既能把事情办好又不会犯规。是的，有时候我感觉自己像是走在一条六寸宽、十层高的独木桥上，在黑暗中，在雨中，一只手还拿着七十磅重的口袋——但这种情况通常一天只有一两次。不管如何，我都已经习惯了这所有的一切。勇气，或者说胆量，不管对罪犯还是神皇来说，都是不可或缺的。

总的来说，我过得不错。因此当李奥达斯闯进我的寝室，告诉我，我们遇上了大麻烦的时候，我大为震惊。根据滴漏钟，此时距早朝还有两个半小时。"这全都是你的错。"在我用指节揉眼睛的时候他加了一句，"我就不该听你的。"

我催促他别胡言乱语，讲点儿道理吧。他告诉我，皇宫受到了攻击。

"我们被包围了，"他说，"卫兵此时正在坚守，但你不能相信那些狗杂种。他们迟早会背弃我们的，我知道。"这是我第一次听到他说脏话。"拜托，到底是谁在攻击我们？"

"是她，"他冲我大声地嚷道，"是皇后。"

我不得不把他推倒在地，用一把刀指着他的喉咙。等他镇定下来以后，我才让他起来。他总算把事情原原本本地告诉了我。

　　这纯粹是粗心大意酿出的祸，没别的。李奥达斯本该记得我们除掉的资深议员中有四名是皇后的官方顾问，不是皇帝的。这本来不是什么大事，但他们出身于重要的北岛家族，而皇后有大量的领地在北岛。因四个领头家族蒙羞而产生的不满让她在当地收租时遇到了困难，于是她承诺会展开调查。她的细作（李奥达斯不得不承认他对细作的身份完全没有头绪）报告说，根本没有什么阴谋，如果有他们早该知道的。

　　皇后自认为对她的丈夫了如指掌，将这场大屠杀视为证据，说明皇帝终于跨过了从堕落到精神崩溃之间那道薄如蝉翼的界限。她把自己的看法和剩余的顾问分享，后者提醒了她身为皇后对帝国的职责所在。既然没有直系的继承人，她本人（既是皇室家族的远亲，又是皇后）即是顺位继承人。将发疯的皇帝控制起来，以摄政的方式掌权，直到皇帝恢复正常或死亡，这既是她的权利，也是她的义务。顾问们还提到，很久以前他们就预见到会发生类似的事件，已经向最高指挥部七名成员中的五名打探了口风。如果皇后想要干预的话，她会得到军方以及本土水军舰队的支持。深水军团已经出海两个月了，正在执行将海盗驱离恩戈尼亚的任务，等他们回师时，一切已成定局，多半不会再插手此事。

　　"都是你的错。"他不停地重复道，"我让你杀了她，你不干，偏要做浪漫英雄。现在我们死定了。内战注定会爆发，我们做的一切都是无用功。"

　　"叫卫兵的指挥官来。"我对他说。

　　在等人的时候，我穿了几件衣服，同时从窗户里向外观望。没戏。皇宫的建筑设计费尽心机，以保证刺客不能从外面爬进来。同样，我也无法从里面爬出去。没有窗沿可踏脚，墙面陡然直落向铺砖的中庭。或许我可以大摇大摆地从门口沿着走廊走出去——毕竟这是我的宫殿。有意思，很想看看我能走出多远。我想起一件事，于是我跪在地上，从床底下拖出一个大箱子。箱子底部，埋在一堆上好的丝绸衬衫下面的，是我那盒染料。我把盒子拿出来，又放回去。自从建了染料工厂以后，我手头这件唯一的家当价值跌了近百分之九十。我可真是天才。

李奥达斯带着卫兵队长回来了。我让他坐在床上，然后转向李奥达斯。"我现在不需要你，"我说，"在外面等着。"

他瞪着我看了一会儿，出去了。我转向队长。"汇报吧。"我说。

情况不妙。他们的的确确包围了我们。唯一有可能瞒得过他们的出路是马厩的院子里一条经酒窖通往河边的地道。到了河边，应该比较容易找条船。到了三指瀑布，再走陆路，明天中午以前我就能到达切里尔。那里肯定有开往佩尔米亚或者维萨尼共和国的船。如果他们已经在监控这些海港了，斯图加湾沿岸的一个小渔村或许是我们最好的选择。一般来说带上两大袋的宝石和现金——

我摇摇头。"告诉皇后，我要见她。"我说，"最好的解决方式是面对面坐下来谈。"

他看起来很失望。我猜他更喜欢到国外旅行，再说，一个有经验的军官在共和国总能找到工作。"马上去办，陛下。"他说完敬了个礼，离开了。

我发现，逃跑的最大问题，就是最后你总是落得孑然一身。

"这究竟是怎么回事？"我一让李奥达斯进来，他就迫不及待地问道。他满头大汗。我以前不知道他居然还会出汗。"你怎么敢命令我出去？你以为你是谁？"

我很想仰头大笑。"闭嘴坐下，"我说，"不然我就扭断你的脖子。"

他瞪着我，脸色变得惨白。我想他可能认出了老熟人。

我忙着给自己穿上合适的礼服。不是全套的正装，是圣书规定的接待来谈判投降条款的敌人时穿的半正式场合的礼服。我要照章办事。一旦穿上希玛申袍①和赫利克莱米斯，戴上小一点儿的三重冕，我就感觉好多了，更像我了，如果你知道我在说什么的话。我打量着镜子里的自己，发现——

———————————
① 古希腊人穿的大长袍系一块长方形植物，由左肩披下。

"你还穿着拖鞋。"李奥达斯指出。

"什么？哎呀，老天爷。谢谢。"我一边把拖鞋踢掉，把脚塞进装饰着金色带扣的便鞋，一边说道，"怎么样？还行吗？"

"什么行不行的？你到底要干什么？"

我打开檀香木盒，拿出我的柳叶刃小刀。在希玛申袍的内褶里，我让人缝了一个装小刀的口袋，以牛皮加固。圣书的规定已经很完美了，但人总要进步。"你最好取消早朝。"我说，"召开紧急会议，拖住他们，告诉他们我马上就到。别在那里傻站着，快去。"

他一言不发地走了。我坐下来，做了几次深呼吸，让自己不再发抖。然后我等着卫兵护送我去和皇后会面。

"她在蓝色回廊那里等你。"我们沿着后楼梯走下去的时候，队长在我耳边悄悄说道，"她带了五个卫兵。她坚持要这么做。"

"把他们弄走，"我说，"我会在柱廊下等着。然后你也离开，明白吗？"

他不赞成这个主意。守护我的安全是他的首要职责。"没事的。"我对他说，"照我说的做。"

柱廊位于蓝色回廊的西头，以佐纳拉斯的《升天节》壁画闻名。我坐在阴影里头等了挺长一段时间，用指甲抠掉那些松脱的彩色灰泥，直到队长占了上风，皇后的卫兵撤退为止。我未见其人先闻其声，她争执起来声音又大又清脆，显得很恼怒。队长比我勇敢多了，我应该提拔他做将军。

他出去的时候经过我身边，小声地嘟囔道："我把她交给你了。祝你好运。"

我朝他一笑，然后站起来走到阳光下。

她站在回廊花园的草地上，面朝另一边。远远看去，让人分不清是不是她。她穿着时髦的女式仪仗铠甲。我勉强走到草坪的一半，就踟蹰不前了。她的头发分成几束扎起来，上面点缀着一串串的淡水珍珠，像一张蛛网蒙在发间。

她转身看到我，皱起了眉头，接着她张大了嘴。

"哦，我的老天啊！"她说，"是你。"

我还得再坦白一件事。

我之前说过，我的家庭属于贵族阶层，但很穷。我还说过，我有个哥哥。这些全都是大实话。只不过我可能掩盖了一个事实，就是我和我哥哥是双胞胎，长得一模一样，除了我比他高了四分之三寸以外。另外我还忘了说，娶了我表妹的是我哥哥。

"是你，"她说，"对吧？"

尽管我们俩长得一模一样，还是有几个人能分辨出来。我的父亲就总能区分我们，母亲大部分时间没问题，但不是百分之百。还有几个仆人，以及我的表妹。

她走近一点儿，看着我。"你添了道伤疤。"她说。

我点点头，"他们特意割的。顺便问一下，他的伤疤是怎么来的？"

她忽然笑了，阳光瞬间照耀大地。"是你干的。"她说，"舞会前夜，他很不高兴你可以去，而他不行，你们俩打了一架，你拿瓶子砸了他。"她凑近一点儿仔细打量着。"不一样，"她说，"他的伤疤更弯曲一些。老天啊，我以为你死了。"

运气不好，我想。"对不起。"我说。

"对不起。"她把这句话甩回给我，"天哪，十五年了，你让我以为——"

我们家族有双胞胎的遗传。我祖父有一个双胞胎姐妹，几代以前也出过一对双胞胎兄弟。"我跑了，"我说，"对不起。我不知道当时发了什么神经，就是不能眼睁睁地看着你嫁给尼基佛鲁斯家的小子——"

"你这傻蛋。"她说，"城里人都说他死了。是真的吗？"

我点点头。

"胡扯。"她说完开始吻我。

　　接下来，我们倾心长谈，觉得时间太短。她直言不讳地告诉我，她现在的想法和十六岁那年完全不一样了。先说舞会上发生的那件荒唐事（你很难憎恨一个刚被你揍得半死不活的人，她说，但她确实对我做的蠢事很恼火），之后的十五年她慢慢长大成熟，意识到，和大局相比，浪漫的爱情并没有那么重要。她当时那么恼火，是因为她把一切都设计好了，而我则毁了整个计划。她是打算要嫁给尼基佛鲁斯家的草包，但这只是一种名义上的婚姻。很自然地，他会有情妇，而她也会有情人，具体地说是一个情人，再具体地说，就是我。我会成为她的秘密恋人。她喜欢我，因为我常逗得她开怀大笑。而且我也不是古板的人，她觉得和我在一起，她不用装腔作势，可以表现自己的真性情。而我偏偏要来破坏这一切。我不是一向都知道她的臭脾气嘛。

　　后来他们告诉她我死了，于是刹那间世上所有的味道都消失了，就好像每顿都在吃清汤寡水似的，她是这么形容当时的感觉。没有伤心欲绝，也没有寻死觅活，只是她那正当体面的生活变得常年单调乏味，没什么值得开心的。

　　她和我哥哥结婚是因为她必须这么做，尽管她一直以来都很讨厌他。但是，当时内战刚结束，我父亲和他仅存的儿子是皇位的第一继承人，她父亲和她是第二顺位继承人，她没得选，要么通过联姻把两支并作一支，要么死。她告诉我，她没怎么考虑就做了决定。令她难以忍受的是，她不得不和一个禽兽生活在一起，而这禽兽还顶着她已经逝世的最好的朋友的脸。这简直是场恶作剧，她说，而她更倾向于把这一切都归罪于我。不过，这都是很久以前的事了，我们现在有更重要的事情要考虑。

　　"我很抱歉他们暗杀了你父亲。"她告诉我，"他是个和蔼的老顽童，一直对我很好。"

　　不是他们，是李奥达斯，我的顾问，我强有力的助手，或许还算是朋友？我决定不必告诉她这一点。

　　"有一次我问他，"她继续说道，"为什么他不除掉我，既然我们互相厌恶，而他又急需一个继承人——他知道如果他强迫我的话，我会扭断他的两只胳膊。履行职责归履行职责，但人总有底线。他回答道，他也很想这么干，但我让他想起了你。"她顿了一下，"他很喜欢你，你知道吗？他说他从来没表现出来，因为他不能。他太嫉妒你了。"

在经受了那么多打击之后，这一下彻底击垮了我。我想坐在栏杆上，却一屁股坐到了地上。她大笑着把我拉起来，差点儿没把我胳膊拽脱臼了。

"我知道你的感受，"她说，"但你当时还是个孩子，你不可能理解这么复杂的情感。"她顿了一下，说道，"好了，这么多年你都在做什么？"

"我是个小偷，"我说，"我偷丝绸以及有价值的纺织品。"

她的双眉挑了起来。"这肯定是份特别有趣的工作。"她说。

"这是个下贱行当。"我说。

她皱起了眉头，"你说真的吗？这十五年以来，你真的靠这行吃饭，养活自己？一定很艰难吧，还很危险。我做不到，我没法靠自己生活。"

皇后出席咨政院会议是史无前例的，即使那些最杰出的皇后也没有这么做。但没人试图阻止我表妹，这足以说明她的厉害了。她甚至没有多说废话——正如她所说的，人总有底线——只是气势汹汹地坐在我身边，而我正向大家解释，有新的证据显示他们的前任所谓谋反的罪名是被人栽赃陷害的。我很震惊，我对他们说，我下决心要找出事情的真相。我感谢皇后将事实呈到御前。同时，她已经命令她的士兵退到城外六里的炮兵营。我提议感谢那些支持皇后做出艰难决定，让我得知局势进展的将军们。他们的行为是对帝国的真正忠诚。

"必须除掉他们，"她事后对我说，"一次不忠，百次不用。真让人头疼，他们都是勇猛的将士。不过，我们只要保证在找到顶替他们的人之前别卷入战争就成了。"

我提名卫兵队长。她说这名队长是她离开皇宫以后才上任的，因此她不熟悉此人，不过她会遵命行事。

"遵命个鬼，"我说，"我哪有资格？我不是该死的皇帝，只是个小偷。"

她皱着眉头看着我。"你错了，"她说，"你就是皇帝。他死了以后，你就继承了皇位。这是法律规定的。"我想争辩，但她没给我机会张口。"实际上，严格来说，你的统治权始于你父亲去世的那一刻。你有没有加冕无关紧要，这是圣书规定的。你成为共同执政的皇帝已经五年了。这不是一个选择，这是事实。你怎么想并不重要。"她停下话头望着我，"你在笑什么？"

我没告诉她，不然她会更恼火。我只是在想，在过去的五年里，我一直以为自己触犯了法律，其实我没有。毕竟皇帝在自己的领土上可以为所欲为，在国外，我有外交豁免权。早知道，我就不用给那么多锅盔头带来痛苦了。

我没有告诉李奥达斯真相，据说蒙在鼓里的人最幸福。再说，真相过于离奇，不值得费心去解释。我只是告诉他，皇后同意为了帝国的利益，继续我们的替身计划，所以万事大吉。他有点儿吃惊，但没说什么。我意识到，作为一名政客以及一名领袖，他对皇后怀有极大的尊重。皇后和他属于同一阵线这个突如其来的消息虽然让他有点儿困惑，但更多的是惊喜。自从上次我在宫殿里呵斥过他以后，他的态度变了很多。我觉得这和我的语气、语调有关。我现在是他的主人，他是条忠实的狗，如此而已。而帝国需要忠实的狗。

这种改变并没有让他保持沉默，他现在还是经常争论——不过，不是和我，是和她。很自然地，她和我共同承担幕后的思考和策划。她懂得很多关于经济、币值波动以及阿伊利亚的局势之类的事情。她就是欧东廷仅存的合法统治机构。但她不是皇帝，因此，我们三个在召开政策会议时，我通常会发表意见，李奥达斯会提出反对，然后他就开始和皇后争执起来，指出我的提议里那些明晃晃的错误以及逻辑上的失败，激动得几乎顾不上用外交辞令，好像我根本不在屋子里似的。然后她会把他刚才讲的翻译成我能听得懂的大白话，最终我们很快——事实上，是令人惊讶的快——达成一致，做出决策，李奥达斯负责执行。

皇后回城一事在人民群众中获得了积极的反响。皇帝不需要受欢迎——就算有也最多维持几天，到不了几周时间——而皇后，虽然通常只在正式场合才出现在公众视线里，但不知为什么，人民总是选择爱戴她，将她塑造为爱民如子的优雅天使，他们觉得如果对皇后适当地尊崇，她甚至可以在我面前或在无敌骄阳面前为民请命。这种情况历朝历代都有。皇后搬回皇宫居住的消息在民间引起了令人尴尬的欢呼雀跃：人民的心愿终于清清楚楚地被传达到上层，我们很快会拥有浴紫而生的继承人，帝国将永远繁荣昌盛。

幸好他们不知道寝殿的安排。我的寝宫在百岁宫，她的在西翼，两者之间走路要一个小时，其间还要经过没完没了的长长的走廊以及上上下下共六段楼梯。"你还是我最好的朋友，"她对我说，"但——"我无所谓。自从舞会那晚出事以后，我至今还深感羞愧，而且我不想肋骨再被打断。

"不过，我们是得考虑这件事了。"一天早晨我们吃早餐的时候，她活泼地说道。皇后回宫的另一个好处，是圣书规定我们每周有两个早晨可以待在一起，没有早朝，在早晨时间过了一半之前都不需要正式露面。"我们得想办法解决继承人的事。这是政治上唯一的大问题。"

她的话让我觉得很不自在。"'想办法解决'是什么意思？"

她忽然对我嫣然一笑。是那种半夜准备从房间爬出去看斗鸡的狡黠的笑，有那么一瞬间，我们好像重回十六岁。"我们需要的，"她说，"是个小宝宝。"

"浴紫而生"这个表达方式如今已经被应用得太过于广泛了，让我们重申一下它的本义。

位于百岁宫三楼的紫殿，传统上是皇后分娩的区域。自从一百七十年前，克里奥法二世将原有的脏兮兮、已经开始剥落的墙皮铲掉，代之以今天我们所看到的令人惊艳的新古典风格的壁画以后，紫殿再也不是紫色的了。这里是皇后分娩的地方，"浴紫而生"的本义就是指在紫厅出生的王子或公主，且他们的父亲是在位的皇帝。

要制造这样的喜讯，需要一个即使以欧东廷皇朝的标准来衡量也是格外精妙的阴谋。首先，我们要找到一名怀孕的妇人——怀孕的妇人很多，但我们需要一个平民，最好是地位低下的仆人，没有丈夫、没有家庭，愿意放弃自己的孩子来换取舒适的生活和保障。她必须被藏在离紫殿很近，又无人知晓的地方。幸运的是，我们找到了一个被遗忘了近三十年的小套间（令人惊奇的是，在皇宫这样大的建筑里这种事经常发生）。接着，皇后表现出明显的怀孕征兆。消息传开来以后，疯狂迷恋她的忠实国民欣喜若狂。她自己却相当恼火——她必须服用味道怪异的催吐药来模拟晨吐，绑在肚子上的垫子也让她烦得要命。这一切都让她的脾气好不起来。卫兵队长——他的名字是裴理斯，出生于萨尚（按理说，他在他的祖国原是一名王子，后来被流放了，不过每个人都有这么一套故事），是个好人，我们任命他为御马监伯爵① 及内务次长，前者实际上就是武装力量的总司令，后者即是文官之首。我们编了一套老掉牙的鬼话，告诉他，为了阻止暗杀新生儿继承人的阴谋，我们需要在紫殿准备一个替身。他早已彻底习惯了欧东廷皇室的传统，因此毫无保留地相信了这套说法。除了这两位，皇后的侍女、两名医生以及少数几个值得信任的仆人以外，没有人知道此事。也正因如此，让人格外地感到焦虑。不管怎么样，我们成功了。等到瓜熟蒂落的时候，一名健康的男婴在紫殿诞生。由主教以及学院的院长施以膏礼以后，他就被包在紫色的襁褓（我很骄傲地说，用的是我们自己的甲虫养殖农场制出的染料）中，迅速送到皇家育婴室去。之后的三年，除了育婴室的保姆以外，没有人会见到他。多亏了圣书，真是绝妙的规定啊，不愧为帝国兴盛的真正基石。

我们给这男孩取名为阿利西奥斯，在古老的语言中，是"真命天子"或"真

---

① 御马监伯爵（The Count of the Stables）原来是罗马和拜占庭时期负责管理马厩，为黄石和军队提供马匹的管制，后来演化为 constable，即治安官、司令、守城将、百夫长、警官等。

品"的意思。

几个月以后，我凑巧看到一份关于男孩母亲的背景调查报告。警卫队调查了皇宫里所有的仆人，下至马厩小厮以及淘粪人。调查令人恐怖而彻底。我毫不意外地发现，她的母亲原是一名侍女，受雇于皇室家族的一个古老分支。这一支的皇族成员随后在内战中被屠戮一空。没有记录显示这孩子的父亲是谁，而她的侍女母亲也在二十六岁就拿着养老金被遣送出去。之后这名侍女嫁了人，她的丈夫很快就把养老金挥霍一空。我有一种很不安的感觉，觉得欧东廷皇室家族，也就是我的家族，有点像旋花草，你以为你把它连根拔起了，它又忽然在铺路石的裂缝中探出头来，还没等你反应过来，它就已经占据了整个花园。

之后几年发生了不少事：瘟疫、多利亚地震、均田危机以及第三次伊莲战争等，我们都一一妥当处理。总的来说，我觉得我们干得不错。我说"我们"，其实是她在处理这些事，李奥达斯帮了不少忙，还有裴理斯，在我们刚处决了所有能力出众的将军的困境中，他仍然出色地完成了本职工作。而我则照圣书规定，按部就班地履行着我的职责。当然百年以后，人们会把这些政绩都归功于我，称颂我的成就、我的智慧和我的怜悯心。在维萨尼危机的尾声，元老院授予我"伟人"的尊号（元老院中的贵人派倾向于以"智者"为号，但他们在投票表决中败北），并尊我为"国父"。

我在整个皇宫唯一勉强可保留隐私的城门楼北塔单独召见了御服监。我下令把所有的门都锁上并上闩，同时在每个出口都布下了三倍的卫兵。

"行了，现在说说这些衣服。"我说，那可怜的御服监吓得脸都绿了。我当时穿着全套的礼服——迪维逊、克莱米斯袍以及神圣的拉罗斯巾。我指着身上的行头说："我们得想个办法，都发臭了。"

他看着我说："是，陛下。"

"又臭又油腻，还生了虫。我再也受不了了，你得想办法解决这个问题。"

"遵命，陛下。"他等了一会儿，又说道，"您想添置一套新的吗？"

我瞪着他，"你办得到？"

"没问题。"

没理由这么容易啊。上百年的传统，还有圣书的规定。"真的？"

他解释道，没错，圣书规定礼服如同它代表的权力和威信一样，是神圣不容侵犯且不可更改的。当然，也没人想大肆更改。但是（他接着说），关键是要理解礼服的本质。正如铁打的帝国、流水的皇帝，礼服的布料时不时就有损坏，或是因为穿着或是因为难以避免的老化。只要不是故意破坏或自动舍弃——哪怕一根线、一块金属片都不行——礼服的保养、更换以及修缮全都是合法的。如果在此过程中，出现了腰带稍微宽一点儿或者内衬略略长一点儿的情况，都不算亵渎圣物，只是符合常理而已。

我目瞪口呆地看了他一会儿，然后说，好吧，下去办事吧。他起身要走的时候，我又叫住了他。

"如果你刚才说的都可行，"我说，"为什么这套礼服会变成现在这个样子？为什么你没有跟前几任皇帝说？"

他面无表情地看着我，"他们没问啊。"

我陷入沉思。几天以后我在一次正式的咨政院会议上宣布，我已经决定做一件将来会成为我最大成就、会是我当政期间的无上荣光，而且足以使我流芳百世的事。我告诉他们，我有意要写一本新版的圣书。

不用说（我告诉那一张张震惊得面无血色的脸），原版的每一字每一句都会被保留。但我们必须面对现实。圣书是很久以前写的，当时的世界大不相同。我们可能没有变化，但伊利亚、佩尔米亚、斯科利亚以及共和国都发生了巨变。那个年代，思科纳还没有被发现，梅尊廷还是个君主制的国家。要想保存传统，我告诉他们，就必须与时俱进。众所周知，我们的国家非常完美，拥有凡人所创制的最精炼最有效的政府体系——当年和我们并立的国家与政治力量，如今有一半已是杂草丛生的断垣残壁，而我们的政体却得以保存，这个事实就是有力的证明。今天的我们，受同样的法律制约、拥有同样的国境线，在同一家族的统治下。关键是，故步自封不能助我们赢得今日的安定繁荣。先贤是我们的引导者，却不是我们的统治者；圣书可协助我们，却不能奴役我们。我们面对种种挑战，逐一战胜敌人，方得屹立于世，如同我们神圣的守护神一样——永恒、无敌。

然而（我说），我们忠诚、亲爱的朋友圣书，如同终日奔波的马儿，或是在前线战斗了整个上午的士兵一样，需要适度的休整。圣书里的每一字每一句都不会改，但它真的需要成长，而我们已经将此进程拖延得太久了。因此，我提议增加附录和注释，以涵盖近三百年的发展；同时为有歧义的章节加详细的备注，以阐明其意。仅举一例，圣书规定使用梅尊廷紫为某个固定阶层的礼服色。如今我们已经有了自己的紫色染料——同样的染料，只是来源不同。我们需要对圣书做出修正，明确地表示"梅尊廷"只是一个普遍的形容词，不是专属名词。也许原句确实是特指某个产地，但随着时间的流逝以及随之而来的变化，最初的意思已经不再适用。类似这样的例子，我可以举出一千个。我告诉他们，细节不重要，重要的是原则。我提醒他们，讲述一个事实有很多方式，可以大声也可以小声，可以怒气冲冲也可以面带微笑——只要讲的是事实，怎么讲重要吗？

我给他们留了一段时间来琢磨我最后一句话的含义（其实什么含义也没有，不过谁知道他们会琢磨出什么呢？），然后我站起来离开了，正好赶上下午的第一次接见。

我开始重写圣书。说"重写"，并不意味着我需要自己提笔。我安排了专门的人来写作，这些人是由我手下专门负责挑人的人精选出来的。但我同时也告诉他们，他们写出来的内容会由专门审稿的人审阅。由这些审稿的人来决定写得好不好，是否符合宗旨。当然，成书以后印在书脊上的是我的名字。确切地说，不是我的，是他的名字。我们的名字。

我的目的是为摄政统治构建一个严格的、坚不可摧的框架。我不能单把这个主题拎出来，那就显得太不寻常了。因此，我把这个主题混在一堆杂七杂八的内容里头——我补充一句，都是有用的好东西：各种新的规章制度以及仪式，更多的必须穿全套行头的场合，让皇帝有更多安静思考的时间，更少玩乐、醉酒以及沉迷于坏习惯的时间等。李奥达斯和裴理斯也补充了不少真正实用的内容，以应对那些一而再再而三地浮出水面的问题——比如贸易纠纷，新增的条款使贵族无法欺压平民或榨干农民的最后一滴血；比如当某个未知的蛮族凭空出现，威胁到我们现存文明的根基时，应该采取什么措施。哦，我们还在司法系统的条文中做了点儿手脚，以使穷困潦倒的罪犯和小偷有机会脱罪，即使他们没钱贿赂法官。但是更多的还是关于摄政统治的内容，因为在帝国的历史上经常出现皇帝去世后留下襁褓中的婴儿成为最高统治者的情况，结果往往是引发社会动乱。我改变了这一切。从今以后，将由首相、御马监伯爵以及内务次长共同行使摄政权。在儿皇帝长大成人以前，他们将拥有全面的、无限制的统治权。唯一的限制条件是，不管出于什么原因，如果男孩在他们的看顾下死亡，他们也会被处死。佩尔米亚俗语说得好，要想鸡和饺子一炉烤，你先得杀只鸡。

就在我准备好金蝉脱壳的时候，忽然起了要打开那个盒子的念头。我已经很久没有看到它了。它就在那里，在我床底下的箱子里，埋在一堆干净的衬衫下面。不用说，它现在的价值远远不如我上位前，但至少还可在乡下换取一份颇为可观的产业，或者在某个像伊利亚那样不使用我们货币的偏远国度的城里，换取一间鸽子笼大小的夏日度假公寓。我把盒子拿出来，打开盖子。

是的，盒子里满满的都是甲虫尸体。但是我觉得有点儿不对劲。很快我意识到是什么不对劲了。当年我偷这个盒子的时候，根本没见过真品是什么样子——这不能怪我，在梅尊廷以外只有大概五个人见过。后来我们设立了甲虫农场和染料工厂，我见过不少真品，盒子里的甲虫看起来不是同一品种，翅鞘的形状不对。我拈起一只，用食指和拇指碾碎，虫子化为粉末。是黑色，不是紫色。我闭上眼睛，哭笑不得。这些甲虫是赝品、假货，一钱不值。

我仔细检查着破损的封印。在明亮的灯光下，戴着我那副精致美丽，能看得更清楚的梅尊廷眼镜，我很快就分辨出，这封印是伪造的，仿得相当逼真，看来是出自真正的艺术家之手。我叹了口气。我意识到，许多谜团就此解开，包括当初这个盒子为什么被人扔在阁楼的角落里无人问津。那个人多半是个没那么天真，又比我有眼力的人。这么多年以来，我唯一的"战利品"，我事业的奠基石，我的信念所在，只是个谎言。我关上盒子，把它丢进火里。绿色的火焰腾地升起，散发出一股刺鼻的臭味。我不得不开窗透气。

于是我只得更改计划去偷她的珠宝。结果发现太难了，几乎不可能。几个世纪以来，皇后的珠宝首饰一直是皇室的财产，由锅盔头中的精英部队严密看守着。一旦少了一两件，马上就会被注意到。用假珠宝来偷龙转凤也行不通，需要专业的匠人才办得到，而我已经失去了以前的联络网。最后，我不得不冒着呼啸的寒风在一片漆黑中沿着窗台爬出去，再从一个小得可怜的天窗爬回来，干翻了两名卫兵，造成有人闯入五楼的假象，然后才施施然循原路返回我的寝殿。从专业的角度来讲，这是我最成功的杰作之一，我很欣慰地发现自己宝刀未老。

我挑了三颗钻石以及一颗红宝石——全都是以无与伦比的美而闻名世界的大宝石。但我知道上哪儿才可以让我在不受盘问的前提下将它们敲碎，重新切割。然而在我做好准备之前，把这些宝石藏在哪儿却是另一个让人头疼的难题。整座宫殿内，允许我涉足的那些地方根本没有什么隐蔽的角落及裂缝之类的，总是有那么一两个该死的傻瓜男仆或女仆在那儿扫来扫去，掸来掸去。贴身藏着？想都别想，要知道皇帝的梳洗更衣由三名贴身男仆负责。我忽然灵机一动，把宝石包在一块丝绸里，塞进刚好送回来的神圣御靴的尖头处。这双靴子之前被送去进行"无变更"的改制。靴子前面的空隙刚好可以容下这些宝石，不至于弄痛我的脚趾头，而且除了我没人敢碰这双御靴。

现在我准备好离开了，但我还需要一具尸体。你可能以为很容易弄到，实际上并非如此。我下定决心从此以后做个好人，所以我决定用一具病死或真的遭遇意外死亡的尸体。如果奇迹出现，我那白莲花般纯洁的御手能有机会接触到尸体的话，这恰恰是关键所在。只要我有选择，我都会想方设法，一心向善。我首先承认，在过去那么多年里，我能生存下来，能获得自由，能免于挨饿受冻，得归功于盗窃和杀人这两种手段。如今我受够了。内心深处，我其实不喜欢这么做。作为皇帝，我犯下的罪行其实比我当小偷时造成的危害要大得多——让我无比震惊的是，我居然可以心安理得——这些罪行披着的外衣叫税收、治国、司法以及听起来没有好多少的战争。然而税收、治国、司法以及战争，这些就是我与生俱来的生活环境，出于种种意外，我居然能做到在相当长的一段时间内远离这种环境。现在，如果我能做到的话，我还会再逃一次。是时候离开这里了——远走高飞，回归自我（至少这是生平第一次我对自己有了些模糊的认识——我知道我不是我的哥哥）。这算不算是有史以来第一次一个人的私奔？没错，人不能一辈子逃避自己的责任，但我坚信你最起码得试一下。

让我犹豫不决的是舍不得离开她的念头。我做不到。在你以为你已经摆脱追兵，奔向自由的时候，你的袖子却在不知不觉间被门卡住了。而她就是勾住我的那片衣袖。连我都看得出来，她是帝国有史以来最好的统治者——好吧，至少是在马西亚斯之后最好的统治者，当然我是有点儿偏心——而且她做这些事是那么自然，好像一名能工巧匠，化繁为简，举重若轻。我有充分的理由认为，如果有人能把一件事做到极致，那他一定非常热爱这一行。当我发现自己判断错误时，简直心花怒放。

提议出逃的反而是她。"你知道我现在很想做什么吗？"有一天，我们履行完职责，从神殿坐着一辆又大又丑的镀金马车回皇宫的时候，她对我说，"我想逃跑，从窗户里爬出去就此远走高飞。"

我凝视着她，说："我也是。"

"你不懂，"她回答道，"我说真的。我厌倦极了，宁可过那种睡在谷仓里，挖挖郁金香的日子。你大概觉得还好，因为你过了十五年自由的日子。至少现在你可以闭上眼睛，回想一下自由的滋味。我一辈子都被套牢在这种日子里。"

我想起当年那个夜里偷溜出去看斗鸡的女孩。"你说真的吗？"我说。

"相信我吧，我从无虚言。"

我眉开眼笑，告诉她我把什么藏在了靴子的尖头里。

天哪，这次出逃可费了老大的劲儿了。外人想暗杀皇帝和皇后固然困难，皇室夫妇自己要假死更是难上加难。

首先面对的问题，就是我们需要两具尸体，一男一女。我最初的计划是利用狩猎活动的时机出逃。这是皇帝可以摆脱至少二十名如影随形的卫兵的唯一机会。然而后面的每一步只会越来越难。因为我得把一具尸体偷运出来放在密林深处，给它穿上皇室猎装，让它不受干扰地躺在那里，直到林子里的瘴气以及小动物把它侵蚀得面目全非。

皇后没机会出猎，因此这个计划被否决。但是她灵机一动，想出一个新的点子。我必须承认，就算是像我这样一辈子都在逃跑而且对这一行自信满满的人，也不得不对她的主意佩服得五体投地。

众所周知，在复活日，皇帝和皇后将身着全套礼服，乘坐小船，渡过切里尔海峡到位于伊斯赛鲁斯的新神殿去。在那里，他们将在金色礼堂的镀金穹顶下举行圣餐祈福的仪式。为他们渡海而专门打造的船有一定的年头了，体积也比较小，除了皇帝皇后以外，只能再容纳五个人。这就意味着，我们得将李奥达斯和裴理斯拉拢到我们这边，再由他们去找三个能够守口如瓶的士兵加入。我们认为这应该不成问题。当初是李奥达斯把我拉进这趟浑水里的，因此他本来就欠我一次。而且他和裴理斯将替我们的新生儿摄政，成为手握实权的帝国统治者——我告诉他们，这可是多少人梦寐以求的"天上掉馅饼"的机会啊（感谢李奥达斯，他通情达理地笑了起来）。我记着当时他们都没有问我如此荒唐行事的原因，大概他们已经心知肚明了吧。李奥达斯和我，我们常有意见不合之处，但基本上他还算是个不错的人。是的，他是杀害了我的父亲，但我不得不承认，我不恨他。

接下来发生的事情，用一句话形容，就是尽人皆知。那天纯属巧合，天气恶劣，海上掀起了狂风暴雨。小船渡过了海峡，到了岛上。共有两千人目睹了皇帝和皇后行圣餐礼。在回程的时候，船翻了。李奥达斯、裴理斯以及三名士兵游回了岸边，但身着笨重的皇室礼服的皇帝和皇后，像石头一样沉入了海底。裴理斯三次潜入海中，试图搭救我们，但最后不得不放弃。尽管如此，我认为如果不是他和裴理斯大权在握的话，这件事没那么容易摆平。用不了多久，等风声平息下来，他们就再无阻碍了。

切里尔海峡深不见底，皇帝和皇后的遗体（连同神圣的礼服）从此留在了海底，无法找回。随他们怎么编吧。

我们躲在小岛岸边的灌木丛里直到天黑，并亲眼目睹了自己的"死亡"。然后我偷了一艘渔船，渡过海峡，抵达位于切里尔陷坑的码头。裴理斯给了我一大笔现金，让我们俩可以舒舒服服地前往阿利亚——这是个符合逻辑的选择，我们和阿利亚人每隔五年就要打一场，一打就是两年。再说一旦你习惯了那里的生活，手头又阔绰的话，那也不算是什么太糟糕的地方。

后面的事也没什么可说的。我们成了被上一任皇帝驱逐出境的欧东廷贵族，格拉菲奥斯伯爵及妻子尤多西亚。幸运的是，尽管我们被流放，却并非身无分文。我们在东北地区有一份相当可观的产业；在阿利利城也有一栋虽然小却不乏迷人之处的房子；另外，这么多年以来，我们在人造染料行业（我有没有提起过，在我们金蝉脱壳的那一年，声誉卓著的炼金术大师萨洛尼努斯发现了从廉价的矿物质里提取紫色染料的方法？）的那点儿微薄投资也给我们带来了不菲的回报。我们还有了一个儿子，是亲生的。她是这么说的，让她永远无法原谅的那个人已经死了——还死了两回——而且她本来就挺喜欢我的。

我有很多不喜欢的事，说谎就是其中之一。我相信真相是坚固且不可侵蚀的，就像包裹在层层桃肉里的核、就像河床上的鹅卵石。真相，就在那里，一目了然且毫不含糊。问题在于你如何分辨它；在于学会如何区分冒名顶替者和原身、如何区分双胞胎兄弟、如何区分黑色甲虫和紫色甲虫。当然，你越努力，失败越多。

你想试就试吧。我只给你一个提示：记住，真中有假，假中有真。

（叶林　译）

看得见风景的房间

门没锁。"他在里边吗？"我问。

她看着我，"不一定。"

我点点头。"我上楼去看看。"我说。

我讨厌边境城镇，这些城镇是那么若有似无、微不足道，因为说不出个所以然，所以就假设其确实存在吧。艾裴瑞西亚·艾博依那是我受命前往的第十七个地方；这十七个地方里十二个都是边境城镇。在这一问题上我曾表达过自己的看法，但是我想应该没人在乎我的感受。

楼梯台阶是松木做的，白漆剥落，如今满是灰尘。他的门关着。我敲了门，没什么大不了。房间里没人应声，所以我按下门闩，走了进去。

书桌后边没人。这是一间小房间，到处都是塞满了纸头的饼干盒。屋里有一张矮矮的、破破的椅子，是留给客人坐的。虽然我并不擅长术式，但还是用**无人之境**修复好了椅子，然后坐下了。椅子吱嘎作响，但是好歹还能支撑住。

只要是术式就会引起他的注意，哪怕是**无人之境**这样普通的术式，效果堪比门铃的响声。安心等候便是。出于无聊,我从桌上拿起一封信。

"放下。"他在椅子上显了形,皱起眉头对我说道,"那是机密文件。"

我冲他咧嘴一笑。他比我高三个等级,但我在学校里还比他多读一年呢。"胡扯。"我说,"这是上个月木炭征用书的办公副本罢了。"我又瞥了一眼信,"这么小一间屋子,你得用掉这么多的炭。真没想到,原来这里这么冷啊。"

他瞪着我。他就是喜欢占一些毫无意义的小便宜。自从他在第六年当了下级长官,就重演了偷炭的勾当。"只要信封角上有红盖章,"他说着,把信从我手中一把夺了过去,塞进他办公桌的盒子里,"那就是机密文件,你没注意到吗?你过来干吗?"

"是你自己传我过来的。"

"有吗?我为什么这么做?"

我耸耸肩,"不管怎么说,一切还好吧?"

"一点儿也不好。"没错,压根儿就没有好过。如果他死了,他也会直接去无敌骄阳的法庭抱怨太冷了,没准又要伪造木炭征用书。"手上缺两个人手,眼下除了我又没人能做事了。真的是我传你过来的?"

"没错。"

"那我一定有个很好的理由。"他打开办公桌上的大本子,装出一副仔细查看的样子。当然,演戏可是我的拿手绝活。我假装打了个哈欠,演技比他好多了。我甚至还可以把两只脚搁到办公桌上,只怕这破椅子不允许我这么做。

"哦,对了,"他说着,重重地合上了书,"你觉得例行工作怎么样?"

"我讨厌例行,"我说,"我宁可去修草坪。"

他点点头,"那么做导师呢?"

"还不如例行呢。"

"我猜到了。"他把某张旧信纸撕下一角,在纸片上写了点儿什么,"给你安排了一份工作:例行加导师。工作一来,我第一时间就想到了你。"

我就是你认为的那种废柴。我六岁的时候就得到认可,获准立即进入庙宇初级学校，后来获得公开奖学金进入总校，再直升学院继续深造，在学院学习的那年我的成绩排名是十五，全班一共四十六个人。所有人都说我天赋不错，应该会顺利度过培训期，在三十岁前取得从业资格，四十岁就能获得学术职位。可是结果并不顺利。我在培训期间麻烦不断，挂科、重修、勉强及格；自选职位的面试都一塌糊涂，找了一个又一个垃圾的工作，最后成了候补名单上的自由职业者。当人们问起，像我这样的人为什么会做自由职业时，我不得不说这个实在很难解释。一般来说，我会暗示自己是某个丑闻的受害者，或者暗示上级决策存在重大失误，撒这种谎远比说实话来得简单，而且人们也很乐于相信这样的解释。实际上，我确实拥有过人的天赋，在我厉害的时候，我和其他尖子生有得一拼。然而事与愿违，我的厉害日子维持不了多久，大部分时间里还是状况百出，包括愚蠢的小错误、细节上的差错、注意力不集中等问题。人们告诉我，我的心思不在这上面，我每次都会低声骂他们几句，骂完又不得不承认他们说对了。我对自己的工作确实没什么兴趣。我宁可不要这天赋，好去干点儿别的。当然，我没得选。总之，我年纪也大了，要另寻出路谋生也来不及了，所以要么安于现状，要么就只能干些没技术含量的体力活。

"你可真贴心。"我说，"具体工作内容是什么？"

他朝我咧嘴一笑。"这是地址，"他说，"等你到了那儿，他们会告诉你的。"

世界上没有魔法这回事，你上学的第一天老师就会这样告诉你。取而代之的是自然哲学——也就是科学，具有逻辑条理、能够被证明的事实，以及可预测的、可再现的反应和结果。无知之辈所谓的"魔法"，也属于自然哲学，在这一领域里，我们记载并整理出一定数量的因果关系，但迄今无法解释这些因果到底是如何、为何作用的。当然，相关研究仍在继续，到了一定的时候，一切都会变得简单、直观、常见起来，如同我们曾经解开了生殖、冶金和发酵的奥秘。但在此之前，愚蠢的乡下人还是坚持把这类能力叫作"魔法"，把我们叫作"法师"。与此同时，因为这类能力能够造福于人，而我们能做他们做不到的事，但运用能力又是受到严格管控的，所以我们会向他们收取可观的酬劳。不过，我个性中愤世嫉俗的一面不禁对此怀疑，如果研究最终会解开其中奥秘，解释所有疑问，并且让人人都能运用它，那么我们现在不搞知识垄断、从中获利，能让研究进展得更快一些吗？

我说"我们"。因为我不搞知识垄断，也没有从中获利。我甚至连工作都没有。我时不时地会接到活儿，但是和正经的工作完全是两码事。

像我这种废柴，例行工作至少能够让我吃得上面包和黄油。只不过我没那么喜欢面包和黄油罢了，至少顿顿吃肯定不行。例行工作很无聊，就是重复劳动，酬劳又不多。然而，导师工作还不如例行工作。导师工作要对付爱出风头的毛头小子，像母鸡带小鸡一样带上两周时间。你心里清楚，两周的折磨一旦过去，这小子就会青云直上，而你还在原地踏步。这么一想，心里更不是滋味了。再说，我也不喜欢小年轻。当我也是个小年轻的时候，我不喜欢他们；现在我长大了，就更不待见他们了。

笑与泪两者何等相似，你很难准确解释而不落俗套，所以我就不细讲了。总之，靠着精神力量和自律，我做到了两者都不碰。他们说根本没有魔法这回事，这不是魔法是什么？

"那就是我的工作？"我问。

他看着我，"这就是你的工作。你到底想不想干？"

想是不想，干还是得干。"什么时候开工？"

"现在。"

就这样，我在那一时间到了那里。我认为，喜剧和悲剧从本质上说是同一种东西，只是故事结局不同而已。最后，人们摆脱了纷纷扰扰，从此幸福地生活，这就是喜剧；如果人们都死了，那就是悲剧。但是其中存在着某一个临界点，在某一刻，故事的走向处于两端的正中间，既有可能成为喜剧，也有可能沦为悲剧。

狗。那就是我的工作。我们伟大的帝国有幸拥有众多贵族，历史悠久、名声显赫，他们的爱好之一便是打猎。最好的猎犬产自拉左——离艾裴瑞西亚·艾博依边境更偏远的地方，典型的山城，穷得要命，种不出什么食物，除了山羊，什么家畜都养不了。谁也没办法靠养山羊发财，甚至连温饱也保证不了。 日子没法儿过。羊群挨得太近，牧草全毁了。结果无非两种：要么严格限制羊群的数量（这样一来就没法扩张，没法盈余，没法致富）；要么过度放牧，最后你的地就只剩下光秃秃的石头。拉左人比较幸运的一点是养了狗，有钱贵族甘愿为了这些狗傻乎乎地掏钱。因此每个拉左人都是全职或者兼职的养狗人，每个月他们都会来艾博依那两次，翻山越岭，带来一群傻不拉几的狗。艾博依那的中间商会收购拉左人的狗，只付给他们一小笔钱，却转手高价卖给贵族。那么我的工作是什么呢？有一条法律条例规定（这可不是我凭空编造的），所有从境外进口本国的狗都要接受检查，判断是否有恶魔附身的迹象，这一工作由具有学院认定资格的从业法师来负责。

……我知道，我同意。但这条规定由来已久，那时候人们对这种事情很容易当真。实际上，大约四百年前的一次瘟疫舞①爆发的时候，艾博依那和周边的乡镇都深受其苦。虽然我不知道已经多久没有出现过病例了，但是这种病得到了承认，并且有明确记载。瘟疫舞的患者会颤抖、呻吟、激烈地扭动身体，无法控制，根本停不下来，最终会被累死。艾博依那爆发的瘟疫舞病毒最终自行消亡，但还是造成了近一百人的死亡。该城的神父下令进行调查，调查的结论显示，瘟疫的罪魁祸首是恶魔或者恶灵，原先附身在一条猎犬的体内或是脑中，借此从拉左进入本国的。因此该规定（城邦法令 D&K47,106-ii）如今仍有很强的效力。虽然此后瘟疫舞再也没有出现过，也没有任何一只恶魔附身的猎犬被扣押过。当然，艾博依那人会说，瘟疫舞没有再次作乱恰恰是得益

---

① 瘟疫舞（the dancing plague），中世纪有真实记载的一种奇怪病症现象，病患表现出跳舞的动作，身体抽搐痉挛，精神处于某种恍惚的状态。这种集体性的狂热舞蹈会持续几天、几周甚至几个月，期间不断有人因饥饿和疲惫死去。

于犬类检查,而恶灵得知自身会遭人检测并受到驱除,便也不会再尝试以那种方式潜入本国。艾博依那人大多观念传统、作风老派,他们最喜欢的菜肴是猪脚配上一盘腌卷心菜。

所以你应该可以看出,这工作完完全全是在坑我。换作平时,我会把这两周工作时间用来发呆、偷偷看书或者给学术期刊写篇论文。可这回我没法偷懒了,因为还有导师工作。尽管看起来很惨,但我的确要进入几千条狗的小脑袋里检查一遍。这样一来,我的临时学徒才能看到示范教学。换句话说,我得认真对待这份烂工作,不然怕是那些求知若渴的学生又要问东问西。

棚屋很大,长约有五十码,还冷得要命。在犬类交易的淡季,人们会在这里圈养绵羊,等着卖到市场上去。棚屋后部整个区域是用栅栏分隔开的,狗对着栅栏又跳又挠的,一天到晚叫个不停。我试着用*经年意志*制造一面隐形屏障,盼着能够屏蔽狗叫声,但是并不管用,所以我放弃了。其间,狗主人放出狗,让它们经过我的身边,一次放一只,我则使用术式检查它们。用到的术式毫无用处、并不光彩而且真的很难,能够让你进入另一个生物的大脑之中。

实际上是术式*正令中天*的一种简化变体,不需要念出咒语就能实现。你需要进入第三层房间,但是每天要处理几百个对象,显然你不可能每次都从房间回到现实,再从现实进入房间,这样会把脑子搅乱的。所以你必须使用分离状态来完成,这在理论上减轻了工作量,但我发觉分离状态持续超过一个小时,我就会头疼欲裂。当然,大部分从业法师都是用这类术式来进入人脑的,以对付危险病症和昏迷。法师进入他人的大脑,发现其中的问题并加以解决,最后带领病人走出来;在房间里感觉过去了五分钟,现实中实际上只是一瞬间的事情。完成工作后,你需要躺下好好休息,顺便接受一下病人家属的悲情诉苦和感恩戴德,等到你觉得体力恢复得差不多了,就可以站起来写一张四位数的收费单了。事实上,我认为狗比人更难对付。真的,进入人脑的时候,你只需要把脑袋探进门里看一看,也就是说,确认一下家里没有进什么不该进的人就行了。但是狗的脑子小得可怜,那种感觉就像从煤槽爬进屋子,而不是从正门走进去的。

值得庆幸的是，第一天只有我一个人；那位年轻的"明日之星"还没出现（听人们说好像是因为发了水灾、路况很差）。至少没人会看到我努力摸索诀窍的笨拙样子。没办法，我已经很久没有做这类工作了。更不用说我原先为了找到可靠高效的工作方法，犯下过很多弱智错误。即便如此，这工作也够累人的了。我下了决心，明天切不可在那小孩子面前出洋相，所以我的确认真检查了每一只狗，总共有几百条。最后，当我终于可以走的时候，我几乎是爬着离开的。他们给我准备的住处是一间大致清扫过的饲料库，里边有三个塞满稻草的麻袋和一条骑马用的毯子。我累瘫了，满脑子都是狗，都没力气吃东西。但他们还是贴心给我准备了晚餐：不新鲜的面包和稀烂的奶酪。我似乎记得自己翻了三次身，然后安顿下来睡着了。

我打了个哈欠，醒了过来，发现眼前有一双鞋。

让我和你讲讲这双鞋。我一闭眼就能原样想象出来：第一眼看去，是一双红鞋子，颜色介于血液和新鲜苹果之间。鞋子在发光，但不是金子或抛光铁器的光泽，而是一种更为温暖、鲜艳的光晕，像是仔细打过蜡的感觉。脚趾极为突兀地冒出来，像猫爪一样弓着，因为鞋后跟有三英尺高。鞋跟很细，一侧扣着一排小小的银色扣子。

"打扰了，"一个声音说道，"你是来自学院的克利索多瑞思·艾利克斯卡修斯大人吗？"

很久没人这样称呼我了。现在我叫马诺，是我父亲取的，常常配合一个丢人又贴切的诨名一起使用。对方穿着这么一双鞋子，开口称呼我的入学姓名，搞得我有点儿怀疑自己是不是还在睡梦里。

"嗯，"我说着，揉揉眼睛，"你是哪位？"

"我叫卡米提莎·奥雷利亚纳。"声音答道，"你应该就是负责带我的导师。"

嗯，也不算什么稀奇事。你有时候会碰到有天赋的女性。我至今碰到过六位——尽管和我们大多数男法师一样,她们的能力范围有所限制,但也都是很能干的从业法师。其中五位是在治疗法术上各有专长,第六位是和我一起工作过的水占卜师,也是我见过的最好的一位。毫无疑问,只要女性碰巧拥有天分,也可以当法师。只不过女性拥有天分的并不多,就像没多少女性真的长胡子一样。再者,女性显露出天赋的年龄要晚很多,一般是在青春期,相比男性来说算很晚了,也就意味着等到她接受完全部训练(假设不会留级或者重修),她已经三十岁左右了,而同年龄的男性法师(除非是我这种废柴)已经高出她三四个等级。大体上来说,我们这一行女性数量不多,处境还很困难,但这个问题害得我睡不着觉,今天还是头一次。

卡米提莎·奥雷利亚纳,这可真是个好名字。我抬头看她。

你知道学生都是怎么样的。有一个广泛流传的经验之谈,依据我的经验来看也是颇有道理:学生的年纪和他外套的年纪加到一起正好是一百岁。但奥雷利亚纳小姐显然是个例外。她的外套花了不少的金钱、羊毛和时间,这还不算最奢侈的。她的帽子和裙子也和外套一般,秉承相同的浪费原则。这些华丽衣着的主人,竟然是一个三十五岁的女子。她的脸小小的,就是我妈说的那种实际上比看上去漂亮的女人。当然,考虑到我工作的性质和要求,她长得漂不漂亮和我没多大关系,可是想忽视她的美貌也很难做到。

"你就是我的学生?"我问。

她点点头。"恐怕是的。"她回答,"我现在在卢索学会上二年级,必须完成两个月的实习才能拿到毕业证书。"

等我渐渐从惊讶中缓过来,才意识到现在的情况还不错。我原以为我的学生是一个十七岁的小伙子,头发和脸上雀斑的数量一样多。给一个成年人当导师要好得多,交流也顺畅得多。虽然成年女性和贵族一样,都不是最佳的谈话对象,但是原则上来说我也并不反感。待人宽容如待己,这是我的口头禅。

我费力地站起身,装模作样地掸了掸外套上的干草屑。"你刚到。"我说。

"没错，"她回答，"菲拉布恩发水灾了，我的马车在过河的时候被困住了。"

我点头。"使用**为我叙说**，"我说，"能够控制和抵挡水流。对了，你还没学过这个术式吧？"

"元素和环境的术式课程安排在明年，"她回答，"我在书上读到过这个术式，但还不想尝试，我想等上了课再说，以免出什么岔子。"

我忍不住笑了。我在上二年级的时候，我曾试图用一个刚看到的法术给一栋房子灭火。火倒是扑灭了，半条街也被我夷为平地。"明智之举。"我说，"来吧。我们最好赶快。"

"我们的工作到底是什么？"

原来他们还没有告诉她。嗯，为什么要告诉她呢？在我做学生的时候也没人告诉我。他们总是盼着我自己发现，或者凭着直觉想出来。众所周知，要让十七岁的年轻人如马粪里的玫瑰一样在羞耻中茁壮成长，没有比这更管用的办法了。但成年学生理应得到更多的尊重。

那么，我该怎么开口才好，"你喜欢狗吗？"

"喜欢。"

"那么你应该会乐在其中的。"我说，"跟我来。"

有的人生来就是好老师，而我不是。让我把讲过的事情再讲一遍，我就会感到不耐烦。我往往会忘记自己也是通过不停地进行简单的练习才掌握诀窍的。当我在教别人的时候，如果他们没有一下子掌握诀窍，我就会认为他们很愚钝，要么是故意装傻，要么是没有认真听讲，要么出于某种原因他们根本就不信任我的教导。

哪怕是最有技巧和奉献精神的老师（例如教过我的老师们），面对卡米提莎女士也会耗尽全部的耐心。她有能力，并不愚钝，也愿意学习，但就是教不会。她会转眼忘记刚学的知识，就好像油布根本吸不进水。可以看出，她对此的烦恼并不比我少，她也尽力地克制情绪，记住我们在这里的目的，记住我们是站在一边的。但是,一个小时下来,我越发明显地感觉到,她一直以来所生活的环境中,人们看在她的爸爸或者爷爷的面子上,很少会数落她的错误。她给自己做了不少思想工作才肯接受我的批评,贵族阶层就是这样。他们乐于接受一个这样的想法:比起改变自己,改变世界来得更为简单、恰当。当然,正是出于这种品质,他们才能成为我们行业的佼佼者。但前提是他们得学会基础知识并经过资格认定。这种贵族思维对于一个学徒来说可没有什么好处。当然,如果她是男的,早在青少年时期就会结束学徒生涯,而那会儿他们的想法(即便是贵族出身)还充满了可塑性。可等到她这个年龄,若要设法教育她,无异于打磨已经成形的钢铁。

与此同时,狗也是个问题。没几分钟它们就会过来,脖子上套着绳子,绳子另一端由拉左人拽着。这些拉左人满脸严肃,对我皱着眉,仿佛这一切都是我的错。如果你觉得我是小题大做,不如你亲自来感受一下;相当于现实的三分钟时间里,在分离状态下使用第三层房间对一只畜生进行检查,同时还得向一个情绪逐渐失控的贵族女解释你自己到底在干什么,而且她似乎还不明白你到底在说什么。现在回想起来,我感觉那绝对是我人生中最为卖力的工作之一,而得到的回报却近乎为零。

终于,当我感觉到自己几乎快撑不住的时候,狗群的队伍也到了尽头。我们原地坐了一会儿,拼命享受着工作结束的幸福时光,直到工头过来让我们离开,以便他手下的人可以清扫残局。

艾裴瑞西亚·艾博依那有很多地方可以买酒喝。我带着她到了最近的一家酒吧,选最便宜的酒叫了一夸脱罐,正好叫她闭上嘴坐好、乖乖听我说话。我想这应该是我到现在还活着的唯一原因,她实在太累了,不想和我过多争辩。

"我不明白你的问题出在哪儿。"我说。最便宜的酒喝起来简直可怕,也没能缓解我的头疼,但是猛灌上一口后,我就一点儿也不在乎了,"你要做的就是进入第三房间——"

我突然不说了。她看着我。"我得和你说实话，"她说，"我没法使用房间。"

这感觉就像你走路没留神，结果一头撞上了墙。"但是你已经二年级了，"我说，"你肯定——"

"我没法使用房间，"她重复道，"我就是做不到。幸好我的术式学得挺好的，平均成绩才不难看。当然，明年所有的课程都和该死的房间有关，然后他们就会发现我没法使用房间，然后就会把我逐出门外。然后，这两年学习就完全是在浪费时间。"

没法使用房间……就好比是，有人对你坦白说，他活了三十多年还不知道怎么呼吸。"可是，既然你会使用术式，"我说，"那么使用房间也不是难事——"

她叹了口气。这声叹息发自内心。"所有人都这样告诉我，但是——"她摇头，"事情就是这么荒唐，真的。当我们第一次学习使用房间的时候，我就不懂，一句话也听不懂，但是其他人都懂。我不想举手坦白，因为我不想让自己显得那么傻。我这年纪都可以当我同学的妈妈了。就这样，我不懂的东西就像滚雪球一样越来越多。房间课程的所有内容都是建立在基础知识的理解上，可是我就是不懂基础。我越是不管不问，情况就越糟，最后我彻底放弃了。大概我以为自己靠着术式成绩也能学下去。太蠢了。"

我花了一会儿工夫才克制住自己，说惊呆了都算是委婉的了。使用房间很简单。但是我又想到，准确地来说，对我来说，使用房间很简单。可对她来说并非如此。我深吸了一口气，试图把自己想成一个普通的好心人。在这样的情况下，我该怎么做？

"这样吧，"我说，"不妨把整个宇宙想象成一个古老的、废弃的宅子。有一户人家住在宅子里，但是他们家道中落，只能住在其中的一个房间。宅子里剩下的所有房间都用木板封住、积满灰尘。目前为止都听懂了吗？"

她竟然微笑了，"我有几个表亲就这样。"

"好极了。就像是你的表亲们住的那个房间。那个房间便是任何人都能看到的世界; 没有天赋的普通人。现在, 再想一下, 他们已经在这个房间里生活了很久很久, 所以他们的子子孙孙也是在这里长大的, 所以甚至都不知道还有其他房间的存在。对于非天赋者来说, 整个世界就是这样的。"

她做了个鬼脸, "这也是我的问题所在。"

"不再会是你的问题," 我坚定地说, "很显然, 从一个房间到另一个房间, 你需要找到门在哪里。非天赋者只能看到两扇门, 生之门与死之门, 并且一般来说, 他们无法控制什么时候会看到门, 什么时候会进入。我们就不一样了。我们可以在想要的时候制造门。"

她轻轻地皱了一下眉, "不是'我们', 是你。"

"不, 听好了," 我说, "很容易做到的。当然, 前提是你得有天赋。如果你没有天赋, 你什么法术都做不到。但是你能做到, 既然你能使用术式——"

"这和术式完全是两码事。"

我并不急于否定她, 让她先自己想想。"我的老师过去曾说, 术式只是我们从其他房间带回来的工具而已。相信我, 如果你能使用术式, 你就能使用房间。别这样," 见她露出不赞同的神情, 我又说, "就像游泳。等你越长越大, 你就越发确信自己永远也学不会游泳了。然后等到某天你突然开窍了, 无师自通了。使用房间也是如此。你只要——"

"我也不会游泳。" 她说。

事后想起来, 我当时没有动手打她真够仁慈的。"好吧," 我说, "你不会游泳。但是你能使用房间。真的," 见她刚要张口反驳, 我忙补充说, "你能做到, 而且就是现在。明白吗?"

我很早就读过并且很喜欢的《孙子兵法》里有讲到, 最好的时机往往是在敌人疲惫的时候。[1]

"好吧," 她没好气地对我说, "我该怎么做?"

连我自己都没有意识到, 我给了她一个大大的、温暖的微笑。"你看那边

---

[1] 此处应指《孙子兵法·军争篇》:"善用兵者, 避其锐气, 击其惰归。"

的那面墙,"我说,"想象墙上有一扇门。"

"好,但是——"

"试一下。"

她决定给我个面子,也许是为了更好地让我闭嘴,不再烦她。她转过头,就这样过了一秒钟,闭上了眼睛。接着,她做到了。

非天赋者会这样说,"我看到它闪现了"或者"有一道光闪过",有时候他们听到了声音,或者感到了一股气流。纯粹是凭空乱想。根本什么也看不到,听不到,感受不到,因为根本什么都没有发生。百万分之一秒前在这里的人,百万分之一秒后仍在这里,能发生什么呢?

她看着我,眼睛瞪得老大。"是有扇门。"她说。

"没错。"我回答。

"真的。那边有扇门。我没有骗你,你信吗?"

我克制住自己,只是转了转眼珠,"所以,你刚才做了什么?"

她皱了皱眉毛,"呃,我想我一定是把门打开了,但是我好像没有站起来,也没有走过去啊。"

"没关系,"我立刻说道,"你就在门边上。你打开了门。你进去了吗?"

她点头,"门一下子就开了,所以我进去了。"

"看到了什么?"

"看到了——"有那么一会儿,她看起来有点无助,"呃,就是一个房间而已,真的。"

"所以才叫作'房间',"我说,"房间里的环境熟悉吗?"

"不,完全不熟悉。就是一个房间——仅此而已。空房间,普通的地板,没有任何家具。我好像也没有看到窗户——"

"你看不到窗户,"我安慰道,"窗户之后才会出现。更高级的房间。所以你在房间里做了什么?"

"我转过身，就回来了。"

我笑了，自我感觉很良好。"你看，这不是很简单嘛，"我说，"你做到了，你会'游泳'了。"

"没错，可是我是怎么——"

"别问，"我打断她，"真的，别问。甚至都不要去细想，等到你彻底习惯了再说。只需要告诉自己一件事，我能够做到，因为我已经成功过一次了。就这样。"

她一把拿起杯子，喝了点儿恶心的烈酒，先前她可是一口都没碰。"好了，"她平静地说，"不过，刚才我到底做了什么？"

"你进入了第一层房间。"我说。

"什么意思？"

有意思的是，我感觉没那么累了。"第一层房间比较好理解，"我说，"我们用它来做一些简单的事，比如从一个地方移动到另一个地方，让自己消失，或者移动别的物体。正如你亲眼所见，房间里是空的，房间里的一切东西都是你自己带进去的。值得一提的是，因为你在第一层房间里，你可以打开一扇门，进入现实世界的任何地方。你可以回到原点，也能去另一个完全不同的点。所以，如果我要找什么东西，急着回学院一趟，我只要进入第一层房间，打开一扇门就能回到学院长廊，面前就是图书馆的大门。"

她嘴都合不拢了，"那——"

"不过是小菜一碟，"我说，"实际上并不是我说的这么简单。其中有很多的限制条件要注意，最后你全都会了解到的。但是现在千万别多想，否则你会变得不自信的。现在来说，就假定你想去哪儿就能去哪儿。这还只是第一层房间，"我忍不住补充道，"真的，第一层房间之所以重要，只是因为能够通向其他房间。"

好吧。我这样说是因为我老师也是这样告诉我的，那时候我还是个孩子；彼时的我天赋过人，前途无量，结果却运气不佳，沦落到如今田地。所以，当时老师们只需要做一件事,激发我学习的热情。

我的问题在于,当我有了兴趣,又没了耐心。"来吧,"我说,"我这次和你一起到房间去。"

"你想我再去一次?"

"当然。你不会受伤的,我可以保证。"

想象一下,你从小在寺院街或是蒙斯·东安斯山坡的某户村舍里长大。对于远渡重洋、步行万里的人来说,那儿简直是世界上最令人惊奇的地方。但你却习惯于此,这是你的家,没有什么稀奇的,根本不会多看一眼。我想,我和房间的关系也是如此。我七岁的时候就已经能够到达第三层房间。我以前会自己去探索,不告诉别人。不知怎么,我总是清楚自己该做什么。我敢打赌,如果在房间里的时间和现实时间相等的话,我这辈子在房间里待的时间比在现实世界还要长。

很容易就忘记并非人人都像你一样习惯于此。

她还来不及争辩,我就打开了一扇门。我给她留了门,自己走了进去。片刻后,她也跟着进来了。

"现在和你刚才看到的一样吗?"我问。

她点头。"可能没有这么脏。"她说。

我低头看。地板积了灰。我试图回忆这种情况是否正常,但是却未果。我努力不去过多的关注地板。"原本就这么脏,"我说,"记住,第一层房间里什么也没有,一切都是你自己带进来的。"

她环顾四周,"这里是?"

我开始烦了。"这里是一个中转点,"我说,"正如我刚才告诉你的。我们可以通过这个中转点,从我们的房间前往想去的地点,或者我们可以到上层房间去。"我对她微笑着,试图消除她的顾虑。她看上去有点儿失望,"你选哪个?"

"哪个容易选哪个。"

颇为合理的态度。但是我可不会按常规出牌。"既然这么说，"我说道——自满的情绪充斥我全身上下，仿佛快要从耳朵里溢出来了——"我们上楼吧，开门。"

我说着（虽然没必要说出来，但我就是为了强调一下），对面的墙上出现了一扇门。"来吧，我们去第二层房间。"

我们这一行有不婚的规定，当然是有原因的。几年来我都在反复思考这个问题，我不相信这是为了保护我们，使我们免于世俗欢愉、肉体快感的困扰。而是因为，待在女人身边时，我们总是忍不住卖弄自己。说不准哪个是因，哪个是果。但是无论如何，这种卖弄会给自己和他人带来危险。

我打开门问道："你看到了什么？"

"一段楼梯。"她答道。

"嗯？"

"就是一段楼梯啊。"我对她皱了皱眉，她便继续说道，"楼梯涂了白漆，但是有些地方已经剥落了。需要好好打扫一下。"

我脑子里泛起了嘀咕声，但我正忙着卖弄，完全没有在意。"很好，"我说，"走上楼梯，进入第二层房间。要我走前面吗？"

"好啊，"她说，"但是别走太快。"

我两阶并作一阶往上跑，我能一下子走完楼梯而不喘气。我到了第二层，她还在磨磨蹭蹭地上楼。

"准备好了？"我问。

"应该吧。"

和其他层不同，第二层房间只与楼梯相连。换句话说，你不能从第二层房间直接回到现实世界，你必须先下到第一层，或者上到第三层才行。研究者和学者花了不少时间来研究第二层房间，房间里一整面墙都是塞满书的书架子，试图弄清楚这些书怎么读的人都已经发疯了。这里有几张干净的长桌，上面摆满了稀奇古怪的仪器,仪器上有刻度盘、刻度尺和指针,用来测量、记录变化、记载变异或者波动的数据。有些东西的外形和运作方式都像是钟表,有些则装有目镜和透镜;还有微型火炉,以及你用手一碰就会自行转动的轮子,轮子上有很多小格子,可以用来放置样本。这里有一层摆满了精致的小工具的架子,但是没有人知道这些工具的用途。还有,如果在第二层房间扔硬币的话,结果永远都是反面。有时候,这里会有一个大大的玻璃缸,缸里盛满了水,会有颜色鲜艳的小鸟在水里游动。我们认为这是来自其他空间的科学家在进行的某种实验。当然我们从没有见过他们。尽快穿过第二层房间才是上上策。

我看着她。她似乎挺适应的。我感到意外,对她有点儿刮目相看了。你能在第二层房间存留多久(当然,这里指的是主观上的时间)直接反应了你的能力到底有多强。时长是可以通过训练稍微延长一点儿的,就像训练在水中憋气一样。在我最厉害的时候,我能坚持一个小时。刚学会使用房间的新手一般在几分钟之内就会气喘。一些富有经验和天赋的老手在第二层房间也待不了多久。

而她站在原地,东看看西瞧瞧,就像一个乡下人进了博物馆。

"喜欢这里么?"我问。

"这垃圾是什么?"她问。

出于某种原因,我总觉得这话好像是在骂我。但是我提醒自己:我只是个带路的,又不是房子的主人。"我也不知道,"我说,"你感觉如何?"

"什么?哦,还不错。"她用手碰了碰其中一个黄铜做的仪器,有四个装了弹簧的脚和一个仪表盘。仪表盘上的指针微微一动,偏离了几个刻度。"难道我应该感觉不舒服吗?"

"你想再往上走,去第三层房间吗?"

她摇摇头。"我想回去了,"她说,"这实在有点儿——"

我点头,"好的。你已经做得很好了,作为一个——"

她没有在听我讲话。她正瞪着我肩膀后边的东西。啊,我想到了。"没关系的。"

说完，我转过身。

我以前见过更可怕的。这是一个猪头人身的东西（手臂特别长）；指甲长得都打卷了，就像你见过的那些睡在大街上的可怜人。"别担心。"我说。它张开了嘴巴，两排牙齿就像弯曲的尖针。我用燕燕于归术式在两秒内干掉了它。只剩下一小堆灰。

她呆住了。我拼了命才忍住没笑。但是第一次看到这东西都觉得挺吓人的。"没什么好担心的，"我告诉她，"这东西不是真的。只不过是——呃——某种东西，是我们自己带进来的。"

她看着我，仿佛在看一个疯子，"某种东西？"

我耸耸肩，"任何东西都有可能。可能是一点儿杂念、一段记忆、一种情感上的小小冲击，甚至可能是牙疼。在房间里，它们会聚集成形。正如你看到的，对付这种东西你只需要使用燕燕于归就够了。真的，我刚才应该让你上的，这样你就知道其实没什么大不了的。"

她看着刚才那东西出现的地方，"你确定？"

我大笑道。"当然确定，"我说，"你在房间里看到的所有奇形怪状的东西，哪怕它会动，看起来像活的一样，都没什么好担心的。实际上，这些东西越奇怪，情况越好办。你只需要担心那些外形像普通人类的东西。"

"哦，好吧，"她说，"如果我遇到了你说的那种该怎么办？"

"赶紧跑，"我说，"但是不太可能，那种东西非常罕见。识破它们的关键可能是它长着六根手指或者残留着一小节尾巴。但最好别为了找破绽傻站在原地。"

她给了我一个厌恶的表情。"现在我真的想回去了。"她说。

第二天早上，在我上岗工作之前，我们复习了一遍昨天的教学内容。她学得很快，我感到很满意；她虽然嘴上不说，但是我能看出她心里也很高兴。"真的太感谢了。"当我们回到现实世界后,她这样对我说,"你都不知道,我以前有多自卑。整个年级只有我不会使用房间,而我的同学都还是小孩子。"

"荣幸之至。"我真诚地回答。毕竟,这些年来我也自觉是个无能的老师。我想,我也和她一样松了口气。可以说,教学工作如今步入了正轨。"不管怎样,"我继续说,"我想你现在没问题了。实际上,你完成得很出色。大部分人——"

"你真是个好人,"她说,"我想自己真没什么希望了。但是这话让我好受很多。"

我不想再反复强调,以免让她得意忘形,这对她可没什么帮助。"至少我们的练习有了目的性,"我说,"现在你可以旁观我工作了,甚至可以从中学点儿东西。"

受人仰慕的感觉太飘了。我喜欢这种感觉,就像喜欢百年陈酿的白兰地一样。两者经常会出现在我面前,并且都让我上头。

"太神奇了,"她说,"真不知道你是怎么办到的。"

上天,我快不行了,我傻笑道:"并没有那么难啦,"我告诉她说,"只是需要不断努力。"

当然,这话不假。每次他们放出一条狗,我就得开一扇门,穿过第一层房间,上楼,穿过第二层房间(当有脏东西挡路的时候,还要使用燕燕于归解决它们;当然,一整天下来,我会变得越来越疲惫,脾气越来越差,脏东西也不可避免地会越来越多),到达第三层房间。然后,我会使用投射快速浏览一遍这只畜生的脑袋,确保里面没有不该有的东西。接着,我原路返回,对着狗主人点一点头,这样他们才可以把狗带走。当然,你不会因为在房间里上下楼梯就累得不行,尽管你的大脑知道这一点,可是你的身体并不知道。你的身体一累,你自然就会感到累了。而且即便全部在分离状态下完成,记住,疲惫的感觉也不会得到丝毫缓解。话说回来,虽然这工作很辛苦,但是操作简单易懂,即便只是勉强通过期末考试的学徒也可以办到。对于我这个有天赋的万年废柴来说，简直是小菜一碟。

她想说点儿什么，但是欲言又止。"怎么了？"我问。

"没什么。"

"拜托，"我说，"别和我扭扭捏捏的。到底怎么了？"

她笑了，"我差点儿想问你，我能不能试试看。但是显然我还做不到。"

我们工作了五个小时。足足三百条狗。上下楼梯六百次。"何不一试？"我说。

"但是我还没有到过第三层房间。我不知道怎么使用投射——"

"简单，"我对她说，"就是看。在脑海中想象出画面。连接房间的门就是投射，把它想象成在狗的脑袋中开一个窗户。"

"不管怎样，我不知道该检查什么。"她说。

"哦，不成问题，"我回答，"如果那里出现脏的东西，你一眼就能看出来。相信我没错的。"

她看起来有点儿怀疑。那两个牵着一只狗的男人也是同样的表情，他们在等我们停下谈话，继续干活。况且他们也完全听不懂我们在说什么。"我不知道。"她说，我可以看出她在动摇，"话说回来，第三层房间是怎么样的？"

"跟我来，"我说，"我带你看看。"

在通往第二层房间的楼梯上，我对她说："第三层房间没什么吓人的东西，但是你也得当心。"

就在这时，一个脏东西蹦到她面前。她毫不犹豫地干掉了它，熟练得就好像已经干了好几年了。

"因为你可能会碰到——呃，比较尴尬的东西。"

"尴尬？"

我点头，"就像是——嗯，你知道吧，当你在雨后步行的时候，有时候你会瞥到水坑里自己的倒影。"

我们来到了楼梯口。我得等她跟上来。"所以呢？"

"所以,"我解释,"第三层房间主要用于查看他人的大脑。在这样的空间中,镜子是十分棘手的。"

她抓住了要点,"那里有镜子?"

"定义一下什么是镜子,"我一边应道一边推开门。一个脏东西试图阻止我,我干掉了它。"在现实世界中,镜子就是亮闪闪的反光物体。在第三层房间,有很多可以反射出思想的东西。"

"我懂你的意思了,"她说,"我该怎么——?"

"专注于你的目的,"我说,"你就会没事。即便你真的碰到一面镜子,也没有什么危险。只是——呃,会让你感觉不舒服,明白吗?所以你得当心。"

第二层房间暗暗的,桌上点着长长的一排蜡烛。有时候是会这样,但是没人知道到底是怎么回事。

"我要做什么?"她问,"就和往常一样,打开一扇门?"

那一刻,我真的为她感到骄傲。就和往常一样,打开一扇门。这样一句话,来自一个不到二十四小时前才发誓自己永远都学不会使用房间的女人。"开吧。"我回应道。

"嗯,哪面墙?"

我笑了。可以理解。第二层房间的墙上全部都是东西——书架、画(我之前有讲到吗?其中有几张画真的很诡异)、挂毯、装饰性的武器战利品。"开就是了,"我说,"墙上的东西会自动退开。"

我知道这需要克服一点儿困难才能做到;但是她直接在书架的正中央打开了一扇门,不费吹灰之力。"太神奇了,"她感叹道,门开了,"我只不过是——"

"进去吧。"我说。

虽然这话听起来很傻,但是也没什么大不了:我从来没有和别人一起进入过第三层房间。所以我对此毫无准备。

我跟着她走进门里，突然站住了，又吃惊又困惑。刚刚我还进来过，而且从吃完早饭到现在我总共进来了几百次。但是现在房间里完全变了样。

哦，当然会变样。每个人的第三层房间是不一样的；因为她比我先走进去，所以我进入的这间房其实是属于她的。我半晌才反应过来。

我的第三层房间总体上看是一间书房，是我梦寐以求的那种，等到我哪天当上了某个高级行省学会的荣誉教授，一定会为自己弄这么一间。我的第三层房间里有两把椅子。其中一把椅子是给我坐的，历史悠久，雕刻精美，五百年来的历任荣誉教授都坐过（当坐上去的时候，椅子会嘎吱作响，但是坐起来很舒服，你可以把脚搁在书桌下边的横杠上）。另一把是直背椅，紫檀木的，同样历史悠久，但是比较普通，只给少数几个学生坐的，他们都是精心挑选出的人才。在研究不那么繁忙的时候，我会屈尊给他们辅导一下。房间的墙上放满了书——有一个很长的架子，就在我座椅的上方，架子上放满了我自己的著作，从墙的一边延伸到另一边。地板上也堆满了书，每一本里都夹了五六张书签。房间里还有一张小圆桌，桌上有几个水晶玻璃瓶，桌子里有一个抽屉，塞满了我多年来获得的荣誉证书和奖牌，因为这些东西如今对我已经没有什么意义了。房间里有一扇窗户，可以看到中央庭院的景色，而在查看别人（或者是狗）的大脑的时候，窗户会出现对方脑海中的画面。

她的第三层房间有所不同，是——

一个空房间，什么都没有。我费了好大的劲儿才认出眼前这块浅棕色的东西是一块地板。三面墙上什么也没有，天花板也是。第四面墙上有一扇没有框的窗户。我越过她的肩膀，看到了一扇窗户才稍微松了口气。窗外是狗的脑海画面，一切正常。

"我要检查什么？"她问。

"检查是否有彩色的画面。"我回答。

（嗯，当然了。狗不像人类，无法区分各种颜色，看到的只有深浅不一的灰色。所以如果狗有任何被附身的迹象，你就会看到彩色的画面，一眼就能认出来。)

"我是色盲。"她说。

哦。"没关系，"我答道，"检查是否有静止的画面。"

一幅幅画面从窗外依次闪过，循环往复。当我微微转动脑袋的时候，我看到了自己的脸，在狗的视角中显得很大。当我不动了，我的脸就消失了。我还看到了一个养狗人在挠自己的下巴。好吧。没有异常。"就这么一回事，"我说，"我们走吧。"

"你怎么去第四层房间？"她问。

我背过了身去。"基本原理知道，"我没有回头看她，"但是从来没有亲自去过。"

"凭借想象，打开一扇门就到了。"

"没错，"我说，"但是你不会想要尝试的。走吧，狗肯定已经不耐烦了。"

我们回来了。我继续工作。她静静旁观，我则忙着干活。在该死的楼梯上上下下，在我的书房里进进出出——尽管我没有放下工作好好看一眼，但是我的房间发生了变化。我记得有几本书的位置被移动了，我父亲的肖像画本来是挂在门边的，现在移到了窗边。我实在不愿去想第四层房间的事。我的错，是我让她得意忘形了。

"我可以试试看吗？"某一刻她这样说道，"在没有你的情况下？"

当然可以，我心想，何乐而不为？"过会儿，"我说，"忙完这一阵，我就让你试试。"

有人——很多人——真的很喜欢狗。大多数情况下，我对此并不反感。但是下午过了一半，我已经受够了关于狗的一切。拉左人养的猎犬怎么看都长得丑，脑袋大身体小，肋骨根根突出，而且还不停地流哈喇子，体型约成年山羊大小，只吃生肉。可想而知，狗身上的气味也够你受的。

眼前这只也不例外；一只白点杂毛（也是棕毛；拉左人的猎犬全是棕毛的）

母狗，下巴下垂——显然是先天缺陷，意味着卖不出好价钱，我也不知道原因何在。狗的主人是两个惨兮兮的老头子，身上穿着的大衣过大，衣服的袖子长得把手指全遮住了。我开始问自己一个尖锐的问题：我何必这么辛苦？毕竟，哪怕我只是坐在那里，摆出一副全神贯注、故弄玄虚的表情，然后点点头说"下一只"，也没有人知道我是在浑水摸鱼。根本没有人在乎。没有人。

我还没有让她独自尝试一下。她也没有再要求过。她看起来似乎厌烦了。

我打开门。第二层房间，楼梯，第三层房间。半路上，我从水晶玻璃瓶里倒了杯烈酒喝。房间里有很多地方让人很不爽，其中之一就是无论你在这里喝到了什么，味道都是一股冷掉的茶水味，也不会上头。我看了眼玻璃瓶上的银色标签。百年白兰地。冷掉的茶水。

我转向窗户。一切正常，所有画面都是灰色的。又是白跑一趟。

房间里有东西在动。

你知道，一幅逼真的画像会让你产生错觉，感觉画里的人一直在看着你，或者脚正朝着你，无论你站在哪儿皆是如此。我知道画家花了很多年来学习这种技艺。你用术式是做不出这种画的。我试过。

如果你问我为什么要在我的梦想书房里放一张我父亲的画像，我可答不上来。我甚至都不记得自己有把画带进来。突然有一天，这幅画就出现了，我也就接受了它的存在。房间里东西实在是太多。同理，我也不记得这几千本书是否每一本都是我弄进来的，还是有些原本就在书架上；但是如果你仔细看，会发现每一本上都有书名，如果你随手抽出其中一本打开，每一页上都有字。这些书大部分是我原本读过的；剩下的是我未来将会读到但眼下还没有读过的，但我也仅仅只是这样猜测罢了。都不是什么好书。我一直认为房间是把我脑海里的东西搬到了这里，也就是说，利用这些东西来填补了书架上的空白；同理，肖像画也只是我内心所想。

但是这幅画像并不逼真。实际上，还非常糟糕。在那一点上，我总是给予房间充分的肯定。我绝不会花大钱给我爸买一张画像的。这画不过是信笔涂鸦，父亲在画里像一只戴了假胡子的龙虾。因为画的是侧脸，所以画中人物的眼睛绝不会跟着你动。

可他正在看着我。

我做了唯一能做的。

与他对视。

有必要说点儿题外话。

并非所有的从业法师都遵守不婚不育的清规。我的父亲就是个例外。他进入欧迪斯·欧迪米亚的学会进行学习的时候才只有五岁——天才神童——在十三岁的时候就接受正式培训了。我猜想那会儿的他应该很讨人厌。他在欧迪斯担任了四十年的高级讲师，最后升职为学院的校长。他从没当过废柴，不像他的儿子。

我不知道自己到底是怎么来的。他从来不说，我也从来不问。我就当他是充分利用了一次偶然机会。规矩都是他定下的；但对他自己来说又不管用了。不管怎么样，在他住所生活的十四年里，那里出现过许多稀奇古怪的东西，我不过是其中之一。后来我就被打发到学院去了。每年放假的时候，其他孩子都可以回家，我只能好好利用一下冷清的图书馆。我倒从没觉得有什么奇怪的。

离家之后，我只见过他一次。我关于他的回忆反映在了这幅画像里。那天，我从培训典礼回到我的住所，他已经等在那儿了。他给我带了礼物，也是他送给我的唯一的礼物；斯忒涅罗斯的《反思与格言》①的抄本。两年前我卖掉了，没想到这书能卖这么多钱。他当时把书递给我，还气呼呼地对着我低下他那只可笑的长鼻子（这鼻子和斯忒涅罗斯是他留给我的唯二印象）说道："别

---

① 此书为作者杜撰的著作，斯忒涅罗斯（Sthenelaus）是古希腊神话中的人物，而德国哲学家歌德有一本名为《格言与反思》（Maxims and Reflections）的著作。帕克宇宙中有许多半真半假的作家与作品。

让我失望。"

然后他走了出去。

"但是你还是让我失望了。"他说。

这种事还是第一次发生。我直勾勾地看着画上的眼睛，说道："你不是真的。你只是房间的一幅装饰画。也许你代表着我内心的愧疚，用来提醒我是个失败者。因为过去两天一直都在对付狗，搞得我情绪不太好。"

他看着我。我觉得是时候打破沉默了。我又说："也许和导师工作也有关系。看到她表现得这么出色，我很不爽，因为我也有这样的天赋，可是现在却在这边读取狗的想法，而她的未来一片光明。别再这样看着我了，否则我把你翻过去面壁。"

他没有眨眼，"我对你很失望。"

"那又怎么样？"我转向窗户，往紧闭的百叶窗缝隙望去。

"你这个白痴。"

他过去常常这样说我；当我做错家庭作业的时候——等我做完作业以后，他总是会检查一遍，让我再做一遍，然后把我写的全撕了，最后听写一遍答案。老师们都知道，但他是老师的头头儿。"也许你说得对，"我说，"但这里是我的房间。给我出去。"

他放声大笑。接着，他站到了我的面前，并且变得越来越高，比原本高了不少（但在我十四岁的时候，他在我眼中大概就是这么高）。"好好写，"他命令道，"再做一遍。"

"看来我说得没错。"我一边回答一边后退，直到我的脚后跟碰到书桌的脚。"你不过是我记忆的片段而已，你不是真的。"

他将我推开，跑去书桌后边坐下，坐在了我的椅子上。我别无选择，只好坐到了学生的椅子上。"你的前提错了。"他说。

我想过这一点。"没有错。"我回答，"这是我的房间。所以，如果你在这个房间里，一定是我创造出你的。"

"所以你的前提就错了。"他说。

哦，看来我想错了。

再想想。第三层房间的东西都是怎么进来的？是你自己带进去的，或者来自外界。如果他不是——

"不是你带进来的。"他提示道，"那么我肯定来自外界。那么，外界的入口是什么？"

我不由自主地点头。"狗的脑子。"我答道。

"回答正确。"他用指尖敲打着桌面，这是父亲过去对我表示肯定的一种动作，尽管他不常做这个动作。

"你到底是什么？"我问，"难不成你是——？"

"恶魔？"他摇头，"不安于居住在遥远而黑暗的房间，决定要偷偷进入光明的世界。你就是这么认为的吗？"

我没有回答。

"这么看来，"他继续说，"你一定觉得，我是渗透入你的回忆，从中找出了对你最有杀伤力的人物，目的是控制你，并且占有你的肉体。"他阴沉着脸，"你觉得这就是我的真实身份？只是你噩梦的化身？"

我没有说话。

"你的思路还不够开阔，"他说，"再好好想想。"

我不急于回答。关于他我还得补充一点，他一直对我很有耐心，只不过这种耐心充满了残忍。"所有人都从房间来，回到房间里去。即便是非天赋者也可以通过两扇门进入房间。"

他点头，"生之门和死之门。"

"可是第三层房间——"

"你忘了，"他指出，"我是怎么进来的？"

我皱了皱眉，"从狗的脑袋里。"

"前提错误。"

我可以感觉到自己正在攥紧拳头。"好吧，"我说道，"我承认，我是个白痴，我自己想不出答案。请赐教。"

他遗憾地摇头。我又让他失望了。"好极了。"

"你到底是什么？"

"我就是你看到的我。"他说。

我早该想到的，"你是九年前死的。"

"我由死亡进入了另一个房间，"他答道，"但是不得不说，我一点儿也不喜欢那里。失望得很。我总以为顶层房间具有迷人的魔力，能够解答所有的奥秘，是我从未触及过的地方。可是没想到——"他那宽瘦的肩膀耸了一下，"顶层房间的窗外不过是庭院，所有的藏书我也早就读过。自然的规矩要求我必须待在那里，可是这规矩——"

这句话才终于让我确定，眼前的人就是我的父亲。"你到底想要什么？"我说。

"当然是回到现实世界，"他回答，"我没法再忍受顶层房间了。最近我再一次感觉到了时间的流逝。他们都安慰我说，这只是我的错觉，在顶层房间里没有时间这个概念存在。恐怕这又是一条对我来说不管用的规矩。"

他闭了一会儿眼睛，继续说道，"虽然我死了，却依旧能感受到时间：每一个小时，每一分钟，都是何等的漫长。我大脑的每一寸都依旧保持着灵活的状态。所以我必须要回到现实世界。我还有很多事情想要完成。我可以拥有新的研究发现，惠及世人。而你则不同——"

无需多言。毕竟他说的确实有道理，我只是一个万年废柴，谁会在意我？"这可行吗？"我问。

"完全可行。"他说着，身子往前探，激动得有点儿不正常。印象中，我也只见过一两次他这么激动的样子。"有理有据。这里有我们两个和一具躯体。我们中谁应该拥有这具躯体？谁又能更好地利用这具躯体？这是一个由来已久的伦理问题，你永远也没有正确答案；可是，谁更有需要，谁更能利用资源？我敢说正确答案已经很明显了。看看你自己。你有充足的理由表明你比我更需要活着吗？"

有时，第三层房间到处都有镜子。现在的情况便是如此。

我们一起望向镜子。我看到了自己的一生。我必须承认，他说的很有道理。

"我告诉过你，"他说，"别让我失望。我当时就知道，有一天我一定会进入顶层房间。我对它抱有极高的期待，结果我被骗了。我原本寄予你厚望，希望你能完成我死前未了的事业；研究、发现还有其他了不起的成就，如果我还活着的话，这一切都不在话下。我给予你智慧，给予你惊人的天赋。你却让我失望。所以，我现在有权利得到你的躯体。"

我早该想到的。"你不能回到现实世界。"我说。

"这套规矩对我来说不管用。"

"也许吧，"我说，"但这里是我的房间。给我出去。"

他站起来，向我逼近。他伸出双手，一下子掐住了我的脖子。"去顶层房间吧，"他说，"你在现实中的生活也不见得好到哪里去。我敢说，你待在那里不会感到什么差别的。而我呢，我只是拿回属于我的东西。"

我可以感到他的手指越来越用力。我的手伸向书桌，胡乱地抓着，想要找到什么东西来防身。我摸到了一把刀，我把刀捅进了他的身体。

他看着我。他的脸如此靠近，我可以感受到他的呼吸。恶魔根本不会呼吸。

"回去吧。"我说。

他的目光黯淡。"不要。"他说道。我没有理他。他在现实世界去世的时候我没有见上最后一面，现在算是补偿他了。

他一点点消失在了空中。等他快要完全消失之际，我望向墙上的画像。画像不见了。

我看了看手上的刀。

我回到现实世界, 并且检查完了剩下的狗。一切正常; 所有画面都是灰色的, 完全正常。我一直在找那幅画像, 但是再也没找到过。甚至我都记不清画像长什么样。算了, 反正也不是什么大损失。

最后一条狗被带走以后, 我提议道:"我们去喝酒吧。我需要来一杯。"

隔着一张摇晃不稳的桌子, 我们面对面坐着。在她开口之前, 我一口气喝完了一壶本地产的烂酒。

"你没给我亲自尝试的机会。"她说。

"没错。"我把最后一滴酒也倒进杯子, 一口喝下。一点儿用也没有; 就像第三层房间里的酒一样。我在想, 我的报应该不会是一辈子也喝不醉了吧。"这也没什么, 你同意吗?"

她看着我, "你知道。"

我疲倦地点头道:"我知道。我花了很久来想明白, 不过最后算是有了结论。如果不是他的话," 我补充道, "恐怕我到现在还没有识破你。"

她没说话。显然在等我继续说。

"第三层房间里的东西只有可能来自外界," 我推理道, "是有人带进了第三层房间。今天早些时候, 在我需要的时候我找到了一把刀。那把刀不是我带进去的, 是你带进去的。"

她只是看着我。

"谢了。"我说。

"不用谢。"她答道。

"但是你带进第三层房间的不仅仅是那把刀," 我继续说, "对吗?"

她耸耸肩, "我一个姑娘家能做什么?"

我差点同情起她来。掐着我脖子的不是她。我可以选择原谅。一切都是由我的父亲而起。

"你不属于这里，"我说，"你也不是通过某只狗的脑袋来到这里的。"

"我只想回家，"她说，"这有什么不对？"

"可是你不能回家，"我回答道，"这不符合规矩。"

"有些规矩对某些人来说不管用。"

我笑了。"你和他认识了多久？"我问。

"比你更久。"她的笑容有些落寞，"实际上，全都是他的错。是他把我召唤了出来，我原本好好地住在自己的房间里。我不想出来，可是他的法力很强。我和他打了五十年的交道。"

我点头，"他去世之后——"

"我就被困在了现实世界。长期以来，我甚至没有固定的躯体。直到他死了以后，我的行动才得以自由。这是我能找到的唯一的躯体，"她做了个鬼脸，"我没有选择。"

"女性天赋者本身就很少，这么晚才展露天赋的也不多……"

"他死了九年了，"她说，"这具身体我已经用得很合身，你没看出破绽是正常的。"

"我应该早点儿发现的，"我回答，"你在楼梯上气喘吁吁，实际上说明你是这儿的主人，而不是闯入者。那段楼梯是我接到这项工作前，前往办公室的楼梯。你把那段记忆从我的脑海里搬了出来。你不会使用房间，但是我略加指点，你就熟练得不得了。你还利用了我的虚荣心，我甚至都还不自知的虚荣心……"

她一听，便大笑起来。"你当然有虚荣心。你认为自己聪明得不得了，是你父亲毁了你的生活。实际上你想的没错，"她补充，"我们有一些相似之处。"

"是你把他带到了第三层房间，在我们一起进去的时候。你把他留在里面等我。当你说自己是色盲的时候，我就该反应过来的。"

"我真傻，"她说，"也许我默默希望你会猜出来，给了你一个明显的提示。"

我看着我的酒杯，杯子里依旧是空的。"你和他之间有交易吗？"我问，

"你把他带回到现实世界，作为回报他会让你回去。是在他杀了我之前还是之后？"

她看着自己的双手。"如果交易真的存在，"她说，"为什么我要给你留把刀子？"

我深吸一口气。"这就是为何你现在还能坐在这里和我说话的原因，"我说，"否则我回来的时候，早就用情之锚干掉你了。"

她再一次望向我，"也许我改变主意了。"

"我想也是，"我问，"你是怎么找到我的？"

"要找到你可不容易，"她说，"如今你已经泯然众人，我花了九年时间才追踪到你。我想利用别人，但是他坚持要找你。他说，他没有权利去牺牲别人的性命，但是你就不一样了。"

"他还算是个有道德的人，"我说，"很守规矩。"

"是吗？"她说，"那你呢？就刀的事情你可欠我一个人情。"

我早该想到的，"我不一定知道该怎么办。"

"他知道。他告诉过我。我可以转述给你听。"她咧嘴一笑，"实际上并不困难。甚至你应该能轻松办到。"

我曾经思考过。思考过我的父亲，我的生活，我的碌碌无为。我曾经想过，我是他的儿子，他留下了未竟的事业。我还想到过那些规矩，规矩对我来说不管用。

门没锁，他在办公室。

"在乡下过得可好？"他还在埋头办公，都没有抬头看我。

"有点儿无聊，"我答道，"但还是谢了。"

他抬起头。"客气，"他问，"狗怎么样？"

"和你预料的差不多，"我说，"我想自己可以搞一只来养养。"

他缓缓点头，"那么导师做得怎么样？"

我耸耸肩。"她不是学这块的料,"我说,"她已经自行放弃,回家去了。"

"哦,好吧,"他摇头,"也许这并不是坏事。我们这一行真的不适合女性。"

他拿起书桌上的酒瓶,拔开瓶塞,给自己倒了一杯,另一杯给我。我拒绝了。

"真的,"他说,"有必要出一条相关的规定。"

"没错,"我说,"再次感谢。如果以后还有别的活儿,请记得联系我。"

我走出办公室,下了楼梯,来到街上。工作了两周,赚了四十先令。我花了一先令买了一瓶一百五十度的酒。不幸的是,就像那些规矩一样,这酒对我来说也不管用。

(许言 译)

鸣唱的小代价

"我的第十六协奏曲，"他微笑着对我说，牢房里的光线很暗，我刚好能看见他，"就目前而言，我觉得应该称之为'未完成之曲'。"

那是当然。我以前从未来过死囚牢房，它跟我想象中的差不多：小小的窗户下面放着一张石凳，除此之外，整间牢房就像人工开辟的荒野，空无一物。毕竟，一个人在死前六小时还能需要什么东西呢？

"你还没有——"我有点儿语无伦次。

"没。"他摇摇头，"第三乐章我已经完成了三分之二，我希望能在那个时刻之前完成——你懂的。但是他们连根蜡烛都不愿意给我，我总不能摸着黑写吧。"他慢慢地吸了一口气，似乎在品尝空气的味道，像一个正在抽检优质葡萄酒的专家。

"剩下的乐章都在这里。"他轻轻地拍了拍自己的头，接着说，"至少我知道它是如何结束的。"

我本不该问，但时间已经不多了，"你的头脑里已经有主旋律了吧。"

"哦，是的，那是当然。它现在就像是被皮带拴住了，正等着我给它松绑。"

我忍不住说了这句话:"我可以替你完成这首曲子。"我的嗓音变得温柔而嘶哑,就像是一个男人在向他最要好的朋友的妻子求欢,"你可以把主旋律哼唱给我听,然后——"

他笑了。那笑声既不刻薄,也不和蔼。

"我亲爱的老朋友。"我说。

"我不能让你那样做。"他的语气变得强硬,"很明显,我无法阻止你的这种努力,但是你必须创作出属于自己的旋律。"

"但是这首曲子就快完成了啊——"我微微耸了耸肩。

"就让它这样保留下来,不要添加任何东西。"他说,"我不想冒犯你,我亲爱的老朋友,但是你根本做不到。你没有——"他停顿了一下,想找个合适的词来表达,但还是放弃了。"不要采取这种错误的方式,"他说,"我们认识应该有——十年了吧? 真有那么长的时间?"

"你十五岁那年到研究所的。"

"十年了。"他叹了口气,"没有比你更好的老师了,但是你——好吧,这么说吧,没有人比你更懂得音乐形态和创作手法,但你却失去了飞翔的翅膀,只能挥动双臂快速奔跑。这一点你还是做得相当好的。"他愉快地补充道。

"你不要我帮忙。"我说。

"我冒犯了你。"这不是他第一次这么说了,过去经常这样,不过我总是立即原谅他。"你不辞劳苦地来看我,我却让你蒙羞,真的很抱歉。我觉得这地方对我产生了不好的影响。"

"你再想想。"我说。我为自己想要抢劫一个垂死的人而感到羞愧,"这是你最后的作品,很可能也是你最好的作品。"

他哈哈大笑起来,"你还没看过,怎么知道呢? 我的作品完全可能是垃圾。"

确实有可能,但是我知道它不是。"让我替你完成它。"我说,"请不要让这首曲子跟你一起离开人世。它是你留给全人类的一首曲子。"话刚说出口,我就知道自己说错了。

"非常坦率地说，"他的声音略显刺耳，"哪怕是两分钱我他妈都不愿意留给全人类！就是他们把我扔到这里的！六个小时以后，他们就会像勒死一只鸡一样把我绞死。全人类都去死吧！"

这是我的错，是我说错了话。看来他脑子里的音乐已经出不来了，它们将永远困在那里，直到绳子割裂气管，大脑变得冰凉。当然这都怪他自己。

"好吧。"我说，"如果你的态度是这样，我便没什么可说的了。"

"没错。"他叹了口气。我知道他想让我离开。"现在关在这里，一切都没有意义了，不是吗？"他说。我感觉有一叠纸摁在了我胸前。"你最好带走乐谱。如果我把乐谱留在这里，监狱守卫很可能把它们当成手纸。"

"如果他们这么做了，你会感到烦恼吗？"

他笑了。"说实话，我不会。"他说，"不过它很值钱。"牢房里光线太暗了，我真希望能看清他的脸。"就算没完成，这乐谱也很值钱。"他说，"对某些人来说，它得值一百个安吉尔吧。我记得上次我好像还欠你一百五十安吉尔。"

我感觉手指被一些纸包住。我不想拿它们，但我的手握得如此之紧，以至于纸都被弄皱了——实际上我早已和乐队指挥谈妥，我来这里的目的就是这些乐谱。

我站了起来。"再见。"我说，"我很抱歉。"

"哦，不要去责备自己什么。"赦免对于公爵来说很简单，就像他在阳台上向人群抛撒硬币一样简单。当然，他的父亲老公爵习惯于先把硬币放在火盆中加热，再抛给穷人。我的指尖至今还有一些白色的伤疤。"我的不幸始终是自己造成的。你总是为我竭尽所能。"

当然，这次失败了。"尽管如此，"我说，"我还是很抱歉。你就这么死了，实在是一种浪费。"

这话让他笑了。他说："我曾经希望音乐成为我生命中最重要的事。不过它也是我唯一能赚到钱的方法。"

我还真接不上他的话。自从我第一次见到他，我一直了解他的一点就是——如果他对音乐不那么在意，他是不可能写出这么好的曲子的。现在反倒成了一种讽刺。

"不管怎样，你一定要把它完成。"

我停了下来，离门只有一步之遥，"如果你不想让我完成，我是不会去做的。"

"我不想在这里阻止你。"

"我没办法完成它，"我说，"没有旋律我完成不了。"

"你注意听。"他开始咂舌头，那刺耳的声音我将永远铭记。以后只要一听到这声音我便会立即想起他。"你会去试试的，我知道你会。以后大家都能看到我们合作的曲子。"

"再见。"我头也不回地说。

"你总是能把别人的作品转变成自己的。"他说。

我攥紧拳头砸在门上。我唯一想做的就是尽快离开那儿。因为如果我继续和他在一起，我会因为他刚刚说的话而恨他。这些年来，他理应更好地对待我。而且这个想法已经在我脑海里出现过很多次。

直到回到宿舍，我才展开那一叠纸。

我已经在无敌骄阳学院当了二十七年的音乐教授，而且是有史以来最年轻的在职教授。我已经打算将来终老于学院的宿舍里了，不过这个想法没有持续太长时间。我教音乐教得最好。我自己的音乐也普遍受到推崇，而且每年我至少担任五个重要职位。这些职位都是公爵或者官方授予的。我写了六本音乐理论专著，这些著作都成了所在学科的教科书。我的学生从帝国的各个地区来到这里，他们不远万里，只为能听到我关于和声学和音乐形态的演讲。前年，他们还把五个音阶中的一个用我的名字命名。

读完乐谱，我看着壁炉里的火焰。那是仆人在我外出时点燃的。把二十张纸烧掉是如此容易，没用多长时间。但是，正如我之前提到的那样，我已经和乐队的指挥谈过，他愿意付我五百安吉尔。一手交钱，一手交货，就算乐谱还没完成他都要。我知道我应该把价格抬到八百安吉尔。我对自己能完成这首曲子不报任何幻想。

我没有尝试去完成乐谱，不是因为我承诺过不会这么做，而是因为他越狱了。至今没人知道他是怎么做到的——当监狱守卫队长打开牢门，准备将他押赴刑场的时候，发现一个看守坐在石凳上，喉咙被割断了。囚犯已经不知去向。

不用说，我肯定要被调查一番。我在守卫总部度过了一个非常难熬的上午。在走廊里的凳子上坐了整整三个小时，才等到了调查部门的摩诺马克斯上尉。他认为我是囚犯的帮手，因为在他逃脱前，我是最后一个和他单独会面的人。我回答说，在进入牢房之前，我已经被彻底且相当狼狈地搜过身，根本不可能给他带任何武器。

"实际上我们不是在找武器。"摩诺马克斯队长说，"我们认为他砸了自己的墨水瓶，然后用玻璃碎片杀人。我们感兴趣的是，他是怎么把墨水用光的？我们断定他是获得了某人的帮助。"

我的眼睛直直地看着队长，这样的罪责我可负担不起。"他总是有很多朋友。"我说。

不知什么原因，队长微微一笑。"在离开监狱之后，你去了哪里？"他问。

"直接回了学院，我的房间里。门卫应该可以为我作证，还有我的仆人。我回家之后，他立刻给我送来了宵夜。"

摩诺马克斯上尉在我周围徘徊了一段时间，但是他拿不出对我不利的证据，只好让我走。就在我快要离开的时候，他拦住我说："我知道他把最后的作品给了你。"

我点了点头，"没错。那天晚上我一直在读它。"

"好吗？"

"哦，是的。"我停顿了一下，然后补充道，"可能是他最好的作品。当然还没有完成。"

接下来的问题让我始料不及。"他这个作品会有音乐会吗？"

我告诉他音乐会的日期和地点。他拿了一张碎纸片写了下来，然后折起来放进口袋。

实际上这个上尉算是待我最好的一个。那天傍晚，我被传召到院长的宿舍里。

"他可是你的得意门生。"院长一边说，一边给我倒了一小杯学院酿造的白兰地。

"是我的学生。"实际上学院酿造的白兰地非常好，但总是被我浪费了。因为只有在被院长传召的时候，我才能喝到它。在这种场合下，我总是惶恐得像要瘫痪了一样。就算是再好的白兰地，喝到嘴里我都感觉不到任何滋味。

他叹了口气，闻了闻玻璃杯，坐下来；准确地说，他倚在高背长椅的边缘。他总是喜欢比他的客人高出一头。我猜测他喜欢这种高高在上、俯视一切的感觉。"一个极具天赋的人，"他说，"你可能一直都认为他是个天才，但可悲的是，我发现这个词如今被滥用了。"我抿了一口白兰地，在一旁等着，他继续说："不过从根本上说，他的性格不稳定。我觉得我们本应该看出苗头来的。"

他说的"我们"其实是指我一个人，因为我那可怜的学生被开除一年后，这位院长才上任。"你知道的，"我说，我试图让对话听起来更像是谈心而不是审问，"我有时在想，在他的个性中，这两部分分不开，我指的是不稳定性和天赋。"

院长点了点头，"这样的性格特点造就了他这个天才，也让他变成了杀人犯。"

"这确实是一个恰当的假设。在这种假设之下，必然出现一个问题：一方面是最卓越的音乐家,另一方面是一个人的性命。其中一方面能否为另一方面辩护呢?"我问。他耸耸肩,重新摆了一个姿势,让他那宽阔倾斜的肩膀更加舒适。"我们必须牢记道德规范。当然,他的音乐会永存于世;而被他杀死的那个人是个最可怕的家伙——众所周知,那家伙是个小偷加酒鬼。"他停顿了一下,给我时间来赞同他的观点。其实我知道的更多。见我没有上他的当,他又继续说,"我觉得最重要的,是从这桩悲剧中学到一些东西。"

"的确。"我一点一点地品味着白兰地,给自己留点儿时间。我从来没有学过击剑术,但我明白击剑运动员的诀窍:通过控制距离来赢得时间。所以我举起白兰地酒杯,尽我所能地回避他的问题。

"不好的苗头,"他继续说道,"我们需要留心。这些年轻人来到这里,在他们人生中特别困难的时期,把自己托付给我们。我们的责任不仅仅是把他们的脑袋装满知识,我们需要采取更全面的指导方式。你赞同吗?"

在老公爵统治的时代,惩罚叛徒的方法就是把他们和一头狮子关在同一个笼子里。这是一种精心设计的蓄意谋杀。他们通常先把这头狮子饿到极点,这样一来,叛徒一进笼子,狮子就不会再饿肚子了。一想到这些,我就心烦意乱。如果我会被狮子撕碎,我希望死亡能来得快一点儿。顺便提一下,院长和老公爵曾经是同窗好友。我相信他们当年相处得非常融洽。

"当然。"我说。

"毫无疑问,参议院将在适当的时候指示我们制定一些指导方针。"

我最终活着离开了那里,命还是保住了。奇怪的是,在我回房间的路上,一直到我穿过四合院,我才开始发抖。我实在说不出自己为什么如此不安。要知道,最糟糕的情况也就是院长把我开除——这是迟早的事,必然会发生,因为我的任期是有限的。怕失去职位的想法让我惊恐万分。我年纪大了,根本没办法再找一个和现在一样好的职位。况且,我曾经拥有的才华已经因为过度使用而消耗殆尽。这些年来,我的音乐博士学位以及名誉学位足以覆盖一面墙,但实际上我不会演奏任何一种乐器。这些年我也存了一点儿钱,但还远远不够。虽然每天都能在城里看到穷人，但我从来没有真正体验过贫穷。我并没有特别生动的想象力，任何熟悉我音乐的人都可以证明这一点——但我却可以想象，在佩里美狄亚无家可归、遭受饥饿和寒冷的人会是什么样子。我一直在担心这个问题。因此，被解雇的威胁一直笼罩着我的生活，就像是火山灰遮住了太阳。无论我做什么事情都找不到任何乐趣。

在宗教界，他的名字将永垂不朽——博埃克的西贝柳斯。不过他出生在贝魁汉，本名叫艾默里克，是一个北方小乡绅的三子。他在农家小院和马厩里长大，理所当然能在政府部门谋得一份太平无事的工作。当他来到研究院的时候，他说他想找个地方学习逻辑、文学和修辞。按照他自己的说法，他前半生从来没有创作过哪怕一小节的音乐。前半生，博埃克的音乐主要由酒馆歌曲和优雅的舞曲组成。而在研究院的教堂里，他才第一次见识到了真正的音乐，这大概就是他早期作品几乎全是祷告和唱诗班音乐的原因。当他转到音乐学院之后，我把非宗教的传统器乐介绍给他；我想，如果我最终出现在无敌骄阳的法庭上，被某个人反复讯问是否做过让世界变得更美好的事情时，我的回答就是这件事。没有我，西贝柳斯永远不可能写下一首弦乐、五首小提琴协奏曲或者三首和弦交响乐。不过在我遇到他之前，他已经写下了第一首弥撒曲。

谋杀本是个愚蠢的举动。不过回顾往事，我觉得这样的事情几乎是不可避免的，迟早要发生。他一直是个急性子，而且言辞比较犀利。这两个特点集中到他身上，就像是给他穿上了一件不幸的盔甲，又教会了他使用武器的技能，让他几乎无所畏惧。还有个原因就是对金钱的嗜好——在成长的过程中，他一直缺钱花。我知道他对钱格外敏感——而且这种是非不分的缺点，往往和敏锐的智慧以及差强人意的教育紧密相关。他有足够的智慧，能看透拥护和遵守规章制度以及法律的深层次原因，但在自己遇到问题时却缺乏必要的道德规范。再加上年纪轻轻，听到别人的称赞就习以为常、洋洋自得。当他开始创作音乐时，你就会看到灾难性的后果。

即使到现在，我都不能告诉你那个被他杀掉的人的信息。根据之前的叙述，那个人有一段时间确实当过专业小偷，一个完全毫无价值的家伙，就算没有在主城正门的"正直与荣耀"马厩场被西贝柳斯割断脖子，最终也会被吊死在绞刑架上。我相信意外横死是常有的事，而且西贝柳斯可能已经逃脱了，但某个马夫正好是他宗教音乐的狂热崇拜者，认出了他并且报告了守卫。我觉得西贝柳斯的音乐有非常广泛的吸引力，完全会有这样的后果。如果我在马厩场勒死了一个人，被忠实粉丝认出来的可能性微乎其微，除非这马夫是个落魄的学术研究员。

我走到宿舍的门前，钥匙从我的指间滑落。如果有人经过的话，肯定会认为我喝醉了，其实那些天我滴酒未沾。我买不起，消费税实在太高了。我好不容易打开门，跌跌撞撞地进了房间。房间里当然是一片黑暗，我花了相当长的时间在黑暗中摸索火绒盒和蜡烛，结果一不小心把盒子打翻了，盒子里用来点火的干苔藓掉了一地。我只好又在地上继续摸索。最终我总算打着火点燃蜡烛，然后用蜡烛点燃油灯。直到灯光照亮整个房间，我才发现房间里不止我一个人。

"你好，教授。"西贝柳斯先开了口。

我的第一个念头就是看看百叶窗——我对自己如此快的反应感到惊讶。不幸中的万幸，窗子是关着的。这样的话，他肯定不是从窗户爬进来的——

他笑了。"没关系，"他说，"没人看见我，我非常小心。"

说起来容易，相信起来也容易，不过犯错更容易。"你到这里有多长时间了？"

"你一走我就进来了。你忘了锁门。"

没错，我确实忘了。

"为了防止被人发现，我替你锁了门。"他继续说道，"用你放在壁炉架那

117

口破锅里的备用钥匙锁的门。嗯,你为什么不坐下来?你都快摔倒了,脸色也很糟糕。"

我直奔房门,赶紧把门锁上。不是因为我有很多访客,而是因为我没心情去信赖概率定律,万一来个人就麻烦了。"该死,你到这里干什么?"

他叹了口气,伸直了双腿。我猜测他的父亲在农场里或者跟着猎犬忙碌了一天之后,经常会这么做。"躲藏。"他说,"你认为呢?"

"你不能躲在这里。"

"见到你我喜出望外。"

"艾默里克,你真是不可理喻。你别指望我藏匿罪犯——"

"艾默里克。"他不断重复这个名字,就好像它带有某种超凡的魔力。"你知道吗,教授?父亲死后,你是唯一一个叫我这个名字的人。不能说我很喜欢这个名字,但过了这么多年,再次听到它感觉还真奇怪。听着,"我还没来得及插嘴,他又继续说,"如果我把你的魂都吓出来了,那我很抱歉,但我需要你的帮助。"

我总觉得他虽然让人愤怒得抓狂,但他的身上总有一种无法抗拒的魅力。很重要的一点就是他的嗓音。作为一个音乐家,我可以通过耳朵来判断一个人:他从哪里来,有多少钱。只要让他说两句话我就能判断出来,比眼睛看都要准。西贝柳斯的嗓音非常完美:辅音很清晰,犀利得像把刀;元音发音区分度高,表达干净利落。如果不从三岁开始学,你根本学不会他说话的方式。不管你怎么努力,如果你一开始就用粗野的喉音说话,像我这样,喉咙迟早要出血。可他这么说完全没问题。如果你从会走路之前就开始认真学,你的嗓音才能具备像铃声一样的清晰度,才能发出无比动听的齿音和唇音。所以演员们其实搞错了。虽然他们只要坚持每天的会话发音练习,经过多年的学习,就可以使自己的嗓音听起来像个贵族。但是一旦他们尝试大声呼喊,任何受过训练的人用耳朵一听就能分辨出是北方人的哀鸣还是南方人的咩咩叫,就像白色床单上的污点一样清晰。西贝柳斯的声音,哪怕让你花钱去听你都愿意。

就算是他告诉你南门怎么走，或者咒骂搬运工把泥浆溅到了葡萄酒里，你都愿意掏钱。当然如果你碰巧不是天生的贵族，你可能会非常讨厌这种完美的嗓音。我父亲是艾普艾斯开托的一位漂洗工兼制皂工，我的第一份工作就是，每天凌晨和他一起驾着马车去收集旅馆夜壶里的粪便。我已经花了整整四十年，努力让自己的发音听起来像个绅士，但我知道，虽然可以欺骗大家，却欺骗不了自己。西贝柳斯天生完美，完全不需要后天努力。

"你究竟去哪儿啦？"我问他，"守卫都快把整座城市翻个底朝天了。你是怎么从监狱的堡垒逃出来的？所有的门都有人守卫。"

他笑了。"很简单，"他说，"我并没有离开。一直躲在钟塔里。"

没错，监狱堡垒的西墙和研究院连在一起。他逃跑的当天，守卫肯定会搜查钟塔。接下来他们得出结论，西贝柳斯已经溜过监狱大门，逃到下城区去了。他们不太可能再去搜查钟塔。二十年前，有个越狱的囚犯藏在钟塔上面，当守卫们发现囚犯的时候，他已经死了，而且死得很惨。当大钟敲响的时候，没人能在钟室里活下去，因为声音产生的无形压力足以让你脑浆迸裂。哦，我猜测有几个卫兵把头伸进钟室环顾了一圈，看看是否有什么异常，但他们不会进行彻底搜查，因为大家都听说过这个恐怖的故事。但是按照这种说法——

"你想问我怎么没死？"他龇牙咧嘴地大笑起来，"因为那个故事就是一堆垃圾。我一直怀疑那个故事的真实性，所以自告奋勇来揭开真相。躲在上面的那个逃犯其实死于败血症，他爬出一扇破窗户的时候被划伤了。大钟杀死他的故事纯属扯淡。你知道，很多人都愿意相信这种事情。"他的脸上露出了令人愉快的微笑，"所以如果他们在下城区找我的话，我祝福他们早日完成任务，他们去了吗？"

他一直有这种好奇心，还有一种真正的学者本能。他把这两个特质结合了起来。我敢说，当质疑在他脑海里产生的时候，他就知道这个绝对安全的藏身之处肯定会派上用场。我真的很想知道他十五岁、十七岁或者二十一岁的时候, 在档案馆会查些什么东西。

"不过我可不是说待在里面很快活," 他继续说, "特别是排钟真正响起的时候, 你知道吗, 整个钟塔都在震动。钟塔一直没塌, 真是个奇迹。但我发现, 如果把蜘蛛网全部塞进耳朵里——直到不能再塞为止——钟塔里枯燥的噪音还是可以忍受的。那里唯一不缺的就是蜘蛛。"

我一直害怕蜘蛛。我确定他是知道的。

"好吧!" 我厉声说道。我感觉自己很尴尬, 因为我的第一反应其实是钦佩。"这么说你杀了人, 然后设法躲了三个星期。真令人印象深刻啊。看在上帝的分儿上, 你是靠什么活下来的? 你应该瘦得像根耙子。"

他耸耸肩。"我并不是一直都待在那里。" 他说, "中午和午夜我会出来溜达。" 估计大钟敲十二下的时候, 塞再多的蜘蛛网耳朵也扛不住。"让我吃惊的是, 有那么多完美的食物都被扔到了厨房。如果你能进入研究院的厨房, 你肯定要做些什么, 那么多食物不吃太浪费了。"

我觉得他这种天才, 能把绝望的逃亡和钟楼里三个星期的煎熬搞得像个学生的恶作剧, 就和他写下第七弥撒曲一样不费吹灰之力。第七弥撒曲是他连续宿醉、好不容易头脑清醒的空闲时间写下的。也许取得卓越成就的秘密, 真的不是勤奋努力。不过首先, 你必须查查档案, 或者学习维萨尼模式的十二个主要调制方法, 或出生在一个血统可以追溯到伯曼德时代的家庭。

"好吧," 我站了起来, "很抱歉, 你所做的一切都徒劳无功。我还是要把你送进去。你一定要明白这一点。"

他又笑了起来。他太了解我了。他知道, 如果我真要这么做的话, 一看见他就该做了——用最大的嗓门儿叫守卫, 而不是惊慌地检查百叶窗。他还在大笑, 我的样子应该极其严肃。不过他是对的。"当然可以," 他说, "你请继续。"

我又坐了下来。在那一刻, 我真的很恨他。

"协奏曲完成得怎么样了?" 他问。

有那么片刻，我都不知道他在说什么。然后我才想起来他的最后一首协奏曲，或者说那首本应该成为他遗作的曲子。就是在死囚牢房他给我的那些乐谱。"你不是说别完成的吗？"我说。

"太好了。"他显得很开心，"我以为你不会在意我说的话。好吧，我很感动。谢谢你。"

"那你到我这儿来干什么？"我问他。

"我需要钱。"他回答道。他的声音有点儿不自然，失去了往日的魅力，"还有衣服、鞋。当然还要有个人能在夜里为我敞开门，诸如此类的事情。"

"我做不到！"我说。

他叹了口气，"你知道你能做到。你的意思是不想这么做。"

"我可没钱。"

他一脸悲伤地看着我。"我要的又不是大数目，"他说，"是用来打通上下各个环节的。只要够我逃出城去，上船离开这里就行了。"他停顿了一下——我认为这是做做样子——然后补充道，"我不是来白要一份礼物。我有东西要卖给你。"

一瞬间，我感觉浑身冰凉。我能猜到。他还有什么东西可卖，除了——

"在那该死的钟楼里待了三个星期，"他继续说道，这种腔调听起来和他以前一个样，"整天无所事事。幸运的是，在我第二次去翻垃圾桶的时候，有个房间的门正敞开着。估计是个一年级学生的房间，他还没学会把房门锁好。他有墨水、钢笔和半令上好的纸。真希望他以后不要再犯同样的错了。"

我热爱音乐，音乐就是我的生命。音乐见证了我一生的发展，给了我无穷的乐趣，这些乐趣根本无法量化和衡量。音乐也把我从艾普－埃斯卡托伊的漂洗场送到了研究院，让我留在这里，直到现在。我所担任的一切职位，我所拥有的一切，都是音乐给的。

我真的应该对音乐心存感恩。音乐中唯一令人遗憾的部分，就是永远都不够好。没有写出足够多的乐曲，没有赚到足够多的钱。音乐带来的愉悦、激情和智慧是一回事；但是钱却是另外一回事。钱也差不多够了——我不是那种奢侈的人，不会大手大脚地花钱。但大部分钱似乎都花在管理费上：学院要支付的账单、雇员的工资以及在这个或者那个基金、税收上的费用。当然这都是些毫无意义的花费——但是钱从来没多到让我感觉很舒服的地步。我一直处于一种为金钱而焦虑的生活状态，这种焦虑难免会给音乐创作带来不好的影响。我越是努力，获得的灵感就越少。当我不需要为钱而焦虑的时候，当我相对舒适、暂时没有担忧的时候，一段优雅的旋律会出乎意料地来找我，我会写出很不错的乐章。但是，当我面临乐曲截止日期、账单到期，而我的钱包却空空如也的时候，当我需要钱的时候，灵感似乎完全枯竭了。我所能做的就是从我学过的东西上扒几块下来，或者试着把旧的东西——不管是我自己的还是别人的——稍加修改。我甚至希望能得到神的启示。在这种情况下，我会对音乐非常生气。我甚至胡思乱想——当然是错误的想法——希望自己回到漂洗场。但一切都已经成为了过去。父亲死后，我和哥哥就把漂洗场卖了。钱在很多年前就花光了，所以我不可能回到过去。我的人生只剩下音乐。

"你已经写好了？"我说。

"哦，是的。"他从衬衫里掏出一叠纸，"一首交响乐，由三个乐章和一个尾声组成。"我估计自己已经本能地伸出了手，因为他微微向后退缩了几步。"全部完成，听了这曲子你会很安心。如果你要，全部给你。"

我一辈子都在努力让自己看上去文明优雅，坚定地认为智慧胜于一切物质。但是当我想要某个东西，而这个东西又触手可及时，我就会出汗。我的手变得潮湿，而且我能感觉到汗滴湿了头发，因为头发都快碰到额头了。"一首交响乐。"我唯一能说的就是这句话。

他点了点头，"我的第四首交响乐，你一定会喜欢的。"

"如果我想要，你就全给我？"

"嗯。"他假装皱了皱眉头,"只要你给钱,全部都归你。你有机会成为一位著名的艺术赞助人,就像埃伯哈特。"

我瞪着他。全部是我的。"别这么傻了!"我大叫道,"我没办法用这首曲子,对我来说根本没什么用处。"

他又假装心烦意乱地说:"你还没看到乐谱呢。"

"想想看,"我压低嗓音恼怒地说,"你刚从监狱里逃出来,身上还背着杀人犯的罪名。而我突然发表了一首西贝柳斯的全新交响乐。这也太明显了吧,就连白痴都能看出来是我帮助你逃跑了。"

他点了点头。"我知道你的顾虑,"他温柔地说,"但是你可以说这是一首过去的曲子,是我几年前写的,你只是把它完成了。"

"这么说有用吗?"

"我觉得没用。"他微笑着看着我,这微笑就像是海湾里升起的太阳,温暖而灿烂。但我感觉自己受到了羞辱。"所以我猜测你不得不把它伪装成自己写的。"

这句话就像一记耳光打在我的脸上,充满了侮辱,而且出乎意料。"别给我提这种建议。"我说,"你知道我永远都不可能把你的作品转变成自己的。只要演奏前面几小节,人人都会知道是你写的。"

他又笑了,我知道他是在耍我。他在一步一步把我引到某个陷阱里。"那不是问题,"他说,"你看,我都是按照你的风格作的曲。"

也许震惊和愤怒让我比往常更愚蠢。过了半天,我才弄明白他刚刚说的话。

"这么说吧,"他继续说道,"这首交响乐的结构,我从来都没有真正在意过,但是这种结构恰恰是你的招牌,对不对?而且整首交响乐我都在使用水星四度音阶,甚至从你的第三交响乐中引用了一两段副旋律。你看这里。"说完他从那叠手稿里抽出一页递给我——只给我看这一页,他可不是白痴。

但我没要。我发誓,那种感觉就像是有人故意用一捆荨麻轧你的手掌。

我低下头看了一眼。

正如你期待的那样,我能快速轻松地读懂乐谱。只要瞥一眼,我就能记在脑子里。心脏搏动了几下,我就明白了上面写的是什么。当然,这确实是一首杰作。这首曲子引人入胜、气势磅礴,是那种能永远定义某个地域和某个时代的音乐。我一看到它,它就立即飞入了我的灵魂,充满了我的身体,让我窒息,就像是某个人把气囊插进了我的喉咙里,然后开始吹气。从各个方面来看,它都是完美的;我应该能写下这样的乐章。

"怎么样?"他说。

让我修正一下自己的想法。我永远都不可能写下这样的乐章,就算花一百万年,就算我把一辈子的时间都倾注在上面,我也写不出来这么好的作品。甚至就算是那些绝对安详、绝对幸福的瞬间,能产生我这辈子最好的灵感;而且周围的环境非常完美,这个新鲜的灵感充满了我的脑海,我能够一下子抓住它(这种事从来没发生过);我都不可能写出来。但是它非常符合我的风格,而且是如此天衣无缝。除了我之外,其他任何人都会相信它是我的作品。它不仅仅符合我标志性的乐曲花式和节奏,就连我使用管弦乐队的方式、为了调节音调的节奏和变化而建立的精确方法,都完全符合。如果是拙劣的模仿,根本做不到这些。我看到的这首曲子,是一个对我有深刻理解的人写的——甚至比我对自己的理解还要深刻——而且这个人准确地知道我从内心深处要表达的东西,但我却缺乏这样的技巧和能力,靠我自己根本没法把这些东西表达出来。

"嗯,"他说,"你喜欢它吗?"

这是我这辈子听到的最愚蠢的问题,我当然没有回答。我实在是太生气、太伤心、太惭愧了。

"我对这些装饰乐段非常满意,"他接着说,"我是从你的第二交响乐中反复出现的乐旨得到的灵感,但是我把它旋转了九十度,又插入了几个花式。"

我从来没结过婚,但是我能想象出,当你回到家意外地发现老婆和别的男人躺在床上,那是一种什么感觉。我一看到这首曲子,就有这种感觉。那是一种充满了恨的爱。啊,在那一刻我是多么地恨西贝柳斯。你可以再想象一下,如果你跟老婆一直没有孩子,但有一天你突然发现老婆怀上了别人的孩子,那又是一种什么感觉。

"这首交响乐很值钱的。"我一直在听他说,"正好是公爵喜欢的那种类型。"

他总是能找到诀窍,这个该死的西贝柳斯。他具备这种能力,能一下子找到我的弱点,然后利用这个弱点把我要说的话套出来。如果我知道这个弱点在身体里的具体位置,我会很高兴地拿刀残忍地把这个弱点切掉。"怎么样?"他说。

十九岁那年,有那么一天,我和父亲、哥哥一起坐在马车里——我正好放假回家,顺便帮帮他们——去父亲制作肥皂的旧谷仓。这条路是沿着山脊顶部修建的,只要一下雨,大段大段的路面就会被冲走。一天前刚刚下了一场大雨,路非常难走。等我们到山顶,天已经快黑了。父亲可能是看不清路面,结果弄翻了马车。我当时坐在后车厢里,被甩出去老远。父亲和赛吉伯特在翻车的那一刻设法跳出了马车。赛吉伯特抓住了父亲的脚踝,父亲则抓住了地面凸起的岩石。我赶紧抓住父亲的手腕,那一刻我们就僵在那里。我的身体不够强壮,根本没有力气把他们拉上来,哪怕拉上来一寸都办不到。我所能做的就是坚持,我知道如果我让父亲的手滑下去哪怕一丁点儿,我就会失去他们两个人。这世界上我最爱的两个人就会掉下去摔死。但有那么一瞬间,我的脑海里突然闪过一大堆想法:如果他们俩都掉下去摔死,然后我把家里产业全部卖了,最起码也有三百安吉尔吧;有了那笔钱,我有什么不能干的?

就在这时赛吉伯特奋力踩到了一个立足点,他们两个人连拖带拽,总算爬上了我旁边的道路。我们三个人泪如泉涌、抱头痛哭。父亲对我说,是我救了他的命,他永远都不会忘记。而我却感到一种揪心的负罪感,就好像是我故意把他们推下去的一样。

　　嗯，我想没错，这首曲子确实值很多钱。

　　"而且老公爵更喜欢这种类型的音乐。"他一直在说，"他肯定会喜爱它的，他是一个有品位、有鉴赏力的人。跟他相比，年轻的公爵辛格瓦特简直就是一个野蛮人。当然辛格瓦特也喜欢这种音乐，我很有把握。"

　　究竟谁是野蛮人？老公爵一般这样惩罚负债的人：先是提前通知，然后就是放狗咬人。而去年，年轻的公爵辛格瓦特废除了人头税，并且规定了农场工人的最低工资。不过老公爵的耳朵对音乐的感悟力更强，他是个非常慷慨的音乐赞助人。"我做不到。"我说。

　　"你当然能。"西贝柳斯精神振奋地说，"那么，我觉得三百安吉尔应该差不多。正好够我支付路费。"

　　"我可没那么多钱。"

　　他看着我。"当然，"他说，"我也不指望你有这么多。那你有多少？"

　　"我只能给你一百安吉尔。"

　　这是事实。实际上，在我床底的木箱子里有一百五十安吉尔。那是乐队指挥给我的订金，让我把那首未完成的协奏曲给他。所以准确地说这其实是西贝柳斯的钱。但是我急需剩下的五十安吉尔，因为我还有账单要付。

　　"那也行啊，"他十分高兴地说，"贿赂守卫，再办个假护照，也够了。至于食物和衣服，我只好自己偷了。这是没办法的事。你真是个好人，教授。"

　　还有时间，我完全可以撞开门，把门卫喊过来。这样不管是对于国家还是我自己来说，我依然是清白无罪的。西贝柳斯依然会被关进死囚牢房，我完全可以将他的乐稿付之一炬，然后继续我的生活，继续我缓慢通往贫穷和苦难的艰苦跋涉。或者我只要喊一下门卫，不把乐谱烧了。可如果我因协助罪犯而被捕呢？我可忍受不了监狱生活，我会先自杀。但我会有自杀的机会吗？保释肯定是不可能的，那么我会被送押候审。监狱守卫绝对不可能在我的牢房里留下水果刀、剃刀或者毒药。在监狱上吊的人，通常把床单拧成绳子。但是如果我搞砸了，没死成，却把自己搞瘫痪了，那可怎么办呢？就算我能从监狱刑满释放，刑事定罪就意味着立即解雇，我不可能找到其他工作。不过这也不是问题，只要能把这首音乐留下。赞美无敌骄阳，我们属于一个引人注目的、令人着迷的国度，音乐是我们的生命。无论作曲家做过什么样的错事，如此高质量的乐曲永远都应该值很多钱。这笔钱足够我退休了，哪怕以后一个音符都不写。

显然我是一个"好人"，他很感激我，因为我没有告诉他真相；我是一个"好人"，因为我准备把一个比我更好的音乐家的作品变成我自己的作品，因为我愿意帮助一个杀人犯逃脱法律的制裁。

"你准备去哪里？"我问。

他咧嘴一笑。"你绝对不想知道，"他说，"这么跟你说吧，一个很远很远的地方。"

"你已经很出名了，声名远扬。只要你写下什么东西，他们很快就会知道是你写的。他们也会搞明白肯定是我帮你逃跑的。"我向他指出这一点。

他打了个哈欠。他看上去很疲惫，在钟楼里待了三个星期，整个帝国最大的八口大钟每一刻钟都要在他头上敲一次，怎么可能不疲惫呢？他每次睡觉的时间可能都不超过十分钟。"我放弃音乐了，"他说，"这绝对是我作的最后一首曲子。你说得很对，只要我一动笔，我就把自己给出卖了。有些地方还没有与帝国签署引渡条约，但我宁可去死，也不会待在那些地方。所以很简单，我不会再作曲了。毕竟……"他用手捂着嘴，就像是一个被大人教训的小男孩，"还有很多事值得我去做。音乐带给我的只有麻烦。"

我该相信他吗？说实话，我不知道。我相信天空中的白云，因为它就在那儿，所有人都能看见；我相信在帝国皇帝之上存在着某种至高无上的权力，而且力量更强大，疆域更辽阔，理论上能控制整个宇宙。那么他究竟是如何控制宇宙的呢？恐怕我也没法告诉你。据我推测，他监管所有伟大国家的各种事务：加冕或者废除皇帝和国王——也可能是王子和公爵，不过他代表某种神圣的太阳系公民服务体系才更加合理——并且在某个判决先例需要进行法律澄清的时候，他会去干涉那些引起民愤的、不讲道义或者亵渎神明的案件。他会亲自处理我吗？或者他是否知道我的存在？应该不会，他可没这时间。

在这种情况下，如果我最终有了卷宗，我觉得它一定会和其他成百上千、数以万计的卷宗一样，放在某个初级文员的办公桌上。我不能说这个想法给我太多的困扰。我宁愿独自离开，平静而安详地离开。据我所知，我的祈祷——大多是为了钱，偶尔为了生活或者祝愿亲朋好友早日康复——从来都没有得到答复。所以我猜测，神圣权威的工作方式和平民百姓差不多；不要指望从他那里得到什么好东西，这样你就不会失望了。虽然某些事情偶尔能得到神圣权威的干预，但是我的世界观和对事物本质的理解已经发生了动摇和改变。我把这种改变解释为，有些主要发生在别人身上——那些重要的人，他们的文件由高级行政人员或者更高级别的主管管理——的事情只是碰巧在外围涉及了我，因此受到间接的影响。

最好的例子就是西贝柳斯逃出监狱堡垒。当时我感觉好运好像来了。经过深思熟虑，我可以看出其实是他的好运来了，我只是被允许分享一点儿运气，其实这跟下雨的时候给皇帝打伞的人自己也不会淋湿是同一个道理。

整个过程再简单不过。首先我打开门，看看周围有没有人监视我们。他跟在后面，身上裹着华丽的袈裟，头上戴一顶唱诗班歌手的蒙头斗篷——紫色的貂皮饰边，上面绣满了金线和小粒珍珠；站在一英里以外的其他地方（瞭望塔除外），你可以看到唱诗班歌手到处都是，可以说他们几乎是隐身的。更幸运的是外面下起了雨，所以我这位唱诗班的同伴很自然地戴上了他的蒙头斗篷，而且把罩子紧紧地围在脸和脖子上。他把我给他的一百安吉尔用一双袜子包好放在口袋里，防止钱币发出叮当声。

堡垒城墙上有一道暗门，正对着一个旋转楼梯。这个楼梯是去下城区的捷径。暗门通常在黄昏就锁上了，不过像我这样的教职人员都有钥匙。我打开暗门，走到一旁让他过去。

"立刻把袈裟脱下来，"我说，"我明天早上第一件事就是报告袈裟被盗，这样他们肯定会去找袈裟。"

他点了点头。"好吧，"他说，"谢谢你为我做的一切，教授。我只是想说——"

"在被别人发现之前，"我说，"赶紧给我离开这里。"

人生中很少有像远离某样东西一样让人愉快的感觉了。如果你也是像我这样的人，却没有这种感受，我想那是因为你从来没有真正期待过。这是一种不寻常的胜利的喜悦。然而你不打倒某人就无法赢得某样东西，因此这是一种占据优势的美好感觉。这也是我欣赏那些被美食家捕获的生长在死白桦树两侧的小灰松露的原因：不是因为它的滋补和美味，而是单纯地因为它是如此罕见。当然，我是否已经和杀人犯撇清关系还有待观察。西贝柳斯在离开城区之前被守卫抓住的可能性还是有的。如果他被逮住，只要一顿暴打，他就会立即供出同伙的身份。但是，我告诉我自己，即使事情变成那样也没关系。我只须告诉他们，他破门而入，偷了我的钱和袈裟。他们也没办法证明我是同伙。我很清楚，一旦他们审问我，我的勇气很可能会像蛋壳一样，一碰就碎。唯一能阻止我彻底认罪的方法就是装傻——我被吓得语无伦次，完全说不出话。我认为如果你想做一个不知悔改的罪犯，你必须相当神勇，甚至要比那些冲锋在前或者面临敌方骑兵冲锋的士兵还要勇敢。我可以把自己想象成一个毫无畏惧的军士长，上阵杀敌；但是如果要我想象自己去犯罪，我会毫不夸张地把自己吓瘫。然而对于罪犯来说，勇气和撬棍、短棒一样，都是必备的"优点"。

当我回到房间，我做的第一件事情就是点亮油灯，打开百叶窗。因为我从来不关百叶窗，除非是下雪的日子。如果认识我的人看到我房间的百叶窗关着，肯定想知道我到底发生了什么事情。我给自己倒了一小杯白兰地酒——我也想倒一大杯，不过瓶子里的酒都快被喝光了——然后坐在油灯的旁边，因为靠得太近，我的脸能感觉到火焰的灼热。我铺开乐谱稿开始看。

据说当年帝国第一次派出船队与戎森的野蛮人通商的时候，船上装满了我们认为这些原住民想要的东西——念珠、便宜的锡制胸针、围巾、衬衫、薄得几乎能削掉手指的镀银带扣，诸如此类的东西。其中还有镜子。我们本以为他们会喜爱镜子。实际上，我们计划用一箱子斯查诺兄弟工厂生产的单价一元二十分的手工镜子，购买足够的土地来种植玉米，供应给城市。

我们完全错了。第一艘商船船长试着和野蛮人接触，他精选了几样商品作为免费样品送给了他们。一切都挺顺利的，直到他们发现了镜子。他们不喜欢镜子。他们把镜子摔在地上，然后用长矛和弹弓袭击我们的人。船长不得不放了一炮，他的手下才得以安全撤退到海滩上。后来，船长俘虏了两个原住民，并且通过翻译审问了他们。他这才发现问题出在了什么地方。两个俘虏告诉他，镜子是邪恶的。镜子会从你的眼睛里吸取灵魂，然后把灵魂封印在里面。在他们看来，窃取那些友好对待陌生人的无辜百姓的灵魂，绝不是一种文明行为。因此在他们的国家，我们不受欢迎。

当我第一次听说这个故事时，我觉得这些野蛮人有点儿反应过度。但是当我读完西贝柳斯以我的风格写的交响乐，我不得不修正自己的观点。窃取一个人的灵魂，是你能对这个人做的所有事中最残忍的一件。不管是把它封印在镜子里还是封印在三十页的乐谱里，都没什么区别，就是一回事。这是你绝不能原谅的事情。

接下来，我静静地坐了一会儿。直到油灯里的油燃尽，我一个人完全处于黑暗之中。我在思考，当然没人会知道我在想什么。我所要做的就是坐下来，用我的笔迹把乐谱抄一遍，然后把原稿烧掉。这样就没有证据，也没有证人了。你曾经从哲学家或者神父那里听到过很多事实，为什么总有人必然获胜，为什么总有人能冲破重重难关，就像是生长在墙缝里的小树苗，只要它们的根能粉碎石块，它们就能破墙而出。这些都不是事实。西贝柳斯不会告诉任何人。（此外，他被抓获并捆绑起来只是时间问题，到那时他就会永远闭上嘴）我也肯定不会说一个字。如果事实确实存在，但是没人知道，那它还是事实吗？换一种说法，就像是在一间封闭起来的房子里点燃一盏油灯，其他人是不可能看见的。

我自然明白这个道理。不过我又开始考虑钱的问题。

我的第十二交响曲在 AUC775 年的扬升日首次亮相，地点是学院的神殿。公爵辛格瓦特二世、公爵夫人、老公爵的遗孀、研究院院长、皇室和大学精英以及来自社会各界的名人都来捧场。不得不说，这是一场盛大的凯旋仪式。公爵听了之后印象非常深刻，他立即下达命令，要在皇宫里举行一场御前表演。虽然同意将版权授权给乐队指挥，让我获得的名声打了少许折扣，但是能获得更可观的经济效益我自然更开心了。根据协议，乐队在帝国大礼堂每演出一场，我就能获得一千安吉尔。目前，帝国大礼堂已经举办了十几场我的音乐会。随后，我又和全帝国其他乐队的指挥、宫廷乐师、音乐导演签署了类似协议，让他们注意保留乐谱的版权。因为我已经将版权卖给了皇家出版社，一次性支付五千安吉尔，外加百分之五的版税。我在大学的职位也变成了全额津贴研究员。这意味着我可以免除法院或者公爵批准的剥夺公民权和没收财产的传票，除非我贪污腐化、道德沦丧。我的薪水从一年三百安吉尔涨到了一年一千安吉尔，而且终生有保障。有这么多奖金，我根本不需要屈尊去参与实际的教学工作。在首次演出六个月之后的一天，我坐在房间里，在算盘上轻弹算筹。我意识到自己再也不用工作了。突然之间，我的所有烦恼全没了。

通过这件事以及接下来的事情，我得出一个结论，这世上根本就没有正义。如果无敌骄阳不仅仅是天空中的一团火,而是法力无边的神明,那么它将对普通人的生活和命运完全不感兴趣,也不想干涉。而道德无非就是国家及其官员给我们所有人设的骗局,让我们不要惹是生非,制造麻烦。我把自己的一生都奉献给了音乐,可我得到的却是焦虑、痛苦和迷茫。我犯了两个罪,一是针对国家,二是针对我自己。结果我却获得了奖赏,得到了所有我曾经想要的东西。你能解释它吗?解释所有的一切?是的,你能。首先,我十分害怕的事发生了,公爵、其他的公爵、王子甚至是皇室颁发的任职令开始像潮水一样向我涌来。因为我知道自己是一个骗子,我永远不可能写出像那首交响乐一样好的曲子。这个骗局被别人揭穿只是时间问题,一旦有人搞清楚事情真相,就会有士兵上门逮捕我。不过我坐了下来,点上油灯,铺开一张厚厚的白纸。我突然意识到,自己不再需要钱了,我所要做的就是拒绝这些任命——当然要委婉一点——这样谁也碰不了我。如果我不想写,我就没必要写哪怕一个音符。这完全取决于我。

一想到这一点,我就开始写了。而且我知道作不作曲已经不重要了,我几乎懒得去尝试。我越不去尝试,就越容易产生灵感。(对我来说,要找到灵感永远都像拔牙一样痛苦)一旦我得到某个曲调,我只需让它在我的脑子里回响片刻,然后把它写下来。一旦我填满一定数量的白纸,我就在乐谱上面签上名字,然后寄出去。

你瞧,我完全不在乎。如果他们不喜欢这首曲子,他们知道该怎么做。

一次又一次,从开头到结尾,我确实思考过:我写的这玩意儿究竟好不好?不过这必然会产生另外一个问题——又有谁知道它究竟好不好呢?如果评判音乐好坏的标准是听众的反应,或者是下一个职位提供的薪水,那么我的音乐应该算越来越好了。当然,这听起来很荒唐,我自己都看得出来。不过我的听众和评论家却坚持认为我的每一首新作品都比前一首要好。(当然第十二交响乐一直是保留曲目,之后的杰作轮番演奏)。愤世嫉俗的人会说,一且我成为一个伟大而成功的音乐家，就没有人敢批评我的作品，因为每个人都怕被周围的人看成傻子；大家唯一能容忍的反应就是不断地阿谀奉承。如果我自己是个愤世嫉俗的人，我还真赞成这个观点。不过，随着成功不断继续、腰包越来越鼓，越来越多的乐曲就这么写下来了，我开始有了疑惑。我想，这些成千上万的人不可能都在自欺欺人吧。总有那么一天，你会越过某个临界点，超越人们信任的极限。宗教就是这么产生的，标准就是这么改变的。因为我的成功，我已经重新定义了构成美妙音乐的因素。只要某种音乐听起来和我写的曲子差不多，人们都愿意相信它是优美的。毕竟，美仅仅是一种感觉——就像是眉毛的宽度，还有鼻子、门廊或者柱廊的长度与宽度之间的比率，如果它们出现细微的不同，都能改变美与丑的标准。品位不断演变。人们总是喜欢别人给予他们的东西。

此外，我终于意识到，第十二交响乐就是我的，至少大部分是我的。

毕竟，西贝柳斯借用了我的风格，那是我花了一生时间才建立起来的风格。而且我是他的老师，就算他天生具备这样的技能，天生拥有飞翔的翅膀，但如果没有我，谁能说他一定能谱写出可以让管弦乐队演奏的赞美诗和宗教音乐作品呢？最起码这是合作，而且我可以振振有词地声称我是作品的主要合伙人。况且门是锁着的，百叶窗也关了起来，谁还会关心屋子里有没有灯亮着呢？除非你强行破门而入，你才能搞清楚，不过那可就是刑事犯罪了。

即便如此，我也开始进行谨慎地调查。我能争取最好的结果，我要不惜一切代价。

我在帝国的所有主要城市和城镇雇了通讯员，搜集值得注意的新乐曲和有抱负的作曲家的相关信息——我本来想自己给记者支付薪水的，不过我所在的大学认为这是合法的学术研究，坚持要用学校的经费来支付账单。每当我得到可能与西贝柳斯有关的报告，我就会打发学生去参加笔试，或者让他们坐在音乐厅里抄写笔记，自己亲自去调查一番。我还雇了其他一些信誉良好的侦探整理犯罪活动的记录，设法跟守卫队长拉拢关系，甚至还把时间错误地浪费在旅馆、击剑学校、娱乐场所以及代养马房里。当然我必须要谨慎。我最不愿意做的事就是让守卫重新打开他们的文件，或者让他们记住西贝柳斯这个名字，还有贝魁汉的艾默里克。不过我不能向守卫描述他的外貌，或者到处散发他的肖像。我没有考虑这么做，因为有太多的障碍。我坚定地认为，只要他还活着，他的音乐迟早会暴露出来，他肯定会露出马脚。不是因为他有创作冲动，而是缪斯女神的女仆——绝望和对钱的迫切需要——会让西贝柳斯再次作曲。毫无疑问他会竭尽所能伪装自己。他会尝试写街头民谣，或者芭蕾舞剧，远离学术音乐家关注的音乐类型。但他被发现只是个时间问题。毕竟没有人比我更了解他的作品。我能从某个音节序列、转调或者关键的换调，甚至是细微的乐曲花式、不和谐回音中发现他的手笔。

只要他动了笔，我就有把握逮到他。

几年后，我应邀到博杜安大学去做讲座。我本来不想去的——我一直痛恨旅行——但是当地的侯爵是我最重要的赞助人之一，而且只要我演讲一下午，他们就会支付我一千安吉尔。真是奇怪，富裕的生活并没有削弱我对赚钱的渴望。我想，不管我有多少钱，为了保险起见，我都无法抗拒增添哪怕一丁点儿钱的机会。我回信接受了他们的邀请。

当我到达博杜安（坐了两天马车，实在太痛苦了！），我发现他们在我举行讲座之后的一天安排了盛大的音乐会，演奏的全部是我的作品。我实在不好拒绝，不好告诉他们我实在太忙了，不能出席音乐会。况且博杜安乐队当时可能是世界第二或者第三好的乐队，我控制不住我的好奇心，想听听一支真正一流的乐队如何演奏我的音乐。我们佩里美狄亚的管弦乐队非常注重乐手的乐器操作技巧，但是他们过于死板，以至于他们有种非常可靠的能力，能把任何乐曲所要表达的快乐全部消除。我和乐队指挥谈妥了音乐的版权，从而让我这次旅行的收入增加了一倍。我还告诉他们，能出席他们的音乐会我感到无比荣幸和高兴。

讲座进行得很顺利。他们把讲座的地点安排在优越神庙的会议厅里——虽然没有世界上最好的音响设备，但是会议厅的彩色玻璃窗户相当漂亮，而且放置得很巧妙。如果你在中午时分举行演讲，你会沐浴在令人惊叹的红色和金色的光芒之中，让人感觉你全身都着了火。

我花了两个小时时间给学生们讲梅尊廷全协和音中的全音阶和变化半音（我非常热衷的技巧，不过在佩里美狄亚大家都很了解我，已经很多年没人听我讲这些内容了），老实说，我对这些东西已经烂熟于心。最后，侯爵站起来感谢我为他们做讲座——当他和我一起站在指挥台上的时候，太阳正好从片片白云后面钻了出来，透过窗户的光线突然变成了红色和蓝色。那不是身上着了火，而是被美妙绝伦的光线淹没了。然后博杜安大学的教务长给我颁发了该校的名誉博士学位。接下来他又针对艺术创作完整性做了一个很长的演讲。在场的观众显得烦躁不安。不过既然他们付钱请我到这里来，我一点儿都不在意。

接下来是一个招待宴会，美酒佳肴，十分丰盛。我必须承认，宴会的具体过程我已经记不清了。我只记得很喜欢宴会上的音乐演奏。不过当我醒来的时候，头疼得厉害，一整天都没能起床。当然他们一开始演奏的就是我的第十二交响乐了。虽然只演奏了上半段，但听起来真不错。我不确定自己是否喜欢他们的慢速演奏，不过结尾是一流的，乐曲就像是插上了翅膀，一飞冲天。后半段其实更好。他们又演奏了我的两首狂放喇叭协奏曲和两首神殿游行圣歌。有那么几次，我在座位上坐得笔直，然后问自己，这真是我写的吗？听一支能力超强、很有默契的管弦乐队演奏我不同的音乐，完全可以听出其中的区别。有一次，我听得入了迷，居然不记得接下来是什么，而尾声——印象派单簧管独奏——听得我有些措手不及，感觉喉咙发紧。我想我在心里记下了那一瞬间，就像是把一朵花压在书页之间，以后都不会忘。

当演奏全部结束，指挥在台上鞠躬的时候，我才发现他。起初，我并不确定。我只看见他回头一瞥，当我再仔细看的时候，那张脸已经消失在人海中。我告诉自己那是我的幻觉，然而我又看见了他。他眼睛直勾勾地看着我。

接下来还有一个宴会，但我告诉他们我感觉不太舒服。这绝不是一个谎言。我回到了客人套房。套房的门上没有锁或者门闩，所以我把一张椅子放在门后面，椅背上的把手抵着门。

我在宴会上听乐队演奏的时候，他们给了我一大堆礼物。我买得起任何我想要的东西，可人们现在还是送东西给我。没错，我倾向于接受那些我不可能给自己买的礼物，因为我绝对不需要它们，而且我也有一定的品位。这一次来演讲，侯爵送给我一整套纯金的餐具（对于一个大部分晚上都在房间里，把托盘放在膝盖上独自吃晚饭的人来说，我需要这些吗？）、一套奥列里乌斯作品全集、一尊举都举不动的华丽镀金小牛雕像和全套的皇家礼服。接下来的礼物还有鲜红色的燕尾服、白色的丝绸齐膝马裤、白色丝袜、镶着宝石的光亮黑皮鞋和一把礼服用佩剑。

我对武器一窍不通，根本用不了。当我刚刚上大学的时候，我最好的朋友接受了另一个朋友的挑战，两人决斗。他们居然是为了某个酒吧女服务员而决斗。决斗在当时很时髦。我非常伤心，居然没被他们选做中间人。后来，我才知道他们有意选择了一个时间，正好和我上理论指导课的时间相冲突，因为他们不想让我看到那悲惨的一幕。他们在逻辑学院后面的长草地上用轻剑决斗。我最好的朋友当场死亡；他的对手拖了大概一天，临死前不停地哀号，最后死于败血症。如果你想知道什么叫作血腥暴力，那绝对算一件。

因此，除了看过绅士们在街上随身带佩剑，我对剑一窍不通。而且我觉得绅士们的佩剑就是一种漂亮玩具。不管怎么样，我收下了侯爵的礼物，戴上老花眼镜在油灯下仔细鉴赏。

如果你喜欢这种东西，你一定会觉得它非常漂亮。剑的把手——我不知道这玩意儿的专业术语——是银制的，有些地方还镀了金，保护手的挡板内侧还刻了一幅田园风光图。刀刃是另外一个关键的地方。它总是藏在剑鞘里面，对吧？我以前一直以为刀刃就是一根扁平的钝器，但事实并非如此。刀刃长约三英尺，呈锥状，有部分是三角形。剑尖非常薄，实际上就跟线一样细，非常的灵活而且惊人的坚硬。整个刀刃就像是一根针，外面还包了一层纸。这完全是一把崭新的剑。我把剑尖放在垫子上，轻轻地压了一下，剑立即穿透垫子，从另一边冒了出来。布根本挡不住它。

我想象着自己如何跟守卫，不，应该是宫殿禁卫解释。不会有普通守卫来调查在宫殿里发生的命案。你知道他是一个被通缉的罪犯吗？的确如此，一个杀人犯。他杀了一个人，然后又杀了一个守卫，从监狱逃脱。多年前，他是我的学生，后来他变坏了。我不知道他怎么混进来的，但是他向我要钱。我拒绝他时，他说他要杀了我。然后我们扭打在一起。我已经不记得剑是怎么到我手里的，估计我在某一刻抓到了它。我所记得的就是他躺在那里，死了。然后守卫队长注视着我，严肃但让人放心地跟我说，整件事听起来像是一个正当防卫的简单案例，而且不管怎么说，死了个通缉犯不会造成太大损失。我能想象他应该更关心安全警卫上的疏漏——居然让一个亡命之徒进入宫殿的客房区，他不会想到一个音乐名誉博士、侯爵最喜欢的作曲家会有蓄意谋杀的可能性。

这个想法一直在我脑海里晃悠。毕竟谁也不知道究竟发生了什么事。而且这一次又没有目击证人。谁会闲得没事干，闯入一间上锁的房子，只为了去看一看关着的百叶窗后面是否有一只点燃的蜡烛？

我把剑架在膝盖上，一直在等待，彻夜未眠。他没来。

相反，在我回家的路上——山上的一个客栈里，他追上了我。他采取了更明智的做法，我早该预料到。

我正在熟睡，突然被人叫醒了。我睁开眼睛，发现油灯亮着，西贝柳斯坐在床边的椅子上看着我。他把这一幕搞得像我病危了，他不愿意离开我的床边似的。

"你好，教授。"他说。

剑在我的行李箱里，而行李箱挂在房间另一边的墙壁上。"你好，艾默里克。"我说，"你不该来这里。"

他咧嘴一笑。"任何地方我都不该来，"他说，"管他呢。"

我没看见他带什么武器，没有刀或者剑。"你看上去不错啊。"我说，这个是事实。跟上次见到他时相比，他长胖了不少。上次见到他时，他是个皮包骨头、面部瘦削的男孩，看见他总让我想起一把打开的水果刀。现在的他肩宽体胖，脸变圆了，而且他头顶的头发开始变稀。他晒得一身黑，指甲特别脏。

"你也变胖了不少，"他说，"很显然，成功与你同在。"

"很高兴再次见到你。"我说。

"未必吧，"他依然在咧嘴笑，"不管怎样，你是高兴不起来的。但是我觉得还是要跟你问声好。我想告诉你，我是多么喜欢宴会上的音乐演奏。"

我在思考这句话是什么意思。"当然，"我说，"你应该从来没听过吧。"

有那么一会儿，他看上去似乎不太理解，然后他笑了。"哦，你是说那首交响乐，"他说，"不是没听过，他们一直在这里演奏。"他的嘴咧得更大了，我发现他的门牙少了一颗。"你要注意了，"他说，"很明显，之前这部分版税你没收到。"

"关于钱——"我说，但是他皱起眉头，似乎在责备我，就好像我在女士面前说出了令人不快的话。"别提钱了，"他说，"另外我现在也不需要钱。我现在干得还不错，当然是以一种低调的方式。"

"音乐？"我不得不问一下。

"上帝啊，当然不是了。自从我上次见了你之后，我一个音符都没写过。那不是把海报贴在神殿大门上，让人来抓我吗？没有啦，我在做橄榄生意。到了这里之后，我参加了一场国际象棋比赛，最后赢得了一台压榨机。现在我已经开了七家工厂，旺季的时候全天候工作。我刚刚在桑泰斯本山谷买了四十亩成熟的橄榄树。如果一切顺利的话，五年之后咱们国家每卖出一瓶橄榄油，我都能赚六便士。这里真是个好地方，你可以做任何你喜欢做的事情。跟这里相比，佩里美狄亚看上去就像是个停尸房。而且更大的好处是，"他坐在椅子上，身体往后倾了倾，继续说，"我现在是个外国人了。我说的话带有浓烈的异国风，这就意味着没人能认出我，我一张嘴，他们都以为我是从外地来的。我可以成为任何我想要成为的人。真是太神奇了！"

我皱起眉头，他把问题推给了我，"那你要成为什么人，艾默里克？"

"就是现在的我，"他激动地回答，"毫无疑问。我不会告诉你我的新名字，当然你也未必想知道。但是我在这里，没有人受到任何伤害，而且给数百个诚实的公民创造了就业和赚钱机会。我这辈子第一次这么享受生活。"

"音乐呢？"我问。

"让音乐见鬼去吧。"他在向我炫耀，"我现在几乎不考虑它了。音乐对于我来说就是透明的。当我来到这里，我的生活重新开始的时候，我才意识到了事实的真相：音乐只会让我痛苦。你知道吗？自从来到这里，我从来没打过架。我几乎不再喝酒，赌博也戒了。哦，忘了告诉你，我已经和一个非常漂亮的女孩订婚。她可是个正经人家的大家闺秀，她的父亲主要搞运输业务。这一切都要归功于橄榄油。而音乐给我的只有绞刑架上的绳子。"

我看着他。"好吧，"我说，"我相信你。而且我为现在的你感到高兴，你的人生步入了正轨。那么你到这里来干什么，大半夜跑到我的房间里吓人？"

他脸上的微笑没有消退，但是变得僵硬。"嗯，"他说，"听音乐当然是另外一回事了，我还是很喜欢听的。我来只是想告诉你，宴会上演奏的乐曲我非常喜欢。就这么简单。"

"你指的是那首交响乐。"

他摇了摇头。"不是，"他说，"其他的乐曲。你独立创作的作品。至少，"他的眉毛轻轻地抽搐了一下，"我假定它是。或者你征募了另一个合作者？"

我皱着眉头看着他。我没料到他会这样想。

"如果真是你自己写的，"他说，"我真的必须要祝贺你。你的创作水平有了很大的提高。"他暂停了一下，看着我的眼睛，"可以说是巨大的飞跃。"突然他又开始咧嘴笑，脸上带着一种嘲笑、傲慢的神情，"你有没有注意过？你以前经常写一些很可怕的垃圾。"

"是啊。"我回答。

"但是你的作品不再是那样的了。"他站起来，把我吓了一跳。不过他走向桌子，倒了一杯葡萄酒。"我不知道是什么改变了你，但是前后的差异非常明显。"他指了指另外一个玻璃杯。我点了点头，他也给我倒了一杯葡萄酒。"从你写的作品中可以看出，你好像不再害怕音乐了。实际上，这些作品听起来让人感觉你再也不害怕任何东西了。那是个秘密，你知道的。"

"我以前总是害怕失败。"

"你说得不无道理。"他把玻璃杯拿了过来。我接过酒杯，放在床边。"这酒很不错。"

"我买得起最好的。"

他点了点头，"那你喜欢吗？"

"不是很喜欢。"

他笑了，又把他的玻璃杯加满了酒。"我的父亲对品葡萄酒很在行，"他说，"如果不是窖藏二十年以上、产自贝萨山附近的瓶装葡萄酒，那么他会觉得这酒只适合泡洋葱。因为喝酒，他败掉了农场和木材场，又把城里的六处产业全部挥霍殆尽。这六处产业比其他所有的财产全部加起来都值钱。后来他死了，我哥哥接过了这个烂摊子。上次我听说，他戴着草帽整天工作，还在还银行的债；他只比我大三岁，可看上去像个小老头，真是搞不懂。而我另一个兄弟参军去了。他死在塞廷冈。他们说战死沙场是神庙中永恒的荣耀，但是我知道其实他害怕从军。当征兵的四轮马车来接他去军事学院的时候，他赶紧躲进了谷仓，我母亲揪着他的头发把他拽了出来。这些事情让我产生了一个想法，有时候，精致和优雅的生活要付出很大的代价。"他微笑着从玻璃杯的边缘看着我，"但是我觉得你可能不太同意。"

我耸了耸肩。"我仍然住在学院的同一间宿舍里，"我回答，"一周五天，晚餐依然是坐在壁炉前拿着托盘吃着普通的食品。我没有对奢侈品有任何贪婪的想法，而是害怕其他的事情。"我露出微笑，"千万不要犯这样的错误，把一切归因于贪婪。其实这可以解释为恐惧。我人生中的每一天都生活在恐惧之中。"

他叹了口气。"你怎么不喝？"他说。

"我得了溃疡。"我说。

他遗憾地摇了摇头。"我确实是真诚地为你高兴，"他说，"你的音乐太棒了。你知道吗？我以前总是轻视你。你虽然具备所有知识、所有技能和技术，但是没有飞翔的翅膀。你不能翱翔，所以你耗尽一辈子的精力去发明了一台飞行的机器。而我则是通过跳悬崖来学习飞翔的。"他打了个哈欠，抓了抓脖子后面，"当然，大多数尝试者最终尸体溅得到处都是，但这种方法恰好适合我。"

"我没有跳，"我说，"我是被推下去的。"

他的脸上绽开了笑容，就像是水面上的油，"那么现在你肯定想跟我说，你非常感激我。"

"不，不是这样。"

"哦，算了吧，别装了。"他一点儿也不生气，只是觉得好笑，"想想我为你做了什么？看看这么多年来，我给了你什么？无尽的声望和荣耀。那首交响乐是个开头，现在你已经能写出和它一样好的乐曲了，而且完全靠你自己。但我得到了什么回报呢？一百安吉尔。"

"二百，"我冷淡地说，"你忘了之前我帮你还的贷款。"

他笑了，把手伸进自己的口袋。"当然没有，"他说，"这就是我来这里的另一个原因。"他拿出一个装得满满的、拳头大小的钱包，放在桌子上，"一百一十安吉尔。十安吉尔是我估计的利息，当时我们没商量好利率。"

过了很长一段时间，我们俩都没有说话。然后我站起来，直奔桌子拿起这钱包。

"你难道不数数吗？"

"你是一位绅士，"我说，"我信任你。"

他点点头，就像是一个剑术家使出了完美一击。"我想，"他说，"我们俩应该扯平了，对不对？除非我还忘了其他什么事情。"

"扯平了，"我说，"不过还有一件事。"

这让他有些惊讶，"还有什么？"

"你真不该放弃音乐。"我说。

"别胡扯了！"他厉声对我吼道，"我都被逮捕过了，差点儿被绞死。"

我耸耸肩。"当然要付出点儿小代价。"我说。这可是他当年说的话，就是他杀了人之后告诉我的：天才要付出的小代价。当时的细节我记得一清二楚。"不要这样瞪着我，"我继续说，"你以前确实是天才。你写的音乐至今还时不时在佩里美狄亚的一座郁郁葱葱的小山上演奏。宏伟弥撒曲、第三交响乐，这些乐曲很可能要和帝国一起存在一千年。死了个游手好闲的人或者监狱守卫又怎样，能够和这些美妙绝伦的音乐相提并论吗？不能！"

"我过去也同意你这个观点，"他回答道，"现在，我不这么认为。"

"哦，我是这么认为的。而且非常肯定！如果用他们的生命、一个橄榄油商人的人生能换回更多协奏曲，我觉得都是值得的。实际上——"我耸耸肩，"当然这跟我没关系，我只不过是你的老师。我现在就是这样，在一千年的时间内享誉世界。我觉得我应该为这一点感到庆幸。"

他久久地看着我。"一派胡言，你和我都曾经为了钱而作曲。你刚才说的话对我来说毫无意义。"他站了起来，"再次见到你，我真的很高兴。继续作曲吧，照这样下去，总有一天你会写出真正值得听的音乐。"

他离开了房间，我冲向房门，不过已经太迟了。我一直是这样，总是把事情拖得太久，直到它们已经不再重要。

回到大学之后，我去拜访一位在自然哲学部工作的同事。我带了一个小瓶子，里面装了那天晚上酒杯里的葡萄酒。几天之后，他来见我，说："你是对的。"

我点点头，"我也这么觉得。"

"射手草的根，"他说，"毒性足够杀死十几个人。上帝啊，你是怎么搞到它的？"

"这是个很长的故事。"我告诉他，"谢谢你，请你不要跟任何人说，我亲爱的同事。"

他耸耸肩，把瓶子还给我。我把瓶子拿了出来，把里面的液体倒在花坛里。又过了一天，我把一百一十安吉尔捐给了贫穷兄弟会，资助他们在下城区开办的孤儿院。这是我这辈子第一次也是唯一一次捐款。神父认出了我，问我是不是要匿名捐款。

"当然不是了，"我说，"我希望我的名字出现在墙壁的某个地方，让所有人都能看到我的名字。要不然我图什么呢？"

我觉得有必要提一下我的哥哥赛吉伯特，和父亲一起被我从山崖上救下来的那个。我其实还是挺喜欢他的。虽然在我很小的时候，我就意识到他是一个愚蠢的人，懒惰而又懦弱。我的父亲和母亲也知道这一点，因此赛吉伯特十九岁的时候离开了家。看见他走了，谁都不伤心。他竭尽所能想让生活变得更好，只是就算他做到最好，也不能称之为好。在三十五岁的时候，他在佩里美狄亚安顿下来，娶了一个从良的妓女（不过她从良并没有持续太长时间），然后非常努力地开了一家酒馆。酒馆实实在在地运营了八个月。然而就在某一天，一群强盗来到酒馆。赛吉伯特的妻子就这么怀孕了，钱也一去不复返。赛吉伯特整天喝得烂醉。当时我刚刚获得了职位，成为史上最年轻的音乐教授。我最不想要的就是跟我这个悲惨的哥哥有任何联系。最后我给了他三十安吉尔，这是我当时所有的钱。他就这样离开了我，我再也没有见到他。流浪了几个月之后，他把这笔钱用光了。然而就在那时，他和一个寡妇结了婚，还多了个儿子。寡妇有个男人做依靠，这无疑给了她极大的安慰。等我这个侄子成年了，可能还没到岁数，他就干起他父亲的老行当。在他十九岁的时候，我收到他一封潦草的便条，在便条上他向我要保释金。我拒绝了。这是我和他之间仅有的联系。我从来没有见过他。他年纪轻轻就死了。

这是我第二次进入死囚牢房。死囚牢房基本上和我第一次看到的一样：墙壁、天花板、地板、一扇装有铁条的小窗户、一张用来坐或者睡觉的石凳，还有一扇顶端有滑动窗口的铁门。

"我觉得我们帝国和博杜安之间并没有签订引渡条约。"我说。

双手抱头的他把头抬了起来。"没有，"他说，"所以他们在街上把我绑架了，然后推进一辆封闭的马车，带着我越过了边境。还有三天我就要结婚了，"他补充道，"赛瑞斯卡肯定会担心得半死。"

"这完全是非法逮捕。"

他点了点头。"是的，"他说，"我相信两国的大使馆之间肯定会有一系列换文，侯爵也已经向帝国提出了正式申诉。说来也奇怪，我仍然被关在这里。"

我看着他。牢房里比较黑，我看得不太清楚。"你留胡须了。"我说，"刚留的。"

"赛瑞斯卡觉得我留着胡须很好看。"

我欲言又止，等了片刻。"我猜你觉得这很不公平。"我说。

"嗯，没错。"他摇晃着腿，跷在窗台上，又把他的下巴压在膝盖上，"确实如此，年轻时我干过一些愚蠢的事。但我也做了一些非常好的事。然后我放弃了我的过去，安顿下来，变成了一个普通公民。都已经过去这么长时间了，我真的以为自己不会再受牵连。"

我偷偷地环顾这间牢房。不过光线实在太暗了，我要找的东西似乎不在那儿。"他们怎么发现你的？"我问道。

他耸耸肩。"不知道，"他说，"我只能猜测某个过去认识我的人把我认出来了，但我实在想不到这个人是谁。我已经放弃了音乐。"

他悲痛地继续说道："这应该已经算赎罪了，为什么还有人要告发我？"

那一夜在旅馆里，他非常小心，没有告诉我他的新名字。但他是博杜安橄榄油贸易中冉冉升起的新星，他的名字并不难找。也许他不应该让我知道这么多信息，但是他绝对没想到我能活着利用这些信息。

"那一夜你想毒死我。"我说。

他看着我，两只眼睛就像玻璃珠一样。"是的，"他说，"关于这件事我很抱歉。我很高兴你还活着。"

"为什么？"

"我为什么这么做？"他疑惑地看着我，"这不是很明显吗？你认出了我。当我们在宴会上四目相对的时候，我就知道你认出了我。我真是太蠢了，"他眼睛看着别处，继续说道，"我本以为你永远都不会把我关进这里。"

"这样说就是三件谋杀案了。"我说，"三件谋杀案肯定会削弱你要求引渡回国的要求，因为你节外生枝，又多了一项罪名。

"是的，"他说，"我感觉自己跟作曲依然有某种联系，等到我想杀你的时候，我已经不再奢望作曲了。顺便说一句，我是真的很抱歉。"

我微微一笑。"我原谅你。"我说。

"谢谢。"

"而且，"我继续说，"我已经觐见了公爵。你知道他是我的忠实拥趸。"

"真的假的？"

"哦，是的。就是曾经被你称为野蛮人的那个。"

"他和他的父亲不一样，"他回答道，"我想老公爵还在的话，他可能会饶恕我。你懂的，因为音乐的关系。"

"辛格瓦特并不会把音乐看得那么重，"我回答，"其实更多的是看在我的面子上。"

我们沉默了很长时间，就像是——对不起，我总是情不自禁地打比方——一首乐曲中关键时刻的停顿。"他会放我走？"

"当然不是，"我尽量温柔地说，"他认为必须要考虑受害者家庭的感受，改判你服刑十五年。如果运气好，再加上认真改造的话，只要十年你就可以出去了。"

他的情绪变化可以明显分为两个阶段：首先是战栗，一想到待在监狱里的时间是难以置信的长，自然会有一种可以理解的恐惧；接下来他慢慢地从绝望中成功恢复过来，开始考虑在死亡和服刑两者之中应该选择哪一个。"我只要服刑就能活下去？"他说。

"恐怕你不得不接受服刑，"我回答，"对不起，我已经尽了全力。"

他摇了摇头。"我应该向你道歉，"他说，"我想杀你，可你却救了我的命。"他抬起头看着我，尽管牢房里只有一点儿微光，但我能看到他脸上的表情。我从来没见过他的表情变成这样。"你总是做得比我更好，"他说，"我根本不配让你救我。"

我耸耸肩。"这样我们就真扯平了，"我说，"那首交响乐是我欠你的。但是有个条件。"

他摆出一个含糊不清的手势，表示接受条件。"无论什么我都接受。"他说。

"你再次开始作曲。"

他愣了好半天，我估计他实在太困惑了，不知道该说什么。然后他哈哈大笑。"这实在太荒谬了吧。"他说，"都已经过了这么长时间，我想都没想过，估计都忘了怎么写。"

"我敢打赌，你会变成当年的你的。顺便说一句，这不是我提出的条件，"我补充道，其实我是在撒谎，"是公爵提出的。所以除非你想走到刑场被绞死，我建议你还是接受吧。对了，你有没有拿到我送给你的纸？"

"哦，原来那是你送的？"他侧身看着我，"拿到了，谢谢。我用那些纸擦屁股了。"

"以后在这里好好利用你的左手，纸是让你作曲的。这是一个很严肃的条件，艾默里克。辛格瓦特认为，这是弥补损失的好方法。我也觉得这个想法很好。"

又是一阵沉默。"你告诉他了吗？"

"告诉他什么？"

"那首交响乐是我写的。他是不是因为这一点才决定饶我一命的？"

"实际上，我没有。"我说，"但是这个想法一直在我的脑海里徘徊。很幸运，我没必要说。"

他点了点头。"没关系！"他叹了口气，就好像他好不容易完成了某些冗长而乏味的苦差事，现在感到很放松。"我觉得这就像是人们把困在笼中的小鸟放在窗台上的阳光下。"他说，"把它们关起来，然后折磨它们，让它们鸣叫。我永远都不会接受人们的这种做法。我认为太残酷了。"

"这是为了得到鸟鸣声而付出的小代价。"我说。

我告诉他的话大部分是真的。我确实去觐见了辛格瓦特，为他求情。辛格瓦特感到十分诧异，因为当初是我通知他捉拿西贝柳斯的。我并没有告诉公爵，西贝柳斯企图毒死我。给西贝柳斯提的那个条件是我的想法，但是辛格瓦特批准了。公爵对理想的正义有一种相当奇特的观念。如果你问我是如何理解理想的正义，我会告诉你那是一个彻头彻尾的矛盾。

我一点儿都没有歪曲事实。一开始，辛格瓦特完全赞成宽恕西贝柳斯。是我拒绝宽恕他的，我认为他应该进监狱。当我把为什么要送他进监狱的原因解释给公爵之后，他同意了。所以我告诉西贝柳斯的确实是事实，因为我向公爵解释的原因就是：受害者家庭希望这样惩罚西贝柳斯。

的确是这样。西贝柳斯杀死的地痞流氓其实是我的侄子——赛吉伯特的儿子。这件事是我帮助西贝柳斯逃跑之后才发现的。现在回头看事情的整个过程，如果当时我知道这件事，我会怎么做？我真的不知道——幸好不知道，因为我的生活会变得不幸。如果我知道如何选择，如果我掌握了充分的事实，我很可能无法忍受我和西贝柳斯的那种关系。幸亏这是一个学术问题。

在监狱的牢房里，西贝柳斯依然是个相当多产的音乐家。实际上，监狱生活并不算糟糕。我把他从旧城堡的牢房搬到了堡垒的瞭望塔上。而且牢房里的摆设其实跟我在学院房间里的摆设差不多。我还付钱给守卫，让他们每天好吃好喝地伺候他，偶尔还给他一瓶葡萄酒。他也不需要担心钱的问题。不幸的是，现在他产出的作品质量与数量很不匹配。虽然这些作品都是好东西，精心完成、技艺高超，而且非常动听，但是缺乏智慧的火花，一丁点儿火花都没有。我不知道这是为什么。也许他依然有飞翔的翅膀，但是被关在笼子里了。我把他这只笼中鸟放在窗台上，他没办法真正利用好自己的翅膀。

（陈日锋　译）

我的美丽人生

我这辈子，做过一些真的很可怕的事情。对此，我现在感到羞愧而痛苦。如果我跟你说，我做这一切都是为了一个崇高的目的，如果我跟你说这些坏事并非我本意，而是别人让我干的，这种推脱也同样可耻。承认吧，我就是一个没骨气的懦夫，道德上是彻底破产的。我就是一摊烂泥，一无是处。

我可以随便说这样的话，也没人能治我的罪。但是你不行。想都别想。如果你把我刚刚说的话一字不误地重述出来，哪怕你没有变字换词，也没有添油加醋，他们也会把你送上刑台，绞断你的脖子，因为你犯了严重的叛国罪。说我的坏话就是诽谤圣上，也就意味着是诽谤帝国，也就意味着是诽谤整个帝国里的八百万人民。很可能，本姆巴——就是正在记录我这些话语的这个可怜虫——光因为把我这些话原封不动写下来，就已经犯了死罪，不过当然了，如果他拒绝这道命令，那也会是叛国罪。

那会是叛国罪，因为法律就是这么规定的：任何关于皇帝的坏话都不可能是真的。你要问我的话，我觉得这一点还真是暴露了法律的不少毛病，不光是这一道法令，也包括所有法律。我其实是很乐意自己来写，以免又一个无辜的人因为我而被送上绞架，但是我从来没学过写字，现在要学只怕也来不及了。

很久很久以前……

本姆巴在向我摇头：书写历史不能够以"很久很久以前"开头，即便是野史。去他的——抱歉，本姆巴，我不是故意要这样，但"很久很久以前"是我唯一知道的故事开头方式，毕竟我从来没受过教育。你要是想修改的话，你晚点自己去改好了。

很久很久以前，有三兄弟。

我说到哪儿了？

这疼痛真是让我受够了。永不消停。你以为你到某个时候已经适应了，它又会猛地爆发，把你变成一个卑微的爱哭鬼。我的个天哪，我脑海里那个小声音说，振作起来，努力保住你仅存的一点儿脸面吧，人家在看着你呢。还有，那个小声音又非常有理地补充道，你这样都是自找的，完全是你自己犯的错，就像其他每一件事一样。你爱咋就咋，但反正休想博同情。

好吧。可是真的痛得很烦人，因为它会像切萝卜一样切断我的思路，我完全无法集中注意力，严重的时候我的大脑会一片空白，连自己是谁几乎都想不起来。这也不是件坏事，某种程度上。

好了，重新开始好了。这是我的人生故事，一个很快就要终结了的故事，也是时候了。我想，你也可以说这是一封忏悔书。这一点，神学家是有争议的。他们有的说你可以默默地忏悔，嘴皮不需要动，而另一群神学家又说忏悔必须对着某个人大声说出来，不然就不算数。还有第三派神学家说，那个"某个人"必须是一名神父，但是这一点让我存疑，主要是因为，神父听忏悔是有钱拿的。我哥哥尼科，在他做大领唱人的时候，光听你一句"保佑我吧，神父，我有罪"就要收你四十万苏勒德斯，你还想接着絮叨的话，就要额外给钱，一百个字五万苏勒德斯。我记得我当时对他说，尼科，你不能开这么高的价，没人会付你这么多钱的，毕竟一个修道士只收五十苏勒德斯就能办一整套宽恕了。他嘲笑了我。他是对的。他直到最后都有着接不完的生意，他甚至得把排不上号的来客打发走。

很久很久以前，有三兄弟。

世袭就是一切，这是帝国运转的基础。长房传长房。我们每个人都从祖先那儿继承着智慧与勇气的果实，而所谓祖先，就是比我们梦想达到的境界还要好一百倍，聪明一百倍。我们如今能过着开化的舒适生活，是因为我们的祖先征服了世界，然后建立起了文明。反过来，我们则有权享受我们获得的遗产，因为我们是五千年精挑细选的繁殖带来的产物，是祖辈浓缩的精华，这也一定就意味着我们离完美真他妈差不了几步了——当然，这一切并非依靠我们自己的努力，只是一个客观事实。我们就是被培养成这样的。

但是三兄弟并不是帝国出生的，也非帝国市民。他们的母亲靠着美丽、魅力和友善维持着生计。如果她知道他们的父亲分别是谁，她也从来没提起过。有一种非常小的可能，其中一个兄弟的父亲是一位隐去身份的贵族、皇族，或者直接是化身为凡人的无敌骄阳——童话故事不都这么写吗？这要是真的就好了，这样的话，三兄弟中能有一人当上皇帝这个事实，就不至于像现在这样赤裸裸地嘲讽着世人所相信的一切。不过我觉得这个可能性真不大。

就在一个小山村里，三兄弟和母亲一起，住着一座抹灰篱笆墙的小屋。他们没有自己的地，连一片能种点儿卷心菜的小地也没有，所以在他们长大的日子里，生活真是不易。等到最大的孩子十二岁的时候，他们的母亲依然魅力十足，依然非常友善，但是她的美丽已经不足以挣钱了。所以，一天晚上，她让三个儿子坐下来，跟他们认真地说了一番话。我们现在太穷了，她说，我得卖掉你们其中一个。你们每一个我都非常疼爱，所以我没有办法做出选择，你们得自己做决定。

二儿子和小儿子号啕大哭，但大儿子没有犹豫。别担心，他说，我去。我是长子，这是我的责任。

另外两个儿子同意了。他俩很不安，因为他们爱他们的哥哥，因为他高大强壮，一直保护他们，让他们免遭其他孩子的欺负，还在他们饿的时候偷东西给他们吃。但是他们又不想被卖掉，所以在号啕大哭之外，他们并没有表示反对。

如果你想被卖掉，你得去卡伦达玛雅的集市。各地的买家都会去那个集市，包括斯科利亚和维萨尼共和国的买家，当然还有帝国的买家。再过一个星期就得去集市的时候，大儿子一早就出了门，然后没有回来。另外两个儿子非常伤心。他们估计哥哥是改变主意然后逃走了。他们并不怪他——如果被选中的是他们，他们也会跑的——但是这又意味着，他们俩当中有一个要被卖掉了，这一点他们可是一点儿也不喜欢。他们是愿意抛硬币决定谁去的，但是他们没有硬币。他们叫母亲做选择，但是她最近靠她的友善换来了一小瓶白兰地，所以也做不了决定。

我知道，我说，让无敌骄阳为我们做决定吧。

我的弟弟埃达克斯不相信无敌骄阳。好吧，他并不否认祂的存在——他是一个农民，他的头脑根本思考不出什么见解，比如我们在这个宇宙里是孤独的，上面什么人也没有，只有云朵之类的——但是他觉得上天对我们理都不理。他说了这样的话，于是我捡起一块石头去打他。这是非常重要的，我们必须把渎神的行为扼杀在摇篮里。你这个蠢蛋，他说，看看你都做了什么。这伤会好的，我向他保证道（我没说错，会好到一定程度，不过即便到了现在，人们看到他脸上的伤疤时还是会皱眉眯眼），你休要再说这种话了。他看着我，然后咧嘴笑了。必须是你了，他说。谁会花好价钱买一个只有一只眼睛的孩子呢？

他当然是在对他的伤势夸大其词，但是他的说法是有道理的，我没法反驳，然后他开始大笑起来。我想要继续打他，但是我对他造成的伤害已经让我太过害怕。所以我用煮过的车前草和针线非常努力地帮他缝好了伤口。他号叫得跟杀猪一样。我缝得不怎么样，因为他一直在挣扎和颤抖。

第二天晚上，就是赶集的前一天，尼科回来了。他浑身惨白，像白纸一样，而他的衣服则因为血渍干掉而变成了黄色。你他妈去哪里了，我们问他。

他解释了。有人跟他说，阉人在卡伦达集市上能比完整的小孩卖出高一倍的价钱，所以他想，如果他反正要被卖掉，为什么不争取最高的价格呢？于是他到了隔壁农场找经营牲口的人，那人说他疯了，把他赶走了。于是呢，尼科毕竟是尼科，他在一棵安静的树下坐下来，琢磨起来，从最基本的原则出发，想好了该怎么做。然后他磨好了他的刀——说是刀，其实就是他六岁的时候在树篱里发现的一块三英寸长的刀片——然后点了一小堆火，拣了几块大石头，扔到火中加热。然后他割下了自己的鸡巴，不留余地，一直割到了根子上。

他说他没想到会有那么多血。他后来告诉我，那血涌得就像劈开水管后喷出来的水一样，有那么一刻他是真的很害怕。他的计划是拿一块烧热的石头去把伤口灼出疤，止血，但是他用两根棍子去把石头夹出来的时候，石头老是夹不住，总是掉下来。等血喷得到处都是的时候，他感觉自己要晕过去了，有点儿像是醉了，又非常非常困。于是他直接用手从红色的余烬里抓起了石头，但是他握不住，石头又从他手里掉了下来，然后他就晕过去了。

他醒过来的时候像是躺在一片泥淖里，伤口流出的血已经浸入了腐叶土，看上去像是在猪窝里一样。他太虚弱了，几乎无法呼吸。但是他抬头看时，发现太阳比之前要远得多了，所以时间过去了不少……然后他又想到，他可能晕了很久了，可能晕了一整天，他甚至不知道是不是已经错过了卡伦达集市，那样的话，两个弟弟肯定有一个被卖掉了。所以他爬起来，走回村里。

当母亲听说了他所做的一切，她哭得呼天抢地，不肯停歇，可是已经没什么用了。埃达克斯和我用变质了的奶酪和苹果干喂饱了尼科，因为屋子里就这些吃的了。然后他说他感觉好多了，但是我觉得他说的不是真话，接着就到了该去卡伦达的时候了。

我之前好像提了，尼科很强壮。多年以后，我问了一个很著名的医生，他说尼科那么做按理说应该已经死了，能活下来真是一个奇迹——然后他顿了一下，因为奇迹通常是指无敌骄阳为了扬善所安排的事情，而我们在谈的是尼科。真是一件不寻常的事，医生接着说，尼科失了那么多的血，居然还能活下来——更别提还有感染的风险，还有那把锈刀可能导致的破伤风。而且接下来还走了十二英里山路去卡伦达，那真是——他一时词穷了。太吓人了，我建议道。他想了一会儿，点点头。太吓人了，他说，真是。

用各种办法，我们抵达了卡伦达，那时集市正要开始。你想卖东西就得赶早，不然贩子早早地就把准备的钱花光了。我们把尼科拖到了第一个摊位，他们看了看他。五先令，他们说。

然后尼科解释起来，他已经阉了，所以价钱是十二先令六便士。那让我们看一眼，贩子说。尼科掀起袍子给他看，贩子笑了。抱歉，孩子。他说，这不算数。

想做一个正宗的阉人，他解释说，你得把蛋蛋割掉。阉人没有蛋蛋，所以才会有那种平和、温顺、愉悦的性格，那才是人们愿意花大价钱的原因。直接把鸡巴剁下来是没用的，要说有什么影响，那反而会拉低价格，因为你剁了鸡巴后又不能生育了。然后他问，哪个小丑给你剁的？然后尼科说，我自己剁的。贩子盯着他。四先令，他说。不行就拉倒。

我们决定拉倒。我们继续向前，光顾了所有的贩子，但是没人感兴趣。他是个大壮小子，他们说，但是显然，要么就是蠢得不得了，要么就是精神有问题，所以，四先令，这已经是因为慷慨才开出的价钱。

这时候我们都非常伤心。我已经眼泪直流，因为，显然，我们不能空着手回家，而有那么三四个贩子老盯着我看，其中一个出价六先令要买我。埃达克斯在埋怨尼科，说他太蠢了，而尼科又开始流血了，虽然只是沿着他的腿流下来的一条细流，像是一个小男孩尿了裤子。母亲会生我们的气的，埃达克斯一直说。我知道我当时应该说，没事，卖掉我就行了。但是我说不出来，我太害怕了，太自私了，于是我抽泣起来，然后尼科不得不叫我们俩都闭嘴。

然后，我们走到了最后一个摊位，那里有一个光头老人，和另一个很矮的老人。那矮个儿一头浓密飘逸的白发，发丝柔软得像女孩一样。这时候尼科已经累得几乎说不出话了，所以不得不由我站出来沟通。我解释之后，那个光头照样来了一句，让我们看一眼。然后我掀起了尼科衣服的下摆。那个光头和那个满头银发的人看着那团凌乱的伤口，微微皱起了眉头。你们想把他卖多少钱，他们问。

十二先令六便士，我说。两个老人对视了一眼，光头的那个在另一个的耳边轻声说了什么。然后他看着我，说，我们最多能给你十四先令。

我差点儿说，不，十二先令，但是埃达克斯戳了戳我的肋骨。好吧，我说。这就是我们卖掉哥哥的过程。就这么简单。

信仰的问题。

尼科相信——埃达克斯也有同样的想法，但谁管他怎么看呢？——无敌骄阳是存在的，但是他只会管重要的事和重要的人，这也是为什么尼科觉得应该为宽恕仪式开这么高的价。当然了，他说，你花五十苏勒德斯也能买到一样的服务，但收钱的是某个红鼻子的乡下教士，那根本没用，钱也是白花。但是如果大领唱人亲自帮你说情，祂就真的会听到，而且会记下来，这样你的罪就会被原谅，你的灵魂就会被洗净。你在什么地方花四十万苏勒德斯能换到比这还有价值的东西？

（要记得，尼科这辈子从来没接受过任何神学训练。他之所以会成为大领唱人，是因为这份工作是和御马监伯爵捆绑在一起的。这很有用，尼科告诉我，因为这是神职人员的好处。他做唱诗人的时候会按时去神庙，主要是为了在唱诗的时候做一些事情。）

我不赞同。我相信祂在观察我们每一个人，仔细地记录着我们说的一切，我们做的一切，而且，不管是早是晚，他都会为我们论功行赏，论罪处罚。这不是一个让人舒服的想法。事实上，说我相信都是不对的。我知道。说相信就意味着对这件事还有一点儿疑问或不确定。我知道。相信我。

过了一些年，尼科抓到了那个银发老人（那个光头当时已经死了），在他把老人钉死在十字架上之前，他问，你为什么要买我，为什么要花这么多钱买我？对于这个问题，老人回答说，他和他的搭档跟帝国政府机关有很多生意往来，而当时帝国非常需要阉人——当时出现了短缺，你敢相信吗？那是因为帝国和厄尔巴夫雷斯之间的和平，意味着不再有战俘——所以他们对于蛋蛋的细节并不那么在意，只要能填上空缺就行。那为什么要多给我们钱呢？这个嘛，那人说，你们当时看上去那么悲哀狼狈，我们为你们感到难过。这个回答当然没有给他带来任何帮助。当时尼科正急切地要解决掉所有见证过他早年生活的人，而钉十字架——怎么说呢，他的性格是有点儿狠。这性格一直存在，藏在表面之下。他就是这样的人，或者说，无敌骄阳就把他造成了这样的人。

另外，尼科还发现了关于一头漂亮银发的奥秘。看来，如果你在变声之前阉割，你就永远不会秃头，你的头发就会很漂亮。那贩子阉割的时候才六岁，割完就抛之脑后了。

不过这都是后话了。尼科被卖给了秘书处，他们把他训练成了一个书记员。他非常乐意地做好了这份工作。没多会儿工夫，他学会了识文断字，那么勤奋，那么急于学习，那么急于讨好别人。他的头脑总是很清晰，他一直很聪明。没多会儿工夫，他就成了物料部不可或缺的人员了。他知道每一样东西在什么地方，记得每一个人的名字，知道哪种申请应该填哪种表格，很快他就在上司花很长的时间吃午饭的空当，试着执掌整个部门了。所以，当内务府来挖尼科的时候，他们暴跳如雷，不过，当然了，没人能拒绝内务府的要求，于是尼科离开了省里，去了都城。很快，每一个人都夸赞尼科把工程书记员的工作做得多么好。按照这个职位的规定，他恢复了自由人的身份。这当然是一份烂工作，虽然无比重要，也无比繁杂，因为每一堵破裂的墙壁，每一块松垮的天花板砖，每一项逾期的工程，每一项预算超支的工程，都是你的错。所以他们才非常高兴尼科接了这份工作。不过，在尼科当工程书记员的时候，没有破裂的墙壁，没有松垮的天花板砖，每一项工程都会按期完成，而且不会超支。

行政系统里的阉人是这样的：他们不会像正常男人那样分心。他们不会追求女人，也没人想当他们的朋友，所以除了工作他们还能做什么呢？而尼科是当中的极致。他会在一时经①之前就开始工作，到晚祷结束以后也不停歇，他睡在办公室里的长凳上，就在办公桌上吃奶酪面包，用陶杯浇水完成洗漱。通常，每一个和书记员打交道的人，都会痛恨和嫌弃书记员，这是书记员的职业性质决定的——想完成一项工作，他就得朝着做这件事的人咆哮，不然的话，等着做下一步工作的人就会朝着他咆哮。但尼科居然成功地让每一个人都开开心心的。他有条有理地安排着人员和日程，还考虑到了各种困难，把一切像编柳条筐一样编织得滴水不漏——他随时可以对人们使心计，威逼也可以，利诱也可以，但是在这里，他随时面带温馨的微笑，这里挤出一点儿预算作为奖金，那里给哪个笨蛋的失业外甥安排一份工作——简直就像一个杂耍演员，在鼻子上支着几根棍子，每根棍子顶上还放着一个盘子，盘子还在转着，完成这一切动作靠的是肌肉很小幅度的扭动，旁人几乎无法察觉。如果隔远了看，你看到的就是一个人淡定地站在那里，很放松的样子，脸上还挂着微笑，一切事物井然有序地在他周围环绕，优雅美丽。

当然，埃达克斯和我当时对此一无所知。我们只知道，那两个老人在哥哥脖子上套了一个脖圈，然后就把他带走了。我们带着十四先令回到母亲那儿，三个星期以后，她死了。

很快我们就开始诅咒哥哥下地狱了。在我们这儿——不要误会，我们跟除异教徒外的所有人一样，崇拜无敌骄阳，但是这么说吧，我们这种偏远地方

---

①一时经为日课经的一部分，按教规时辰计法为有日光的第一小时，在春分和秋分时为早上六点，夏天会提早，冬天会推迟。

没什么神学家, 我们的信仰大部分靠自己编, 或者是靠曾曾祖父从神父那里听来的模糊记忆。我们模糊记得的内容之一就是《憎物之书》, 上面是长长的清单, 各种你不能吃不能碰的东西。你当然会记得, 没有生殖器的男人就在那清单里, 跟贝类还有黄斑蘑菇什么的列在一起——不过, 自从厄尔巴夫雷斯人弄出蘑菇白葡萄酒酱配海螯虾这样的食物之后, 现在已经没什么人把那一套当回事了。但我们还挺信的。我们喜欢听这种话, 因为它给了我们一个理由, 一种解释。每次有庄稼歉收, 或者瘟疫蔓延, 或者雇佣兵团偷了我们的羊, 或者帝国军队扫荡过整个村庄, 我们都知道是哪儿出了问题, 一定是哪个自私自利的王八蛋偷偷吃了生鱼或者犯了鸡奸, 于是我们一起都遭了天谴。挺有道理的, 如果这不是神的憎恶与愤怒, 如果这不是神赋予的苦难, 实在没有其他理由解释得通了。消息传开后, 大家都知道尼科做了什么(自己, 用一把锈刀, 为了钱), 而母亲又恰好死了的时候, 要说这是巧合, 我是不赞同的——这么说吧, 埃达克斯和我并不受欢迎。每个人都知道被厌恶者的家庭会沾上他那样的晦气。恰当的做法是把我们关在房子里, 用木板把房子封起来, 然后一把火烧了。不过我母亲在山谷里还有几个堂表亲戚, 在道义上总得为此大吵一番, 即便他们早就跟她断绝关系了。

饶我们两条小命是一回事。给我们谁一份工作就完全是另一回事了。我们还有房子, 当然, 那不是我们的房产, 只是没人想住在那种地方, 所以房主也就任我们留在那儿了。这就完了。屋后连能让我们种一排萝卜的地都没有。我们俩都不会什么手艺, 而且, 哪怕我们是全国最好的铁匠或者轮匠, 也没有任何人会想要我们制作的任何东西。我们一点儿用也没有。我有……嗯, 我自己的优势, 那时候就有了, 但埃达克斯是一个骨瘦如柴、看上去很邪恶的小矮子, 你看一眼就会觉得被厌恶者就应该是这个样子的。我们没有钱, 而且, 即便我们有大把的钱, 也没人肯卖给我们东西, 哪怕是一袋发霉的燕麦。我们的问题得靠自己解决, 需要时间, 而且在这个问题上, 时间并不多。

(我的优势: 我是个高高瘦瘦的小子, 但在我们失去尼科的时候, 我开始长肉了。有段时间，人们说我是帝国最帅的小伙子。我并不相信，一刻也不相信。不过我长得确实挺英俊——或者漂亮？我并不清楚。我们那地方并没有镜子，而你有多少机会停下脚步往一桶水里仔细打量一番呢？）

我记得那天，房子里什么吃的也没有了，埃达克斯看着我，我也看着他。然后他说，好吧，如果我们已经是邪恶的，被诅咒的，何不就这样呢？不太容易见到我弟弟说出聪明或者有深度的话来，但是——嘻，他的话让我对这个主意感觉好接受多了。于是我们等到天黑，从屋后的小牧场走出去，穿过果园，走上小巷，爬上小山，穿过狩猎的门，走一条小路穿过四英亩地，到了离我们最近的邻居家的谷仓。不用说，那里的东西都没有锁起来或者封起来，所以我们就不客气了。完事后我们往回走，路上休息了几次，因为扛的东西太重了，再然后就是把大麦粥、菜根和苹果一顿狼吞虎咽。我们等着。我想，我们俩应该都预计邻居们会拿着粪叉和绞索冲进来。但是过了早上，又到了下午，再到了晚上。他们肯定暂时还没发现，我和埃达克斯讨论说，人们多久才会去自家谷仓检查东西呢？许多天过去了，没有人来。我们吃完了上次偷的东西，所以我们又去偷一点。

那谷仓现在装了用两英寸宽的木板做的百叶窗，还装了一道新门，门窗全用挂锁锁起来了，是那种梅尊廷锁，钥匙看起来像一把梳子。看来他们知道我们去过了。不知怎么的，我觉得这是最让我心烦的地方。我们在他们眼里太过污秽，他们甚至不敢或者不愿来抓我们上私刑。我们用一块大石头砸开了一扇百叶窗，从裂开的木板间爬了进去。

一个星期过去了，没人来报复。不过我们再去那儿的时候，整个谷仓都空了，东西全被转移了。所以我们跋涉到山脊的另一边，偷了牧师的什一税谷仓①。

这里有一段大家最关注的神学的小东西。如果你考虑以偷盗为职业的

---

①什一税谷仓，中世纪常见于北欧的一种谷仓，用于储藏田租和什一税。农夫必须将生产所得的十分之一交给当地的教堂。

话, 这正是你需要知道的。凡间所有事物, 据《憎物之书》说, 都容易被玷污, 被玷污的东西简直说都不能说, 你宁可付出巨大的损失, 也不会愿意触碰一个肮脏的小偷。但是, 无敌骄阳无法被玷污, 就像你往海里撒一泡尿, 也污染不了大海。作为一个牧师, 即便只是小山村里的一个小牧师, 那也是神的代理人, 是祂的传道人, 那么根据教义, 他也是不会被玷污的。同样的道理适用于他指派的人员, 还适用于他们的粪叉、他们的绞索, 以及与他们有关的一切。在这个情形下, 神的庇护是通用的。第二天, 天还没黑, 他们就找到了我们, 他们把我们踢醒, 打了我们几下, 在我们的脖子上套上枷锁, 我们赤着脚, 被押着一路跌跌撞撞地到了村里。在那里, 一棵大树的低枝上, 有两条绳子已经在候着我们了。

他们把两团羊毛塞在我们嘴里, 所以埃达克斯只能发出呜呜的声音。我就懒得支吾了。我们做了错事, 被抓住了。再加上, 生存对我来说也不是一件享受的事情, 所以, 管它呢。如果他们把羊毛团从我嘴里拿出来的话, 我就感觉有义务对他们说埃达克斯是无辜的, 一切都是我干的。但是他们一直堵着我的嘴, 不给我机会用无私的牺牲来救赎自己, 没机会就没机会吧, 区别没多大。他们把我们拉到树下, 两个男人走上前来, 我认识这俩, 碰巧是母亲的老朋友。他们各拿着一个挤奶凳, 我非常清楚那是做什么用的。

埃达克斯快要哭死了, 这让我很烦。我不敢说我有多喜欢他, 他身上真的没什么能让任何人喜欢的东西, 但他毕竟是我弟弟。所以我就祈祷起来: 天上的父, 求求你。是这样的, 有些有学识的人会告诉你, 祈祷如果不大声说出来是没有用的, 但当时我嘴里堵着一团羊毛。我只能假定祂偶尔会破例, 因为那个牧师从房子里走了出来。他围着一条围巾, 遮住了嘴, 只有鼻子以上露了出来, 非常刻意地不看我们。今天不能绞死我们, 他对他们说, 因为现在的月亮是扬升日之前的旧月亮。

死一般的宁静。然后有人尖叫道, 这点你错了, 旧月亮要到今晚才升起来。然后是一阵讨论, 直到牧师指出, 根据正统教义, 旧月亮始于中午, 而不是日落后——于是又引起一阵窃窃私语，但你不能说一个牧师对神学的解释是错的，除非你自己也是一个牧师。然后教区的一个监察员努力控制着情绪，说，好吧，那么，这段时间我们拿这两个家伙怎么办呢？别想叫我看管他们，那是肯定的。显然，教义里没有解答这个问题，也没有人自告奋勇，所以安静了好一会儿，直到牧师叹了一声，说，后面有一个木棚屋，但是你们谁得去上把锁才行。

我经常会想这件事。我祈祷了，然后我的祈祷得到了回应。但这是怎么做到的呢？节日和假期是写在圣经里的，那是差不多一千年前写好的。而月相，可能在创世之时就已经确定了，在祂给星辰设定轨迹的时候。如果说在一万年前，当祂脑海里考虑着那么重要的事情，做着那么复杂的计算时，祂还余出了一点点时间，算好了那一年那个月那个有旧月亮的中午，这可能吗……我觉得难以置信。不过即便如此，我还是不得不信。从创世开始，祂就把我和埃达克斯纳入运转的宇宙万物之中，成为祂无限的庄园里最没有价值的两头牲畜——事实摆在这里，无可辩驳。我祈祷了，然后我们躲过了绞索。这件事发生了。不管你怎么挣扎，怎么纠缠，你也绕不过这个事实。

你说这是个巧合？不，你这个傻瓜，我宽恕你。主要我还没给你讲另一件事，所以这番说道显得不太站得住脚。另一件事是这样的，那天晚上，刚过午夜，埃达克斯和我正躺在牧师的木棚屋里一堆让人极度不舒适的大圆木上，忽然，发生了地震。

我们那儿确实会发生地震，根据大家的经验，大概九十年能发生一次吧。而当时，最近一次地震才刚过去十八个月，而且那一次震得很厉害，半熟的梨都从树上掉下来了。对那些农夫来说是苦难，对他们的猪来说是件大喜事。而这次地震不太一样。我记得埃达克斯先是尖叫，然后瞬间闭嘴了——一根又大又圆的绿色橡木弹了起来，猛地撞到了他的头，然后从我身边弹过，把木棚屋的门撞开了。然后地震结束了，我们坐在那儿，透过打开的门看着外面的星星。

不过，你可以赌上你的性命说，我们没有看多久。埃达克斯确实骨瘦如柴，但是那时候他速度很快，而我的腿很长。我们跌了好几跤，要么是因为余震，要么就是因为被什么绊倒了，但是我们总是马上爬起来继续跑，一直跑到太阳升起。这时候不用说，我们不能被人看到，所以我们躲到了一道荆棘篱笆下面，躺下来喘着气，直到我意识到（那一刻我像是被锤子砸中一样）这一切到底是怎么回事，而埃达克斯开始抱怨说肚子饿了。

这听起来可能让人意外，但是，没有人能一眼看出你是一个被憎恶的人。我们光着脚，白天赶路，晚上躲藏，走了五十五英里，一直走到了查斯特尔，这时候我们差不多放弃了。要么他们在追拿我们，要么没有，很快就会知道，但是我们没法再这样狂奔了。结果并没有人追上来。事实上，没人理会我们。也没有人愿意给我们工作。

于是埃达克斯和我讨论了一番。我们试过偷盗，我对他说，差点因此被绞死。是的，他说，因为我们太不小心了，而且那是在村子里，那里所有人都相互认识，每一个人都对哪里有什么了如指掌。而在城里……我猜我应该跟他解释一下，说说我的祈祷灵验的事，毕竟那番祈祷应该是默认包括不再偷盗的承诺的。但是我实在没勇气跟他说这事，因为他会当面耻笑我，所以我也没什么好理由反驳他，而且他又指出，偷盗如果不想被抓到，就需要两个人配合，一个人去偷，另一个人望风。如果我抛弃了他，他只好一个人去干，然后被抓，那么，他的命就是我送的。

不过我们没有被抓住。在很长的一段时间里都没有。

尼科当工程书记员没有当太久。政府部门里发生了权力斗争，两个只手遮天的大臣彼此看不入眼。这么跟你形容吧，我以前认识的一个人跟我说过这么一件事，他去围猎的时候，遇到两头公鹿在打架。通常你是没法走到一头鹿百码之内的，他告诉我，但是那两只傻鹿完全沉浸在争斗中，想要把对方撕成碎片，所以他居然走到了离它们二十码远的地方，然后接连几箭，把两只鹿都杀了。我不知道这个猎鹿的故事是不是真的，但是政府部门里发生的事情完全就是这样。两只雄壮的鹿忙着钩心斗角，到一切结束的时候才意识到真正的敌人是谁，而到这个时候，他们已经坐在驿车里奔赴佩里奥卡去当邮政局副局长了。

赢得权力斗争的这个人很会看人，在衡平法院这一方小天地里，他也是一个出色的执行者。对于哪种申请该填哪种表格，季度拨款什么时候到，他都不是很关心。但他注意到了我哥哥尼科。跟我干，他在他耳边轻声说，包你有前途。于是尼科离开了书记员的办公室，搬进了御马监伯爵的办公区。

不消说，御马监伯爵跟干草、燕麦或者新鲜稻草都没什么关系。曾经有关系，但那真的是很多年前了。故事是这样的：特黎丰四世发现掌管国库的那群毒蛇想要算计他，于是他建立了另一个地下金库，走的是御马监的渠道，让他的监马官来掌管整个金库，因为这是整个城市里他唯一能信任的人了。而监马官干得非常出色，不到两年，财政赤字已经成了往事，士兵都能按时领饷了，起初会流进国库掌管者兜里的一百二十亿税金也成功回归了国库。而就在国库里，监马官让人刺死了特黎丰，自己登基，成了巴西利斯库斯二世。这故事不错，很可能是真的。不管怎样，御马监伯爵管的事情很多，但没有一件是要用干草叉做的。

如果你想借一匹马，这个部门也不适合你。这是红宫后面的一片大建筑，有一百一十六扇窗户，只有一道门。在里面行走简直是噩梦，除非你已经在这里待了超过一年。也不必向任何人问路，因为他们会骗你。理论上是这样：如果你问路，你肯定是新人，而在这个部门，新手本身就是罪了。新人要么是国库派来的卧底，要么就是对谁的职位虎视眈眈的野心家。

当然，尼科两者都是。他第一天在这里上班的时候，一个老书记员带着他溜了好大一圈，故意绕的远路，就是为了绕晕他，把他带到他的办公室，然后转头就走，把他丢在那儿。不过尼科已经准备好了。他一路上都在心里默默数着，三十步，转左，二十六步，上楼，十七步，转右，如此等等。没多少人会费神记这种事，但尼科很聪明，他知道这有多重要。所以，他的新窝只有他一个人的时候，他做的第一件事就是从袖子里掏出一支蜡笔（办公室里没有纸笔，不消说），趁自己还没忘，把路线写了下来。头三个星期，他不得不走着重复的道路，但至少没有迷过路。他描了一张地图，每天晚上都会给地图做一些补充和修正，这张地图也是世上唯一的办公室地图，此前从来没有人画过，尼科也确保了之后他妈的再不会有地图。做到第五个星期的时候，他对这座建筑的地理情况比在那儿待过二十年的人都清楚。他一直认为那就是他后来成功的关键。知道所有东西和所有人的下落，知道走什么样的路找到什么样的人说话，知道谁能够听到谁的对话……

在御马监的第一年，尼科是一个完美的侍从。那个顺手把他提携到这里的大人物什么事都要依赖他，而他从不让大人物失望。还有，即便大人物什么也没说过，他在部门里的关键敌人都开始提前退休，或者被调去省里的垃圾岗位，或者死去。这一连串好运真是太美妙了，他一度这么想，然后他意识到，没人能这么幸运，他肯定是有一个自己还没察觉的守护天使。当他琢磨出这个守护天使是谁的时候，一切已经太晚了。尼科什么也没说，他不需要。他所做的，仅仅是将一叠文件留在那个大人物的办公桌上：笔录副本、档案片段、书信、备忘录……单拎出来看任何一条都没什么问题，但拼在一起就成了罪证，证明这个大人物一直在熟练地勒索和谋杀他的同事，直到干掉了所有人。

不是我干的，他抗议道，不是我。

是我干的。尼科说，但没人会相信不是你下的命令。

于是大人物告老还乡了——他还光荣地被封为蛇岛州长常任秘书，然后不到一年就死于疟疾——而尼科在前任的力荐之下成了新的御马监伯爵。他后来告诉我，他上任做的第一件事，就是烧了那张地图。他不需要那张地图了，而且（就像尼科的前任在不知情的情况下谋杀的那四十七个高官一样）那张地图的存在太危险了。

以偷窃为生就像从屋顶掉下来一样。一开始，你乘着风，像鸟儿一样自由，比鸟儿还快一倍。然后你撞到了什么，忽然之间，一切都大不妙了。

罗什有一个金匠。我们轮流在街对面踩点。就我们所知，那里没什么需要担忧的：没有养狗，那男人独居，没有家人，除了两百英里以外的一个表弟，就没有别的亲戚了。那扇门是非常结实的四层横纹橡木，不过侧面有一扇百叶窗，窗是用一把老式挂锁锁住的。埃达克斯觉得他能弄开那把锁，没什么问题。他这次还真说对了。他穿着铁钉靴子踩在我柔弱的肩膀上，撬了大概两分钟，然后我们就进去了。我们的判断没有错，里面没有狗——要是有的话踩点时肯定能知道，因为会听到狗叫，会见到人遛狗。结果，我们的信息全是准确的，除了一点。

这里有一点非常好的建议。如果你有什么有价值的东西怕被偷，不要养狗，养一只鹅。养鹅几乎不用花钱，白天你把它关在笼子里就行了，然后半夜要是谁敢打扰它，它会让你知道什么叫吵闹。一只鹅，我的天哪。

我们首先意识到的是，有一个可怕的声音。接着看见昏暗的月光下一个白色的东西在东奔西撞。叫声先是刺耳，像是有人在吹牛角号；然后变成嘶嘶声，像是剧院里演着什么烂戏；最后是那鬼东西的翅膀扑腾着撞到笼子铁杆的声音。事实上，我们害怕得根本不敢停下来思考：那是什么，哦，只是一只鹅。我们跟跄着冲向窗户，我先赶到，但是埃达克斯一肘把我撞开，自己爬出去，跳了下去，摔断了脚踝。我随即落到了他身上，他的号叫惹得整条街上的狗都叫了起来。我慌乱地爬起来，他还躺在那儿。赶紧呀，我叫道。我动不了了，他说。我抓着他的胳膊，他叫得更大声了。好疼好疼，他说。所以我放开了他的胳膊，原来我跳下来落在他身上的时候踩断了他的胳膊。不要丢下我，他说。所以我把手绕过他腋下，拖着他沿街走，然后守卫就到了。

守卫是同情我们的，我能看出来，但是他解释说，这不是他说了算的，他也束手无策。理论上, 他这里有一笔预算是在押疑犯的医疗费用, 但事实上, 这项支出很紧张, 罗什的医生是一帮小偷和强盗, 而且我们兄弟俩两天后铁定就要上绞架, 所以这时候花钱给我弟弟治疗手脚也没什么意义了。想一想下一个被关到这里的可怜虫吧, 他对我说。他可能被关进来的时候断了腿或者肋骨, 谁知道呢, 可能他跟刚出生的婴儿一样无辜, 但是用来治疗罪犯的钱已经花在一个死人身上了——或者说花在一个跟死了没两样的人身上。我感谢了他, 告诉他我理解, 然后客气地向他讨要四根木棍和一些破布。他咧嘴一笑, 拿来了一根从木柴里翻出的长板条, 还有两条军用围巾。我不是医生, 但是我看过几次医生是怎么正骨的。我帮埃达克斯把断骨对正的时候, 他的尖叫声像一头猪, 这真的让我心疼。你这个小丑, 他满眼是泪地对我说, 你这样根本不对。可能不对, 我对他说, 但你听那人说了, 对不对其实没什么紧要的。然后他用了一堆脏话骂我, 那也是我应得的, 他一直骂到我终于把夹板夹紧为止。

第二天早上, 他们把我们押到法官面前。我简单说了几句, 我们叫什么, 从哪儿来之类的。而埃达克斯一直紧抓着我的手臂抽泣着。我忽然意识到, 我到现在还没好好享受过我的人生, 所以, 这大概意味着我也不用承担什么责任? 这就像寓言里说的一样, 有钱人出门, 把葡萄园交给管家打理, 等他回来的时候, 葡萄园里已经荒草丛生, 葡萄架都腐烂了。然后法官打了个哈欠, 说, 绞刑。就这样了。

当你被关在鸡舍大的牢房里, 旁边还有个哭得眼睛都要瞎了的人时, 你是很难祈祷的。祈祷的时候, 你需要忘记自己的肉体, 进入永恒的精神世界。但如果你听不到自己思考的声音, 旁边还有人拿夹板夹着的腿戳你的肋骨, 就实在没法进入那个状态了。我只能尽力而为。神啊, 我说, 我无权呼唤你。我曾经有一个机会, 但是却浪费了。我软弱、无能, 完全看不到活下去的意义, 但是我弟弟肯定是热爱他的生命的, 不然他此刻不会因为怕死而号成这样。如果你能解救他, 那一定是我们俩都不配得到的结果, 但是对你来说一切都是可能的，也许你在未来能有用得到他的时候，谁知道呢？

然后我大概是睡着了，因为我清楚地记得我做的梦。我坐在金色的宝座上，旁边是埃达克斯，我们都穿着全套的皇袍，挂着绶带，戴着三重冠——我知道这些东西是什么，即便当时还从来没见过——我手里拿着球冠十字架权杖，腿上放着一把宝剑，然后有人对我说：这就是原因。我记得当时在想，这是什么意思？

早上，他们来押解我们。不过来的有三个人，一个是守卫长，还有一个挎着皮革包的老人，还有一个头发像刺猬一样的小矮子。那个小矮子明显让另外两个怕得要死。他什么也没说。守卫长开口说，非常非常抱歉，这一切都是一个可怕的误会，你们可以走了，这是医生，你们可不可以让他瞧一瞧，看有没有他能帮得上忙的？他的汗流个不停，我记得，一滴滴肥汗从他额头上流下来，沿着鼻梁流下去。而医生，也就是那个挎着皮革包的老人，则在大发雷霆：哪个蠢货把他的腿包扎成这样的？他的语气非常生气。而我说，是我包的。他立刻安静了，然后轻轻地拧了一下埃达克斯的脚踝，疼得埃达克斯又大叫了起来。医生轻轻地又按了按，再用正规的夹板和亚麻绷带帮他包扎了腿。然后他们让两个士兵把埃达克斯扶出了牢房，上了楼梯，走到了日光下，那里有一辆四轮马车在等着。那是一辆驿车，世界上没有翅膀的事物里最快的东西了，里面放着有坐垫的椅子，有毯子可以盖在腿上，还有一个柳条筐，装着新鲜面包、奶酪、干肠，还有一瓶葡萄酒。

然后我想，这是我第二次祈祷，第二次灵验了。

我们坐了两天马车——车在路上除了换马的时候，没有停过——我们彼此几乎一句话也没说，主要是因为，当我们离开罗什一个半小时以后，我叫埃达克斯看在上帝的分上别喊疼了，之后他一直在生闷气。这让我有机会好好想一想。我们这是去哪里？不知道。不过就算埃达克斯没伤成这样，我们也不敢从驿车上跳下去，会摔死的。而驿车停下来换马的时候，在某个时候，我肯定是试了试车门外的门闩的，被他们从外面闩上了。然后我就想，嗯，我的祈祷得到了回应，这就是回应的形式了。也许是我太蠢了，所以无法理解。

然后马车慢了下来，我们进了大城市，比查斯特尔和罗什都要大得多，就像一头公牛跟一头一天大的牛犊比大小。所以我们才慢了下来。然后我看到埃达克斯去试门闩。别傻了，我对他说，你又跑不了，我又背不动你。他用刀剑一样的目光看着我，然后抱住了他的断臂。

然后我们穿过一道矮拱门，进了一片小庄园，马车停下了。有人跳了下来，打开了马车门闩，我爬了出来。站在我身前的就是尼科，只是他穿着一身黑色长袍，像个牧师一样。他抱住我，把我体内所有的空气都挤了出来。你这个傻瓜，他说，你这个彻头彻尾的浑蛋。

他一直在找我们，后来才知道，他找了两年，自从他在政府站稳了脚跟，足以照顾、教养我们后，他就一直在找。但我们居无定所，一直小心地不让人找到——人们都说我们已经死了，但他一直不相信。（信仰。哥哥的信仰差不多是：一个士兵必须把自己的佩剑从战场带回去，即使他输掉了战争，即使他的国家已经被敌人占领。）所以他花钱请城市里最好的肖像画师在小象牙卡片上画了我们俩的微型肖像——难度很大，因为他只依稀记得我们小时候的样子，他不断地叫停画师，把之前画的削掉，重新尝试。他还派手下吉伽克斯（那个头发像刺猬的小矮子）把那些小象牙卡片装在口袋里，全国到处找：你见过这两个人吗？最终，他在一个酒吧遇到的一个人回答，见过，但你得赶紧了，他们早上就要上绞架了。

不过这一切都结束了。尼科说，到这儿就安全了，我们仨再也不会遇到任何坏事了。他详细给我们说了他是怎么神奇地得到权力的，以及他现在是多么成功。这都是为了你们，他说，为了我们可以重聚，一家人，齐齐整整。毕竟，他说，还有什么比这更重要呢？

他找了城里最好的医生来看埃达克斯，但是他们都摇着头说，伤害已经造成，他们也无能为力。他的余生都只能当个跛子了，他的右手也永远无法正常合拢了。这让尼科非常伤心，但他对我说那不是我的错，真的不是，当时那样的情形谁也没别的办法。

我跟他说了我是怎么祈祷的，我的祈祷又是怎么灵验的。但是尼科只是笑。别傻了，他说，没有无敌骄阳，没人告诉过你吗？天上只有那个又大又圆的东西，你要是多盯着看一会儿就会瞎。只有埃达克斯和你和我，没了。其他一切事物，一切人，都不重要，只有我们。

但是尼科，我说，我祈祷了——两次——两次都灵验了。你这个傻瓜，他说。你好好想一想，如果神存在，如果祂想拯救你，那么必然，祂的合理行为是不会拖到你临死的时刻再执行的。最好，祂还能让你在街上捡到五先令，这样你就不用继续偷盗了。但是祂没有，祂等到绞索已经套上你的脖子了，然后才干预。如果我手下有个书记员把事情安排成这样，我明天就把他开除了。这么跟你说吧，尼科说，如果你的无敌骄阳想找工作，叫祂别来政府求职。祂不够格。

尼科有很多房间，在御马监的阁楼上还有一间，不过他基本住在办公室。他给我们在萨瓦蒂纳买了一所房子，配了一英亩①的花园，还有十二个仆人照顾我们。你疯了吗？我问他。他咧嘴一笑。他说他花得起这个钱。他一个星期的薪水就能承担这些开支了，还能余下钱来买一艘军舰。然后他说，看看我，你看到了什么？

我对他说，我不明白这个问题。

你现在看着的，弟弟，他说，是整个帝国第二有权势的人。如果你好奇的话，我可以告诉你，不，第一不是皇帝，他只是第三。在他上面有我和克堤拉斯——孤儿监护官。私下跟你说，我打算针对这个状况做点儿事情。

我听不懂，我说，尼科，现在到底是怎么回事？

---

① 1 英亩约等于 4046.85 平方米。

于是他解释了。

先说早一些的事吧，他说，老皇帝巴西利斯库斯五世是最伟大的皇帝，在位五十七年，在废墟中建立起这个强大的帝国，使这个帝国前所未有的富强。他真的是一个伟人，尼科说（当尼科夸赞一个人，不带任何"除了"之类的字眼时，你最好相信他），不过他有一件事没干成，导致他的所有功绩都成了浪费。他没有生出儿子来。

女儿倒是有，两个。但是没有儿子。不是他不努力。巴西利斯库斯从来没有在任何事情上因为不够努力而失败过。一天两次，早晚各一次。只要他没有出征在外，据宫里的侍卫说，你就能听到他在院子里努力。但是皇后只生出两个女儿，最后终于受不了，躲进了女修道院出家了。此时巴西利斯库斯已经是一个老人了，但是他打算废黜皇后，准备再娶。不过就在这时，他因为破伤风死了，就这样结束了。因为他以为自己可以永生，也因为他不想女儿在自己生出儿子前出嫁，两个公主都成了老姑娘。姐姐阿波罗尼娅十九岁的时候就出家进了女修道院，之后从未离开。所以只剩一个公主了。

连我都听说过她。比娅公主，比娅·墨眹，意思是像墨一样黑的眼睛，世界上最美丽的女人。是的，尼科说，就是她。但那是二十年前了。二十年过去了，她还在那儿，仍然是一个包裹在天鹅绒和貂皮衣里的公主，没有当年那么美丽了。先不说这个了。一个明显的答案是，比娅公主得嫁人，然后生一个继承人，然后我们就能回到正轨，一切都会好起来。

确实，我们都说，不过这事做起来时间还挺紧张的。比娅公主毕竟已经四十五岁了。但是更奇怪的事情都发生过，而且不这么做的话，结果就只有内战了，所以我们试一试，看结果如何吧。公主本人当然是非常投入的。她这辈子，整整四十五年，一直被告知她会嫁给一个英俊的王子，从此过上幸福快乐的生活。日子渐渐过去，她的耐心越来越少了。公主的高贵身份当然也只让她更惨。其他姑娘，其他女人，一般都能想办法自己找乐子，只要偷偷地，不造成什么严重后果就行。但是她不行，因为会有不可想象的、影响整个王朝的后果。所以，她本质上和坐牢差不多，而她能见到的男人，（尼科说）就是我这样的。大多数时候她都在酿造香水。这是她非常擅长的，擅长到可以拿这个当生计了。她制造的优等瓶装香水作为特别的谢礼送给了世界各地的女王和皇后。但是，她从来没有离开过北塔，对这一点，她也一点儿都不高兴。

所以，当他们把这个坏消息告诉她，说她将不得不嫁人生子，以免整个世界陷入血海的时候，她非常高兴地表示乐意配合。至于这个幸运的男人该是谁呢，她还有个非常强烈的建议。很多年前，她爱上了一个英俊的议员。她很久没见过他了，但是不要紧。只是稍微拖延了一阵而已。有一天我的王子会到来，现在终于来了。

二十七岁的时候，维斯提努斯·阿普西玛是每一个女人的梦中情人。那时候比娅十四岁。现在他五十八岁，依然英俊潇洒，只要他挺起下巴收起肚子就行。他结过婚了，过了三十年幸福的婚姻生活，现在妻子进了女修道院，和他们的三个女儿一起。所以阿普西玛理了发，刮了脸，把玫瑰花水扑在脸上，然后就去宫里迎娶他的公主。

当她掀起面纱的时候，他看到的是一个又高又瘦的女人，一双又大又黑的眼睛，他应该不会觉得自己是被利用或者玩弄了。她长得不丑，而他马上就能登基了。这个计划里他唯一的任务是他整个成年生涯一直都在做的，他对此很有热情，也相当有技巧。

不过，尼科说，那是十一年前的事了。在最开始的六年里，阿普西玛对他的唯一任务非常上心，非常勤勉，非常尽责，不愧是一个帝国最古老的家族里培养出来的人物。之后，我猜，他得出了结论，认为做下去没什么意义了。还有，他告诉他自己，这个帝国不需要另一个皇帝，因为已经有他了，他干得很好。至于继承人嘛，他反正还有个侄子。于是比娅公主又回到了她的北塔，回到了她的蒸馏器旁边——他们说她不是乖乖离开的，她虽然瘦，但是结实，不过他们最终还是把她带了回去——阿普西玛则成了新一任的"历史上最好的皇帝"。他希望死后能得个"大帝"的谥号,不过给个"武帝"他也能接受,再不济,"文帝"也勉强可以。他依然在位,她依然在北塔,一切都会好起来,除了……

除了什么? 我问他。他看着我。

阿普西玛,虽然只有我们两人在场,尼科还是放低了声音说道,他是个蠢蛋。更糟糕的是,作为一个蠢蛋,他以为自己是天皇大帝,文武双全。

不过,这并不是问题,尼科接着说,我们最伟大的皇帝里有一半——弗洛里安三世、克利奥芬、亚达克斯二世——都是傻子、酒鬼,或者疯子,但是这都不要紧。因为他们对皇帝的工作一点儿也不感兴趣,很乐意让政府班子把所有的活儿都干了。但阿普西玛不是这样,他会干涉。他做的第一件事是把尼努斯逮捕了,剃光了他的头,然后把他送进了修道院。尼努斯是谁? 应该是你懂事之前的人物了。他们以前叫他臭鼬尼努斯。他是个非常招人厌的小人,巴西利斯库斯御驾亲征的时候就是他在打理一切。他打理得非常好,真的非常好。于是阿普西玛大权在握的第一件事就是干掉他,所以我才从御马监伯爵晋升成了财政大臣,因为之前的财政大臣克堤拉斯补位成了孤儿监护官。要我说,阿普西玛和克堤拉斯真是彼此的孽债……

其实这么说也不太公平。克堤拉斯还是很聪明的。但是过去的三十年里,他一直在系统地偷着国库,几乎做成了一项产业——坐驿车从都城到特拉巴斯克的话,你跨过的所有土地都是他的,靠一个个空壳公司流进了他手里——而且他很清楚,一旦他失势,他的头就会被戳在长杆上,在广场上示众。所以,阿普西玛叫他做什么他都照做,不管那是多么愚蠢的事情,因为他存活的唯一机会就是给这个容易欺骗的小丑当副手。如果我是他,我会回头问自己,如果结果是这样,那一切还值得吗? 不过无论如何,我们都改变不了这个糟糕的现状。

多糟糕? 天哪。阿普西玛做的第二件事,是取消了给罗珀人交的保护费。

没错,真的。我就是这个意思。即便是巴西利斯库斯,那个未尝败绩的皇帝，也要保证那些野蛮人收得到钱——两千万金币，每年开春第一天。他们人太多了，他曾经这样说，如果我们去跟他们打仗，而不是花钱买个平安的话，首先，我们会输；其次，要在边疆维持一支能控制局势的军队，一年的开销就要一亿五千万。所以，阿普西玛是怎么做的？他取消了岁贡，把钱用来资助一所哲学学校。阿普西玛，还"文帝"呢，猪脑子。

然后尼科叹了一口气，说，这就是为什么我们一定要在一起，让我能照顾你们。相信我，一切就要变得惨不忍睹了，很快就没有什么地方是安全的，也没有谁是安全的了，除非他们紧紧缩在一起，用城墙像毯子一样把自己裹起来，直到一切结束。不光是兵灾，国库也已经空了，光是都城就有五万人失业，田租高得农夫根本承担不起，也就交不了税来支持军队。有些本份的人在卖儿鬻女；另一些甚至不能卖儿鬻女，因为没人买得起。待在这儿你是永远不会相信这种事的，但是外面已经在分崩离析，而每一个人都还觉得跟老皇帝活着的时候一样。一切看起来也都一样，因为我们在努力掩饰，拼了老命在掩饰，但风光都是表面的。

然后他朝我咧嘴一笑，抓住我的双肩。但是我们不会有事的，他说，你和埃达克斯和我。我都安排好了。我知道自己在做什么。

我这辈子从来不喜欢说自己的事，毕竟不那么光彩嘛。如果你懂我，你就会明白这样的要求对我来说是多么没道理，简直像个恶作剧。

他长大后会照顾他母亲吗？我很小的时候人们就对我质疑。后来他们又说，等他长大了肯定能伤透别人的心（说得好像这是多大本事似的）。再后来，他们又说，瞧这个漂亮男孩。然后，其他孩子都对着我扔石头，因为他们嫉妒，因为我是我母亲的儿子。

有时候我自问，我出生的时候母亲有没有祈祷？她有没有说，神啊，让他成为世界上最英俊的男人？是不是她的祈祷灵验了，还是我的外貌纯属巧合？

最蠢的就是，埃达克斯和我长得很像——尼科倒不一样，他高大黝黑，脸宽宽的，只遗传了母亲的眼睛。埃达克斯则和我有着一模一样的鼻子和下巴，还有一样的额头。但是他却长得又小又瘦，不像我长得这么高。不知怎么的，那些长在我身上显得很好看的部位，在他身上反而衬得他更阴险狡诈了。以貌取人显然不对，但是人们总是以貌取人。

尼科说的一句话我很赞同，他说我们对待埃达克斯的最好方式就是让他待在屋子里，给他各种好玩的东西，这样他就不会受到其他引诱，去给别人制造麻烦了。那我呢，我问他，有什么我能帮得上忙的吗？说到这个就有意思了，尼科说。

（后来，我问那个怎么样了。什么意思？他说，哦，那个。那个嘛，倒没给我带来特别的烦恼，对于从没有拥有过的东西，你是不会想念的。我反正很高兴少了很多让我分心的事。这就像射箭比赛。你把箭射出去，但箭在空中要飞一百码，一路上要被风吹。你要把放手之后箭受到的影响控制到最小，但不管怎样，最好还是在无风的天气射箭。而我，在我和我要去的地方之间，连微风都未曾有过。

但是家庭呢，我说，孩子呢？他笑了。我有你们俩啊。）

于是尼科给了我一份皇宫侍从的工作。直到今天——现在有一百名侍从听我指令，全天候待命，我真幸运——我也不是非常清楚皇宫侍从到底是做什么的。表面看来，我的主要工作就是站着，这件事我还算擅长，不过也都是自我感觉。一开始我站在紫殿外的前厅，紫殿就是放皇座的屋子。后来我就站到紫殿里边去了，很靠后，离门很近的位置。之后我又向前进了一段，于是我不时还会被使唤去拿东西，或者被唤去为谁的笑话笑一下。我肯定是做得非常好，因为我还没搞清楚状况，我就站到了侍从队伍的最前面。在这个位置，只要你个子够高，再踮起脚从人们的肩膀上方瞄过去，就可以看到皇座，还能看到坐在上面的那个人。

从我站的地方看过去,他看起来不错。身材高大,一头银发,坚毅的下巴,蓝色眼睛目光炯炯,肩膀很宽。他坐在那里,优雅高贵,说话的声音低沉而让人愉悦。他说的话听起来很有道理,只是我不知道他们谈论的是什么。总之,看起来,他把他的工作做得很不错,就像我一样吧。大部分时候他都在聆听,这种习惯总让一个人看上去很有智慧。哲学家、学者和神学家都在进言,他们说的大部分内容我都听不懂,但是他听得懂——或者说,看上去听懂了。然后他会不时地表情严肃地点点头,"文帝"阿普西玛,可能还真能凑合。

有一天我下班以后,一个书记员叫住我,说哥哥让我去他办公室见他。然后我们就出发了,像爬山一样爬着楼梯,然后又是下坡,再穿过几条廊道,穿过几条隧道,爬几座塔,终于,我完全不知道我在什么地方了,而我的脚则告诉我,我至少走了两英里。书记员忽然停下了脚步,他站在一道寻常的深色橡木门前,这道门跟我们刚刚经过的一千多道深色橡木门没什么两样,不用说,上面也没有名牌或者号码。就在里面,书记员对我说。我敲了敲门,等待着,然后听到尼科叫我进去。

我从没来过皇宫的这个角落,我一直以为尼科的房间在御马监……

是的,他说,这里就是御马监。他解释说,阁楼和天花板上有许多廊道,一直从宫里通到御马监——大概两英里远,他告诉我——也就意味着,政府书记员可以在不见天、不见人的情况下从一个部门走到另一个部门。我以为你工作的地方很宽敞,我对他说。他看了看我。为什么呢?他说。我想不出怎么回答他。

总之,他对我说,有个好消息,你升职了。为什么?我问他。他应该是完全没料到我会问这种问题。我什么聪明的事情也没做过,我解释说,我只是站在那里。他点点头。站得非常好,他说,所以他们要提拔你。从明天开始,你就是皇后的主侍从了。

为什么呢?我问他。

尼科没有发脾气,就像一个穷人不会把金币掉在街上。她指定要你,他说,指名道姓。但是她从来没见过我,我说。他皱起了眉头。那么,他说,显然有人见过你了,因为她指名要你。这是很高的提拔,薪水翻倍,你他妈应该感激涕零,而不是站在那里问为什么为什么,跟个长脚秧鸡似的。

我什么也没说。尼科叹了口气。好吧,他说。有这么个说法,可能完全是假的,她之前的侍从不得不离职,因为他被控叛国罪……

你在开玩笑吧,我说。

叛国罪,尼科重复了一遍。总之,他七十二岁了,又老又秃,只剩三颗牙了。我想皇后娘娘应该是想找个好看点儿的替代品。

这话我不大爱听,我说。

尼科不高兴了。谁他妈管你爱不爱听呢,他说,你得听从命令。你想给我找麻烦吗?

这可能需要一番解释,我不太想说这个,但还是解释一下吧。我当时……用你的脑子想想吧。在村子里的时候,每个人都觉得我们是瘟疫,这样一来你也见不到什么女孩。后来我们做了小偷,在查斯特尔,在罗什,尽力变成透明人。还有,跟你掏心窝子说一句吧,那种事我也……嗯,不怎么感兴趣。我想,在某种程度上是因为尼科,因为他对自己做的事,还有因为母亲是那样一个人,我记得人们是如何看待她的。总而言之,那种事只会让人们不高兴,会导致许多麻烦。

埃达克斯不这么看,但他一直长得跟只老鼠似的,所以那件事他如果有需求,就得花钱,而总的来说,我们花不起那个钱。

所以——像尼科说的,对于从没拥有过的东西,你是不会想念的。而且,一涉及我的外貌,我就会很尴尬,甚至愧疚,似乎外貌不是我应得的——这也不是我能藏住的,就像把富家子弟送到码头上去干活,穿着价值二十泰勒的鞋子和丝绸衬衣。我感觉很荒唐,像是一个行走的矛盾体,因为圣经里说了,美丽的东西是好的,好的东西是美丽的。总之……你懂我的大意了吧?

在这样的情形下,你听说我跟女人没打过什么交道应该不会感到意外了。当然得除了我母亲,但她不算数嘛。她们叫我害怕。一部分因为是人都会吓着我,我怕他们会朝我扔石头,或者用棍子打我;另一部分是因为我怕她们见过我之后就想要我了。对了,我不是给自己找借口,我不是叫你们理解我,也不是说我是对的,我知道我这个人一团糟。但我对被别人碰这件事就是很反感。想想就感到恶心。

比娅皇后住在北塔,每个人都知道。你在都城的每一个角落都能看到北塔,因为那座塔太高了。这让人们很喜欢。他们感觉很安全,因为老皇帝的女儿在看着他们,他们说。

要爬上北塔要花很长的时间,塔里是那种很可怕的螺旋楼梯,没有扶的地方,所以你下楼的时候如果遇到谁要上去,你们就完蛋了。等爬到顶,你的膝盖就会软得像果冻一样,小腿疼得足以让你失声痛哭了。

这塔的最顶层就是皇后娘娘的住所。上面没有墙壁把空间再分隔开,远处是卧榻,用帘子围了起来,其他部分就是软垫的海洋了。还有木台,像木匠铺里的一样,沿着围墙摆了一圈,上面摆满了瓶瓶罐罐。还有夹着夹子的铁架,还有那种小小的木炭炉吊在三脚架下面,上面的盘子或者玻璃罐冒出阵阵浓烟,在天花板上积了两英寸①厚。

楼梯口是没有门的,所以我直接走了进去。她就在那儿,弯腰在一张木台前,回头看向我。你他妈是谁? 她问。

我解释了。她看着我。好吧,那就别傻站着了,她说。过来帮忙。

事情的发展从来不像我预想的那样。我从没想过我能帮什么忙。我从来没想过我会去学习做香水这门手艺,更没想过我会爱上一个老妇人,或者一个皇后。说起这个,我也没想过我的祈祷会灵验。

---

① 英美制长度单位,1 英寸等于 1 英尺的 1/12。

她教会我怎么做香水，这是我这辈子第一次学到有用的东西。香水怎么做？你得挤压、灌输、蒸馏、混合。这里面包括了大量艰苦重复的工作，用研钵磨东西，站着拿好东西，稳稳地在火上烤，还要洗许多瓶子。我乐在其中。皇后说我很擅长这个，这让我非常开心。她会对我说话——说的基本是扶着这个，做了那个，不，你完全做错了。但是有时候，她会解释为什么把这个加到那个里面会产生新的东西，还有为什么这种精华加到油里有用，而那种精华却不行。仿佛她认识了我一辈子，仿佛我们只是同事。

而且她很美丽。她的头发染过了——她把染发剂的配方和制法都告诉了我，还解释了她为什么在配方里用这种东西而不是那种——她眼角满是鱼尾纹，手背上能看到许多静脉血管，但是她是我接触过的最美的女人。她的手臂修长，有点儿瘦，肌肉像男人的一样，但是她剃掉了所有汗毛（我听说过这种事但从来没见过）。她有二十多个装满东西的瓷罐子，她会把里面的东西用在脸上和手上，还会用一种蓝色的铅笔给眼睛画上一圈眼线。

尼科派人来找我。这时候我已经习惯爬那段楼梯了。你看上去不错，尼科，最近如何？

我跟他说我很开心，一切都好。他看着我，好像我在说外语似的。最近如何？他重复道。得了吧，别害羞了，我是你哥。

我刚说了呀，我说。

他像看呆子一样看着我。那个老女人，他说，她干了你没有？

她跟我说过她的人生。不是一次性完整地告诉我的，而是这里说两句，那里提一嘴，是我自己拼凑起来的，像修复一个摔碎的罐子一样。她还是小女孩的时候，人们就告诉她，她会坐在高高的山顶，一个金王座上，整个世界都在她的脚下。本来也该这样。有一天，他们对她说，她的王子将会到来，不过不是随便什么王子，不是。事实上，她的王子不会是王子。如果她嫁给另一个国家的王子，那就等于暗示那个国家跟帝国平起平坐了，这简直太荒唐了。所以她的王子会是一个帝国臣子，不过这不要紧。他必须是生于二十多个贵族家庭中的一个，但这也没什么问题。另外，在她的皇父给她生一个弟弟之前，她不能出嫁。这也没事，因为爸爸一直在很努力地冲击这个目标。爸爸下了决心的事，总是能做到的。

她说她平均一个月能见他两次——前提是他没有出征，但大多数时候他都出去打仗了。当他有闲暇的时候，保姆和一大队侍女会带着她穿过走廊，从镶着马赛克的天花板下走过，经过各种镶金的壁饰，最后到达一间普通白墙的小房间，爸爸闲的时候就坐在那里。她记得他矮矮的，头秃得差不多了，头皮被太阳晒得发褐。他会从一堆杂乱的文件里抬起头来看她，他看那些文件的时候会透过一块圆形的厚厚的玻璃片看，那玻璃片镶在一根金棍儿上。他会看着她，仿佛这辈子从没见过她这样的人，然后微笑着，问她一些他明显不感兴趣的问题，然后她就可以走了。她有点儿怕他，但是又很喜欢他，因为他看上去很滑稽。

不过弟弟一直没有出现。所以她就等待着，把时间都用来使自己一点点接近完美。她学习了所有的语言，读过了所有的书，学习了音乐（弦乐，因为对着管子吹气不符合淑女气质）。她学会了滑着步走而不是正常走路，学会了最完美的坐姿，颈背笔直，下巴与地面呈完美的九十度——时不时地会被人拿着三角尺检查。她学会了诙谐而不至于让人难受，学会了不被人察觉自己无聊得要命的心态。

她等得越久，就有越多的时间来学习，人也越趋完美。她知道她是世界上最美丽的女人，因为每个人都这么对她说。而她相信他们，因为她父亲是皇帝，无敌骄阳的兄弟，所以这一切都是理所当然的。所以她等待着，每一天都变得更加完美，就像水滴积成钟乳石一样。可还是没有弟弟，日子继续。时间还多着呢，侍女和老师都这么跟她说，但是他们的声音开始显出一些忧虑，也许（她头一回意识到）完美不是你能永葆的。确实，一天天过去，她越来越迷人,越来越优秀,但侍女在她脸上花的时间越来越长了,她开始涂各种乳霜和药膏,再然后,她发现了自己的第一根白发,接着又多了几根。

她开始观察男孩,这个年龄的女孩都会这样。但是她清楚自己的身份,用她不可企及的光彩把那些可怜的男孩融化掉有什么好的呢?一个老师在她十五岁的时候跟她严肃地谈了一次。想想整个帝国吧,他说,你之后的时间多着呢。一天又一天,日子在重复。她对于闺中生活是满意的,她说,因为她有信仰。她相信神,而爸爸是神的兄弟,硬币背面这么写着的。

再后来,她不再照镜子了,开始制作起香水来。这件事,她说,对她来说是一个大发现。一件她可以做,而且做得很好的事。我完全能理解她当时的感受,我对她说,她转头看着我。

然后爸爸去世了,一切忽然都不一样了。她又变成了公主,一切都要靠她。她可以出塔了,只要她愿意。她可以选择做任何事,可以嫁给当年看上的漂亮男孩了。

她对此很期待,她告诉我,期待了二十年,而当这一刻终于到来的时候,真是糟透了。一部分是失望。她不只一次想象过此时的感觉,大概像是自己用手指,但是会更爽。可事实是,她对我说,她惊慌地大叫起来。小声点儿,他压低声音对她说,他们会以为我在谋杀你。于是重新开始,她记起她爸爸的话,你要不断努力,永不放弃,不论发生什么。然后,她告诉我,一切忽然变得美好起来。她爱她英俊的丈夫,她时刻想着这事,每分钟,每一天。确实,目标还没有达成。但那只让他更加努力——大概就像爸爸一样——而她对此毫不介意。

然后,一天早上,她醒来后,发现侍女和侍从把她的衣物、罐子、梳子打包到了大柳条筐里。怎么回事?她问。他们告诉她,她得搬家了,搬回北塔去。她大发雷霆,但是结果她对这个安排并没有什么办法——这让她有些意外,因为她一直觉得她是皇帝的女儿,无敌骄阳的侄女,但显然她错了。

自那以后——你爱怎样就怎样,他写信对她说(注意,是写信,也许爬那些阶梯对他这个年龄的人来说太困难了），只要你不惹事，不离开北塔就行。于是她点起了她的小炉子，叫人取来药草和油剂，设了皇后主侍从这个岗位。前前后后换了五六个人，似乎没人关心一个生不了孩子的老妇人在一座塔顶上做什么，然后她意识到，她对那事不感兴趣了。于是她开除了那些年轻漂亮的小伙子，指派了一个稍微了解炼金术的老头过来。但是他不怎么会聊天，眼睛也老花得不行，经常撞倒瓶子，于是便换成了我。

是你安排的，我说，你这样安排是想让她……

啊，是啊，尼科说，他对我的愚蠢很惊讶，当然是我安排的。就像给猫吸猫薄荷一样。

为什么呢？我问他。

你老是问我为什么，哥哥说，还不明显吗？你要成为下一任皇帝。

于是我去皇后那儿，把这一切都告诉了她。

我当时也不知道会发生什么。很可能，她会派卫兵把我和我哥哥处死。或者她会像看脚底踩到的什么东西一样看着我。或者她会哭起来、叫起来。她只是看着我。为什么不呢？她说。

这相对来说挺容易的，她对我说。在很长一段时间内，她时不时就会琢磨一阵。她知道怎样能做到。问题是得有人帮她。

上一次见到皇帝的时候，他气色还不错，对于他这个年龄来说，算得上身体健康，身材苗条。但是老人通常心脏都不太好，是人都知道。而老人又不喜欢听医生的话。医生总是跟他们说，慢点儿来，少吃点儿这个，少碰点儿那个。皇帝喜欢早上在室内泳池里游会儿泳，那是他在皇宫南厢修的一个地暖泳池。他会在里面拍打着水花狂欢，享受与日俱增的体重被浮力释放后的自由。他一般是独自一人在那儿游着，侍卫都紧守在门外。

她给我展示怎样用毛地黄酿取药用精华。很有用的，她说，如果心脏意外停止跳动，它能刺激心脏再动起来，真是救命良药。不过你知道的，人们都说，物极必反。

我告诉尼科我愿意这么做的时候，他笑了。你当然愿意了，他对我说，你是个好孩子，而这是唯一能让我们绝对安全的办法。我做这事不是为了你，我对他说。别说傻话了，他说，你当然是为我。他不相信我。我不知道为什么。

然后是大量复杂的盘算。当然是尼科负责。关键问题在于，他说，我们能信任谁。他手里有一些人，能毫不犹豫地为他做任何事，但是他对他们的信任不超过他一口唾沫能吐到的范围。所以就只有我们三兄弟了。而埃达克斯——我们对视了一眼，决定不带他。那好吧，尼科说，就是你和我了。宫里的人都认识我，所以很多跑腿的事都只能是你来做了。

首先，他把我安排回了皇帝身边。并没有引起什么怀疑，因为人们都说皇后对那些漂亮小伙都厌倦得很快。（人们八卦起来真是无所不能，不是吗？）而我回皇帝身边干了几天，总斟酒人遇上了可怕的意外。一块松掉的砖头落下来砸到了他头上，他死了。于是有了一个斟酒人的空缺。我填上了。

尼科，我对他说，你他妈为什么非得干出这种事来？他对我说，那真的是个意外，那块砖头本该打断他的锁骨，但是我指派的人是个蠢蛋，这年头要找些好帮手真是不容易。我相信了他，或者说我选择相信他。下一次，我说，拜托找个靠谱一点儿的人。不会有下次了，他说。我们就快成功了，安安全全地。

只有一个条件，她说。

我看着她。什么条件？

她也看着我，发出一声叹息，仿佛在说我的天哪，女人特别擅长这样的表达方式。好吧，她说，在未来的日子里，你觉得历史书会怎么描述我们？

我不愿想这种问题。杀人凶手，我说，叛国者。历史上最邪恶的一对男女。

她摇了摇头。他们会把我们称为皇后与她的情人。但你不是我的情人，对不对？现在还不是。

我说过，在身体接触方面我是有困难的。我很喜欢你，我说，超过我知道的任何一个女人，也超过任何一个男人。要说的话，仅次于我的家人。但是……

这是前提条件，她说，要么我们就一起干，要么就拉倒。

（在这个时候，要退出已经太迟了。尼科跟我说过。那是在一天前，当时我问他可不可以忘掉这整件事。不可以，他说。为什么不可以？你这些要命的问题啊，他说。因为我已经给克堤拉斯下慢性毒药了——我不能用高效的毒药，因为有个仆人专门帮他试毒——当他死的时候，注意，不是如果他死的话，而是当他死的时候，一切都会开始散架。而如果那时候你还不是皇帝，我们三个就都死定了。懂？）

我们一起干，我说，我答应你。

很好，她说。

当一切伎俩都不灵了的时候，要对你爱的人诚实。躺在案板上的那一刻，我也确实爱她。我从没做过这种事，我说。你开玩笑吧，她说，然后又说，好吧。我们都是起步晚的。但是你很快会赶上来的。

第一次非常尴尬。她告诉我我应该怎么做，我记得我当时说，你确定吗？然后她瞪了我一眼，那目光锋利得可以杀死鼻涕虫。确定，她说。事实上，头几次都是一团糟。但在那之后，我爱她爱得神魂颠倒，直到今天。

毛地黄的花粉装在她给我的一个小瓶子里。我带着瓶子到了御马监，给尼科看。他打开瓶子闻了一下。这是好东西，他说。真的是她自己制作的？

我点点头。

她是位聪明的女士，尼科说。然后他把一枚戒指从手指上摘了下来。那是一枚又大又宽的戒指，上面镶着一块大石头。我从来没见过他戴这枚戒指。他对首饰之类的玩意儿不感兴趣。注意看，他说，然后做了一个我没看清的动作，那颗石头弹开了，像盖子一样。空间很足，装得下六粒谷子，他说，这个量就够了。

他让我戴上戒指，练习把宝石盖打开的动作，直到我不用低头看就能做到为止。他在里面装上粉末，啪地合上盖子。小心点儿，他说，里面这玩意儿可不好对付。

你确定这个量够了吗？我问。

相信我，他说，我是你哥。

必须完成这件事，尼科对我说，因为孤儿监护官想干掉他已经很久了，自从他成为御马监伯爵。为什么？因为孤儿监护官怕他，就像一只兔子害怕狐狸，所以下定决心要杀了他，或者让他受辱，最好是二者兼得——政府系统就是这样运作的，尼科告诉我，掠食者与猎物。我不先下手为强，他就会干掉我。如果我没了，你也完蛋了，埃达克斯也是。所以这一切都是为了你，从一开始就是。然后他跟我耐心起来。拜托，他说，这是最后一步了，然后我们就都安全了。我们走了这么远，从小山村一直走到这里，如果现在停手，我们就都死定了。他看着我。那是你要的结果吗？尼科说。你想看我和埃达克斯被公开生生地剥皮，看我们的头颅被插在长矛尖上暴晒吗？不，抱歉，你看不到，因为你的头也会晒在那里。那是你想要的结果吗？

是他的心脏，医生都说，虽然直接死因是溺水。侍卫发现他的时候，他在私人泳池里头朝下漂浮着，就是我之前说的那个池子。无力回天了。都是他自己的错，医生私底下跟她说。他吃了太多不该吃的食物，又不肯锻炼，一切都只是时间问题而已。其实过去的两年里他随时都可能死去。

她从北塔下来的时候，我在塔底等着。我们都很清楚接下来要做什么。

尼科让我重复过许多次了，直到我熟记于心。我跟她说了一遍，她就都记住了。我们要直接去紫殿，不停步，不跟任何人说任何话。塔外会有一个方队的侍卫等着我们。如果有人阻拦，侍卫会出剑，可以只用剑面，但必要的话会直接用剑刃。不过这样的情况应该不会发生，因为尼科在象牙阁召开了会议，宣布孤儿监护官的死讯。所以这里应该完全归我们控制，他说。事实证明他说的没错。

我们到了紫殿，大修道院的院长就在那里，带着领唱人和六个我不认识的牧师。首先我们完成了结婚仪式，然后她让我坐在皇座上，把皇冠戴到我头上，把绶带戴在我肩上。她坐到我身边，戴着她自己的后冠和绶带。我拿着球冠、十字架、权杖和镇国圣剑，她则拿着圣旗和金合欢树。这，尼科向我们保证，就是我们要做的所有事情了。其他事交给他就好了。

所以我们坐着，等待着，尊贵的神职人员在旁边站着，因为好像没有给他们坐的地方。我脸上的汗已经成了一道道水流，不过她只是坐在那里，眼神像是在看着远方。我记得我当时在想，我那个梦里是埃达克斯，而不是她，不过当然了，我当时还不认识她。其他方面倒真跟梦里没什么两样了。这就是原因，梦里有人这么说。静静地坐了大概十分钟后，她小心地放下圣旗（整个过程一直看向前方，没有看我），把球杖从我手里接过来，放到了什么地方，然后握着我的手，轻轻地捏了一下。

门猛地打开，我记得肚子瞬间缩紧抽痛，就像吃了太多油炸食品后的那种难受。许多人进了屋，穿黑袍子的人，还有全副武装的士兵。我在里面寻找尼科，但是没找到。好吧，我想，要不是来不及了的话我还会再祈祷一次的。

然后一道侧门打开了，我之前从来没意识到那里有一道门。尼科从门后面走了出来。他穿着一身夸张的金织衣服，下摆都拖到了地上，身后是一队重装士兵。我留意到他们都带了武器，而之前进来的那些人没有带。事实上，他们不是普通士兵，而是穿着军装的将军和元帅。尼科转过来看着我们，深深地鞠了一躬。所有那些我不认识的人都跟着他鞠了一躬，剩下的故事就没什么新意了。

尼科把一切安排得天衣无缝。他为了诬陷，用一大堆空壳公司把大概两百万英亩的政府土地转到了孤儿监护官的名下。孤儿监护官的死亡报给帝国法院时，报的是自杀。尸体冰冷的手里还拿着一封遗书。（尼科有一个一流的伪造师，后来以防万一，他把这个伪造师杀了。不过他之后又感叹，这真是可怕的浪费。）遗书上交代，他挪用公产被尼科的御马监查到了，因为害怕被捕、被处死，他铤而走险，用毛地黄毒谋杀皇帝，刺杀皇后，想要篡位。但他没能杀死皇后，因为紧要关头皇后的侍从挺身而出，控制了局面。所以他知道他的一切都结束了，只能自我了结，愿无敌骄阳仁慈，等等。

我在里面扮演的角色（根据尼科的版本，也就是官方版本，也就是绝对的真相）是相当潇洒浪漫的。我抓住了孤儿监护官派来的几个刺客，把他们从塔上推下去，推进了塔下的护城河里——这细节真棒，不是吗？——皇后怀着感激和慈悲，当场嫁给了我。现在，毫无疑问，她是老皇帝的女儿——考虑到她姐姐是无敌骄阳的侍女，她就成了唯一能替神掌管世俗事务的人——也就是无可争议的女皇。同样毫无疑问的是，她嫁给了我，因为有帝国最高层的八个神职人员见证了我们的婚礼。女皇嫁人了，那就有皇帝了。就这么简单，小屁孩儿也能明白的道理。毕竟，傻子阿普西玛能当皇帝，也是因为他娶了比娅公主，现在他死了，她有了新丈夫。那一切照旧就好。

那是因为这一切完成得非常快，尼科后来告诉我，因为我把一切都怪在孤儿监护官头上了（不消说，新任的孤儿监护官是尼科），这让人们相信发生过一次失败的政变，而不是一次成功的政变。还有，人民爱戴她，因为她父亲，而且他们觉得她遭遇了不公对待，在他们心中，她还是那个二十一岁的、像画一样美的人，而我打退刺客、让她出于感激嫁给我也是一个完美的童话故事，所以他们很喜欢。再加上又没别的候选人，除非现在打一场内战。

这就是原因，梦里说。你可能注意到了，我习惯问为什么。这个习惯曾经快把尼科逼疯了。为什么他妈的一点儿也不重要，他朝我吼道，照我说的做就行了！我照做了，因为他是我哥哥，他爱我。对那些比你强大的人，对那些掌握你命运的人，对那些无保留地爱你的人，你是不该问为什么的。

就像圣典里那个故事一样——我最喜欢的那个故事——祂把各种苦难降到对他最虔诚最爱戴的仆人身上，那仆人问，为什么？祂说，为了你不可能理解的原因。我打下这大地的根基时你在哪里？祂说，省省吧，你懂什么？

这是一个好回答，当然了，只是它老困扰着我，像一小块蟹肉卡在牙齿间。所以我把猜疑藏在心里，不过祂知道我在想什么。

但是祂非常好地解释了，不是吗？这就是原因。像日光一样清晰，只是，那是一个梦。我醒来后都会忘掉做过的梦，但那一个我记住了。这就是原因。这事是我挑起来的，是我先祈祷的，祈祷了两次，而两次祂都回应了我，把我从敌人手中解救出来。确实，尼科的话也有道理。但他的理论正好证明了是祂制造了那种困境，再从中把我救出来。为什么？确实，为什么呢？省省吧，我懂什么？

这就是原因。祂把我摆到了皇座上——我，全世界最不可能成为皇帝的人，也是世上最不配当皇帝的人——所以祂肯定有一个理由的。我并不完全确定我能理解，但这不重要。我太蠢了，理解不了，我接受这一点。我也不理解三角函数，但我绝对相信三角函数是真理。我别无选择，只能相信，因为它清楚得就像我脸上的鼻子。

祂让我身居此位，显然不是想以此结束，这只是开始。我在这个位置是要做一件事情的。为了那件事，祂选择了我，就像尼科选择我当阿普西玛的斟酒人一样。那么，我有什么地方让祂觉得我是合适的人选？想想这一点吧。

我没有做皇帝的野心。而肉体的欢愉（如果没有别的更适合的词的话）对我来说也没多大诱惑（对于从没拥有过的东西，你是不会想念的）。最重要的是，我知道祂的存在，知道祂把我摆在这个位置是为了让我去做祂想让我做的事。大概作为一个凡人，我的私心少得可怜，可以说是最无私的人了……

嗯，不能完全这么说。但我必须成为一个无私的人。

我爱我的妻子，我也爱我哥哥。他俩都是谋杀犯、叛国者、弑君者。我当然也是。但是祂没有选择他们。

不会走到那一步的，我当时觉得。然后跪了下来，紧握双手，紧得手指都疼了，然后我祈祷着。不要走到那一步。

那一天接下来的时间里，比娅和我都待在紫殿，主要我们不知道其他地方安不安全。后来尼科回来叫我们上床睡觉。幸好她还记得路。

寝宫比我想象的要小，很朴素，甚至可以说有点肮脏。这里以前是爸爸的房间，她解释说。阿普西玛本来想做一番改造，她发作了十几次，他不得不止住这个念头，免得场面尴尬。把她送回北塔的时候，他已经跟他当时的情妇搬到珍珠修道院的套间去了。他在老皇帝的房间里没法正常作乐，他曾经这么说，总感觉那个老家伙就在那儿，俯视着他，皱着眉。

她坐到床上，脱了鞋。这双鞋折磨她一天了。我找了张椅子——房间里有两张——坐到她对面。现在怎么办？我说。

我不知道，她回答说。我猜都看你那个聪明哥哥的了。

我深呼吸了一下。我想当一个好皇帝，我说。

她用似乎觉得我疯了的眼神看着我。是吗？

是的，我说。尼科说阿普西玛是个坏皇帝。他说他破坏了经济，浪费了好多钱，农民都交不起税了，城市里还有数以千计的人在挨饿，因为粮食垄断，另外罗珀人要来攻打了，因为他不肯交岁贡。除非采取些什么措施，不然整个帝国都要完蛋。

她耸了耸肩。我不太懂政治，她说，不过我觉得人们总是说这种话。有时候说得对，有时候不对。你永远不知道哪些是对的，因为一切看起来都差不多。至少，在宫里是这样。

尼科应该知道,我说。他告诉我情况很糟糕。

她看上去不是特别感兴趣。那你就当个好皇帝吧,她说,如果这是你想做的。

我是认真的,我说。她嘲弄地看了我一眼。你这个小丑,她说,这不是你说了算的。你只是……她闭上了嘴。什么?我问她。算了,她说,听我说,为什么不把所有的事交给你哥呢?他是个聪明人,谁都看得出来。如果他不是帝国最聪明的人,他得不到今天的地位。

然后尼科进来了,没敲门。他坐在床上,坐在她身边。这一切真顺利,他说,你们俩的表现非常不错。现在,小心听我说,我时间不多。

然后他告诉我们应该怎么做,其实也不复杂:晨祷之后马上出现在紫殿,待到中午;坐敞篷马车去白壳神庙做诵经弥撒;去兵工厂,给舰队的新旗舰施祝福;回紫殿参加下午的朝会。朝会上,你们要做的是这些——他递给比娅一张纸。他不识字,他对她说,不过没事,你轻轻地推他就行了,推一下就是好,推两下就是不好。然后是接待米西亚的大使,那个过程基本只要坐着,显得庄严些就行了,然后是晚餐,之后就由你们自己安排了。

你得解决掉她,尼科说。

我一直在避免跟他单独相处,但是他知道宫里的惯例。比如他知道皇后每两天就会在特定的时间泡一个驴奶蜂蜜澡,而我没法儿跟着她去。她不想让我看见她做保养时的样子,而她做保养需要很多侍女花上很长时间完成。

不,我说,我爱她。

他脸上露出嘲弄的表情。不,他说,你不爱她。另外,现在这状况会把一切都毁了的。

我不明白,我对他说。

他叹了口气。你看起来很荒唐,他说,一个小伙子——几乎还是个孩子——跟一个老妇人大庭广众下手拉着手。人们在开你们的玩笑。

我不明白。你先前说她很受欢迎，你说人民爱戴她。

是的，但他们好多年没见过她了。现在他们看到她已经老了，就开始拿你们俩编各种下流的笑话，这对士气的影响很严重。还有，她明显老得生不了孩子了，这会让人们动歪心思。她不能留。

我觉得全身冰凉。不行，我说。

别傻了，他说，你显然不能跟她离婚，而她活着的时候你也不能再娶妻生子。我跟你说，这样吧，他接着说，仿佛他在帮我一个天大的忙，我们就假装她死了，那样也行。举办一场盛大的国葬，封个国母之类的。她可以回塔里去，你再娶妻生子，我们就都安全了。可靠的皇位延续，才是确保稳定的唯一方法，每个人都知道。如果你不忍心，那就不杀她，但是她不能留。

关于要怎么做这件事，我想了很久。这种事我从来没尝试过—— 一切总是尼科负责办好的——如果我做错的话，后果是灾难性的。但我是一个彻头彻尾的新手，毫无头绪。

所以我养成了习惯，在晚饭与上床睡觉之间单独待一个小时左右。我跟尼科说我在进行一套按摩疗程，这让他很有优越感地笑了笑。我跟比娅说我在学习识字，她是同意的。然后我找来了一个书记员。

找到他的过程纯属意外。我迷路了——在这个地方，迷路的频率高得让人痛苦——我撞进了一间办公室，那里面有六个书记员坐在高脚凳上抄写东西。其中一个，我注意到，皮肤是棕色的，这可不寻常。我注意到他的唯一原因是他看起来与众不同。政府的其他书记员看起来都差不多。

你，我说，跟我来。

他看上去很紧张。我不能离开岗位，他说。我是皇帝，我对他说，照我说的做。

于是我有了一段安静的时间，一个可以去的地方（我找到一个似乎被所有人遗忘了的小房间，完全没人用），和一个书记员。我告诉他，去图书馆，给我找一本关于政府的书。

他满眼恐慌地看着我。

给我找一本，我说，关于怎么管理帝国的书。肯定得有一本。带过来，读给我听。

他肯定以为我疯了，但是他还是去了，过了一阵子，他带着一本很大的书回来了，那本书叫《皇朝体制》，是老皇帝的爷爷在一百年前写的。这本听起来有看头。读给我听，我对他说。

我听了大概五分钟，然后止住了他。这不好，我说。

陛下？

这些都没用，我说，都是什么仪式和礼节，还有谁在上朝和国葬的时候有优先权之类的。跳过这些。

于是他往后翻起页来，跳过了大部分，剩下的厚度跟一根手指差不多宽了。然后他开始读起来，这下读的是好东西了。财务收入的来源、省府组织架构、军队指挥系统、公务员队伍的结构和职能。他读了大概半小时，就没什么可读的了。

你是罗珀人吧？我问他。

他看上去很紧张。我曾经是，陛下，但我现在是文明人了。我热爱帝国。

你叫什么名字，我问他。

吉梅卢斯·康斯坦丁努斯，他说。我摇摇头。你的真名，我说，你妈妈怎么叫你的。

这是一个很私人的问题，让他窘迫，他对此感到很羞愧。我的罗珀名字，他说，是天谕真知。

我扬起了眉毛。这是人名？

在我的故乡是的，陛下。

我不能叫你天谕真知，我说。好吧，你用罗珀语说一下。

然后他说了什么，但是我只能听清开头一点点，因为那就是一串噪音。我能不能直接叫你本姆巴，我说，简短一点儿？

只要陛下乐意，他说。

本姆巴是个矮个儿，只到我肩膀高，大概五十五岁，头秃得跟个鸡蛋一样，几乎没什么口音。他是三十六年前被政府买下的，当时他被贸易商从他家里抓走了。现在都城是他的家了，政府工作就是他的人生。现在，给我读了那本书之后，他对经营帝国的了解跟我一样多了，也许更多。嗯，万事总得有个开头。

你怎么还没处理掉她？尼科一直追问我。我太害怕了，我对他说。要是出了岔子怎么办？你真没用，他说，我来做吧。把一切交给我。你不会伤害她的，我问他，对吧？他看我的眼神仿佛我刚刚尿了裤子。不，当然不会了，他说。你是我弟弟。我怎么会做让你不开心的事情呢？

有了本姆巴和那本书，我开始理解是谁在掌控整个帝国了。是皇帝，显然，但是帝国很大，不可能一个人全管，哪怕他是神的兄弟，所以很自然地，他得让人代办。多年以后，一切事务都交人代办了。其中绝大部分是政府完成的，而政府由两个大臣管理，孤儿监护官和御马监伯爵。伯爵负责五个部门中的三个，但是监护官管的两个部门是真正要紧的：军事部和财政部。当然，现在，尼科兼任了伯爵和监护官，这也就意味着他拥有了一切。

但也不完全是。军队有自己的传统。多少个世纪以来，军队大将都是从六个家族中选拔，这六个家族拥有帝国大概四分之一的土地，那么很自然，他们是痛恨政府的，而政府也厌恶他们。军费是财政部通过军事处发的，这样政府能控制军队的将领。还有一条施行了很久的铁规：任何军事单位不得驻扎在都城周围两百英里的范围内（除了御马监伯爵掌管的宫廷侍卫），任何将领如果在未交出兵权的情况下进入这个范围，就自动成了叛国者，会被判处死刑。

老皇帝跟军队在一起的时间比在都城久，他也是一个好将领。阿普西玛不喜欢士兵，而且怕那些将军怕得要死。还有，他需要钱去扶持他建立的大学，而一想到那些士兵坐着什么都不干也要拿钱，他就感到痛苦，所以他解散了八支陆军中的两支，而那两支正好是斯堤利安兄弟麾下的，他们来自最古老最骄傲的六大军事家族之一。无兵可带，他想，他们就不能对任何人构成威胁了，对不对？

本姆巴写了一封信给斯堤利安·绍兹，请他尽快来都城一趟，然后用我的私印封上了信封。我的私印是尼科随意丢在一个上锁的桌屉里的（这事我欠本姆巴一个公爵爵位，他当时要是被抓住，会被钉十字架的）。也许，斯堤利安会觉得这是个圈套，而且还是个挺粗糙的圈套。但都城始终比外面安全，宫廷侍卫大概有八万人之多，都是从陆军士兵里挑出的精锐，这有点儿像是十五年服役的抚恤金，再加上对出色表现的回报。而斯堤利安的军队就是帝国最精英的部队（在被阿普西玛解散之前），所以宫廷侍卫里有一半是他的老兵，他们都拥戴他。那封信没有把事说得太细——风险太高；我们敢寄这封信也只是因为本姆巴发现还有一个书记员也是罗珀人——就一个——在内务府上班，隶属邮政处，所以可以跑去寄这封信而不会引起注意——但是本姆巴的措辞非常考究，行与行之间也巧妙地设置了空距，方便阅读。于是斯堤利安来了，本姆巴把他从厨房后门带进来见我。

他不喜欢我，一点儿也不喜欢，我看得出来。首先，我长得太好看了，然后我的衣服上也满是比娅的香水味，而他不赞同让一个老妇人的小白脸当皇帝，即便他觉得阿普西玛是恶魔的化身。我倒很喜欢斯堤利安。他矮矮壮壮的，银发灰眼，说话带着那种只有军事将领才有的口音，我得承认我还挺喜欢那种口音的。总之，我告诉他我在想什么，以及我想让他做什么。他看着我，仿佛觉得我疯了。做不到，他说，而且，如果他们抓到我们，脑袋就没了。我害怕得快要尿裤子，但还是直直地看着他。如果我们现在不干，我说，我们不会再有机会了。你会做最有利于帝国的事情，不是吗？

你要么就是疯了，要么就是太蠢了，他说。那又有什么要紧呢？我问。

我没有亲眼见证，当然。那一切发生的时候我在寝宫睡觉，当时是午夜，午夜似乎是发生这种事情的最佳时刻。但是本姆巴跟着去了，作为我的耳目，带着玉玺，以免有人想求证。

后来，斯堤利安把整个过程告诉了我。组队是一点儿麻烦也没遇到。他挑了十二个旧军士，那是他在老皇帝在世时带过的老兵。他叫他们在一时经开始的时候去南回廊旁边的四方院跟他集合。然后，他们当然准时出现，在本姆巴的引领下，沿着走廊悄无声息地疾步前进，到达了尼科的房间。门没有锁。他正坐在床上读公文。他们没有给他吱声的时间，据斯堤利安说。他们用烂布堵上了他的嘴，绑起了他的手，把穿着睡衣、赤着脚的他推了出去。

他们不用走很远，大概一百码，走到厨房的门口——本姆巴就是在那里放斯堤利安进去的——然后再走四分之一英里的空荡街道，到达金壳神庙。庙里有一个教士，欠了斯堤利安的堂弟一大笔钱，所以这里也没什么麻烦。门打开，需要的一切已经安排好了。他们把尼科绑到一个荣誉教士的位置上，剃了他的头，让他看起来像一个僧人，然后把他的眼睛挖了出来。这是一项老传统，他们告诉我，帝国法院一直如此，这样能有效地除掉一个潜在威胁而又不用真的取人性命，这就是为什么这一招被称为皇帝圣恩。我宁愿他们没有告诉我这些。

尼科被扔上一艘小船，通过南运河到达海港，斯堤利安在那里为尼科和三个卫兵安排了航程（你可以看出来他为什么是一个好将军），去奥利塞里亚岛上的蓝岩修道院。要是你没听说过这个地方，那是大海中央的一块大石头——水手显然知道怎么找到那里，但是地图上找不到。

我把这一切告诉她的时候，她瞪着我。你他妈为什么要干这种事？她说。

我告诉了她，她脸色变得惨白。他想让我杀了你，我告诉她，那样我就能娶别人，生孩子，把皇位传承下去。

我要他死，她说，马上。

他是我哥，我对她说。而且，他做这一切是为了我，和埃达克斯。然后我意识到了。她还不知道尼科是我哥。她看出来我和尼科认识，也知道尼科为我安排这一切、把我派到她身边是因为我长得好看，但是她知道的也就这么多了。而我却以为她一直知道，另外，我从来没怎么说过我自己的事。没事儿，我告诉她，反正他得消失，为了帝国。

她皱着眉看着我。你在说什么？她说。

为了帝国，我说。他从来没让我做对的事情。他对那种事不感兴趣。他只关心夺权和保权——那样我们才没事，他和我和我们的弟弟埃达克斯。他告诉过我，不要他妈的那么蠢，把一切交给他来做，不要操心任何与我无关的事。他解决掉上一任孤儿监护官的时候，把那些挪用的地产都拿到了自己手里，我知道他一直没把那些地交公，而我们需要那笔财产。他说放着以防万一——万一出了什么乱子，万一我们被忽然清理出局，万一我们忽然要去别的什么地方……他很小心，我哥哥，他总是为最坏的情况做好打算。

（只是他并没有料到最坏的情况。但是没人是完美的嘛。）

她看着我，像不认识我似的。好吧，她说，就这样了。反正也没人喜欢他。

我任命斯堤利安将军为新的孤儿监护官。军人来主管军事处，这是从来没有过的。我不知道该不该信任他，我也很清楚他不喜欢我。但我没有别的选择，其他人我都不认识。

然后我任命本姆巴为新的御马监伯爵。我想的是，他没有朋友，没有人想跟他一边，没人想主动跟他说话，但是他了解政务系统。他会跟我一边，因为他知道，如果我遇上什么不测，他的命保不了一个小时。忠诚就是这样保障的。爱和信任没用，我发现了。

我让他们做的第一件事就是列一个清单，列出帝国所有的问题。这听起来很蠢，对吧，但是我当时想的是，总得有个开始。

情况比我想象的还要糟，我想这出乎了所有人的意料，哪怕是尼科那么聪明的人。首先，钱都没了。老皇帝死的时候盈余一百二十亿。现在我们欠银行和风险投资商大概七十亿，我们也不敢违约，不然会引起大面积恐慌，一切就会陷入地狱。我们不能加税，因为税已经太高了。这事是这样运作的：国库给每个省一个税收指标，行省再指派给地区，地区指派给地主，地主指派给佃户，每一层指派都会自己再加收一点点。糟糕到什么程度呢？农夫直接收拾包袱走人，他们宁愿四处游荡。东部和南部的大部分行省——都城粮食的主要来源区——已经遍地是空屋和荒地。他们当中的很多人最后到了都城，以为能在这里找到工作，但是这里的税一样很高，每天都有作坊和工厂倒闭。都城的粮价在过去六个月里已经翻了番。而且粮食经常买不到，出多高的价格都不行。因为经销商欠了风险投资商太多钱，运粮船到达都城海港之前就会被扣下抵债，然后被运去斯科利亚或梅萨吉尼，那里粮价更高（斯科利亚安吉尔和梅萨吉尼泰勒币对帝国苏勒德斯的汇率很坚挺）。

这一切并没有给斯堤利安将军带来特别的烦恼，因为他的家产都在北边，所以对他来说都城烧光也无所谓。真正让他烦恼的是，城市贵族收走贫农和自耕农的抵押地产，拿给奴隶耕种，于是一千年来为军队提供新兵的那些农民，被成千上万地驱离了他们的土地。加上之前阿普西玛解散了三个团，军队已经缩水到老皇帝时期的三分之一了。现在是和平时期，需要跟谁打仗呢？阿普西玛当时这么跟他说，一脸胜利的微笑，他问这个问题并不真的想得到回答。

另外，斯堤利安告诉我，如果你真如你说的那样想为人民做好事，你做不到的，因为政府部门不会让你做到的。我说老皇帝从来不让政府部门干涉他的事，这话让斯堤利安狂笑起来。政府机构已经臃肿到当时的三倍了，他说。我叫本姆巴去核实，结果还真是。还有，政府开支是巴西利斯库斯时期的四倍，其中百分之九十用来支付薪水了。不过，占全员四分之三的低级公务员，也就是干实事的那些，领的薪水反而降了百分之十五。

我这辈子没有老老实实干过一天活，所以我不知道那是什么感觉。但想象力是有的。我想象自己天一亮就走出屋子，走到谷仓。我能看到自己把牛套上轭，接上犁，把牛群赶到地里，扶着犁，牛向前拱着，带得犁铧不断破着土。我能看到自己每犁完一排就擦着脸上的汗，回头看看刚刚干完的活儿，再看看还没犁完的部分。这永远不会发生，当然，但我能想象。

现实生活里，我得犁的田更令人畏缩。我不知道该怎么犁，从哪儿开始。我的耕牛——神啊原谅我这样形容他们吧——是极不合适的两个人。其中一个蔑视我，另一个对几乎所有事情都提心吊胆；一个是军方权贵，出身比神还好，而另一个是在罗珀人的大篷车里出生的，断奶后吃的是从父亲的敌人身上割下的肉炖的汤——我有没有提过罗珀人是食人族？但是，我猜他们俩有一点是相同的：从来没想到过有一天会侍奉一个母亲是乡野妓女的皇帝。事情从来不像我们预期的那样，但我们还好好地活着，至少暂时如此。

我叫斯堤利安去跟银行家们谈一谈。他皱着眉看着我，不过我觉得这个想法吸引了他——他的家族在过去五十年里有大概十万英亩土地流进了银行家手里。他回来告诉我，他们同意让我们以五十年期限分期付款，年息百分之二（实际上共需支付百分之五）。我不知道他跟他们说了什么，反正也不重要了。

本姆巴给我写了一份政府分析报告。报告很长，非常工整地抄在羊皮纸上，被装在一根金管里。我指出我不识字，所以他读给我听了。我们一起研究该怎么办。第二天，斯堤利安的守卫逮捕了所有十二个部门的头头，指控他们犯了贪污、亵渎、渎职和欺诈罪。这些罪名可以撤销，本姆巴对他们说，只要他们把部门预算减半，再裁掉三分之一的雇员。因为犯贪污罪是要被钉在十字架上的，所以他们都同意研究一下，看看可以做些什么。

尼科做了很多工作掩盖他从上任孤儿监护管那里掠来的公地，所以我们花了很多的精力、才智和想象力，才把证据碎片拼凑起来。查到最后的真相时，我们都震惊了。一百万英亩，没有一块烂地。全都是各省最肥沃、最宜耕的土地。我们把这些地拆分，发给了十万无家可归的农民，每人十亩——永久地权，我坚持这一点，尽管斯堤利安用天底下所有的脏话骂了我，甚至本姆巴都皱着眉问我确不确定这样做是对的。但必须是永久地权，没有地租，没有债务。附加条件是，五十年内，这些地不可以出售或者抵押。这个条件是为斯堤利安设的，他最终明白了这一点。为帝国培养一代新兵。

本姆巴做了些发掘工作，发现那些把粮食商的粮船收走抵债的投资商在过去的八年里没有交任何税。欠前任孤儿监护管的债，他们交了大概四分之一，征税要求文件就在繁杂的手续中丢失了。我放斯堤利安去找他们——他开始享受欺负平民的感觉了，而我则喜欢他这种享受工作的人——于是我们得到了粮船，可以保证粮食供应了。我们还成功让粮价降了百分之十二，靠的是缩减成本。虽然没降到我希望的程度，但至少是个开始。从中期来看，粮食会更便宜，只要新得到土地的自耕农开始生产和售卖。我让本姆巴开了一家公司来收购谷子，然后以公道的价钱卖给供销商，但能坚持多久还得等等看。

阿普西玛安排了非常多的建筑工程——各种寺庙、他的宝贝大学，还有一座新宫殿（都城里已经有四座了）。我把这些工程全部取消了，但是那些建筑商并没有损失，他们得到了修城墙的任务——自老皇帝儿时到现在一直没人维护过，很多地方都破损得不成样子了。他们还要负责给城里的街道铺砖。路面残破，有些地方甚至会让你在大雨之后陷在车轮印里。这些工程极度铺张，斯堤利安评价说，但让一万多名失业已久的市民找到了工作，工钱则是我卖掉阿普西玛的大学里的书得来的——至少我建议银行家把这些书当成现金收下，当这一期的还款。我没有叫斯堤利安去跟他们交涉，只让本姆巴去提了一下他的名字。他们对他记忆犹新。

我在东塔顶上有一个私人小礼拜堂。在邮政系统建立前，这地方曾是一个传信哨站。这是一个小小的圆形房间，白墙，挂着一幅《显圣图》，然后我发现了这玩意儿有多值钱，立刻把它卖了，于是就只剩白墙了。

我每天都去那儿祈祷。神啊，我说，我有罪。我谋杀了皇帝。我让我哥谋杀其他人——不知道杀了多少，可能有几十上百个。我想不到还有什么事比我的所作所为更糟糕。而你赏给了我整个帝国，给我机会来造福你的人民，还给了我——我并不完全知道这个词是什么意思，但还是用了——幸福。这是不是说明我得到宽恕了？

问题是，我不知道。我想起那次身处绝境时做的梦。这就是原因。接着我就看到自己坐在皇座上（但是身边是埃达克斯，这个我想不明白是为什么），所以我估摸着祂的意思是要我当皇帝，这样就能做让祂高兴的事了，比如让穷人不再挨饿、让帝国回到正轨。我也不知道这个结论对不对。但是为了做这些事，我谋杀了一个人，而且尼科杀掉另外几十上百个的时候，我袖手旁观了，再加上叛国罪、通奸罪和其他各种罪行，这些肯定不能是祂的旨意吧？

祂打下这大地的根基时我在哪里呢？好问题。

所以我祈祷：神啊，如果我做对了，如果我做了让你高兴的事，给我一个明示吧。明白到我这样的傻子也能理解。

那天的情况，我记得非常清楚。消息传到了都城，罗珀人洗劫了查尔纳克。

我问过本姆巴关于罗珀人的情况。他们真的是食人族吗？呃，是也不是。大多数时候，他们吃的是牛奶、奶酪、黄油和酸奶，还有他们乘着巨大的篷车在东北平原跋涉时偶尔采到的各种野果。但在打仗的时候，如果赢了，就会吃掉他们杀死的敌人，没吃完的就腌起来，像做培根一样。他们真的像人们说的那样残暴吗？是也不是，本姆巴说，他们之间看重的是公平、荣耀和仁慈，不过这不适用于外族，因为外族从定义上就是低等的，算不上人类。他们想要什么呢？我问。主要嘛，想安安静静地享受和平，只是有时候他们觉得荣誉受到了冒犯，那他们的第一要务就是雪耻。我们帝国那么看重的金银、丝绸和象牙，在他们眼里屁都不值。对他们来说，那不过是浪费篷车空间的垃圾。皇帝给他们送去金币的时候，他们会把金币埋起来，放一堆石头来标记地点。他们不担心被偷，因为哪个脑子正常的人会去偷这种东西？

但是当一个罗珀人的王死的时候，他一辈子的战利品都要陪葬。罗珀的王一般死得比较频繁，因为他们是一个好斗的民族。现在又一个王死了，皇帝却不再给他们送金币，于是他们没了陪葬品，这是非常可怕的羞辱。现在再送过去也晚了，因为伤害已经造成。要挽回荣誉，必须通过武力自己去拿。

到底要用多少武力，我问，才能维护他们的荣誉呢？本姆巴想了想，说具体多少他也不知道，反正多到他们满意为止，也就是越多越好吧。还有，他说，自从皇帝开始交岁贡，罗珀人就不能以雪耻为由洗劫帝国了。他们被困在游牧地区很多年，年轻人没有机会通过战斗确立自己在部族中的地位，而这种事对罗珀人来说又极其重要。最可能的情况是，他们已经下定决心要烧掉这座城市。他们能做到吗？我问。噢，能的，他说。

于是我又去问斯堤利安将军，他跟我说老皇帝从来没跟罗珀人打过仗，但是他爷爷打过——四场，前三场输了，第四场平局，之所以平局是因为帝国开始交岁贡了。他还真不知道他们居然这么能打。罗珀人没有马，他们的大篷车是用牛拉的，打仗的都是步兵，不过弓箭手是一流的，弓也是最强悍的复合弓。另外，他们高大勇猛，看起来毫不畏惧死亡。如果能花钱找他们做雇佣兵，他会毫不犹豫地掏钱。但他们对金钱不感兴趣，且觉得受雇打仗是一个男人能做的最恶心的事。

我问他，有机会抵抗他们吗？他想了很久，然后说，有的，因为我们的骑兵很强大。但那意味着要把南部和西部的主力骑兵精锐调过来，还有北部的重装步兵团。只有压倒性的兵力才有机会打赢，就像我一直跟你说的，我们兵力不足，情况很危险。

不要管别的了，我跟他说。那就压倒性的兵力吧。他耸了耸肩。我可以做到，他说，但是我需要军费。我来想办法，我说，但对于从哪儿弄这笔钱毫无思路。我需要我的兄弟和我叔叔齐米切斯当战地指挥官，他又说。好，我说。他一时想不出什么别的要求了，于是我就让他自己回去筹划。

第二天我接见了红衣主教代表团。为首的是大修道院院长，后面跟着城里所有修道院的院长。现在的当务之急，他们对我说，是废黜皇后。不然，他们就别无选择，只能关掉所有的修道院，宣布将整个都城逐出教会。

我尽可能恭敬地问他们，他们是不是都疯了。市民对他们的信仰非常认真，逐出教会的话，尤其是在罗珀人来袭的关头，会引起恐慌和骚乱，守卫会被叫去制止骚乱，至少会有一场惨烈的屠杀……这些他们都知道，他们向我保证，但他们不得不这么做。教法说得很清楚。他们没有选择。

总是有得选的，我对他们说，再说了，搞这一出是为了什么？他们非常严肃地看着我。有证据表明，他们说，皇后谋杀了她的丈夫，也就是上一任皇帝。所以她是被神憎恶的人，必须废黜、囚禁，不然祂会惩罚整个帝国。确实，现在这场战祸实在不大像是巧合，这一点，牧师们肯定会在都城里的每一个讲坛上大肆宣扬，除非我立即采取行动。

我不能那么做，我说，她是我妻子。我爱她。

我嘟囔着，可能声音太小了，他们似乎没听到。马上，他们说，事实上，我们希望你当着我们的面下令，马上。

你们都弄错了，我对他们说。杀那个老头的不是她，而是我。

他们看着我，似乎觉得我是个傻子。你是皇帝，他们说，皇帝不可能做错事。法律上你就不可能犯谋杀罪。但显然有人犯了，而既然只有两人参与，那只能是她犯了。

还有，歪角修道院的名誉院长压低声音说，她在塔上住了大半辈子，到现在也完全习惯了。你又是一个年轻人，帝国需要继承人。现在你很受市民欢迎，因为那些改革。你完全不用担心生子的问题。我们已经安排好了取消婚姻的手续，办完你就自由了。

我没有回答他。我不能这么做，我说。

你必须这么做，他们说，这是神的旨意。

她不是乖乖离开的。我确保了我听不到过程，但是能猜到场面肯定很难看。那天晚上，大修道院院长在晚祷的时候做了正式宣布。没有骚乱，因为斯堤利安派侍卫守在各个街角。我派人去找来院长，告诉他这个状况，但是他摇了摇头。已经太晚了，他说，废黜手续已经办完，而且，君无戏言。你要是食言，我们就把你逐出教会，那就意味着内战。

本姆巴告诉我，都城里支持我的人都离开了。人们现在都说我是一个阴险狡诈的篡位者，勾引了老皇帝的女儿，利用完了就把她囚禁起来。这事他们永远都不会原谅我。

我去我的小礼拜堂祈祷。神啊，我说，我想我明白了。我做了让你不高兴的事，所以你要惩罚我，先是我哥哥，然后是我妻子。但那次向你祈祷后，你给我展示了一个梦。这就是原因，你当时对我说。我努力做了我认为你想要我做的事。但我应该是弄错了。尼科说过，我把所有事都弄错了。

所以，如果不碍你事的话，我希望你直接惩罚我，而不要惩罚这座城市，这个帝国。如果你惩罚我，罚我死也好，罚我受辱也好，任何方式都行。让我知道我一直以来都错了，我就会静静地离开，再也不会向你提任何请求。但是求求你，如果这都是我的错，不要再因此再伤害别人了。

带着这样的理解，我正式派斯堤利安出征打罗珀人。

他照我的话，组建了帝国史上除内战之外最大规模的陆军。他召回了南边以轻骑和重骑为主的第二军和第四军，以及西边拥有八个步兵营的第一军。我给他找了些钱——我折磨了大修道院院长的良心，让他发了一道训谕，征集都城所有教会财产的十分之一。募到的资金规模让我目瞪口呆，不过这事就别多想了。人们都说如果收到别人送的马，别在马嘴里检查牙口，但是这一匹作为礼物的马还真是满口大金牙啊。

我们在大修道院的礼拜堂给斯堤利安做了一次礼拜，在奉献仪式上又做了一次，然后他就出发了。那天晚上我重复了我的祈祷，以免祂之前没听到。

不会有事的，本姆巴对我说。如果说世界上还有什么能让罗珀人惧怕，那就是骑马的人了。过去他们跟我们打仗，他们总是据守山里，骑兵没法去。但是现在战场变成了大平原，没地方可躲。另外，斯堤利安是个好将军。他是跟老皇帝学的兵法。

第二天早上我醒来时发现两个脚踝都肿了，肿得跟我的小腿一样粗。我用大拇指按了按，留下了一个拇指大小的凹陷。于是我叫人去请医生，医生说没什么好担心的，他们第二天会再来。第二天早上，浮肿已经蔓延到了大腿。你患了水肿，医生们说。

啊，我想，那没事。

接下来的几个星期里，我从疾病中获得了巨大的力量和满足。不知道你熟不熟悉水肿，你的身体会像酒囊一样鼓起来，皮肤会变成紫色，关节从早到晚疼得要命，不管你想什么办法，都松快不了。我没法去塔顶的小礼拜堂了——至少有三个人帮忙我才能从椅子上站起来——但我还是在祈祷。谢谢你，我说。

我知道这肯定是对我祈祷的答复，因为这疾病对我来说太合适了。我的美貌，我的英俊，全没了。我变成了这个可笑的肿胀的怪物，像是一只死了一个星期的动物。我的皮肤有些光滑，像是用蜂蜜腌制过的火腿一样，光是呼吸就花掉了我所有的时间和精力。谢谢你，我对祂说。这是一个连我都能理解的明示。

医生们让我喝各种药，在我皮肤上擦各种东西，这些都加剧了我的疼痛，在消肿方面毫不见效。过了一阵子，我对他们表示了感谢，然后叫他们离开。

我最不想让他们做的就是治好我,至少在斯堤利安带着全军凯旋之前不想。

传来的一直是好消息。斯堤利安遭遇了罗珀人的突袭军,足有五千人之多,正前往贝尔德福。他用弓骑兵把他们围住,像赶羊一样把他们赶到了第五军枪骑兵方阵的矛尖上。只有极少数敌人幸存,而我方的损失极小。

我的脖子也肿了,然后是头,我的眼睛也看不清了。我叫人把医生请来。这很正常,他们说。那就不用担心咯,我说。不是这意思,他们对我说。你病到这个程度,视力模糊是正常的。不过,往好的方面想吧,你的心脏很可能会在你瞎掉以前停止跳动。

谢谢你们,我说,然后我想起了可怜的尼科。皇帝圣恩,他是瞎了之后才死的,看来我会反过来。不过圣恩正是我祈祷时乞求的。祂回应了我,我也就别无所求了。

他们把我弄醒,把消息告诉了我。斯堤利安全军覆没。

我努力想爬起来,但在场的人手不够。我摔到了地上,痛得要命。他们找来了医生,医生说我至少一个小时内都不能起身。所以我就躺在地上接见了信使,疼痛让我没法儿好好思考。

信使名叫艾利安·布特兹,是枪骑兵中的一名上尉。他当时被派出去侦察,但是迷了路,等找到路回去的时候,一切都结束了。他完全不知道这一切是怎么发生的,但我们的兵营里全是罗珀人,地上到处是尸体,尸堆里没几个罗珀人。他火速撤离,骑着马去找幸存者。平原一望无际。他一个人都没找到。

那一天接下来的时间里他都在躲避罗珀人的侦察兵,到晚上才开始思考怎么办。就要天亮的时候,他骑马折返,看到罗珀人庆祝丰收节留下的残迹,他好多年没见过这么盛大的丰收节了。之后他便骑马回到了都城。有可能,他说,斯堤利安手下有几百人逃了出来,但他对这个猜想不是很有信心。如果有一群幸存者,在那片大平地上,他应该能看到。当然,罗珀人也能看到。不,他说，更可能他和他的手下是唯一的幸存者。如果是这样的话，他又说，罗珀人军队和都城之间就畅通无阻了。

我当时很难开口说话，每一次呼吸都像从一口很深的井里吸水一样。但我还是问他，现在军中最高级别的指挥官是谁？

他看着我，很忧伤。可能就是我了，他说。

他接着又解释说，其实暂时还不是我。只是，他出生于六大家族（小儿子，非长房，但是他显然对家族的行事方式非常了解），他基本敢打包票，等这灾难的消息传到其他陆军部队——那些还没在斯堤利安的带领下冲向死亡的部队——的时候，他们的指挥官会立刻带兵撤回各省，以拉深战场。让都城燃烧吧，如果不得不这样的话。在六大家族看来，军队就是帝国，帝国就是军队，哪儿有军队，哪儿就有都城和行省。都城只是一个金钱有去无回的地方，一只愚蠢的寄生虫向一群阉人发出愚蠢的指令的地方，不断让勇敢的人去送死。就让它燃烧吧，谁他妈在乎呢？

但这里还有二十五万人，我对他说。他耸了耸肩。生鸡蛋和煎鸡蛋，一回事，他说。反正我的堂兄弟们肯定会这样想的，他很快又说。就现在而言，我们没有军队了，也没有军官。

除了你，我说。

他露出请不要这样的表情。我只是一个上尉，他说。另外，就像我跟你说的……

还有宫廷侍卫，我说，有八千人。

我们上次得到的消息是，艾利安尽可能轻声地说道，罗珀人有十六万。斯堤利安是对的。打败他们的唯一办法是靠压倒性的兵力。

我点点头。所以如果我叫你带着宫廷侍卫去抵抗，你会拒绝。

我不能拒绝，他说，我不能抗命。但你知道罗珀人会怎么对待俘虏吗？

吃了他们，我说，是的，我知道。

他摇了摇头。他们不吃高级别的俘虏，他说，抓到亲王啊，王子啊，将军啊，他们会弄一根又大又粗的柱子，大概六英尺长，直径两英寸到两英寸半，一头削得尖尖的。把尖的那一头插进你的屁股，大概十八英寸深，再把另一头插在地上。他们认为这是能让一个人最痛苦地死去的办法，整个过程大概六到八个小时。你的朋友去救你也没有用，因为这时候伤害已经造成了，就算救下来也不过是在难以想象的疼痛中再活个半天。如果你下令，我是会去的，他接着说，但是如果有得选，我真不想去。

后来，我问本姆巴那是不是真的。他点了点头。不过他们只会对最坏的敌人这样做，他说，巫师啊，叛徒啊，还有侮辱他们国王的人。就像我们这种？我问。对，他说。

那是当天我能做的所有事情。在我试着睡一觉的时候，埃达克斯来看我了。

我被推上皇位之后就没见过他。事实上，我记得我好像是下达了非常清楚的命令。别让他被我看见，我记得我大概这么说过。但是他出现了，脸色有些苍白，但其他方面都还好。你病了，他说。

他们是这么说的，我说。

他点点头，坐到我床边。你会死吗？

我不知道，我对他说。医生说我这样肿下去迟早会让心脏崩溃。又或者我会忽然痊愈。

他皱起了眉头。你看起来好惨，他说。对了，要是你死了，我是不是就是皇帝了？

不是，我说。

我觉得应该是，他说。你又没有孩子，我是你唯一的亲人。嗯，还有尼科，但是他瞎了，又没有鸡巴，按规矩他那样的不能做皇帝。我是有鸡巴的，他说，我可以当。

把他抓起来，他们这样跟我说过，或者找一个安静美丽的小岛或者山顶修道院，那种来客得坐在竹篮里被拉过去才能到达的地方，把他关起来。我很震惊。他是我弟弟，我告诉他们。

我是皇帝，我对他说，因为我娶了老皇帝的女儿。

好吧，他说，我也可以娶她。但是我觉得严格来说，没那个必要。我觉得，你一死，我就可以直接做皇帝了。要不你叫书记员核实一下？提前做好准备总是好的，以防最坏的情况。

听我说，我说，抱歉，对于尼科的事，我没有别的选择。

他耸了耸肩。都已经过去了，他说。你现在是老大，这才重要。但如果你发生意外，我有权知道我的处境。延续，他说，这是维护帝国幸福的根本。

万事皆有因，圣典上说，天下万物皆有用。除了我弟弟埃达克斯。我会叫本姆巴去查一下的，我说。然后我就把本姆巴叫了来。

不，本姆巴告诉我，你无能为力，除非你想杀了他或者弄瞎他。事实上，他说的还真没错。他是你的合法继承人。

我坐在皇位上，埃达克斯在旁边。这就是原因。我从来不知道祂这么幽默。

我派人找来艾利安上校。我想让你指挥都城城防，我对他说，在我不在的时候。

他看着我。你要离开，他说。

本姆巴会当市长，我说，但鉴于他的身份，大家不会让他好过的，所以我想让你照看他。你会为我这么做的，对吧？

他并不喜欢给一个罗珀阉人当保姆，但是他已经抗过一次命了。当然可以，他说。你要去哪里？

谢谢你，我说，你让我安心了。

斯堤利安是禁军的统领，没有副官。或者说他有八个副官，每一个都带一千兵。我把他们找了来。我们要去北边，我跟他们说。

然后，一片尴尬的沉默。您说什么，陛下，他们当中的一个人终于开口道，禁军从来不离开都城啊。

我一说话就很疼，而且很累。禁军的职责，我说，就是保护皇帝。对吧？他们点头。而皇帝要去北边，我对他们说，所以你们也得跟着。

又是长时间的沉默。我能问问我们是要去哪里吗？

去打罗珀人，我说。

他们面面相觑。他们没有六大家族的血统，就是拿饷干活的士兵，一辈子都在军中，慢慢往上爬，从低级副官做到少校。会让人送命的愚蠢命令是他们的天敌，就像狐狸对于兔子。当然，这事由不得他们不喜欢。我是不是可以这样理解，他们其中一人说，陛下是要亲自带兵？

这番对话让我非常累。除非你们当中有谁想来带兵。

没人自告奋勇。陛下有任何打仗的经验吗？

我叹了一口气。没有，我说。不过我躺在这里的时候，书记员给我读了几本关于战略的好书。我不逼你们，你们是不会去的。就算去了，你们也会找个理由停在什么地方，等到罗珀人把都城洗劫完了再回来。这样做是有道理的，你们要对你们的兵负责。但你们首先要对我负责，对吧？

我能看出来他们脑子里在想什么。这里只有我们，没有别人，我们可以拿一个枕头捂在他脸上，然后告诉大家他的心脏犯病了。如果是尼科在这儿，他会毫不犹豫这样做。对吧？我重复了一遍。他们点头。不过恕我直言，陛下，其中一人道，你肯定是脑子坏了。

他们用羽毛铺满了一辆马车，躺在里面能勉强忍受。

我并不享受向北的旅途。那条军用大道是老皇帝的曾祖父修建的，是帝国的主动脉，但过去的四十年里没有花一分钱修整过，因为无钱可花，而农民则纷纷偷铺路石去修他们的围墙和谷仓。这个问题得治一治，然后我忽然想到，不管结果如何，我都撑不了太久了。这让我烦恼。我一辈子的处事态度都是，没事，晚点有个五分钟的时候再做，到时候会解决的。然后忽然之间，我就像一个出远门的人，在船启航的时候才想起还有东西忘了带。

我把本姆巴留在家值班了，不过他给我找了一个老乡兼同事，政府部门仅有的另一个罗珀人。他叫西多科（其实他本名叫裂角，但人生苦短，这么拗口的名字还是算了吧），比我大个一两岁，高大强壮。本姆巴让他以自己的荣誉起誓，用生命保护我，这让我感觉不太舒服。听我说，我说，如果事情发展到了那一步，就拼命逃吧。但是他摇了摇头说，如果撇下我逃命的话，他的灵魂就会受诅咒，下辈子会变成一只蟑螂，而他最瞧不起蟑螂了。

西多科告诉我，罗珀人住在巨大的篷车里，那种车的轮子比一个人还高。这种车是他们唯一拥有的家，或者说是他们唯一想要的家，所以他们去打仗的时候，他们的老婆孩子还有牛羊都会跟着他们，男人去战斗的时候，他们就把篷车围成一圈，把牲口围在中间。这种篷车修得非常结实，就像城里的城墙一样，几个好弓箭手就能靠着它抵抗一支军队。他们瞧不起定居的人，他说，他们好久没攻打帝国，唯一原因是我们没有任何他们想要的东西。对他们来说，只有女人、孩子和牲口才算得上财富。他们一夫多妻制，对待任何人的孩子都像自己的孩子一样，因为他们需要人力。所以，杀死敌人之后，就会把敌人的家人当成自己的家人，每个人似乎都对这种安排很满意。除了吃敌人的肉之外，他们是不吃肉的。他们觉得为屠宰而饲养动物是野蛮行为。谁会把羚羊或者松鸡这样优雅的动物变成一堆屎呢？他们战斗力强还有一个原因，就是真的不怕死。他们相信轮回，相信生命的意义在于活得好也死得好，要获得功绩，要在下一次轮回中获得更高的地位。所以他们不理解野心。要提高自己的社会地位，只能努力为下一世筹划。这辈子的地位是老天分配的，尝试改变就是亵渎，只会让你下辈子变成一只短命遭罪的甲虫。我必须承认，这么听来我挺喜欢罗珀人的，他们的思考、做事方式都很有些道理。想到我不得不把他们从大地上抹掉，我就很烦。话说回来，我成功的机会并不大。

八个营的指挥官问我战斗计划。我跟他们说没有计划，不过我很乐意听大家的建议。

至少一切结束得挺快。到这个时候，罗珀人已经大致均分成了两路大军，每一路大概八万战士。一路向东，去洗劫马瑟斯特。另一路往南，准备沿着红水河北岸把沿河的大城镇扫荡一遍，然后跟东路会合，发起对都城的总攻。发现我们的是南路军，我们当时正在坎斯朱弗雷兹的深山里艰难跋涉。

罗珀人意识到，我们所处的位置对他们来说非常有利。等我们安稳走到平原就会有风险——小风险，但理论上是存在的——我们的骑兵可能会创造奇迹，杀他们个片甲不留。在山里的话，骑兵什么用也没有。军事谋略很讲究时机。我们到达的消息传到篷车队的一小时后，八万罗珀勇士就跑——真的用两脚跑——上山坡来堵我们，不让我们逃脱。

爬上山坡后，一切就一目了然了。我们在一个非常好的防守位置等着他们，那是一个陡峭的山谷，只有一条狭窄的小道通向外面，小道上有世界上最精锐的重型步兵布了阵。他们得承认，那是在我们可怜的地理和人数劣势下能做的最好的安排了。是的，这仗不容易打，损失会很惨重，但是他们的兵力是我们的十倍。帝国重型步兵穿着最好的工艺和最高的成本能做出的最精良的盔甲，但罗珀的弓箭手是世界上最好的，他们的弓非常有力。

他们向我们射箭。我们跪在盾牌后面，大部分箭都没射到人。他们发起冲击。我们挡了回去。再射，再跪，再冲，再挡。这一天非常漫长，然后天黑了，什么也看不清了。不过到了晚上，罗珀人的侦察兵回报说他们发现山谷背后有一条小道。如果分成两队，一队抄后路，在太阳升起的时候前后夹击，战斗就能很快结束。

他们就是这么做的。禁军士兵在战斗中都像英雄一样，誓死抵抗，然后全军覆没。罗珀人当然仔细清点了尸体，发现一件奇怪的事：死去的禁军士兵只有一千人。可是侦察兵明明看到八千人从另一端走进了山谷。

亲爱的神啊，这本不可能成功的。各营指挥官都跟我说这不可能，说我是个傻子，说我会让他们都死掉。我说，是的，这是个愚蠢的想法，所以拜托，拜托你们给我想出一个更好的。他们想不出，最后还是按我的方法做了，成功了。

一千人——都是死士，原谅我吧神啊——留下来守关，其余七千人顺着羊肠小道溜出去，偷偷绕过了罗珀大军，疯狂地向前冲，在篷车队察觉之前冲到了他们面前。我们做到了，时机正好，虽然他们不得不用担架抬着我走，遇到了不少麻烦。干掉篷车上的哨兵是个棘手活儿，这一步没做好，整个计划就泡汤了，但禁军对干这种事挺在行的，所以也没出岔子。半个小时后，我们在黑暗中控制了篷车，而等到太阳升起的时候，我们已经把所有女人孩子都围起来绑在一起了。现在，一个营长跟我说，我们可以谈判了。

我摇了摇头，不谈判。

你疯了吗？他问。我们抓住了他们的要害。罗珀人爱他们的孩子。我们可以活着离开这里，只要打好手里的牌。

不，我对他说，好吧，我们就假设一下。我们谈成协议，他们也愿意遵守——他们不会遵守的，对根本算不上人的人违约并不是罪。所以就算达成协议，他们撤了，明年也还会杀回来的。抱歉，我对他说，后患不能留。他闭上眼睛，数到十，然后昂着头走开去组织防守了。

我们让罗珀侦察兵靠近观察，让他们看到他们的女人和孩子都被我们捆在篷车旁边。这样一来，哪怕是世界上最好的弓箭手，用最好的复合弓，也免不了射中自己的家人。所以他们只能拿着矛和弯刀来向我们发起冲击，我们则用世界上第二好的弓箭手、第二好的弓向他们射击。他们冲了六次后，攻势衰退，因为没剩多少人了。然后我下令集结，让骑兵冲出去一番屠杀，直到杀光为止。

在这个过程中，我所做的仅仅是躺在我的羽毛堆里，听着恐怖的喊叫，并不知道战况如何。接着发生了一件事,我当时根本没看清。后来他们告诉我,有一个罗珀人成功地爬上了马车,但立刻被射中,倒在了我身上。总之,我疼得直接晕了过去。醒来之后,我眼睛看不见了。

皇帝圣恩,他们是这么称呼这种事的。

我们饶了一个人的命——就一个——让他去通知其他的罗珀军,带走他们的寡妇和孤儿,另外不要再来骚扰我们了。

(这对他们来说是好消息,因为在罗珀人眼里财富就是女人、孩子和牲口,忽然之间,剩下的罗珀人多了一倍的财富,所以他们回家的时候非常满意,而且很有尊严。我想,等他们的年轻一代成长起来,大概三十年后,他们会再杀过来,但那是留给将来的问题了。战争永远不会结束。)

医生跟我说我的视力会恢复……完全没问题……也许可以……直到我叫他们别再管我。被撞晕的那天,我被折磨得死去活来。醒来后天开始下雨,我被淋了个透,差点儿小命就没了。回都城的路上毫无乐趣。他们说我的心脏停跳了一次,是西多科跳到我身上使劲捶我,才重新恢复心跳的。我中了一次风,还遇上其他各种让人不高兴的事。这一切我都不介意,但我没法儿让其他人明白这一点。当然这也不重要。

我想让他们把我放在一只船上,去尼科被流放的那个小岛,这样他就能在我死前告诉我他是怎么看我的,但医生不允许我这么做。还有,我觉得自己挨不到登岛就会没命。从政治上来讲,我得死在都城,这非常重要。说起这个,基本可以确定埃达克斯会登基成为下一任皇帝了。战士们一直劝我趁还有时间赶紧把他杀了,一路从红水河劝到都城。我知道他们给的建议是好建议,但我无法允许自己做这种事。他是我弟弟,这就是原因。等我死的时候,等我死在都城的时候,他会在场,把皇冠从我头上取下来,戴到自己头上。这样他就能安全一阵子,直到人们对他恶心得要死。这段安稳的日子大概不会太长。在那之后还会发生什么,我完全想象不到。那不是我能祷告的了,让其他人去做吧。我不能自己把所有事都做了，毕竟我统共就做了这么一点儿小事，还做得很烂。

这就是为什么我叫本姆巴在这一卷的开头写上"我的美丽人生"。我这辈子做过许多可怕的坏事。偷窃、谋杀、叛国……我把妻子囚禁在塔里，我弄瞎了我哥哥。我不断问为什么，但答案总是一样。祂打下这大地的根基时我在哪里呢？这就是原因。我知道这就是答案，我一直没能真正理解。但那是我的错。再后来我得到了明示，一个无比清晰的明示，哪怕像我这样的傻子也能理解。那是我的眼睛见到的最后一件事，这让我开心。之后的一切就是可怕而扫兴的结局了。

美是在人的眼睛里的。如果眼睛让你不高兴，就把眼睛挖了。这是一段美丽人生，不管你怎么看。

（李逸鹏　译）

胜于刀剑

译者注:

尽管毫无文学价值,但从多个方面来看,《论修道院》都是一部非凡的文献。首先,它是现存最早的罗珀语著作,虽然有些部分由于太过古老而几乎无法解读,但仍然极富吸引力。其次,它是在文中记述事件的同时期写成的(关于时间线的严重不自洽,参见拜因斯,AJA2007, 42-7)。最后,作为个人文献而不是正式编年史,它是一份来自久远年代的独特样本。因此,它给我们提供了前所未有的倾听真实历史之声的机会。依照汉森(CJ 1987, 33ff)巧妙的论证来看,它并非文中叙述者亲笔所著。但尽管如此,它仍然是从一个对我们而言极度陌生且遥远的世界传来的遗音。

除了特别标注处之外,我的译文完全遵照佩德雷蒂的剑桥本抄本。感谢威斯康辛大学麦迪逊分校的约翰·兰卡斯特,他对众所周知的被严重篡改结尾部分进行了解读,还提出了将"ezaucho"一词译为"储布柜"的中肯建议。

灯塔常被视作修道院的象征。一盏被精心照料的摇曳灯火,在野蛮的暴

215

风雨中用微光坚定不移地指引路途，直到太阳再次升起——不用说，这是东部地区的看法。北部和西部的修道院没有隐喻象征，因为在那里它们不是美丽的意象，而是日常生活的一部分——严苛的地主，不可靠的生意伙伴，糟糕的邻居，拖沓的付款人。曾经，登斯－蒙蒂斯北边和谢维克西边三分之二的土地都是修会的所有物，他们拥有磨坊、桥梁、矿场、制革厂、伐木场、锻造厂、拦河堰、船泊位、鱼塘、水闸、渡船，以及你所需的每一样该死的东西。没错，这其中大多数确实是他们出资建造的，其他人没这个钱，因为全被修道院以地租和什一税的名义拿走了。至少北部人都是这么说的。我知道这个，因为我去过那里。

搞什么名堂，他们把钱都花到哪去了？北部人常问。惯用的答案很准确。他们把钱用来照料摇曳的灯火，花费在了五万名不停写作和抄录手稿的识字修士、颜料和画家、音乐、雕塑、建筑上，也花费在了智慧、美学、哲学、数学、知识、真理，以及无敌骄阳的荣耀上。这代价和人类历史上所有的成就相比不值一提，而担负起保存它们的责任，维护它们免受黑暗侵袭的，唯有修会而已。

他们也把钱花在了其他事情上。对牛皮纸与羊皮纸的无尽需求意味着牧养庞大的畜群，也意味着吃不完的小牛肉和羊肉，足以让你见肉就反胃，只渴望喝一碗清淡的扁豆汤。

他们还有其他的开销。修道院是皇帝们弃置尴尬的亲戚的地方，远离危险，眼不见，心不烦。要不然就只能把他们屠杀殆尽——仁慈是需要代价的。

自从皇帝病倒之后，政务大权就移交到了皇后手上，至今已经过了五年。当然了，这只是陛下身体康复之前的暂时局面。实际来说，这意味着你要入宫就得到雄狮门去，腼腆地敲敲侧门。从小窗里向外打量的那些壶盔佬是皇宫禁卫，而不是皇帝的亲卫军。这安排甚合我意。亲卫军都是从不识字的蛮族人中征募的，道理我明白——他们绝对忠诚，只听命于皇帝本人，置身于政局之外,如此等等——但我还是喜欢能听懂帝国语的守门人。用手语表达"我约定要和南岸水道副总监会面"可不是轻松事。

当然,这一次我没遇到什么问题。如果皇后派人召你入宫,使者会给你一只镶嵌祖母绿和石榴石的昂贵象牙小纺锤,守门人会把它收走,之后就谁也不会来找你麻烦了。

一个身着饰有金流苏的蓝色长袍上的侍从取走了我的头盔和佩剑,带着我爬上大概一百万级台阶,穿过足有一百万里的走廊——我刚刚在战场上度过了四个月,本以为自己体格强健,结果没过多久就累得一身是汗,喘个不停,那个挺着肥肚子的光头却高高兴兴地快步走在我前面,凉鞋在石板地上啪嗒作响——直到我们来到了紫厅的辉煌铜门之前。这时我突然能认得路了。我站在厅外等待他通报我的到来——全是军阶和头衔那一类东西,我永远也不会把它们和我的名字联系起来——然后进入厅中,孤身面圣。

当然啦,这全都是做戏,因为跟帝国与权威有关的一切总是如此。但我得说,她做得真好。皇后传召时,接见地点安排在名字可笑的"小内室"——房间足有佩尔米亚那么大,只是不包括河流——你站在光滑的大理石荒漠边缘,而她坐在对面十二尺高的窗户边,以便有充足的光线来做她的针线活。

我和你说吧,这是人类历史上政治色彩最浓重的缝纫活计。做戏就做的是这个:她虽然身为整个文明世界的皇后,但内心仍然是个普通的贤妻,不辞辛苦,俭省朴素,脚踏实地,精打细算。她就坐在黄金和象牙打造的椅子里,穿着自己纺的羊毛制成的简单衣裙,手上要么在给衣领锁边,要么在缝补磨损的床单。她这不是装样子,而是真的在做针线,皇家马厩的所有马夫穿的都是皇后陛下亲手织的袜子。而她坐在那儿数毛线的行数或者咬断丝线末端的同时,也在心里制订着六个省份的预算方案、计算着纯金币对维萨尼泰勒币的新汇率。

她没有抬头。"噢,"她说,"你来了啊。"

我嘟囔着奉召进宫之类的话。"大点儿声!"她厉声说。我大喊着重复了一遍。她觉得老妇人理应有点儿耳背，不过她其实耳朵灵得像蝙蝠。

"我早想和你谈谈了，"她的语气让我心里一沉，"我读了军需处的报告。过去六个月就消耗了一万八千双靴子，还有九百吨锁子甲环。已经超出今年预算的百分之十七了。我的钱是天上掉下来的吗？"

"不，姑姑。"

"和你父亲一个德行。"她眯着眼睛穿针，"我一个劲儿告诉他，如果没有钱供养守备部队和要塞，获得再多辉煌胜利都没用。你出去杀十万个蛮族人，然后直接掉头回来，能达到什么目的？什么都没有，只是让蛮族人仇恨我们而已。当然了，他从来不听我的，瞧瞧现在吧！"她把针和棉线向我递来。我很会穿针，熟能生巧。"你任由那些承包商狮子大开口，就是这样，"她说，"你的毛病就是不动脑子。你觉得我只用挥挥魔杖，钱就会凭空出现。实际上根本不是那么回事。"

我清了清嗓子，"事实上，姑姑，我不负责军需采购。严格来说我已经不是军官了，我是帝国特使，也就是说——"

"哦，闭嘴吧！"她把针拿回去缝了几针，针脚整齐微小，"我知道你是什么，这官职还是我给你的，还记得吗？就是你姑父想把你送去斯考勒尼的那阵子。现在我有新的工作要给你，希望你别彻底搞砸。"

这种话本该让人心生怨恨。声明一下，在过去的六个月里，我和萨尚方面商定了为期两年的停战协约，解决掉了厄尔斯万的王储，还和布勒米亚人结成了摇摇欲坠的同盟，共同抵抗南方游牧民族的威胁。我并不期望这些成就被载入史册，因为它们都只是没有发生过的战争，没有机会开展的伟大战役，和帝国不需要面对的至暗时刻而已。不过，随便吧。

"好的，姑姑。"我说，"我有什么能为您效劳？"

"就是那些讨厌的海盗，"令人恐惧的海陆劫掠者在她口中仿佛只是个卖香肠要价太高的屠夫，"他们攻击了科特－罗什和科特－苏尔，放火烧得一干二净，什么都没剩下。真不光彩。所以我要派你过去。把小剪刀递给我。"

我惊得说不出话来。我把小剪刀递给了她。

其实，她倒也不坏。你肯定注意到她十分有技巧地提起了斯考勒尼，她永远不会让我忘记这个。如果你熟悉我糟糕的过去，就会知道我和长公主（愿她安息）在床上被人抓了个正着，已知世界的皇帝、无敌骄阳的兄弟乌尔托二世陛下因此怒不可遏。他想剃了我的"老二"，把我送去沙漠里的修道院，让我（按他的说法）反思什么叫作可接受的行为。但她拯救了我。她每天早餐时都和他念叨不休，在他午睡时也说个不停，他结束了一整天的繁重政务，快要陷入安眠时，她又会重新提起这件事：他还年轻，给那孩子一个补偿错误的机会吧，就算是为了我亲爱的不幸的弟弟，他可是为了救你的命才死的。如此这般，反反复复。多亏了她，我现在才在写这个，而不是每天晚上都摸索着检查枕头里有没有蝎子。

临危受命之后，我做了任何负责可靠的人被派往前线之前都会做的事：我料理了自己的后事。

常客在午夜之后才会光临勤勉与仁慈酒馆，但我知道她在那里。我把兜帽拉下来遮住脸——很蠢的行为，所有人都会知道你是那个试图低调的家伙，所有人都会盯着你看——然后询问其中一个女人有没有见到她。

她瞧着我，"你没听说吗？"

我花了大半夜疯狂地奔走于各个凄惨的慈善机构之间，最终，就在我快要绝望的时候，我在改造院找到了她。那堆浑蛋把她扔在了醉鬼拘留房，只给了她一张肮脏的旧毯子，含糊其词地向她保证会有人来帮她。她抬起头，对我皱眉。"嗨，你好呀。"她说。

我几乎崩溃了。这是我们俩的私人笑话，她最不喜欢的常客（大概七尺高, 完全没有私人空间的概念) 这么和她打招呼, 让她想尖叫。 "嗨," 我说, "今晚休假？"

那把刀插在她肚脐左边一寸的位置。没法儿判断她出了多少血。 "我可能惹到他了," 她说, "有多糟？"

她知道我了解这方面, 毕竟我是当兵的。 "不怎么好。" 我告诉她。

"已经不流血了," 她说话的时候嘴唇在颤抖, "刀是干净的。我的刀。你知道的, 银柄的那把。"

她的那把刀一般放在枕头底下。 "我会把你接出去的," 我向她保证, "我去找二十三军团的军医, 你会没事的。待在这里, 我马上回来。"

我跑出去的时候她说了句话, 但我没听清。我狂奔到马车门, 在小礼堂阶梯前找到了一顶轿子——太幸运了——拿五元泰勒币让轿夫载我赶去营房。他们一路跑着去了, 老天保佑。

等我找到了医生 (他已经上床睡觉了, 我不得不向他下达军令), 轿夫抬着我们跑回改造院的时候, 我已经不奢望她还活着了。我记得自己一路上都在悄声祷告, 情愿用我的性命换她活下来, 仿佛真心相信上头有东西会听见我的祈祷。我不清楚。也许真的有。

那医生是个乖戾的老家伙, 但一看见伤员就不管其他的了。我把轿夫们拉了进来当搬运工, 他们像抬糖人一样把她抬了出去。 "不能把她带回营房," 医生告诉我, "违反军规。"

我没想到这个, 而医生视军规如生命。你瞧, 我其实没有房子, 也没有自己的家, 平时只是在各个宫殿里暂住而已。真蠢啊。这是我第一次意识到这点。

我没有房子, 但我有钱。 "西坡的凯西利亚大宅," 我对轿夫说, "知道吗？" 蠢问题。那是河北岸最重要的地标之一。他们顺利到达, 听到我让他们把门踢开时不太乐意, 但又拿了五泰勒币之后就没意见了。 "你不能这么冲进去。" 医生说。我对他怒目而视, 指出房子本来就在等待出售, 而我决定买下它，明早就立刻派人带着支票去找代理商，现在快他妈干你的活去。

我待了一个小时左右，然后再也无法忍受，留下医生一个人，告诉轿夫们（尽管没有要求，他们还是自觉留下来待命。真是神奇，当世界与你为敌的时候，总会有一些微不足道的陌生人一路伴随你到最后）把我载去"骑士"那里。我踢门吵醒了他们。开门的那个男人准备去叫巡逻队的时候，我告诉他我是来买凯西利亚大宅的。

"现在是凌晨三点，"那人说，"非要这么急吗？"

"要价是多少？"

他用手指揉着眼睛赶走困意。"六百万。"他说。

"有纸吗？"

我以金十字神殿的名义写了一张支票，然后交给了他。他盯着支票，看见我的名字，他的神情变了。请进，他说，请坐，别拘束，您想来点儿茶和蜂蜜蛋糕吗？我说，谢谢，我赶时间。他眨了眨眼，开始说起钥匙的事。我告诉他没事，我不需要钥匙。

真奇怪，对吧，在出现这样的情况之前，你对一些事情——非常巨大，重要，塑造并掌控你的人生的事情——一无所知。我没意识到我没有家。我没意识到我爱她，胜过世上任何人或事物。

"不要紧了，小伙子们，"我对轿夫们说，"不用跑了。"

——因为我并不急着回凯西利亚大宅（现在已经是我的财产和我的家了）。怀着希望前进比赶到目的地之后听见坏消息要好。但我们似乎没花什么时间就抵达了西坡。我只来得及做好心理准备，就像我曾在其他情况下做过的那样。你知道那个说法的。抱最大的希望，做最坏的打算。

所以，我真的没有料到医生会一脸不快地告诉我"她会没事的"。一阵不可思议的轻松感席卷了我，让我觉得头重脚轻。

"真的吗？"我问。

他白了我一眼，这是我自找的。"假的，我逗你玩的。当然是真的了，她会没事的，过段时间就能康复。拜托，这样的伤你没少见过啊。"他皱起眉头，突然记起了什么，"我不是帮你缝合过这种伤口吗？"他说，"三年前科洛里斯战役的时候。"

"确实是。"我都忘了。可见恐惧会对头脑产生何种影响。当时我的肠子露了出来，垂到了腰带上。他把它们塞了回去，就和做香肠似的。原来我这次选择他是因为那时的经历。说实在的，我全忘光了。

"那不就得了。严格静养，每天换两次敷料。我能回去了吗？"

那一刻，让我给他什么我都愿意——整个帝国，我的脑袋，什么都行。"谢谢你。"我说。

"我应该把这件事上报，"他对我嘟囔，"我是个军医，不是你该死的私人医生。"

事实上，他好像确实上报了。我模糊地记得一些关于军事法庭的传言，我姑姑不得不出面制止。但那都是之后的事情了，谁在乎呢？"我可以去看她吗？"

他耸耸肩。"我觉得可以，"他说，"她受伤了，又不是隐形了。她正在睡，别把她吵醒了。让你的轿夫把我送回去。"

我给了每个轿夫一块金币。他们直盯着我，对我感激不尽。为了几个蠢钱，他们居然感激我。真荒诞。

黎明刚过，她就醒了。那时我已经雇用到了一个上流社会的医生和六个看护妇。真是惊人啊，只要付得起钱，想要什么都能如愿以偿，就算在凌晨也一样。我以前从未意识到，在让人绝望的紧急情况下，金钱是如此有用。现在我明白人们为什么如此珍视它了。

"我得离开一阵，"我告诉她，"公事。不会太久。等我回来的时候，我觉得我们应该结婚。"

她看着我。"你是不是彻底疯了？"她问。

"应该没有。为什么这么说？"

她的脸色苍白得如同牛奶，不像人类，介于天使和死尸之间。"第一，他们不会允许你那么做。第二，你不会想和我结婚的。第三，你到底为什么觉得我愿意和你或者任何人结婚？第四——"

"你该休息了，"我说，"等我回来我们再谈。"

"谈个屁。我和你讲话的时候你别往外走。"

好了。说说海陆劫掠者吧。我猜，我们如此恐惧他们，是因为我们完全不知道他们是什么人，从哪里来，人数有多少，以及（除了没有被钉死在地上的一切物品之外）想要什么。他们初次出现大约是一百三十年前，老食火者文德克斯二世的统治期间。我们和他们的第一次接触，始于七十条突然出现在维卡海湾外，拥有高大船楼和修长船身的战船。当地总督——一个著有几部广受好评的神学论文集的文明人——传信邀请他们的头领共进午餐。他赴约了，还带来了一些朋友。六十年之后维卡城才得以重建，那时港口早已淤塞，航道也全部需要重新疏通。

然后他们又出现了，赶着绵延的牛车队缓慢地越过牛角山。他们看起来像逃难者，牛和马匹都瘦骨嶙峋，车辆后面跟随着蹒跚而行的凄楚女人和衣衫褴褛的儿童。加尔尼亚的行政长官带着诸如食物、帐篷和毛毯一类的救济品前去迎接，他们把他的脑袋砍下来插在了旗杆上，然后一路进入毕尔-埃博伊尔，把一切烧为焦炭。当然，那时候马克森将军刚好处于他卓越的职业生涯的顶点。一个星期后他就追上并击溃了他们，下手之重使得我们确信此后再也不会听到他们的消息了。

马克森比我们其他的伟大将领坚持了更长的时间，足有六年之久，然后他的脑袋就被钉到了叛徒门的门楣上和其他人作伴。因此，劫掠者们再次现身的时候，再也没有人能够阻挡他们了。这一次的车队看起来像是做好了安家落户的准备，他们徘徊了几年，在纳里索要塞的灰烬旁扎下营，挖好水井建起羊圈，然后突然消失，至今也没人知道他们去了哪里。接下来的五十年里他们全无踪影，人们开始认为他们是神话传说，或是关于瘟疫的寓言。然后，那些船开始出现在北部近海，我们则逐渐意识到随战船和车队而来的是同样的人。

文德克斯的孙子弗洛里安对他们发起了三场伟大的战役，一场陆战和两场海战。宏观来看，三次都是帝国获胜。科蒂斯山战役结束后，我们从每具敌人尸体上割下一根手指，然后给盛满手指的篮子称重，来计算敌方阵亡人数，收集的手指有半吨之重。帕勒尼海峡战役促进了当地捕虾业的发展，因为足够的食物导致海虾数量暴增。这一切都毫无作用。两年后他们就回来了，一百艘战船，一千架牛车。在我们看来，这些身份成谜的人就像灌木林一样，越是修剪，长得就越茂盛。他们的人力和物力资源似乎无穷无尽，我们的则不然。构思出纵深防御战略的是乌尔托的前任者维伦斯四世——与其试图在边境线上让他们折返，不如任他们深入领土进行破坏，然后在他们返回时发动攻击。这战略当时没有起效，现在也没有用处，但这话可不能乱说。

我们曾经对他们一无所知，只知道他们能够被杀死，现在也是一样。这只能说明，即使你和别人亲密无间（还有什么比互相残杀更亲密呢？），也可能仍然对他们不甚了解。

我被授予了委任状和皇室制诰，配给了八百名卡赛特弓箭手、总值百万的纯金币（是现金，上天保佑她）、一双毛皮衬里靴子，以及一封给科特－多斯女修道院长阁下的介绍函，她恰好是我姑姑最亲近的老友。一切准备就绪，我动身踏上拯救人类文明的路途。

这是个阳光灼人的早晨，而我们全都穿着北部军服。由于目的地的天气寒冷，我们没被配给任何适用于南部地区的军服。不知道你有没有接触过卡赛特人。他们都相当出色，聪明机智，善于想象，富有艺术素养，个性鲜明，同情心强，口才出众，作为士兵简直没用到了极点。和帝国内的其他族群相比，他们的特点是对温度极为敏感。科西纳总督宅邸内有一部奇妙的仪器，可以预测天气会如何变化——那上面有标度盘，还有一根指针可以指向潮湿、多风、晴朗、炎热、降雨、雷雨等刻度。如果附近有卡赛特人的话，那仪器就完全用不着了。只用倾听两个卡赛特人哼哼唧唧的抱怨，就能精准地预测天气。八百个卡赛特人在厚羊毛外衣里受酷热煎熬时发出的噪声在半里地外都能听见，像是归巢的白嘴鸦或者成群的蝗虫。

我笨拙地摆弄头盔系带的时候接到了消息。**情况良好，没有感染的迹象，她已经能坐起身了，一个劲儿要求放她出去，还用各种粗鲁的词骂您**。我向信使道谢，给了他一个银币。

条件允许的话，没人会选择徒步向北。路况差得可怕。当然了，这些路曾经很好，但那是很久以前的事情了，一代代精明的农夫早已撬光了铺路石板用于修建猪圈，挖走了碎石瓦砾作为铺地材料。哈默蒂乌斯二世曾试图制止这种行为。他颁布法令，规定持有筑路材料的人一经发现，就将被处以死刑。由于执行这条法律就意味着处死从这里到海岸所有人家的家主，没有任何人因此被捕。如果你想远行，最好还是走水路。

四艘运石驳船载着我们沿萨努斯河顺流而下。到了波克－萨尼斯之后，我们惊喜交加地发现有货运马车在等待着我们。安排它们的人是北岸伯爵，一个和我素未谋面、差了三个辈分的表亲，名叫特拉比亚。他是个小脑袋胖子，长着一个极小的下巴，外加好几层更大的下巴，属于那种你情不自禁就会喜欢，但知道不该信任的人。乘船时我为了消遣翻阅了他的账目。就连小孩子也能看出来他在搞什么名堂，所以我的观点是他对自己的地位足够自信，因此并无顾虑。反正我只是需要在一定程度上利用他而已，在这之外，他的事情和我毫不相干。

在波克总督宅邸共进精美的晚餐时，他向我提供了有关劫掠者的最近动向的信息。他说，那些海盗在过去的十八个月里愈发猖獗了。在这段时间里，他们攻占了三座隐修院和七座小修道院，没有留下生还者。想要弄清有什么物品被抢走很困难,因为他们煞费苦心地把一切都烧了个精光。

"那零件呢?"

他看着我,"什么?"

"铁质零件,"我说,"蝶铰、插销、门环和钉子之类的,烧不掉的东西。他们是把这些都带走了,还是留下了?"

"哦,我明白了。他们把这些都留下了。"

我点了点头。我之前说过,海盗劫掠不是个新现象。四个世纪前,南部发生过一批类似的攻击,但当时他们带走了所有东西,还用筛子把屋面钉从灰烬中筛了出来。后来才发现他们想要的是铁。许尔堪三世查出了他们的居住地,派出商船去用铁交换他们不想要的富余物产——黑檀木、肉豆蔻、钻石和天青石,因此画像中的许尔堪总是身穿蓝色斗篷。当你可以用奶油淹死猫的时候,何苦去掐死它呢?

"那修道院里的人呢?"我问,"他们是屠杀了所有人,还是掳走了一部分?"

他摇摇头。"他们不是奴隶贩子,"他说,"他们杀掉了所有的修士和修女,完全没有伤害村民。但我们筛检灰烬时没有找到任何熔化的金团或者烧焦的碎丝绸。他们是冲着好东西来的,这我很确信。"

所有的信息都是有用的,即便它们只印证了你的猜想也一样。"这里没有给我的信件吧?"我问他。

他一脸茫然,"没有。应该有吗?"

好吧,也不是。民用信件是通过驿站马车寄送的,要花很长时间才能穿过沼泽地带。"如果你收到给我的信件,"我说,"帮个忙把它传给我,行吧?"

他咧嘴笑了,"是情书吗?"

"我不觉得。很可能正相反。"

隐修生活。我时不时会心生向往,但从不会持续很久。

到隐修院里找十个修士出来。你会得到五个狂热信徒，两个正派贫穷家庭的小儿子，两个政治流亡者，以及一个退伍兵。再去隔壁找十个修女。你会得到六个正派贫穷家庭的小女儿，三个被抛弃的妻子，以及一个狂热信徒。

当然，我说的是会祷告和抄书的那些。如果你取样的时候算上做杂役的弟兄姊妹——负责剪羊毛、做面包、锄菜园、洗床单的那些——应该会得到比较均匀一致的结果，大多都是向隐修院抵押贷款后违约或者交不起什一税的农夫和他们的妻女。这是个可行性强的系统，严酷而悲悯。收税的是修道院，赏赐的也是修道院。所有人都生活清贫，但没人饿肚子，生病的时候能看上医生（平日里请得起医生的农夫简直和没被处死的走私犯或者偷马贼一样少见），而且小牛肉和羊肉那么多，有时候每个人都能分到一点儿。确实，这么待人很残酷。但生活就很残酷，至少他们是这么告诉我的。

我的第一站是科特-梅勒斯坦。要到那里去的话，你得沿着海岸大道一路前行，直至红河。红河之所以叫这个名字，原因是——没别的，就因为它是红色的。地势高于梅勒斯坦的山岭中含有大量的铁，所以修士们才会进山开采和售卖铁矿。红河不同寻常，河水有毒，里面没有鱼和水草，只有几株稀落的柳树因判断失误，把根扎进了水中，但它们也活不了多久。河水清澈见底，却颜色血红，不知这样能不能说得通。当地传说地狱就位于山底，修士们日夜祈祷，以确保地狱之门保持紧闭，但就算是他们也无法阻止罪人之血渗入每一条小溪与河流之中。修士们已经在那里居住了几个世纪，早就搜刮完了地表的松动矿石和可以通过露天矿坑开采的浅层矿脉。现在他们需要挖出深入山体的水平矿道。为了破开岩石，他们在矿囊中塞满煤炭，点火把岩石烧到发红，然后打开水门让分流的溪水涌入，岩石就会碎裂成脑袋大或者拳头大的石块，再被矿工用推车运送出去。烟柱和蒸汽从几十个通气口中喷上天空，几里地之外都能看见。这里的风景并不赏心悦目，但铁矿是应用炼金术的一个例子，他们通过劳动点石成金，带来的收益养活了五百名抄写手稿的修士。

梅勒斯坦的图书馆藏有大约八千本书，它们的手抄副本遍及整个帝国。

管理这一切的是我的姑婆瑟勒冈德。我叫她姑婆，但她其实是我姥爷的九个异母姐妹之一。我选择梅勒斯坦作为我的第一站就是因为她。被任命为修道院院长之前，她生活在宫廷中——直到她对政治的兴趣变得太强，以致伤及自身，这是我们家人的典型弱点——在我的童年记忆中，她是个身材矮胖、生性快活的老奶奶。尽管我那时是个孩子，她却不把我当小孩对待。她被送到梅勒斯坦之后，我给她写过几封信。很多年后我才明白她为什么从不回信——因为与一名被流放的危险分子进行秘密通信会给我带来无尽的麻烦。这种事很难给九岁的孩子解释明白。我很期待再见到她。我的亲戚中不恶毒的人实在少之又少，要是和一个我能够忍受的亲人失去联系，就太可惜了。

我此前从未造访过北部的修道院，所以本来以为会看到和故乡的修道院差不多的建筑。因此，发现自己似乎正沿着被精心维护的铺面道路接近一座城堡时，我吃了一惊。它修建在方圆几里内仅有的平地上，从拼布块一样的农田中——这个时节只有被收割过的小麦茬——像一座人造山一样拔地而起，仿佛神按照天际的真正山峰给自己的孩子做了一件小型玩具。随着距离缩短，我对它作为军事建筑的设计心生赞许。修建它的人肯定参照了正确的典籍，将棱堡的角度安排得恰到好处，确保从任何路线接近的敌人都能受到来自两侧的火力夹击。围绕修道院的双重护城河也是很好的设计，我觉得应该是以艾普－埃斯卡托伊的护城河为原型建的。他们从红河引水，因此护城河水色血红，对一切活物都具有毒性，虽然张扬惹眼，但也极具威慑力。后来我才得知，隐修院的日常用水都取自这个地区唯一的一口甜水井，而它被安全地围护在高墙之内。

如果你和我身份相似的话，你也会养成不轻易受冒犯的性格。对皇后的侄子来说，受冒犯的后果很严重，非得让对方付出血的代价不可。因此，我可能是你见过的最随和的人。就算有人往我脸上吐口水，我也会尽全力把这个行为解读为意外，玩笑，奇怪的当地习俗，或者以扭曲方式表达的尊敬。但被迫等待总是让我很恼火。真是无礼。所以，尽管修道院的候见室是我见过的最美丽迷人的房间之一，在里面百无聊赖地等了一个小时之后，我的心情还是颇为不佳。这里从地板到天花板都覆盖着美得惊人的湿壁画。千万别把我当成有修养的人或是审美家，在皇帝乌尔托的宫廷中，这类词是用来挑衅人的。但就算是我也能认出这些构图、笔触和光影出自不朽的拉伊索之手，那双眼半盲、手部残疾的神圣疯子画的是通常只有众神有幸得见的图景。一幅惊心动魄的巨大《无敌骄阳成圣》占据了候见室的整面北墙。人类蜷缩在画的左下角——可悲的渺小生物，庄稼汉、林中猎户、洗衣妇和挤奶女工，光着腿，皱着脸，在无敌骄阳的万丈光芒前遮挡着眼睛，而他正向全世界展露真身，舒展双臂和双腿，高昂着头颅，以他为中心发散的灼灼烈焰似乎填满了整个房间——这里没有火炉，但光是看着画，我就觉得浑身暖和。这样的装潢确实很适合这个用于等待参见无敌骄阳俗世代理人的房间。但当你那个耳朵里长着芦笋叶子一样的白毛的亲姑夫就是无敌骄阳在人间的兄弟时——这么说吧，这画的效果就不大一样了。

最后呢，她总算要屈尊见我了。一个身穿黑色长袍的修士把我引上三层窄得可怕的光滑螺旋阶梯，前往院长座前。

我不知道我有什么特殊之处，但所有人好像都觉得我无所不知。他们从来不预先告诉我任何事，总是默认我已经知道了。就算只有一次也好，真想有机会做足准备之后再去应付麻烦的状况。明明只用简单的几个词就行——顺便一提，瑟勒冈德姑婆中风了——那样我就能弄清状况，人生也就不会像无意间被猛然关上的门似的不停地撞在我脸上了。

更糟的是，他们还给她穿戴好了全套圣职服饰。梅勒斯坦的修道院长身着司祭长巾、长饰带、腰带，以及饰有金线与珍珠织锦条纹的开襟长袍，锦带垂在肩头，披着大斗篷，头戴双角宝冠，左手持十字圣球，右手持教旗。她的个子比我记忆中小多了，只有一丁点儿大，像是个被放在一堆金碧辉煌的待洗衣物中的婴儿。她的脑袋垂向前方，因此宝冠看起来岌岌可危。

我不像以前那样经常出猎了，因为没有空闲。但任何一个猎人都能认出我在她眼中看到的那种神情。就像脊椎断裂无法挪动的野猪，被追逐得精疲力竭的雄鹿，还有被箭射落却没有死透的鸟儿。那神情是在说，*我受够了，杀了我吧，拜托你。*

那个修士倾身向前，悄声地说："她说不出话，但能听到您的声音。"我点点头。如果她能听到我的话，那就也能听到他的提醒，尽管她应该无需提醒，也绝不会忘记这个事实。我清了清嗓子。"您好，姑婆。"我说。她一动不动。

到底他妈的该说什么？我从来都不知道。修士站在我身后，谦恭有礼地等待着。我没有丝毫证据，但我强烈地感觉到，他很享受看见她现在的状态。用不着什么想象力就能猜想出原因：她一向对仆人和下属有些苛刻，他很可能惹恼了她，因此遭到非难——然后，某天早晨，就像受到了神之怒火的降罪一样，她成了这样。你也会情不自禁地做出这种推论的，是吧？你会利用每一个上楼来这里的机会，站在门口她能看见的地方，也许当你确定周围没有其他人的时候，还会对她说几句精心构想的话。我想，在隐修生活中，这应该是最让他愉悦和满足的事了。

出于某种让人心烦意乱的巧合，我那天身上的佩剑正是她毕业日送给我的礼物。如果我心里还有半分人性的话，肯定会立刻将它刺进她的喉咙，就和毫不迟疑地结果掉一头鹿或者猪一样。但是我只是站在那里，无助地微笑了一分钟左右，然后飞快地离开了，差点儿在那可怕的楼梯上被自己的斗篷绊倒。

这就引出了一个问题：如果管理梅勒斯坦的不是她，又是谁呢？

答案让我大为惊讶：谁也不是。他们将管理权分割开来，就像把巨大的橡木劈成柴火一样。他们想的是，只要每个部门完全按一直以来的方法行事，一切就能照常运行——直到院长阁下身体康复，能够继续履行她的职责，他们这么说。或者直到她死掉，然后有其他麻烦的皇亲国戚被送来代替她为止。

好吧,我来这里还有正事要做。我对待工作相当尽心,尽管没人相信。

我彻底检查了修道院的防御工事,它们完善得令人钦佩——砖石部分坚固完善,抹好了灰泥,木质部分新近上过沥青,所有的铁链、门锁和蝶铰都状况良好。我特地告诉他们,如果东部有一半城市能如此注重维护保养,情况就不会像现在这样了。然后我问起了驻军。他们看着我,什么驻军?

这时候是应该大笑,还是哭,还是傻乎乎地点头然后转换话题呢?一座设施齐全的城堡,却没有防御者。我问他们有没有武器。他们看起来有点儿吃惊。抄书的修士们当然用不着任何武器了。那做杂役的弟兄们呢?一阵尴尬的沉默。不,我们不让他们接触那种东西。他们那种人,谁知道会做出什么来,尤其是喝了酒之后。我向他们道谢,然后骑马离开了。

"确实没错,"特拉比亚伯爵说,"但没理由怀疑海盗们知道这个。他们只会看见一座巨大的城堡,自然也会觉得里面的人都全副武装。"

通过现状可以看出我有多么低落:我已经沦落到了把特拉比亚伯爵当作朋友的程度,或者说至少把他当成了聊天的对象,和我思维相似又有共同语言的伙伴。"这么想很冒险,"我说,"毕竟我们对那些海盗一无所知。"

他耸耸肩,"他们不是没有攻击梅勒斯坦吗?有件事我很确定,他们无从得知本地的信息,只知道明面上能看见的那些东西。而他们能看见的是双重护城河和新修缮过的高墙。我觉得你不必太为梅勒斯坦担心。"

"你应该是对的。"我说,"噢,顺便问一下,我离开的时候你有没有收到给我的信?"

他摇了摇头。

修士们送了我一件礼物,用以答谢我给他们提出的建议。它和一块铺路石大小差不多,包裹在红色丝绸里。不难猜出这是一本书。我不是特别喜欢读书，但梅勒斯坦的手抄本是极其奢华珍贵的礼物。我等到帐篷里只剩我一个人，然后打开了包裹。

书的封面是浓厚暗褐色的皮革制成的，用来做高级靴子的那种。如果我的判断没错的话，这是二层小牛皮，用橡木和鸡蛋而不是兽脑鞣制，削匀之后在绷板上刮一整天，以便获得美妙的柔软质感。封面上印着压花鹰猎图，四位男子和一位戴头巾的美丽女士放出了一只苍鹰，它在空中擒住了一只苍鹭，下方的猎犬们满怀希望地看向天空，准备叼回猎物。我翻开了书。扉页是美得惊人的泥金彩绘，金色、红色、蓝色和绿色的涡形和簇状图案繁复交织，每个颜色都描着黑色的边。如果把目光从一条线移到另一条线上，整幅图案的视角都会旋转变化，令人感到眩晕，蓝色潜入红色之下，又跃到金色之上，分散开来将绿色围在中间，散射成卷须组成的三角，错综复杂却永不缠结，各自叙述自己的故事——但你根本无法确定各个颜色从何而起又止于何处，直到最后才会意识到每一根线条都绕圈成环，永恒地循环下去，像是血液或者群星的轨道。在这一切的中心，有一幅小型的无敌骄阳祈祷像，他的手掌向外抬起，头部围绕着闪亮的金色光环，暗色的双眼饱含悲悯和忧虑，左眼角处缀着一滴不被解释的泪水。我准备翻页，却不愿终止对视。我一动不动地坐在原地凝视着他，他也凝视着我，直到我的内心空无一物。然后我合上了书，将它重新包裹起来。

我记不得那是什么书了。可能是《帕西普图乌斯讲道集》之类的。

下一站是科特-多斯。我奉上了我的介绍函。

我看得出为什么斯万戈德女修道院院长和我姑姑向来相处融洽，也看得出为什么她们选择远离对方居住。她们都性格率直，不想因为相距太近而伤害了珍视的友情。如果不想要火花，就不要让两块火石在小盒子里互相磕碰。

能看出来斯万戈德曾经美得不可方物，和她现在的容貌完全相反。衰老让她的身体变得干瘦，却让我姑姑日渐发福。她身上突出的骨头像剃刀一样尖利。她的个子仍然很高，大概比我要高一寸，而我身高六尺。我没法儿准确判断她的身高，因为她一直坐着。她穿着一条简朴的黑色长袍，只有衣领和袖口绣着一条细银线，不知为什么，她这身装束看起来优雅得几乎到了罪恶的程度。她点头示意我坐到一张只有三条细腿的柳编小凳子上。它承受我的体重时发出了抗议的嘎吱声。然后她读了那封介绍函。

斯万戈德和我姑姑在同一个村里长大，她们的村庄位于东北部大山之中的某处——我不知道具体在哪儿，也没有人想去查明。她们小时候都在瘟疫中失去了几乎所有家人，在村里无依无靠，只能徒步下山前往最近的城市寻找工作。工作这词合适吗？应该吧，工作就是讨生活的手段。就算你的工作是取悦别人，那也仍然是工作，对吧？总之，她们业务方面都很出色。一传十，十传百，她们由此从偏远地区进入了大城市，又离开鹅市的高级妓院，在神殿坡上自己开张营业。关于她们人生中那个时期的可靠记述寥寥无几，因为姑姑和乌尔托将军结婚之后没过多久，她们的常客就纷纷死去，或者突然受到神圣感召，决定立刻投身于修道院之中。乌尔托登基后，斯万戈德宣布她决定结束职业生涯，想要掌管一座修道院，最好是富裕的大修道院，离都城越远越好。这是个得体的选择（自愿总是好过被扯着头发拖出去），她们的友谊因此一直延续至今。

她抬头看着我。"她说你是为海盗的事情来的，"她说，仿佛我是来修风向标的一样，"所以呢？你有计划吗？"

"还没有，"我说，"我还没摸清情况。"

这似乎是个好答案。她点点头。"我可以帮你，"她说着，拿起一根装卷轴的铜管递给了我，"这是我目前收集到的所有关于他们的信息。没有多少，但能让你有点儿头绪。克丽米尔德在信里说你很聪明。"

我大为震惊，"她这么说吗？"

她浅浅一笑。"字里行间是这个意思，"她说，"但你也知道她是怎么写的。"我一脸茫然。她皱起眉头，"你读了信吧？"

"没有，"我说，"信封上有火漆。而且我也不——"

"神啊，"她抬起两条眉毛，"你走之前，我要教你怎么不留痕迹地给信开封。"她打量了我一会儿，像是在看旅行者从异域带来的稀奇物件，"不介意的话，让我给你一条建议。如果上级派你去送一封密封信件，一定要打开看看。毕竟信的内容可能是命令对方将送信者立刻处死。"她拿起一个小铜瓶给我看了看，然后放进了桌上一只用象牙和海象牙制成的精美匣子里。"现在不需要那个了，"她说，"你的能力只有这些吗？优秀士兵？"

"我不是士兵。"我说，向小铜瓶瞥的那一眼——就像不小心直视了太阳一样，看向别处的时候，视野中心仍然留有一大片刺眼的红色，"我是帝国特使。"

她冲我笑了。"我认识你父亲，"她说，"当然了，他比我和克丽米尔德小很多。父母死在瘟疫里之后他就被邻居收养了。因为他是个男孩，能干农活。我们一有条件就立刻把他接到了城里，克丽米尔德帮他当上了皇宫禁卫。你和他很像，脚踏实地，你应该会是下一任皇帝。"

我瞪着她。"我真心希望不会。"我说。

她笑了起来。"我相信你，"她说。"好了，我已经安排你的士兵和杂役修士们一起住下了。他们不会乐意的，但也只能忍着了。你可以使用修道院的图书馆。我有很好的信使，三天就能赶到城里。当然了，你应该把你的司令部设在这里。"

"其实——"

"同意就好。别太信任特拉比亚伯爵。我不知道你在老家有什么敌人，但他肯定想对你下手。很可能是用毒药，但不会下在食物里，他没那么蠢。如果你受了皮肉伤，别让本地医生给你治疗。也别在有炭炉的帐篷里睡觉。特拉比亚上任之后，在睡梦中窒息而死的人多得出奇。"

我觉得有些头晕，"特拉比亚为什么要——？"

"他没有做好自己份内的工作，不然的话你也不会到这里来了。那份工作不难，特拉比亚又是个非常能干的人，所以你得问问自己，他为什么会失职？"

她对我微笑，"我都把礼数给忘了，"她说，"你想喝点儿什么吗？"

"谢谢，不用了。"

她又笑了起来，声似银铃，像个年轻姑娘。"没事的，"她说，"你可以信任我，克丽米尔德让我照顾好你。你该害怕的是除我之外的所有人。喝点儿葡萄酒吧，能让你脸上有点儿血色。我们这里虽然在北部，但酿的白葡萄酒品质尚可，不怎么甜，但回味带有宜人的花香。"

"方便下毒。"

"噢，别犯傻了。"她严厉地看了我一眼，"话说回来。解决那些讨厌的海盗是件重要的事，所以我期望你全力以赴。克丽米尔德显然也这么想，否则她就不会派你来了。她打量了我一会儿，就像屠夫查看尸体一样。我想，你应该认为修道院里只有无关紧要的修士和麻烦的皇家女眷吧。你错了。其实，我认为帝国存在的唯一意义就是维持这些修道院。你姑姑和你讲过瘟疫是怎么传进我们村子的吗？一支从森布罗提亚来的骑兵辅助部队中爆发了瘟疫，确认症状之后，行政官立刻将他们赶出城外，连食物和水都没有给。他们四处寻找食物，最后找到了我们村。当然了，我们对瘟疫一无所知，也不知道症状是什么样的。我们收留了他们，试图把他们安顿好。"她耸耸肩，"这不能怪任何人。但只有帝国才有能力雇佣森布罗提亚的游牧民族，并把他们带回西部山区。帝国就是这样，它可以将各个部族聚合起来，建立联系。"她打开象牙匣子，把一支小笔刀和一块火漆放了进去。"帝国有能力建造巨大的图书馆和像这里一样的修道院，并且维持它们的存在。在我们村中肆虐的那场瘟疫也杀死了科特－维伦斯的所有修士。他们都死了，但书本却留存了下来。我来这里之后最先做的事情，就是派出两打马车把那里的书都带了回来，存放在安全的地方。你看，到头来，书本才是唯一有意义的东西。萨洛尼努斯是怎么说的来着，书本是过去与未来沟通的方式。它们万世长存。在马车从维伦斯带回的书本里，我找到了李希尼乌斯的《永恒之冠》全三册。第三册本来已经失传了几个世纪，是关于第七王朝的唯一记录。组成它的只是几张羊皮纸而已，上面却记载着四百年间的世事变迁。还有帕卡提安的《力学》,和四部此前从未现世的康斯坦斯对话录。这就是我们身在此处的原因。我们是在沙滩上寻找遇难船只留下的残余碎屑的赶海人。碎屑虽然微小,但意义胜于一切。"她又耸耸肩,"如果我们坐视不管,那些海盗就会将它们全部烧毁。你明白我的意思吗?"

"应该吧,"我尴尬地说,"是的,显然——"

"这么说不管用,"她有些僵硬地站了起来,"我得让你亲眼看见。跟我来。"

我得承认,她上下楼梯的速度比我要快。我们一直走到最下层,然后穿过天井和马场,通过门廊,沿着一段很长的楼梯下行,直到抵达一扇大橡木门前。她从墙上取下一盏灯。门内的房间里什么都没有,只是一间空地窖而已。

"在那里。"她说。

她举起灯,我看向灯光照亮的区域。"那是一堵墙。"我说。

"这个房间里有五十万人。仔细看。"

我凝神细看,隐约能在墙上辨认出一些记号,"那是什么?"

"文字,"她说,"非常古老的文字。"

"啊,写的是什么?"

"我完全不知道。"一直保持伸直手臂举灯的姿势很累人。她垂下手臂,于是灯光被限制在了地面上一平方码内的范围。"我就是要说这个。我们建立修道院之前就存在于此的那座建筑,现在仅剩的部分就是这堵墙了。我们不知道它有多长的历史,它的建造者是谁,或者墙上的字是什么意思。我就是要说这个。卡莱克斯的《编年史》记载了这个地区过去一千年的历史,但其中没有提到任何居住在这里的人。无论他们是谁,都已经永远消失了,就像从没存在过一样。他们只遗留下了这石板上的字迹,我们却读不懂。"她又举起了灯,"现在你明白了吗?"

我点点头。我不喜欢地下的黑暗房间,很想离开这里。"明白了。"我说。其实,为了回到地面重见天日,她说什么我都会同意的。五百万人挤在同一个房间里,这点她倒是说得很明白。从我的角度来看——也许是我对在修士小屋或是单人牢房里度过余生心怀恐惧,而根据我们的家族历史来看,这样的恐惧合乎情理——感觉更像是房间里有五百万个囚徒,渴求着重获自由。

监狱里是安全的。他们会准点给你送来食物。大多数囚室都有些潮湿,但比起西北部大部分人的住所来说已经算很好了。每个门口都有全副武装的卫兵把守,因此,你几乎不可能被成群的凶恶掠夺者给杀掉。

我记得到这种地方去拜访我父亲的情景。那可怜的傻瓜告诉我他很快乐。他仰面躺着,脑袋枕在手臂上。这就是生活,他说。我可以整天躺着,想读书了就去读书,还能锻炼一下身体,什么工作都不用做——工作指的是统治和管理,发布命令,决定别人的命运,签发死刑判决书。而且没人来拜访我(说这话的时候他朝我咧嘴一笑)。和我的家人相处了这么多年之后,不用见人真是天赐之福。他说,在刀光剑影中过了大半辈子之后,我终于获得宁静了。

囚室①这词是个双关语,留心着点儿。

出发去珊比克之前,她让我去见她。她的桌子上放着一封信。我最有用的生存技能之一就是能够阅读上下颠倒的文字。信是我姑姑寄来的,斯万戈德还没来得及把它遮盖起来,我就认出了她的笔迹。"她担心你。"她说。

"真的吗?"我真心觉得吃惊。我姑姑似乎一向认为我拥有不死之身,刀枪不入,百病不侵。不然的话她为什么老是派我去打仗呢?

"她认为你正准备和一个极度不妥的对象结婚。"

噢。"她拒绝我了。"我说。

"我知道。"斯万戈德短暂地看了我一眼,"顺便一提,她平安无事,她叫什么来着?你到底是中了什么邪才会花六百万给一个不想嫁给你的妓女买

---

① 囚室(cell)一词既可以指牢房,也可以指修士居住的单人小屋。

房子？"

我虚弱地笑了笑，"当时是半夜。"

像斯万戈德这么聪明的人大概没什么机会听到自己听不懂的东西。她皱起眉，"什么？"

"她受了很重的伤，我需要把她安顿下来，方便医生给她治疗。我自己没有房子，也想不出还有什么地方可去。然后我记起凯西利亚大宅正在待售，意味着里面家具齐全。她的情况紧急。所以我让人把她带到那里去。我们把门踢开就进去了。"

她叹了口气。"好吧，"她说，"但买下那宅子——"

我耸耸肩，"那样方便一点儿。"

她注视了我很长时间，仿佛脑子里在做复杂的数学运算，让我很不自在。"你姑姑认为你不该和这个女人继续交往下去。我不太同意她的看法。"

我不知道该做何反应，只是哼哼了一声。这是个坏习惯。

"你姑姑认为，"她继续说道，"如果你娶一个妓女为妻，在外界看来就等同于宣布你有意竞争皇位。"

我张开嘴，然后又闭上了。

"你想想。乌尔托娶了你姑姑，三年之后他就坐上了皇位。你追随他的脚步，就是在光明正大地发表宣言，声明你不在意别人的看法，因为你很快就会成为皇帝，爱做什么都行。你姑姑认为你的权利根基还不够稳固，不适合做出这种举动。可我不这么想。我认为你历来掩藏锋芒，伺机而动，置身于政治纷争之外，长期在前线履行枯燥但可敬的职责，等到贵族派和平民派因为皇位候选人爆发矛盾，你将会是显而易见的折中选择。而且，和这个女人结婚也可以被看作有意将自己排除在竞争之外的举动。民众会说，这个人不像是鬼迷心窍想坐皇位，如果我们硬让他当皇帝，他的治国方法肯定会又理智又中庸。毕竟他们的思维方式就是这样的。"她点点头，"克丽米尔德自然不会听我的任何意见，我们实在相识太久了。但我对你的建议是，放手去干吧。这虽然是场赌博，但有什么事情不是呢？"

"我爱她。"我说。

她好一会儿没说任何话，只是看着我沉思，仿佛在思考一个抽象概念。"一路平安。"她最后说。

在我从科特－多斯前往科特－珊比克的同时，海盗们发动了袭击。他们凭空出现——位于佩特洛波尔海岬的瞭望哨站报告称，什么都没看见——然后将科特－阿米克付之一炬。我赶到的时候，那里已经只剩灰烬了。

阿米克山脚下有一座人丁兴旺的大村庄。修道院在那里拥有一座锯木厂，一座制革场，还有一座规模庞大的采黏土场，附带砖窑和陶窑。让村里人意识到袭击发生的是山顶上的明亮火光，像是半夜出了太阳。他们都是明智的人，因此一见这个就逃进了树林，直到派出去侦查的人向他们保证外面一切安全才肯出去。这发生在我抵达前的一小时左右。也就是说，他们帮不上我的忙。

我派手下的卡赛特士兵去捡拾灰烬中的人骨，并告诉他们只用找头骨，因为每个人只有一个脑袋，而我需要知道修道院的全体人员是否都在这里。结果是人数不够。本来应该有一百一十六名正式修士，九十七名修女，外加一百四十二名杂役修士，但我们只找到了二百七十六个头骨。这个误差我倒也能接受。一场温度极高的火灾，比如燃烧干燥木材和纸张造成的那种大火，能够将骨骼烧得灰飞烟灭。这都取决于他们当时处于建筑中的什么位置。二百七十多个头骨里，五十三个有被砸碎、切割或贯穿的痕迹。我们还找到了四十七根留有刀痕的臂骨和腿骨。根据这些并不足以得出结论，但在我看来，修士和修女们似乎是在鸡舍中进了狐狸一般的混乱中被屠杀的，而非是我设想中的有条不紊的方式——比如所有人被驱赶进神殿或者礼拜堂，然后被活活烧死。我没有机会进行期望中的那种详细分析，因为后来下起了雨，灰烬遇水就变成了黑色稀泥。但我们还是用筛子筛检了部分区域，并找到了骨骼、金属碎块和重型家具留下的烧焦木材。找到的金属几乎全部都是铁。那灰烬有些奇怪之处，我想不明白，但就像先前说过的一样，雨水不期而至，让我不得不停止了猜想。

我想返回科特－多斯，把我的发现和斯万戈德帮我收集的信息进行对比，但行程计划中的下一站是科特－珊比克，所以我们去了那里。不用说，我们抵达的时候，那里已经人心惶惶了。珊比克的防御工事比科特－多斯还要完善，我们到达时，所有的正式修士和杂役修士都在外墙上值守，一看到我们就立刻开始敲打锡桶和锅盖，制造出骇人的噪音，仿佛我们是来偷吃春小麦的白嘴鸦一样。即使我孤身一人，手无寸铁地拿着我的委任状接近，他们也拒绝打开大门。他们不相信我。毕竟我可能是个伏击杀死了真正的帝国特使并偷走了他的身份证明的冒牌货。我觉得如果我再待久一点儿的话，他们就会向我射箭了。所以我们在大门口扎下了营，我派出一名骑手返回多斯，请斯万戈德派两名货真价实无可置疑的修士来替我作证。他们第二天就赶到了——快得令人吃惊——坐的是一架美丽的轻便马车，拉车的是四匹纯种埃利亚山地马（都城的赛马场里都找不到更好的马了）。在哨塔下扯着嗓子进行了一番尴尬交流之后，他们终于承认我们是真正的皇家代表，并开启前门让我们进入修道院。

科特－珊比克的修道院院长让我震惊不已。

"斯塔齐尔？"我忍不住叫出了声，"你怎么在这里？你不是死了吗？"

他面无表情又庄重地看了我一眼。"这不太好说，"他回答，"进来喝点儿啤酒吧。"

见到斯塔齐尔之后，我就觉得珊比克的防御工事合情合理了。这不仅是一座军事要塞，而且是一座完美的要塞，完全符合维塔利安在《战争美德之镜》中的描述。看起来，在最近十年之内，有人奇迹般地获得了严谨遵循维塔利安的蓝图所需的金钱、劳力、时间和精力——三层外墙，交错的入口，可以吸收重型攻城武器轰击之力的巨大泥土棱堡,阻挡云梯的突出平台,应有尽有,不难想象某个维塔利安爱好者一边双眼放光地指挥建造工程,一边用拇指插在书页中标记位置的样子。猜猜是谁送了斯塔齐尔一本维塔利安的著作当生日礼物,因为他自己买不起?

"这不太好说,"他一边打响指唤来仆人,一边说,"因为当一个人成为神圣的修士的时候,他会抛弃凡间的肉体,在属灵层面上重获新生,这也是为什么他会使用新的名字,并且和声名狼藉的老朋友们断绝关系。不,别坐那把椅子,好看是好看,但它会被你压垮的。"

我在一张矮凳上坐了下来。"你已经死了,"我重复道,"看在老天的份儿上,他们把你的头都砍下来了。我亲眼看见它挂在北门上。"

他耸耸肩。"你把我和别人搞混了。"他说,"提醒你一下,我记得洛纳泽普有个和我长得有点儿像的铜匠学徒,至少,他的脸被锤子砸过、牙齿也被拔掉之后看起来会有点儿像我。也许你看到的是他的脑袋。他要是遭遇了什么飞来横祸的话,我一点儿也不会吃惊。话说回来,"他灿烂地笑着补充,"你这家伙过得怎么样啊?她是个什么样的人?"

原来他父母的反应是有原因的。当时我还很疑惑。他们十分冷静泰然——我们的儿子密谋反对皇帝,证据确凿,他被处决我们一点儿也不觉得伤心,只是因为阴谋被及时发现而感到欣慰。但他毕竟还是得在修道院里度过余生。我还以为斯塔齐尔宁愿被砍头呢。不过我想他们应该没给他选择的机会。

"谁是个什么样的人?"

"那个姑娘,"他说,"你给她买了六百万的房子的那个妓女。她到底有什么绝技,值得这么多钱?"我刚认识斯塔齐尔的时候,他虽然买不起维塔利安的著作,但其他的书倒是不少,就是有图画的那种书。他这人很有学术气质,以前经常计划着整理所有原始材料,加入他自己经过大量研究得到的结果,编写出这个学科的权威著作——有点儿类似维塔利安的《战争美德之镜》,但包含整页的彩色插图。要我在他脑子里待五分钟我都受不了。

"我不懂你在说什么,"我说,"你真的当上修道院长了?真不敢相信。"

两个穿着优雅的灰色长袍的高个子男人给我们端上了蜂蜜蛋糕和盛在小银杯子里的加烈葡萄酒。"去你的吧!"他说着一口喝光了他的酒。我知道自己没法儿做到。"我是从见习修士一路爬上来的,没有真名,没有过去也没有来这里的原因。我升到这个位置全靠货真价实的个人能力,因为我恰好是个杰出的学者。事实上,我还是个顶好的行政管理者。"

我尝了一块糕点。好吃极了。"对于这个职位来说,你真是太年轻了。"我说。

他点点头。"不算由于政治原因被任命的那些人的话,我是历史上第二年轻的。"他说,"如果你对神学有兴趣的话,就肯定知道我写的《赛基默》五册评述,还有我修订的小教理书。但你这人——"

我脑袋里灵光一现。"噢,你就是霍涅斯塔斯,"我说,"抱歉,我一时没联系起来。我还以为他生在一百年前呢。"

他抬起头,"你读过吗?"

我做了个苦相。"评述没读过,抱歉。"我说,"小教理书当然读过。"

"你觉得如何?"

他声音里的那份热忱我熟悉极了,我记起了少年时代在吵闹的酒馆里和他讨论灵魂本质、四周围绕着狐朋狗友的场景。"我不太确定。"我说。

"噢。"

"你的论证太完美了。太过优雅又极具说服力的论据让我起了疑心。"

他恨了我一秒半,然后耸耸肩。"我忘乎所以了,"他说,"就像是装修一座礼拜堂一样。明明可以画上湿壁画和鎏金装饰线,为什么要满足于普通的雕刻和镶嵌画呢?这样得到的结果并不是神的荣光,而是糟糕的品位。"

晚些时候,我有些头昏脑涨地上了床,开始思考斯塔齐尔和我的关系。他被逮捕后,我尽了一切努力帮助他,用上了我所有的关系和影响力,但却没有起到效果，只得到了一些关于谨慎交友的冷酷警告。我一直不明白为什么自己的身份救不了他，直到突然意识到自己其实并不特殊，意识到皇后的侄子也有很多做不到的事情，而努力到最后的结果只会是惹上麻烦。想明白这一点对我的影响很大，我发誓吸取教训——谦逊、实际、做事三思，想想会对自己和别人造成什么影响。但是事情当然没那么简单了。处决皇后侄子最好的朋友？怎么可能。我们要做的是砍掉某个可怜的无辜学徒的脑袋，在研钵里碾到面目全非，直到能以假乱真为止，然后把那个朋友送到一座偏远的修道院里，确保他混得不错（斯塔齐尔似乎没有猜到这一点，他很聪明，但也非常自负）。他们当时没告诉我是因为我管不住嘴，后来他们一定是不小心忘记了这件事。这有点儿像活了大半辈子才突然发现，无敌骄阳把天空造成蓝色是因为祂知道那是你最喜欢的颜色。

我也思考了斯塔齐尔惹上麻烦的原因，他和其他人一起密谋杀死我的姑父和姑姑，很可能也包括杀死我，为了干净利落地以绝后患。当时，我压根儿没有想到这一点。他现在还是个狂热的共和派吗？有时候你会产生自己了解别人的错觉，但是……

其实，我记得那个铜匠学徒。他一无是处，死了也不可惜。不过嘛……

"特拉比亚是个浑球儿。"我做好离开的准备时，斯塔齐尔告诉我。我在他这里待的时间比预计中长多了。"你得提防着他。他又腐败、又贪婪、又懒惰、又奸诈，你回都城之后应该立刻把他召回，然后绞死他。"

我点点头，"你不怎么喜欢他。"

斯塔齐尔皱起眉。"其实我喜欢他，"他说，"他很有魅力，偶尔还很体贴，办事效率也高，前提是你的意愿要符合他的计划。他能让我开怀大笑，这是件少有的好事。但很多坏人都特别惹人喜爱，而很多好人都又无聊又悲惨。"

"我会提防他的。"我说。

斯塔齐尔点点头，因为我抓住了重点而感到满意。"传言说他手下有个斯凯利亚来的医生，熟知世界上每一种毒物。"他说，"毒蛇、毒蘑菇、毒浆果、毒种子、可以洒在奶酪上的特殊霉菌……诸如此类。如果你生病了，看在老天的份儿上，千万别让他靠近你。"

他给自己倒了杯酒，邀请我也喝一杯，我拒绝了。"关于科特－奥桑，你有什么了解吗？"

他摇摇头。"你已经读过简报了，我知道的不比你多。它曾经是座兴盛的修道院，有一座极好的图书馆，但大概五十年前，它不知为什么衰落了下来，现在已经穷得叮当响了。"他挠了挠耳朵，"前年，我派了个人过去购买他们的藏书。他带了一整船的书回来，真是一整船——就是那种运输木材的驳船，吃水很深。那些书有的是垃圾，有的是宝藏，全都混在一起，肯定是随机从书架上拿下来的。奥索尼乌斯的第五部《牧歌》就是这么重见天日的，我们还以为它五百年前就失传了。还找到了三部全新的特尔佩尤喜剧。"他微笑起来，"别担心，我已经让我的人去抄写它们了，完成之后我就立刻寄给你。奥桑的修道院长名叫耿索默，但我对他毫无了解。"

从珊比克到奥桑这段路上，有一家很大的老店叫"救赎与希望"。山区的邮政系统还在规律运行的时候，它曾是一座帝国驿站。我原以为那里会很冷清——事实上我原以为那里已经荒废了，屋顶塌陷，厨房地上杂草丛生——但到达之后我不得不出示委任状才得到一间房间，而这意味着店主不得不请一名富商、他的妻子、儿子以及三个女儿离开。卡赛特士兵们在某个可怜家伙的牧草地里扎下了营（为了避免开创先例，我们本来不该补偿田地的主人，但我还是那么做了），我则派出一名身着全副盔甲和军服的司令官去恐吓厨房帮工，好让他们给我烧热水泡澡。

"你的生意很好啊。"我对店主说。

"平常就这样。"

我询问他详情。原来，最近几年间，帝国北海岸和弗勒雅诸岛之间的贸易逐渐发达了起来。弗勒雅诸岛就是位于气候恶劣的外海中的几小块岩石，我原来不知道还有人居住在那里，但现在看来是有的，而他们拥有琥珀、可以做毡帽的海狸毛皮、珍珠、酒花，以及大量外壳光滑、虽不好吃但很适于榨油的小核桃。作为交易，我们给他们提供小麦、羊毛、盐和红铜。真神奇啊，我们这么久以来都对这类事一无所知。就连一些都城的商社也愿意承担高昂成本，冒着风险把他们的货物运过去交易。他们谁也没把这些情况告知政府，但我能够理解，因为我们会向他们征税，可能还会派舰队去征服那些岛屿，政府一旦插足，轻松盈利的好日子就到头了。弗勒雅人靠自制的船只航海，一些愚蠢的小船，差不多就是用绳子把成捆的树枝绑在一起，然后铺上船板。每年都会有上百人溺死，但这仍然阻止不了他们。

浴缸是陶瓦制的，奇大无比，就像布勒米亚的那种用来进行坐姿葬的陶棺一样。水很暖和，旁边还放着陶瓷洒沙瓶，梅赞提亚罐装的玫瑰油，以及一把腾跃海豚造型的刮刀。

我刚出了浴缸，正一边沉浸在温暖舒适的迷糊状态中一边擦干身体，我手下的一名指挥官就开始大声敲门。"您最好过来看看！"他喊道。他听起来不知所措，把禁卫军官吓成这样可不容易。

我套上袍子和斗篷，踉跄着跑到露台上。下面的天井里的东西让我膝盖发软。那里有一辆帝国信使的轻便马车，护送它的是六名重甲枪兵。

他们有五十年没造这种马车了，但也没有必要造新的，因为它们经久耐用。这种马车看起来脆弱精致，让人不敢相信它们能经受住路面上的坑洞和车辙，但行驶起来却像风一样轻捷，拉车的四匹马也都是别处见不着的顶尖好马。我坐过十几次这种马车，车体平稳极了，把一杯酒放在地毯上也不会洒出来一滴。尽管如此，帝国信使的马车是在外征战的将领最不想看见的东西，因为肯定会有一名特使从里面下来，带来一份盖着龙章、用紫墨写成的传唤令——即刻返回都城，接受指控。马车为我父亲而来的时候我也在场——别担心，儿子，他告诉我。这只是个愚蠢的误会而已，我很快就会回来的。我想和他一起回去，但他不允许。

从车夫跳下车座打开折叠梯到马车门开启的这段短暂时间里，我想了很多。其中一个想法是，这不公平，我什么都没干。由此可见我那时有多么天真，而且还有选择性失忆的毛病。每个持有帝国委任状的人都在某个时刻犯过罪，我也不例外。我记得我当时还想，没事的，姑姑会保护我的，然后又想，万一马车是她派来的怎么办？然后马车门开了，一个完全出乎我意料的人走了出来。

我从露台边探出身体喊道："你来这里干什么？你想吓死我吗？"

她脸色惨白，用一根手杖支撑着身体，"我也很高兴见到你。你没收到我的信吗？"

什么都没收到。邮政马车比帝国信使的马车慢多了。但也许她不知道。"你来这里干什么？"我重复了一遍，然后才问，"你还好吗？"

"还活着，"她说，"赶快给我找个能躺的地方，我要站不住了。"

你得承认她很有手段。"我逼你手下的弥涅萨库斯打破你的抽屉，把你的印章戒指偷了出来，"她平静地告诉我，"然后我让他给我伪造了一份远行特许，之后我们去了信使办事处，他们就给了我这辆马车，外加六个壮汉，这我倒是没料到。不过，他们穿着亮闪闪的裤子还挺好看的。"

就这么简单。我暗自发誓要把弥涅萨库斯发配到采石场去，随后又发誓要把他接回来，再送他一座好农场。"我这下麻烦大了。"我说。

她笑了起来，"真的吗？"

"真的。滥用帝国信使马车，伪造皇家印章——"

"那是你自己的印章戒指。"

"是啊，但它不该在我这儿，不是吗？我也肯定不该用它签下特许，把我的妓女情人从半个帝国之外接到这里。姑姑会活剐了我的。"

她思考了一下。"我不觉得，"她说，"这么做很有派头，显得你完全不拘泥于规则与传统。人们喜欢有这种特质的皇帝。为了和自己心爱的女人团聚而破坏规则的皇帝。"

"我不是皇帝。我永远也不会当皇帝。下一任皇帝会是那个白痴斯卡鲁斯。"我停住话头,努力用最凶恶的眼神瞪了她一眼。她咯咯地笑了起来,"你是不是因为这个才——"

"别犯傻了,"她说,我相信了她,"你姑姑不会为这个发火的,虽然她很可能会给你写一封措辞粗鲁的信。她想让你表现得更像个皇帝一点儿。"

我突然觉得很愤怒,"你怎么能这么说?你不认识她,连见也没见过。"

她叹了口气。我看得出她有多疲倦。"你经常谈起她。我可能比大多数人都熟悉她。肯定比你更熟悉她。她不会在意的,相信我吧,她还有更重要的事情要担心呢。"

我试图保持愤怒,但越来越难了。"你还没回答我的问题,"我说,"你来这里干什么?真是疯了,伤口还缝着线,怎么能坐三十个小时的马车。"

她对我微笑。我太爱她了。"向我求婚的明明是你啊,"她说,"虽然从你口中说出来更像是命令,你也知道我从来不按你的要求做事。"

我说不出话来。她等了一会儿,然后继续说了下去:"总之,我考虑了很久,然后觉得这个"——她指了指肚子——"是上天暗示我应该退休了,这就涉及一个问题,之后我该做什么呢?我们这一行的大多数人都会试图找个可怜的傻瓜结婚。我心想,我知道一个合适的傻瓜。所以我就来这里了。"

"你愿意?"

"我愿意。"

有时候人的反应真奇怪。我曾经多次想象过她答应和我结婚时会是什么情景,在我的想象中,我总会欢呼出声,然后一边大叫大嚷一边在街上狂奔。现实并不是那样。我只是像块石头一样纹丝不动地站在原地,任由焕然一新的辉煌世界将我包裹起来。"好,"我说,"我姑姑真的会宰了我的。"

她立刻换上了严肃的表情。"我不觉得,"她说,"你这样是遵循先例,从她的角度看,应该是世界上最好的先例了。当然了,你还得把名字改掉。"

这句话来得太突然了。"你说什么？"

"改成乌尔托。这样你就会是乌尔托三世了。稳定的延续很重要，"她说，"它是帝国此刻最需要的东西。你姑姑不会介意的。如果她有意见的话，我就不可能在这里了。"

"可是——"

"这是你需要做的事。为了政治影响。"她很快补充道，"政治中的象征姿态意义重大，而你对这方面一无所知。结婚是个很好的手段，所以我才同意了。从政治方面来说——"

"你他妈能不能别提政治了。"我说，然后亲吻了她。

片刻之后，她痛呼一声，我放开了她。"医生怎么说？"我问。

她轻微犹豫了一下。"没有留下永久损伤，"她说，"据说要是伤口再靠左一寸，我就没命了。医生好像不管怎样都会说这种话。"

我自己也听过几次这种话。"你不该来的，"我说，"要是缝线崩开了怎么办？实在太冒险了。"

她给了我一个眼神，意思是**你真难伺候**。"这叫政治姿态，笨蛋。"她说，然后表情又严肃了起来，"你高兴吗？"

"高兴，"我说，"这是我这辈子第一次确信有人站在我这一边。你不知道这对我多重要。"

她庄重地点点头。"我会一直和你在一起，"她说，"别担心你姑姑。她看到我的时候会觉得像在看自己的镜中倒影。没有哪个女人能忍住不照镜子的。"

我不得不让信使马车返回都城，但是我们运气不错，有个住在旅店里的商人同意把他的豪华马车卖给我们——不过要价奇高，而且是在我威胁要征用它之后才同意卖的。这辆马车不如政府用的信使马车那么轻便迅捷，好在现在并不需要急着赶路，而且它舒适极了。

"当然了，我是坐不了的。"我沮丧地说。

"真的不行?"

"当然不行。我得骑马走在部队前面,这是惯例。"

"可怜见的。"她拉过一张看起来很柔软的毯子盖在膝上,然后把靠枕拍打得蓬蓬松松,"那你是不是也要和士兵们一样吃燕麦粥,喝马尿?"

"我们没有马尿可喝。那是甜品。"

她抬起眉毛。"旅店的人帮我装了一篮食物,"她说,"里面有放了松露的熏羊肉香肠。"

"我不爱你了。"

她微笑起来。"这不就是政治姿态嘛。"她说,"你瞧,你愿意的话还是能做到的。这样吧,我可以偷偷分你一点儿你最喜欢的香葱羊奶酪。没人会发现的。"

我摇了摇头。"我不想冒这个险,"我说,"而且这也没什么大不了的。我十五岁就吃过贝洛伊萨粥,睡过干涸的水沟了。"

她叹了口气,"那你还真是被宠坏了。你们这种有钱人家的小孩都一个德行。"

骑马前往奥桑的路上,我思考了她说的话,没过多久我就意识到,一如既往,她是正确的。我回想了我所能记起的过去的皇室婚姻,因为内战和篡权太过频繁,成功的婚事数量并不多。实际上,在近两百年里,帝国有过三十六任皇帝,其中只有九个在自己的床上死去(有三个很可能是被毒死的)。这三十六个人里,只有十个是皇室出身,其中只有六个活到了结婚的年龄。这六个人里有五个娶了平民。他们这么做是因为相信,只有小国家的低微国王才会为了外交和政治目的选择皇后,而罗珀人帝国的皇帝远比一切凡人高贵,无人能和他平起平坐,也没有任何国家配得上与他联姻,所以按照这个逻辑,皇帝拥有为爱结婚的自由(这在人类中几乎是独一无二的)。拥有这种权力是皇帝这个糟糕职业的唯一好处,大概正因如此,煽情浪漫小说的主角才总是皇帝和王储。总之，如果想遵守规则，维持皇室的威望，我除了娶平民为妻之外别无选择。这是我的责任。那好吧，我还能怎么办呢。我仍然不期待把这个决定告诉我姑姑。她这人就这样，就算你把萨尚大帝的脑袋砍下来送给她，她也要抱怨你把血弄到地毯上了。

这大概是我的军人本性吧。一旦确定目标，我就想立刻出击，先发制人——就像在三桥战役中快如闪电地渡过冰河的赛基默，还有书本里其他伟大骑兵指挥官，所以我决定和她在奥桑修道院结婚，请修道院长主持婚礼，让我的卡赛特弓箭手们当伴娘。事情没有按计划发展。我们到了奥桑之后，发现修道院已经没了。

用这种口气记录一个残酷的事实有点儿太戏剧化了。如果你读这个的时候手边没有地图的话，背景信息是这样的。奥桑修道院坐落于——曾经坐落于——离大海不到半里地的位置。那里的修士们曾经很擅长经商和航海，因此在一个极为合适的位置建造了海港。这是必要的，因为那片海岸危险极了，常常刮起风暴，暗礁遍布，就算天气晴朗，也可能在半个小时内降下让人伸手不见五指的白色浓雾。当然了，只有疯子才会为了避免被卡拉森岬和阿尔辛吉的瞭望塔发现，特意在浓雾的掩护下靠岸。但根据村里那几个幸存者的证词，他们确实这么做了。距离海岸十里左右的地方分布着一些岛礁，可供那些不怕死的疯子停船潜伏，直到海上起雾。起雾意味着没有风，所以他们肯定是在毫无能见度的情况下划船渡过十里的距离，还不知怎么避开了"魔鬼牙"和强大的离岸海流。接着他们大概花了五个小时把修道院化作了废墟和灰烬，然后在海雾散开之前乘船离开了。作为士兵，我讨厌与疯子作战。我曾有一两次这种经历，那是相当让人不安的体验。你没法儿预测他们的行动，而且双方对于胜利、战败、投降和可接受的损失的词义都有不同理解。如果他们被击败，你要面对的可能是他们堆积如山的残破尸体；而如果他们获胜，你可能会被他们关进一个柳编笼子里活活烧死。说实话，真不该允许他们发动战争。

战争本来就够糟了。

这一次，他们不仅屠杀了修士，还几乎残杀了所有的村民，烧掉了农场和谷仓。尽管叫我懦夫吧，但我真的受不了这种事情。而且，由于一路上卡赛特弓箭手们的口粮和至关重要的马匹饲料都是由修道院和村庄提供的，这下我们的麻烦可就大了。我们只能给马拴上脚绊，放它们去石楠和荆豆灌木中吃草。这么对待好牲畜是没法儿指望它们派上用场的。

"你们不准备埋葬他们吗？"

"没必要，"我说，"烧焦的骨头没有危险，过一两天雨水就会把灰烬冲走了；没被烧掉的尸体才会滋生瘟疫。"

"对，但是——"她耸耸肩，"你不能任由别人的骨头散落得到处都是。这样不合适。"

"确实，"我说，"这样很残忍。但如果我们待在这里收集尸骨，然后挖个大坑埋掉，就不会有足够食物支撑我们返回珊比克了，赶路去科特－瓦隆更是想都别想。收尸和其他的一大堆事情一样，只能留给别人去做。"

她皱起眉头，"你经常需要做这种决定吗？我想应该是吧。"

"经常，"我说，"每一个都是糟糕的决定。但另一个选择更糟。"

但她这话让我重新考虑了一番，然后采取了折中方案。我派我的高级司令官带领卡赛特弓箭手们返回珊比克，并让她和他们一起回去。我和剩下的八个司令官以及护送她的枪兵一起留了下来，收集起所有的头骨——臂骨和腿骨就不管了——然后挖了个大坑，安葬了它们。那时已经开始下雨了。我朗诵了一段《大教理书》的内容，然后我们全都披上油布雨衣，快马加鞭赶了回去。我的双手沾满灰烬，一路上被雨水浇成一条条黑泥浆小河，从我的裤子上流淌下去。

做决定，唉，做决定。十六岁生日的前一天，我签下了第一份死刑判决书。被判处死刑的那个可怜家伙的罪行是临阵脱逃。想想吧。你也知道萨尚步兵方阵是什么样的，横列一千人，纵列五十人，他们向你发动冲锋的时候，你的视野里只有那些可怕的长矛，就像从侧面看一片森林—— 一片被乐观者栽种又弃之不顾，没有经过疏苗的森林，树苗间距过密，因此为了得到阳光只能笔直向上生长。其实，真正让你恐惧的不是这番情景，而是他们的声音。五万双钉着平头钉的靴子同时落地，地面的震动会像一条绦虫一样从你的脚底一路钻进身体，紧紧绞住你的心脏。有那么两秒钟，你会完全无法思考，而第三秒的时候，你满脑子想的都是周围挡路的人这么多，你该怎么逃命。我本来准备调转马头逃之夭夭，但我的私人卫队长抓住了我的马缰，六个小时后，我签下了那份死刑判决书。我羞愧极了，既因为我差点儿逃跑，也因为我杀死了一个做了和我相同事情的人。我的眼泪把墨水洇开了。他们只能把判决书重新誊写了一遍，而我不得不重新签字。然后我呕吐在了司令官闪亮的靴子上。

随着时间推移，这种事变得愈发容易，但并不是因为你长成了更好的人。

我第一次领兵作战归来后，姑父将我提拔为亲卫，并授予了我断头矛枪——军中的最高荣誉。十八年后的现在，回首往事，我意识到自己打了一场好仗。我巧妙地利用地形优势，轻步兵和重型远程武器击溃了一个萨尚步兵方阵，然后进行了有效的追击，并且抵挡住了诱惑，没有追得太近，避免在最后一刻酿成大祸。我有两个老钢颈兵当参谋，但总体的战略和具体的战术都是我自己想出来的（好吧，参考了《兵法》第六部第三章，但他们的军官肯定也读过这些）。我们成功阻止了敌人对东部山区的侵略，因此得以通过谈判获得持续五年的和平，这个纪录直到最近才被打破。老天啊，我那时候才十六岁，现在记得最清楚的就是当时尿湿了裤子。我姑父三十三岁的时候——和我现在一样大——才第一次指挥军队，而且输了三场战役，损失了八千名士兵。我觉得我干得不错。我不该那么做的。

我知道我能击败萨尚军队是因为他们的将军是个白痴。他们让白痴当将军是因为有能力的将军已经全被处死了，为的是避免他们篡位。我姑父是个好将军。他篡了位，烧掉了半个都城，像宰羊一样杀光了前任皇帝的家人。还能怎么办呢？

听了我带来的消息，斯塔齐尔震惊不已。他一直念叨着，图书馆，我的神哪，图书馆。等到他冷静下来之后，我让他把最好的北海岸地图都给了我，就是那些标示了所有岛屿的老地图，然后我告诉他，我需要他主持一场婚礼。

他盯着我。"你肯定是疯了。"他说。

"这种感情确实经常被比作精神失常，但仅限于在诗歌里。拜托，你是个教士啊。这是教士的本职工作。"

"绝对不要，"他说，还真的后退了几步，"他们会流放你。还会把我杀掉，因为需要消灭证人。"

"不会有事的，"我告诉他，"我这是在遵循先例。从政治方面来说——"

"我已经在死囚牢房里待过一次，"他说，"这辈子不需要再来一次了。我们是朋友啊，别破坏友情了。"

我握起拳头，让他看见我的印章戒指。其实这是假的，我怕把真的戒指弄丢了才戴着这个。"这是直接命令。"我说。

"滚你妈的。"我的朋友说。

好吧，什么样的教士都行。只要通过了相关考试，就算长得最贼眉鼠眼的督工所神甫也是无比圣洁的。被拒绝了六次之后，我终于找到了一位愿意为了金钱报酬和东部边境的挂名闲职给我们证婚的神职人员。婚礼只花了六分钟，完事之后，那位圣父立刻飞身上马，将叮当作响的鞍袋往鞍头上一挂，以迅雷不及掩耳之势冲出大门绝尘而去。也许他离开的时候回头大喊着给我们赐福了，但他纵马奔过吊桥时雷鸣般的蹄声完全盖过了他的声音。

由于医学原因，我们推迟了新婚之夜的传统活动。我熬夜阅读了刚从科特－阿奎拉送来的报告，那座有六百年历史的修道院已经被烧成了灰烬，罪魁祸首骑着结实的矮种马，在晨雾的掩护下发动了袭击。

"幸运的是，"特拉比亚伯爵说，"当时有一支我们的常规巡逻队在附近。他们前一天就发现了劫掠者们的行踪，一路跟随他们到了那里，所以目击了事情的经过。"

伯爵第一时间赶到了我的身边，他还真是体贴。他带来了五百个本地民兵，还有更能派上用场的二十几个业务精通的文员，以及一大叠地图。"那敢情好，"我说，"你的人就没想到去阻止他们吗？"

"巡逻队只有十二个人。"他回答。行吧，有道理。

屠杀结束后，劫掠者们将战利品装到了驮马背上。我亲自询问了巡逻队的人：劫掠者带走了什么？很遗憾，他们没敢靠得太近，因此没有看见。劫掠者们把战利品放进了麻袋里，而袋子似乎是他们自己带来的。我问他们那些袋子看起来是否沉重，或者又大又鼓。巡逻队长回答，他们当时在六百码之外，只看得出那些是袋子而已。那好吧，每匹马背上驮了多少个袋子？他们回答说有些驮了两个，有些驮了四个。接下来，他们尾随劫掠者们穿越了沼地。对方直奔海岸，前往一个当地走私集团常用的小海湾，那里有五条船等待着他们。启航离开之前，他们把矮种马全都放走了，巡逻队抓住了几匹，却没在它们身上找到烙印。所以他们带了几匹马回来。一个做小生意的修锅匠声称他小时候去过弗勒雅诸岛，在那里看见过相似的矮种马。除他以外，没有任何人见过这种马。本地马匹虽然体格矮壮，但肩部更高，脑袋也大多了。

"也就是说这些海盗是从弗勒雅诸岛来的，"我说，"你觉得靠谱吗？"

特拉比亚思考了一番才回答。"真是那样的话，我会很惊讶的，"他说，"我从没去过那里，对他们也没什么了解。没人了解他们。但这些年来，他们在我的印象里只是一群小佃农，非常热衷于和我们做生意，因为我们似乎对海狸皮和琥珀之类的没用垃圾来者不拒，而对他们来说，捡拾海滩上的垃圾和设陷阱捕捉害兽换取食物比种庄稼容易多了。"

"抢劫更容易。"我说。

他耸耸肩，"也许吧。也许我们看起来很好欺负，总是把各种财物四处乱放，只让穿制服的人守卫它们。但这些人没有抢食物，他们抢的是金银财宝和艺术品。据我所知，他们也只和我们帝国人做生意。"

我想起之前所见——城里来的富商们在条件简陋的"救赎与希望"旅店借宿。帝国的特质之一就是疆域辽阔。而且，帝国中居住着大量风雅的富人，比起道德规范，他们更珍视艺术和美丽的物件。如果有人向一个住在普罗科皮亚之类的地方的富裕银行家出售一幅杰出的矫饰主义圣像画，只要价位合适，他会在意画的来源可不可疑吗？又有谁能认出某幅来自世界另一端的艺术品，并确信它是赃物呢？至于纯金和银子，它们都可以被熔成金银块，不留半点儿线索。

"我需要你去办一些事情。"我说。

"哎呀，"特拉比亚伯爵礼貌地说，"请稍微等等，我找张纸写下来。"

我让他即刻禁止所有来自弗勒雅的船只入港。随机检查商人的货物。全面调查修道院失窃的物品是否出现在了帝国内的市场上。"做完这些之后——"

"等一下，"特拉比亚说，"无意冒犯，但我手下没多少船主。要办这些事的话，我需要更多船只。我只有三艘海关单桅小帆船和一艘庆典用的驳船。"

我给他写了一张单据。"十二艘战船，"我说，"这样够了吧？"

他瞪着我。"我想应该足够了，"他轻声地说，"那士兵呢？"

这就难了。那十二艘军舰不是问题，因为当时我手头恰好有十二艘军舰任我派遣。它们是作为武力威胁的筹码指派给我的，和萨尚人的谈判结束之后，我忘记把它们还回去了。士兵就不一样了。由于非常合理的历史因素，军事指挥官打完仗之后并不能把士兵擅自留下。如果我想要五十个以上的士兵的话，就得写信给我姑姑，好声好气地求她。"我努力一下。"我说，"眼下，我建议你自己想想办法。你手头的非军方人力相当充足——修路工、文员和马夫之类从你这里领薪水的人，在你的账目上写得清清楚楚。给他们一人发一根长矛和一面盾牌，叫他们装出勇猛的样子来。反正不会让他们去打仗，谁看得出来他们不是士兵呢？"

我给姑姑写了封信。让我大吃一惊的是，她答应立刻从中邦调给我一千名正规钢颈兵。我错愕极了。钢颈兵像金沙一样珍贵，并不会随便交给等闲之辈指挥。他们历来就有决定下一任皇帝的危险能力，就算现任皇帝健在也一样。至少这回答了一个我没敢提出的问题。她肯定没有得到我已经完婚的消息。如果她知道了的话，钢颈兵也会被派出，但不会交给我指挥。而现在，要是有信使的轻便马车试图把我带回都城，一千名正规重甲步兵会给我拒绝的权利，如果我真的不愿意的话。

这形势真有意思啊。

她执意要和我一起前往科特－梅露斯。我告诉她这让我很感动，但是旅途太过艰险，她的伤也没好透。她耐心地向我解释，如果有人居心不良，想要谋杀她的话，趁我不在的时候对她下手简直易如反掌。我吓得腿都软了，决定让她和我一起上路。事实上，我根本不想让她离开我的视线。

科特－梅露斯位于偏远的北方。这里的山顶终年积雪，但山谷里却可以种植葡萄与无花果。一百年前，修士们管理着规模庞大的果园和葡萄园，现在它们已经被荨麻与荆棘取代，背后的原因却没人知道。羊群在曾经的麦田中吃草，荒废的小屋和农场随处可见，连石材都没有被偷走。我读了能找到的所有相关记录（并没有多少），也询问了每个可能知道答案的人，但只是得知这里没有发生过劫掠、军事入侵和瘟疫，以及任何具体的灾难。曾经有许多人居住在这个地区，生活也很富足，而现在这里居民稀少，沉默地过着苦日子。虽然没有证据，但我的理论是，通过辛勤劳作换来的富足生活导致了他们的没落。身强体壮、衣食无忧的农夫是征招重步兵时的理想人选，而在过去的两百年里，我们经历的战争实在太多了。那些强壮可靠的青壮年农夫入伍参战之后再也没有回来，失去了他们，这个地区便一蹶不振。如果真是如此，从中是否能看出这头名叫帝国的野兽的本质呢？帝国需要保护这些城镇、乡村和小农场免受敌人侵扰，为此才征召士兵，这样一来城镇、乡村和小农场就不会被荒废弃置，街道上就不会杂草丛生，良田沃土就不会被杂草和荆棘覆盖。但如果保护这一行为带来的是本该阻止的毁灭——想想吧。我不是哲学家，所以没有资质对此表态。

和大多数修道院不同，科特－梅露斯并没有被建在山顶。它舒舒服服地蹲伏在一座山谷中，雨水汇集成一条宽阔的河流从群山中奔腾而下，又分流成几条实用的小溪，横跨平坦的谷底。在我的记忆中，这里有上百种细微不同的绿色。有着浅绿色嫩芽的蕨类植物在经过焚烧的土地上长得繁茂极了，树叶深绿光洁的成年白蜡木和柳树则是占据被抛弃的牧场的高效殖民者。一人高的荆棘丛和枯死的矮树之间有一条窄路，细高的树木从灌木丛中拔地而起，渴求着上方的阳光。我手下有个司令官向来热衷狩猎，他随身带着一张美丽的新埃利亚弓，期望能猎到几头鹿，或者至少射几只兔子。他没能得偿所愿。我们看到了许多不停鸣叫的小鸟，但没在地面上看到任何活物。没有什么比老鼠大的动物能够在那片虬结纷乱的荆棘灌木中生存。

科特－梅露斯的修道院长是个愉快的高大男人，我们的到来让他高兴极了，因为二十年来他几乎没有见过任何陌生人。得知我们没有足够的食物，还希望他能喂饱六百名弓箭手、七十名随行人员以及我们夫妻的时候，他就没那么愉快了。但他很快从震惊中缓了过来。他说，修道院的主要职责之一就是款待饥饿的旅人，如果履行这项职责意味着他和他的修士们需要勒紧腰带过冬的话，我们做客带来的快乐就是足够的补偿了。无论如何，他们有足够的干豆子，村民们经过劝说之后肯定会给我们的马匹提供燕麦，而滋补的汤里有一点儿熏咸肉就足够了。要是我们还没尝过当地特色——加了小块干香肠的荨麻菜汤——的话，很快就能一饱口福了。

梅露斯修道院里有四十个修士，全都年过半百。他们大多数都在围墙环绕的十亩菜园中劳作，这菜园让修道院长自豪极了——它全年都能提供新鲜的卷心菜，还有产量可观的块根，冬天能储存很久。他带我参观了集体宿舍楼上的一条宽敞的长廊，里面高至房椽的架子上全部塞满了颜色暗淡、表皮光滑的苹果。他认为那里曾是用于抄写书籍的抄写室，但他并不确定。旧图书馆已经被清空了，现在成了一座壮观的木柴储存室。修道院这样的大型建筑需要大量供暖，这里的冬天又颇为寒冷，但他的修士们吃苦耐劳，精于林务。他们定期修剪柳树萌生林和太过繁茂的榛树，并推着大车到山里去砍伐生长在陡峭山坡上的高大的松树与枞树。院长告诉我，脚踏实地的劳动是与造物主共融的最佳途径，因为祂就是播种培育我们的万物之园丁。他的指甲又短又脏，小臂像铁匠一样强壮，光是听他说话，我就觉得厌倦。

"这事情我听说过，"我提到劫掠者之后，他说，仿佛在讲来自遥远陌生国度的趣闻，"但我不觉得他们会到这里来。我们没有金银，那些东西很多年前就卖光了。"

我们坐在院长住所的主屋里。屋里冷极了，我们几乎是鼻子贴鼻子地围着一只小铜火炉相对而坐。看得出这火炉摆在这里很久了，上方的天花板已经被烟雾熏黑了一大片，污渍彻底遮盖了无敌骄阳祈祷像，四周的小天使也被焦油弄得污秽不堪。由于光线太暗，我看不清这幅镶嵌画的其余部分——我对艺术知之甚少，但我猜它是早期象征主义作品，虽然被煤烟和牛脂烛的凝结油脂覆盖，但它很可能是完整的，因为受潮程度似乎不怎么严重。"不管怎样，"他说，"如果他们真的来了，我们也有准备。我们已经做好计划了。附近的山里有牧羊人的窝棚，我们随时可以拿上够支撑一个月的工具和物资过去避难，而且只要有人进入山谷，我们肯定能看见他们。你大概也注意到了，只有一条路能穿过荆棘。"

我弯下腰，本能地伸出一只手试图阻止他，"你在做什么？"

他茫然地看着我，然后明白了。他刚刚掀开了一口大木箱的盖子，拿了一本书出来，正要把它放进火炉里。"你想要吗？"他问。

书脊上的字太模糊了，我看不出是什么。"谢谢你。"我说着接过了书。他打开箱子，拿出另一本书扔进了炉子里。这次我没有试图阻止他。

"没人读这些书了，"他解释道，"而且书本不是通往救赎之路，我们很久之前就意识到了。勤俭节约，吃穿不缺，这才是我们的哲学。"

炉子里的那本书有着厚厚的木质封面，在书页被烧光之后还持续燃烧了很久。它产生了惊人的热量。做事要讲求实际，修道院长庄严地告诉我。被我救下的那本书是弗朗提努斯所著的《安尼乌斯评注》，帝国的每一座大城市里都有上万份抄本。我从没读过它，不合我的口味。

我们没在梅露斯修道院待太久。那里的人对我们很亲切，但我们不想给他们造成负担。因此我们继续向科特－纳瓦修道院前进，沿内陆方向跋涉了三天，还好基本都是下坡路，感谢上天。

我很庆幸带上了妻子同行，否则我就应付不了纳瓦的女修道院长了。我一见到她就立刻认出了她是谁——认不出才奇怪呢。七年前，她在宫廷里惹出了不小的事端。据传我姑姑曾试图派人毒杀她，如果传言属实，姑姑没能得手，这显然证明昂纳丽娅院长的聪明才智不容小觑，因为通常姑姑想办的事都能办成。我理解姑姑为什么想除掉她。机敏美丽、家财万贯又野心勃勃的年轻贵族寡妇身处宫中，简直就像葡萄园里的蝗虫一样不受欢迎。她还是我的远房表亲。就算给我布勒米亚的所有黄金，我也决不愿当她的试毒者。

在严寒的北部的七年生活让她的面孔染上了风霜，岁月的痕迹也在她的手背上显露无疑，但要不是我心爱的女人一直陪在我身边，我仍然会被她的魄力折服。她和我说的第一句话，就是**"告诉我宫中的所有时事"**，我猜她想知道的并不是流行的裙摆样式或者发型，但我还是和她讲了这些。她装作兴趣盎然的样子，我则承诺一旦信使的马车上有多余空间，就立刻寄几匹普雷尼丝绸给她。

"我们非常担心受到劫掠。"她说，仿佛想要邀请强壮高大的男人来保护她。事实上，她已经未雨绸缪，雇佣了七十个维萨尼佣兵，这些士兵几乎和钢颈兵一样可靠，所需的费用还要便宜得多。她能负担得起这笔支出是因为她最近把一幅克特西普斯祭坛画以两百万纯金币的价格卖给了一名身份不明的东部买主。七十个优秀士兵可以在千人正规军的进攻下守住修道院。她将马厩改建成了宽敞舒适的营房，用以安置佣兵。她手头还有两幅克特西普斯的圣像画和一幅弗朗提努斯的荣升三联画，正在考虑出售给已经开价的卖家。她笑着告诉我，这些画就和一地窖的弩箭一样实用，我同意这说法。就算在偏远的东部地区，来历不明的克特西普斯画作也是卖不出去的。但是一幅真迹足以让你十年不愁雇佣卫兵和采买军械。她历来就很有心机，真不得了。

我提出想参观一下图书馆，她虽然略有些惊讶，但掩饰得很好。她没有亲自进行介绍，而是召来了图书馆员。图书馆里干净极了，桌椅一尘不染，石板地面光洁发亮。馆内收藏着所有权威著作，统一采用时兴的装帧，每一本书都有编号，从不离开规定位置，锁书的铁链像是结满豆子的藤蔓一样沉重下坠。我们参观时，图书馆里一个人也没有，我怀疑这里平时为了保持整洁，并不欢迎普通读者。管理图书馆的修女显然对自己的劳动成果非常自豪。我看到了几罐用来防止书脊干燥开裂的羊毛脂，涂上之后会让书本变得黏手难拿，但这应该不会造成什么不便。

"当然了，来到这里是我的荣幸。"昂纳丽娅院长第五次告诉我，"能够管理一座如此重要的修道院让我自豪极了。我一点儿也不怀念以往的生活，在这个高尚宁静的地方侍奉无敌骄阳真的很美妙。"这不是她的心声，她也没有明说的必要。我只在弃犬的眼中看到过这样的渴望神情——*救救我吧，求求你，我马上就要衰弱而死了*。我脑中闪过一个邪恶的念头：如果我写信骗姑姑说我已经娶了昂纳丽娅，等她发现真相的时候肯定会如释重负，放心地在我们的婚床上撒满花朵。但我也可能想错了，北部的食物味道又是这么浓烈，就算其中有一丝异样，尝出来的时候也太晚了，而且我现在已经结婚，肩负着责任，不能冒险。

在我看来，标准的修道院就该像科特－毕尔佛尔这样。它的主体建筑又小又旧，四周环绕着高墙，还有一座坚实的门楼。修道院里有一间长长的集体寝室，楼上是餐厅，功能齐全的厕所则位于房后。除此之外，这里还有一座壮观的古老礼拜堂，一间装潢优美的会堂，以及一座装有面向东方的落地窗、包含抄写室的巨大图书馆。六十个修士在抄写室中供职，几乎全都负责誊写书本，用并不严苛的方式管理着这一切的是根纳休斯院长，著名的《十二问》的作者。

我十四岁的时候就读过他的著作，但完全没想到他还在人世。我问起书中内容，但他用多年磨炼出的圆滑答案礼貌地回避了我的问题，转而和我讨论起了劫掠事件。他以学术研究为武器，向令人恐惧的未知发动了反击——他收集了《古教父选集》中关于来历不明的蛮族人的所有信息，并成功地向我证明，我们面对的劫掠者不符合任何记载。他还命人制作了每一版《兵法》和《士兵之镜》的抄本，随时准备寄送给有需要者。他也把装订好的抄本赠给了我，而我不好意思告诉他自己已经有了这些书。他已经做好准备，随时可以引经据典，证明修士们为了保护自己的书本与生命而使用致命武器是正当行为。不过，修道院里并没有致命武器，因此我承诺拨给他五十张长弓和二十套样式老旧的盔甲，这些东西都是我之前在特拉比亚的仓库里看见的。他高兴极了，向我保证一定会像个钢颈兵军官一样严格操练手下的修士。我很想看看那种场景，但并没有机会。我猜他应该会遵照弗洛里安的练兵方法，而不是《军事教范》，因为后者年代较新，而且抄本传承过程不可靠，因此内容常有错误之处。

从毕尔福尔通向北方的科特－艾尔斯修道院的路况糟糕极了，如果不花大笔钱修整，这条路就连羊群踩出的小道都不如，更算不上帝国的血管了。说到羊，附近的山谷和山洼里倒是有不少野山羊，卡赛特弓箭手们准头很好，因此我们一路上都有充足的食物，至少对于喜欢吃山羊肉的人来说是这样，但我不喜欢。我们走得很慢，花了四天才到艾尔斯，这都是我的错。如果我们再在路上拖延几个小时的话，我简直不敢想象会发生什么。

最先让人警觉起来的是异样的声音。这一天宁静无风，因此声音在山里传得很远。一开始我们以为听到的响动来自铸造厂或者军械厂，尽管北部已经没有这样的工厂了，但修士们极富创业精神，可能会自行建造钢铁厂或者开矿。那响动确确实实是金属相击和碰撞的声音，随着距离逐渐接近，我们也听见了喊叫声。我们立刻明白了。相信我，这种声音只要听过一次，就永远忘不掉。

世界和人生有时候就是这么奇怪。一场激烈的战斗正在进行，人们被锋利的武器砍得血肉横飞，但是在离战场两里之外的地方，却有羊群在平静地吃草，成群的白嘴鸦栖息在树枝上俯瞰成熟的玉米，仿佛它们才是这幅画作的主体，而附近混乱的人类活动只是背景中无关紧要的细节而已。我这辈子从未逃避过战斗——实话说，是因为不敢——但如果你临阵脱逃，停下脚步喘息的时候却发现自己被再普通不过的景象环绕，阳光普照大地，河水奔流不息，你肯定会问自己到底什么是真实的，是眼前这一切，还是刚刚那片既丑恶又不自然的混乱战场？答案肯定只能是二者之一，不可能都是真的，因为如果这两者可以共同存在，仅仅被一小段距离分隔开来，有哪个精神正常的人不会选择待在这里，反而去上战场？

我拥有许多优秀的才能，其中并不包括无声潜行和躲避侦查。我派出的侦察兵报告说看见一大群人——至少一千五百人——正在用云梯和攻城槌进攻艾尔斯修道院。我感到一阵无助，每次意识到必须作战的时候，我都会有这种感觉。我描述不出它具体是怎么回事，因为这种感觉太特殊了。我惊恐万状，知道这一切肯定不会有什么好结果，但同时非常清楚自己接下来会做什么。这就像通过一条隧道或者一根管子观看未来，看到的只是尘埃落定后的结局而已，仿佛我的人生突然逆转了一样。我知道自己需要摆出中心薄弱的阵型诱使敌方接近,同时指挥左翼部队绕到敌后,在敌方冲破我的阵型时出其不意地发动攻击,因为我已经看见了这一切。当然,我的战术并不是每次都有用。有时候它会彻底失败,而我则不得不回到原点,只能靠随机应变行事,我并不擅长这么做。

情况是这样的。科特-艾尔斯是座不大的修道院,坐落在小山顶上,周围环绕着一堵围墙,只有一扇大门,被一栋三层门楼护卫着。那些敌人——看起来只有蚂蚁大小,但偶尔会反射阳光,意味着他们身上至少穿了一些盔甲——似乎已经放弃了云梯,正在全力攻击大门。我们在一里之外听到的规律碰撞声是攻城槌的声音。修士们在对他们进行干扰,空中有东西闪闪发亮,说明劫掠者们正在朝修士们射箭,想迫使他们低头躲避,但显然没有效果。侦察兵先前估计有一千五百名敌人,我看这个数目太保守了。我手下有六百个弓箭手,要想靠近敌人,我们必须爬下一道陡坡,然后穿过四百码的开阔地。卡赛特弓好用极了,最大仰角时的射击距离可以达到两百码,但在敌人把我们冲散之前,他们们能放多少箭呢? 还得假设卡赛特弓箭手们会正面迎敌,而不是在敌人接近之前就各自逃命,这并不是个特别现实的假设。结论:取得这场战斗胜利的希望很渺茫。

一位智者曾说过,最好的战术就是不战而胜。这话听起来非常深奥(我发现大多数不痛不痒的瞎话都是这样),不过其中还真有一丝智慧。我需要做的就是找到一个不通过战斗就能达到目的的方法。幸运的是,基本上所有的战术都曾经被别人使用过,而我读过很多书。

只有疯子才会把一支本来就人数很少的部队一分为二,然后攻击敌方阵型的边缘。这么做等于是在邀请对方包抄他的两翼,然后把他的部队一网打尽。就算是弗勒雅诸岛之类的地方来的强盗,也应该知道皇帝不会把自己的军队交给疯子指挥。所以他们一定会认为这两队向他们接近的轻装弓箭手属于前锋部队或者打头阵的散兵,而这看似错误的战术则是帝国人的典型邪恶诡计,目的是把敌军部队彻底歼灭。

劫掠者们可不会轻易落入圈套。走在最前方的弓箭手还没进入射击范围，他们就已经抛下了攻城槌，阵型散乱地开始撤退。发现弓箭手们没有停下的意思，他们便转身逃跑了。这和珊嘉－科纳战役时发生的事一模一样，历史重演的感觉真不错，不是吗？

好吧，应该说是几乎重演。这都怪我没有仔细看地图。不然的话，我就会知道敌方最可能的逃跑路径直接通向一片刚好处于视野之外的浓密树林。站在劫掠者们的角度设身处地想想看吧，如果你突然遭遇了一支帝国军队，明智地选择撤退，却发现对方正把你们驱赶向一片仿佛经典屠杀场的黑暗森林，而你十分确信那个顶尖的帝国将军在森林里埋伏下了一支让人闻风丧胆的重步兵大部队，你要怎么办呢？你只能像受惊的动物一样避开森林，转身拼命向己方部队和帝国人之间那条正在迅速变窄的缝隙狂奔。如果你幸运的话，也许能从那里逃出去，但如果你没来得及逃走，就只能拼死一搏，试图突围。

我记得自己大喊："快让路！"然后有个浑蛋撞在了我身上，把我撞得头昏眼花。我不知道他是有意用盾牌打中了我，还是我刚好撞上了它。盾牌的铁制边沿戳进了我的眼窝，铆钉从我的眼球上划了过去。

我当时有一顶配有宽阔钢制盔沿的上好头盔。当然了，我当时并没有戴它。指挥官领兵冲在阵前的时候是不会戴头盔的。毕竟这样士兵们才能知道那个身先士卒的鲁莽家伙真的是你。

另一个浑蛋顺手捅了我一剑，但我还是没倒下。剑尖从我昂贵的胸甲上滑了下去，插进了我的大腿。我还是没倒下。又有一个人猛地撞上了我，这才把我撞倒在地。我没受伤的眼睛看见一只钉有平头钉的靴子——我记得它左侧最上方缺了一根钉子——向我压了下来，遮挡住了阳光。纯粹出于本能，我将头扭向一侧。那只靴子带着它主人的体重踩在了我的耳朵上，我以为自己的脑袋要爆开了。然后我就失去了意识。

接下来发生的事都是别人告诉我的。据说司令官巴格亚斯（他一向不喜欢我）冲到了我身前。用自己的身体挡住了本该杀死我的那根长矛。他倒在了我的身上——我醒来时发现自己浑身浴血,但当时并不知道那不是我的血,而是他的——掌旗手雷克西斯立刻接替了他,砍倒了四五个敌人之后才倒下,而这时,马车护送队里的钢颈兵忒托默和冈萨利乌斯已经杀出一条血路,他们赶来护住了我,像发狂了一样对敌人又砍又刺,直到危险过去为止。作为他们英勇行为的回报,他们也受了重伤。忒托默失去了左手,冈萨利乌斯的下巴和一块颌骨被砍了下来。我完全说不出自己对此有何感受。对不起,但我没法儿像他们那样舍身保护任何人,更别说一个基本不认识的人了。

我在修道院里苏醒了过来,发现一个矮小的老头正俯身用一束羊胡子草擦拭我的脸。我拍开了他的手(因为我见到的上一个人试图把我杀掉),他咂了咂嘴,想继续擦。我一把抓住了他的手腕。他用自由的那只手拿过羊胡子草,继续擦我的脸。这番动作耗尽了我的精力,我又睡了过去。

我再次醒过来的时候,房间里只有我一个人。我头顶的天花板上有一幅极美的湿壁画,描绘的是罪人遭受惩罚的景象,有那么一会儿,我以为自己已经死了,而且下了地狱。我的左眼疼痛不堪,似乎进了一大颗沙粒,而且什么都看不见了,因为不知哪个蠢货把它包扎了起来。我的颧骨和胸口都很疼,根据以往的经验,我知道后者来自肋骨骨裂。唉,真受够了。

我突然想起了一件事,然后开始惊慌起来。我想起身,但不知哪个蠢货用绷带把我固定在了床上。我试图喊叫,但发出的声音低哑,就跟青蛙叫一样,所以我只能像个小孩一样用双脚踢床板。我发现听到的声音很奇怪,然后意识到自己的一只耳朵完全聋了。不过这方法显然起了作用,因为房门开了,她走了进来,一看到她,我不再惊慌了。

“你没事啊?”我说(我的声音听起来很遥远),“我还担心你呢。”

她在床边跪了下来。“我还好,”她说,“但你不太好。”

又来了。“有多糟?”

“他们还不知道,”她说,“你的眼睛也许能保住,也许不能。”

幸运的是，她在我左侧，因为我被踩到的右耳现在什么都听不见了。然后我意识到了。噢。

"那只耳朵应该是永远聋了，"她说，"其实你还算幸运。再向右一寸的话——"

我忍不住大笑了起来。

他们保住了我的眼睛。可以这么说吧。我的左眼基本丧失了视力，只能看见模糊的形状，光线太强的时候还会让我头痛欲裂。其实，我本该死掉的。我被踩伤的耳朵感染了，引起了一场高烧，持续了整整四天。多亏那个哑嘴的矮小老头，我才脱离了危险。后来我才知道他是北部最好的医生，已经从业五十年了，为了挽救我的性命，他用上了这五十年来积累的全部经验。竭尽全力地帮助我的人实在太多了。我不理解他们，但我很感激。

特拉比亚伯爵一听到我受伤的消息，就立刻把他的私人医生派来照料我。他赶到的时候，我正烧得神智不清。我妻子和新上任的司令官斯凯瓦截住了他，告诉他我已经脱离了危险，正在安稳地睡觉，然后用加烈葡萄酒和蜂蜜蛋糕招待了他。趁此机会，管窖修士和草药修士检查了他的药箱，把所有的瓶瓶罐罐都打开嗅闻了一番，并将可疑的内容物喂给了关在笼子里的十几只老鼠。令人失望的是，老鼠最后都安然无恙，好心的修士们没有找到任何有问题的药品。之后，特拉比亚的医生检查了我的身体，并给出了和矮个子老头完全相同的意见，还说我身边有这么好的医生实在是太幸运了。斯凯瓦一心想栽赃特拉比亚携带毒药，借此砍掉他的脑袋，再以密谋罪逮捕他。我挺喜欢斯凯瓦的，也为他的晋升感到高兴，但他有时候太爱胡思乱想了。

这一回，敌人终于留下了尸体。等到我身体康复到可以亲自去检视的时候，那些尸体已经开始肿胀变色，看不出来什么了，但是大家一致认为他们不是弗勒雅人，因为弗勒雅人个子矮小、皮肤黝黑，而这些人又高又白。卡赛特弓箭手中的埃利欧卡塔上尉认为他们可能是埃洛利亚人或者科尔－多斯人，指挥官赛吉默则觉得他们可能是东部边境外的艾兰－沙塔人，也可能是诺－维人或者罗辛霍勒人。他们穿着粗糙的家纺麻布制成的衣服，布料是用蓝莓汁染的，他们的剑和矛头上有精美绝伦的烧焊花纹，整个帝国中只有区区几个铁匠掌握了这种手艺。被活着俘虏的敌人只有一个，但他两天后就死于坏疽，没有供出任何有价值的信息。这些人身上没有佩戴护身符、辟邪物和任何宗教饰品，也没有戒指、耳环和私人物品。噢，还有，他们穿的是质量上乘的结实靴子。当然，这我已经猜到了。

　　还好，艾尔斯修道院被保全了。这让我很高兴，因为这是座美丽的修道院，规模虽小，但存有杰出的艺术品和一整套怪诞派早期风格的圣餐盘，以及最为齐全的古代罗珀史书和戏剧作品。

　　修道院长告诉我，他的整个人生似乎都是在修道院里度过的。八岁时他就作为见习修士进入了修道院，这些年来，他推拒了四个其他修道院的院长职位以及一个东部教座，因为他不想到其他地方供职。他身材矮胖，有一张宽脸，牙齿缺了不少。他有些紧张地告诉我，他的研究领域是圣灵的双重支配，我一向弄不明白这个，听了他尽心尽力的解释之后还是不懂。除了钻研深奥的神学之外，他致力于管理这座修道院，在他的努力下，这里气氛愉快，效率很高，在所有北部修道院中，制作的抄本数量仅屈居于科特－多斯修道院，而且还实实在在地给杂役修士付钱。周边五个村庄的村民都可以免费使用这里的磨坊和剪羊毛的围栏，到修士的铁匠作坊里付钱钉马掌，或者把盈余的农产品装到修士们那艘每月都沿着海岸驶去奥巴德的船上。劫掠者们发动攻击后，修士们不断地朝他们脑袋上浇沸水——刚好修道院里有十口酿酒用的巨大铜锅——并用干草叉和簸箕推开他们的梯子，守住修道院达两个小时之久。他们用礼拜堂的长凳和石匠吊机的横梁加固了大门，用来抵挡攻城槌的冲击。真是聪明人，没有一遇危机就乱了阵脚。

"这可不好，"她坐在我床边说，"一开始是我受伤，现在又换了你。"

我也产生过同样的想法。无法圆房是可以让婚姻作废的五个理由之一。结婚之前的不算数，这我查过了。"抱歉，"我说，"只能把那事儿写进待办事情清单里了。"

她告诉我，侦察兵一路追踪撤退的敌人到了海岸边，那里有六艘大船等待着他们，我们的人马赶到的时候，船已经驶远了，所以没弄清楚这些人来自哪里。与此同时，特拉比亚已经接收了新的战船，并派它们绕弗勒雅诸岛巡航，如果劫掠者们乘船回到那里，舰队就可以拦截他们。

斯塔齐尔从珊比克修道院赶了过来，他坐的是一辆摇摇晃晃的旧马车，因为事发突然，没来得及找到更好的车。"天哪，你伤得真重，"他对我说，"这种事情你得悠着点，不注意的话会落下病根的。"

"知道了，"我说，"其实，这本来应该是一场不流血的胜仗。我一直想打一场那样的仗。"

"你就显摆吧，"他嘲弄地说，"你这是活该，谁叫你要小聪明。"

我和他讲了特拉比亚的那个医生。他似乎吃了一惊。"我还是不想信任那个邪门的家伙，"他说，"你真是疯了，居然把舰队交到他手上。"他在我的床尾坐下，从袖子里取出一个苹果吃了起来，声音清脆响亮。"你知道我怎么想吗？要是最后发现特拉比亚是这一切的幕后黑手的话，我半点儿都不会吃惊。你想想吧，所有证据都表明，这些劫掠者或者海盗是我们以前没接触过的一类人。你说，他们是怎么知道那些修道院的位置的？"

"书里能查到，"我指出，"修道院又不是国家机密。"

"这没错，但他们似乎对周边地区非常熟悉。别告诉我他们连详细地图都有。就连我们也没有详细地图。你知道我是怎么找到你这里的吗？我跟着地图爬错了山，上到半山腰之后又原路折返，到最近的一座村庄里问了十几个人，才找到一个听说过这里的人。但那些劫掠者知道前往修道院的最佳路线和最佳撤退路线，也知道怎么避开礁石和暗沙、每天什么时候起雾。这就意味着，"他说，"有人把这些信息告诉了他们。"

"那么内鬼就不可能是我们帝国人了。"我说，"你刚才也说了，我们不知道这些信息。"

他给了我一个不快的眼神，意思是让我说话别太轻率。"特拉比亚在这里待了很长时间，"他说，"税收和人口统计都归他管理。他手下有勘测员和地图制作师，还能利用最好的图书馆。而且他在首都有人脉，可以卖掉赃物。你想想吧。有价值的是艺术品，而不是金块。组织这些劫掠需要付出大量金钱，如果只是把赃物都熔成金块，买卖并不划算。"

有意思，但我并没有立刻信服。"如果幕后黑手是我们帝国人的话，你说的没错，"我承认，"但如果他们是大海彼岸的蛮族人的话，谁又知道我们的物品在他们的国家值多少钱呢？"

他耐着性子看了我一眼。"我们刚才推论出幕后主使不是蛮族人了，"他说，"因为他们对本地太熟悉了。我认为这是事实，"他补充道，"这里不像首都或者东部一样到处是外邦人。如果你计划在那边实施劫掠，派自己人去熟悉环境，大家只会把他们当作观光客，不会在意他们。但是在这里，异族人会显得格格不入。所以，不管他们是什么人，来自哪里，策划这一切并从中获利的肯定是我们帝国人。你扪心自问，还有谁能够掌握这么多本地信息？"

消息传来的时候，斯塔齐尔还没离开。科特－梅露斯修道院被攻陷烧毁了，没有留下幸存者，也没有目击者。他们把杂役修士和村民都杀光了。

"梅露斯，"她说，"是哪座修道院？我记不清了。那里是不是有个头发染了色的势利眼婆娘？如果是的话——"

我摇摇头。"梅露斯是食物自给自足，道路被荆棘挡住的那一座。"我说，"我不明白，他们那里有什么可抢的？"

她耸耸肩，"也许他们没和你说实情。也许他们自己也不知道自己有财宝。"

我做了个苦相,"你想说特拉比亚知道,是吧?你和斯塔齐尔聊过了。"

"其实,是斯塔齐尔和我聊过了。我觉得特拉比亚是最合理的嫌疑人。他这种人我很清楚,相信我吧。"

"也许是这样。也许你们两个都错了,幕后黑手真的只是蛮族人而已,攻陷修道院之前都不知道里面有什么财物。这次是他们不走运,不一定每次都有收获。"

"噢,拜托,"她说,"你还记得我们费了多大工夫才找到那里吗?那座修道院在山谷里,从大海那边根本看不见。只有知道它的位置,才可能找到。"

我们前头的道路穿过一座树林,树木形成天然的拱形,拱顶被来往的马车顶部磨成了完美的半圆弧。这是个设埋伏的好地方,但那四个钢颈兵率先穿过了树林,确认一切安全。我们沿着陡峭漫长的崖坡一路上行,前往科特－伊甘特修道院——北部修道院中最靠北的一座,离佩尔米亚边境只有二十里远。周围的树都是麻栎树,低矮扭曲、生长缓慢,在马车无法到达的悬崖峭壁上长得尤为茂盛,不适合加工成木板,也很难劈开当柴火,所以没有被人砍伐。只要你乖张又没用,就可以幸存。但从树的形状来看,这条路经常被使用,路上的车辙和坑洞显然也有人填补,填料是河床碎石,而河离这里很远,没人能告诉我这路是谁补的。我不喜欢自发为公众服务的人。那说明他们有其他的目的。

转过一道弯,科特－伊甘特就突然出现在了我们眼前,像个从树林中跳出来的拦路劫匪。道路直通向一扇雄伟的灰色大门,我后来才知道它是由三层橡木胶合板制成的。修道院还有一扇后门,道路就从那里延伸出去,仍然笔直宽阔。所以,路上的行人车马可以从前门进入修道院,再从后门出去。我逐渐能看到日光了。

修道院长在大门口迎接我们。他很友好,神态肃穆,个子偏矮,有着修剪得很短的灰色胡子和整齐的短发。他说了一番客套话,贵客光临真是倍感荣耀之类的。他是我见过的修道院长里唯一一个手指上有墨迹的,这和他整洁体面的外表有些不搭。如果你经常写字的话,手上难免会染上墨水。那恶心的东西会被吸进笔杆,然后从薄薄的笔壳里渗出来,一不小心,纸就会被墨水弄脏。

"伊甘特是座比较新的修道院,"他告诉我,"也就是说,它只有四百年的历史。对于修道院来说,它还算是崭新的。但我们的赞助人和捐助者数量颇多,还有各种税费的收入。"

很少见到这种承认自己修道院财力雄厚的院长。他们大多数都一个劲哭穷,以图避免被要求发放我姑姑特别喜欢的那种"完全自愿"的贷款。我没有问修路的是不是他手下的人。现在只谈正事。

"我们当然都听说了。还有梅露斯的事,真是一场悲剧。它曾是一座伟大的修道院,只是后来衰落了。您知道那些人是什么来头吗?"

我想说,不,但也许你知道。"眼下我们认为他们最有可能来自弗勒雅诸岛,"我告诉他,"但我们对那里的人知之甚少。"

"我也许可以帮到您,"他立刻说,"我们的唱诗班领唱告别世俗生活之前在商船上当过水手。他应该去过那里。"

我们走过了环绕着美丽花园的回廊。我提出想去图书馆看看。修道院长并没有表现出惊讶之情。"当然可以,"他说,好像我要求他送我一头大象似的,"这边请。我们的藏书数目可观,而且还不断有新书加入。"

图书馆的藏书量确实可观,不过建筑本身比我在其他修道院看到的要小。里面的书架都是金色的,而非暗褐色,书脊全都一模一样,像是一个接受检阅的钢颈兵军团。全都是新制作的抄本,或者重新装订了的旧书。

"有什么珍藏品吗?"我问。

"啊,"他微笑起来,"这本书是我们的骄傲。"

他给我展示了一本《大弥撒经》。它足有步兵盾牌那么大,覆盖着金箔,上面镶满宝石和珍珠。这可能是我这辈子见过的最庸俗的东西了。"这是来自一位慷慨赞助人的礼物，"他说，"赠送者不愿透露身份。"他翻开书页，里面的金箔光芒万丈，让我简直想把受伤的眼睛遮住。羊皮纸是奶白色的。这时，在我差强人意的头脑中的石板缝隙里挣扎生长的那个想法终于像花朵一样绽放了。"当然了。"我说出了声。

"您说什么？"

"你当然应该尊重赞助人的意愿了。"我说。我把锁书的链子提起了一段。它让我想到了巨大凶狠的看门狗颈上的锁链。也许经书和看门狗是一样的（庞大、吵闹，你不守规矩的话就会咬你），这样来看，把它用锁链锁住也是情理之中的事。

我们视察了修道院的防御工事，它建得相当出色。"我安排了六十名杂役修士随时待命，"院长告诉我，"我们很重视这方面。毕竟，我们的修道院很富裕，而世界又这么险恶。"

"我觉得你们没什么可担心的。"我安慰他。

"他是个走私犯。"她说。

我点点头，"他肯定是。他洗钱的手段就是用赃款制作糟糕透顶的宗教艺术品，如果这都不算渎神的话，就没有什么算得上了。"我在床上坐了下来。我非常想揉揉受伤的那只眼睛，但医生严厉警告过我不能那么做。开裂的肋骨很疼，我哼哼了一声。"我估计指不定什么时候，他们就会遭遇劫掠，那些金碧辉煌的垃圾会被洗劫一空，而院长和修士们则会奇迹般地刚好在那段时间离开修道院，之后他们会退隐到东部的某处，瓜分钱款。不过也许我错怪他们了，他们只是想用那种方式为神圣的修道院增添荣耀而已，这我就不知道了。不论如何，他们都无关紧要。"

她没料到我会这么说。"并不是。"她说，"显然，特拉比亚就是那样把赃物转移出帝国的。一路进入佩尔米亚，顺长河而下，然后由丝绸商队运到贝洛伊萨和东边的其他地方。"

"噢,"我说,"又是特拉比亚。"

"当然了。更重要的是,矮种马就是那边来的,那些人可能也是。"

我摇摇头,"佩尔米亚人都是深色皮肤、棕色眼睛。"

"确实是这样,但是天知道那边有多少蛮族人,我们对他们一无所知,只知道他们既贫穷又好战。我敢打赌,那些金发碧眼的大个子劫掠者就来自那里。"

"不管怎样,"我说,"这座修道院都不需要担心受到攻击,所以我们不需要继续待在这里了。把那张地图递给我好吗?我记得我们可以沿着一条河返回多斯山谷。"

"你不做些什么吗?他是个走私犯啊。"

我叹了口气。"这不是我的责任,"我说,"执法和收税归特拉比亚管。而且,他们对我们很好,我觉得没必要恩将仇报。"

我姑父曾有一次在公共场合说我实在太蠢,没有保姆带着不能出门。我姑姑把我当白痴对待,但她对其他不如她聪明的人——也就是所有的人类和几个神——也是这样。在大学的时候,我的导师说我脑子挺好,只是被煤层一般的贵族式惰性埋没了(这说法相当厉害,不是吗?),但我下课之后总是得靠好心的同伴解释课上的内容。在军队里,好头脑就像红头发一样,有些人有,有些人没有,怎样都无关紧要。我还有其他长处可以弥补。没有其他路可走时,我总会全力以赴。我重视细节,而且在信任他人的同时,总是为最坏情况做好了准备。而且我很忠诚。

我也很幸运。可以说是傻子运气好吧。我总能侥幸脱身。命运会及时介入,让我免于面对自己不明智的选择带来的后果。我的运气还体现在人际方面。不知为何,我总能像磁铁吸引铁屑一样吸引到最出色的人——聪明、勇敢、善良、耐心、大度、机智的人,比如我的妻子,还有这些年来我麾下那些帮助我赢得战役、替我挡下矛箭的司令官和军官们。这总让我惊讶极了。除了她之外，我无法想象自己献身保护任何人。

我还会读书，只要读的是好书，就能获得盟友，也就是比自己聪明得多、可以为自己出谋划策的智囊。我去哪里都随身带着一口书箱，它就是我的参谋团，里面有各类兵书，还有关于地质学、气象学、农业和经济的实用参考书，都是合情合理的东西，如果有疑问，查阅就行了——这箱子也很结实，可以当凳子坐，也可以站在上面发表演讲，我们的军营在特里根图姆遇袭时，它还挡下了几支箭。我习惯用功利主义的思维看事情，这可能是因为我一直都很清楚自己需要尽可能多的帮助吧。因此，我绝不愿意放任前人积累的智慧毁于一旦，不管毁灭的途径是受潮、火烧，还是被当作擦屁股的草纸。由于我并不聪明，无法辨别哪些书价值连城，哪些是可消耗的垃圾，我别无选择，只能保护所有的书。

这是我的缺点吗？我错了吗？我会因此造成其他的伤害吗？一位智者曾经说过，世界上百分之九十五的恶行都源于好意。随着年龄的增长，我愈发相信他的话了。但我肯定不会弄成这样，因为我清楚自己本意是好的——

如果不是有人及时阻止的话，我也会犯下和第一个被我下令处死的人相同的罪行。问题是，我是该饶他一命，还是该自首坦白？

确实有条直通科特－多斯的路线，但我们压根儿没来得及上路。一大清早，所有将领都恐惧的东西出现了——帝国信使的马车，还配有随行护卫。

"她听说你的事了，"我说，"我死定了。"

"看在老天的份儿上，振作一点儿。"我妻子建议，"割了他们的喉咙，抛尸到树林里，就说他们根本没到这里来。"

建议挺好，但我没听。我鼓起勇气去见特使，结果发现我其实认识他。他是个苦着脸的老家伙，说话刻毒，在议会里是我姑父的坚定支持者。他递给我一支朴素的铜管，说："我很抱歉。"

一听这话，我感到口干舌燥。我慌乱地摆弄铜管，试图把卷起的信纸戳出来。他拿过铜管，帮我取出了信。我总是这么没用。

开头是寻常的寒暄，接着——

我写这封信是要告诉你，你的姑父因卧病已久，医药罔效，已于今天早晨去世。

我本来试图封锁这一消息，但我知道无法成功。通敌之人非常接近圣驾，很可能会在你之前得到消息。

因此，你现在不能回到首都。你需要尽量集合兵力。我有理由相信，敌人主力位于北部。按逻辑来看，他们在向首都进军之前，会先试图除掉身为皇位继承人的你。你需要尽可能地保护自己。遗憾的是，我无法拨给你更多可信的士兵。第六、第八和第十四军团的指挥官正伺机而动，如果你被杀死，他们会为皇位大打出手。为了帝国的福祉，这种情况万万不能发生，因此我要求你尽力保全自己的性命。

由于你手头的资源有限，期望你交战取胜是不现实的。我已经写信向萨尚至高王借兵。现今这个情况，盟友要么无用，要么掉转枪头。我只能寄希望于我们的敌人。新条约一旦签订，他们就有义务派兵相助。作为代价，我们得奉上东方大量的领土。我希望萨尚更想和自己熟悉的对手打交道，如果他们拒绝，我就不知下一步该怎么走了。事情很让人头疼，如果有十万士兵可以供我们差遣，就不会有这些麻烦，而我们常备军的供养费够买两百万步兵了。

尽管这完全取决于你，但我还是强烈建议你让你的妻子和克拉鲁斯特使一起返回首都，她在这里至少短期内会很安全，如果情势恶化，我确信我能安排她到斯科利亚或思科纳避难。我和你姑父一直以来都以你为傲，这不必多说。如果你能活下来，你一定会成为一个好皇帝。我很希望能再次与你相见。

爱你的姑姑，

克丽米尔德·昂娜丽娅·奥古斯塔

那行字正下方盖着圣玺,我一直觉得印章上的龙看起来更像是马,但我又懂什么呢?我盯着信看了一会儿。然后我问:"什么敌人?"

"当然是共和派了,"特使说,"您不知道吗?"

我真希望人们能多告诉我一些信息,而不是默认我无所不知。

自帝国建国之初,共和派运动就一直存在。废除皇帝,将权力还给人民——说得倒好,但人民本就从未有过权力,这样对大家都好。他们说的人民其实是指拥有帝国一半土地的二十来个历史悠久的贵族门阀、拥有那些土地抵押权的六七十个富豪、神职人员,当然还有军队。在弗洛里安发动政变之前,这些人已经统治罗珀人长达千年之久。在他们的不懈努力——说不清是助力还是阻碍——之下,我们才征服了世界。当然,我们从不主动攻打别人,每一仗都是自卫行为。几百年来我们要面对的威胁之多,令人惊叹。

共和派在马利安努斯治下发动了叛乱并险些获胜。他们让迪特里希大伤脑筋,不得不寻求维萨尼人的帮助,帝国也因此失去了三角洲地区。共和派暗杀了帕卡提安和瑟拉西安努斯,但这算是为民除害。我们一向相信,造成那场大火灾的元凶也是他们。在我的记忆中,挂在拱门和城门上示众的头颅一直都属于共和派成员。我从来没重视过他们。

"我们还不能确定实情,"特使告诉我,"但根据我们手头最可靠的情报,现在有四千到七千名雇佣兵驻扎在佩尔米亚边境——不是佩尔米亚人,大概是我们还没接触过的蛮族人。显然,您是他们的主要目标,之后他们会向首都进发,到那时候就要看是哪位将军率先领军剿灭他们了。赢得这场比赛的人就能掌控首都,接着就会打二十来年的内战,与此同时,萨尚人会逐渐吞并帝国东部的省份。"

我摇摇头,"他们肯定是疯了。"

他没有表示不同意。"他们似乎真心相信首都人民会支持他们,其他的城市则会效仿首都。他们很可能是对的,但是军队绝不可能让他们进入首都。"

他停顿了一下，谨慎地选择用词，"皇后陛下相信，对您来说最安全的行动是汇集兵力，找个地方躲藏起来，但我对此有异议。如果您想听我的建议的话，我认为您应该找一艘船，前往萨尚王的宫廷。皇后在这方面的看法是正确的，萨尚人是我们唯一的希望，而且他们熟悉您，知道可以和您做交易。这希望不算靠谱，但我们别无选择。"

我妻子想和我待在一起，但我执意让她和特使一起返回，主要是因为我和姑姑一致认为她在城里会更安全，也是因为我知道如果她留下的话，她会给我提建议，而我会采纳她的建议，毕竟她可能是我认识的最聪明的人了。我也知道她会提什么建议，而我并不想那么做。

只要他自己愿意，特拉比亚的行动可以快似闪电。他碰巧刚刚接收到了我姑姑拨给他的一千名钢颈兵，这些士兵将会成为我们军队的脊梁骨。除了他们之外，我还有五百七十五名卡赛特弓箭手和一千五百名既没用处又不好看的本地民兵——愚蠢的是，我知道可以从哪里轻易获得一千名勇猛精锐的战士，但我无法开口请求。我认真考虑了是否要这么做，但有些事我做不出来，就算是为了帝国。

我告诉特拉比亚我打算背水一战，他立刻脸色惨白，说我肯定疯了。但我通过威胁——以侵吞公款的罪名砍掉他的脑袋——成功地让他冷静了下来，之后他就变得很有用了。"胜率大概是二比一。"我假装轻松地告诉他，"这比我姑父在波克-格利斯克战役时乐观多了，而且他们那些蛮族雇佣兵说不准都是草包，所以——"

他瞪着我。"我们已经知道他们的战斗力了，"他说，"不是吗？"

我摇摇头。"你这是在默认劫掠者和雇佣兵是同一批人。"我说。

"对呀，这是肯定的。这才合理。"

"我不同意。"我用表示讨论就此告终的语气告诉他，"他们可能是食火者，也可能是毛茸茸的小绵羊，我们对此一无所知。我们只能做好迎击他们的万全准备。"

训练民兵会让人心碎，所以我们试都没试。作为替代，我和他们做了一笔交易。我让他们待在指定的地方一动不动，直到接到其他命令，只用做到这个就行了。听起来很简单，但这其实是行军打仗的关键——就算死神本人向你发动冲锋，也不能临阵脱逃。我没法儿保证自己能做到，但他们同意了。

钢颈兵全都不同于常人。对他们来说，人生就是一系列的竞赛，就像一年三百六十五天都开拉斯里安运动会一样。他们训练起来非常狂热，因为各个项目的佼佼者每月都能获得奖赏——射箭奖章、标枪奖章、全甲长跑月桂冠——而且还分成连级、营级和团级的评选，包括团体奖和个人奖。获得十个奖章就自动被提拔，十五个奖章意味着薪资翻倍，二十个则意味着津贴翻倍。他们行军时会颁发耐力奖，真正的战场上的奖项和荣誉就更多了，从银带扣到无头矛枪，应有尽有。在军队里待十年之后，你在意的东西就只限于军功奖章、部队荣耀，以及别人在排名榜上的位置了。至于你是为谁而战，或者能不能活到第二天早晨，根本不在考虑范围之内。他们比运动员还糟糕，但要是没有他们，我先前提过的摇曳灯火肯定早在几个世纪前就被吹灭了。

钢颈兵司令官们又是另一种人。我觉得我更理解他们，因为我曾经是他们之中的一员。找一个大概十三岁左右、被宠坏了的纨绔子弟，强迫他住到条件恶劣的采石场里去，等他回来，再逼他穿戴好全副装备进行二十里的长途行军，并且让他把希拉的《挽歌》记得烂熟，背诵给全班人听。教他流利运用四门通用语言和三门无人使用的语言，让他像进行武器训练一样学习哲学，像学习哲学一样操练武器。不让他吃饱肚子，迫使他偷窃食物，并由此学会潜行和欺骗，一旦抓住他偷东西，就把他绑在大门口鞭打。等他到了十六岁，就让他掌握一百名钢颈兵的生杀大权，把他送上战场。如果他有幸活到五十岁，他就可以进入议会，决定帝国的未来。这是个看似无比荒唐的系统，但却相当有效。我成年之后的大多数时间都和这类人待在一起，我很钦佩他们，而且还挺喜欢他们中的一些人的，但我和他们不是一类人。说到这个，我其实并不确定我是哪一类人。大学是唯一让我有归属感的地方——有时候我从睡梦中醒来，还迷迷糊糊的时候，会觉得自己仍然是一个学生，早晨要去听课，整个下午都得去泡图书馆。我只在那里上了一年学，就不得不重新回到军团，说实话，我不太跟得上课程，但那里的人大多数都很友好。

找到敌人，然后剿灭他们。说得轻巧。我扪心自问到底怎样才能在这片只有七条道路、但是有成百上千片树林和山谷的地区找到敌人，却发现其实不用担心这个。他们找上门来了。

一棵苹果树要成长七年才能开始结果。大概七年前，有人——大概是修士们，其他人没有做这种事的资金——在地势起伏平缓的小山腰上种了六十亩苹果树。种树的人相当内行。他们在一片古老的麻栎树森林中砍伐出了长方形的空地，这样苹果树林的三面都会有挡风的屏障，同时仍然能够得到充足的阳光。这片山坡面朝西方，冬天会遭霜冻，而苹果被霜打了之后会更甜。我觉得种树的人肯定是修士，他们在书里读过建造果园的方法，将储存在书中的智慧运用到了现实之中，这就是书本的意义所在。

这些都被我们糟蹋了。我在半山腰处将组成两条松散队列的民兵部队排列开来，从左侧的树林处一直延伸到钢颈兵方阵的边缘，后者由五排一百八十人的横列组成，紧靠着右侧的树林。剩下一百名钢颈兵组成后备部队和我的卫队。卡赛特弓箭手们——

这个计划最让我不满的一点，就是一切都取决于卡赛特人。如果敌军相信我特意让他们截取的信息，认为卡赛特弓箭手们集体当了逃兵，他们就会打算穿过树林包抄我们。如果他们不相信，就会认为我把弓箭手们埋伏在了树林里，因此，他们会正面攻击我脆弱的民兵部队。关于敌人，我只知道两天之前有人看见他们列成两队，骑马前进。至于他们是骑兵，还是不喜欢走路的步兵，这还不清楚。当然了，我还有后备计划，但我不太喜欢它。

让人沮丧的是，雾气在早上就散尽了。这意味着整个上午我们都只能面朝晃眼睛的阳光，在这种晴朗的日子里，这样的情况能造成不小的影响。

特拉比亚是钢颈兵方阵的指挥官，所以我们一早就尴尬地互相告别了。"我先把话说明，"我告诉他，"如果我们奇迹般地获胜，以前的事情就让它过去吧，我们之间可以既往不咎。你从人头税和港务费里刮下的钱可以自己留着，我不知道的其他油水也都归你，此外，我还会给你一个东部省份，让你好好捞一笔。"

他笑了起来。"谢谢，但是不用了，"他说，"我已经捞够了。我就是这么计划的，在偏僻地方熬够十年，然后退隐到温暖地区，过文明人的生活。我这人的毛病就是懒，到埃利亚去榨取民脂民膏实在太累人了。"

我耸耸肩。"我的提议仍然有效，"我说，"祝你好运。谢谢你站在我这边。"

"我别无选择。"他说。然后我再也没见过他。

司令官塔尔希纳强迫我穿上了盔甲，尽管穿起来很疼。"您真是疯了，"他说，"您伤还没好，压根儿不该上战场。"

"我得亲自领兵啊，"我告诉他，"你知道的。我也希望不必这样，但是我非这么做不可。"他从桌上拿起头盔，我摇了摇头。

"您必须戴上这个，"塔尔希纳说，"医生说——"

"别唠叨了，你比我老婆还啰嗦。"

"医生说——"

我向后退避，躲到桌子后面。真是好笑。"如果我戴头盔，"我说，"我就会犯头疼。如果我犯头疼，就没法儿思考了。如果我没法儿思考，我们大家都得死。我只想穿那副蠢胸甲，其他的都不要。"

"还得穿上护胫甲。"

"我绝对不穿护胫甲。穿上之后根本跑不动。"

"你怎么和小孩一样？"

我对他怒目而视，"你怎么说话的？应该是'您怎么和小孩一样，长官'。"

最后我们各退了一步。我穿上了胸甲和左侧护胫甲——因为左腿是惯用腿——没有戴头盔。当然了，他一转身，我就立刻脱下胫甲，藏到了毛毯下面。我才不想只穿一副胫甲，一瘸一拐看起来像个傻子。

我选了司令官拉巴努斯做我的参谋长。这其实就是说，他负责站在我旁边，听我说自己的想法，因为一个自言自语的将军看起来会让人不安。"我有点儿好奇，"阳光在下方山谷里敌人的矛尖上闪烁时，我问他，"你的真名叫什么？"

"长官？"

"拉巴努斯不是中邦人的名字。你在老家的名字叫什么？"

他咧嘴笑了，"我叫拉克谢达尔达的戈乔达尔松的瑟乌德雷克之子西格瓦特之子赫拉芬。"

"行，"我说，"我还是叫你拉巴努斯吧。"我眯起眼睛迎着阳光眺望，"我什么都看不见。"

他用手挡住阳光，"他们停下了，正在下马。"

"简直疯了！"我说。我选择这种地形的战场主要就是因为敌方是骑兵。"他们的队列秩序怎么样？"

"很拖沓，"这位从军二十年的钢颈兵说，"他们兜着圈子走来走去，就像竞技赛的观众一样。"

"这是我今天听到的第一个好消息。"

这话肯定让他感到迷惑，但他没说什么。这是个好消息，因为我查阅了书本，如果他们和我猜想的一样，是遥远北部的蛮族部落的话，那他们的社会结构应该是以氏族为中心的——大头领，他的亲眷，然后是他的远亲和穷亲戚。在这种环境下，他们参加战争的目的不是掠夺土地或者占领交流渠道，而是在大头领的注视下证明自己有多么骁勇善战，能砍下多少人头。如果你被困在队伍后方的话，是没法儿做这些的。所以，他们的冲锋就是一场看谁先抵达屠宰场的比赛，只有世界上最勇敢的人才能扛得住这种冲锋。好消息？我肯定是脑子出问题了。

我讨厌站在原地等待的阶段，但这次我们没有等太久。山谷里的褐色模糊斑点向前涌动，然后开始冲上山坡，直奔我们而来。没过多久我们就能听到他们的声音了，让我羞愧的是，那些呐喊和号叫把我吓得半死。一种熟悉的牵扯感出现了，那是逃跑的冲动——要不是拉巴努斯像一尊雕像一样纹丝不动地站在我身边，神情轻松地深呼吸，我早就逃跑了。我开始缓缓后退。他一把抓住我的手肘，位置很低，没让别人看见。他什么都没说。我愿意为我的头盔付一千纯金币，两副护胫甲各五百纯金币。最好能有一口带十个挂锁的大铁箱让我藏在里面，直到危险过去再出来。

"看着。"拉巴努斯说。我本来在看钢颈兵们。我看向下方的山谷，褐色人群正转向左侧，想要避开步兵方阵，攻击民兵队伍。换作我的话也会这么做。冲破阵型中脆弱的部分，然后转过来从侧方和后方包抄主力部队。

"要开始了，"我轻声地说，"行吧。就要来了。"

民兵们本来向我庄严宣誓，保证不论如何都会坚守阵地。敌人还有两百码远的时候，他们却都像鹿一样转身就逃，前一秒还在那儿，后一秒就无影无踪了。谁能怪他们呢？他们逃命路线上唯一的障碍物是我昨天夜里让人挖出的壕沟——抱歉，我忘记提这个了吗？——里面埋伏着我的卡赛特弓箭手们，但壕沟并不太宽，大多数民兵都直接跳了过去，剩下的人则惊慌地爬下去躲藏，而弓箭手们站了起来，开始射箭。

把战场上倒下的士兵比作镰刀下的稻草，这是个老套极了的说法，但我想不出更好的比喻了。冲锋在前的敌人猛然停步，大批大批地倒在原地。后面的人绊倒在他们尸体上，从移动的目标变成静止的靶子。他们像成捆的稻草似的一排排倒下，每排之间的距离由弓箭手们取箭和搭箭上弦所花的时间决定。这情景可怕极了，因为那些草堆和草捆都是人类，尸体下面还压着没有死透的人，要么血流不止，要么如同被活埋一样逐渐窒息。你会希望站在上风口的,那样敌人发出的声音就不会传向你的位置。但惨叫声不会永远持续下去。队伍后方的士兵迟早会弄明白情况,集体转向躲避。队伍绕过成堆的死伤者,弓箭手们调整目标,又一排稻草倒了下去,但敌人离弓箭手的位置近了几十码,这意味着他们没有足够的时间搭箭拉弓了。大多数人都意识到了这点,他们扔下弓箭,手忙脚乱地爬出战壕,刚好和敌人打了个照面。几秒钟之后,他们中的一半人已经阵亡,剩下的夺路而逃,没看见钢颈兵的盾墙撞入了蛮族军队的右翼。等他们跑得筋疲力尽,不得不停下脚步,才意识到没人在追赶他们,因为方阵已经如马车碾压野猫一样碾过了敌人的部队。

钢颈兵大多数时候都挺友好的,但他们确实一有机会就喜欢杀人。我们不该鼓励他们的行为,但我们老是这么做。

原本的计划是,在蛮族士兵占据弓箭手的阵地的关键时刻,我会率领我的一百名精兵向他们发动冲锋,拖延时间让重甲方阵有机会重组并展开阵型。结果,方阵抢在了我们前面,大概是因为我保证给最先与敌人发生接触的连队中的每个人十金币,并授予他们青铜皇冠奖。这份奖励很廉价,因为 D 连的一百个人里只活下来十七个。我不知道敌军的具体阵亡人数,因为我们没数。我们只是尽量把他们的尸体扔进沟里,直到填满为止,然后把剩下的都留给乌鸦。

特拉比亚在亲率 D 连迎敌时战死了。司令官塔尔希纳在我们与一群惊恐逃窜的蛮族士兵狭路相逢时牺牲了,他将我推到一旁,自己被他们迎面撞上,踩踏而死。司令官拉巴努斯比较幸运,只是在徒手挡下劈向我头部的剑时失去了两根手指,因为他的盾牌被砍飞了。我记不得自己是否有意或者无心地伤到了任何人,战斗很快就结束了,还活着的人只是站在原地,如梦初醒,仿佛不明白到底发生了什么。

我们仍然不知道这些人究竟是什么身份、来自什么地方。他们高个子,高颧骨,黑色长发编成辫子,全都赤着脚,斗篷用蟋蟀形状的铜别针扣紧。关于他们我只知道这些,也没有更多兴趣了。

一见这番情形，敌军指挥官就跳上马疾驰而去。我们第二天傍晚追上了他，他躲在一间储藏干草的阁楼里。士兵们用矛戳干草堆，他慌忙逃出，从阁楼门跳了出去，把腿摔断了。

他们把他扔进马车，带到我面前。他一身都是自己的尿味。他哀求我饶命，那样子可悲极了。

"对不起，"我告诉他，"这次不行。"然后我看向站在他后面的司令官，后者点点头，上前一大步，砍下了他的脑袋。

我的好朋友斯塔齐尔就这么死了，以前他总是帮我写逻辑学论文，我的袖子上溅满从他颈部喷出的鲜血，只能换一件衬衣。他是为了自己一直以来的信仰——一个没有暴政和压迫的美好世界——而死的，我们把他埋在了一座粪堆里。我很确信如果身份对换的话，他也会这样对待我。

很多传统习俗我都挺喜欢的，但士兵们在战场上用盾牌抬起新皇帝为他喝彩的传统不包括在内。我吓得要命，生怕摔下来受伤出洋相。拉巴努斯建议用胶把我的靴底粘在盾牌上。我觉得他是在开玩笑，但没法儿确定。

抵达首都时，十五名军团总指挥官中已经有十三名公开声明永远向我效忠。另外两人的效忠声明第二天早晨才到达首都，因为东部的信使太慢。我觉得这一切难以接受。我从来不想做皇帝，总以为继承大统的人是我的表兄斯卡鲁斯，但他在我姑父死前十分钟原因不明地从高层窗户坠楼了。我一直以为姑姑偏爱他。我也不清楚，也许她确实更喜欢他吧。从那之后直到她去世的那天，她再也没有提起过他的名字，我也一样。

我离雄狮门还有五码远的时候，它开启了——不仅是侧门，整扇十五尺高的巨大浮雕铜门都完全洞开，壶盎佬们敏捷地后退一步，举起武器向我敬礼，而不是像以前一样凑上来打量我的脸，检查我的胡子是不是用树胶粘上的。

"也没那么糟糕嘛,"我姑姑仔细查看了我的脸,又沉默了一会儿之后说,"而且你以前也算不上好看。"

"那就好。"我说。

"你这只眼睛还能看见东西吗?"

"能看见光线、颜色,还有模糊的形状。幸好受伤的不是惯用眼,不然的话我就得重新学射箭了。"

我走进房间的时候,她居然站起身迎接我。我吓坏了。她全身都穿着家纺的红色衣裙,我一开始觉得奇怪,然后才记起按照她故乡的传统,服丧期需要穿红色。抱歉,应该说是我们的故乡。离这里很远的地方。

"他是个好人,只是表现方式很特别,"她说,"他这一辈子都因为自己的身份和过去的地位而满心敌意。他的缺陷反而让他更加强大了。我不会想念他的坏脾气,但平心而论,他还是能听得进建议的。"

我们无言对坐了片刻。然后我问:"为什么选择我?"

她没有微笑。"肯定不是因为人格魅力和聪明才智,"她说,"这些你是没有的。"她恼火地看了我一眼,意思是让我坐姿端正点儿,不要弓腰驼背。"因为你象征着延续性,"她说,"还有安定性。"

"因为我是血亲。"

她耸耸肩。"每天都有几千个无能的人因为这原因而继承珍贵的财产,"她说,"而且,我本来就没有太多选择。不是你,就是那些将军。如果他们之中有人登基,我们就要面对一场内战了。"

"我就是好奇,"我说,"为什么现在没有发生内战?为什么大家都接受了现状?我不明白。"

她把针和线递给了我。我舔湿线头,将它捻尖,然后穿过针眼。我已经很熟练了。"我想,应该是因为他们对皇位的渴望没有强到愿意为此再掀起战争的程度。记得吧?是你姑父选择了这些人。"

"您选择了他们。"

"我给他提了建议。他做了明智的选择。他们都不是军事天才，这点千真万确，但是这没关系，我们又需要和谁打仗呢？"

"让我想想。喔，对了，萨尚人啊。"

"萨尚人选择军事将领的标准和我们完全一样——不要最聪明的，不要最优秀的，那种人只会制造麻烦。"她专心做了一会儿针线活儿，"到那时候，你会御驾亲征吗？"

"您怎么想？"

"你应该那么做。你的优势是讨士兵的喜欢，只要军队支持你，你的安全就有保障。而且，那样你就不会闲着了。男人得有事做，才能保持精神集中。闲人会胡思乱想，惹出麻烦。"

唉，好吧，我想。只有恶人才会打打杀杀。"但短期内我们不会和他们开战，"我说，"我觉得和平条约还能维持一阵子。我应该派一个新的大使过去，特勒科在萨尚待的太久了，他一直不喜欢那里。"

"有件事你应该去做，"她说，"但你现在做不成了。你应该和萨尚至高王的妹妹结婚。"

我不禁呻吟一声。"我觉得不行，"我说，"她才十一岁啊。"

"你们的儿子本可以统治世界的。不过，"她边说边用一把小巧的金剪刀剪断线头，"我知道你一旦下了决心，就不会改变心意了。"

这话真新鲜。"我们的儿子以后也可能统治世界，"我说，"现在说这话太早了。"

她放下手中的布料，直盯着我看。"你永远不会有儿子了，"她说，"也不会有女儿。除非你和别人结婚。"

我一时间无法理解她在说什么。然后我记了起来。医生怎么说？我当时问她，然后她极短暂地犹豫了一下。要是伤口再靠左一寸——

"有多少人知道这事？"我问。

她赞许地点点头。我问对问题了。"眼下，"她说，"大概所有人都知道了。将军们肯定知道，至高王也是，还有维萨尼的元老院。"她皱起眉，"她和你结婚之前应该告诉你的。"

"对我来说没区别。"

她不快地看了我一眼。"那敢情好。和你说话简直是对牛弹琴。"然后，她把手覆盖在我的手上，真诚地微笑了起来。"我喜欢她，"她说，"她让我想起了我的朋友斯万戈德。你见过她的，记得吗？就是科尔－多斯的修道院长。顺便一问，她还好吗？"

我的心往下一沉。"其实，"我说，"我想和您谈谈关于她的事情。"

她还保持着笑容，"你知道吗？我很想念她。你姑父在世的时候她必须得远离朝廷，但现在，我在考虑让她回来。我真的很想念和同龄人聊天的感觉。"

有些事是非做不可的。"对不起，姑姑。"我说，"这不可能了。"

她瞪着我，就像被我打了一样，"你什么意思？"

我想掉头逃跑，旁边也没有可以阻拦我的司令官。但是我没有。"对不起，"我说，"但斯万戈德院长已经被逮捕了。我南归之前签发了逮捕令。"

"你到底在说什么？"

我深深地呼吸。有时候我特别厌恶自己的声音。"斯万戈德院长是造成大量修道院被毁、几千人死亡的罪魁祸首。这一切都是她干的。是她雇佣了劫掠者，向他们下达了命令。"

"你疯了。"

我摇摇头。"她想要的是那些书，"我说，"珍贵的书本在其他修道院面临的风险让她无法忍受，那些人不在乎它们，不会精心保护它们。她想把那些书集中到多斯修道院，保证它们的安全，亲自保护它们。我猜她一开始也试过和其他修道院进行和平商议，但发现无法通过那种途径达到目的，因此，她选择了主动出击。我真的很抱歉。我知道她是您的朋友。"

她瞪着我，"你没有证据。"

"现在我应该有证据了。我已经派了两名司令官前去搜查多斯修道院。他们知道该找什么——那些曾经属于其他修道院的,世间仅存的书籍抄本。我也逮捕了负责和那些蛮族人订立契约的佩尔米亚商人。这纯粹是出于运气,我们清点斯塔齐尔的下属时抓住了他们的生意伙伴,这些人供出了他们的名字。但那只是锦上添花而已,书籍作为证据已经足够了。我猜她应该会供认不讳,她不像是那种死到临头还嘴硬的人。"我脑海里灵光一现,像是突然打开了一扇门,"您都知道。"

她注视着我,"这种事情很容易推断出来。"

"但您派我去调查了。"

"我想让你远离首都,"她的语调紧绷,但保持着平稳,"我知道你姑父快不行了。如果那时候你在宫里,他们会杀了你的。你在北部会更安全。"

"您觉得我不可能查出真相。"

"确实。你比我想的要聪明。"她拿起针线活计,然后又放下了,"你怎么知道是她?"

"因为她说的那些话,还有说话的方式。而且我知道劫掠者们的目标肯定是书籍,因为纸张焚烧之后会留下一种特殊的灰烬,而废墟里没有那种灰烬。而且梅露斯修道院里除了书本,没有任何有价值的财物,劫掠者们却攻击了那里。一旦弄明白他们的目标是书,幕后黑手就只可能是她或者斯塔齐尔了。我知道不是斯塔齐尔,因为他想要的是其他的东西,剩下的只能是她了。"

我从未在她脸上见过这种神情。她看起来既苍老,又恐惧。几天之前,她只要点点头,就能决定我的生死。

"放了她吧,"她说,"看在我的份儿上。拜托你了。"

我可怜的朋友斯塔齐尔,裤子被尿液浸透,苦苦哀求我饶了他的性命。"我做不到,"我说,"对不起。"

钢颈兵司令官们在一个被弃用的地下蓄水池里找到了那些书。有本老书里提到过那个蓄水池，但它的入口已经砌上了砖，并被巧妙地掩藏了起来，要是不知道具体位置的话，你无论如何也找不到它。但我把关于它的描述抄录了下来，司令官们是直奔着它去的。蓄水池很大，但已经被书塞得满满当当，所以如果她想继续下去的话，就得开辟新的储存空间。珍贵的书本都存放在她的卧室里的储布柜中，柜子上挂着一把新配的挂锁。

我给她送去了一瓶毒药，但她没领情。她告诉女仆我姑姑肯定会救她。到了行刑时间，他们不得不把这个和我姑姑一样年纪的瘦弱的老妇人拖到断头台前按住。她一直在哀求，直到话语被半途砍断。

我老是处死那些做了我想做的事情的人。我登基后最先做的事情之一就是建立三座皇家图书馆，分别位于首都、洛纳泽普和贝洛伊萨。我委派了一队世界上最出色的学者编写帝国内所有图书馆的藏书名录，弄清楚我们到底拥有哪些书，并命人制作抄本，确保所有书籍的抄本都被收藏在三座皇家图书馆里。现在已经过了十年，所有人似乎都不紧不慢，只有我催促叫嚷的时候才会加快工作速度。位于首都的那座图书馆将会被命名为乌尔托图书馆，为了纪念我姑父。他二十三岁才学会阅读，一辈子从没主动打开过书本。

我妻子也是请求我不要处死斯万戈德的人之一。她说，如果我因为她而宽恕斯万戈德，我姑姑就会对她产生好感，再也不会对我们不满了。政治方面来看——

我告诉向我隐瞒了自己不能生育的事实的妻子，她有这份心意，我姑姑就会很爱她了。

十年了。再过十八个月，我的统治期就会创下两个世纪以来的最长纪录，我却觉得自己才刚刚开始。我还没有立下什么功绩。我们击败了萨尚人——九场战役，其中六场获胜，一场惨败，现在边境线差不多保持原位，两国签订了和平条约。我仍然亲自领兵作战，因为我别无选择，而拉巴努斯将军总是跟随在我身边，随时准备阻止我临阵脱逃。我周围环绕着优秀的人，他们将帝国管理得足够好了, 无法奢求更多。

我姑姑在科尔－多斯做院长已经有五年了。我觉得她不喜欢那里的生活, 但我敢打赌她一定把修道院管理得井井有条。我常给她寄毛毯和好吃的东西, 但就是没时间去看望她。

你在读这份手记, 也就是说它仍然流传于世, 被保存了下来, 有人抄写了它, 抄本又被制成更多抄本。它大概被存放在某座图书馆的书架上——也许是我的三座图书馆之一, 也许它们多年前就已经被烧毁了, 这你应该知道。而让我高兴的是, 我不会知道了。这本书的价值不足以让它留存于世, 就像我一样。我们能有如今的地位, 是因为我姑姑的丈夫—— 一个叫乌尔托的野蛮文盲——在一场内战中获得了胜利。在那场战争中有许多无辜的人死去, 还有无数美丽且无可替代的事物永远遗失。如我姑姑所说, 我代表延续性。我所做的和我能够做的仅仅是照料摇曳的文明之灯而已, 如果那盏灯火点燃房屋, 烧毁首都和整个世界, 应该也会是我的错吧。

（张怡丹　译）

规　　则

"对不起。"

他的爪子伸进我的胸膛，没有弄破一点儿皮肤。他在感受我的灵魂。

"真的很对不起。"他重复道，"但你的时间到了。"

我有些晕眩，但还是朝着沙漏的大致方向挥了挥手。"还没有。"我喃喃地说。他皱起眉，转过头。"还没有。"我重复了一遍。

他的爪子不再在我的身体里探索。"行吧，"他说，"严格意义上讲，你还剩十五秒。时间到了，契约便终止了——你签的那份契约。"他淡红的双眼离我只有几英寸远，所以他的脸看起来有些模糊。"那份无懈可击的契约——"

"停下。"我说道。

"你知道规则。我很抱歉。"

"我想谈谈。"

通常，我会在那个节点醒来。十年来，我每晚都做同样的噩梦。自从我盯着那双淡红色的眼睛，用沾着自己鲜血的鹅毛笔签下了契约。而这次，我没有醒来，因为我不是在做梦。

十年后的第六周，我就这些梦向他的上司提出正式投诉。我争辩道，这些梦构成了对赠予的减损，并从根本上违背了安静享受的默示契约。如果我一闭上眼睛，就会想起等待我的可怕命运，那如何指望能从十年契约中获得任何快乐？对此，他们回复：什么梦？原来，我们在睡梦中看到的任何东西（我不知道这个，你知道吗？）都和"他们"或"另外一群"无关。梦算是创造力，他们没有这个能力，就像他们没办法说谎一样。梦来自我们内心，是无法控制的。而这无法控制的部分，构成了我们的本质（以下简称"灵魂"，第一条第四部分），我们要对其负责。他们对梦不会造成任何影响。显然，我们就是由梦组成的，有点儿奇怪，但的确如此。

"你想要什么？"

"谈判，做个交易。"

他当面嘲笑我，嘴里尽是硫黄的味道，"你只有五秒钟，然后——"

"我可以开一个你无法拒绝的条件。"

这就是为什么谎言是个浑蛋，真正的杂种。他们所谓的父亲并不是真正的父亲。谎言是虚构的，而虚构是创造，他们无法创造，只能就现有资源进行重新分配。这也是为什么，当你问他们问题，他们得给出直接的答案。"你们感兴趣吗？"

"你只有三秒。"

"你感兴趣吗？"

他大叹一口气，把手从我的胸口抽出来。"是的，"他说，"嗯，很感兴趣。但我非常怀疑你在拖延时间。"

沙漏里最后一粒沙子落下。"我想谈判。"我重复道。

"要么翻倍，要么退出。"他冲我笑笑，"你根本没筹码和我谈。"

"我有。"

"你一无所有,是个将死之人。众所周知,你连灵魂都不能带走,甚至不能说你的灵魂属于自己。别人都可以,但你不行。"

"我有个主意。"

看他脸上的表情,我都有点儿同情他了。我和他的组织打了十年交道,我很清楚他们不能容忍任何可能被认为是外勤人员无能表现的事。他对我一向很坦诚。我不想给他惹麻烦,不过……

他闭上眼,接着耸了耸肩,"说吧。"

我想我就是那种你可能会称之为"后进生"的人。我父亲是园丁的儿子,他在制革生意中发了财,自学了阅读,然后开始鉴赏优秀文学作品、哲学、艺术和音乐。晚年,他匿名出版了自己的散文集,在一夜之间轰动一时,甚至收录进了大学的课本。他还会画画、作曲、演奏五种乐器。我母亲是乡下校长的女儿,有很好的商业头脑。我父亲刚开始经商那阵子,特别缺钱,于是她抄写了一些初级语法书,在镇上卖得如火如荼,为我父亲创建了第一间制革厂。我还有个英年早逝的哥哥,曾在接管生意后五年内让利润翻了一番。我的姐姐会吹笛子——她是为数不多在公爵面前独奏过的女人——她还教贵族们的儿女下象棋,他们为此付给她一笔高得离谱的佣金。而我的话——

我曾一直是家里最聪明的那个。那孩子会出人头地,如果把这样的头脑禁锢在肮脏的商业中,真是太浪费了;他需要的就是做自己,你们等着看吧。人们为我寻找各种借口。他们说,做一位有才华、有名气的人的儿子,是很艰难的;他们说,多给他点儿时间,时间有的是,总有一天他会做出非同凡响的成就,等待是值得的。

我曾在学校很出色。但到了大学,便成天酗酒宿醉。我不怎么管作业,唯一会看一下作业都是在早上导师检查之前。我会匆匆扫视一遍,然后套上件干净的衬衣,晃悠着走去上课。再用我惊人的洞察力和独特的思维迷惑和震惊我的导师。当然这一切都在我吃油饼和喝黑啤之前。如果他们在下午进行考试，那时候我完全清醒还没喝醉的话，我想他们得当场给我个教授的职位。但这一切都太简单容易了，哪怕是对一个有半点儿脑子的人来说。毕竟，伟大的诗人和哲学家写作是为了让人理解，他们可不是用密码偷偷泄露国家机密的间谍。你要做的就是读懂他们的东西，这就给了你所有考官问题的答案。如此显而易见，就像在作弊。

最终，我因为在考场上所向披靡而不得不离开。这真是个以德报怨的好例子。我可不想走。贝洛伊萨有世界上最好的酒馆和旅店，你还能在哪里找到如此值得交谈或争论的酒友们？这里的建筑是极好的，就连下雨（诚然，连绵不绝的雨）闻起来也比其他地方的要香甜。但是不行，他们说我已经把该学的东西都学完了，所以我必须回家——回到梅尊廷，世界第二大城市，那里的墙被煤烟染成了黑色，那里即便是最贫穷的人也不会挨饿，因为总有做不完的工作，却没有足够的人手。我在那里无所事事了六个月，用改善经商的建议把我可怜的哥哥烦得要死，更糟心的是，这些还都是很好的建议，却全都来自我这个放荡不羁鄙视贸易和工业的外行人。他礼貌地建议我去旅行，看看这个世界。钱不是问题，我想要多少就有多少，只要我能离开。

我在压力下思维总是更活跃。当我告诉他我有个主意时，严格来说，我在撒谎。除非你愿意把这句话看作是自信的预测，而不是事实的陈述。

"洗耳恭听。"他说。

这时，我确实有了一个想法：新鲜、润泽而且令人愉悦，就像名画里从鸡蛋中诞生的女神一样，完整且完美。我放松下来。刚才我还一无所有，但现在我全副武装、坚不可摧，是众多军团的统帅。我深吸一口气，冲他笑了笑。

"根据我们的契约，"我说，"你有权占有我的灵魂，我对此没有异议。"

"喜闻乐见。"

"我的灵魂，"我重复道，"一个普通的、毫无价值的样本。在正常情况下，必然会出现在你面前：一个放荡堕落的醉鬼灵魂，犯下了傲慢、愤怒和懒惰的罪——"

他皱起眉。"注意你的说辞。"他说。

"好吧，但你不能否认这点，对吧？面对现实吧，你，或者你的同事们，做了一笔糟糕的交易。他们花钱买了本可以免费得到的东西。"

我戳到了他的痛处。"我们喜欢做事有保障，"他说，"人们总能在你最不抱希望的时候做出改变。"

"你们就是做了一笔糟糕的交易，"我重复，"你们为一个放荡浪子付出了十年无拘无束的放纵许可。我想你们的审计员到时候对此会颇有微词。"

他冲我笑笑，但我知道我得逞了。"啊，好吧。"他说，"那我们也付得起。"

我摇了摇头。傲慢会惹恼人，但也会让人聆听。他们会想办法抓住你的错误，牢牢抓住你的每一个字。"如果我父亲听到你这么说，一定会大发雷霆。"我告诉他，"你要知道，他很懂经商。无意冒犯，但很显然你不懂。不赔不赚不是什么值得骄傲的事，而至于赔本买卖——"

"你继续。"他说。

我能感觉到身后的东西——阴影、形状、对光线的干扰——慢慢地向我靠近，急切地等待命令。但我之前也身处过困境。"在极少情况下，我父亲曾做过一些糟糕的生意。"我说，"他总是通过逢凶化吉来挽回自己的损失，这就是为什么他是一位非常优秀的商人。他过去常说，这些总是能做到的，机会总是有的，你只要通过智慧去发现它。"

他打了个哈欠，有些过于夸张。"所有这些花言巧语，"他说，"让我觉得你的真实提案应该很差。直接说重点。让我们不要再对你那位睿智又备受尊敬的老人过分夸赞了。我知道你瞧不起他。"

我有些不太高兴，因为事实根本不是这样。"恰恰相反，"我说，"他是一位比我好得多的人，我很敬佩他。你知道的事实并不是真的，是谎言。你才是偏离重点的那个，你到底想不想听这笔交易？"

"还挺有脾气。"他得意地笑笑。那又怎样？我知道自己的缺点，在这种处境下，我对自己是没什么幻想的。"请记住，是你想跟我做交易，冲我大喊大叫是没用的。"

（正相反，那时表现出的愤怒恰恰表明了我对自己的提议是多么有信心。阿谀奉承和极端的礼貌只会显示出软弱。当然，他分不清措辞得体的推销——他称之为花言巧语——和拖延时间的区别。他显然不是一个熟练的谈判者，也不是抽屉里最锋利的刀。）

"我们重新开始吧。"我说，"我们已经达成一致，我的灵魂是个相当差劲的猎物，几乎不值得拥有。"

"我不觉得有那么差。"

"你过奖了。不过，让我们假设一下，我可以替你搞到一个价值无限的灵魂来代替我那可怜的小样本，而正常情况下，你没希望——对不起，是根本毫无希望能得到。"我顿了顿，好让他消化，"有兴趣吗？"

老实说，要是我早知道他是这样的话，我会把他骗去打牌，而不是在这里做交易。有些人，你能像读书一样一眼看穿。而他更像是公共建筑山墙上的镀金碑文。"或许吧，"他沉默了许久说道，"再说详细点儿。"

"好，"我说，"要是我能帮你弄到萨洛尼努斯，怎么样？"

我是在大学时认识他的。他就是人们所说的特困生，或者仆从。他是个在学校里打一些杂工以换取进入课堂许可的穷孩子——在餐桌旁伺候、切胡萝卜、清洗礼堂台阶上的呕吐物。可怜的小家伙，活像一只落水的小狗，眼睛又圆又大，粗短的鼻子和下巴，上嘴唇有两三根稀疏的胡须，才十九岁就已经开始秃顶了。他没钱买酒，所以我经常请他喝，这就意味着他上班老迟到或宿醉不醒，给他惹了不少麻烦。但惭愧地说，我觉得还挺有意思。他喝酒毫无节制，就像我抓鳗鱼似的哧溜就没了。但我教会了他像个绅士或学者那样慢慢喝,因为在他清醒时几乎不能把两个词儿串在一起,而醉酒后的他会变得十分出色。你会嘲笑他,这个小醉汉天生就很风趣,但要真跟他混在一起,那就是十倍的快乐。因为他是如此幽默诙谐,如果你喜欢夹枪带棒、妙语连珠的讽刺的话。他谈话的主题通常是关于贵族的罪恶、堕落、腐败和既有秩序的败坏。可悲的是,第二天早上他一个字都不记得,真是太浪费了。不过我可以,我曾在回到住处之后抄记下了不少内容,整整一本笔记本。后来我把它作为生日和耶稣升天节礼物送给了他。

现在说到点上了。当然,在我认识他之前,他就很聪明,机灵地申请了特困生补助,那时候他父亲还是中邦某个地方的穷纺织工。但这些光辉的语言、流利的口才、神圣的辩论……是一直在那里吗,封锁在结结巴巴的舌头和半智半愚的目光之后?或是他与生俱来的灵魂与酒精之间炼金术反应的结果?大家都知道,他只有在喝醉的时候才写作,而且大多数时候都是这样。如果我没把他灌成酒鬼,他还会写这些该死的玩意儿吗?

顺便说,醉酒——我查了一下——本身并不是一种正儿八经的罪恶,它只是加重罪恶严重性的一个因素,是罪恶的滋生地和温床,但喝酒本身并不是一种犯罪。理论上,只要你不做那些醉酒后几乎都会导致的事,哪怕是把自己泡在酒里腌熟,也还是能上天堂。相反,如果它能赋予你做善事、做伟大且光荣的工作,那他们更不能因为醉酒而抓你。

"就这?"他说。

和我期待的反应不太一样,"这还不够?"

他仔细思考着。"萨洛尼努斯,"他说,"他是写剧本的,对吧?"

有时候我对有些人感到绝望。"你可以这么说。是的,他是写剧本的。他是有史以来最伟大的剧作家、最伟大的作家、最伟大的创作艺术家,他或许是最伟大的人类。"

他嘲笑我。"这么有激情,"他说,"你很喜欢看剧,是吗?"

"你认识我十年了。"

他耸耸肩，"我知道你平日挺爱玩儿的。"

他激怒了我，让我一时间不禁想赌一把。我通常不会有这种冲动，除非骰子是我自己做的。"这么说吧，"我说，"你能去一千年以后的未来吗？"

"当然可以，"他看着我，"什么，你是说现在？"

"是。"

我想他稍微有些动摇了。"好吧。然后呢？"

他与时间和空间的关系一直挺吸引我。我真希望有空能让他解释说明一下，但我一直没来得及。"找一家最近的剧院。我想它们还——"

"它叫'财富剧院'，"他说，"我就站在门外。"

"抬头。"

他皱了皱眉，"我要找什么？"

"剧名。"

《瓦伦思和奥瑟》。"他眨巴着眼睛说，"萨洛尼努斯著。"

我点点头，"他所谓的问题剧之一。现在我们去另一个国家的剧院看看。"

"《卡多兰》。"他微微转头，双眼盯着什么我看不见的东西，"《寡妇之殇》，《伟大的根泽里克》第一部分。"他闭上眼，呼出一口气，然后睁开。"我明白了，"他瞪着我说，"你怎么知道——？"

"我不知道，但我很确定。我准备冒这个险。你知道我的，我只赌确定的事。"

"行吧。"他有些困惑，"一千年后，萨洛尼努斯的戏剧依旧存在，并在各地上演。其实，这真的相当了不起。"

"是吧是吧。"

"那是——"他扬起眉，"而我们——"

我笑了，"你没抓到他。"

他脸色有些难看，"我没有被授权获取这些信息。"

"你就是没抓到他。"

"没有。"他不开心了，"你是怎么知道的？别告诉我这是基于某些概率的预测。那人是个酒鬼，一辈子泡在酒馆和剧院里，和一群混混搞在一起，接触各种恶行。"

"我上过大学，"我提醒他，"学过神学和教会法。我知道规则。"

他有些失望地看着我，这眼神我这十年再熟悉不过了。"与一般的误解相反，"他说，"勇气只有在善良有道德的人表现出来时才是一种美德。一个勇敢的罪人比一个懦弱的罪人更糟糕，因为他更胆大，敢做的坏事更多。你最好把这点记在心里。"

我笑起来。"我十九岁的时候写过一篇关于这个的文章，"我说，"还获了奖。"

"我并不怀疑你年轻时才华横溢。"

哎呀。不过，一个好的剑客并不介意被刺伤，只要这能帮他刺穿敌人的心脏。"萨洛尼努斯，"我说，"一个真正伟大的灵魂。当之无愧被称为人类之光。而另一个反面就是我，承认吧，其实你已经决定好了。只可能有一种选择。"

他点点头。"插翅难飞。"他说，"现在，这可能会挺疼。"

对于一个过着如此优渥生活的人来说，我也有过不少害怕的时刻。其中大部分是摔落，或者说几乎掉下去——从窗户上判断失误跳下、爬排水管让管子从墙上剥离——而另一些则与其他人有关，大部分都是酒馆里那群疯子。有一次，我被一头公牛追赶；还有一次，我被四只猎狼犬逼到了一座封闭的院子里。

后来一种模式涌现了。首先是麻痹无力，有时会伴随着身体虚弱和一些症状，但不总是这样。然后是一段痛苦的极度清醒的时刻，我接受了自己即将死去的事实。如果这是必须的，那就这样吧。接着——至少到目前为止——我意外地活了下来，伴随着颤抖、恶心、冷汗直冒，最后庄严地发誓从此要永远放弃愚蠢和堕落的生活。

　　一旦我引起了他的兴趣，一旦谈判开始，我就从未想过我或许会失败。这是个好提议。它是合乎情理的，也是合法的。而他有权做这笔交易，不需要向上级请示。我唯一觉得可惜的就是没早一点儿想到这一点，省得自己那么焦虑。

　　如果我处在他的位置，我会欣然接受。这就是我的问题，我会高估别人。

　　"这是基于，"他解释，"基于一个逻辑错误。如果你背叛了一个同胞的灵魂，一个如果不是因为你就能得到救赎的灵魂，那就是一种罪过。天可怜见，这就是我俩在干的事。所以，如果我和你做了交易，你就是个罪人，我们还是会抓走你。你做与不做，都得下地狱。"他顿了顿，皱起眉，"这是一句谚语吗？"

　　"什么？"

　　"不，我想不是谚语。或许就是我的原创。"他耸耸肩，"你明白我的意思了吗？对你来说，这是一种徒劳无益的行为。"

　　一丝安慰像潮水般向我涌来。我考虑过这点。"不，"我说，"这就是为什么我的点子如此高明。我将有资格获得最高利益豁免权。"

　　"引诱一个无辜的灵魂下地狱？我不这么认为。"

　　"你还没听到全部细节。"

　　萨洛尼努斯并不是他的真名。这么叫他是源自《对话》里的一个角色。人们听到我这么叫，便以为那是他的名字，而这个可比他的真名要好多了，他那个名字没有一个文明人能念出来。他的曾祖父是特奥德里克四世军队中的一名弓骑兵，所以他可能是阿兰姆·查塔特人或者诺·维伊人的后代，这也是他曾孙鼻子的由来。

　　他通过教区牧师的斡旋，在贝洛伊萨获取了特困生资格——这位牧师是一位后进生，和我一样，在贫困迫使他移居到荒郊野外的乡下之前，他曾是位著名的学者。好在在世界的中心有那么几个好朋友，有些门路。他的想法是，萨洛尼努斯将获得足够的教育，然后在中邦的某个城镇定居，做一名抄写员或者公证员。再用他由此赚到的钱来养活他庞大的家族——都是群又穷又懒的人。

而按照我最初为他制订的计划，他应该靠写讽刺小册子谋生，这在当时非常流行。这似乎是他与生俱来的工作。有那么一阵子，他孜孜不倦地干着。但他是清醒的时候写的，结果这些小册子也没什么特别。不过他做了一件事，就是在里面插入一些小的对话片段，这时我才明白，萨洛尼努斯可不是写小册子的，他是个天生的剧作家。

那时候，戏剧界比现在更加拥挤。有两个学说或者派系，互相看不顺眼。一派是专业人士，大多是出身卑微的演员；另一派是贵族里的业余爱好者，他们的创作是出于对戏剧的热爱而不是为了钱。第二个派系大多无才无艺，但坐拥三分之二的剧院，并利用他们的影响力关掉剩下的三分之一。然而，剧院被关掉的那群人倒是有个恼人的诀窍，就是以不同的名字出现在城市另一端，治安官似乎永远找不到他们，但观众们却可以。而那群业余白痴的演出也座无虚席。人们喜欢去剧院看戏，谁又愿意看两出同样的剧呢？

我的绝妙主意是让萨洛尼努斯站在富家子弟这一边。那个时候，顽固的专业人士们创作的大多是历史剧——国王和高尚贵族们的辉煌成就，以及对叛乱和造反农民的镇压，这两者构成的喜剧。而富家子弟们写的复仇剧本，都是以王公贵族的宫廷腐败为背景，以充满讽刺的不满情绪推动情节发展。我觉得萨洛尼努斯拿脚都能写出来。所以，当他喝了几杯酒，打了几次架，脸还被踢了一脚（他是个无可救药的斗士），他便能开始写了。但是，你们都知道，他最擅长的就是语言创作：最崇高的诗词，最强而有力的故事线，还有那些角色，那些你觉得已经认识了一辈子的人。有血有肉的人，被置于极度困苦的境地，就像笼中的鸟儿被放在阳光下折磨，只为让他们歌唱。而剩下的，你知道发生了什么。我们这一生都将永远被称为"萨洛尼努斯时代"，我们这些生活在这个时代中的人也将成为配角，当前人和后人都已消失在晦暗的时间中时，他的光芒照亮了我们。萨洛尼努斯改写了我们的语言，改变了我们的思维方式，给我们的梦想和希望赋予了居所和名称，并赚取了大笔金钱，尽管大部分都揣进了他富有的赞助人兜里。

他不是很在乎钱，这对出身卑微的人来说很是不寻常。通常他们对每一分钱都精打细算，他们越有钱，就越在乎。而萨洛尼努斯却不怎么在意。我曾问过他一次，他只是看着我，仿佛我在说一门外语。我似乎总是有足够的钱，他说，对话结束。

这是一件险象环生的事。他坚持把这件事交给他的上级处理，由他们投票表决：九十九票赞成，九十八票反对。通常，他事后告诉我，在投票表决的情况下，极少能一致通过。"你给大家惹了不少麻烦。"他难过地对我说。我想我应该为他们感到抱歉。事实上，我确实挺愧疚的。我有我的缺点，但我总能换位思考，从别人的角度看问题。这也让我成了一个令人生畏的谈判者。

萨洛尼努斯出现在我预料的地方，在南门那间"贫穷与顺从"酒吧的角落里。他们什么人都招待，天才也不例外。

他有一只黑眼圈，一道愈合了一半的伤口从脸颊中间延伸到嘴角，下唇肿胀开裂。两只手的指关节红得看着就疼，被人踩过的四个指甲都是黑色的。他面前的桌上放着一瓶喝空的劣质威士忌，正在阅读泰格林努斯的《牧歌田园诗》。

我清了清嗓子，他抬起头来。"哦，"他说，"是你。"

我坐下来，拿他的瓶子给自己倒了一杯酒，"怎么样了？"

嘴唇肿胀的话，你不会想说话，因为很疼，而且听起来很蠢。"你想要啥？"

"真不错。"

"你只有在想要啥的时候才来找我。"

我冲他笑了笑。"让我猜猜，"我说，"对方有六个人，趁你不注意的时候偷袭了你。否则，他们早躺地上了。"

"就一个。"他酸不拉几地说，"他都七十多岁了，拿他的拐棍打的我。"

"而你绝不会让自己对一位老人动手。"

"那时候我已经躺在地上了。你到底想要啥？"

"想让你开心。"我说，并示意再来一瓶酒。

"认识你之前我就很开心。"他说，"你最近到底去哪儿了？我听说你惹上了不少麻烦。"

我皱起眉。"我出国了，"我说，"旅行。"

新的一瓶酒送来，是更好的货。我给我俩满上了酒。"其实，"他继续说，"我一直听到关于你的各种奇怪的传言。"

"真的吗。"

他看着我，眼睛也红红的。真是巧了。"你看起来一点儿都不惊讶。"

我耸耸肩，"我最近的一些行动可能会造成误解。"我说，"你在捣鼓什么？"

"就平时那些破玩意儿。"他用食指猛戳那本书，就好像要弄痛它似的，"浪漫喜剧。牧羊人和牧羊女，男扮女、女扮男的戏码。"他叹了口气，"我刚开始写的时候还有点儿意思，后面就开始混乱迷茫，现在就只是走走过场了。我恨不得把剧本扔火里烧了。"

"别这样。"我赶紧说，"赛尔达诺怎么看？"

他拉长了脸，"哦，他还挺喜欢的。反正他说他喜欢，你也不晓得他到底咋想的。再说了，他只关心能不能得到顾客的青睐。他就喜欢这些垃圾。"

"嗯，还有很多要做吗？"

"再演一场，谢天谢地，结束了我就再也不用看了。该死的东西！"他叹着气，"它只会越来越糟。这是练习，也是问题所在。我做得越多，越容易上手。我学会了很多技巧和回避方法，让它看起来很像样，其实是坨屎。这些天来，我一直循着阻力最小的那条剧情线走。技巧,这是我最擅长的。我想我应该停下来,认真思考自己真正想表达的是什么,但我只会看到哪里可以投机取巧或搞出一些意想不到的发展。再或者,我甚至可以把五年前写的东西重新加工一下,除了我没人能认出来,我还真就这么做了。这是因为我只要一开始创作,就会把它搞得一团糟,然后我就只想着赶紧做完它,好开始下一部。徒劳地希望我不会把另一部也搞砸。"他停下来,瞪着我,"我晓得,"他说,"'别再抱怨了,想想自己多幸运啊。'可你晓得吗? 我多希望自己回家当个普通的纺织工就好。"

"你太矮了,脚都够不到纺织机的踏板。"

"你晓得吗? 你在帮倒忙。"

他的话语对我来说是美妙的音乐。我很清楚它们的意思。"你就是卡住了呗。"我说道。

"你说得好像——"他又喝了一口,"是的,哪儿哪儿都卡。你知道描写蠢货有多难吗? 一堆傻乎乎的该死的小兔崽子。我不喜欢他们,我觉得他们非常讨厌。"

该换个话题了。"我前几天才重读了你的一部剧本,"我说,"我觉得那是你最好的作品。"

他闭起眼,垮下脸,仿佛我拧了他的耳朵,"让我猜猜,早期的某部。"

"记不得什么时候的了。《魔法师的悲剧》,真是件了不起的作品。"

这不是他期待的。你还会回想起这剧公演时,观众嘘声四起,演员被轰下了台。然而五年后重演,就被誉为经典之作了。"是的,好吧。你知道那句老话:每个人都喜欢它,除了大众。"

(我给你讲讲吧,万一你是山里长大的呢? 这剧讲的是一位伟大而博学的学者把自己的灵魂出卖给恶魔的故事。二十多年后,他浪费了许多机会,对各位国王和教宗高官们搞了愚蠢的恶作剧,于是他被尖叫着拖去了某个苦寒之地。你明白为什么我这么喜欢它了吧?)

"有人告诉我，"我继续说，"这基于一个真实的故事。"

他点点头，"是的，确实发生过。大约一百年前，在佩尔米亚。我在一本书上读到过。"

我一脸愁容，"你不会真的相信那些东西吧？你可是读过书的人。"

他瞪着我，"别这么说。不管怎样，有很多证据确凿的案例。事实上，就在这儿，这座城市里，十年前就有一个。"

"不是吧，是我认识的谁吗？"

"没具体说是哪个，"他承认道，"但这些报告来自非常可靠的人，他们都认识这个人。其实这是件挺麻烦的事儿，因为帘幕剧院的那群人那时正讨论要复演《魔术师》，但后来某些流言蜚语传开了，他们怕惹到那位大人物，引火烧身。"

我探过身，好在他耳边低语，"那些流言是真的，那个人就是我。"

他扭开头，"不好笑。"

"不，"我说，"但确实是真的。"

他认识我挺久了。是为数不多的了解我的人之一。而且，他很聪明，能把关于我的各种小事串起来，那些事至今都没几件能说得通。他盯着我看了一会儿，接着试图站起身。我抓住他的胳膊，他挣开冲我喊道："放开我，离我远点儿！"

大家都注意到了我俩，能在贫穷酒馆吸引大众的目光还真得有两下子。"坐下，闭嘴。"我用最平缓的声音说道，"否则我就让他们把你变成一只青蛙。我是认真的。"

他出生在中邦，那里的人相信女巫的存在，还有不给牛奶就搞死你家牛的小精灵。他坐下来，"你真恶心。"他说。

我耸耸肩，"我这儿有笔交易。"我说。

其实，女巫的存在才是件荒谬可笑的事。至于小精灵我不太清楚。但现在没什么事儿能惊讶到我了。

我知道女巫是因为我见过几个。我骑马回家的路上穿过一片荒地,她们三个就在那儿。这块地之所以荒凉,是因为它属于我,而我下令砍伐掉所有树木,卖给烧炭的人。现在,这里只是一片荆棘丛生的荒野,埋藏着十二平方英里的腐烂树桩。不过,伐木队开辟的道路还是很宽阔的,如果你能在他们车轱辘碾出的两尺深的车辙间找到路的话。我就是在这条路上遇到女巫的。

她们在路边扎营,用一口大铁锅熬汤。我感觉她们在等我,虽然并不清楚她们是怎么知道我会经过这里的。她们叫了我的名字,跟我打招呼。我倒是不太惊讶。毕竟我是土地所有者,认识我的人比我认识的要多得多,如果你懂我什么意思的话。"你们想干什么?"我问。

三人中的一个开口了,说:"当然是为了帮助您。"说真的,我不太喜欢她的语气。

"行吧。你们对我最大的帮助就是从我的地界上滚出去。你们把这儿搞得乱七八糟的。"

她们都笑起来。我得说,她们的年纪也就三五十岁——乡下女人真不好分辨——衣着朴素,没有剧院里那些梦幻的长袍或者动物的骨头、羽毛什么的。"您想来点儿汤吗?"最先说话的那个女人问。

"里面加了什么?"

"啥都有。"

"不了,谢谢。"

她耸耸肩,"我们可以帮到您,"她说,"如果您愿意的话。"

"我很怀疑,不过无所谓。你们打算怎么帮?"

"我们可以给您算命。"

我咂了咂嘴。"你们会因此蹲大牢。"我说,"快滚吧,在我行使地方法官的权利之前。"

她似乎并未受到我的拒绝或威胁的影响。"您活在刀刃上,"她说,"您还能救自己，但时间不多了，您快来不及了。一旦到了那个时辰，只有我们能帮您。"

"你们到底想干吗？"我问，"要钱？"

她摇摇头。"我们不会索取您的任何东西，天知道它们是从哪儿来的。听着，因为这个——"她停顿了一下，做了个奇怪的手势，像那种手臂动作夸张的鞠躬，"当一切都无法拯救您时，您依然能被救赎。当然，您的拯救便是您的诅咒，对此我们无能为力。您可能会再见到我们。告辞。"

然后三人打了个响指，消失了。

这一切，都是在一个大圆周手势后出现的。好神奇，当整个生命在你眼前闪烁时，你便会突然想起这些事情。

直到他在我胸膛里戏谑地摸索着我的灵魂的那一刻，我都不明白这一切意味着什么。接着，突然一切都变得清楚明了。我真笨，没能早点儿弄明白。

"你需要的，"我说，"是一段好的故事情节。"

他笑起来，"这倒不假。"

"正确的情节，"我告诉他，"一个能让你有机会写出这些年来你内心深处一直没能表达出来的故事；一个不会跑题或变得陈词滥调、变成垃圾的故事。这就是你需要的。"

他看着我，"大人，我可不需要鬼魂从坟墓里爬出来告诉我这些。你这是对我怀恨在心。你明知道我寻寻觅觅了一辈子，啥都没找到。"

我摇了摇头，"那是因为你找错了地方。相信我，你在书里可找不到。这简直就是在茅厕里找新鲜的梨。你在那里所能找到的一切，都已经被别人消化，变成了屎。你需要的是完全原创的东西。"

他皱起眉，"我当然想原创。一个街角的瞎乞丐最需要的就是有人给他一百万泰勒。不过，这种情况几乎不会发生。"

"喝完吧。"我倾斜瓶子,"那么,此时,我们的主角骑着马穿过一片荒原,遇到了三个女巫。"

他微微皱眉,"你继续。"

"女巫们告诉他,他的叔叔谋杀了他的国王老父亲,篡位成为新国王。我们的主角想相信她们,但他不那么确定。于是,他让演员们上演了一出戏:一位国王谋杀了他的兄弟。主角的叔叔吓得脸色惨白,罪证确凿。"

"继续。"

"主角杀死了他的叔叔,夺回了王位。他担心会被报复,于是连叔叔的妻子和孩子也一并杀掉了。他举行了宴会,叔叔的鬼魂现身,可只有主角能看到他。"

"噢,我喜欢这个。"

"我就知道你会喜欢。主角找到女巫,她们告诉他,只要那片森林没有伫立到你的城门口,你就不会受到伤害。主角开心地回家了。与此同时,复仇的大军用森林里砍伐来的树枝作为伪装,悄悄爬上了主角的城堡。主角意识到自己被耍了,发了疯。他带着那群宫里的弄臣跑去了狂风大作的荒野,遇到两个挖坟的小丑。然后便是照例的血腥屠杀。谢幕。"我停下来,冲他微笑,"怎么样?"

他没说话。他在思考,或者在做梦。

"怎么样?"我重复道。

"好吧,"他说,"我想就是这个。那就是我想要的——"

"只不过,"我继续道,"这是有代价的。你刚喝下的那瓶酒里下了药。五分钟后,除非你获得解药,否则你会忘记今天发生的一切,包括那段情节。只有我有解药。"我从口袋里掏出瓶子给他看了看,又塞了回去,"你帮我做件事,我就把瓶子给你。否则——"

他脸上的表情,肯定和我听到我那恶魔朋友说"插翅难飞"时的表情很像。"那是——"

"是的，你没有选择。我们达成交易了？"

"你想要我干啥？"

"签了这个。"

我拿出了契约、一支笔和一个便携式墨水瓶。他伸手去够笔，我拿开了笔。"抱歉，"我说，"你得先读一下，否则不符合法律程序。"

他读了它。脸上变得毫无血色。

"流言是真的，"我说，"就是我。"

他看了看我，又瞅了瞅那瓶下了药的酒，低头望着契约。接着，他夺过我手中的笔，签了字。

我早些时候顺便提到了压倒性利益豁免权。这是《恶魔宪章》中鲜为人知的一部分，是授权恶魔部门开展工作的统一法规。我只是偶然发现了它，我可是站在永不熄灭的地狱之火这边，是恶魔法律方面的权威人士之一。

事情是这样的。如果一项罪行能给人类带来巨大益处，那犯罪的人就可以免受惩罚。当然，实施罪行的时候你必须清楚益处在哪儿，但光这样还是不够。益处必须切实出现。通常的例子是一个（假设的）人，在斯克里弗拉还没来得及夺取政权和发动第二次赛贡廷战争之前就将他暗杀。谋杀是一种罪，但阻止人类历史上最严重的一次战争，是一种巨大的、压倒性的好处。嗯，你不能否认这点，对吧？

很少有人提出豁免要求。因为从事物本质来看，潜在的被豁免人几乎永远无法知道他的行为在未来所带来的后果。我不能因为有一天他们会成为残暴的独裁者，就到处去刺杀别人。只有能天使能透露未来，但他们被命令禁止这么做，除非有特殊情况。我承认，我当时有点儿调皮，我骗他透露出萨洛尼努斯会成为有史以来最伟大的剧作家，好吧，这不算透露，是确信。但如果重新谈判一份从未发生过的契约不算特殊情况的话，那什么算呢？同样的，他也只是去确认了一下，并未透露什么。一旦我告诉了萨洛尼努斯那些情节，那他接下来要写的剧本就是他的创世杰作，对邪恶本质的透彻思考，将改变人类对道德的思考方式，因此这是一个压倒性的巨大益处。仔细想想，虽然这个豁免权自始至终都在宪章里，但我想我是唯一一个申请成功的人。谁才是最聪明的那个，嗯？

把这位天才朋友交到了人类公敌手中后，我回了家，发现房子不知在什么时候已经烧毁了。

我没法儿靠得太近，因为有一群投机倒把的人仍在灼烧的余烬中摸索着搜寻熔化的黄金和白银。这些金银财宝曾是我的应急金。这就像新公爵加冕时的仪式一样，内政大臣在广场上撒下热气腾腾的钱币。我懒得管，随他们去了。

奇怪的是，你会因做了好事受到惩罚，而不是干了坏事。十年前，当我签下契约时，我觉得我不需要家族的这些资产和地产。毕竟我有了精灵们，可以从地底深渊为我取来钻石和宝石。做生意对我来说毫无意义，简直在浪费宝贵的时间，我真的不想看到我父亲获得的一切都付诸东流。于是我把农场给了佃户，把船只给了海员，把工厂给了里面劳作的工人。他们在我父亲手下过得很艰苦，我父亲前半辈子是他们中的一员，因此没什么同情心。而且，只要不花你一分钱，你就能很容易地摆出宽宏大量的姿态。当然，我已经把家里储藏室内九十加仑的大桶装满了钱，以备不时之需。除了这些，我就只有几身像样的衣服，其他什么都没有了。

不过，当你从永恒的诅咒中解脱出来时，它给了你一种看透一切的感觉。我想我可能会对这群掠夺者和拾荒者说："保佑你们，我的孩子们。"但我想他们没听见，也不知道我是谁。于是我在附近溜达了一会儿，便来到五王桥下，那是乞丐和流民常去的地方。经过这一整天，我已经精疲力竭，我给自己找了个安静的角落，闭上眼睡了过去。当我醒来时，阳光灿烂，有人偷走了我的鞋。

　　萨洛尼努斯的新剧总能成为一年的焦点。但我可以诚实地说，没有人比我更热烈地期盼着它。诚然，它诞生的周遭环境不算完美。尽管如此，对这部剧的期待是我在接下来三个月里唯一能坚持下去的东西。仅仅是活着，我就心存感激。可感激不能当饭吃，也不能用来遮风避雨。而靠比我好点儿的人的施舍来维持生活，并不是一种令人满意的谋生方式。但这部剧——随便你怎么看——如果没有我，根本写不出来。有时候夜深人静，一个人会忍不住仰望星空，扪心自问这一切是为了什么。我知道这个问题的答案，即便我为此付出了高昂的代价。我想，世上再无人可以这么说。

　　而且，我不停地告诉自己，他没必要签那个愚蠢的契约。我可没拿刀架在他脖子上。他拥有的一切，所有人都想得到：财富、身份、社会各个阶层的阿谀奉承，和在他的职业中无可匹敌的、至高无上的地位。人类所能确信的，就是永远活在人们心中的保证。这些他已经有了。他想要更多，他想要一个情节。因此，都是他自找的。我不过是一个神圣且正义的代理人，道德上中立，做着惩罚狂妄和贪婪的工作，这种事总得有人做。我把自己看作机器中必不可少的齿轮。我被引诱到自己的诅咒中，因为除我之外没有人会想到那段情节，而只有那段情节能够诱惑到他。真的，如果你从正确的角度来看，我已经遭了不少罪（所有的焦虑、恐惧和噩梦），并且还在继续受苦，只为了能带来永恒的意志和正义。如果说这一切有个受害者，那只能是我。

　　当然，首场公演我没法儿去看。有个愚蠢的传统，想进剧院，你得付给门卫一便士。而我身无分文。

　　所以，我只能坐在门边，观众们纷至沓来，他们吃着橘子，有说有笑，而我只能傻等，竖起耳朵期待掌声。最后，门又打开了，他们开始涌出来。我抓住一个人的衣尾，他转身怒瞪着我。

　　"剧怎么样？"我问。

　　"一堆陈词滥调的垃圾。"他说着从我指尖抽出外套。

　　我不相信他的话。但他身后那人是我以前认识的，尽管我俩有十年没说过话了。他径直从我身旁走过, 我叫住了他。他转过身看着我。

"是你? "

"是的。"我说。

"我就知道你没好下场。"

"罪有应得。"我说, "这出剧, 怎么样? "

他抿了抿嘴。我知道他是个品位颇高的人, 也很欣赏萨洛尼努斯。"屎。"他说。

我大张着嘴一个字都说不出来。

"混乱不堪。"他继续道, "让人迷惑。华丽的台词和表演完全不搭调。又臭又长, 太多无意义的跑动, 太多夸张的表演, 却没有足够的真情实感。无可救药的自我放纵, 角色都呆若木鸡, 情节比从佩尔米亚搞来丝绸还要牵强。我想最好忘记它曾上演过。"他翻了翻口袋, 找出一分钱又放了回去, 又翻找了一会儿, 掏出一法新, "去给自己买点儿喝的吧,"他说, "以后, 离我远点儿。"

在门卫把我赶走之前, 我又征求了五个人的意见。他们都没什么好话。一个说服装、化妆和灯光还行; 另一个替演员们感到不值。我去了"贞观维新", 那是所有戏迷都会去的地方, 我在那里闲逛、偷听。有一个人(我没看到他的脸, 但他声音洪亮, 在院子里都能听见)说他挺喜欢那出剧, 他认为很明显这是萨洛尼努斯的自我嘲讽, 是对他之前的所有作品和(暗指)所有曾公开宣称喜欢它们的人的无情抨击。他说着冲听众们竖起两根手指, 他似乎认为这是一件好事。除了他之外, 其他人的观点似乎很一致: 在剧院里浪费的三个小时生命, 他们宁愿待在家牙疼。

第二天, 我疯狂乞讨, 几乎走遍了整个城镇, 只得到了三个法新, 但已足够了。加上前一晚拿到的那个法新, 我凑够了一便士, 能进剧院了。可当我到那里时, 门已经关了。

"剧什么时候开始? "我问门卫。

他们笑起来, "不演了, 取消了。他们在里面排演《妓女的悲剧》, 反正跟妓女相关的准没错儿。昨晚惨败之后，他们确实需要打个翻身仗。"

如果是别的时候，我会有点儿受宠若惊。因为二十年前，我写了《妓女的悲剧》——嗯，我和另外三个志同道合的小流氓一起写的。我们跟人打赌，看能不能胡乱拼凑一出戏，并让它上演。打赌的点是，公众们会去看任何老掉牙的垃圾。于是我们没当回事儿地把它写成了一出滑稽短剧、一段戏谑的笑话，把我们能想到的陈词滥调都写了进去，搞出了厚厚一本。然后我们杜撰了一位剧作家，署上他的名字，把剧本卖给了鹰头狮那边的人，得到了六个安吉尔和一桶苹果酒。

五年后，我坐下来从头到尾认真读了一遍。其实，写得还不错。

我认识一个演员。更重要的是，我知道他会在哪儿遇到他的妻子，以及她当时收了他多少钱。这可是他不希望被广泛宣传的。他给了我他那份剧本。留着吧，他说，我不需要了。他建议如果不是很挑剔的话，还是可以读一下的。

我读了剧本，他们是对的。真是太糟糕了。

所以我不得不去见他，跟他道个歉。倒不是因为传统道德使然，而是我想这么做。因为我感到非常非常难过。

我循着一缕烟找到了他。他在凤凰酒馆背后的一片荒地上，烧着一大叠纸。都不用问那是什么。

"对不起。"我说。

他望着我，露出一个灿烂而脆弱的微笑，"对不起什么？"

"我让你陷入的困境。这一切，我真的很抱歉。"

他摇摇头，"没什么好道歉的。事实上，我一搞完这边，就打算去感谢你。"他用一把扫帚柄搅了搅那堆玩意儿，"我从来都不怎么喜欢你，但不可否认，我欠你许多。所以，谢了。"

这是嘲讽? 我不觉得。"你个白痴,"我说,"因为我,你将永远被地狱之火灼烧,为了什么? 一颗柠檬? 一只火鸡? 这都是我的错。"

"不,不是的。"他瞪着我,"这是我做过的最棒的事。你不会以为我真在乎他们说啥吧?"

"行吧——"

他摇了摇头,"一群傻逼,"他说,"全都是。他们都喜欢我的其他作品,这就证明了这点。不,去他们的吧,我就从来没考虑过他们怎么看。"

我看得出来,他又打了架。他身上有新的瘀青,门牙还少了一颗。为什么一个总是输的人却老去打架呢? 可我又知道什么呢?"你看剧了吗?"他问。

"没,但我读了剧本。"

"这就是我想要的,"他说,"它很完美。它表达了我曾想说的一切。我得感谢你。"他笑了笑,"真的很奇怪,你这样的浑蛋居然能想出这么棒的东西,真搞不懂这种事情是如何运作的。不过,谁在乎呢? 它们确实有用,这才是最重要的。"

我认识他挺长时间,对他了如指掌。他是认真的。"那么,"我说,"不难过?"

"一点儿都不。只有真诚的感激。"

一阵风吹来助长了火势。火焰升腾,在空中张牙舞爪,一片片灰白的灰烬在滚滚热浪中舞动。这提醒了我,"你知道你的下场吧。"

"是的,"他耸耸肩,"我读过契约,没有写得很含糊。"

"那你相信吗? 那些神祇? 天堂还有——"

"我当然相信。"我惹恼了他,"我一直相信。当证据摆在你面前时,很难不信。"

我深吸一口气,放下心来,"而你一点儿也不——不生我的气?"

这让他笑起来,"我为什么要生气?"

"要不是因为我,你就会上天堂。"

他哈哈大笑。自打我认识他以来，第一次看到他这么开心。"那你凭什么认为我想去那儿？"

我想对于过度紧张的我，这有些过分。我往前一步，打算冲他挥挥拳头，却把脚正好踩进了火堆中间。我往后跳起来，又哭又叫，接着被什么东西绊了一下，摔倒了。

接下来的事，是我睁开眼，他正凑向我，用一块湿毛巾擦拭我的前额。"没事儿了，"他说，"只是有点儿肿，你血流得跟一头被宰的猪一样，不过头皮受伤就是这样。只是擦伤而已，你会没事儿的。"

我试着起身，但却晕晕乎乎的，"你不想去天堂。"

"不想。"

难以置信。"你信奉神，但你却不想——"

"看着我的口型。不，我不想。"

"为什么不？"

"我相信神，但我不赞同祂们的观点。我们在一些观点上存在根本分歧。我不喜欢这个世界的创造方式，也不喜欢事情的运作方式。我真的不想和一群与我意见相左的白痴们一起，被永远关在一个狭小的空间里。就算没看过那份契约，或许也没什么不同。反正如果祂们现在想把我送去天堂，我是不会去的。"

我皱起眉，"我觉得你不能。拒绝祂们，我是说。"

我让他有些震惊。"这可太过分了。你必须能拒绝。否则，这——这太不公平了。总之，这些都是理论上的。我肯定要去别的地方，大约八十个小时之后，所以没所谓啦。你为啥这么看着我？"

"你不想上天堂，是因为你不同意神的旨意？"

"对。"

"你不能这样，祂们可是神。"

"所以呢？"他笑起来，"祂们有祂们的观点，我有我的。祂们或许比我强大得多, 但这并不意味着祂们是对的。"

我想说点儿什么, 但似乎什么都说不出来了。我真是太不小心了。

"和昨晚的观众一样,"他说,"他们不喜欢我的剧, 没什么大不了; 他们总会喜欢我别的剧, 也没什么大不了。他们错了, 我是对的。神也一样。祂们有祂们的价值观, 我有我的。我恰巧知道我的是正确的。"

"我们把话说清楚。你相信神, 却不同意祂们的观点? "

"当然。就像我相信公爵, 但我绝不同意他的观点, 任何事情上。但他比我强许多, 他可以就这么杀了我。这是我准备付出的代价。"

我呻吟着躺回坚硬的地上。他继续说着, 仿佛我不在那里。他说了很多关于伦理道德和价值观的事儿, 说这些基本就是时尚玩意儿, 就像裙摆、花边袖口和衣领。跨越一个国界, 价值观就完全不同了。等过了一个世纪, 过去的善会变成恶; 反之亦然。他说, 他有自己的价值观, 作为一个凡人, 他的价值观是唯一能称之为自己的东西, 所以自然是他最不忍心割舍的。最后, 当我的头不再那么晕眩时, 我爬起来走了。有两类人, 如果你有理智的话, 根本不会想和他们争论: 一类是疯子, 一类是碰巧正确的那个。而他两者皆是。

第二天, 他们发现了他的尸体。躺在用他的剧本烧成的火堆旁。公爵为他举行了国葬, 这是有史以来最隆重的葬礼。街道两旁站满了伤心难过的市民。我想那天全城唯一一个待在家里的人就是我。

恶魔来见我。"我希望你为自己感到骄傲。"他说。

我帽子里有十个法新, 一朵剪下的玫瑰和半便士。那天早上的大众们都挺慷慨。"让我给你买杯喝的。"我说。

"我不能喝酒,"他回答,"你知道的。即便可以, 我也不会接受你的款待。我有我的标准, 我要和你划清界限。"

"随你便。"我说。一位富裕的布商走过, 朝我帽子里扔了一枚硬币, 疑惑地看了我的同伴一眼，然后加快了脚步。"不，我并不骄傲。我非常惭愧。"我的左腿有些发麻，我把它从身下挪开。传来一阵像针刺般的感觉，倒也不是特别痛苦，但对我来说有些无法忍受。我要是在地狱里，连五分钟都撑不过去。"你升职了吗？"

他笑起来，声音不太愉悦。"他们把我调去了档案室，"他说，"他们说我的才能显然不适合户外工作。"他在我身旁坐下，"我想这也只能怪我自己。我相信了你。"

我耸耸肩。"对不起，"我说，"真的，我为所有的事情感到抱歉。"

"你清白且自由了。"他说，"我查过了，只要你别惹是生非，等着你的就是天堂。"

"这似乎不太公平。"

"这是规则。跟公平有什么关系？"

我做了个含糊的手势，"你喜欢那出剧吗？"

他点点头。"最后那段，"他说，"他抱着膝盖上死去的女儿，我哭惨了。"

有人走过，掉落一枚法新。它落在了帽子外面，他修士袍的褶皱里。他捡起来揣进口袋。我并不羡慕他，这是他应得的。

在一份官方声明中，公爵说调查显示萨洛尼努斯死于心碎，由于他的剧本遭到了非议。当然，任何人都无法让他再活过来。但至少我们可以确保他的剧作家伙伴们得到他们应有的认可和支持，而这显然是萨洛尼努斯未能得到的。因此，公爵宣布了一系列措施和倡议，旨在促进和推广戏剧的发展，包括一整套管理创作者报酬的规定。从此以后，无论剧作者和演员之间的合同条款如何，每上演一出剧，剧作者都能获得一定比例的报酬，大约是门票收入的百分之二。

我提到这个是因为这算是我的救命稻草。我在《妓女的悲剧》中所占的四分之一，让我每年至少有六个安吉尔的收入，有时甚至多达八个安吉尔。大致相当于我父亲皮革厂里非技术工人过去挣的钱。如果你要求不高，像我这样的话，生活是足够了。我得感谢萨洛尼努斯，我真的很感激。毕竟，伤口上让你刺痛的盐是对你有好处的。

这个故事的寓意是什么呢？只有时间会告诉我们。他死后，这出剧又上演了一遍，大家都很喜欢它。他们说，这是他最好的剧。他们怎么可以如此盲目？我去看了演出，很糟糕。一千年以后——但这也只是一个任意的时间间隔——他们可能会对它爱不释手，而一年后又说它是垃圾。他们都是对的。

我知道自己无法忍受地狱的痛苦。我身体羸弱。牙疼都能让我想把头砍下来，好让它停下。但我也并不期待天堂。我该找谁说理去呢？

（梁爽　译）

栖息之所

沙漠在生长。心怀沙漠的人,有祸了。

——尼采《查拉图斯特拉如是说》

他看着我。

我也看着他,试图说点儿什么。即便你已经遵循礼仪把佩剑留在门房,把坐骑交给了皇家马夫,也不能对着一位王子说"去死吧",绝对不行。我可以干脆地拒绝,转身就走,当然也可以不这么做。我不会接受。

"抱歉,我的一只耳朵有点儿聋。您能再说一遍吗?"

他叹口气,像对着外国人那样放慢语速说道:"我想让你帮我抓一条龙。抓活的。你一定能做到,对吗?"

没错,确有其事。代价高昂。"可能不行。"

不是他想要的回答。"为什么不行?"

我知道很多人都有理有据地抱怨一个小小的失败就毁掉了他们的生活。

对我来说则是一次成功彻底搞砸了我的生活。我那时还是个孩子，根本不知道自己被卷进了什么麻烦里，要是我知道的话一定跑得远远的；但是现在再说这些已经太迟了。那是我履历中的一笔，是我人生中的烙印（考虑到这个烙印的性质，我的人生可能不会很长）。我的脸上刻着"英雄"两个大字——深刻得涂脂抹粉也掩盖不住，高大得带着阔檐帽也遮蔽不了。

我那时十九岁。是一名贫困骑士的三个儿子中的老幺。这就意味着我们家的大厅潮湿、漏雨，厅内的装饰品是一套代代传承下来的锈迹斑斑的盔甲；我们还得自己放羊。更正一下：我和朱夫瑞要放羊，因为雷蒙博是长子，他是法定继承人，所以高贵的他不能让生活琐事弄脏双手。他把所有的时间都花费在用木剑击打木桩以及学习纹章学上，与此同时我们却在给怀孕的绵羊剪掉屁股周围沾着屎的羊毛。我说不好谁的处境更糟糕；这两种过日子的方式都挺悲惨，但我们的方式至少能把食物摆上餐桌。

我们有两百零六只羊。有一天，还剩两百零二只。有四只羊消失了。我和朱夫瑞去找羊，只找到几根骨头和四散的羊毛。这说不通。狼会留下一大片血腥混乱的现场，而偷羊贼什么都不会留下。我们分头去找。我游荡了差不多一个小时，什么都没看到。我之前和朱夫瑞说过在那里等我，我回到那里，他不在。

我痛恨惊慌失措。在外域时我经常生出这种感觉，却都没有那次强烈。朱夫瑞比我大一岁，然而从某种意义上说他却是我的小弟弟；我比他聪明，比他敏锐，所有人都认为我应该照顾他。我们分头找吧，我这样说。我能想象出向父亲描述这一幕的场景。真是让人难受的想法。

我努力寻找线索、脚印——我很擅长做这种事——但是什么都没找到，眼泪突然涌出来。我开始奔跑，越跑越快，直到停下来的那一刻我才感觉到自己已经上气不接下气，肚腹绞痛到难以呼吸。天知道我喊他的名字喊了多长时间，喊得喉咙生疼。为了不让自己一头栽倒，我靠住一棵树，然后滑坐在地上。我受够了。精疲力竭。

我抱住头坐在那儿，感觉有什么东西溅落在我的头顶，很轻，像是雨滴，但是下雨通常不会只掉落一滴雨点。我摸摸头顶，看向指尖。红色。我仰起头，看到了朱夫瑞。他的脚后跟卡在高处的树枝上、悬挂着，脑袋在脖子上转了整整半圈。

我在脑海中听到一个声音。它说，离开这儿。

我没空理睬那个声音。有那么一瞬间我身体僵硬，无法动弹；然后我抓着树干想爬上去，但是找不到用以攀爬的枝丫。我的脑海里一遍遍地响起"离开这儿"的声音，但我置若罔闻，我的哥哥在那儿，像小弟弟一样的哥哥，如同那些我从来都摘不到的最大、最圆的李子一样，悬挂在我够不到的地方。我警告过你，那个声音说；头顶上方的树冠里有什么东西在移动。

一开始我以为它是头猪，但是猪不会爬树，它们的身形没有那么庞大，它们也不是那种颜色。一头巨大的、蓝金色的猪，一双小眼睛上长着和人一样的睫毛。它挺起胸，现出一圈扁平的长刺，形状就像鸢尾的叶子，每根都和人的手臂一样长；它伸出长得出奇的脖子，和人的腰一样粗。这时我才意识到它是个什么东西。开什么玩笑，我心想，它们根本就不存在。

无关紧要。这东西——不管它是什么——它杀死了我哥哥，像对待一只鸡一样拧断了他的脖子，还把他挂在树上，就像人们对待白鼬、黄鼠狼和老鼠这些畜生一样——把它们挂起来，吓跑它们那些小小的讨人厌的亲戚们。去你妈的，我心想。

我相信愤怒是上帝赐予的礼物。我屈膝起跳，但还是没抓住任何可以抓住的东西，白白撕裂了指甲。

"随你的便吧，傻瓜。"那个声音在我的脑海里说。这个东西——咱们还是用它的物种来称呼它吧，虽然这个名称听上去就很荒诞——这条龙滑下树，张大嘴巴，径直冲我扑了过来，我可以清楚地看到它的口腔。它的上颚呈粉红色，尖齿、獠牙——我叫不出它们的学名——是成年象的象牙那种脱脂牛奶般的灰白色，其中一只牙在顶端分了叉。

我手无寸铁，而且据我们这里的古老寓言所讲，龙的牙有剧毒。因此我才相信愤怒是上帝赐予的礼物。愤怒能让人直面危险并对自己说"那又怎样"。

我既不勇敢也不聪明，但长久以来的经历让我意识到，那种想杀死什么人、什么东西的强烈欲望能够激发出我最强的一面。我放任它的行动，注视着它——有些时候，愤怒使我冷静——直到它张着血盆大口到达我的头顶。我趁机把手臂伸进它的嘴里，在尽可能靠近舌根的地方抓住它的舌头，并用手肘死死地抵住它的下颚。

它想合上嘴，但是合不拢。我的前臂撑开它的嘴，它用力向下咬，我的拳头和手肘陷入它柔软的上下颚，定住了它们。我笔直地挺住手臂，我知道如果不这么做，我的手腕就会折断，我就完了。我几乎心无波澜地意识到它的下牙只差半英寸就会刺进我的上臂。

它使劲向后拉扯，发觉这样会扯掉它的舌头后急忙停止。它停顿片刻，思考接下来该怎么做。机不可失，我趁机用尽全力把拇指捅进它的眼睛里。

不出意料，我弄折了自己的拇指，但我一点儿都不在乎。那条龙猛地向后仰头，结果它的舌头就这么留在了我手上。

就在那天，我学到了让我终生受用的东西（回想起来，赤手空拳对抗一条龙只是小小的不便，根本算不上真正的麻烦）。我把它传授给你，希望你也能和我一样用得上，而且总能用得好。如果要和比你强大的敌人打架，别总想着杀死他。尽可能让他感受到最强烈的疼痛就可以了。当他疼得不能自已，会有那么一瞬间，他的大脑一片空白，而在那一瞬间你就可以（举例来说）弯腰捡起一块大石头，砸烂他的脑袋。

事情结束之后，我才发觉我简直是走了狗屎运。龙的头骨非常厚实，不用投石机抛出的石块直接命中，是根本打不破的。但它的头上有一小块区域，还没人的手掌大，就在头顶正上方，那里有一条由两块主头盖骨接合形成的薄弱缝隙。

我发现当情况急转直下的时候，有三样东西总是会随之出现：恐惧、狗屎运和愤怒。

"为什么不行？"他问。

问得好。"因为难度太高。高难度、高风险，我还不想死。"

他看上去很受伤，就好像我刚刚拒绝了他的求婚一样。"你被吓坏了。"他说。

"没错。"

他点点头，"我昨天收购了你的封地的全部债务。如果我现在就清债，你能在十四天内凑齐两千安吉尔吗？"

"不能。"

"你会接下这份不起眼的、十分简单的工作吗？"

"我接受。"

两千安吉尔可是一大笔钱。按一英亩地两个安吉尔计算，两千安吉尔差不多可以买下我们家的一半地产。这也差不多是装备好两名骑士并把他们送到外域战场上所需的花费。

在我大哥雷蒙博二十四岁那年，公爵大人遵从良知与内心的召唤，决定加入神之军团，在外域与异教徒战斗。这是高贵而美好的行为，至少人们都这么说。然而即便他是王国的贵族，即便他的先祖在卡森纳时期就是公爵，而在那个时期连国王的先祖都还在茫茫大山里追赶山羊，但仅凭一个人的力量在战场上可打不出什么战绩。因此他理所当然地召集了他的佃户和封臣随行。我的父亲年纪太大，所以雷蒙博代替他上了战场。

你有没有想过备齐一套上战场的装备要花多少钱？装备一，一件锁子甲。装备二，一双长至脚踝的腿甲。装备三，一副护甲。装备四，一顶头盔，要带护鼻。其他装备：一套软甲、一套棉甲、一副臂铠；一匹战马、一匹小马、两匹驮马，为他的侍从和两名重骑兵准备的三匹马；一把剑、两支长矛、一面盾牌等等。共计花费: 八百三十六安吉尔。再加上旅行费和生活费——

不过雷蒙博没花费额外的钱,因为他在抵达战场三星期后就死于痢疾。当时军队正在全面撤退,他们不得不丢下他的尸体和他昂贵的全套装备;可以推测敌人缴获了这套装备并卖给了泰德西兄弟行。兄弟会从他们那里收购所有的战利品,并在位于埃斯克拉的前门集市上再把它们转手卖给信仰守护者军团。公爵手下的军团长们让他不用担心,他的领地上还有充足的兵源。骑士要尽义务,我父亲还有一个儿子。没有问题。

两千安吉尔,这就是我父亲以百分之三的利息将他的土地抵押给艾奇马洛塔的双胞胎换来的钱,这就是他送雷蒙博和我去外域花费的钱。有句俗语,说的就是傻子和他的钱。

但反过来想,如果我成功了,王子殿下就会把抵押契约还给我,再支付一千安吉尔现金。一千安吉尔可是一大笔钱。

首先要找到一条龙。说起来容易做起来难。它们可不是我们境内的本地物种。我们这儿太冷了,在防治虫害方面,一百名骑士——不管他们有没有附魔剑——都远比不上一季寒冬管用。在中海以北地区,龙的样本屈指可数,都归那个拥有一切的人所有,它们都是从外域归来的贵族老爷们为他买回来的纪念品和小礼物。

圣典上说赠予者比收受者更有福气;虽然我对这条公认的道理有所怀疑,但如果礼物是一条龙,那它真的很适用。首先,你要建一栋适合它居住的房子,要有厚重的石墙和地暖系统。然后,每天你都要喂它海量的鲜肉。如果——老天保佑这种事不会发生——这倒霉玩意儿逃脱了你的牢笼,跑到你邻居的土地上快活,你还要去收拾这个烂摊子,或者找个可怜的傻瓜去替你收拾。当然了,除非你碰巧和一个年轻的傻瓜成为隔了三家的邻居,而这个傻瓜仅仅为了报仇就拔掉那条龙的舌头,还免费砸碎了它的脑袋……但这几乎是不可能发生的事。谁会这么蠢,去做这种事?

我刚刚说过，龙熬不过北方的冬季，基本没错。在逃出来的为数不多的龙里，有极少的几条挺了过去。它们通常会找一个深深的山洞躲避霜冻和寒风，并冬眠至春天。这样深的山洞很稀少，相互间离得也很远，而且有这种山洞的地方通常不会有足够的牛羊让一条龙既可以填饱肚子，还能囤积足够的储备一直吃到春天来临。

实际上，萨维以北唯一有可能符合要求的地方就是高原沼泽地和山麓丘陵的交汇处，位于卢西地区的市集小镇附近，是一片不毛之地。这里有条血河——之所以叫这个名字，是因为河水中流淌着来自伤痕山铁矿场的铁锈。两岸百码之内寸草不生，有毒的河水一直流到博克卢西。血河切开一条深邃的峡谷。峡谷内常年狂风肆虐。一侧地方（大概有两千英亩）只生长燕麦和大麦；另一侧则覆盖着矮小、扭曲的圣栎树，这树的唯一用处就是当柴烧。镇子北边坐落着四个小村子，它们簇拥着一幢年久失修的庄园宅邸，德·卢西家族在那里居住了三百多年，那里就是我长大的地方。

公爵大人在查斯戴尔地区的领地中，有一个最偏远的村镇叫厄姆。我们认为那些龙是从位于厄姆的农庄中逃走的，就是无法证明。大人的父亲从外域回来后不久，就在山脊和森林之间那个深邃的峡谷中盖了一座巨大的牲口棚。那道山脊上盖有房屋，而森林则蔓延过猪背山，在莫杨屋地区和卢西林地汇合。他们从六十英里外的城市雇来石匠和工人，花了三年时间盖好牲口棚——太奇怪了，对不对，就为了盖一座普通的牲口棚；可是没人听说有谁向那里运送过稻草、豌豆或是草料。然而来自顶级牧场的绵羊被成批赶进去，各家农舍的猪也被一群群送进那里；从来没有人看到它们再次出来。当然，这证明不了什么。但是牲口棚建好大约五年之后，第一条龙出现在卢西林地。那时我十九岁。

之后不久，那座牲口棚就在一场大火中被烧毁。大火蔓延到了猪背山，翻过山顶，爬下山坡，一路烧进我们的林子。不过正如我刚刚告诉你的那样，那片林子毫无用处，所以损失不大。我们这边大约有九百英亩被烧，现在胡乱地长满了石楠和柳树。再也没有农庄的人去重建牲口棚。之后几年，佃户们把废墟上的石头捡去建墙、盖屋子。于是，那地方现在只剩下一个长长的长方形区域，里面长满了毛地黄和金雀花。

不管怎么说，我要是想找一条龙，一定会去那儿看看；就好比我要是想找死，就会在树上挂一根绳子或吃下一朵黄伞盖蘑菇一样。

我在外域生活了五年。

这段时间听上去没有那么长。公爵大人的长子刚刚结束了七年的大学生活返回家乡。我想象着他在大学里穿着点缀紫貂皮的黑丝绸学者长袍，低调又庄重，每日读书、上课，一定学业有成。他比我多离家两年，我们和家之间的距离相差无几，然而当你遇到他的时候，根本看不出他曾经离开过。

而在外域，五年是一段很长的时间。有半数初来乍到的人——比如我哥哥雷蒙博——在前三个月内就会死掉。其余的人一般在这里停留六到十八个月，能在这里度过两年的人会成为引人瞩目的老手。三年之后他们就会打发人回家。

我在外域生活了五年，在那里遇到了一个有趣的人。他和我们不同，我们应该算是替皇帝打仗的人，虽然皇帝认为我们比异教徒还恶劣——而且他并不掩饰这种看法。他的人民长久以来饱受苦难，而我们对这些苦难做出的贡献是异教徒的十倍。这个人效忠于皇帝。他告诉我，他在应征入伍之前在另一个主人手下干活，他的主人为黄金城的斗兽场捕捉各种野兽——狮子、熊、大象之类的——

（如果你不熟悉文明起源之地的高雅文化，就让我来介绍一下。城里的公民每个月都会聚集在一个被高墙环绕的巨大场地内观看角斗比赛：人和动物打、动物和动物打、人和人打。帝国已经和异教徒打了六百年的仗，大部分时间都处于劣势；每一代、每个家庭至少会失去一个男人，这座城市本身也曾被围困过十二次。你会想，他们已经免费观看过太多的搏斗与厮杀，怎么会掏钱去看角斗？而且价格还不便宜，一枚银币只能坐在最后面，还可能被柱子或是戴高帽子的女人挡住视线。但很显然，他们真就这么做了。这可真奇怪。）

哦，当然，还有龙，他对我说。我们抓住过半打龙。然后他停住话头对我龇牙一笑。你觉得我在扯淡，他说。我敢打赌你认为龙根本不存在。

出乎他的意料，我说，我相信。

他看着我。好吧，龙的确存在，他说，我们要抓住它们，抓活的，不能伤到它们。我赌你猜不出我们是怎么抓到的。

我告诉他，我对狮子更感兴趣。和我说说你们怎么抓狮子吧。

基本上和我们抓龙的方法是一样的，他说。你需要做的就是——

他是个好人，就是我对一开始的相处有些不习惯，特别是他没完没了地念叨龙——他一直没明白，我并不喜欢和龙有关的话题。他是一名出色的骑手，他教我如何在马上使用一百磅的短弓，如何接上骨折的手臂，如何治愈高山热病。我不知道他遭遇了什么。一队人马突然从侧翼杀出，截断了他所在的中队。大概一天之后我返回那里收尸，却没找到他。这证明不了什么。

一千安吉尔。一大笔钱。

我曾经遇到过一名炼金术士，他向我解释过炼金的原理。所有物质都会朽坏，他对我说，所有物质都会腐烂、分解、变成垃圾直至消亡，除了金子。你可以让金子淋雨，或是把它埋进潮湿的土壤，埋上一百年，当它再被挖出来，它就和刚被埋进去时一样干干净净、闪闪发光。他告诉我，世界上只有两种事物可以毫发无损、一成不变地经历污名、衰败与腐坏：神和金子。前者无处不在，在我们的日常生活中，在万事万物里，包含一起，组成一切。另一种则很稀少，需要研磨矿石再高温煅烧才能得到；或者从腥臭的河床泥沙中细心地筛出一点儿又一点儿的微小颗粒。猜猜人们最珍惜哪一种？来，猜猜看。

（他继续说）这两种事物已经很完美，都无法再做进一步的精炼；它们都可以让人焕发青春、恢复活力、变得完美。事实上这两种事物都可以创造奇迹。

我对他说我不相信。我会让你眼见为实，他说。他领我穿过集市，通过墙上的拱门，来到一个庭院的大门前。他摇响一个小铜铃，有人为我们打开大门。门后是一座带有围墙的花园，里面有成排的薰衣草、鼠尾草和墨角兰，有沿着花木架生长的苹果树，花园的中心有一座喷泉。十年前，他对我说，这里是一个制革匠的院子，隔着半个镇子你都能闻到泥浆和脑子腐烂的味道。后来我买下它，花了一千诺米斯玛塔把它改造成现在的样子，它值这个价。他说，金子可以改变一起，金子可以净化一切。金子可以把粪坑变成天堂。

我和身边的这个男人一样喜欢这座美丽的花园，但是如果我有一千安吉尔，我知道要把钱花在什么地方。首先我要雇佣我能找到的所有闲散人员，然后把自从我爷爷的时代开始就变得一团糟的卢西的土地清理干净、开垦成田地。我要重新修建所有已经倒塌的牲口棚和围墙，围好篱笆与栅栏让家畜再也不会逃离大人的土地，哪儿也去不了。我要在康尼迦建一座葡萄园，清除磨坊引水槽里的野草，让磨坊重新运转起来。我要把河里的鱼栅和鱼梁重新修好，订购新的犁和耙，甚至可能会去查斯戴尔优的修道院集市上买一头血统纯正的公牛——在学校里他们会告诉你炼金术深奥晦涩、难以学习，我倒是觉得一旦你掌握了基本原理，它其实简单明晰，很好理解。

我对王子说，我需要钱买东西。他看上去受到了冒犯，有点儿伤心。他让财政大臣给我写了一张可以提取十五安吉尔的批条。其实我说的是五十安吉尔，但王子的一只耳朵稍微有点儿聋。

不管怎么说，十五安吉尔也是一大笔钱。我拿着批条去找财政官员，他们数了十五枚硬币放到我手里，还让我签了一张收据。

我和卢西的铁匠打了一辈子的交道。小时候，我总是在铁匠铺里看他打铁，稍不注意就会被他踩到。如果我是雷蒙博，家里绝不会允许我这么做，但是第三子在严格的身份等级限制中拥有更大的活动自由，更别提他的父亲完全不确定什么时候才能付清铁匠的账单。要说那名铁匠有多喜欢我就太夸张了。我就是个小屁孩,坐在铺子角落里盯着他一句话也不说,也不理会他的问话。他就这么习惯了我的存在。

公爵大人决定去外域;他要带上十七匹马,马需要蹄铁匠。卢西的铁匠有个儿子,是个前途光明的年轻人,已经在这个行业里小有成就,而且很擅长和马有关的工作。他对我说过,当领主的人带着召集令来到这里时,他就决定自愿参加了。这是荣耀也是特权,而且酬金不菲,再说他一直想去外面的世界看看。

就在他和我说了这些话的两天后,他死了。我记不清是死于霍乱还是拉肚子,两者之一吧。在我们小时候,他曾经把一只桶扣在我的头上,他确认当时没人看见我们;还有一次他偷了我的鞋,我不得不对我父亲谎称过河的时候把鞋弄丢了。我把这件事告诉他父亲时撒了谎,说他勇敢地和异教徒战斗至死。我说,他冲上去帮助一名倒下的同伴,一个野蛮人在背后刺中了他。

就是这样,加西欧和我相互还算了解。基于这种了解,在和他说明我想让他做什么之前,他让我先展示我实际能支付多少钱。

“老天爷在上,这到底是个什么玩意儿?”

我用粉笔在石板上画了一张草图。我对他说:“按比例放大。我用圆规和卡尺量过了。”虽然不是出于本意,但他教过我尺规画图的方法;我曾经在他背后注视着他的一举一动。后来,精确画图这个技能救过我一命。当然,我从没和他说起过。

“这是个啥?”

“一个陷阱。”我对他说。

他端详着石板。他的眼睛盯着白热化的金属看了四十年,已经不复从前的光彩。“这个东西是干啥用的?”

“那是阻铁。绊索在槽口这里松开,就能放下活动板。”

他看着我,“这是抓什么用的陷阱?”

我说："狮子。"

"你用陷阱抓狮子干啥？"

"我不抓狮子。"

就像我说的，他已经习惯了我的行事风格。"这个支柱要做多粗？"

"一英寸。实际上你能做到八分之七就行，管他呢。"

"用铆钉铆住？"

我摇摇头，"楔住。最好既铆住又楔住。"

他皱起眉，"这地方可没多少狮子。"

"是吗？"

我有理由相信有一条龙藏在斯达尔特山下的洞穴里，我猜对了。它们并不怎么隐藏自己的踪迹。

在众所周知的关于龙的说法中，有一条并不正确：它们会喷火。不，它们当然不会喷火。但它们的栖身之处总会起火，不论停留时间长短。我的朋友——外域的捕狮人——解释过原因，或者至少他告诉了我他从别人那里听来的：它们是沙漠生物，它们是沙漠形成的原因。

听着像胡说八道，但等你读过古籍，看过古时的地图就不会这么想了。从书和地图上可以看出，外域那些广袤的、不停扩大的沙丘地带在千百年前曾经是森林、牧场和草甸，河流蜿蜒而过，繁忙的乡镇和有围墙的城市沿河而建。到今天，人们偶尔还会找到它们的遗迹——人工打磨过的石头的一角会露出沙漠，就像骨头刺穿皮肤。后来龙来了，我的朋友说，它们自身或是它们的某些行为烧干了所有的水源，毁掉了所有的草和树木。有枯树和枯草的地方就会起火，没过多久就什么活物都没有了。而没有活物正符合"沙漠"这个词的定义。它们要么像铁矿石那样毒化水源，要么像病狗那样撒尿毒死了野草；反正你能一眼能认出龙生活的地方，因为那周围寸草不生。

我还小的时候，斯达尔特有一大片白蜡树丛，是我爷爷在我父亲出生那天种下的。我一直觉得这么做挺好的,等我有了儿子也要这么干。现在全没了。只剩下一片被烧得焦黑的树桩立在那里,就像被匆忙埋葬的军队的坟墓标记。黑色的地面踩上去嘎吱作响。从山脊的最高点到土地和岩石地带的交界,全都是这个样。

我不用走那么远,所以就没过去。群山中流出一条小河,小河分开一个山谷,山谷的一边有两个小山包,我就站在比较小的那个叫作卡尔夫的山包的顶端。小河在水见村汇入血河。在我的记忆当中,那条小河一直没个名字,至少没有正式名。我们总是管它叫"卡尔夫河"。不过这不重要了,它已经干涸,河床上布满深深的裂口;生长在曾经的河岸上的柳树正在枯萎。火没能烧过河床,但是长在卡尔夫山上、朝向山谷一侧的石楠全都枯黄焦脆,你知道干枯的石楠是什么样子的吧?吃大蒜的时候冲着它呼气,你也能喷出足以熔化钢铁的火来。

外域没有自然生长的石楠。住在绿洲的人会种植一种神奇的小麦,茎秆比我们在北部种植的品种要短一些,但是麦穗却能长到拇指长短。敌人总是在小麦刚刚成熟的时候冲入绿洲、驱赶农民、收割麦子并运过边界;所谓"边界"是我们这边的戏称。这场景年年上演,农民们也只能住在那里,因为我们不允许他们离开。

我在那里待了两年半。我之所以还活着,是因为我从公爵大人的队伍被借调到了帝国军团——军团里都是当地人,换句话说,那些人是真正的原住民,脑子清醒,知道很多事情。比如要保持伤口和水的清洁;又比如当你的盟友驻扎在下游一英里处时,不要把公厕里的存货排入河中。他们还懂得如何与敌人作战,这事儿他们已经做了六百年。

头一年,公爵大人负责守卫那片地区,他率先越过边界挑起战火,打算凭此阻止敌人每年一次的侵略。不用说,他输了,七十名骑士和五百一十二名步兵战死,而敌人的夺粮行动一如既往。第二年轮到了我们这伙人——帝国兵——负责那片地区；他们当然知道该做什么。

什么都不做。我们坐在马背上看着敌人的队伍大摇大摆地（没有别的词能形容他们）穿过那条作为边界的褐色小河。我们已经驱散了当地住民，雄鹰一天飞过的距离之内都没有人烟。我们坐看他们沿着四百年前的历代皇帝下令修建的军用道路行进，我们什么都没做。

他们开始那令人厌恶的"清野"行动时，我们依然什么都没做。"清野"是个军事术语，意思就是把别人的家园变成荒漠。推倒房屋，砍平果园，烧毁庄稼，杀光家禽、家畜，然后转战下一个村子。这是一项艰苦的体力劳动，所以敌人驱动战俘——我们的人——去做这项工作，而他们自己则坐在马鞍上当监工。他们坐着，我们坐着，被锁链串在一起的囚犯们在炽热的太阳下挥汗捣毁他们赖以维生的一切。当一切都被夷为平地，他们就会前往下一个村庄，再下一个……直到清扫任务完成，然后就该回家了。

敌人也不傻。虽然收到的粮食都已经装车运回领地，但他们会留下一大片未收获的庄稼，这样在返回途中就有口粮了。最大的那片保留地是一片平原，大概有两千英亩，丰饶、肥沃，一条大道从中间穿过。

我们当中有一个土生土长的本地人。他熟悉这里的地形地貌和当季的风向。于是某天晚上，趁着敌军在这片广阔的庄稼地正中安营扎寨，我们悄悄地溜进去并在几处精心挑选的地点放了把火。接下来的三十六个小时内，风会让大火熊熊燃烧。然后我们兵分两路，分别拦截在大道的两端。

仿佛念了一句咒语，然后一切都随心所愿。不过大路两端拦截处的战斗还是挺血腥的。但我们明白自己不需要打赢，只要困住他们足够长的时间，大火就会烧过去——不出所料，烈火像不断击打沙滩的海浪般冲向敌人。滚滚浓烟让战斗变得无关紧要，我们便停止了行动，迅速撤离。两万异教徒侵略者只逃出了大约九百人。描述这种情况的术语叫作"胜利"，当然他们第二年还会再来，年年如此。

同时被烧死的还有大约一万两千名战俘，但这是没办法的事。之后公爵大人声称这是他想出的主意,如他所说:这些人一旦被捕就变成了敌人的财产,就是我们要处理的对象。再说了,死了总比留在异教徒的手里好。实际上他说的最后一点倒是没错。据我推测,战俘的生活相当艰难。我觉得归根结底就是选择哪种死法的问题:被烧死、被折磨死,还是被饿死。

公爵大人还说,大家都知道焚烧庄稼可以肥田,所以当这场荒唐的战争结束之后,异教徒也得到镇压,未来的世世代代都会感谢我们。如果你不介意的话,我对此不予评论。

从我认识他开始,铁匠加西欧的手艺就十分出色。他收了我一个安吉尔零十七块。贵了,不过反正不是我的钱。第二个安吉尔找回的零钱正好用于支付雇佣石匠的大马车、大吊车以及一打他最强壮的手下。不知你有没有注意到,如果你要做的事既困难又危险,每个人都会从你身上捞点儿好处。

到目前为止,我找到一条龙,造好了陷阱。还差诱饵。

离开外域时我把所有的家当都装进一条麻袋,再把麻袋往肩上一甩,就这样返回了家乡,然后我发现我已经认不出这个地方。我从山脊向下眺望,以为能看到田地、整齐的树篱、剪修过的灌木林,以及穿林而过通往我家的平整道路。然而实际看到的却是四处生长的荆豆、石楠和荨麻。田地、树篱和灌木林全都不见了,像外域古老城市里的石头一样被埋没了。没有路,没有家。

显然,在我离家的第三年,这里发生了火灾。房屋被烧毁;大火从房屋蔓延到灌木林,又从树林烧到田地。我父亲及时逃了出来,但自那以后再没能过上从前的生活。他先是搬去农舍住了几个月,但事实证明他完全不能照顾自己,于是僧侣们让他住进了修道院,给了他一个单间,包食宿,代价就是把他的地产做了二次抵押。六个月之后他死了,僧侣们把他葬在了他们的墓地里。对于世俗之人,这显然是一种荣耀。

佃户们很快就发现我回来了。他们派了一个代表团,在酒馆给我庆祝。

我告诉他们，不是每个从外域回来的人都能牵回一队马，马背上还驮着抢来的金子的。他们表示理解。他们说，好吧，然后就走了。之后我挨家挨户的去找他们，想和他们讨论一下有关佃租的事。但他们对我说，老主人死后这几年的光景实在艰难，而我的所见所闻让我选择相信他们。接连三年粮食歉收，牧草也几乎绝迹，他们只能从榛树树篱上砍枝条来喂养牲口。我对他们说这太糟糕了，同时想起了在外域我们发誓要保护的村庄（灰烬能保证田里的庄稼长得更好），那里的村民在能够回家前都不用担心佃租的事。

我穿着脚上这双鞋子沿着军用道路走了两百英里，从海岸边回到卢西。这是双好鞋。我从一个异教徒死尸上扒的，而他是从我们的人身上抢来的。根据鞋的样式和针脚质量可以推断，它最初的主人是个有钱人家的儿子。我还能穿着它们走好多英里。穿这种鞋子的人会挥舞着一把从倒塌的工具棚里找到的旧镰刀，着手清理五十英亩胡乱生长的灌木丛，他不会在意睡在牲口棚里，也不会在意自己的谋生手段是用陷阱捕捉不幸的生物。

在外域，我很擅长使用削砍类的工具。我能够反手砍掉敌人的手臂。灌木丛能够带来的最大伤害不过是在我身上添几道划伤。我有体力，有动力；最重要的是，我很愤怒（愤怒才是重点）。然而我在太阳底下晒过了头，随后又被暴雨淋成了落汤鸡，所以我发烧了。我那位捕狮的朋友教过我怎么退烧，但是这里没有所需的草药。我像条病狗一样躺了一个星期，等我退烧，身上一点儿力气都没有了。我有气无力地去了修道院，他们让我进门，给我喝了一碗又一碗放了饺子的大麦粥，还让我看了我父亲签署的抵押证明。我讨要遗产的远征就此结束。

我二十八岁，一无所有。但我还是那个赤手空拳杀死一条龙的疯狂少年；于是我去了南方，和三个商队中的一家签了契约，做了他们的雇佣兵。我发现我很适合干这行。我很出名。人们称我为"勇士"和"屠龙者"，还给我做了一张条幅，上面画着一条龙，敌人一听说我们来了，立刻闻风而逃。我们摧毁过很多的农舍，烧掉过很多的庄稼。三年后我攒了一百安吉尔，这是一大笔钱，我在离斯垂茨一英里左右的海边买了一个农场。从窗户望出去，能看到扬帆驶向外域的船只；夜晚，在极偶尔的情况下，能看到对岸的灯塔闪着光、引导它们入港。

我灵机一动，想到一个最适合设置陷阱的地方——前提是我还能找到。我曾担心经过了这么多年，那地方已经面目全非。但到达后我发现，它还是我记忆中的模样。那棵树还在原处，那天我去找哥哥，之后就坐在那棵树下。它长得更高、更粗了，除此之外没有太大变化。

没办法完全隐藏一台超过一吨重的由铁架子组成的机器，所以我让他们随便找个地方放好，付了工钱，看着他们拖着沉重的脚步离开。我围着机器转了几圈。陷阱就是陷阱。只要看上一眼，我就能说出它是什么，它如何工作。铁匠加西欧在我讲解一番之后才搞懂。至于龙，那不过是头愚蠢的畜生。

我用绞盘吊起活动板，把阻铁对准槽口，卸下钩子和锁链并把它们藏了起来。地面上有一块压力板。一旦龙踩上去，它就会翻转并拉动缆绳，缆绳拉开阻铁，前后两个活动板就会同时掉落。在后活动板和框架末端之间还有一个小边门。我确保过它能方便地开合。

活动板和边门之间是放诱饵的地方。我找来一张三腿挤奶凳，贴着活动板下边缘蹲下去，坐下。这样在等待的这段时间能舒服一点。

我没等太久。龙的眼神都不好，但嗅觉非常出色。如我所料，它来了。它从那颗该死的树的树冠里现身，展开身体，像一团绳子活了过来。龙可不是每天都能见到的玩意儿，上一次我又忙着活命。所以此时，我终于可以仔细观察它。和人的腰一样粗的脖子，猪一样的脑袋，小小的黑眼睛，顶冠像剑，鳞片像外域的人穿的盔甲，牙齿像手矛。一个声音在我头脑中响起：快跑。

真是好心。但是人在一生中总有那么几次会陷入无处可逃的境地，而一千安吉尔又是那么一大笔钱。我看着这头龙的眼睛，看到了我期待的东西。

"你好，朱夫瑞。"我说。

它向我猛扑过来。我急忙转身寻找边门的机关。和我预想的一样,如果不滑进这个牢笼它就没法儿抓到我。它拱起身体向前滑动,我听到压力板嘎吱作响。它猛地向前探出头,与此同时我穿过边门,落在地上滚了几下。我听到活动板落下时发出砰的一声。

这是个用来捉狮子的陷阱,对于二十英尺长的龙来说过于短小。但活动板是块铁板,足有三英寸厚。一块板砸中它的脖子把它压在地上,另一块压住了它的尾巴。它对此很不高兴。它摇头摆尾、扭来扭去地想把身体弯折起来,晃动得十分用力,把整个装置带离地面一掌高,但还是没能逃脱。活动板太重了。

我在头脑中听到一个声音:放我走。求你了。可是就算我想放了它,我也做不到。我需要拿到活动板下面的钩子,再用绞盘把活动板吊起来,但绞盘现在被龙压在身体下面。我知道那条龙会趁我去拿绞盘的时候杀死我。伯爵大人对这种事或类似的事是怎么说的来着? 一旦被捕,它就成了敌人的财产,就是我们的处理对象。而且一千安吉尔可是一大笔钱。

我低头看腿,裤子被撕开一道口子,还染了血。可能是被架子的锋利边缘划伤的,也可能是荆棘,还有可能是在逃出陷阱前恰好被龙牙划到了。真该死,我暗想。

“抱歉。”我说,然后离开。

我等了五天。我在外域的朋友告诉我这么做,就是那个以捕狮为生的人。哦,当然,龙也一样。把它们留在陷阱里晾上五天,没吃没喝,它们就会虚弱到连小猫咪都无法伤害。然后再用手摇泵给它们注射大约一加仑的罂粟提取液,这样至少可以让它们老实一个星期。再然后你就可以把它们装上造船厂做的专用货车,送它们出海,拿到酬金。

我按照他的话做了。王子说话算话。我拿到了我的土地抵押证明(两千英亩长满了荆棘和柳树的土地)以及装有一千安吉尔的亚麻布口袋。他得到了龙。我问他，你要拿它做什么？他对我说，管好你自己的事吧。

关于龙，有一个有趣却无人知晓的事实：它们的繁衍方式和其他动物不同，不会交配、怀孕、养育后代。它们是通过感染进行繁殖的，就像疾病一样，就像我返回家乡第二年的那场瘟疫。从外域归来的退伍兵带回了瘟疫，杀死了乔奥瑟博尔三分之二的住民。我的朋友告诉我，只要被龙牙甚至是龙鳞的粗糙边缘划出一个小伤口就够了。只要伤口出血，就会被感染。

潜伏期可能是几天，也可能是十年。死亡都无法挽救。如果龙咬了一具尸体，尸体就会在适当的时候变成龙。但它们喜欢让自己的猎物活着，就像王子殿下，或是外域的异教徒。异教徒把农民集合在一起用锁链锁住，驱赶他们回到自己的家园，强迫他们烧掉自己兄弟姐妹的庄稼。

这几年我也回想过，但真的记不起来在十九岁杀死那条龙的时候，有没有被它划伤。每过一年我就劝慰自己又安全一点儿。我同样不知道朱夫瑞——我可怜的哥哥朱夫瑞——有没有划伤我，还是说那道伤口来自陷阱框架的锋利边缘，或是一根荆棘。

没关系。除了一两处偏远之地，龙没法儿在北方生存。它们的自然栖息地在外域，它们在那里成群结队、繁衍生息，只需一道微小的伤口，我们中的一员就会加入它们。因此那里永远都不缺少龙。我说没关系是因为，外域还有远比龙更坏的生物——一把火烧掉自己家园的人，杀自家平民和杀敌一样狠绝的人，以及明明痛恨自己打着荣誉和忠诚的旗号在外域做的事、回到家乡后却为了钱重操旧业的人。哪怕最轻微的划伤就会让你变成其中的一员。

王子殿下想要一条活龙，原因是他嫉妒我。他无法忍受一个贫穷骑士的儿子空手杀死一条龙，赢得了流芳百世的荣耀。他要效仿这份功绩，但要把这个过程中的风险降低到合理的水平。于是他让这个贫穷骑士的儿子为他抓来一条龙，然后让手下拔掉它的牙，再用罂粟汁麻痹它，让它几乎睁不开眼睛。他举办了一场骑马比武大赛,用货车把龙运到比赛场上,然后骑着白马冲上前去屠龙。他的人已经用鲜红的颜料在龙头最脆弱的地方做了明显的标记。然而很不幸,就在他伸出戴着长手套的手、握紧拳头、对准标记准备打出去时,那条龙睡着了……它睡着了,还翻了个身,把王子殿下撞下马。王子殿下就像一只鸡蛋一样被压碎了。他在难以言说的痛苦中又活了两天,然后死了。自作自受。

（九雪　译）

瓶中恶魔

从前，佩里美狄亚住着一位学者。有关他的争论从未平息，有些人称其为恶魔在世，可也有人盛赞他是当代圣人、大预言家以及现代科学之父。双方都有充足有力的证据和令人信服的论述。不得不承认，我并没有选好阵营，哪怕自我成年后，便一直钻研他的作品。我想强调的是，他这个人究竟怎样，对我而言并不重要，我关心的是他的作品，那些天才之作。毕竟，真理又不存在善恶，就像一块钢锭或一段木材，它只是某种原料而已。毫无疑问，安提戈涅·斯克里弗拉有嗅出真相的天赋。市井传言，他把一只魔鬼关进了瓶子里，由魔鬼向其解答他的所有疑问。但那只是无知和迷信，真要有那么容易就好了。

金鳞寺绝非我喜欢的那种学府。他们收集手稿，保存价值连城的文件，不然这些文件在几个世纪以前就可能已经丢失了。但怎么处置这些文件呢？他们将其束之高阁，严禁任何人查阅——他们声称，文件里的知识、事实和数据非常危险，本质上是有害的。上帝保佑，他们将其定义为"邪恶的智慧"。他们的论点似乎是，一些信息——真相的某种表现——是如此负面，以至于它不该被泄露出去。既然不能通过撕毁、焚烧或埋葬的方式毁灭它,那就将其单独囚禁,无期徒刑。他们把这当成使命,对此非常狂热。其中一个囚徒是斯克里弗拉的《关于瘟疫》。

方丈领着我走下六层狭窄而蜿蜒的楼梯——我不擅长爬楼梯,我会头晕,何况楼梯甚至没有扶手。自然不会。金鳞寺上的楼梯和通道都具备防御功能。以防有人率领大军前来,用武力夺取有关武器的知识。楼梯脚下是一条又长又窄的走廊,每隔五码就有一扇铁门。每扇门前有手持十字弓全副武装的看守。通道正上方是奥努河;如果进攻部队过了界,某个塞子就会被拔掉,河水会在一分钟内灌满四英里长的地下通道。当然,书保存在通道尽头四层楼高的地方,洪水不会危害其分毫。这就是金鳞寺的布局方式,你知道为什么我不太喜欢了吧。

斯克里弗拉被单独锁在一个牢房内,铁门足有一英寸厚。守卫们都是世俗的兄弟,没有信仰、无所畏惧、廉洁奉公,并且都是如假包换的文盲。他们接到命令,但凡没有高级僧侣陪同,只要有人出现在大门外,立即射杀。

你不需要成为萨洛尼努斯,就能从这一切中洞悉,在有关斯克里弗拉的辩论里,金鳞寺是站在哪一边的。就我个人而言,如果让我选边的话,我倾向于稍稍离他们远一点儿。不过,既然身在寺中,我也不打算如实相告。

当你真正进入房间内,会发现斯克里弗拉的存档少得令人失望。它只包含一本书——《关于瘟疫》的亲笔手稿,现存的唯一一本——外加一个瓶子。

这本书很有意思。斯克里弗拉并不像你我那样在羊皮卷上书写。不,他有一本精心制作并被装订成册的笔记本,全白的书页光滑整洁,供其记录。显然,他有信心不会做太多的调整或修改。同样的道理,他也相信自己的作品值得收藏,并会经常被人查阅。他的笔迹是经典的古体草书小楷,极其优雅,清晰整洁,边距宽大,字距精确而充足,每个字母大小统一。他亲自做的彩饰:只有大写字母,采用一种朴素但吸引人的抽象风格,用红色、蓝色和极稀少的金箔色。当你把他的一页作品当作一件造物、一件工艺品来看时,它传达出一种超然的心灵——平静、疏离、美丽以及一种缺乏人情味的永恒。你会幻想神明也如此书写，使文字显现在羊皮纸上，而不需要笔墨。祂说，要有文字，就有了文字。就是那种感觉。

相比之下，这个瓶子，只是一个瓶子。三英寸高，圆柱形，深绿色的玻璃瓶，用圆形玻璃塞塞住，以松脂密封。我父亲在音乐学院当园丁的时候，经常挖出这样的瓶子。就风格和材料而言，它非常适合斯克里弗拉；两百年的历史，毫无疑问是梅尊廷的风格。他们制造了数百万个这样的瓶子，并将它们卖到世界各地，有时是空的，更多的时候装着香水、箭毒或发酵鱼酱。玻璃并不透明，你看不到里面的东西，但有一个标签碎片，是用兔毛胶粘上去的。上面写着"为了瘟疫"。

我在水闸受到了方丈本人的接待。他是个高大魁梧的人，脖子像牛一样粗，手指又粗又宽（像我父亲）。很难想象那些手指去翻书或者握笔。他的声音高亢尖锐，元音优雅。我觉得他并不认可我。当时正在下雨，他的头发紧贴在头上。

"正常情况下——"这已经是他第五次或第六次这么说了，"在正常情况下，我们绝不受理此类申请，哪怕是人类生存危机。以前也爆发过瘟疫，毫无疑问，以后也还会有。这又不是我们的错。"

我们正穿过一个四合院，速度很快，以致我不得不小跑才能跟上。我知道我应该说点儿什么，但不知道该说啥。最后我说，"你说得对。"

"不过，这是宰相的明确要求——"他耸了耸肩，没有放慢脚步，"我也同意你的说法，目前形势异常严峻，前所未有。故而，我觉得我别无选择，只能和自己的保留意见一起退到一边，同意这样做——"他皱起眉头，想不出我的访问属于哪种类型，也想不出一个词来形容它。"你可以获得最高级别访问权限，当然是在受到监督的情况下。我相信，这是可接受的。"

他让我觉得，好像我搞大了他女儿的肚子，然后他在质询我能付多少嫁妆。"谢谢您。"我答道。顺便说一句，记清楚了，在整个申请过程中，没有任何人感谢过我,不管是学院里的上司、政府官僚,还是金鳞寺的僧侣。当然,我就是那个将要拯救这座城市的可怜的家伙,或者消灭整个人类。非此即彼。

交代一下背景。众所周知,瘟疫分为两种:红死病,百分之二十的致死率,传播速度与步行相当,持续时间大约一个月;白死病,百分之三十三的致死率,传播速度比狗跑得还快,持续时间超过一年。根据报道,城里肆虐的几乎可以肯定是红死病,虽说这种病相较来说还算温和,但在一个挤满灾民、随时可能被敌人围困的城市里,这也不是开玩笑的。抛开人道主义的考虑,百分之二十的致死率会让驻军迅速减员,根本没法儿有效防御城池。而失去了这个提供其三分之一财政收入的城市,联邦也根本没法继续承担战争所需的费用。

迫在眉睫。

另外,观点众说纷纭。一些尊贵且有信誉的权威人士认为,斯克里弗拉找到了治疗红死病的方法,但在红死病大爆发期间,尚未来得及实验便去世了。相反的观点——堪称有史以来最恶毒的揣测——斯克里弗拉毕生致力于研究红死病,并非为了治疗它,而是为了改进它。他的最终成果便是白死病,在他去世那年首次爆发。该阵营的一个分支甚至添油加醋,宣称白死病都只是一个试验版本,是经过斯克里弗拉改良、在最终版本之前的一个未完成版。而讽刺的是,斯克里弗拉发布最终版本前,便死于自己研究的瘟疫。我的工作便是检查证据,抢在瘟疫爆发以及公爵的军队围城之前,判断出藏在金鳞寺的库房里的著名瓶子,它贴着的"为了瘟疫"的标签,是否代表其能治愈瘟疫以及它的改良种。

毫无压力。

安提戈涅·斯克里弗拉出生在埃利亚的一个偏僻的村庄里,具体时间不详,盖瑟里克去世那年进入白骨修道院(当时只是一个低级的省级修道院)。在他职业生涯中某个未知的时间点,从白骨修道院搬到了箭头修道院。根据记录,他在 AUC667 年成为了箭头修道院的教长,但这里提及的也可能是他的表兄安提皮诺·斯克里弗拉,两人是同等级的僧侣。他于不久后的 AUC682

年去世。大致如此。他一生都在研究瘟疫,通过箭头医学图书馆以及金河谷六十年代、七十年代毁灭性瘟疫大爆发中的田野调查,积累了大量的经验。在整个过程中,他创立了我们现在所谓的科学方法——假设、探究、实验、证明、总结;奠定了现代医学炼金术的基础;确定了多血质和胆汁质的具体位置;从他的笔记中得到了治疗沼泽热和埃利亚水肿等现在已经绝迹的怪病的方法,尽管他既没时间也没意愿要将这些方法付诸实践。现如今,几十万生命应该感激斯克里弗拉,要不是他,他们早都死了。莫伊夏和布勒米亚的大多数地区将不适宜人类居住。

他的著作分两部分。科学著作——《疾病起源》《调查》《关于瘟疫》——是清醒、科学、客观的,单纯记录事实和数据、实验的结果,并谨慎地提出防范的结论。其他著作——《忧郁症》——有着完全不同的风格,从对世俗礼仪、制度惯例的辛辣讽刺,到你真的只能将其称之为真理、纯洁的种种,被他视为"糟粕"的各种激情辱骂。我不得不说,讽刺的部分要比感伤的部分更有看点,后者难免令人一头雾水。不过你要知道,他生活在矫饰主义的鼎盛阶段,口味难免有些跑偏。这么说吧,你不会为了消遣而读《忧郁症》,尽管其中一些对情欲和放荡的谩骂在哲学系一年级学生中享有一定的知名度。他可不是一个好相处的人,这点我可是心知肚明。你能得出一个相对确定的结论,他对人类的现状持悲观态度。而不太确定的是,他是否相信精神或肉体上的药物可以治愈这些,或者从长计议,弃旧迎新,索性来个大换血。

就这样,我在一间牢房里,和陪伴了我一生的安提戈涅·斯克里弗拉近在咫尺,唯一的同伴是一个水钟,时刻提醒我时间紧迫。这个瓶子,开还是不开,我要做出决定。再没有人能给我提供建议或帮助了。所有有用的资料和工具都摆在我面前的桌子上,相关信息要么在我随身携带的笔记本上,要么就直接刻在我的大脑里。对于一个迄今做过最重要决定是穿哪一双鞋子去上学的人,这压力实在是太大了。

至于我。我和安提戈涅·斯克里弗拉一样(可能吧),是个穷人的儿子。

我父亲是个园丁，我母亲在结婚前从事特种服务业。很可能，他们的第一次见面，是那种消费娱乐场合。我因为歌喉而进入了银百合修道院，但六个月后便伤到了嗓子。所幸，在此之前，我已经给老师留下了深刻的印象，通过奖学金而进入了学院，并一直留了下来。我已经三十年没见过家人了，不知道他们是否还健在，说真的，我也不太在意。在我看来，我习惯安心在学院里维系着一种适度功利及有效合作的生活。追根溯源，我在天性、教养和性格方面都是一个恬淡如水的人，对于学院围墙外边广阔的世界，我并没有什么抵触情绪，但话说回来，它又能为我提供些什么呢？

"我已经看过稿子了。"我告诉他们。

他们看着我，就好像狗看着自己残忍的主人——既准备好了躲避残忍的惩罚，也伺机在骨头丢过来时抢在其他狗的前边。

"怎么样？"

我花了点儿时间振作起来。颤抖到无法正常呼吸了，我不能在这种状态下解答。"毫无疑问，"我说，"斯克里弗拉找到了治疗红死病的方法，他推断出——这里我必须补充一点，他的推断相当精彩——疫病是由瘴气经过腐败发酵产生，并通过粉尘或孢子在空气中传播。他留下了详细的笔记和案例研究。在 AUC670 年，库诺萨地区曾经爆发过一场小规模的红死病——我可以从自己的研究中证明此事——持续的时间非常短，而且致死率非常低。我现在可以断定是斯克里弗拉控制了那场疫情，他找到了治疗方法，而且行之有效。"

短暂寂静，屋内的一切都沉浸其中。这一刻，你甚至可以听到墙板后老鼠的动静。

"所以，瓶子……"

我举起手来。"手稿里没有任何有关治疗的配方。"我说，"要么是他没有记录下来，要么是他记在了别处，遗失了。现在完全有可能，瓶子里装的是一剂灵丹妙药。如果是那样的话，我们只需在离城十英里的下风向，打开瓶子，城市就能得救了。标签上不是写着'为了瘟疫'嘛。当然,书稿里并没有提及这个瓶子。"

方丈的样子好像他已经憋了很久的气,他说道:"继续呢,我想不止这些吧?"

"更多的数据?"我摇了摇头,"不,手稿的其他部分是一连串的炼金实验和计算。这部分还没完成。我猜测,他在完成这个项目或把它记录下来之前,便已经去世了。唯一能确定这些内容的方法就是一步一步地复制实验。我估计,这需要九个月到一年的时间,然后我们才能有理有据地猜测这些实验究竟所为何事。不管怎样,它占据了斯克里弗拉的全部思想和所有精力。从AUC670 年,他完成红死病治疗方法后开始,直到他去世,都未完成。"我停了下来,喘了口气,继续说道,"显而易见的是,不管它是什么,斯克里弗拉都觉得它比治疗红死病更为重要。我认为,尽管我无法确定,他认为治疗红死病只是他伟大征程上的某个阶段。换句话说,治疗只是一个中转站,绝非最后的终点。"

一个陌生人打断了我,"我知道你不确定,但你不妨猜测一下,他真正的目的究竟是什么?"

我深吸了一口气,说道:"我无法确定,有两种可能,而且同样证据确凿。他要么是在寻找长生不老药——我们现在将其视为一种错误的信仰,但他们那时并不这么想。他认为衰变和熵是由瘴气引起的,并非普遍存在,可以像其他疾病一样被治愈。"

"要么?"

"要么是在试图培育出一种瘟疫,一种无法治愈的完美的瘟疫。"

死一般的沉寂。然后一阵此起彼伏愤怒的叫骂,其中的绝大多数言辞和正常的科学秩序以及学术理论毫无关联,所以我也就没用心去听。过了一会儿,他们终于平静下来,有人问我:"那你打算怎么办?"

"以我现在所掌握的,我无法做出决定,必须要有更多的数据。"

方丈对我皱着眉，"哪里去找啊？已经没人可以问了。"

我从未幻想过此刻降临，"其实呢。"我沉吟道。

说得婉转点儿，在我们这一行里，招魂术是非常不招人待见的。我们告诉学生们这是绝对不可能的，用信誓旦旦无从辩驳的论点解释了其原因——那是毫无科学根据的魔法。魔法并不存在，它只是愚蠢的迷信。我们是科学家，而不是魔法师。

严格来说，这不是事实。但是，在任何时候，我们只有大约六个人有必要的资质、执照和能力来完成它。况且必须通过一个大会章程进行审议，取得五分之四以上的多数人的同意，才能进行实际操作。而召开一次大会需要六个星期到三个月的时间，这取决于当时所处的月份以及道路状况；除了流程必要的费用，还需要一大笔额外开销，比如纹章费、交通费和住宿费，复印、打印五百份文件的费用，租用白十字教堂的礼堂（我们学院没有足够大的会场）。为了一件压根儿没人想做、也根本没必要去做的事，谁也不愿如此大费周章。

而且不做的理由更充分。这是一个令人恶心的诉求，任何一个头脑清醒的人都不会想跟它扯上关系。假设，招魂术真是可行的，那也可能它压根儿就无法实现。目前任何一本已知的图书中，都没有死者复生的案例，被科学地记录下来。这是我们不会谈论的事情之一。

大概是走了狗屎运，我恰好是那六人中的一员。我学习魔法——哦，天啊，"魔"这个词——不是因为我对那些垃圾有丝毫的兴趣，而是因为它是形而上学的一个领域，恰好与我所擅长的真正的纯粹的科学相一致。于是，我学会了——理论上学会——如何从浩瀚的深渊召唤死灵；如何把牛奶变酸；如何在海上兴起风暴；用亲吻治疗疖子；以及（上帝保佑）如何让死人复活。

仅仅停留在理论上，并没有实际操作过。我是科学家，不是魔法师。

镜子里那张脸眨了眨眼，一脸悲伤地注视着我，说："你他妈谁啊？"

"无名之辈，你不认识的。"我回答道，"重要的是，你是谁？"

镜子里那张脸当然是我的，熟悉的线条和皱纹，柔软的小下巴像楼梯一样，层层叠叠。"我是安提戈涅·斯克里弗拉，"我的脸说，那些傻乎乎的特征中透出一股惊恐，"我在这里做什么，发生了什么，你对我做了什么？"

"一切尽在掌控。"我撒谎道。

"很疼。"

"这是必须的。"这次没撒谎，"你是安提戈涅·斯克里弗拉的鬼魂，我需要问你一些问题。你越快回答，就会越快结束。你就可以走了。"

他——也就是我——看起来吓得要死。"你不能这么做。"他说，"这是亵渎。"

"毫无说服力，从你嘴里说出来。"

我曾经有个弟兄，他生前是个服从命令的士兵。他告诉我，在一场肉搏战中，狰狞的对手冲向你，他尖叫着声称要杀死你。你能看到他的眼睛，你从中总能看到什么？恐惧。他和你一样，害怕得要死。

"你想要什么？"

我举起瓶子，让它出现在镜子里，我觉得这意味着他也能看到它。"这个。"我说。

"哦，那个。"

"它是做什么的？"

我的眼睛一片空白，那种呆头呆脑的表情，意味着我背地里在盘算什么。我是个差劲的骗子，"那是解药。"

"用于治疗红死病？"

"没错。"

当我还是个菜鸟的时候，其他的新人都喜欢跟我玩牌。他们总是能赢。"你说谎。"

"我为什么要说谎？"

"你想让我打开瓶子。"

"它是解药。"

我想了一会儿，如果我是他，我会怎么做，我会怎么想。"我不这么认为，我觉得这是最完美的瘟疫。"

"不，这是解药。"

"我想，"我自言自语道，"你觉得，我在这里，招来你的魂魄，事情一定很严重。一定是爆发了严重的瘟疫，严重到不得不冒这个险。假如它是解药，那么我打开瓶子，就能救几万条生命。但是，作为史上最邪恶的人，你开发解药只是为了确保改良后的瘟疫无药可救。如果这个瓶子里真的是解药，那你最不愿意见到的便是我打开它。故而，你说它是解药，你脸上的表情出卖了你。"

你盯着我，然后大笑起来，"你确定？"

我凝视着自己的眼睛，试图从中寻得可供我踏足之所，就好像用膝盖支撑跪在软泥上。"你是世界上最邪恶的人吗？"

"作为专家，你告诉我呢。"

他很痛苦。鉴于魂魄应该是虚无缥缈的，我们无从得知他因何而痛苦。但所有知情的权威人士一致认定，他正承受痛苦。因此，时间是站在我这一边的，而不是他那边。

"我不是一个残忍的人，"我说，"和你不同，我不喜欢施加痛苦。"

他咧嘴一笑，"这么做让你痛心？我对此表示怀疑。"

"彼此彼此，但我还能坚持一会儿。"

"我所在的地方，时间根本没有意义。"

"无所谓。"我往后靠了靠，双手叉腰。他没有，"就让我们放松一个小时吧，你那边天气怎么样？"

"是什么让你觉得，"他说，"我是世上最邪恶的人？"

"你治愈了红死病，却没有公开解药。你发明了白死病。"

"别开玩笑，我因白死病而死。"

我耸耸肩，"你很粗心，也很邪恶。"

"白死病是个失误，"他说道，"源于治疗的副作用。我创造了一种疫苗——

你知道那意味着什么吗？"

"不知道。"

"这是一种改良后用于治疗这种疾病的菌株。以毒攻毒，诸如此类吧。但我早期尝试研制疫苗的一次实验失败了。适得其反，无意中培育出了一种毒性更强的菌株。我试着把它藏在瓶子里，清楚地注明了'请勿触摸'。但某个初来乍到的菜鸟打开了它。我也因此而死。所以是的，我同意你的说法，我创造了白死病，也为此付出了代价。当然，远远不够。相信我，那不是出于恶意的。"

"对不起，"我说，"我不信。"

"凭什么？"

"我不知道。"

我鄙夷地瞪了自己一眼，"这不科学。"

"一种直觉。"我说，"基于，"我说的时候意识到，"基于一种不一致，你找到了治疗红死病的方法，但你却没有把它记录下来。故而，你的动机——"

"我当然把它记下来了。"

我先是一愣，"你记了？"

"废话，我把它命名为《治疗瘟疫》，我把它记录下来并归档存入了图书馆。"

现在，他将了我一军。理论上来说，斯克里弗拉的所有作品都存在箭头图书馆里，但相关时期的书目索引已经遗失。"你存了？"

"我当然存了。它还在那儿，没有吗？"

这里有一个疑点，索引哪儿去了，到底是什么时候丢失的。我很惭愧的承认，我不知道。虽然我明明应该注意到的。"没有，"我说，"没有你所说的那本书的任何记录。"

"哦，看在——"他似乎非常不高兴。此刻，我正在努力假设，他是一个比我强得多的骗子，但这只是假设。"这种情况，幸运的是我还记得配方。你去找纸笔来把它记下来。"

"好的。"

"好极了。现在，来吧。一份盐水龙葵，首先，它必须是百分百纯正的，戴上手套处理它，否则你手上的汗液会让它变质。再加一份……"

"我必须打断你一下。"

"你疯了吗？这就是配方。一份盐水龙葵，一份王水。把盐加到酸里，千万别搞反了，如果你不想变成瞎子的话。再来一份……"他停了下来，"你没有记。"

"我没办法确定，"你说，"你给我的配方到底是什么。"

"傻逼。"

公正的评价。记下来也无妨。"一份盐水龙葵，继续吧。"

我不停记录着。当他终于结束，我把注意力转移到了我写下的内容上。没错，乍一看，根据我对这个领域的了解，我可以判断出，这很有可能是一份治疗瘟疫的解药。事实上，它漫溢机智、灵感和才能。显而易见，它可以治疗红死病，只要稍加努力，利用它治疗白死病也并非不可能。

他正看着我，"现在，你相信了吗？"

"这个配方，"我说，"大约需要九个月的时间来准备。"

"是的，没错。那又怎样？欲速则不达，没关系的。"

"我觉得你真是太聪明了。这才是真正的解药，而瓶子里装的是新的无法治愈的瘟疫，对吧？我猜你给我解药是为了骗我打开瓶子。"

"哦，看在上帝的分儿上。"镜子里的影像跳了起来，一个愤怒且做作的动作。我也做了同样的动作，出于本能或仅仅是因为对称的吸引。我们中谁把桌上的瓶子打翻了？我真不愿意去猜。

它倒了，我看着它摔到了地上，打碎了。

我记录了整件事，你可以由此确信，那个"为了瘟疫"的瓶子，里面并没有装一种全新的无法治愈的病菌。当我目瞪口呆地看着打碎的瓶子时，他已经走了。我也因为筋疲力尽，以及精神上的巨大创伤，无力再把他召回。

桌上的一张纸记着配方，或许能治疗红死病，但肯定来不及了。因为当解药做出来的时候，整个城市早完蛋了。我放出了治疗红死病的解药，但距离城市太远了，起不到任何疗效。白费了，好嘛，白费了。

不用说。我不敢回去了。我向方丈道了歉，冗长刻板的借口，我必须去图书馆找些东西，然后便骑马向相反的方向飞驰而去。我在夜幕降临前穿过了维萨尼边境。边防警卫告诉我，我不该过去，柯蒂斯马奥尔正在闹瘟疫。我想我当时嘲笑了他。

我的朋友兼学术上的同事，在博科波黑克帮我搞到了个低级教职。而我还在这里，带着我那罪恶的智慧和一张废纸。那张以"一份盐水龙葵"开头的废纸。

如果我是世界上最邪恶的人，以这种思维去思考，就会得出以下结论：我会制造一瓶解药，把它放在最显眼的地方，再贴上一个合适的标签。我会用它治愈一场瘟疫，继而再公开那个无法被治愈的疾病的配方——嗯，以"一份盐水龙葵"开头，将其伪装成解药配方。在多个地方同时释放，无处不在。如果由我来设计，这就是我要做的。

他们告诉我，过去的城市，现在大多数都草木丛生。你还能看出一些广场和大道的轮廓，但大自然以惊人的速度回收自己的领地。再过十年，就只剩一片绿色了。大自然有一种难以言表的纯洁和天真。我觉得斯克里弗拉会同意这点的。

学院及时撤离了，堪称奇迹，没有一个教员和学员染上瘟疫，也没把瘟疫带去新家。我疑心这个奇迹和那个"魔"字有关。当然，不存在什么魔法。所以，这无非是我的胡思乱想。五十万人死去，但并没有损失任何有价值的学问。所以说，一切还好。

如果我是世界上最邪恶的人，我想我现在还不是，但谁知以后怎样呢。红死病和白死病，继续在中海的文明国家肆虐。前几天我听说它们已经蔓延到了蛮荒之地——阿林霍特人和诺·维伊人,都是浮云,我想,虽然这么说有些无情。人们——学者们,各种真知灼见——开始讨论死亡率达到多少,会无法复原,也就是已知文明的终结,人类的终结。到底是死掉四分之三还是三分之二,众说纷纭。我们还能恢复吗?或者说,在幸存的族群中,近亲繁殖或遗传病的缺陷能完成瘟疫所未能完成的最终一击吗?如果没有解药,现在没有解药,十年后没有解药,甚至五十年后也没有解药,那么人类还有救吗?

也许,在这里,在我手上就有解药,也许隐瞒它会让我成为有史以来最愚蠢的人。也许他告诉我的每一个字都是千真万确的。我没有任何证据证明它是谎言。我已经把所有原料都摆在了桌子上,早准备好了。它们摆在那里已经五年了,酿造配方所需的炼金术也并不难。

我看着镜子里的自己,问道:"你会怎么做?"

(小白　译)

最后的证人

我记得我曾在半夜醒来,我的妹妹正在哭泣。她那时五岁,我八岁。我们楼下传来了骇人的响动声,有人在争吵、摔东西。我们溜到最顶上的几级台阶旁边(说实话,那顶多只能算把不错的梯子)。我朝下张望,但看得并不怎么真切,毕竟炉火已经变暗,而油灯还没有被点亮。我看见了我父亲——他手里正拿着他出门时用的拐杖。这可怪了,他在屋子里干吗还要用拐杖? 我母亲正朝他喊叫:"你个蠢货,你怎么这么蠢,我真该听我家人的告诫,他们说你什么都不会,而你确实是个废物!"就在那时,我父亲将拐杖向她挥去。我想他本来是打算敲她的头,可她挪了位置,而他打中了她的左臂一侧。奇怪的是,我母亲并没有因此而退却,反倒朝着我父亲的方向冲去。我父亲踉跄了几步,朝一侧倒下,跌在了那张有着细细桌腿的小桌上,把它压垮了。我想着,完了,他弄坏了桌子,他的麻烦大了。接着我妹妹尖叫起来。我母亲抬头望向我俩,而我这才看见了她手中握着的那把刀。她喊道:"快去睡觉!"她总是对我们大吼大叫。我们总是刚好挡着她的道。

我还记得另一个晚上,那天我也睡不着觉。我那时大概六岁。妈妈和爸爸在楼下激烈地争吵着，把我吓得哭了起来。我哭得太大声，把我哥哥也吵醒了。别管了，他告诉我，他们两个总是在吵架，接着睡吧。可我没法儿忍住不哭。有什么不好的事情就要发生了，我说道。我觉得我哥也是这样想的。于是我俩溜到楼梯口，朝下张望，就像我们往常偷看晚餐时来拜访的客人那样。我看见爸爸用他的手杖把妈妈打倒在地，萨斯叔叔（其实他和我们没有血缘关系）从烟囱后面的角落里窜出，用一把刀捅了爸爸。接着妈妈看见了我们，叫我们上床睡觉。

我还记得我丈夫死去的那个晚上。

对那一次我可记得非常清楚。

我记得，当我还小的时候，我们住在旷野的边沿，在谷地间一栋小小的房子里。往北大约五英里的地方，在紧邻着大片帚石楠花的位置，仁立着那些古老的遗迹。我那时候常常去那边玩。杂草几乎完全没过了这片废墟，但在有些地方，砖墙仍旧从草地里冒出头来，仿佛牙齿从牙龈中长出。曾经这一定是座巨大的城市——当然了，我那时并不知道城市是什么。废墟里还有这么一根高耸的方形石柱，大概十英尺高，微微有点儿倾斜。它不光承受了风雨的侵蚀，还常常被羊群用来蹭痒痒，以致上边的雕刻已经模糊不清。石柱上那些圆润的边缘或许曾经描绘着处理各色事务的人们，而在它的另一侧还有些别的符号。现在回想起来，我想那一定是文字。直到今天，我还能记起那些文字。当我变得富有，并有了些空闲的时候，我到学院图书馆查遍了文献——那是全世界最顶尖的图书馆（他们管它叫作全人族的回忆）——可我从来没找到和那文字哪怕有一丝一毫相似的语言，也没有找到过任何有关那座沼泽地旁的古城，或是曾定居在附近的种族或文明的记录。

我还记得第一次见到他们的时候。当你像我一样，干这一行久了，客户跟客户之间就会经常混淆。可这两人我记得特别牢。他们一个年老，一个年轻，我一直没弄清楚他俩到底是一对父子，还是一对叔侄。那个年老的块头很大，肩膀宽阔，骨骼突出。他长着张长脸，还有个秃得发亮的圆脑勺，鹰钩鼻，眼睛是鲜明的蓝色，深陷在眼窝里，一对大耳朵支棱在脑袋两边，像两只把手。那个年轻的几乎和他是一个模子里印出来的，只不过多了一头红发，体格也小了很多。如果把这二人看作是东方出产的那种套娃玩偶，那你可以轻易将这个年轻人整个装进老头里边。这年轻人并不怎么说话。

你的事我们全都听说了，那个老人说，你能够做到的那些事。这都是真的吗？

取决于你到底听说了些什么，我告诉他，有关于我的传闻很多都毫无价值。

我猜他大概指望我表现得更像是在谈正经生意些吧。他们说，你能读取别人的思想，他问道，这是真的吗？

不，我告诉他，这我办不到，没人能做到这点，就连大师们都无法做到。这已经属于魔法的范畴了，而魔法压根儿不存在。但我确实（我快速补充道，以防过分消磨了他的耐心）能够潜入别人的头脑内，取走他们的记忆。

老少二人都盯着我看。我们听到的传闻确实是这样。年长者说道，可我们不知道该不该相信。再说，这能力归根结底不也算是读心术吗？

很多人确实也这样说，我解释道。我不知道我是怎么做到的，我告诉他们，别人也闹不清楚。学院的教授们没有一个能解释清楚。按他们的说法，这压根儿不可能。我只知道，我能够一眼望进别人的脑海里——对，就是字面意义——当我使劲盯住某个人，他的颅骨仿佛就融化开来了，而我就好像站在一座图书馆里面一样。我身边三面都环绕着从地面直伸向天花板的书架，彼此之间相隔大约九英寸。在这些架子上摆着好几千卷羊皮纸，就像是马珊德旧图书馆的布置。每卷羊皮纸都被收纳在一只黄铜管里，盖子上有标号和卷轴上第一句话的浮雕。别问我是怎么做到的，可我确实知道每只铜管里都有什么内容。我只要一伸手——我必须要实际做出抬臂、伸手的动作——从我的视角看来，我就这样把自己想要的那只卷轴取了下来、打开了盖子。接着，我会走到窗户边（不知怎的，那儿总会有扇窗户），因为窗边的光照会好一些，而窗边有把椅子。我会坐下来，打开卷轴看着它。在这一刻，它就会变成我自己的记忆，就好像这份回忆中的一切都是发生在我身上的一样。接着，我会合上卷轴，把它夹在胳膊下边。我一做出这个动作，整个幻觉便消散了。我又回到死死盯着那人的状态，整个过程中时间并没有变化。这份新取得的记忆会留在我脑海中，可我的客户或者受害者们却会忘得彻彻底底，永远也想不起来。他们甚至记不得他们曾经拥有过这份记忆，如果你懂我什么意思的话。总而言之，我又对这两个客户说道，这就是我的谋生手段。我能做的也就只有这么多了。可我是唯一能做到这一点的活人。据我所知，在此之前也没有其他人能够做到这点。

大概有五次心跳的时间，那个老人一言不发，表情好像冻结了一样。你做这行当，是为了赚钱。他说。

我点了点头。对，我出价不菲。

我看得出他并不相信我。这可真厉害，他继续说道，而且听起来确实很像是魔法。你有没有办法——？

证明我的话是真是假？我朝他露出一个诡秘的微笑。当然了，我答道。确实，我没法儿向你本人证实这一点，但我能向你所信任的别的什么人证明。为此我恐怕会对你造成一些损害。要不要这样做由你决定。

在我说出这番话的同时，他也切切实实地变得脸色煞白。他叫我说明一下，而我照办了。挑一件别人也记得的事。我对他说道。我会把这份记忆从你脑海中抽离。接着，我会描述这件事，而你信任的那个人将会印证此事不假。当然了，你会永远遗忘这件事情，所以请选一件对你来说不怎么重要的小事。

他向我露出那种吓坏了的表情。你确定你不会读心术吗？他问道。我告诉他我很确定。做不到。我向他保证。不可能。

好吧。他同那个年轻人絮絮讨论了一小会儿，接着告诉我了一件发生在约二十年前一个早秋的午后的事情。有个小男孩从苹果树上掉了下来，划伤了额头。他开始哭泣，而吵闹声惊到了树荫里正呼呼大睡的一头老黑母猪。那母猪一跃而起，哼哼着小步跑走了。那个男孩不再哭泣，反而笑了起来。

我将他告诉我的事情对他又复述了一遍，语调缓慢、小心翼翼。他朝我露出一个忧心忡忡的微笑。这疼吗？他开玩笑道。我点头，告诉他恐怕是的，会疼。在他来得及回答之前，我已经进了他的脑子。

（对这一部分我始终拿不准。在我眼中，每次我潜入别人的脑海，四周的布局总是一样的。我身边的景象看起来特别像学院的旧图书馆，但书架都是用颜色深得多的木材建造的——我想是橡木，而不是红杉木——窗户也都是设在左侧的，不在右手侧。天花板虽然都是石膏模铸而成，却不再是几何图形，而是藤蔓和一簇簇葡萄了。地砖也是朝南北方向铺就的，而不是东西方。可能我下意识地将旧图书馆当成了某种模板，又将其略加修饰了一下。这是我倾向于相信的一种解释。但我也想到了另一种可能。会不会有谁曾经来到过我进到的这个地方，并对此处印象深刻，以致当他受聘去设计旧图书馆时，他便以自己曾见过的这番景象作为了原型呢？）

一如既往。我总是知道应该取出哪一只卷轴，而这帮了大忙——虽然卷轴管的盖子上有标注，我却并不认识那些字母——但我确信我曾见过与之类似的文字，就刻在某处一块久经风雨的石碑上。总而言之，这些铭文一点儿用处也没有。我抓起卷轴，揭开盖子，用拇指指甲盖和食指慢慢抽出其中的羊皮纸。我走到那把椅子前，坐下。一个小男孩从苹果树上掉了下来——啊，对了，我清楚地记起了这件事，仿佛它是昨天才发生的一样。天空中有乌云拂过，我能够闻到就快落雨的气味。我踩在一颗被风刮落的苹果上，它在我脚下裂开。那个男孩额上受的伤在左边，大概有一英寸长。男孩哭了起来，我因此心中感到一阵轻蔑。我收起那张羊皮纸，而——我听说，这举动确实会令客户感到疼痛。不像截肢或生产那样剧烈，但比拔牙要疼得多。

老人脸色变得煞白，向后倒去，就像被抹在面包上的黄油一样，瘫倒在椅子里。我忽视了他，转而面向那个年轻人，向他描述了那份记忆，语调缓慢，滴水不漏，还包括了老人在他的叙述里没有提到的事情。年轻人的两眼大睁。他点了点头。

你确定吗？我问他道。非常确信，他答道，我记得确实就是这样。

我并没有提及那阵轻蔑的感觉。我不是什么完人，可真的，我这人不坏。

我转而看向那老人。他一脸茫然。我一点儿也不记得这事了，他说。

是啊。记忆正是如此捉摸不定的东西，你不觉得吗？你以为你还记得某件事，就像天光一样明明白白，可事实上你自始至终都记错了。这是秋天发生的事情，不是冬天；那匹马儿是棕色的，不是白色；来了两个男人，而不是三个；你在他出了门之后才听到摔门的声音，而不是在那之前。真假莫测。可只凭我真假莫测的回忆就能在法庭中令你受到死刑的判决，只要我听起来足够可信，其他人也没有发现前后不一之处。更有甚者，时间一长，能剩下的也就只有记忆了——一座城市曾经屹立于此，至少是在这一带；曾经有个名叫什么的人做了这么些或光荣或龌龊的事情；你的族人曾屠杀了我的族人，将他们赶出了他们自己的国家。一旦遗忘，谁又能说这些事情曾经发生过呢？被遗忘之事本质上无异于从未存在过。

想想吧。如果没有证人存在，一件事是否真正发生过呢？

当然了，你自己知道自己干了些什么。即使最后一名证人死去了，你还是会记得自己做了什么。

这正是你需要我的原因。

当时当刻，我对他们说道，告诉我你们想要我做什么。

那个年老的人犹豫了。稍等一下，他说，你能把记忆从别人脑中取出，行吧。那么，你还记得被取出的记忆吗？

当然了。我告诉他，我不是刚刚才证明了这一点吗？

是啊。他答道，可之后呢？这些记忆还会留在你脑子里吗，还是会完全消散？

　　我继续面无表情。记忆会留下来。我答道。我有特殊的记忆能力，我告诉他。给我看了一纸数据，哪怕只是一眼，五年之后，我还是能够完美地背诵出一切来。我记得每一个细节。

　　他不大喜欢这一点。这么说，我花大价钱要你除掉一个证人，结果转而又变出另一个证人。有完美记忆的证人。这可不是笔好生意。

　　我冲他皱起眉头。完全保密，我说道，我不会说的。我宁可去死。

　　是啊，他说，你现在倒是这样说了。可万一有谁抓住了你，并折磨你呢？或早或晚，他们总能让任何人招供的。

　　我叹了口气。说来也奇怪，我答道，你并不是第一个这样想的人。相信我，这不成问题。真的不会。

　　他看起来非常不开心，但我可没这闲工夫管他。你要么干要么不干，我说道，这就是我办事的方式。如果你不喜欢，就别雇用我。我不在乎。

　　那个年轻人倾身，对着老人的耳朵低语了几句。他又低语了回去。我看得出来，他俩离冲彼此发起火来只差那么一点点了。我夸张地打了个哈欠。

　　那个老人坐直了些，瞪了我一眼。我们相信你，他说，事情是这样的。

　　相信我，这些事我都听遍了、看遍了。我全都记得。任何事情。只要是你能想象出来，我一定都已经将其储存在了我脑海里的某一处，就像发生在昨天那样鲜明，仿佛我就站在现场一样。谋杀、强奸，任何一种物理性伤害；恶人、变态、堕落者、可鄙之人，此中任何一个亚种或是变种，我都记得；有时我是受害者，有时我又是施害者，可出乎意料的是，我通常两者都是。鉴于记忆那捉摸不透的本质，这是否意味着我切实遭受过这些事，做过这些事呢？就当是这样的吧。够接近真相了，够好了。我会在晚上尖叫着醒来吗？这倒是不会。至少从我学会如何蒸馏提炼罂粟以后，就再也不会了。

　　结果他们原来是想要我掩盖掉一桩小小的诈骗案。神殿慈善基金存有两套账本, 而那个年轻一点的男人不小心让审计员看到了不该看的那本。不是什么大事, 审计员对那个年老一点的男人如是说道, 给我三成, 我就忘记自己曾经看到了些什么。

我放宽了心。他俩那副鬼鬼祟祟的样子, 我还以为至少会是起 "三重谋杀案" 呢。但我没有忘记露出一副严肃而专业的表情。我可以帮你处理这事, 我告诉他们, 但是——

但是?

我微笑起来。价格涨了, 我说道。接着, 我解释道, 我不光有着超强的记忆能力, 还有幸具备心算天赋。如果他们是白色神殿慈善基金的管事, 通过我的干预收回自己私吞财产的百分之三十, 那么我至少应该收取两倍于原本报价的酬劳。

那个老人看上去震惊不已。这世上怎么有这么多巨信之人, 他的表情好像在说。我们给出的可不是估价, 他说道, 是定价。是你自己最后定下来的。

我咧嘴笑了。那是个估价, 我答道, 或许你的记忆出了小错。

我们讲了一通价。最后, 我们定在了三倍于原本估价的数目。我讲起价来绝不手软。

他们没有问我要怎样实施计划。他们从来不会过问。

实际上, 这事简单得很。那个审计员是个神父, 而想要与一个神父独处一段时间简直易如反掌。你只要去忏悔就行了。

"保佑我, 神父。" 我对他说道, "我有罪。"

有那么一会儿, 帘幕的另一头什么声音也没有。接着, "你继续说。" 他答道。

"有事情使我良心不安," 我说道, "非常恶劣的事情。"

"告诉我吧。"

呵。我该从哪儿开讲呢? "神父," 我说道, "我们真的必须要隔着这层帘幕吗? 对着一块布说话我总是感觉不对劲。"

我把他吓了一跳。"这不是硬性要求。"他温和地答道,"实际上,我们设这道帘子是为了让你说话的时候感觉更无拘束。"

"如果可以的话,我希望能够看见自己谈话的对象。"我说道。

于是他掀开了帘子。他有一双浅蓝色的眼睛,是个友善的老人。

我直直地望向他。"如果我闭上双眼,"我说道,"就好像能看见那些事情在我眼前发生一样。"

"告诉我吧。"

"如果我告诉了你,这些罪行会消散吗?"

他摇了摇头。"但你会知道自己已经被宽恕了,"他说道,"这才是最重要的。"

于是我对他讲了大概半打回忆。我想其中之一可能真的是我自己的回忆。神父始终一动不动。我想他大概忘记了呼吸。当我停下以后,他问道:"你真的做了这些事情?"

"我记得很清楚,就像它们是昨天发生的一样。"

"孩子啊——"他开口道,可接着就说不出话来了。我能看出他内心饱受煎熬。我可不是什么天使,可我也不觉得有什么必要再继续折磨这老家伙了。我盯着他,接着进到了他的脑中。这从来不是件容易的活儿,可到如今我也能快速而利落地完工了。我取回了自己此行的目标,又把我刚刚对他所说的一切拿走了。再然后,我们重新回到面对面坐着的状态,而他脸上就那么一片空白——

"神父?"我唤道。

他眨了两下眼睛。"孩子。"他答道。我有点儿同情他。他刚从昏昏沉沉的状态中缓和过来,完全不知道我是谁,那块帘子又为何被掀开了。"然后呢?"我问道。

"念六遍永恒无尽真言,一遍敬谨微誓。"他飞快地答道,不动声色,"以后别再这样做了。"

我很尊敬像这样的专业人士。"谢谢您，神父。"我答道，然后离开了。

我家人和我总是看不对眼。你肯定知道是怎么回事。他们把道德、责任和我们存在的意义看得很重；我也不例外，可我们的看法经常有点儿出入。我的家人们渐渐认定他们不怎么喜欢我。这我也能理解。我之前应该也说过，我可不是什么天使。当然了，一个巴掌拍不响，问题从来都不是单向的。但多数事情也确实是我挑起的。这倒没必要否认。

我记得一切是怎么发生的。我妹妹和我当时正从镇上回家。大人们叫我们把五张羊皮送到磨坊去，可我们并没有像他们所教导的那样直接回家，而是到处玩耍，直到天快黑了才回。这意味着我们到家会晚——这可罪大恶极啊——除非我们穿过被大人们禁止的捷径——汉尔林地。自然而然，我们就这么做了，时间卡得刚刚好。那会儿，我们就快从茂盛的树林间钻出来，走到田野上。汉尔林地里没有规整的道路，有些地方你得靠自己在树丛间开出一条路来。我埋头从一棵瘦削的紫叶毛榉树下走过，把一根挡道的矮树枝拨开了。我记得当时我心里还在想，别松手，要不那根枝条会弹回去，抽到我妹的眼睛。接着我突然灵机一动，觉得放手让树枝打到她的脸上会很好玩（那时我好像也就九岁十岁的样子），于是就这么做了。我还没来得及回头，就听到一声可怕的尖叫。

那该死的树枝径直打在了她的眼睛上。到处都是血，从她脸上那个吓人到失真的洞里一个劲儿汩汩往外流。接着她用双手捂住了伤口，还在不停地叫嚷。我突然意识到自己都干了些什么。我感到——得了，你应该想象得到我的感受。等等，实际上，你大概猜不到。

"别再喊了，"我说道，"不就是擦伤了吗？来，让我看看。"

她躲开了，就像一头不让你抓住的小牛犊一样，"你是故意的。"

"别犯傻了。"

"你是故意的。我知道，我亲眼看见了。"

有时候我恨死事情的真相了。"我没有，"我答道，"只是个意外而已。我很抱歉。不是我的错。"

当对方知道真相的时候，你其实没法儿圆谎。她看见我做的事了——我将那根枝条别开了很长一段时间，就为了让她误以为自己能够毫不顾忌地向前一步，可接着我就松开手、放走了枝条，就像弓箭手射出了一支箭一样，处心积虑、精准无比。她亲眼见证、知道我到底做了什么，马上就要去揭我的底了。

我记得那时我蹲了下去。地上有块石头。你可以用这么块石头杀死一个人。

"我看不见了，"她说着，"你是故意的。你绝对是。"

我觉得我当时当刻可能真的会杀了她。我记得，那时我盯着她，并不像是在看着我妹妹、看着一个人，反而像是在看一个目标——就是那里，我认定，就是耳朵上面的那个位置；村里的那个老人就是被马踢到了那个位置死掉的。我死死地盯着那个位置，可接着，我妹妹脑袋的那一侧好像就那么化开了——

说来确实也奇怪，那个年纪的我根本没见过图书馆，也从没见过哪怕一本书；我听说过它们，有个模糊的印象，就好像你曾经听说过有种东西叫大象，但并不知道它们长什么样、有什么用处一样。当然了，我也压根儿不识字。但我突然能读书了。至少，我能读懂我妹妹脑海中的那些书，能找到我需要的那一卷——记着我松开枝条、放任它抽向她、占据了她全部视野，又令她眼前一片血红的那一卷。我也知道自己该做什么。这完全是自然反应，就像学会挤山羊奶或是杀鸡一样。就像这件事我已经做了一辈子一样。

"你还好吗？"我问道。

"我脸上疼，"她抽泣道，"我看不见了。"

"出什么事了？

"有树枝弹回来，戳到我眼睛了。"

"我很抱歉。真对不起。"

"不是你的错。"

我记起自己手里还握着那块石头。我松开手指,让它掉了下去。"没事的,"我记得我安慰她道,"我会带你回去,一切都会好起来的。别担心。"

到最后,我成了这个事故中的英雄。当然了,他们没能挽回她的那只眼睛,它伤得太重了。可每个人都赞叹我是如何控制住了场面,我是多么镇静、多么成熟而体贴。去他妈的,这又有何不可呢? 坏事反正都已经发生了,那只眼睛已经毁了、治不好了。要是真相大白,我的家庭会因此四分五裂。想想真相将造成多大的损害吧,我们每个人都会受到影响,持续一生。而这世上已经有那么多的不快了。

不管怎么说,我觉得这是我自己的记忆。对此我还蛮有把握的。

说到底,何谓真相? 不也正是一群可信证人回忆一致之处吗? 我觉得祂(火神也好,无敌骄阳也罢)是谁、是个什么东西都无所谓;我有过如此之多切切实实的神秘体验,每一个都像真的一样,多数矛盾不堪。祂在这世上创造了我,就是要我来当真相的某种解药——你懂的,就像荨麻和酸模①一样天生一对。在某些场合下,我能做到这样无比奇妙的事情。我能重塑过去。我能擦除真相。这听起来有些自大,可我将之视为我人生的大任。真相与爱情无异,被世人鼓吹敬仰,可多数时候却只能制造痛苦、为人们带来麻烦。显然,我无法帮到每一个人,有些事情闹得那么大、在光天化日下如此之明显,我也没什么法子——比如说第二次社会战争或是大瘟疫。可我的存在完美地证明了过去并非完全无法变通,真相也绝非是铁板钉钉。这本该激励人们、为他们带来希望。当然了,实际上并非如此。我工作的本质就是要让除了我雇主之外的所有人都不知道发生过某些事情(由于一些显而易见的理由,我有一半的雇主自己都不记得自己做了些什么),而这些雇主们也绝不会自己把秘密抖露出来。

---

① 人的皮肤碰到荨麻后会产生灼痛感,将酸模叶子放在伤处揉搓可消除疼痛。

可神父的记忆还真像是个婊子,各种各样的人都向神父告解。我猜最接近我这个状态的正常人大概就是神父了吧。他们不得不为各色披着人皮的毒害垃圾敞开心胸与记忆——想象一下,如果一个神父有像我这样的好记性,这会要了他的命。当然了,他们有他们的信仰,这是非常美好的事情。信仰一定就像他们在水道中铺设的砾石河床一样,能够把各色各样的渣滓给过滤掉。也正因为这样,我一点儿也不喜欢潜入一个神父的记忆中去。

我想我的话说到现在,大概已经让你觉得我无比胜任我的工作,夸张到比我真正的实力还要好了。我可能让你觉得我能够就这样进到别人的脑海,准确地挑出我想要的记忆,然后又钻出来,全然不受别人记忆的影响。真要是这样就好了。确实,我从来只会去读那些——怎么说,那些卷轴的标题、目录和索引。可这已经够糟了。分类账簿中的每一条记录(抱歉,我开始觉得之前用的图书馆的比喻有点儿不恰当了)实质上都是一份短小但十分精炼的总结。你只需要飞快地扫过一行记录,立刻就会领悟到它在讲些什么。我可以草草阅览完一个普通人一辈子的记忆,花的时间就跟你读完《家杂务志》上其中一页纸的时间差不多。不同之处在于,对我来说,每一项记录都仿佛一幅微缩的、无比精细的图画,而我拥有(抽象来说)超强的视力,能够一眼看尽这些图画的所有内容。

还有啊,有些记忆是会自己泄露出来的。这些记忆是那样鲜明、尖锐而生动,在一干记忆中显得如此拔群,你的眼睛会不自觉地被它们所吸引,你会忍不住去看它们。当然了,我总是尽力只管自己手头的任务,可有些事情——

就像那些杀害了妻子的男人们,杀死了自己孩子的女人们,那些到处给井水下毒、害死了全镇居民的家伙,那些强奸犯、施虐狂和其他种种恶人……横跨整个精神失调光谱;他们跑去向他们的神父告解来获得救赎,而这些神父把世上的所有罪行都接了过来,分门别类归了档,最后又被我给撞个正着。我真的不喜欢潜入神父的记忆里。这就像是光脚走在一个漆黑的房间里,地上到处都铺满了碎玻璃渣。哦对，我还真光脚干过这种事情，至少我记得什么人曾经这样做过。绝对不是种舒心的体验。

我去了我们约定接头的地方。只有那个年轻人在，完全没有老人的踪影。他当时正坐在蓝星神殿前的长椅上，读着一本书。当我的影子落到书页上时，他抬起头来。"怎样？"他问道。

"全都解决了。"

他冲我皱起眉头，好像我犯了个拼写错误似的，"我怎么知道你说的是实话？"

有时候我真的厌烦这种情况："你没法儿知道。你只能相信我，还有我在一众德高望重的掌权者中间积累起来的完美口碑。"

"你一定是来取报酬的。"

"对。"

他挪了挪脚，我看见他脚后边放着一只鼓囊囊的皮包。"你个蠢货，"我骂道，"我可没法儿带着这玩意儿回去。带着它我连一百码都走不了。"

"我过来的时候一点儿问题都没有。"

"你又不像我住得那么远。"

他耸了耸肩。"我管不着。"他说道，"怎样？你要点一下数吗？"

我对他露出一个微笑。"人们从来不会跟我耍花招。"我答道，"这种心思他们连动都不敢动。"

他一定是闻言想起了什么让人不安的事情，"确实，我想他们没这个胆量。不管怎么说，钱都在这里了。"

我向前倾身，去抓皮包的袋子，可他又挪了挪脚，"我们确实能相信你，对吧？"

"当然。"

"我是说，"他继续道，"我们也不是什么杀手，我和我爸。否则我们早就给那老傻瓜开瓢儿了。可万一你决定放弃你那些原则，那我们可就走着瞧了。

我想我得给你提个醒。"

我用手背抵住他的小腿，把他的脚推到一旁去。接着，我把那皮包拉了出来。它的重量令我心安。"别担心，"我答道，"我是个很有荣誉感的人。"

"可不是吗。"

我直起身来。我记得那时我还在想，别，别这样做，完全没必要说这种话。"我确实也尽力做到一分钱一分货。"我说道，"我想让我的顾客觉得他们花的钱值当。这样也方便我继续做生意。"

"呵。行了，那就再见吧。"

"所以要是我发现有的顾客没有满意，"我接着说道，"我就再附赠些别的什么，纯粹是善意的表示。他不是你父亲。"

年轻人的两眼大睁，"你……啥？你刚刚说什么？"

"再会。"

实际上，我在撒谎，可他绝对没办法发现这一点。那又怎样呢？反正是他自找的。这事最绝、最狠的一点在于，终有一天，当他的父母死去、世上只留他一人作见证的时候，谎言便成了真相——就在他脑海里、也就只留下了他的这一份记忆。所以你看吧，我既能创造真相，也能消除真相。呵，我可真狡诈。

我有好几个客户自作多情，他们想进一步了解我，于是问我最初到底是怎么开始干这一行的。我告诉他们我不记得了。

在我十七岁的时候，碰到了这么件麻烦事——就像我之前提到的一样，我可不是什么天使。出了些小小的问题，导致我不得不火速离家。所幸，那天夜色浓重，追捕我的人们又不如我熟悉我家附近一带的乡村；再说，他们的狗儿也全是废物。我事先做了防范，把我前一天穿过的衣物都带走了，又把它们藏在我知道自己逃离时一定会经过的一棵空心树里。所幸，这棵树刚好长在河岸边。那群笨狗们统统聚在树边上，一边上蹿下跳、一边叫得头都快掉了，而我趁机逆流游了一段距离，顺顺当当地从河里爬上岸、径直上路了。你肯定能想象，那些追捕我的人气得要死——当然了，我没法儿停下来看戏，但我还清楚地记得他们脸上的表情。我好久没有笑得那么厉害过了。

可一旦靠机智大获全胜带来的那份暖意消退，我就会回想起自己的现状，发现实在是诸事不顺。我全身湿透、身上只有一安吉尔三十分，既没有可去的地方，又没有朋友，也没有身份。当然了，我倒也不是历史上第一个落到如此境地的人。说到底，城市之所以形成正是因为我们这种人，它们就是在这种情况下被建立起来的。

离我最近的城市就在二十英里开外。我对它非常熟悉，所以去那里压根儿没用；总有人会认出我来，之后流言就会传开。我身上的一安吉尔三十分，刚好够去另一个沿海城市的路费，可我决定还是不要冒险，毕竟那些马车车夫有时候也记得住乘客的名字和长相。事情是这样的，我离开家的时候穿着一双木头底的麻制拖鞋，是那种你在家里走来走去的时候穿的鞋子。等到我敢停下来想事情的时候，那鞋子已经基本不剩什么了。我可没办法穿着它们走在坑洼的路上，一连走八十英里——这还是假设我打算赌一赌，继续走在大路上的情况，而我肯定不会这么干。你还记得以前那会儿，只用花一安吉尔三十分就能买到一双不错的靴子吗？那时你确实可以这么做，可首先你得找到一个造鞋匠。但想要找到鞋匠也必须先进城啊。倒霉事一桩接着一桩。

我发现当人处在深深的怀疑和困惑中时，宿命总是会冷不丁蹦出来为你提供一条出路，可这出路几乎总是错误的那一条。我那次就是这样的。当太阳升起，首先出现在我眼前的是一座农舍，简直像匹冲出了清晨的迷雾、朝我扬起了前蹄的马一样打眼。我一想，这里肯定有靴子。我可以走到农庄大门口，向他们买一双。这不是很简单吗？

太蠢了。不知从哪儿冒出来的陌生人蹒跚着找你买鞋子肯定会令人印象深刻，尤其是在这野外，平时又从来没有什么大事发生。我又有充分的理由不想让人认出我来。去他妈的，我想道。我算不上什么天使已是既成事实了，事到如今我对此也已经无动于衷。再来一次轻微的入室偷窃又有何妨呢？男人一点儿吧。去把那该死的靴子偷出来算了。

悲伤的是，光是做贼可远远不够。你得是个手法好的贼才能成功把东西偷走。可惜我不是。我的问题在于，我老是不看路。我特别努力地试过了，可或早或晚，总是会有椅子、桌子、锡盘或是一碗苹果被我看掉。在石板铺成的地面上，我这么一撞就发出一阵噪音，然后就完蛋了。又摊上事儿了。

农夫本人是个老头，身体衰弱，一条腿行动不便。我本来可以轻轻松松干掉他的。但他的儿子和四个孙子可就另当别论了。太阳出来已经这么久了，我真不知道他们为何还在屋子里乱晃、没有出去料理农作物，但他们可不怎么赞成偷盗行为。农舍后门外有一棵苹果树，它矮一点儿的树枝刚好长在合适的角度上。他们向我保证，家里的绳子可够用了，还有个粪堆。再说了，他们嘲弄道，谁还会想念我这种人呢？

人的记忆可真是种美妙的东西。他们说在你临死之前，在弥留之际，你的整个人生会像走马灯一样从眼前闪过。这倒不完全是真的，可当你站在马车车筐上，脖子上绕了根绳索的时候，各种各样的念头确实会挤进你的脑海。在我记起的事情里，就有我妹妹的那场事故。说实话，自从那事发生之后，我一直没有再回想过那场事故——我猜我是想忘记它吧，谁又能怪我呢？——可就在这时，我突然想起了这整件事。我记得我当时在想，要是我能再用一次进入我妹妹的脑海、取出记忆的那个花招，要是我立时立刻能够做到的话，那该多有用啊。突然一下，我发现我自己确实可以做到了。

我也就不谦虚了，那次可真是个壮举。有六个男人和五个女人在场，我得一个接一个地处理，还必须在几秒钟内解决。在那之后我干过更大票的，但后来我已经积累起了足够的经验。至于这一次，这只是我第二次消除别人的记忆，而我干得确实很不错。当然了，求生欲给了我很大的激励。这并不是我干过最利落的一次活儿，我不得不令他们疼得难受——但我倒也不在乎。消除记忆带来的疼痛令他们失去平衡、头晕目眩,反过来也帮了我大忙。等到我完工的时候,就出现了这么一番景象:一个男孩站在苹果树下的马车车筐里,六个男人和五个女人围在他身边。绳子已经没了,我已经把它扔进了一旁的荨麻丛里。除了我,谁也不知道我们是为什么聚到一起的。

于是我清了清嗓子。我想我的声音一定有点儿嘶哑尖锐,可我尽力撑住了场面。"好吧,多谢了。"我记得我是这样说的,"我该上路了。"

农夫其中一个孙子帮着我下了马车。他看起来迷迷糊糊的。我迈了一大步,接着感觉脚底碰到了沾着露珠的湿草地。"我差点儿忘了,"我说道,"还有那双靴子。"

老农夫直盯着我看,"啥?"

"那双靴子。"我重复道,"您真是太好了。"他手里还提着那双靴子,我猜是想作为我偷盗的证据才拿出来的。我伸手接过靴子穿上。一点儿也不合脚,但又能怎么办呢?"谢谢了。"我说着飞快地走开了。你得多练习才能学会不去回头张望。要花点儿时间,但绝对值得。

我是那种不容易被人记住的人。你只要看看我的长相,八成也会赞同。我大概五尺七寸高,体格壮实,小鼻子、小耳朵、低额头,手臂粗短,典型一副乡下来的农村小子模样。我就像条扭来扭去的鱼一样,总能轻易地从人们的记忆中溜走。无论是在大街上还是在挤满人的房间里,人们总是不会注意到我。多数时候,我就跟不存在一样。

还记得我跟你说过,我不喜欢进到神父的脑子里去吗?那之后有整整三天,我到处晃悠,身体一点儿也不争气,昏昏沉沉的,就好像得了头痛病,却又没有痛感。我知道有什么重要的事情要做,可始终想不起来到底是什么事,于是靠做杂务打发了剩下的时间。我买了一双(对我来说)比较新的靴子;我修好了漏雨的屋顶——那会儿我正住在一间杂粮店的阁楼上。那地方的一面墙坍了,相当危险地朝外边鼓了出去,所以在店主凑够钱修墙以前一直都是空的。老鼠们占据了那栋楼的底层,而我占了阁楼。我还把手头仅有的两件衬衫拿出来,把它们磨损的地方修补了一下。此般种种。

接着,我早早地去了集市,想看看能不能以更便宜的价格买一些被风刮落的苹果。在路上我碰到一个我认识但不熟的男人。我假装不认识他,可他喊出了我的名字。于是我停下脚步。

"好久没看见你了。"他说道。

"我这段时间很忙。"我答道。

他点了点头,"工作上的事?"

"对。"

"真不错。拿到钱了吗?"

"拿到了。"

"那你现在手头一定挺宽裕的。"

我轻轻地叹了口气,"对。"

"简直是命中注定,"他说着,笑了,"就在'真诚与信任'酒馆后边,天黑后一小时开赌。你可一定要来啊。"

我一言不发地走开了。

有时候我觉得自己就像古老传说中那个以一当十的英雄,一到天黑就失掉了所有能力。对我而言,我是失掉了我所有的意志力。每天,当无敌骄阳行于空中,为我们这些可怜的凡人赐下神圣光明之时,我就完全能控制住自己。我可不去。这世上没有谁能把我拉到诚信酒馆那边去。整个早上,我能感到自己变得越来越坚定;到了中午,我就跟块石头一样强硬。直到下午过去了一半,我都还维持这种自制力。可等到太阳再往西边去、影子越拖越长的时候,我就开始自省、想知道我能不能坚持下去——我确实坚持下去了,直到第一缕晚霞出现在天边。我不知道,可能我跟狼人或是别的什么类似的生物一样吧。或许黑暗对我产生了什么影响。更准确一点儿来说,可能是那些窗户中透出的黄色灯火影响了我。那些窗户好像在呼唤着我。进来吧,它们好像在说,里边温暖又友善。当我注意到的时候简直吓了一大跳——我离酒馆只剩两个街区了。天光正在迅速变暗,我加快脚步、扭头离开。

我觉得这种事情经常在沙漠地带发生。你走啊走,可突然一下,你会发现自己其实一直在兜圈子,最后又回到了一开始那个地方。而至于我,我也发现自己兜了个大圈子,最后就站在酒馆后门的街对面,时间刚好是日落之后的一小时。

我大概认识其中一半的赌客,可都不怎么熟。就是平时的那一帮人。他们已经开始了。一个高个儿、瘦瘦的老人正拿着骰子,我并不认识他。这人正试图掷出一个六点来。我认识的一个人敲了敲我的肩膀、点了点头,然后问道:"你赌吗?"

我摇了摇头,"我只是来看看而已。"

他大笑起来,"十安吉尔。我给你五倍赔率。"

"我赌了。"

那个瘦瘦的老头成功投出六点来。我的十安吉尔变成了五十安吉尔。每次赌局刚开始的时候,我几乎总是能赢一局。

于是到了第二天黎明,我比出生的时候还要一穷二白,但至少还有一技之长可以挣钱。这样也好,真的。

我记起自己跟一个潜在客户有约,于是回家洗了澡、刮了胡子,穿上我干净的那件衬衫,还有新买的靴子。我得为自己辩解几句,我现在已经把这喜欢赌博的毛病控制得很好了。只要把身上的钱都输光,我就停手。我绝对不会拿筹码赌,也不欠债。有人曾经形容我是为了花光身上所有的钱才去赌博的。这话说不定还真说到点子上了。如果我把这些年挣到的钱都好好存起来,现在我大概比整个政府还要有钱。

我走出谷物市场,朝西边去了。外边那么亮又那么早,直让我犯恶心(我不是个习惯早起的人)。在羊街和铜门街交界的地方,我意识到有人在跟踪我，但我没有回头。我猜我之所以意识到这一点，是因为那人的脚步声和我自己的脚步声节奏一致——这听上去可能有点儿太神经质了，但相信我，在这种事情上我是有经验的。我尽力不做出任何出格的举动，以防他发现我已经注意到他了。

我有两种选择。我要么继续走主路，确保身边有人，让他不好下手；或者我也可以带着他走进铜门街和下城区之间那些偏僻、漆黑又狭窄的巷子里，那样我就有机会甩掉或者偷袭他了。我就像个傻子一样选了第二个选项。可我也想指出，天知道我的脑子里存着多少场战斗的回忆。这些回忆凑在一起，比你能在任何军事学院里得到的教育都要好。对这类事情我熟悉得很。

实际上，我可能有点儿熟悉过头了。在制皮匠广场的地毯仓库后边有个老通道口，旁边有两根巨大的石柱。为了防范我现在碰到的这种情况，我老早以前就注意到了这个位置。我把跟踪者引到那里，埋头走进石柱之间，藏了起来。那跟踪的人停住脚步四处张望，想知道我去了哪里。一等到他背对着我的时候，我就像谚语里的那条蛇一样缠住了他。

这一带的法律禁止民众在公众场合携带武器，可一根三英尺长、上过蜡的细线什么时候算得上武器呢？答案是，当你将它套过什么人的脑袋、将线的两端在他的脖子底部合拢，使劲一拉的时候。可我的问题在于，我并不知道自己力气的大小。

我感到如此震惊而反胃，差点儿忘了要趁这人临死之前进到他脑海里去。整个过程慌张而匆忙。经验告诉我，在目标死去的时候潜入他们的脑袋实在令人不适。时间只够我抓起想要的记忆，接着立刻溜走。

当然了（我俯视着他），他是被我的一个心满意足的客户花了五安吉尔雇来的。我问你，区区五安吉尔啊。是时候规范一下这个镇上雇用杀手的酬劳标准了吧。

好吧，这种事情无法避免。当我取走最后一个活着的证人的记忆，我自己也就变成了最后一个还活着的证人。也没有别人能干净利落又人道地清空我脑瓜里的东西。追杀我这事你也确实不能怪我的客户们，我自己都不怪他们。我的收费标准里本来就包括了额外的一项，用于补偿我生活中持续不断的性命威胁所带来的不便和创伤。

可我从不与我的客户结仇。这仇我结不起。

当你进入过别人的脑海，你与此人将会无比熟识，这个人的长相也就因此变得无关紧要、也不值得关注了。我用脚将他转到一边。他今年三十五岁（我已经知道这一点了），体格宽大却瘦削，曾经当过兵，可最近一直都没能吃上饱饭。他有一头红发和蓝色的眼睛。可这又怎样呢？

我总觉得，你能从任何经历中获得些什么，即便所获不一定是好的。从我的跟踪者（天知道他是谁）身上，我获得了对清晨时分克雷格斯山脉的一瞥。一大簇迷人的晨光迸发开来，天空湛蓝，枞树碧绿，还落了雪。光是想起这副场景都让我感到身心洁净。除此之外，我还从他身上学会了一个动作：当有人从你身后勒住你时，微微改换步态与重心，你就能将施暴者过肩摔下，就像摔一大袋子羽毛。他稍微早一点儿想起这个动作就可以活命的。可惜了。

非常凑巧的是，雇用他来杀我的正是即将跟我见面的那个人。当他看见我时，显得惊诧无比。

"你说过你有份活要给我。"我说道。

"我改主意了。"

"啊。"我慢慢地点了点头，"那样的话，我就只收取你的咨询费好了。"

他看着我。有时候我总觉得自己不是唯一一个能看穿别人脑海的人。"行吧。"他答道，"你要多少？"

"五百安吉尔。"

他舔了舔嘴唇，"五百。"

"对。"

"我给你写张汇票？戈尔盖兄弟家的？我手头没有那么多现钱。"

对于戈尔盖兄弟，我比他们本人还要熟悉。"好。"我答道。

在他填写汇票的时候我一直站在他身后,接着不失礼节地感谢了他,离开了。我感觉挺开心的。我手头又有钱了。不过,根据定义来看,快乐本身只是一个短暂的状态。十二个小时之后,两枚小小的象牙骰子又把我打回了一开始的状态。但至少我还有着曾经富有过的记忆,哪怕只有那么一小会儿。只有记忆经久不衰。我通过最粗暴直接的方式学到了这个教训。

两天后,我又有了一个客户,一个真正心甘情愿付钱的人。这是一桩小活,但真的非常感人。他今年五十六岁了,家财万贯,想要再婚。可他心里有这么一件关于他亡妻的记忆,令他无比心碎。他问我能否帮上忙? 当然了。对我而言,这不过是一幅无意义的画面—— 一个有那么点儿漂亮的女孩穿着款式陈旧的服装,站在这个国家不知道哪里的一栋老房子里,在凸窗前调整着花束的搭配。当我结束工作以后,他露出那种一脸迷茫的样子。我知道你是谁,也知道你为什么在这里,可我真心不知道为什么这事如此重要。当我把活儿尽力做到最好的时候,我的客户完全不知道我到底为他都做了些什么,这件事情让我感到有点儿受冒犯。就像是为盲人客户画出了杰作一样。

我清楚地记得我再次见到那老少两人的时候。

我原本处于熟睡中,可接着突然落到了地板上、醒了过来。上次我从床上掉下来时,我才四岁(这我记得很牢)。

我睁开双眼,看见头顶围了一圈脸孔,全都朝下盯着我看。其中有两个是我认识的人。那个老人命令道:"把他抬起来。"

另外两个我不认识的人抓住我的手臂,把我拖了起来。他们很强壮,下手一点儿也不轻。我确实有足足半打处理这类事情的经验,可那都是来自两倍于我体重的人的记忆。除此之外,我确实没有心情动手。

"你背叛了我们。"那个老人说道。

我无比震惊,"我? 老天啊,不,我绝不会做这种事情的。绝不。"

我的回答招来了打在心窝上的一记重拳，简直像是被橡木给敲中了。"你告诉谁了？"那个老人问道。真蠢。那一拳打得我喘不上气了，压根儿没法儿回答他的问题。"你告诉谁了？"老人重复道。我试图深吸一口气，可感觉我的内里都被堵上了。我看见他点了点头，接着有人又打了我一拳。"你偷了我们的钱去干什么了？"我摇了摇头，"我没偷过你们的钱。我没这胆量。"也就在那时，有人将一条绳索抛过我们头顶的横梁。哦，我想道。

"我再问一次。"那个老人说道，"你告诉谁了？"

我仍旧说不出话来，于是只能做出口型：没告诉谁。有人从我后边给我套上了绞索。"下手吧。"那个老人说道。我试图想些该说的话，编个谎言，说点儿他会想听的东西，可——我跟你说个有趣的细节。当你喘不上气，到了无法呼吸的地步，那你压根儿就没法儿撒谎。你的想象力干脆就宕机了，想编造出什么来完全不可能，你根本就没法儿做到。这事很简单，你单纯就是没那个力气了。

有人拉了那绳索一把。我感觉自己的双脚离地了。我感觉痛苦无比，接着——

但这事儿我讲得有些太快了。

是这样的，有个文员过来找我。他不过是个男孩，顶多十七岁，脖子长得像火鸡，还有一双大耳朵。他为他们工作，就是那老少二人。他们对我做的工作非常满意，并问我能不能再协助他们解决一个小问题。你应该还记得，到那时我已经再度一贫如洗了。我告诉那个文员，这取决于究竟是怎样的工作。他说他并不清楚具体的细节，但叫我那天傍晚在第三轮岗的时候去无瑕正统之钻神殿一趟。不是有宵禁吗？我问道。那个男孩只是紧张兮兮地露出一个微笑，递给了我一张纸。那是一张商会的汇票，面额有整整两百安吉尔。

"他背叛了我们。"那个老人告诉我说。四周又黑又冷得要命，我出门时也没有戴围巾（仔细想想，我其实已经把围巾卖了钱、去买了条面包）。"当然了，他会否认这一点。比起泄密来说他宁可去死。不过这也是我们需要你的原因了。"

剩下的事情你都知道了。他们撬开了锁，我们统统爬上楼梯，安安静静、就像小老鼠一样。他们把那人从床上拖到地板上，叫醒了他。那人声称他是清白的，既没有背叛他们，也没有从他们那里偷走什么，哪怕是一个弯折的五分钱硬币都没偷过。又过了一阵子，他们将一根绳子扔过横梁、吊死了他。在他死去那会儿我还在他的脑海中。他说的都是实话。顺带一提，此人是个律师，为神殿监管委员会工作。

"所以呢？"那个老人问道。

"什么都没查到。"我答道，"他说的是实话。他没有背叛你、什么都没偷。"我顿了顿，"不管怎样看我都只能得出这样的结论。完全没有必要——"

他们冲我皱起眉头，于是我闭了嘴。客户们总是觉得他们最清楚该怎么办。"你确定吗？"

"是的。"我答道，"要是他记得这事的话，我应该能够找出它来。可他脑海中什么也没有。"

我感觉他并不相信我。真蠢。我有什么必要撒谎吗？好吧，显然，他们可能怀疑我想勒索他们，或是把他们出卖给他们的敌人。可我绝不会这样做，这样非常不专业。我可能不是个天使，但我确实是有原则的。当然了，他们倒也没有办法得知这一点。

"走吧。"那个老人说道，"确保你这两天有空，我们晚些时候可能还需要你。"

"你刚刚把我变成了一场谋杀的帮凶。"我答道，"这我可不乐意了。"

他摇了摇头。"不是谋杀。"老人答道，"自杀。以后我说话你不许顶嘴，懂了吗？"

我考虑了一下眼前的这些证据。死者吊在一根横梁上。整个房间唯一的椅子倒在房间一边、恰恰在那人垂落的双脚旁边。没有半点儿别人破门而入的迹象。至少，十分钟以后，半点儿痕迹也不会留下。这个场面看起来确实像是自杀，而唯一与之不符的证据只有这么一段记忆。"明白。"我答道。说来也奇怪，很多人总是把这个表述和赞成等同。"是自杀。"我说道，"我可真蠢。我该走了。"

"等等。"那个年轻一点儿的家伙正盯着我，"在他走之前，也可以让自己派上点儿用场。"

老人看了他一眼，而年轻人正傻乎乎地冲他们雇佣的打手点着头。哦，得了吧，我想着，他们整整有六个人啊。"说得有道理。"老人答道。

"费用你付不起的。"我告诉他道。

他冲我微笑，"量大从优。要不你今天也会感觉极度抑郁悲伤。"

哦，我想着。悲伤至极，以至于从干草市的桥上跳了下去，对吧？况且，（就像那个农夫所说）要是我被杀死，谁又会怀念我呢？好吧。"你猜怎么着，"我说道，"这次服务我请了。"

年轻人露齿微笑。老人说他可不会让我白干。我的工作值得他付钱。于是最后我把他们六人的记忆都抹消了，每做一个他们付我十五安吉尔。

倒不是说这有什么大不了的。四十八小时之后，我又变得一贫如洗了。

我想说的是，我死在那间屋子里了。我知道我真的死过了，因为我明明白白地记得。我死了，可我又还在这里。你可以试试要怎么解释这件事。这倒也简单。我死了，又重获新生。就像圣典中所说的那样。证据确凿。尽管我难以接受书上与信仰有关的内容，可这经历如此真实，我觉得没别的解释了。那看见就信的有福了。[1]

我们把他们叫作神殿董事。所有人都知道这个词指的是谁，但他们的正式称呼其实是正统教义传播永恒基金监管人。他们是一帮作风严谨的人，并

---

[1] 这里改写了新约圣经中约翰福音的一行（Jn 20:29）："那没有看见就信的有福了。"

且拥有从猪背山直到黑水一带最肥沃的牧场、首都最奢华的房产中的整整一半，还有其他种种好东西。它们由前任监管人们遗赠或捐赠，继而成为基金会的所有物。这些资产所带来的收入被分为两份，一份给了建筑委员会，用于维护和改良帝国各处的神殿建筑；一份给了社会基金，用于支付救济厨房、驿站与免费教区学校的费用，更不消说游医与"最后机会"下属辩护律师的酬劳了——后者为没钱雇用真正律师的重罪犯人出庭辩护。我记得有人告诉过我，这些董事们经手了帝国三分之一的财富，而他们本身也经过精挑细选，既要能胜任工作，也要富可敌国，这样才不会有动机窃取神殿的财富。实际上，想成为董事会的一员，你必须支付一笔年费，而这笔年费足以为一整支军队提供装备与战时补给。即便如此，候补人选名单还是能列上整整一英里。我觉得这传言大概是真的。当你富有到那个地步以后，你手头的金钱数目也不过是个数字罢了。

这就是我日常需要打交道的那种人：富有、位高权重，能与神明比肩，是那种会创造、改变真理的人——真理是什么？如果你是他们中的一员的话，那真理就是你所知道的事情。真理就是你的囊中之物。如果你有一天突发奇想，完全可以张口就说："在黑水河岸边有一座完全由大理石构建起来的城市。"可实际上，这城市并不存在呀，"不不，它确实是存在的。我刚刚叫人把它修好，就是上周的事。"抑或是，"布勒米亚人和阿兰姆·查塔特人之间从来没有发生过战争。"此话一出，你再到神殿图书馆去查资料，想驳斥这愚蠢的说法，只会发现所有相关书籍的相关页全都消失不见了。又或者，"你说谁？根本就没有这个人。"确实，这些彷如神明的人们能够构建未来、规范现世、改善过去——历史上几乎所有值得一提的事件都是这种人干出来的。他们建造城市、建立起贸易与制造产业、栽培出科学与艺术，继而又扶持慈善事业。要这样做，他们说，于是事情就如他们所言般发生了。理所当然地，他们也拥有他们付过钱的一切事物——比如永久产权、股东权益。至于我们呢，没有这些人，我们至今还穿着兽皮住在洞穴里。我信仰他们，就像我信仰无敌骄阳一样——也就是说,我承认他们的存在、他们的权威、他们的权力。可这并不意味着我一定喜欢他们本人。就事论事的话,对无敌骄阳本身也一样。

在我十九岁、刚刚离家出走的时候,我遇到了一个女孩。我只要闭上双眼,就能清楚地看见她的样子,就好像矫饰主义画家尤科西斯将她画在我眼睑里了一样。倒不是说尤科西斯会愿意接受这样一单活儿,毕竟只有完美的化身、无比优美的体态才能入他的眼——我认识的那个女孩绝不是这样的人。是的,她很可爱,可——就像我母亲过去喜欢说的那样,她比看起来要更可爱。再说了,尤科西斯也没有吹的那么厉害。他画的手简直一文不值。

那个女孩的长相也带来一个好处,她不会引起那些帅气、富有而迷人的年轻小伙儿们的兴趣。这些人只消注意到她,就足以把她从我身边夺走了。别想错了,她并不是那种轻浮的女孩,但我完全知道有些事情不会因个人意愿而改变。当然了,美貌正是其中之一。和富有一样,美貌也高居于众神殿上。美丽的人们也能够改变世界,只消在某些场合露出一个微笑,又在另一些场合里皱起眉头。他们轻轻松松就能引发杀戮与爱情,和富人通过修建医院或是密谋暗杀所达成的效果一样,而他们做这些事完全不需要任何理由。可我崇拜着这个女孩,因为她可不是什么女神。如果有别的什么人拥有我这样的能力就好了,不管他开出什么样的价,我都会心甘情愿付费、让他把有关她的记忆消除干净。是这样的,她已经死了,而当我双膝跪地、祈求神明让她复活的时候,他们全都忽视了我。忘了她吧,他们劝告我说,你的生活还要继续。我只当他们是在搞笑。不管怎么说,这种事情我一时半会儿是忘不掉的。相信我。

我帮那个老人和他儿子干的下一单活儿快速、简单而安全,至少他们是这样对我说的。为了代他们完成一笔秘密交易,他们生意上的一个合作伙伴被告知了一些敏感信息。一旦交易完成,我就要把这一整段记忆从他脑海中抹除。他们告诉我，那个人已经得知我的特殊能力，并完全同意这项操作。他会坐在那里，安安静静、一动不动，等着我做我该做的事。另外，他们仍然会付给我与做苦活儿、累活儿时同样数额的酬劳。

那会儿我手头确实不怎么宽裕，主要是我对概率论的一些失败实践所导致的。贫穷能对你造成的最坏影响，就是在像这个老头一样的人找你的时候，你居然还有点儿高兴见到他们。乐意效劳，我告诉他们，谢谢惠顾。他们给了我时间和地点。我保证我会到场，接着回去把我另外一件衬衫洗干净了，因为利落的穿着能够给人一个好印象。

如果这种职业的人干的活儿配得上他们的工钱，你就压根儿不会注意到他们，直到他们把你逼入绝境，那时你也无法反抗了。找上我的这两个——能知道他们的名字就好了，这样如果我需要找打手的时候，也能找他们帮忙。他们中的一个看起来有点儿眼熟，我可能过去几天曾在大街上瞥到过（我从不会忘记任何一张脸），但当时并没有留意。另外那个人我这辈子从来没见过。他们用一根短木棒敲中了我，在我的脑袋上套了个麻袋。轻松解决。

他们撤下麻袋的时候我差点儿没发现，因为房间里一片黢黑。我微微能看出不远处站着一个男人。那时他们让我坐下来，可我的手和脚都被拴住了。我听到一个男人的嗓音，但那并不是我面前隐约能看见的男人发出的。那个声音说道："你能做的那种事情。"

我等着他说完，可有人用某种尖锐的物体戳了戳我的后脑勺。"怎么？"我问道。

"被你动过手脚的那些人，"那个声音继续道，"他们自己能够察觉吗？"

"会有点儿痛。"我答道，"但他们不一定会意识到是我引发的。他们可能会觉得是心脏病突然犯了，或是别的什么。"

"这么说疼得还挺厉害。"

"对。"

那声音顿了顿，仿佛陷入了深思熟虑。接着我尖叫起来，因为有人在我后颈上压了块烧红的铁。"像这么痛吗？"

我花了好一会儿才喘过气来。"我想是不同形式的痛感。"我答道，"但是光论程度的话，对，应该差不多。"

"呵。"我听到身后传来动静，接着一根铁棒红得像樱桃一般的末端出现在我的眼前。"如果你努把力的话，能让这个过程不那么疼痛吗？"

"不。"我答道。我听到有人微微吸了口气，于是猜测我可能说错话了，"当然了，我能把疼痛的记忆也给抹消掉。这不难。"

（这话不太准确，这就像是在说海洋有那么点儿潮湿一样。不过确实，我能做到。）

"啊。"看来他又对我有了好感。红热的烙铁被拿走了，不过八成只是被放回了炭火盆里而已。"这么说你能取走别人的记忆，但对方不会意识到这一点喽？"

"是的。"

"太好了。"那声音又顿了顿，"好了，我要再问你一遍。如果你之前是在撒谎的话，这次一定要说实话。你能取走别人的记忆，但对方不会意识到？"

"是的。我保证。"

我可能说了什么好笑的话。"行吧，"那个声音继续道，"一位绅士的保证对我来说够好了。那么，你是受雇于——"他念出两个名字来。那个老人和年轻人对我用了假名，但我私底下也做了些调查。"对。"我答道，并准备好再挨一次烙铁烫。

"放轻松。"那个声音说道，"我并没有准备叫你泄露秘密，我知道你不会。"他又顿了顿，"至少短时间内不会，可之后你也派不上什么用场。但我确实想叫你做件事，这事不完全符合你雇主的利益。我想叫你从他们的记忆中抹消一些事情。从伦理道德上来说，这会令你陷入窘境吗？"

不管你信不信，我在回答之前还真的认真思考了一下。当然，我并没有想很久。"不。"我答道，"那不成问题。"对方没有开腔，于是我进一步解释了一下，

"我对我的客户只有一个义务,就是不泄露他不想让别人知道的事情。除此之外我并不关心。"

"尤其是在他永远不会察觉的情况下。"

"尤其是这种情况,对。"

那个声音轻轻地笑了几声,"因为如果没人知道这事情,那它就从来没有发生过。太好了。我听说你通常收取一千安吉尔的费用。"

人们轻易听信的东西真是太棒了。不过我也完全不反对这种有益又实诚的信念。这世上有更多这种事情就好了。"是的,确实是这样。"

"这次你会收两千安吉尔,因为目标有两个人,他们父子两个。"

我开始有点儿喜欢上这个人了,"没错。"

"你们其他人都出去一下。"我听到了挪动的声音。我面前那个人站起身来,离开了。有扇门被关上。"我现在就告诉你究竟应该消除哪些记忆。我知道你的谨慎值得信任,毕竟你是个绅士。好了,仔细听好。"

后颈烧伤可不是什么好事。每当你扭头的时候,烧伤就会被扯到生疼。这痛感足以让我记住他了。

可那是整整两千安吉尔啊。我一整晚没睡(脸朝上,我只有侧身才能睡着),一直在想我拿两千安吉尔都能做些什么。买个大农场,设施应有尽有,再雇个可靠的管家。或者我也可以投资运输行业,毕竟运输即将成为受人追捧的新行业。又或者买下斯科利亚铜矿(这个恐怕还是算了,对我来说是一场太大的豪赌了)。我以后再也不工作了。我会变得富有。成为神一样的存在。

离我再次和那对父子见面还剩两天。与此同时,我还有一桩微不足道的小活儿要做。这桩事能让我不费吹灰之力就拿到两百安吉尔。

那个客户是个温和的老家伙,已经八十好几岁了,住在一座能够俯瞰海湾的不错的屋子里——他曾经是个船长,所以喜欢看着港口的帆船来去。他的仆人给我呈上装在小瓷碗里的绿茶,又端来薄脆饼干,尝起来有蜂蜜和肉桂的味道。我坐在一把宽大且略带弯曲的蔷薇木椅子上,这椅子是为两倍于我体型的人造的。一切都显得那么有格调。

他告诉我有关他儿子的事: 那是个好孩子, 聪明伶俐, 照顾着他的母亲。我的客户辛苦了一辈子, 理财也谨慎, 最近才终于买来一条属于他自己的船。自然而然地, 他希望自己的儿子能回来和他一起工作, 可那孩子一心一意想成为一位音乐家。他的笛子吹得很好 (但只精于技巧、没有感情)。这孩子总说, 他母亲一定希望他成为一名音乐家。我的客户感到心碎, 因为他买来那条船就是为了能让他儿子和后代把它传承下去。两人发生了口角争执, 那个孩子摔门而出。他后来在码头边的一家茶铺找了份吹笛子的工作, 可也死在了那里, 主要是因为人们开始吵架抢家具的时候, 他躲得不够快。我每天都在怀念他, 那个老人说, 这事儿快折磨死我了。

得了吧, 我想, 你还指望啥呢? 插手别人热爱的事情肯定会落得这样的下场, 我可一点儿都不同情你。但他一直都非常礼貌, 还给我上了一碗不错的茶。再说, 我能多挣两百安吉尔就该多挣两百安吉尔啊。说到底, 我毕竟是专业人士。"我能帮到什么忙吗? " 我问道。

"我想忘记他。" 他答道, "我想连他被生出来的事情都给统统忘记。"

我立刻起身。我想我应该谢过了他的茶。我告诉他说, 抱歉, 我帮不上忙。我真的很抱歉, 非常希望能为他做些什么, 可我确实无能为力。他接受了我的说辞, 一言不发, 就像个被判有罪的犯人一样。他是一个那么好的老人, 我竭尽全力没有显露出厌恶的表情, 直到他家大门在我背后关上。

(有时候我也不禁好奇, 万一这一切其实都不是真正的我呢? 会不会是有人在什么时候给了我特别大的一笔钱, 叫我占据某人的整个人生——从出生开始的每个记忆, 无一遗漏? 万一每一个我以为属于自己的记忆其实都是另一个人的——即便它们自身构成一段完整而连贯的回忆, 在我脑海中显得完全是真实鲜明、绝对确凿的, 也有外部来源印证了它们的真实性, 但其实每一件事都发生在另一个人身上? 我猜这也是一种人们经常编造来鼓励自己继续走下去的幻想吧。就比如说，想象我的父母其实并不是我的亲生父母——我其实是某个公爵的儿子，被吉普赛人从小床上偷走，终有一天我真正的父亲会出现在我眼前，宣称我是他的孩子，把我带回我真正的生活、我一直以来本应该过上的生活中去——我的怀疑和这种幻想有什么区别？）

在我去见那个老人和他儿子的路上，我碰到了一个熟人。

我看到他的时候，想躲开已经太晚了。我四处张望，想看看如果呼救的话，有没有人能够听到——我运气不佳。那时我走了常走的一条捷径，从船缝工广场穿过，身边半个人影都没有。这就是我懒懒散散、不愿意从冠门路走的报应。

那人冲我微笑。"我一直在找你呢。"他说道。

他块头太大，我打不过；他也太敏捷，我躲不过。"我有钱还你了。"我说道。

"不，"他答道，"你可没那个钱。"

"我今晚以前就能凑够钱还你，我保证。"

"两安吉尔十六分，"他答道，"我现在就要。"

"讲点儿道理吧——"我刚一开口，他就踢中了我的私处，疼得我倒下了。我及时扭转了身体，让肩部先着地，令肌肉承受了大部分的冲击。这种事情经历久了以后，这样做已经成了第二直觉。

"不过也没什么。"他一边说着，一边踢中了我的肋骨，"我很耐心的，我可以等。"他又踢了我一脚，但我能分辨出来，这脚他踢得三心二意，"就在这里，今晚第四轮岗的时候。你要还我三安吉尔。"

当然了。他给那两安吉尔十六分加上了利息。他的基础算术可不怎么好，但他倒也不需要算数。"没问题，"我低声道，"我会到场的。"

"你最好到场，否则有你好看。"他无比蔑视地瞥了我一眼，"像你们这种富裕的浑球儿混得可真容易，一辈子从来不用辛苦工作，手头源源不断地有钱花。你以为自己高高在上，真让我恶心。"他又踢了我一次，毕竟好事成三嘛。这次他倒是满怀激情，"以后再也不许从我这儿借钱了。"

我一直等到他离开才慢慢起身，花了好一会儿才爬起来。我也得辩解几句，要不是他刚刚把我手头所有的东西给赢了过去——所剩无几的那点儿东西——我才不会找他借钱呢。这几年间他从我这里赢的钱已经够支付整个莫伊夏省的税收了，甚至包括对煤炭征收的税费。可他还穿得破破烂烂、住在地下煤库里。我真是想不通他的钱都花到哪里去了。

幸运的是，他没有对我造成无法掩盖的损伤。我拍掉身上的尘土，一瘸一拐、尽可能快地走完了剩下一段路。尽管发生了这一切，我还是能够自豪地说，我并没有迟到。

我这次要处理的是一个长相英俊的男人，大概四十岁左右，高个儿、肩膀宽阔，有着务农者的黝黑肤色。他当时正靠在一张沙发上，肘边放着一只银色的高脚杯，还有一大盘那种裹在薄脆酥皮里的碎鱼肉小吃。我进门的时候他并没有站起来，但还是不由自主地动了动。我看出他原本是准备站起来的，可又觉得这样做不合乎身份。

那个年轻人当时穿了一件那种时髦的丝绸袍子。这衣服对他来说太大了点儿，我突然灵光一现，意识到这可能本来是他父亲的衣服。那个老人当时穿了一件夹层羊毛衣（老天啊，那可是夏天），在手肘和袖口处做了磨损处理。这帮子富人啊，简直老天保佑。

"这就是我跟你说过的那个人。"老人说道，"两分钟都花不到，而且不会疼的。"

需要我消除记忆的那个人优雅地皱起眉头，"他自己也不会记得任何事情，对吗？"

我清了清嗓子，但那个老人替我回答了。"虽然他全都会记住，"他说道，"但他不会对外说什么。除此之外，你看看他吧。谁又会相信他呢？"

我招谁惹谁了？当时我穿着自己最好的一件衬衫，在之前的遭遇中所幸不像我的身体损伤得那么厉害。"我非常重视保密工作。"我说道，可我觉得没人听到我说的话。

"随便你吧。"要被清除记忆的人说道，"毕竟说到底，要承担风险的是你。"

那个年轻人扮了个郁郁不安的怪相，这招来了他父亲谴责的瞪视。"那我们差不多开始吧。"老人说道。

要被清除记忆的人说："我该做些什么？"

"什么都不用做，"老人说道，"你坐在这里就好。"

我知道自己该找到什么，所以这活儿轻松利落，只消进入那人脑海又出来就好。我承认，我其实没有专心做事，满心想着之后我得立刻在那个老人和他儿子身上完成的任务。这个活儿困难得多。我没有忘记将给这人造成的痛苦记忆给抹消掉——他叫出了声，两眼紧闭——接着，在他从冲击中恢复的当口儿，我径直开始处理起那个老人和他儿子的记忆来。

到现在你应该很清楚我是怎么办事的，不用我一步一步给你详细解释了。我们可以跳过这一段，直接说到我被送出门去的时候。（并不是我进来时的那道门；仆役们使用的出入口是通向马场的，后者又连着一长列马厩，马厩又通向一条弯弯绕绕、两侧有高墙的小巷，最后连向干草市。）我那时心情很好。在那对父子身上我完成了尤其完美精湛的一次操作，就专业性来讲，可能是我目前为止的职业生涯中的亮点之一了——假如我这个职业有专业期刊和多于一个职人的话，我一定会把这事写成一篇论文，然后受邀到各大研讨会上发言。我毫发无伤地脱身，也有钱了。我手里既有一张从老人那儿得来的教区借贷的汇票，又有一张从我另一个客户那里收到的履约保证金契据，现在可以拿去兑现了。那可是一大笔钱啊，足够我重新开始，把过去的账款一笔勾销，这是让我沐浴在无敌骄阳的鲜血里、重获新生的契机。我想起，就在一个小时之前，我居然因为自己现在财产的千分之一而被打得落花流水，忍不住露出了微笑。到现在，就算小巷中有一汪水坑，我也能直接从水面上走过去，连靴子都不沾湿了。

干草市里，阳光被店家前边的白色大理石地面反射，热得要命。我走到躬胜街，又左转进了宫殿广场，去了教区借贷一趟。他们兑现了我的契据，但好像看都没看见我本人一样。接着，我从墨丘利喷泉对面的阶梯走下，到了黄锡兄弟会银行，后者确认过我已经履约，直接给我兑换了二十安吉尔面额的钱币。那是刚从铸币厂拿出来的钱币，边缘还微微有些尖锐。从黄锡兄弟会出来再往下两栋楼就是社会与慈善教团银行。这是首都唯一一家我信任的银行。我把所有的钱都存了起来，只留下五安吉尔。我告诉他们，如果我未来五天签了汇票想支取这笔钱，不要兑现，把汇票撕了就是。好的，先生。他们回答得就好像我的要求完全合乎常理一样。他们不需要理解你的动机，只需要按吩咐的做就好了。毕竟，这也是侍僧们供奉他们神明的正确态度。

（还记得我之前告诉过你，我意志力在一天之中有所变化吗？这会儿就快到中午了，太阳正要行到最高点，而我的意志力因此也就强得仿佛以一当十一样。我闹出岔子，一般都是因为到了傍晚才收到酬金。）

这天剩下的时候——以及我的下半辈子——都只属于我自己了。我闲逛到旧集市附近，找到一家那种高档茶铺，在店外边一棵梧桐树下挑了张桌子坐下，点了绿茶和蜂蜜蛋糕。我必须得坐一坐。我这才意识到自己刚刚做的一切意义之重大——准确一点儿，可以说是壮举。在一笔大单之后我得到了酬金，手头有足够的钱，但比起径直冲去赌博，我居然把钱安安全全地存进了银行，还设下了阻碍，以防自己提前把钱花掉。我飞快地完成了这一切，想都没想，就像一个老到的杀手杀人一样顺滑。当你需要做出什么不可挽回的事情时，这才是重点。在事情完成、无可补救之前，千万别停下来细想。

他们给我上了茶。当我想付钱的时候，他们盯着我：抱歉，我们没有那么多零钱来给你的五安吉尔找零。我这才想起现在我富得赛神仙。找个人去换钱吧，我说道，没事儿，我不赶时间。

在等他们换零钱的时候，我想认真回顾一下那天早上一闪而过的诸多事情。可怎么努力都没用，我总是走神，开始想其他事。我想起那个英俊的家伙，那个自愿让我消除记忆的人。我做这一行有个特点——我从不偷看。真的。我何必强迫自己多获得别的什么记忆呢？可这就有点儿像律师们常做的一样。据说，当律师们进到一个放着文件的房间里，他们下意识地就会去读这些文件——快读、扫读，甚至是倒着读。这已经成条件反射了，他们没法儿改掉这毛病，而他们光扫视一眼就能记住的文件内容简直多得惊人。我想，我自己也很类似。我不会故意去偷看别的记忆，只会在寻找目标记忆的时候看一眼。可就算是扫视我也能看到很多。我就像人们常说的那种怪人或者天才之类的（实际上，我确实也异于常人），可以在那么一瞬间用眼角瞥到一幅图画，一周后还能向你详细描述上面的内容。

说回正题。坐在树荫下品着那碗好茶的时候，我能清晰地回想起从那个英俊男人那里瞥到的记忆。或许是因为我那会儿赶时间，心思还在别的事情上，所以我忘了忍住东张西望的本能。和这种感觉最接近的事——你也知道，我对解释事情实在不大在行——大概就像穿过矮树丛吧。如果你有耐心且足够小心，就会谨慎选择路线，仔细拨开缠绕不清的藤蔓，并轻轻将缠住自己的藤条解下来，这样就能完好无损地走出去。但要是你直接冲过去，就会满身都是擦挂，大衣上也会布满树叶和荆棘的碎屑。

其中有一段记忆尤其鲜明，仿佛要占据我的整个脑海。在那段记忆中我是一个军人，正处于一条战壕中。我能闻到黏土的味道，异常潮湿，踩在脚下黏糊糊的。我们当时正试图爬出去，可战壕两壁太过陡峭，黏土又太牢实，没法儿踩稳。我正在大喊，因为我是指挥官，而我们正要准备冲锋。我其实真的不想担这责任，因为我吓得要死，又累得要命，而且在我看来，想要完成工作简直是不可能的。可那时我还在大喊着：上啊，你们这群懒骨头、鸡屎一样的狗娘养的（同时试图用手指攀住黏土壁，可始终抓不牢）。人们争相往上爬，疯了似的上蹿下跳，好像我的命令变成了野狗，正咬着他们的腿；好像他们正绝望地想逃走，而不是冲进战场一样。他们越努力，我也就不得不跟着努力。我记得那时我把左脚固定在了伸出战壕墙壁的一小块石头上。我把全身的重量放在那只脚上、把自己撑了起来，试图找到可以抓稳的位置，可怎么也没找着。我的脚就快从那石头上滑下来了。那是块尖尖的石头，形状不大对称。它松动了、掉了下去，就像转完一圈的凸轮一样，而我也因此朝下滑了三英尺。我的脸抵在了黏土壁上，嘴里出血了、下唇肿得像石头一样，我觉得我肯定把鼻子和下巴都给刮掉了。我摔下来时右脚踝着地。我能感到脚踝在我全身的重量下扭了一圈。接着，身上有什么部位断掉了。痛感强烈，我尖叫出声。我试图站起身，但腿折了过去，身后的什么人又把我的脑袋当作了垫脚石——他脚底的平头钉在我头皮上借了把力——接着那人翻身上了战壕的顶端。我看见他吊在战壕边缘，手指用力把自己往上拽，直到把下巴撑得高过了战壕顶端。可接着他落了回来，落在我往外伸着的腿上，变成了毫无生气的一团。我的腿骨彻底断裂，发出一声脆响，而这个男人额头上插了支箭，径直捅穿了颅骨，就在左侧眉毛上方。

在那一刻，记忆戛然而止——我一定是昏过去了。这可多谢了，我想着。就好像我喜欢遭这样的罪一样。

刚刚这样的叙述，好像我亲身经历过那漫长的四十五分钟，或者一整个小时一样。其实并不是这样。就在我下唇触及茶碗的一瞬间，整个过程就已经回忆完毕。我把茶碗放下，皱起眉头。这种突如其来、不受控制的记忆片段倒不算罕见——你也偶尔有所体会，不是吗？——我已经学会尽可能顺势接受它们。可单这一段回忆还有别的特别之处，倒不是因为它的内容有多可怕而具体——确实够吓人的，但也还好。相信我，我脑子里还存着比这恐怖得多的记忆。它与众不同之处在于某种熟悉感——不，我用错词了，这个词错得离谱，肯定会让你会错意，我对语言真是一窍不通。当然了，我所有的记忆对我而言肯定都是熟悉的。你知道他们常说的"似曾相识"吗？对，就是那种感觉。就像有一次（记不得到底是我自己还是别人的记忆了），我走进一个从未见过的人的屋子里，看见他家桌上摆着一个烛台。我百分之百确定自己之前在哪里见过这个烛台。我把它拿了起来，仔细查看（屋子的主人有些奇怪地看了我一眼，可我一点儿也不在乎）。我观察着它细部的装饰和设计，差点儿冲屋主说，你个浑球儿，你偷了我的烛台。可就在这话出口之前，我又突然想起我自己那架烛台还摆在家里，就在那个被我当桌子用的、倒扣的水盆上边。以及，那烛台其实原本就是一对，而眼前便是其中一个。

就像这样——

我喝了口茶。要是把这比喻推到极致的话，我就好像是找到了一个孪生记忆——可记忆并不会像烛台一样成对出现，不是吗？再者，我有着完美的记忆力，却无法再记起其他任何一件发生在黏土战壕里的事。我非常确定自己从来没摔断过腿。这种事情你绝不会忘记，哪怕你只有普通人的记忆力——

（我自认为自己无法忘记任何事，是因为我从没意识到自己忘记过任何事……是啊。这是个循环论证。）

那个蜂蜜蛋糕尝起来不错，但我真心希望他们别放那么多肉桂。店员带着我的找零回来了。我留了十分钱的小费。在你比神明还要富有的时候，你自然有慷慨解囊的资本。

像我这样的英雄（我有一个弱点，那就是喜欢英雄主义，这也是许多文明的神话传说里常常出现的主题）除了恐惧本身以外无所畏惧。我被恐惧感吓得要死，只要想一想这种情感就会让我四分五裂。当太阳落山，我就会产生一种压倒性的情绪，一心只想把自己藏在阁楼的房间里，把自己绑在大梁上。我愿意做一切事情，只要能阻止自己走入四合的夜幕中，去到骰子落下、卡牌翻飞的地方。但我已经向那个人以荣誉起过誓了，所以不得不去。如果一个神明都不遵守自己的诺言，你还能相信谁呢？

别，别回答我。

我半路去了一个隐蔽的、整夜营业的赌局消磨时间。可即便如此，我到得还是太早了。宵禁开始后，那人终于现身。我从一根石柱后审出，而等他看到我的时候，已经太晚了。

我用剑柄击中了他两块肩胛骨之间的位置。这是我推荐的做法，会让一个人完全喘不上气，但又不会造成永久性的损伤。这之后，被打的人就毫无还手之力、任你拿捏了。我拽住他，把他转了个方向，接着举起剑柄，用全身力气朝他的锁骨砸去。这是能给人造成最大痛苦的办法之一。他张开了嘴，但一点儿声音也发不出来。我退了一步、选了个折中方案，把剑刃抵在了那人的脖子上。"我来还你钱了。"我说道。

他瞪着我，让我觉得自己好像是什么难以想象的恐怖存在——那看一眼就会让人疯掉的东西。我喜欢这感觉。我把剑刃抵得更近了些，刚好能划出血来，但又不会割出大伤口。"三安吉尔，"我说道，"把手伸出来接住。"

他已经被疼痛吓到麻痹，无法伸手。于是我上前抓住他的手，拉向我，把他紧握着的手指掰开，把钱塞进去，又把他的手指合拢。

"很高兴和你做生意。"我说道。

我本来计划照着他下面踹一脚，这样在我离开时，他就没法儿追上来了。可现在看来，没有这个必要。我将剑收回，藏在大衣下的剑鞘里，转身离开。走出几码之后回头再看。他还站在原地，就像被定住了一样。这可不怎么理智，既然身上已经有钱了，一动不动地在街巷里站那么久可不是个好主意。可又能怎么办呢？我难道还要给他当保姆不成？

想象在众多试炼与磨难之后，在承受过许许多多的悲伤之后，你终于到达了旅途圆满的终点。终有一天，当所有事情都尘埃落定、不再节外生枝时，你会有怎样的感受？当你的人生已经是一个完美落幕的故事、以一个精彩的高潮结尾，又该如何呢？

我直接回了家，只在途中短暂停留、将那把剑扔进了一口井里（就算你富得堪比神仙，也不想在夜间被逮到拿着这玩意儿四处闲逛）。我突然发现自己饿得要死，可除了那四分之一块有点儿腐坏了的面包和一点点芝士皮以外，我什么吃的也没有。算了吧，我对自己说，到明天就解脱了。接着我突然意识到我还有整整十天不能动自己那笔钱——哎，算了。这样，我也就有十天时间可以去找一栋符合我绅士身份的住宅、处理那些正式文书了。此外，我身上还有一整个安吉尔的钱，足够我买到高质量、健康的食品度过两周了。那时我灯油快用完了，于是我掐灭了灯，几乎一整晚都清醒地坐着，等待着新生的一刻。

我想自己大概是在黎明到来时才睡着的。当敲门声把我吵醒时，我整个人头昏脑涨。天花板上的那个漏洞投下光线，从颜色和角度来看，现在应该是破晓的时候。我从地上爬起来，摇摇晃晃地去开门。

门外是个女人。她看着我，可并没有对我这副打扮评头论足。她只是问道："打扰一下，您是不是就是那个可以消除记忆的人？"

她大概四十五岁，也可能年纪更大一点儿，但绝不会更年轻。她有一张瘦削的脸，身上穿的衣服放在好久以前可能还值一点儿钱。至少这些衣服经过精心打理，在多年以后仍旧干净整洁。"对。"我答道，"可我现在退休了，抱歉。"

"我女儿出了事。"她说，"她现在状态差极了，我不知道该怎么办。"

我盯着她。我无法读取别人的心思，但我干这一行挺久了，至少能猜到一点儿。"你最好进来再谈。"我说道。

"我没那么多钱。"

"是，"我答道，"我估计就是这样。"

我猜对了。三天以前，她的女儿在从神殿回去的路上，被三个男人强奸了。从那时起她再没有开口说过话，也没有吃过东西，只是坐在那里，直盯着别人都看不见的什么东西。她的母亲只有六安吉尔，但她保证能去别处再借六安吉尔。她一想到自己的女儿可能会就这样死去，简直害怕得要命。

我盯着她看。"我们认识吗？"我问道。

她耸了耸肩，"我想应该没见过。"

"别介意，"我说道，"我记性不好。"

她没有再继续这个话题。"你会帮她吗？"她问道，"求求你。"

成为神明的一个坏处在于，人们总向你祈祷。我并没有回答她。我想我的态度可能比在锁骨处的一记重击还要令她难过。我不是什么天使，可我确实也是有情感的人。"如果你是嫌钱少，"她说道，"我可以去找放贷人，或是想想别的办法。求你了。"

我叹了口气。我记得当时我在想，说不定，这就是能够消除世上各种原罪的无敌骄阳的生活。你每天在仪式中会把那熟悉的短句默念两遍，简单而流于表面，但你想过那句话的意义吗？我是想过的。是这样的，无敌骄阳将你的罪行——你做过的所有那些痛苦而难以承受的事情——全都卸下，并亲自将其接了过去。就好像是祂犯下了这些过错，而不是你。从各种角度来看，祂犯下了这些错，诸如罪恶感、痛苦、自我厌恶之类的情绪也都变成了祂的，而不再是你的。你已经自由了，所有罪名都已洗脱。想象一下，一个人要有多博爱善良，才愿意为别人做这样的事啊。

可不管怎样，我并不认为无敌骄阳享受拥有那么多罪恶的感觉；同样的，我也不享受拥有那么多糟糕的回忆。

"我能为你留出半个小时。"最后，我不怎么客气地答道，"你住在哪里？"

在去她家的路上，我问她是谁跟她说起我的事情的。她回答说记不得了。

她的女儿瘦瘦小小、看上去傻乎乎的。我不禁好奇到底谁才会对这种丫头起歹意。这问题倒是很快就会得到解答了。我把女孩的母亲拉到一边，问她，要是我把这段记忆除去的话，你的女儿就没有办法认出犯人、出庭作证了，这你清楚吧？他们将逍遥法外，这可不应该啊。她没有回答，只是盯着我。行吧。公义（这东西压根儿不存在）与惩戒之间可不能混淆了。公义指的应该是让坏事压根儿就没有发生过。公义属于我，无敌骄阳是这样宣告的。

　　我坐在女孩对面的一个三角凳上，盯着她看，直到她脑袋的一侧化开，我能看到进入她脑海的路了。和往常一样，书架一排挨着一排，一卷卷记忆堆放其中。我完全没有费力就找到了目标。它就在我面前。我伸手把它取了下来。

　　——那个瘦瘦的女孩就这么冒了出来，就这样站在我的身边。她没有耳垂，鼻子长而窄，让我看着觉得有点儿眼熟。她盯着我——但并没有和我眼对眼，而是盯着我脑袋的一侧。你给我出去，我冲她喊道——我做出口型，却发不出声音。她扭头看着我，皱起眉头，就好像按照逻辑我不该出现在这里一样。她说了些什么，可我没有听见。她有着薄薄的、几乎没有颜色的嘴唇，但我还是读不懂她的唇语。你个傻姑娘，我这是为你好，我试图告诉她。可她好像听不懂，只是伸手要抢我手里的卷轴，但我把卷轴又收了回来。我能感觉到她穿透了我颅骨构成的那面墙，简直疼得要死。我叫出声来、从她脑海中逃了出去。

　　那个女孩紧闭着双眼，尖叫了起来。她母亲把我从凳子上拉起来，又把我拖走了。那女人正在大喊，停下！你到底对她做了什么？接着女孩不再哭闹了。我从她母亲像鲨鱼嘴一样紧扣不放的手中把手臂拔了出来、跑到了街上。人们纷纷转身看我，但我没有停下脚步。我记得当时自己在想，为什么无敌骄阳消除别人罪过的时候，人们对祂感恩戴德，可轮到我，只会被人叫骂。这不公平。

　　我本来打算在这个早上优雅地四处拜访各个拍卖商和房地产经纪人。但实际上，我并没有这样做，而是回了家。将一把椅子抵在门上，接着蜷缩进了一个角落。

　　不知怎的，有关于强奸案的回忆（老天，这本身已经够糟了）居然和我发现那个瘦女孩出现在我身边时的记忆融合在了一块儿。我想躲起来，但当你自己正是那恐惧的来源时，怎么躲都是躲不掉的。幸好我把那柄剑扔掉了，否则事到如今我说不定会急得把自己的头给砍掉。只要能让这感觉消失，我什么乱七八糟的事情都愿意干。

在一段漫长到我也不知道究竟过了多久的时间之后,这恐惧感确实自行消失了。我想,治好这种感觉的是我脑海中一个细小的声音。这声音显然没有被我身边发生的一系列倒霉事儿影响,它就像那个和战场只隔了一座山脊的农夫,在自己的谷地里平静地犁着地,丝毫不管半英里开外死掉的三万多战士。这声音反复说,我是认识那个女人的,我非常确信自己曾经见过她,毕竟我从来不会忘记别人的面孔——

接着我又陷入了一天前从那个英俊家伙那儿得来的一个记忆。这次倒不错。他坐在河边的一片草地上——这地方我认识,是旷野深处的一片废弃的铁矿。这地方乍一听好像很阴沉,但当帚石楠花开放、阳光闪耀的时候,其实非常美丽。他当时正和另一个男人、两个漂亮女孩在一起,都穿着二十年前非常流行的那种士绅的便行装束。他们带了一只大藤条篮子,装着冷盘鸡肉、火腿、蒜味香肠,还有蓬蓬的白色面包卷。他们把一只石质酒壶泡在河中保持凉爽,又在壶颈上拴了线、绑在插进河岸草地里的木楔子上,以防它漂走。我说了个笑话(我并没看出有什么可笑的),女孩们大笑起来,可另外那个男人皱起眉头——他因我试图讨女孩们欢心而恼怒,但这也令我不禁微笑起来。那个男人是我最好的朋友,也是一个军官同事,但在爱情与战争中人人平等。

到了中午,我突然又想起自己仍然饿得不行。我这辈子从来没有因为感到饥饿而这样高兴过。

为了解释我为什么顶着这样不修边幅的外表,却还想买栋昂贵的房子,我告诉他们说我是一个刚刚从中邦来的金矿矿工。我觉得他们并没有相信我,但这毕竟是个可以接受的谎言。他们承认了这套说辞,就像各国政府之间承认彼此,却不认同彼此一样。我给他们看了社会与慈善银行的一封信,信里证实了我确实是个富人,手头的资金在九天以后就能够启用了。在看过那封信以后，他们对我的好感激增。

他们带我去看的第一个地方，我甚至都没费心进门细看。抱歉，我告诉他们，我不养狗。即使我养狗，我也不会忍心把它挤进那么小的一栋狗舍里。

我们去看的第二个地方就在广场边上，在盖萨里克澡堂的侧门对面。这栋房子有面高墙，上面设有一道小小的栅门。穿过栅门你就会突然看到一座美丽的规则式花园，有喷泉，还有矮灌木栽成的菱形边框，其中种植着带甜香味的药草与薰衣草。房子本身是早期形式主义风格的，有那种含铅的镶嵌玻璃窗，正门前还有一左一右两根装饰柱。报价有点儿便宜。他们是代表财政部转卖这房子的，而这房子是从一名最近被处死的叛国者那里收缴来的。我其实……这么说吧，我跟那桩案子有一点点关系（给你个提示吧，他们绞错了人）。多谢，但还是算了。

第三座房子倒是刚刚好。它在河岸上，正门实际上是设立在一个浮动码头上的，而我们是坐船过去的。我一走进门就感觉像是回家了一样。不知道怎么回事，这栋房子给我一种对了的感觉，就像我离开已经太久了，现在终于找到了自己应该在的位置。我在后厨找到一把靠窗的椅子坐下，朝外看着河流。我能看见一条船，是那种用来从旷野运送木头和原石去都城的平底驳船。那船就这样低伏在水面上，船员们在船头休息、吃燕麦蛋糕，而鸥鸟们纷纷冲下来和他们抢食。我微笑起来，伸手端起我的茶。

当然了，茶其实并不存在，尽管我的手已经伸到茶碗本该在的地方了——二十一年前，那碗茶就是放在这里的，我那时坐在我最好的朋友家靠近河岸的窗边，那天是他第一次从前线告假回家后的第二天——

我跳了起来，同时记起要把头埋下来，这才没有撞到头顶的房梁。我在坐下来的时候并没有看到这根屋梁，但知道它就在那里，就像我知道我手指的位置一样。接着，我冲出了房门。经纪人正待在门外，靠在一根柱子上，咬着一只苹果。不要这间，我告诉他。他露出一个微笑。当然，他答道。走吧，我们再看看别的屋子去。

第二天，贫穷骑士协会派来的人带我去看了他觉得我一定会喜欢的一栋房子，就在城北大概十英里的位置——只是一座农舍，但在那片广阔的牧草地上伫立着一栋荒废但基本完好的老庄园。在大屋被修缮一新之前，我可以住在农舍里，修缮也花不了太多时间（真是太巧了，他妹夫是个建筑师，就住在这个村）。这样一来我就能拥有符合期待、按着我的要求修筑的屋子了。而且造价不高，任何类似建筑——只要房顶还没被掀翻——都得花上十倍的钱。我们到时，先看见了那栋庄园的遗址。它高高大大，像艘由阴惨惨、脏兮兮的石块构成的三桅大帆船，被一片荨麻海包围。这房子确实潜力无限，可就像一大块花岗岩有机会成为一座杰出的肖像一样，还差得远呢。你要说它长得像栋房子，那我长得也像房子了。可那经纪人向我保证，他的妹夫在十分钟内就能把这房子打理干净。接着我们在农舍里走了走。这屋子底楼有一个大房间，楼上是一间卧室和堆放干草的阁楼，和我从小长大住的房子一模一样，只是小了一点儿。对了，如果我对畜牧感兴趣的话，这房子还带有一百九十亩优质牧场。一共五百安吉尔，我问他四百能卖吗，结果他目瞪口呆地一口答应了，那表情就像他剖了条鱼、却在鱼肚子里找到了一颗红宝石一样。我问他，以前这大房子里住的是谁？他并不知道。那是很久以前的事了，他们全家不是死了，就是迁走了。

住在农舍里的一大好处在于没人知道我在这儿。我费了大力气来确保没人知道我现在的地址，还让贫穷骑士协会的人发誓，如果有人来问的话，他们从没听说过我。

住在农舍的第二大好处就是房子本身了。这房子有铺了地砖的庭院、三个谷仓，还有一个马厩。我走路去了附近的村庄，买了一打小鸡仔。那天下午，一个老女人和一个年纪很小的男孩推着辆手推车，把鸡仔们都送了过来。那时我刚好已经把最小那个谷仓的末端给修好了，用来当鸡圈。我任由小鸡们到处啄着庭院石板间的野草，又一个人往东边去找我的邻居。他原来是个矮壮而久经沧桑的男人，和我年纪差不多。我邻居卖给了我半吨大麦，又叫自己的大儿子傍晚时分把大麦送过来。到日落的时候，我既有了一群鸡，也有了喂它们用的饲料。我在中等大小的谷仓里找到一个锈迹斑斑的手推磨，用它磨碎了一大杯大麦来做面包，当作明天的早饭。我忘了用这玩意儿有多费劲。一个小时以后，我的手和脖子都疼了起来，但我手头还有整整一半的谷物没有磨完。多年以来头一回，我感觉快乐极了。我终于放松下来，感到了内心的平静。我以前觉得只有神明才可能有这般心态。

在接下来的两周里，我在集市上买了两打母羊、一匹小马、一辆马车，还有一条狗。我忙着把栅栏和篱笆修好。那个经纪人的妹夫来找我要酬金。他在那片长长的牧草地上和我遇上了。我前一天刚刚砍下了一棵歪歪扭扭的桦树，那会儿正在把它劈成一块块板状。那人问我知不知道屋主人去了哪里。谁来着？那个从城里来的有钱绅士，刚刚把这栋大屋给买下。哦，他啊，我说着，叫他去农舍看看。他后来在农舍那边留了张便条。我写了封回复，又签了一张银行的汇票，接着在天色太暗、无法继续干活儿的时候走到村庄，把信和汇票塞在了他门底下。两天后，我正赶着羊往新的一片草地走，途中路过那片遗迹——埋在新出现的白松木脚手架之中，几乎已经看不见了，就好像一座遭受围攻的城邦一样。我远远地绕着它走开了。

那天晚上，一只狐狸溜了进来，咬死了我所有的鸡仔。我记得当时我盘腿坐在庭院中，身边到处都是沾着羽毛的遗骸，我气得像个小孩一样大吼大叫。

再后来，他们找上门来。来了一辆马车，要把我带进首都。走开，我吩咐车夫，我退休了，现在我是个游手好闲的士绅。那人看了看我的衣着，又看了看我皮带上挂着的榔头与虎头钳、手上被金属丝烫出的伤痕，接着回去向他的上司汇报去了。

再后来，那个年轻人——那老人的儿子——亲自骑马来见我了。他们需要我，他说道。他知道我平时已经不接活儿了，但是他相信我还是可以为他们破格再做一次。他们愿意付一千安吉尔。我退休了，我答道，现在我是个种田的士绅。我已经挣够了能花一辈子的钱了。

他瞪着我，就好像我疯了一样。我们需要你，他说道。事情朝糟糕的方向发展了。父亲非常忧虑。

他是在我正准备打下一根篱笆柱的时候来打搅我的。我从黎明开始就一直在工作，到现在，手里的大锤感觉好像整整有三英担①那么重。我退休了，我重复道。抱歉，但我再也不干那行当了。

我父亲说你现在就必须去，年轻人命令道，我可能没说清楚，但这很重要。

不错，我答道，但我退休了。抱歉。

他怒视着我。我们做了点儿调查，他说道，摸清了你的底。我们找到了一些有趣的线索。他露齿而笑，这让他看起来像条狗。你这辈子可真是多姿多彩啊，不是吗？

我差点儿没忍住拿那把榔头砸了他的脑袋，最后勉强忍住。要是我杀了他、把他的尸体藏在这乡下（我不是第一次做这种事情了），那我就必须放弃手头这笔钱、我的农庄，还有我神明一样的地位，但起码我也有过这么一段自由无虑的时光了。不杀他确实是一个勉强而无可奈何的决定。我以自由和未来为代价，换回了一点儿安逸。

是谁告诉你的？我问道。

他摇了摇头。我不大可能会告诉你这个，不是吗？总而言之，事已至此。你如果想的话也可以拒绝，但你拒绝了一定会后悔。得了吧，他补充道，我们可浪费不起时间。

我告诉他试图敲诈我可不是个好主意。我也对他和他父亲知根知底，一旦抖露出去也是毁天灭地的效果。但他只是不耐烦地看了我一眼。他和我一

---

① 约合 152.4 公斤。

样清楚，如果我去找那些社会权威告密，那我自己也活不到能够出庭作证的那一天。再说，作为一个新晋暴发户，我在权贵的万神殿中还没有朋友或是熟人，就算少我一个也不会引来太多关注。

他是坐一辆两座轻便马车来的。这二轮马车不是设计来载着两个人在崎岖道路上跑长途的。每当我们经过一个坑洞，我就安慰自己说，那个年轻人受的罪肯定比我还要多。

请这样想想。当下就是短短的一瞬，如此微不足道，简直就跟不存在似的。其他所有事情、所有真正切实的事，就仿佛是由逝去瞬间的残骸垒起的珊瑚礁，渐渐构成了代表我们现实的岛屿或是大陆。每一瞬间都是过往高墙上的一块砖，一步步形成一个具有个体身份与意义的巨型结构、构筑了我们居住的城市。未来好像一团湿答答、无形无状的黏土，当下如此短暂、几乎不存在，但过去为我们提供了居所与荫蔽、给了我们一个家和一个名字。而将过去的砖石凝聚在一起、防止过去的一切崩塌为荨麻丛生的遗迹的灰泥，正是记忆。

当然了，我完全没法儿搞清楚那个年轻人究竟是抓住了我过去哪一个把柄，才想去告发我。不过——很久以前最后一次点算的时候，按照法律，我做了有足足三十六件会给我招来死刑的事。我已经很长一段时间没算过足以把我关进监狱、奴隶船，或是派到采石场的大船上的罪行了。当然了，由于我鲜明地记得很多罪行，但并不是实施它们的那个人，这事情就变得更复杂了。即便如此，我从以前到现在一直都清楚，我的过去（至少我的记忆联结起的那一部分）可不是什么城市，而是被诅咒的地牢。这一直让我不安。请别会错意了，其实我本质上不坏，只是在我去过的那些地方——比如博科·奥克新或佩里基纳——他们会为了你做的哪怕一点点错事而判你绞刑。你忘记向国旗行礼，或者在铭记日打了喷嚏，都要受刑。但我确实也有行为不端的时候，就像之前说的那样，我确实不是什么天使。

有人打开了马车车门，于是我探出头去。这地方我不认识，但这是个什么场所倒也一看便知。廉价住屋就快叠到天上去了，纷纷环绕在一个方形小广场四周。广场南北各有一栋单层棚屋，正中是一圈黑色的炭灰，又被乌黑的大石块围了起来。右手边有一只五十加仑的桶，一边被熏黑了。你大概也懂了，这是车轮制造工聚居的地方。首都大概有四十个像这样的聚落，可能还更多——街上的车辙让车轮和车轴很容易磨损。但我猜我们肯定不是来这里修马车的。

年轻人把我带到了北侧的棚屋里。百叶窗是关上的，但锻炉里的火烧得正旺。那个老人正有些别扭地坐在一块铁砧上，身后站着五个人——不需要再做什么解释了。在老人对面，有一个矮小瘦削的人正跪在坚硬的石质地板上，岁数大概在四十到五十五岁。那人眼珠漆黑，嘴唇开裂，脸颊上有相当严重的瘀青。他的头皮上有伤口，不停流血出来，让头发粘在了一块儿，正用右手捧着左手。有人在那铁砧上把他的指尖锤扁了。他一副纹丝不动、毫无声息的样子。

我进门的时候，老人抬头看了我一眼，接着又把注意力投向地上那个可怜的家伙。这个人，老人说道，从我们这里偷了东西。他是会计室的一个文员，我们曾经那么照顾他、信任他，可他居然偷了我们的东西，还不愿意招认到底拿我们的钱做了什么。

我看向文员，后者摇了摇头。这不是真的，他辩解道（很难听清楚他在说什么，他的嘴巴受伤严重），我从来没偷过任何东西。那个年轻人翻了个白眼，就好像文员是个淘气的孩子，嘴上糊着一圈果酱，却还在坚称自己不知道蛋糕去了哪里。

没问题，我说道，我们可以轻松确认真相。我做好了心理准备。这个活儿又难又麻烦，而我已经好久没有练习过了。

我先进了老人的脑海。说来挺不好意思的，我进入他的脑海已经不用小心翼翼了。我发现，在你看穿别人时，你其实能够调控——是这个词吧？——

他们不适的程度。这一次，我对此一点儿也没上心。我轻易找到了我感兴趣的记忆——他对我的调查所得到的结论里，甚至有一半都是错的。我把这些记忆全部打包带走，又把有关痛苦的记忆给抹消，接着飞快脱了身。我对他儿子做了同样的事。最后轮到文员。我从他脑海中抽身时已经疲倦不堪，汗珠从我脸上滚进了衬衫里，就好像我刚刚冲上一座陡峭的山坡，两只手里还各拖了一捆干草似的。

"他说的是实话，"我答道，"他从来没偷过你的东西，你的钱也不在他手里。"

老人张开嘴，又合上了。年轻人骂我是个骗子，还骂出了种种其他脏话。他父亲叹了口气，叫他闭嘴。

那个文员的脑袋朝前一栽、贴在了他胸口上。他睡着了。"你最好给他松绑、把他扔在随便哪条小巷子里。"我继续说道，"我已经把你对他干的一切从他记忆里抹消了，他苏醒时完全不会记得自己是怎么落到这个下场的。用不着杀他。"我微笑起来，"好了，"我继续道，"我们好像还没谈过酬金。还是按平时的价格？"

老人迷惑地瞪了我一眼，接着写了张三百安吉尔的汇票。我没有再和他争论。"好了。"我说道，"为你们工作我很荣幸，但就像我跟你儿子说过的那样，我现在已经退休了。我们以后不会再见面了。相信我，我会谨慎保密的。不用再送我了，我可以直接走回去。"

我尽可能快速地离开，接着径直向"正义之剑"酒馆走去。这单纯是因为它离得近，而我现在迫切需要来一杯。实际上，我想喝上一杯的愿望如此急切，最后干脆点了掺有蜂蜜和胡椒的红茶。有些你迫切需要的东西是不应该沾的。我正喝着茶，一个我过去认识的人走了过来，告诉我他们在酒馆背后又开了场赌局，问我想不想加入。

我盯着他，咧嘴笑了。"抱歉，"我说道，"我现在一贫如洗。你自己看看就知道。"我又加了一句。

他确实看了看我的打扮，发现我穿着农场干活儿的服饰、靴子，而且已经破旧不堪。"那就去你妈的吧。"他轻快地答道，没有再继续纠缠。

我知道，你肯定想问，我是怎么发掘了这独特的天分，最后成为帝国数一数二的记忆咨询工程师的？

这是个典型的成功故事。一开始，我只是个无知的农场少年，试图逃脱法律的处罚。我来到大城市的时候身无长物、只有身上的一套破烂衣服和对美好生活的梦想。我的能力有过一次早期的意义重大的线路，那时我因为饥饿而来到了羊街上"生产与创业"公司旧楼的后门——你还记得那栋楼吗？当然，为了修建畜栏，它现在已经被拆除了。当时，后门是敞开着的，我能看到里面的厨房，他们正在用烤架烤鸡。周围好像没有人在，于是我溜了进去，自己取了些鸡肉。

我正在开心地往嘴里塞肉时，房东却从阴影中冒了出来，一脚把我踹了半个房间的距离，接着拿起一把砍肉刀。我发誓绝对是直觉起了作用。我径直望穿了他的颅骨，把有关我偷偷摸摸进来、抓起一只烤鸡的记忆取出，接着飞快地溜了出去。再然后，房东手里举着砍刀，疑惑地皱起眉头。你他妈是谁？他问我道。有什么活路可以给我吗？我回问道。没有，你给我滚。我点了点头（我把那只鸡藏在了我身前，衬衫下边），接着赶紧回到了大街上。

作为一个需要一直辛苦工作才能填饱肚子的人，这段经历让我醒悟了。这套手法明明已经充分完善了，就像有天早上醒来，突然发现你已经在梦里学会了银匠的手艺一样。当然了，我把这手法稍微改良了一些。是，我知道，俗话说如果东西没坏，就先别急着修。但修改之后我避过了被踢飞半个房间的那一段，效果还是一样好。后来，我会在没有其他顾客的时候到茶店里去，随意大吃大喝，接着让店主把我忘干净。我把同一套伎俩也用在了廉价旅馆和装修过的出租屋的一众老板、老板娘身上。一等到他们叫我付房租，他们就会突然发现自己一辈子见都没见过我。是，我惹上过一些麻烦，可到现在，那些麻烦都早已被解决、被忘掉了。我很快再次改良了我的业务模式，开始接到真正能让我赚到钱的工作。到后来，我开始赚大钱了，可不知怎的，到我手头的钱总是留不久。但这不重要。我成功了。我出人头地了，而我这个背景的人很少有能做到这个地步的。

呵，我听见你又发问了。既然这样，为什么我会抛下过去的一切、抛下一辈子的光辉伟业——更不消说那些钱了——为什么我会跑回去追溯我那卑劣的身世、重操耕田的旧业？

答案不是很明显吗？我吓得不浅。自从我接了那个被强奸的女孩的活儿后，我一直清楚有什么事情非常不对劲。我想闹明白到底发生了什么，却屡屡失败——无妨。我既不是学者，也不是科学家。我只是个实诚的匠人，靠一技之长吃饭。但当手头的活计变得不再安全、不值得再冒这个险时，我就识相地收手。这事很简单。只要我不再回到那种状况中去，就不会受到伤害。我也非常确信，要是我重操旧业，早晚会出乱子。

那场面我记得非常清楚。那个瘦瘦的女孩就站在我身边，鼻子又长又细，两只耳朵几乎没有耳垂。她当时直直地盯着我——并不是眼对眼，而是看着我脑袋一侧。你给我出去，我朝她喊道——我做出口型，却发不出声音。停下。从我脑海里出去。她扭头看着我，皱起眉头，就好像在看一个错别字一样。她说了些什么，但我没有听见。她的嘴唇薄薄的，几乎没有颜色。我读不懂她的唇语。这是为了你好，你这蠢女孩，我试图这样对她说。她没有听懂，只是伸手来抢我手中的卷轴，但我把卷轴又拿开了。我可以感觉到她看透了我的颅骨，疼得要命。我叫出声来，接着飞快地脱身——

我不停地自问，会不会还存在别的能力天赋和我一样的人，这有多大可能？区区一个瘦小的女孩，什么名头都没有，却能看透颅骨构成的高墙、看到里面那间图书馆。我碰到的还不完全是这种情况，不是吗？我在女孩自己的脑中碰到了她,而她意识得到我在那里,还试图抢走我的记忆。幸好我跑得快,她没来得及看穿我。我得到的结论是,她做得到我会做的事,但这还不止。在我闯进她脑海的时候,她是意识到了的。她本人就在那个图书馆里,还差一点儿把我手中那份记忆给抢了回去——

再说,她还那么年轻,才二十来岁。跟我刚开始干这一行时差不多大。再给她几年,等她熟悉了自己的能力、得到了充分训练,说不定还会发展出其他能力来。我到底是碰上了一个什么怪物?

当然了,我也欠了她一个情。要不是她把我吓得不浅,我绝不会有足够毅力放弃这份工作、搬出都城。毫无疑问,这个决定给了我很大益处。

我把那个老人给我的汇票兑现了,又让他们写了一封信给社会与慈善银行。虽然我以后不大可能用得着这笔钱,但在户头上再添个几百安吉尔也不是个坏事。接着我赶上了班车,回到村子,又走了一段路回家。那天在下雨,湿漉漉的青草把我从裤子到膝盖的部分全部濡湿了。我经过了那片遗迹——他们用木瓦板给屋子铺了房顶。我特别指定过,在木瓦板上还要再加一层没有接缝的抛光铜片,但他们暂时还没开始弄那一部分。我远远地看了看那栋楼,离得太远,听不见那个建筑师手下的工人们在说些什么。接着,我抄了近道,穿过树林回家了。湿草散发出的味道真是太美妙了。那会儿就快天黑了。屋子的后门微微留了一条缝,就像我走的时候一样。我进了屋,摸索着想找到油灯和火绒盒。我正要转动火绒盒的把手,房间里突然一亮——

有两个人。直到今天我还记着他们的样子——其中一个拿着一只有深色外壳的灯笼,正把灯笼罩揭开,而另一个优雅地站起身来,把他一直搭在膝盖上的弩举了起来。就是这个举弩的人把一切都搞砸了。这是当然,他居然站在了光源和目标的中间,给了我足够的机会躲开,把门板冲他扔去。我感到了弩箭击中门板时的振动。我简直跟他一样蠢。我浪费了一整秒钟,四处寻找可以把门抵住的东西,没有直接奔进面前那友好的、仿佛与我统一战线的黑暗中去。但感觉到他全力撞在门上的那一刻，我突然又变机灵了。我一松手，让他摔了出来，他被绊了一跤。与此同时，我冲过庭院、朝着干草仓跑去。我朝这个方向逃跑的唯一原因，是我模模糊糊记得自己在那边留了一把干草叉，那是我放在屋外的唯一一把武器。

但麻烦的是，当你只是模糊记得的时候，在一片漆黑里压根儿就找不到那玩意儿。更糟的是，我在干草堆里到处摸索，踩到了一块松动的地砖，它发出怨灵一般的惨叫。在宁静的夜里，那声音传得很远。我定在了原地。这可不是什么战术，单纯是出于恐惧。接着，我听到了鞋钉刮擦石板门框的声音。

这让我想起很多年前的有个晚上，那时我溜过黑暗中的一座花园、走到一栋屋子的高墙前，正抬头眺望一扇窄窄的窗户。那是面向东边的最好的一间卧室，窗户正对着玫瑰花园。修建这栋房子的建筑师一定没有女儿，否则绝不会让窗户和排水管靠得那么近。

那时我体质相当不错，但还是和现在一样笨拙。我的靴跟刮到了一扇窗户石质的窗框，发出一声活像采石场早班时一样的噪音。我定在了原地、从一数到二十。那个女孩母亲的女仆就在女孩隔壁睡，跟我关系可不怎么好。我数到了二十，没听到有摔门或叫喊声，于是翻过窗户，双脚落在了一张高档而精致的维萨尼地毯上。

但有什么不对劲。那女孩本该在房间里的，可现在我只身一人、进了别人家的屋子。我突然感觉自己像个小偷。

幸运的是，多亏了一个付了我钱的客户，我深谙窃贼之道。我知道如何安静地行动，需要小心什么。我爬过更衣室，进到了她的卧室。到处漆黑一片，但当然了，我很熟悉这个卧室。我有来自一个盲人的记忆，知道该怎么在黑暗中找路。我摸索到了床的位置，可指尖告诉我那张床并不存在。我就这么站在那里，感觉自己愚蠢至极。接着房间门打开了，那光线差点儿刺瞎我。

我得解释一下，那时我离开了有将近六个月，是因为一些健康上的问题。

因为焦虑，我没敢给她写过信。我回来后的第一件事就是去留下我们事先约定的暗号——用粉笔在玫瑰花园尽头的日冕底下画一只手和一朵花。当我第二天晚上又回到原处时，她已经留下了回复，是两个十字，暗示再过两天碰头。这么说她人还在，并仍然想见我。可她的房间是空的——

从光线中出现的是我再熟悉不过的男人，只不过我们从没有正式见过面，也没和彼此说过话。在那时，这个女孩的父亲是个参议员，也是一个富裕的商人，在棉花和亚麻制品产业混得风生水起。这是在那次大崩盘发生前好几年的事情。崩盘后人们才发现，他名下其实只有一些从党会基金那儿私吞来的款项。他块头很大，秃头，手臂和肩膀健壮结实，活像一个乡下铁匠。至于他对我的态度，就我所知，是基本无视我的存在。他不大能相信我这号人确实存在，但确实有所猜测。当时，他是一个人出现的，但整个人散发出一种信号，像是不大情愿在没有别的目击者在场的情况下和我共处似的。

我已经转身准备逃走了，可他叫住了我："不，等等。"他的语气里有些特别之处——没有愤怒，只有悲伤。在他上前、举起油灯，好看清我的脸时，我留在了原地。"你比我想象的要矮一点儿。"他说道。

"她在哪儿？"

有一瞬间我觉得他要杀了我。我脑子里那独立运作、负责思考策略的一部分开始忙着分析为什么他用右手拿着油灯，左手却是空着的。没看到武器，所以他要么是真的没带武器，要么会把油灯换到左手、用右手拔刀或剑。再说，如果是想空手掐死我，那必须先出左手，但这样的话，他的站姿也不对，除非他天生是个左撇子——可就在这时他摇了摇头，脸上的表情让我陡然心寒。"她死了。"

我完全可以这么说：在那一刻，我死去了。我可以用各种夸张、哭天抢地的词来形容我当时的感受。我希望我能有那样的文采，可着实做不到。

他继续道："她怀孕期间出了些问题。是败血病。"

我只剩下重复的力气了，"怀孕。"

他突然发出一种声响，那是响亮、冰冷的一声讥笑，"你不知道她怀孕了？"

"对，我——"我无话可说，只能呆立在那里。

"呵。"他微微地点了点头，"有意思。她以为你猜到了，并因此抛弃了她。不管怎样，这害死了她。整个过程异常缓慢。他们给她喂了罂粟的提取物，可她的痛苦——"他打住话头，耸了耸肩，"你害死了我女儿。"

负责策略的那一部分——有时我也好奇，别人脑子里会不会也有类似的结构，还是说我自己比较特殊？如果是后者，会不会和我的特殊能力有关？我经常在琢磨这件事。总之，在那个时刻，思考策略的这部分脑子又活了过来。它告诉我，既然这个男人的妻子——也就是那女孩的母亲——在五年前就去世了，而他也没有近亲，我完全可以把她从他脑海中擦去，让他不再痛苦。我至少能为他做到这一点。但这其实行不通。他公职在身，有成千上万个熟人，每一个都深谙人情世故。要是由于我消除了他的记忆，反而给他落得一个因为过于悲痛而发疯的名声，对现状也没什么帮助。

"我本来想杀了你的，"他说着，直直地盯着我，眼神就像瞄准了目标的箭，"但我觉得让你活下去也好。这样甚至更残酷。"

他说得不错。失去生命本身已经够糟了。如果失去了生命，还不得不四处走动、吃饭，简直糟糕百倍。

因此，在听到那鞋钉刮擦石板的声音时，我突然感到一阵痛苦。说真的，这也不是件坏事。这让我没有完全忽视那脚步声，或是把它和别的什么声音弄混。实际上，这救了我一命——说来倒也挺讽刺的。

脑子里出谋划策的声音又给了我指示。伏下身、保持安静，尽可能让自己显得小一些。我身上没有武器，而那个穿钉靴的人八成是个比我更老到的打手，但至少，我还有身在暗处这一优势。我知道他人在哪里，但他一时找不到我。当然了，他就在我和房门之间。不过我还遇到过更糟糕的情况。

　　就在这时我突然走了运。他打开了灯笼罩子。那人看见了我，我也看见了他。

　　我就像一枚弹子一样冲进他的脑门一侧。正如我猜测的那样，是那个老人派他来的。我对他不情不愿的态度和想退休的念头让我变成了一个很大的风险，再说我对他的用处还打了折扣。也罢。我把此人的这份记忆抹消掉了。接着，虽然我对此并不自豪，但我被一阵愤懑的情绪裹挟，顺手还消除了更多记忆——他的名字、他过往的绝大部分，基本上我能找到的一切都被抹掉了。当我从他脑海里出来时，他杵在原地、看起来傻乎乎的。墙边上摆着那把干草叉，我一把抓过来，在他脑袋上把那干草叉砸成两截。我可怜他，也为自己感到羞愧。

　　那人扔掉灯笼，但它并没有熄灭。干草仓库着火对任何人都不是好事。我抓起灯笼，这时灯火反倒灭了。我走到门边，把灯笼扔了出去。解决了。

　　我在门口站定，试图冷静下来。实际一点儿考虑，干掉一个雇佣杀手可算不得什么重大胜利。要是那个老人觉得是时候做掉我了，就算干掉他手下一千个步兵，我的处境也不会更安全。这是我自己的愚蠢招致的。由于我买了房子、在一个地方扎了根，他们很容易就能找到我——这是我之前从来没干过的蠢事之一，而我之前干过的蠢事也着实不少。我也不知道这是怎么回事。可能我心里有一份执着，在我没有干尽所有蠢事之前是不会满意的。

　　是时候离开了。当我偷偷摸到路边时，又暗自责怪自己为什么要把那两百安吉尔的汇票给存起来。事到如今我如果再接近社会与慈善银行，或是写一张汇票，都无异于自杀。他们会顺着记录找到我，那我就完了。我唯一活下去的希望就是保持隐匿、保持距离了。

　　于是我径直开始赶路。大约一周后，我终于停下脚步，问别人我现在在哪里。他们一边盯着我，就好像我疯了似的，一边告诉我，这里是斯科利亚。我这运气真是绝了。

别会错意。有些地方比斯科利亚可差劲得多,这样的地方至少有四个。

我从来没有足够时间或精力来学会一种乐器。但尽管我不大乐意,还是有幸见证了伟大的克拉曼基大师最后病危的一刻。那时,克拉曼基记起了他是如何虐待自己的妻子,而这严重加剧了他的病情。这个可怜人只有几天时间可活了,显然他再无机会吹奏长笛。说真的,我干的事情真的不算是偷窃,更多的应该是抢救了一门美好的手艺,让它安全无虞。

部分是出于尊敬,我自那天以后从来没有拿起过任何一支笛子。可克拉曼基的技艺全在我的脑子里。负责谋划的那部分脑子劝我说,那个老人手下的杀手一定不会对旅行音乐家起疑心。再说,不管斯科利亚这个国家有多少缺点,人民对音乐还是非常热爱的。

确实有点儿羞愧,那笛子还是我偷来的。我走过村里的一条街时听到了声音。调子挺好听,但接着笛声停下了。可能是美妙的音乐让我想起了克拉曼基吧,我也不知道。我又等了一会儿,笛声再次响起,我循着音乐来到一座小广场角落的房子前。我走开了,直到天黑才回到原处。之前提到的那名盲人的记忆帮了大忙,让我找到了笛子——它躺在厨房的桌子上。有些人就是这么粗心大意。现在这笛子是我的了。

为了练习一下,我爬到山坡上去。除了笛子,我还在那厨房桌子上找到了一条新鲜面包,附近的泥炭地上也不乏甘甜的泉水。我给了自己三天时间来学会使用,实际上只花了半个小时。剩下的时间我只是一边啃面包,一边享受亲自演奏音乐的乐趣。

实际上,亲自演奏并不能算成我自己的才华。我承认我半点儿艺术细胞也没有,所以请不要以为听我演奏就跟听克拉曼基一样。我会用他的指法技巧、气息控制,也受过教育,有他的技术。但我缺乏热情、缺乏灵魂——不对,灵魂我还是有的,但在演奏者里算相当差的那种,你不会愿意听的。不是什么天使。这话我已经说了好几遍了。但我确实可以吹奏小调,跟一般演奏者差不多水平,甚至比一部分还要好些。在斯科利亚,一个吹笛人总是能挣到几个五分钱硬币。这一带也确实没多少值得你花钱的东西。

去他妈的。我走到下一个镇子，在商业区前边坐下，演奏起来。我甚至没在脚边放帽子——我压根儿就没有帽子——只有音乐，只计音乐本身的价值。一开始，人们不大情愿打赏，毕竟地上也没有个明显的东西可以让他们往里边扔硬币。但当地上渐渐积累起两三个五分币、接着慢慢垒成一堆以后，也就不成问题了。商店主人走了出来，我还以为他要轰我走。可他只是给我带了一碗茶来，还有一条面包。他始终保持着安静，没有打扰我。直到我的嘴唇开始发酸，我才停了下来。此时，面前的硬币一只手已经不怎么拿得下了。大概有将近四分之一个安吉尔那么多，这比一个熟练工匠一周挣得的钱还要多。

店主邀请我去他家楼上放干草的阁楼过夜。第二天天一亮，我又开始演奏了。我能记住自己听到的每一首曲子，而这帮了大忙。第三天下雨了，但这也不成问题，因为当地的庄园领主派了辆马车来接我。他今天晚饭时要宴请客人，而如果我那时有空的话，不妨……就这样，一个月后，我搬到了瑟劳诺，斯科利亚第三大的城市，并改为在室内演奏了。来听我演奏的人们必须要在入场前就缴纳费用，不能再把硬币抛在地上了。三个月后，我又发达了。

我好像总是能自力更生，通常还是我心思没放在这方面的时候。

在瑟劳诺的几乎每个晚上我都梦见那个瘦小的女孩。有时候，我梦见她潜匿在黑暗中，拿着把刀到处找我。有时候我梦见自己在河边的街道上与她打了照面。有时她带着刀，有时是绳索或斧头。唯一不变的是，她总是想杀了我。

就在一场招待会上，我从大使本人那儿听说了老家那边政变的消息。他承认说，一想到自己可能会被召回，就吓得要死，因为他明显是站在老政权那一边的。我问他谁是政变的幕后主使。他四处张望，确保身边没有人在偷听的时候低声向我报出几个名字。其中的两个我听过，正是那对父子。

我提醒自己，我可是个专业人士，我客户的秘密都是神圣而不可侵犯的，即使这些客户曾经派过刺客、企图谋杀我，也是如此。如果我是你的话，我对那位大使说道，我会待在安全的地方避风头。那些跳梁小丑是没法儿长久的，他们迟早会相互厮杀起来，而那之后，一切都会回归正常。不管你做什么，都不要回去。大使朝我露出一个悲伤的笑容。我的妻子和女儿还在国内，他说道，就在首都。

尽管茶碗已经空了，我还是埋头假装在喝茶，考虑着他的话。要是他不回国的话，他们会杀了他的家人。但若是回去，他们会把他和他家人一起杀掉。毕竟他们现在掌权了，有这个能力去消除一切不确定因素。是啊，这只是我的个人观点，我对高级别的政治斗争了解有限。我只是觉得这个大使人挺不错的。在我尤其没有灵感的一天晚上，他在我演奏会的第一排听睡着了——显然，他是个有品位的人，而我喜欢这样的家伙。

大使转身去拿了一块海藻泥夹心的米糕——斯科利亚人们坚信这玩意儿能吃。我盯着他脑袋一侧，再然后，他回过头来，皱着眉头。

对了，大使，我问他道，你们正式结婚了吗？

他瞪着我，就好像我刚刚问了他七的平方根是多少。没有，他答道。

我对他微笑起来。换作是我的话，我说道，我会待在相对安全的斯科利亚。他点了点头。我大概也会这样做的，他答道。

我一找到机会就离开了招待会，回到我在和平广场边上舒适的住所。我感觉难受极了，这只可能是那海藻泥造成的。

谣言传到我耳朵里的时候，我已经在斯科利亚待了六个月了。老家那边发生的事很难传到这儿来。唯一的可靠消息来源正是那位大使朋友——斯科利亚并不承认新政权，于是他继续留了下来。他仍旧被邀请去各种招待会，但不得不借钱以延续生活——而他所知道的一切都来自难民与流放者。除了他告诉我的消息，我也听到过街头巷尾各种天马行空的流言。无比残酷的暴行和政局八卦混在一块，加上恶意诽谤的语气，一听就是假的——既超出了常理，也超出人类的生理极限。但偶尔，我也会听到好像有那么一点儿真实度的话。比如说，那个常常宣称自己能够读心的骗子在政变前夕神秘失踪了。可最近又出现了一个新的读心者，顶替了他的工作。她是站在新政权那边的，也没有掩藏自己所谓的能力。他们利用她对别人进行审问，施行一种极为可怕的刑罚——人为引发的失忆症。传言说，受此刑的人一点儿记忆都不会剩下，甚至记不起他自己的名字——谚语中总说这是比死亡更悲惨的结局。显然，新上任的政府一直迫使那女人忙个不停。女人？哦，是的，我的线人向我保证，那个读心者是个女的，实际上还相当年轻，但就跟一整袋毒蛇加在一起一样难缠。还有，他们给那个老的读心者设了悬赏。抓到死的奖励一万安吉尔，如果是活的，就给两万五。当然了，这都是胡说八道，可是——

我妈以前说我一辈子都会一文不值。二万五千安吉尔，这么大笔钱足够让你天旋地转的了。一个人怎么可能值这么高的价钱呢？这让我有点儿希望自己身边还有家人，这样只要我自首，就能让他们全都享受荣华富贵了。

我还记得第一次看到她的时候。

我记得两个不同的版本。在其中一个版本里，我正坐在一面矮墙上，和我最好的朋友聊着天。在另一个版本里，我是站着的。除此之外，这两段记忆一开始是差不多的。直到我轻声低语"我想我认识她的兄弟"，它们从这里开始才有了区别。

在其中一个记忆里，我只是站在原地，既害羞又绝望。而另一个记忆里，我走到她身边，向她介绍了我是谁。她看了我一眼，一副良家淑女打量纠缠不休的陌生人时的模样。接着我问她，她的兄弟是不是某某某，在过去某个时间曾去过学院。是呀，我怎么给忘了，她说着，露出一个微笑，他还提到过你呢。

在另外那段记忆里，我满腹苦涩，想起自己没有受过教育，也因此没有去过哪所精英学校，更没见过哪个漂亮女孩的兄弟。与此同时，我眼睁睁地看着我的好友施展出他那十足的魅力，只能在心底叹息一声：算了吧。

最后的证人

　　我补充一下。那时候，我才刚刚在首都待了不到一年。我已经开始克制地使用我的天赋来盈利了。当时我挣了很多钱，并利用这笔钱假扮成了富商家的儿子——我毫不掩饰地表明自己家是做生意的，但出乎意料的是，很多真正的贵族子弟也愿意与暴发户们结识，只要他们足够风趣、打扮不错，也愿意请客喝酒，并赔偿酒馆斗殴带来的损失。没有人特别打探过我究竟是哪个家族的后裔，因为他们总觉得再不济，我父亲至少也会是个富有的葡萄酒商人。我的那个朋友最近刚刚从军校毕业，在一个很好的军团有个挂名（但并不是会过分耽误他闲暇时间的那种名衔）。

　　他搭讪的那个女孩有个朋友，但我不是很喜欢她。我们四个人一起去了各种社会活动，但对我而言，那并不是一段欢乐的时光。

　　听说有人在专业上取代了我，我其实并没有心烦。如果可以避免的话，我无意继续干这门行当，靠演奏笛子赚钱挺好。我对斯科利亚的好感也在慢慢增长，就好像慢慢生长的地衣一样。但取代我的那个人却让我心神不宁。更不用说我头上还有笔赏金了。我只有待在斯科利亚，才能保证自己安全无虞——虽然两国之间还没有正式宣战，但国境线已经被封闭了。要是我的哪个同胞出现在斯科利亚，一定会很快被注意到、被立刻处理。斯科利亚人对这种事情非常在行。即便如此，两万安吉尔的悬赏还是能给人提供足够动力、让人无视当前的政局。只有一件事是确定的——即便我想，也没这个胆量回国调查那个顶替我的女人。

　　我只是转而继续吹起笛子来。我不知道是什么让我产生了变化。可能是我承受的担忧和压力，也可能单纯是克拉曼基的记忆渐渐和我的嘴与手指越来越契合了。我演奏得越来越好了。我也试着拓宽自己的曲库——那些精彩的斯科利亚古典曲目——高尔吉亚、普罗科匹厄斯、柯尔度萨等。虽然我在故乡学到的那些民谣曲调没法儿迸发出无限的魅力，但如果你把克拉曼基的技巧和普罗科匹厄斯的长笛奏鸣曲相结合，将会出现一种神奇的化学反应，就算是演奏者的平庸也无法掩盖，哪怕那演奏者是我本人也无妨。此外，熟悉音乐的人总说，伟大的表演者会从他的演奏经历中吸取经验，这本质上也是记忆的另一种形式。这种记忆我脑子里可有不少。就连最伟大的大家——就连克拉曼基——也都只能从自己的个人经历中获益，而这限制了他们。要突破这限制别无他法，除非这人碰巧脑子里塞满了别人的人生，或是悲哀，或是欢喜，或是邪恶，或是弱小，或是悲惨。我已经达到一种境界，可以让我演奏的音乐和那些记忆彼此沟通联结。上百个陌生人的记忆给我的音乐以内涵，克拉曼基的记忆令我熟练操作笛键，而在演奏的时候我就这么杵在那里，等到完事以后鞠个躬、把钱拿了。我记得有那么一次招待会，那时我刚刚为一群大使与大臣演奏完音乐。有个傻瓜跑过来找我。那是个老人，看样子好像哭过。他告诉我二十年前他曾亲耳听到过伟大的克拉曼基演奏的奏鸣曲，自那以后就再也不敢听笛子了，因为他生怕那会玷污他对克拉曼基的回忆。可我吹得比克拉曼基还要好，我创造出了新的深度，新的共鸣——

我回应他的态度恐怕相当之粗鲁。

有首曲子我始终是拒绝演奏的，就是奇洛芬的抒情舞曲。在我最好的朋友隶属的军团被派遣到南方以前，我们四人去的一场舞会上，乐队演奏的就是这一首曲子。我一直都祈祷着我朋友离开的那一天尽早到来。那样他就会离首都整整四百英里远，只剩我一个来安慰他那心碎不已的甜心。再说，当他驻扎前线的时候，说不定会和别的什么人陷入爱河，甚至被杀掉——可直到他们演奏抒情舞曲的第二乐章，当我们四人坐在外面的凉台上的时候，我才终于意识到，她是那样深深地爱着他。我记得那时桌上有一只美丽的雕花葡萄酒瓶。我就这么盯着它，心想如果我在桌上把这玻璃瓶磕碎，就能在我朋友来得及反抗之前，拿尖锐的碎玻璃片割破他的喉咙了。我伸手握住那瓶子，指尖感到了它光滑、冰冷的表面。也就在那时，我突然意识到还有更好的报复方式。

这也就是为什么我现在既有他对她的记忆，也有我自己对她的记忆。在我们从舞会回家的路上，我把它们全都偷了过来。第二天，他所属的军团朝着南方战线进发。一个月以后他写信给我，说他不停地收到一个从未见过的女性寄来的情书——内容惹火得很，他说，惹火到你得戴着手套才拿得住信。他以为这是谁在他身上开的一个大玩笑，还问我他应不应该回信？你就回一个"请把我放在心上"吧，我答道，我会帮你把信送过去，再替你看看她的长相。我也不知道他收到我的信没有，因为不久以后，他就战死沙场了。

政局朝着更糟的方向发展，足以吓得让斯科利亚人愿意进行和谈。新政权派来了一队高级别的代表团，想拜访斯科利亚，以防形势进一步恶化，如此这般。自然，将有很多迎接代表团的活动和招待会。自然，我也受聘要为他们演奏。

我吓得甚至开始打点行装，收拾出了一个包裹来。接着是两个包裹，然后变成了五个——我意识到，我不忍心抛下的东西实在太多了。换句话说，这次，我还没准备好要逃跑。

于是我退而求其次，去见了我的一个朋友。他是音乐学院的校长——你敢相信吗？在斯科利亚，全国最顶尖的音乐家同时也是参议会的官守议员[1]。他见到我时很开心，给我上了茶和蜂蜜蛋糕。"你帮我省了件事，"他说道，"我正要找你讨论有关和谈庆典演出的事情。"

我朝他虚弱地笑了笑。"从某方面看，我来找你也是为了这件事。"我答道，"我没法儿参加。"

他看我的样子就好像我刚刚剁掉了他的手指。"这可一点儿也不好笑。"他答道。

我深吸一口气。"我可能得告诉你一些关于我的事情。"我告诉他。

---

[1] 有专业能力，或根据上级或主管部门建议，或有法律规定不经选举或批准而产生的议员。

接着，我开始向他解释。我把我一生的故事都告诉了他。直到我把话说完以前，他都坐在那里一动不动，甚至在我闭嘴以后，还沉默了一段时间。接着，他说道："但你在斯科利亚期间其实没有做什么坏事。"

我皱起眉头，"暂时还没有。"

"别跟我瞎扯，"他反驳道，"自从你来到我们这里，你一直都是这个社会上无可指摘、勤勤恳恳的一份子，不是吗？你得告诉我真话。"

我点点头，"对。除了对我的背景撒谎以外。"

"那又不是犯罪，"他飞快地答道，"除非你发了什么誓。这么说，事实就是，你在斯科利亚是清白的。"

我点了点头。"但这算得上什么呢？"我问道，"你真的听我说话了吗？对代表团的人来说，我是他们国家的敌人。此外，我手头还有关于其中两个代表的机密，如果泄露出去的话，他们就死定了。你想清楚啊。"

他确实沉思了一下，但并没有想很长时间，"你不考虑一下——"

"不。这件事上我很肯定。我绝不会泄密。"

他耸了耸肩。"你走之前，帮我个忙，让我忘记你对我说的这番话。毕竟你手里有让我们赢得这场战争的关键信息，我作为参事，有必须向我的同事们报告的义务。他们要是知道了，只需要不停地拷问你，就能让你吐露消息了。"他皱起眉头，"你真的能消除别人的记忆吗？这太神奇了。"

一时间我不知该怎样回答他。"谢谢你，"我答道，"可问题还是没有解决。只要他们看见我，他们肯定会大发雷霆。他们会以为——"

我的朋友露出一个微笑。"是啊。"他说，"可不是嘛。"他朝前一倾，使劲拍了拍我的背，几乎震松了我三颗牙齿，"被当成秘密武器的滋味怎么样啊？"

这事倒确实证明了焦虑对你的智力会有多大影响。我之前一直都没看出这是怎么回事。"行吧。"我妥协道，"但那个老魔鬼看到我的一瞬间，我的小命也就没了。"

"我们会保护你的。"我的朋友点了好几次头——这是他的一个习惯，"可不是嘛，我们当然会保护你的。"他顿了顿，像只被打湿的狗一样使劲甩了几下头。我发现他已经满头大汗了，但现在好像好些了。"行了。"他说，"这事解决了。换个话题。我之前在想，我们要不用尼斯福鲁斯的C调四重奏开场。"

之后，我回了家——我有个不错的住处，就在"权利与光荣"阶梯的对面——我锁了门、关了窗，点亮台灯。我首先看到的东西就是那面镜子。

我用半个安吉尔买下了它，确实买赚了。那是一面真正的银底玻璃镜，梅尊廷工艺，大概有三百年历史了。全斯科利亚只有五到六面这种镜子。把这镜子卖给我的人当时露出一个微笑：给妻子的礼物？给女儿的？给女伴的？我只是冲他笑了回去。我买了一面镜子，一面用钱能买到的最好的镜子，只为了提醒自己记住一些事情。

那会儿离那个女孩去世刚过不久，我被一个手术师叫去了。那是个家喻户晓的人物，所以我也不能告诉你我工作的具体内容是什么，但这倒也不打紧。他家里挂着这么一面镜子，是廉价的黄铜板材质的，和他家极尽奢华的风格看着完全不搭调。他发现我在打量那镜子，于是告诉了我它背后的故事。当他还年轻、在军队里当外科医师的时候，有一次，他自己也陷入了战斗中，腹部中了一箭。他知道，如果不把那该死的东西尽快拔出来的话，自己就死定了。再加上，附近三十英里以内也再没有别人可以胜任这份工作，于是他把这面铜镜设在自己能够看得清楚的地方，在自己身上动了手术。他差点儿没把自己给杀了，之后的一个月也一直病重虚弱得跟条狗似的，但最后还是活了下来。他从此以后一直把这面镜子留下，用它来提醒自己，自己是个无所不能的天才。

当然了，这次经历也让我思索起来。

那会儿我手头有余裕，于是也给自己买了一面镜子，是银底玻璃镜，梅尊廷风格，大概有三百年历史了。我在一场拍卖会上花了整整二十安吉尔才买下了它。我雇了个木匠，给它做了个特殊的框架，这样它就可以被翻来转去、调整到我想要的角度。接着,一天晚上,我把门窗全部关紧,又点了整整一百盏灯——我想清楚看到自己即将做的事情。我完全不知道自己的这个计划可不可能成功——我猜,这就和我那个医生客户所做的差不多。就像他一样,这是件生死攸关的事情。我知道,只要那些记忆还留在我脑海里,我就没法儿再支撑下去了。

我摆弄着那面镜子,直到我能清楚看见自己脑袋的一侧。接着,我特别使劲地盯着那侧脑袋看。再接着,我成功潜入。

那完全就和平时一模一样。有个图书馆,架子上是一排又一排的卷轴。就和平时一样,我知道要取走哪个卷轴。我把它挑了出来、打开它。可纸面上一片空白。

两天后,我把那镜子给卖掉了。我在一个收藏家那里把它卖了三十安吉尔。我大概是天生比较幸运,能赚到钱吧。

我和我的校长朋友最后还是决定,届时应该演奏普罗科匹厄斯的协奏曲和同理凯旋乐的序曲(我们采用了尤克希纳斯的编曲,而不是席奥多塔斯的版本)。我把我一周里的所有安排都取消了,一直不断练习,直到站都快站不起来的地步。倒不是说我需要刻苦到这个地步,但这至少让我觉得我没有虚度时间。直到今天,我一直怀疑,每当乐团开始演奏凯旋乐序曲的时候,第三枪骑兵里肯定有一整个连队的军人会被吵得捂住耳朵。到头来,这帮全天候对我进行护卫的可怜家伙们肯定已经把这刺耳的音乐听了好几百遍。

(我猜你肯定特别想问我,但我其实并没有消除我朋友的记忆。他后来又临阵脱逃了。他说,与其让别人来替他改转念头,还不如他自己改转念头更好些。我感觉有点儿受了冒犯,但也没把这事情放在心上。我觉得在交往中,一个朋友有权利至少冒犯你一次。)

音乐会是在银星神殿的礼堂举行的,这是我除了帝国礼堂外第二喜欢的演奏场所。我一开始没反应过来为什么要在这里举行音乐会,毕竟这个礼堂只容得下不到一千人。可接着我想起来,在银星神殿,从乐手休息室到舞台有一条地下通道。直到屏风被撤下以前,观众们是看不到表演者的。在帝国礼堂,你得从主廊穿过,而一个不顾性命的刺客可能端着把刀就朝你冲来,没人能拦得住他。他们对场所的选择还真是体贴,可想起来也有点儿后怕。不过银星神殿礼堂的声音效果也确实很适合普罗科匹厄斯的协奏曲,尤其是较为和缓的第二乐章。

有关银星神殿礼堂的另外一个细节是,你表演时,会处在较高的地势上。也就是说,你会恰恰与全音乐厅最好的座位平齐(也就是最前面的六排座位)——你看得到这些座位上的人,他们也看得见你。我记得在我刚刚站定时,朝面前的人海中扫了一眼。我很容易就找到了他们两个,就是那对父子。他们当时正在互相交谈着,头是转过去的,没有看向舞台这边。接着,当我把长笛举到嘴边,那个老人抬起头、终于看见了我,脸色突然苍白如纸。这就是我开始的信号了。六个音乐小节之后,我忘记了一切,开始演奏起来。

我脑中克拉曼基的部分今天状态极佳。实际上,我并不觉得凯旋乐有多么好听——这曲子比较平庸——但普罗科匹厄斯的乐曲算得上是人类史上的壮举之一(说来确实奇怪,像普罗科匹厄斯那样性格古怪的人居然能创作出这么伟大的作品)。我敢说,只要是号称自己比禽兽好上哪怕一星半点儿的家伙,都会被他的作品打动。一时间,我对身边的一切毫无知觉,直到我吹到第三个乐章渐渐结束时的串音。接着,在音乐停歇,在人们开始鼓掌前的瞬间寂静里,我终于回过神来,朝着底下的观众望去。我本来是在找那老人和年轻人的,但我的注意力被别人分散了。我看到了另一张熟悉的脸,就在那父子二人后面一排。

那人可不只有一点点眼熟——

(有人戳了戳我的后腰,而我突然记起现在应该演奏凯旋乐序曲了。我振作起来,举起笛子。所幸,克拉曼基的肌肉记忆在这时接手,开始演奏起来,而我本人什么都不用做,这倒也挺好——)

她很眼熟，因为我曾见过她。有一次是亲眼看见的，之后又无数次在梦里见过。可另一方面，我终于想起来她到底是像谁，才让我觉得这么眼熟了。是她的坐姿、她脸庞的角度——微微躲闪，下巴又微微扬起。没人能把那瘦削的女孩称作美人，但从那个角度看去，她和她是如此相似，绝对没错。

我不记得自己是怎么下了舞台，又是怎么回到休息室去的。可我记得自己坐在房间一角，既没有接过他们端来的茶，也没有接过端来的酒。我那个校长朋友朝我冲来，就像只友善的狗儿，正朝着我兴奋地狂吠——完美，简直太赞了，他的每句话里都带着个"最"字，可他确实也是真心实意的。尤其是凯旋乐，我的老天爷啊，我都不知道一个人居然能把它演奏到那样的程度。我冲他皱起眉头。我压根儿记不得我演奏过凯旋乐续章了——对，我还记得普罗科匹厄斯那首曲子，但那之后的一切都模模糊糊的。我嘟嘟囔囔，跟他说我想一个人待一会儿，拜托了。他没有感到冒犯。当然没问题，他答道，接着确保了没有人上来和我搭话。

那个女孩也来了。是啊，这有什么好奇怪的？我们的对手当然会带着他们的秘密武器前来。我觉得自己足够信任斯科利亚政府，他们肯定知道她能做到什么，并采取了某种方式，来确保她没有对任何重要人士动手脚——可那时我一直在舞台上，而她一直盯着我看。我心中感到一阵恐慌。接着，我又成功让自己镇静了下来。我还清楚地记得每次我和那个老人以及他儿子碰面时的情形——

至少理应如此。可我他妈又怎么能确认这一点呢？

不，理智一点儿吧。我还记得能让他俩立刻被抹脖子的事情。以此推理的话，她一定还没对我动手脚。快做一下心理估算，舞台离礼堂的第八排大约有多远？我其实不大清楚。而且对我自己来说，在抹消人记忆的时候，距离从来不是个问题。只要我能看清一个人的脸，不管我离他有多远，都能潜入此人的脑海之中。但万一这个女孩的能力有距离上的限制呢？说不定她有近视。她始终都眯着眼睛，这也说得通。再说，她的母亲——

我在悟出这一层关系之前，已经发现自己在不自觉地这样想了。二十年前，她的母亲就是近视眼。

但我所爱的女人二十年前已经死了，死于难产。而这女孩的母亲我是见过的，那女人我并不认识（我从来不会忘记任何一张脸）。

我记得，我当时一个人待在舞台旁的休息室里，但在外边的走廊上还有大概半个连的守卫。我闭上双眼，试图思考。如果是我的能力遗传给了她——但我的父母从来没有显现出他们有这种能力啊，这说不通。

接着我突然想到，不管怎么说，她出现在这里就是为了要伤害我，至少这一点我很确信。其他的先不论，这事情应当优先考虑，不是吗？

她大概二十岁。她看起来可能正处于从十九岁到二十三岁之间的任何一个年纪。我从来猜不准女人的年纪。

那天晚上我没睡好，做了一晚上噩梦。可当我醒来，突然发现自己又被奖赏了一千安吉尔。这恩赐既来自"无刃之矛"本人，也来自代表全斯科利亚公民、满怀感激的议会。好吧，我想道，这心意我领了。

我那个校长朋友整个早上都在开会，但他腾出了一点儿时间来看望我。

"那个姑娘，"在他落座以前我就开了口，"跟着代表团来的那个，你知道她是谁吗？"

他一脸严肃地点了点头。"我们提出了反对意见，"他答道，"可他们坚持要带她来。非如此不可，否则免谈。但她不会出席任何一场商谈会。"

"她是来杀我的。"我说道。

他眨了眨眼。我看得出他是相信我的。"她没法儿突破护卫的防线。"我的朋友指出。

我叹了口气。"这事儿你不懂。"我告诉他说，"她能够从一整只军队的眼皮底下溜走，而你手里只会剩下五万个连自己名字都想不起来的士兵。"

这他倒是没想到，"我们有什么应对措施吗？"

我耸了耸肩,"我也不知道。"我答道。

他皱起眉毛,接着一抬头。"我们可以给她下毒。"他提议道。

他可不是开玩笑的。"这可不行,"我飞快地劝道,"这样做会挑起一场战争的。"

"药性也分三六九等的嘛。"他答道,而我感到全身冰凉,"好吧,我们可以不毒死她,只是让她闹肚子闹得厉害——"

虽然形势已经如此危急,这个念头还是让我不禁笑出声来。

"我是说真的,"他接着说道,"有好几年我的肠胃一直都不好。当你闹肚子的时候,真的什么都顾不上了。这天下不管是哪路神通,只要拉稀拉得够严重,全都会派不上用场的。我们情报局有专人,就擅长这方面的事情。你交给我吧,不会有什么事的。"

他还额外给代表团里的其他人下了药。我猜,他是把药混进了那种臭名昭著的斯科利亚特色猪肉糜里面。这是他们的特色菜,要不是从小吃到大的话,很容易就能把人放倒。代表团里的其他人在一两天后都恢复得差不多了。可那姑娘症状特别严重(我朋友跟我讲得眉飞色舞),这大概是因为她那么瘦、那么弱不禁风。她至少未来一周之内肯定待在茅房里出不来了。

败者活该遭殃呗,我想着。至少那么极端,却同样行之有效。当然了,相比之下,可能直接杀死她还要人道一些。

可到头来,这疟疾还真要了她的命。整个代表团暂停协商了一整天,半句解释都没给。接着宣告说,他们的其中一个智囊,一位年轻的女士,因食物中毒而不幸辞世。他们宣称,她若仍然在世,一定会希望和谈继续进行下去。于是他们照办了。

他们举办了一场寒碜低调的葬礼,而我坚持要参加,虽然我其实并没有这个权力——只不过,他们正要埋葬的那具尸体有那么点儿可能是我的女儿。当然了,这事儿我可不能告诉任何人。我自己的女儿,在我自己的命令下被害死了，只因为她顶替了她父亲的工作。这只是一种可能性，当然了，我并没有办法证明它，不能被证明的事情就不能被当成真事来看。

但我亲眼看着他们在一个架台上修起一只狭长的木盒，在那木盒四周堆满木材、撒了点儿油，点着了火。空气中有一股像极了烤猪肉一样的味道，即便他们试图用香料来掩盖，却始终萦绕不散。当然了，那对父子也在场。他们不停朝我这边看。事后我才意识到，我本来可以在那时候趁机把他们的记忆全都抹个干净，就此摆脱这二人的纠缠。那都是后话了。当时，我还有别的心事。

老天保佑，他们推迟了战争。终有一天两个国家会打起来，这就像落叶归根一样无可置疑，可短时间内肯定不会了。和谈结束后还有一场音乐会，演奏结束之后有个招待会。我站在角落里，试图不引人注目。可是当然，那对父子径直朝着我奔来。

你没跟任何人说过。他们说，这是个陈述句，而我证实了这一点。我指出，是他们俩派人来杀我，害得我背井离乡，还到处悬赏我的脑袋。他们也都承认了，还警告我说管好自己的嘴巴，永远也不准回来。不知道怎么回事，这让我觉得我倒成了犯错的那一方。但他们没有提那个瘦削女孩的事情，我也没有主动询问。

代表团团长同时也是临时政权的临时领导人（叫临时独裁者更恰当些）。他特别称赞了我的演出，并给了我去首都演出的永久邀请，不管我什么时候去都可以。显然，那父子俩就和我一样善于保守秘密。

后来他们就回去了。我特别害怕自己的护卫也会离开——他们都是军团长选的，很可能还有更重要的事情要做。但我的校长朋友宣称，我是国家至宝——当然啦，我已经是斯科利亚公民了，得到这个称号也是名正言顺——这样一来，我理应得到最大的保护，以防我被人窃走、丑化、破坏或是损伤。事后他可没少拿这套说辞开玩笑，不过我都欣然接受了。我重新开始工作。我的演奏会座无虚席，充斥着令人尴尬的掌声，但我也不介意了。我的演奏技术比以往都要来得精湛，并且我也享受着演奏的每一分钟。至于钱嘛——说实话，我已经对钱失去了兴趣，就像一条鱼不会对海洋有什么特别的兴趣一样。

我搬了家，从市中心搬到了北边的郊区。在这里，窗外就是草地和森林，可我时间紧迫，从来没有亲自出去散散步。我很少在家，即使在，也忙于学习、练习新的曲目，或是在我修建的巨大谷仓里和交响乐队一起排练。人们总是议论我，觉得我除了工作就是工作，实在奇怪。我既不沾酒，也不沾女人。可以理解的是，我也从来不会向任何人解释这个中缘由。

那是一天深夜。我从前一天黎明就一直醒着，一直在练习一首新的协奏曲。这是我委托一个年轻有才的作曲家为我谱写的。这曲子美妙极了。我越是练习，就越觉得曲子里有大文章。我突然想起，要不是有我这个人，要不是我被生下来，过了这么一辈子，到了现在这个位置上，这首曲子永远不会被人创作出来。这年轻人简直有才得招人恨，却只对金钱感兴趣。他说他缺钱得要命，是为了他姐姐的嫁妆，还是为了母亲的手术来着？这都不要紧。我给了他两倍报偿，因为这首奏鸣曲真是好得不得了，但我也知道这笔钱会让他短命（此话不假，他二十四岁时死于肝脏衰竭），我等于是扼杀了他在未来本可以写出的精彩篇章。但你又能拿我怎样呢？

我那时已经实在练习不下去了，于是收好笛子、把它锁了起来，又给自己最后泡了一碗茶，准备去睡觉。我立刻就睡着了，又重新落入了一个熟悉的噩梦中。真见鬼，自从代表团回去以后，我再也没有做过这种梦了。我满身大汗地醒了过来，却看见灯是亮着的，房间里除了我还有别人。

那女孩正咬着一只苹果。我看到灯火映照在她的眼中。"你好啊。"她开口道。

我突然呼吸困难。"你是来杀我的吗？"我问道。

"真傻，"她答道，"我要是想，你现在就已经死了。"

我试图坐起身来，但她朝我皱起眉头，于是我待在了原位。"你知道我是谁。"她说道。

"对，"我答道，"我——"这种情况下，言语已经失去了作用，"我曾帮过你一次。"

这话让她笑出声来。那女孩把苹果放在了床上，就在我脚边。"我听说是这样，"她说道，"但我并不相信。你是我父亲。"

我点了点头。"我猜到了。"我答道。

"你猜到了，因为我和你有同样的能力。"她从床上捡起了什么。那是把刀。实际上，那其实是我的刀。

"你是怎么避开守卫的？"

她微笑起来。"我同情他们，"她说道，"但我想他们接下这份活儿也属自愿。他们挡道了。"

"你清除了他们的记忆。"

"对。"

我正等着我脑子里的策略中心提出点儿建议，可我什么也没想出来，"这么做非常过分。"

"你干过更过分的事。"

"我是为了活命，"我答道，"我从没想过要伤害你。"

"你叫他们在我的食物里放了什么凶险的东西。"她答道，就好像在纠正我逻辑中的一个明显谬误一样。"倒没有要我的命，但确实让我病得不浅。所以我向他们建议，要不我们干脆对外宣称我死掉了，这样他就会以为他成功了，我也就安全了。"她又咬了一口苹果，"听说你出席了我的葬礼。你哭了吗？"

"没有。"

她点了点头。"我告诉他们，我想在他们回去以后，再在这里多待一会儿。我有些工作必须要在这边处理掉，接着我就会回去。"她顿了顿，好像在等着什么, "你怎么还没尝试进到我脑海里来?"

"我不想伤害你。"我告诉她说。

"这谎撒得不错。"她又咬了口苹果,接着把果核扔到房间一角,"你从没想要伤害过谁,不是吗?你从没想要把你的妹妹弄瞎。可你确实这样做了。你是故意把那根枝条往后拉的。"

"你是怎么知道的?"

她耸了耸肩。"我知道关于你的一切,"她答道,"比你自己还要清楚。"

"你进过我脑海了。"

这时她真正开始大笑了起来。她发出一声驴叫似的噪音,"你压根儿不知道,不是吗?你压根儿不知道自己造成了多大麻烦。呵,你当然不知道了。你一发现苗头不对,拔腿就跑了。"

"他们想杀了我。"

"我不是说这件事,傻瓜。"她深吸一口气,又慢慢呼气。"你知道吗?"她说道,"我曾经对你发过誓,但现在我想我要违背誓言了。怎样?如果我违背誓言,你会原谅我吗?"

我瞪着她,"你从来没向我发过什么誓。"

"管别人叫骗子可是很失礼的。怎么说?你会原谅我吗?"

我耸了耸肩,"这重要吗?"

"好吧。"她坐直了一些,把手里握着的刀放下,又把手交叠在大腿上,"大概五年前,我向你保证过。你记不得了,不是吗?"

我摇了摇头。

"我来见过你。"她说道,"你记不得了,但我确实记得。你那时住在一间挺不错的套房里,两栋楼外就是旧剧院。那栋楼的梯级是大理石做的,有一扇高大的橡木门,门上还有面百叶窗。你有个仆人,你让他穿了一身白袍,上面有黄铜的扣子。"她顿了顿,朝我咧嘴笑道,"你还记得吗?"

"我还记得。"

"大门后边是个像大厅一样的房间，"她继续说道，"有大理石的地板，红白相间，像棋盘一样。有三张沙发和一张黄铜桌子。对了，还有棵像是棕榈树的玩意儿，被栽在一个大陶盆里。你还有只鹦鹉，关在鸟笼里的。"

"你继续说。"我只是答道。

"你当时正坐在其中一张沙发上，还有个理发师正在修剪你的胡子。他是个高个子，红头发，是个左撇子。他名字叫尤加。我知道这一点，是因为你当时对他说：'谢谢你，尤加，今天就这样了。'你记得吗？"

"记得。"

她鼓励地点了点头，"你叫我坐下，接着摇了摇铃铛，叫人端茶上来。茶是盛在一个红白相间的瓷壶里送上来的，茶碗底部还有条龙。我说得对不对？"

"对。"

"你一直等到仆人把茶倒好，接着礼貌地问我有什么事要找你。你一定以为我是一个顾客。我告诉你说，我今年十五岁，是你的女儿。"

我盯着她——直视她的双眼，而不是她脑袋一侧，"你继续说。"

"我跟你讲了我生母的事，是养育我的那对夫妇告诉我的。他们是我母亲家族里的仆人。在我六岁的时候，他们逝世了，养母的姊妹后来收留了我。那时我讲完我生母的事，你立刻意识到我说的是实话。"

"继续。"

她冲我微笑起来，"我跟你说了家里有多么穷，她父亲——也就是我外公——留给我的钱全都花光了。我知道你很富有。我求你给我们一笔钱。"

我感到口干舌燥，"我当时说什么了？"

她冲我皱起眉头，"你当时盯着我看了很久。接着，你又问我是怎么找到你的。我回答说，我听到了你的传闻。我听说了你是如何潜入别人脑海、取走他们的记忆的。就是凭这一点找到了你，我也有这种能力。当然了，"她继续道，"我也一直不敢肯定你就是我父亲，直到我告诉了你那些秘密，那些关于我母亲的事。那些事你全都知道，我就是在那时开始感觉你是我父亲的。另外,我也亲眼确认过了。"

"你看了——"

"是的,我看了你的记忆。我看到了我母亲的卧室,和我的养母描述的一模一样。再说,根据她的记忆,我也能认出你来。你在她记忆中要年轻许多,但嗓音一直没有变过。"

我的双脚和膝盖变得冰凉。"这么说,"我说道,"你找我要钱。我是怎么回答你的?"

她很长一段时间没有回答,"你说你不会给我任何东西。但只要我为你做一件小事,就能获得四千安吉尔。接着,你从黄铜桌上取下一张纸,写了张汇票给我看。"

"我要你取走我的一段记忆。"我说道,"对吧?"

"当然,除此之外我对你还有何用?"

我紧闭双眼,"你从我这里取走了什么记忆?"

我听见她说:"就是这个。"

我全都记起来了,一清二楚。我记得我听到妹妹在阁楼上哭泣。我记得我听到母亲对父亲大喊着,就是她平常一直叫骂的那一套。又来了,我想着。那时我刚刚把家里养的鸡全都赶回鸡圈。那天下着雨,我身上还穿着外套,是萨斯叔叔(其实他和我们并没有血缘关系)留在我家的那件宽大的粗布衣服。我想烤烤火——那时我全身湿透、冷得要命——可这意味着我必须到主厅去,但父母正在那边吵架。我决定原地等着,等他们俩消停下来再进去。

可就在那时,他们从壁炉旁边的一角跨了出来。我看得到他们,但他们看不见我。我父亲蹒跚了两步。我知道这意味着什么。他一定是又喝酒了,而他喝醉以后,总是会犯下蠢事。我看见他伸手从角落拿出手杖。那是根刺李木做的短杖,我可尝够了它的苦头。父亲上前一步,我知道他就要痛揍母亲了。她冲他尖叫起来,你个蠢货,你怎么这么蠢,我真该听我家人的告诫,他们说你什么都不会，而你确实是个废物。我父亲朝我母亲扬起手杖，瞄准了她的头部。经过常年练习，我母亲早已学会埋头躲闪，于是他只打到了她的手臂。我母亲试图向后退，但她的脚被皱成一团的地毯绊住了，于是她面朝父亲栽去。父亲正准备再打她一棍，而我脑子里的策略中心警告说：这次他会击中她，因为她失去了平衡、躲不开了。我突然记起自己右手握着把刀——那是为了割断饲料袋口上的绳索才拿的。我冲向前去，窜到他俩之间。究竟是父亲迎上了刀口，还是我捅了他一下，我真的没弄明白。

我母亲当时死死地盯着他看。我已经松开了刀子。它还插在我父亲身上。他张开嘴，可除了涌出汩汩鲜血以外，他什么话也没说出来。母亲抓住那把刀，把它拔了出来，接着他倒下了，压碎了那张小小的桌子。一个人要不是死了，是不会就这样倒下的。

有那么一阵子，母亲就那样站在原地，手里握着刀，盯着我看。接着我听见楼上传来我妹妹的声音。母亲转身尖叫道："快去睡觉！"

我试图说些什么，却开不了口。我记得母亲脸上的表情。我遵从了我脑子里的战略官提出的建议，朝后退了一大步，到了她碰不到的地方。

他想杀了你。我说道。

别犯傻了！她厉声驳斥道。他绝不会——

他用棍子打了你，他——

我记得她那么用力地握着刀，指节都泛白了。就在那一刻，我明白了，就像我一样，她脑子里也有个声音告诉她从哪个距离、哪个角度下刀最好，她要冲出来多远才够得着我，她要怎样用力才不会被我推开，或是挡开刀子。我朝后退了两大步，接着转身就逃——

"你付了我钱，"那个女孩说道，"要我把这段记忆抹掉。这么久以来，我一直为你好好保存着这份记忆，就像个信托人一样。我觉得是时候把它还给你了。"

我扬起一只手挡住头。"不，"我开口道，"求求你，把它收回去吧。我没法儿带着这段记忆活下去。"

也就在这时，女孩咧嘴笑了。"呵，还不止这些呢。"她说道。

我记起父亲找到我妹妹的那一天了。他当时去了谷仓，想去拿他的钩镰，却看见了她——她吊在横梁上，试图自杀。他努力割断绳索，想放她下来，可在震惊与悲痛中他割伤了自己，伤口之深已经到了骨头。他奔进屋来，想找点儿什么止血的东西，而我正好在家。跟我来，他朝我喊道。我记得我亲眼看见了她。我记得我把她从横梁上解下，她就像一捆干草一样落在地上，我父亲因此对我咒骂不止。我记得她留下一张便条，是写在一本书的扉页上的，因为家里没有别的可以用来书写的东西了。她写道，所有人都因为她的丑陋而憎恶她，那都是因为她少了那只眼睛。也就是从那以后，父亲才开始酗酒的。

我记得那天，我终于回到家，发现母亲坐在厨房里。我记得自己当时在想，这地方变得脏污不堪，再不像从前那样，一切干净而整洁了。我收到你的信了，我对她说道。

她看向我。我父亲死去那天，她召集所有邻居搜寻我，因为我杀了自己的父亲，理应被吊死。那天之后，我一直没见过她。

我想要你帮我做件事。她说道。

"够了。"我哀求道，"不管你觉得我对你做了什么，别再折磨我了。"

她看着我，表情让人捉摸不透。"你杀了我母亲，"她解释道，"这点儿记忆还远远不够。"

我想要你帮我做件事。我母亲说道。

我等待着。但她那副表情，仿佛剩下的无需多讲。

什么事？我问道。

你有那种能力，她说道。我一直听人们说起你，你在首都赚了那么多钱。

是关于钱的事吗？我问道。可她冲我皱起眉头，你能取走人的记忆。

对。我答道。

那好，我想要你进到我脑海里，把关于你的一切记忆全都抹消。一点儿都不要留下。我想要完全忘记你的存在。你办得到吗？对你的弟妹也是一样，我想要他们忘记你。把这些记忆全都取走吧，再也别回来了。我想要的就是这些。

"我想我继承了她这一点，"女孩评论道，"内心强大，意志坚定。"

"见鬼了，你到底是怎么做到的？"我问道，"我办不到这一点。我只能把记忆取走，没法儿再把它们放回去。"

"我猜我比你更好。"她答道，"不管哪一个方面，都比你好。这也并不是难事。"她扬起一边眉毛，"你还记得吗？那时我十五岁，来找你的时候，你却一心一意只想摆脱这些回忆？但那时你那么富有，我们又那么需要钱。而你从没告诉过我——"她顿了顿，"你从没告诉我，我会在你脑海中看见些什么。而从那以后，这些记忆一直在我脑中，如影随形。是你逼我接过了它们，这就像强奸一样。我绝不会——"

"行了，"我打断道，"你想要我怎么做？"

她两眼大睁。"我想要你记住。"她答道。

我记起了那封信。那信很潦草，是用便宜的栎五倍子墨水写在包装纸上的。信上写着：我来信是想让你知道，她虽然死了，但孩子活了下来。她父亲给了我们一笔钱，要我们把那孩子带走，可现在钱已经用完了，我们一贫如洗，急需金钱救济。你有个女儿。她现在五岁了。如果你想的话，可以把她带走。

我记得我给他们送去了二十安吉尔的汇票，那是当时我身上所有的钱。

但我并没有去找他们。我无法承受那痛苦。我烧了那封信，烧掉了那个名字和那个地址。我想要的并不是她的女儿，我想要的是——

"你没想让我看到这段记忆，"她说道，"但我确实看到了。接着，你又叫我把关于我的记忆全部从你的脑海中擦去，就好像我从来没出生过一样。"她又看了我一眼，"你怎么能做出这种事？有其母必有其子？"

我答道："我可以给你一万安吉尔。我身上只有这些钱了。"

"我可以给你两倍于此的痛苦，"她答道，"可你一定会因悲痛而死，这就太便宜你了。再说，你还忘记了，在首都你还有不少钱，都存在社会与慈善银行的账户上了。那些钱我也要了。"

我给她写了两份汇票。她小心翼翼地把它们从头到尾读了一遍，以确保没有纰漏。接着，她把它们折好，塞进袖子里。"最可悲的是，"她说道，"你一生中做出的最糟的事，全是因为爱——你杀死了你父亲和我母亲。我是说，把你妹妹弄瞎那件事不算，那单纯是愚蠢。你其实蠢得要命，不是吗？你母亲总是这样说你父亲。"她打量着我，就好像在考虑是否要买下我一样，"你快乐吗？"她问道，"我是说，就当下而言。此时此刻的话。"

"我很快乐。"我答道，"至少在今夜以前，是的。"

她啧了一声。"这可不行，"她说道，"我觉得吹笛子给你的幸福感比你这辈子做的所有事情都要多，但这其实是从别人那儿偷来的技艺，不是吗？我可不觉得你应该继续留着它，还是让我接管了吧。"

我感到一阵烧灼般的痛苦，就在我耳朵上边一点儿的位置。"抱歉，"她说道，"我其实可以让整个过程完全不疼的，但那会花去我更多精力，而我并不想费这个心思。别担心，"她继续道，"你还是会记得作为一个出名音乐家是个什么感觉。我只夺走被你偷去的东西。这才公平，不是吗？"

我下意识地试图去想该怎样握住一把笛子，该做出怎样的口型，手指该怎样张开、按住笛孔。全都没了，我什么都记不住了。

"以前我一直好奇，"她继续说道，"为什么你没要求我把你对我母亲的记忆抹去。这些记忆一定都很痛苦，可你一直留着它们。别，别跟我解释。"她补充道，"我倾向于觉得你心里最后还有点儿人性，但你只要一开口，可能就会让我失望。我不想进一步折磨你了。你要知道，我不是个残酷的人。只不过，你这人真是让我恶心。我真希望你是只蜘蛛，这样我就可以把你碾个粉碎。"

我盯着她，就在她脑袋一侧、那丑陋而没有耳垂的耳朵上方一点的位置。"除了记忆以外，"我问道，"你还能做些什么？"

她露齿而笑，"呵，多了去了。我能在人们脑海中植入念想——比如说，我曾见过一个非常龌龊的男人，他能用自己的特殊能力赚到多得离谱的钱。于是我赋予了他无法遏止的强烈欲望，在把钱赌光之前决不能罢手。这就是公正，你不觉得吗？"

我摇了摇头，"那不是你导致的。"

"或许是，也或许不是。你又怎么确信呢？"她大笑起来，"现在，我觉得你也该为我做点儿事，算是做父亲的补上了这二十年来的生日礼物。"

我突然想起——我也不知道这是谁的记忆，可能是我自己的，也有可能是别人的——有天深夜，我在造船厂被人痛揍了一顿。我想那肯定是我的记忆，因为事情的起因是一笔微不足道的赌债。我记得当时他们还在揍我，但我已经感觉不到了。我觉得自己累到了骨子里，只想躺下睡着，可他们却不肯让我失去意识。

"让我猜猜。"我说道。

接着我进入了她脑海。当我从架子上取下卷轴时，她出现在我身旁、监视着我，确保我没有偷偷插手不该管的事情。接着，我突然记起了上次进入她的脑海时，我是多么粗鲁地对待了她，就好像她是什么恐怖的传染病一样。接着，她把我从她脑海中赶了出去。我发现自己重新倒在了床上，而她正瞪着我。

我深吸一口气。"没事的，"我说道，"没发生什么糟糕的事。你回去吧。"

她皱起眉头。"我认识你吗?"她问道。

"不。"我答道,"别把你袖子里那几张纸弄掉了,它们价值连城。别想了,回家吧。"

她照办了。我也一样。我回到了首都,我真正的归属。

当然了,我也不是就这么直接回去的。我找到我的校长朋友,拜托他帮我安全偷渡过边境。接着,我一路步行(我现在身无分文,还记得吗?),就这么走回了首都。一想到可能会被认出来我就吓得要死,但所幸一路上没见到任何记得我长相的人。我去了那个老人和他儿子的住所。我对他们的守卫和一些仆人动了手脚,对此我感到惭愧,但他们确实挡了我的道。不过,我一点儿也不觉得我对付那父子俩的手段有多么过分。

不久以后,新政权就垮台了——这也是无可避免的事情,毕竟两个革命领导者如今已经变成了植物人。几个月后,他们重新进行了合乎程序的选举。新一任领事和他的内阁官僚参加完就职仪式之后,宫殿里举行了一场盛大的招待会。有一名才华横溢的年轻女长笛手在场演奏助兴。没有人知道她是突然从哪里冒出来的,但人们认为,她与鼎盛时期的克拉曼基不相上下。我一直密切关注着她的职业生涯,不过也只是远远听闻。我从没有真的听她演奏过。认识她的人们说她很快乐,完全醉心于她的乐曲之中。对此我很欣慰。当然了,这些天里,我不再住在首都了。我搬到了佩尔米亚,并在那里买下了一个大农场。现在我已经完全退休了。我猜你一定好奇我是怎么办到的。这个嘛,离开首都之前,我偷了把铁锹,去了城南的旷野挖出了一只大钢盒子,里面装满了金币。多亏了那个文员,他从那父子俩那儿偷了东西,让我知道了这笔财富确切的藏匿点——我从来不泄露职业机密,但我确实也不总是说实话的。不是什么天使,你可能会这样说我。唉,得了。

我不想再耽搁你的时间了,但作为世人中对受苦受难最有发言权的一个,我只想和你分享一些经验教训。我觉得这殊荣落到我头上倒也名正言顺了。我曾为人们带来的苦难,我自己所遭受、见证、经历、施加、品味、分析、享受、拆解、沉湎的一切苦难，数量之多，简直前无古人，后无来者。我曾进入过我的仇人、受我折磨的人和折磨我的人脑海，也进入过你的仇人、受你折磨的人和折磨你的人脑中。我熟悉苦痛，就像鱼儿熟悉水，就像鸟儿熟悉天空一样。我的大半辈子里，苦难滋养了我，为我提供荫蔽。我深深地扎根于苦难之上，像一棵树一样孜孜汲取苦痛。伤痛与磨难塑造了我。可说实话，我已经厌倦了苦痛。

这一路上，我想我已经被磨平了棱角——就像铁匠一样，他们的指尖经过长年累月的磨损，已经失去了精确的触感。我觉得自已已经分不清到底哪份苦痛是属于谁的了。那个在街上哭泣的孩子是我吗，还是某个陌生人而已？实际上，试图做出区分本身已经踏入了误区。试图将这一切用对与错、好与坏来界定，实在是过分单纯了。毕竟，我们一生中所做出的最大错事，都是因为爱。我们所遭受最深的痛苦，亦是因爱招致。在这一点上，那个女孩是对的。在我看来，爱是最强大、也是最顽固的敌人。正是因为爱，才产生了那些能将我们折磨致死的回忆，一点一点、一天一天，冥顽不散。我想一个从没有体会过爱情的人或许能够永生吧。对，一定是这样。否则，若是他死去，这世上还会有谁记得住他呢？

（文颖　译）